湘潭大学学者文库
XIANGTAN DAXUE XUEZHE WENKU

彭燕郊文集

PENG YANJIAO WENJI

彭燕郊　著

湘潭大学出版社
XIANGTAN UNIVERSITY PRESS

图书在版编目（CIP）数据

彭燕郊文集 / 彭燕郊著. -- 湘潭 : 湘潭大学出版社, 2024.5
ISBN 978-7-5687-1448-8

Ⅰ. ①彭… Ⅱ. ①彭… Ⅲ. ①诗集－中国－当代②中国文学－当代文学－文学评论－文集 Ⅳ. ① I217.2

中国国家版本馆 CIP 数据核字 (2024) 第 112329 号

彭燕郊文集

彭燕郊　著

责任编辑：王正杰
装帧设计：李　平
出版发行：湘潭大学出版社
社　　址：湖南省湘潭大学工程训练大楼
电　　话：0731-58298960 0731-58298966（传真）
邮　　编：411105
网　　址：http://press.xtu.edu.cn/
印　　刷：长沙超峰印刷有限公司
经　　销：湖南省新华书店
开　　本：787 mm×1092 mm 1/16
印　　张：37
字　　数：527 千字
版　　次：2024 年 5 月第 1 版
印　　次：2024 年 5 月第 1 次印刷
书　　号：ISBN 978-7-5687-1448-8
定　　价：188.00 元

ISBN 978-7-5687-1448-8
9 787568 714488 >

彭燕郊（1920—2008），原名陈德矩，1920 年 9 月出生于福建莆田。1938 年任新四军第二支队宣传队员。从 1939 年开始发表诗作。1841 年任中华全国文艺界抗敌协会桂林分会常务理事、创作部部长。1946 年至 1949 年任《广西日报》副刊编辑。1947 年，因参加民主运动被国民党逮捕，囚禁近一年。1949 年参加全国第一次文代会，任《光明日报》副刊主编。1950 年至 1953 年任湖南大学副教授，1953 年任湖南师范学院中文系副教授。1955 年至 1978 年，受胡风冤案影响，被下放到街道工厂劳动。1979 年任湘潭大学任中文系副教授，教授。从 1980 年起历任中国作家协会会员，中国民间文学研究会湖南分会副主席，湖南省文联委员，湖南省第四届政协委员，湖南现代文学研究会会长等。曾参与创办主编《湖南文艺》《楚风》杂志。

总　序

“一位伟人，一纸校名，一句嘱托”，高度凝练并生动诠释了湘潭大学的创办历史。1958年，毛泽东主席亲自倡办、亲笔题写校名并亲切嘱托“一定要把湘潭大学办好”。1959年学校因故停办，1974年恢复建校。复校初期，学校荒山一片、楼无一栋、房无一间。一声号召，来自清华大学、北京大学等92所高校、科研院所的622名教师奔赴湘大，边劳动建校边教学科研。著名诗人彭燕郊、流变力学专家袁龙蔚、消费经济学创始人尹世杰、古文献专家韩长耕等名家大师先后来到这里教书育人。在这一批湘大人心中，都有一个共同的信念——艰苦创业，扎根伟人故里。没有电灯，就点煤油灯；没有自来水，就到池塘挑水喝；没有教工宿舍，就住农民家中；没有教学楼，就一起搬砖建设……在极其艰苦的条件下，老一辈创业者怀着“一定要把湘潭大学办好”的初心和科教兴国的满腔热情，在贫瘠的荒山土坡上建起了一座大学城。

岁月流转，年轮不息。经过几代湘大人矢志不渝的奋斗，学校发生了翻天覆地的变化。特别是2018年习近平总书记对学校作出重要批示以来，学校全力推动“双一流”建设，2022年成功入选国家“双一流”建设高校。一路走来，风雨兼程，虽创业维艰，然历久弥坚。在这片热土上，孕育着一批又一批才华横溢的名师和学子，不断产生着丰硕卓越的学术成果，模糊的概念在这里澄明，假设的命题在这里证实，现实的困惑在这里破解，新知识、新技术、新理论在这里不断孕育、产生。

大学因学术而生，亦因学术而兴。学术始终是一所大学的立校之基、兴校之本，是学者的一种追求、一种境界、一种精神。就湘大而言，无论是复校初期的名家云集、各抒己见、推陈出新，还是改革开放后融入科教兴国的时代大潮，湘大学人始终坚守初心，笃志问学，传承文脉，成就了独具风格的学术品质和精神风貌。一代又一代的湘大学人在这里探究真理、创造新知，以学术立身、以著作立言、以品德立魂，用自己的毕生心血，汇集而成了一篇篇富有思想的学术成果。

大学之大，大师之谓也。为汇集湘大学人学术成果，展示湘大学人学术品格，2014 年，在复校四十周年之际，学校精心策划“湘潭大学学者文库”丛书，出版了《沧南自选集》《袁龙蔚文集》。入选文集经过了广泛征集和论证，无一不是湘大学人呕心沥血之佳作、高深学问之精髓、学术思想之独见、品性修养之映照。文库收录的学术成果，都有着清晰的问题意识、科学的研究方法、严谨的逻辑结构，既有源自哲学思辨的理性探究，也有基于生产实践的资料佐证，充分展示了湘大学人独有的学术品格，体现了湘大学人的厚积薄发和卓越追求。这是湘大学人智慧的结晶，更是推动学校高质量发展的宝贵精神财富。

甲辰龙年，学校迎来复校五十周年。值此之际，第二批“湘潭大学学者文库”丛书，包括《尹世杰文集》《刘桂斌文集》《羊春秋文集》《宋世杰文集》《张铁夫文集》《陈仲沪文集》《罗铸楷文集》《姜书阁文集》《萧艾文集》《曹木清文集》《彭燕郊文集》《韩长耕文集》12 部学者文集付梓出版，这既是记录湘大学人敢于挑战与奋斗、饱含智慧与激情的光辉岁月，展现湘大学人精学苦研的具象载体，又是湘大学人牢记办学历史，坚持知行合一，弘扬学术精神，接续优良传统的价值传承和推动学术创新的具体行动。

伟人故里逢盛世，一路高歌向前行。丛书的出版，将让我们再一次触摸和感受老一辈湘大学人的独特学术品格和精神品质，也将鼓舞新一代湘大学人深入贯彻落实习近平总书记对学校的重要批示精神，弘扬“牢记嘱托、艰苦创业、追求卓越”的湘大精神，扎根伟人故里，厚植家国情怀，坚持守正创新，为建成科技教育强国，以中国式现代化全面推进中华民族伟大复兴作出新的更大的贡献！

湘潭大学　党委书记　刘起军
校　　长　潘碧灵

目　录

诗

1938—1940

1940—1945

1945—1949

1949—1978

1979 年以后

散文诗

1938—1948

1950—1979

1980 年以后

评　论

诗
1938—1940

长汀谒瞿秋白烈士就义处

多么广阔，比我想象的更要广阔
多么清新，多么纯净的空气
多么静，多么肃穆，多么沉重的哀思
多么浓密的这春天的阴云把这肃穆这静
带给这负荷着沉重哀思的山城
这忘不了的悲痛这响彻天地的永恒的壮烈
　　而他们，他们说这是空旷
　　说这是空无，这是消失
　　是空旷才好容纳无，无和空旷
　　才好让他们逃脱，逃得远远地
　　逃脱那严厉的最后审判
　　才好让他们睡个短促的好觉
　　罪行折磨他们，他们需要欺骗自己

广阔的黄土坡无遮拦地裸露

一棵小草也没有，小草也不愿在这里生长
也不愿遮蔽哪怕一点点裸露
没有绿树，这里不是绿树生长的地方
绿树不愿用摇曳的树影扰乱哀思
更没有花，本应该有鲜花献给烈士……
　　而他们以为光秃秃才好，免得引起哀思
　　一缕一缕的哀思他们都害怕，遗忘最安全
　　危险的是他的崇高形象还留在人们的记忆里
　　他的声音还是嘹亮，还在号召人们战斗
　　什么都没有了，什么都成为过去最好

我们却在广阔里看到永远存在的许许多多
许许多多的战旗还在广阔里飘扬
许许多多晒黑的脸在笑，磨破的脚在奔走
歌声不断，唱的是你当年教我们唱的歌
你和我们一样爱唱爱听的歌，大踏步前进中唱的歌
今天，我们又出发了，用歌声向你致敬
　　而他们，他们都哪里去了呢，这些懦怯的屠夫
　　和他们的爪牙，他们的帮凶，一起躲到哪里去了
　　我们，在你教育下成长的一群
　　昂着头，挺着胸，列队向你致敬

中原北去，我们将征战在大江南北
实行你的遗愿：所有邪恶的势力都必须打倒！

山　国

像一队慌乱的避难者之群
在死亡的威胁下挤聚在一块
像一叠叠被飓风吹刮在一起的波浪
匆忙地、急遽地、合拢成汹涌的一堆
这些高矗入云的大山呵

陡直而又尖削的
层层叠叠络绎于云雾里的群山呵
其中所包孕的自然之深邃的
晦暗的神秘
是无穷的，不可测的——
那用荆棘的锋利的针刺护卫的
那用绒软的苔藓覆盖的
潜在的永恒的力
是人们所来不及设想的……

这无数座庞然的大山呵
如此地起伏绵亘
如此之惊心动魄

毫不如人们所想象的
也不能为人们所想象……
如此之极天仰止
是会教我们平原上的丘陵愧煞的

蚂蚁般络绎于谷底和崖边
广大的阴凉包围了我们
四周尽是一律的、单调的、冗长的
乏味的山，噜嗦的山，呆板的括弧形的山
我们徒然希望着一片开朗的郊原
可是，在这如几何学图形一样
从模型里翻印出来的群山里，所见到的
唯有被雨雾打湿的，几乎可以绞出水的
丰草和茂树，以及那些繁生于四处的
葛藤，蓬蒿，苦艾，藿藜——
与许许多多不知名的，多如尘屑的
一绺一绺扭结在一起的野卉和杂草

若干卑小的村子就坐落在山凹里
烟色的茅屋紧偎着，被笼罩于
幢幢无定的云影间，如正历着噩梦
如此狼狈地交头接耳
像恐防会被马上从山国里淘汰出去一样
那些像剥了皮一样瘦的山民呵
出没于一些不足道的，不值一文的荒村
如同穴居野外的原人，看起来
是那样地麻木，迟钝——就如像一块锈铁、一片顽石
在无以为生的山国里，苟延残喘地偷生着

震耳欲聋的瀑布，湍急地飞溅着
不断地发出执拗的号哭
而又正色厉声地痛骂命运的残酷
嘟哝着一些破碎的怨怼之词……
在它的刺耳的诉说里
小村被吓唬得丧尽了勇气
有气无力地打着一阵阵寒噤……

一级级梯田，从生着乱莠
如同古庙里生满青苔的石阶
森冷得可怕
而“贫穷”就从那儿拾级而登
从无以复加的绝顶，俯瞰向
匍匐在它脚下的山村
投掷出刺心的冷笑和倨傲的睥睨
使山国里的老弱残废们
更加仓皇地跪拜在它面前

那些乌云，信步而来，扬长而去
连正眼也不看一下，无睹于
这贫瘠的山国的史前般的荒凉——
公路，从山的缺口处开刀
路，沿着山形走，汽车
溯险道盘旋而上
以箭步应声驰掣过去
一点好奇心也没有，头也不回地……

我甚至以为

那涧底的黄岩，是营养不良的山国
所吐出的痰块，那引泉的竹管
是贫血的山国的惨白的血脉
那苍黄的小丘是患了黄疸病的
那未成形的林子是被阉割了的
那飘摇于风啸中的古木是在抽筋
是在干咳，是在被瘴疠所蚕食……

更甚于此哩
——这些，都让一般人从狭隘的眼界
去絮絮谈论它们奇异的，不可知的外观吧
从那望不到尽头的
濯濯的童山的砖褐色的远处
从那被野火烧过的癞痢头的斜坡的前方
极目四望尽是凋零颓败的荒烟与蔓草
——倘使我不是健忘的
我应该想起
这太不相称的交替更换
这恍若隔世的大变动
(固然，我也深知这不过是暂时的
而且我更不会忘记其中包孕的神秘的潜在的力!)

这儿，这中国的郭甫久鹤
中国的却巴耶夫和中国的莱奋生
所转战过的山国呵
那些用树枝搭草寮于丛林深处
三餐吃杨梅和竹笋当饭的
中国的“十九个”们

是曾经在这里和山民们一起微笑过的
像人们所常常说的：内战
被残酷的内战所殃及
山国是十室九空了
或者说，至少
十年来的几番战乱，是置山国于
更难堪的绝境里了

扭歪着的，挨着打似的
山国的零落的村子是可怖的
砂碛的地以起茧的掌心
向央求它的山民们示威
而且得寸进尺地窥伺着……
山民们也只能啃啮那些难以下咽的馍馍
用多量的辣椒麻痹味觉
就这样，也还不堪一饱
但又不得不咬紧牙根忍耐着……

凄迷的雨雾里翱翔着秃鹰和荒鹫
狞猛的巉岩如张着角的野兽
牵连着而又中断着的山与山之间
何论人烟，连坟堆也很少见
只凌乱的杂草披离于断垣间

但，那千万年以来
就兀立于天地间的高峰呵
似乎还在宣示
山民们执着的信心和坚贞的爱

今天，我们的队伍又从这屈曲的山径间走过
以行进号向死难于斗争的同志致敬
时而我们嘹亮的号音回响于山谷
时而我们高扬的哗笑喧腾破寂静
为岁月所改观了的山国呵
今天，被改观过的它又将改观了
山民们松鼠般地雀跃起来——
居然重见到亲切的笑容……

这中间
一种从矿脉里冒出来的
纯金的毫光
闪耀起来
而那笑声，也金属般铿锵地
奏弄起来了——
比天上的仙乐还要动听

战旗也迎风招展于山顶
猎猎地飘舞不停
如像我们，并非为凭吊而来
新生的圣火仍在地下延烧！

岁　寒

精光的冬日呵
贫困的冬日呵
仅只短短的一度秋风
大地就变得这样苍老了

天空多云而忧郁
如同我们破旧了的军帽
黯淡，铅灰
停滞着低垂不动的云块
哭丧的脸上
横着一对紧锁的眉峰
寒冷已抹去
青蓝色所给予它的美丽和年青
而用粗黑的手
恣意地涂上了
一片亘古的哀愁
成群的野鸟
高唱着深冬的哀歌

仓皇地
从半空飞渡……

北风咆哮着
凄厉得如同受伤的野兽
伸长握有冰刀的手
像一个残忍的恶妇
企图杀死自己养育的
尚在襁褓的婴儿
向着万物奔来
贪馋的冬日
那北风的情人
也饕餮地咀嚼尽了
大地上无数劳动的果实

萧森而又变暗蓝了
这林子是这样地凋零……
充盈了升自河面的雾
林间潮湿的地下
一步步都是发霉的气息
正在腐化着
从秋天就堆积起来的落叶
北风吹动赤裸的枝条
已经没有败叶可以吹散了
像一个久病初愈的患者
不成声地呜咽着
他那不平的呻吟
失去了绿叶的荫蔽

灰鹊的悬空的家屋里
雏鸟可怜地啼叫着
呼唤着
它们的母亲……

山坡
干枯而又粗糙
像老牛的背脊
散落着稀疏的
枯黄的衰草
在季节的无情的鞭挞下
蜷伏着像一个驼背的老人
满脸的皱纹刻满着罪孽
昔年绚烂的衣衫破碎了
缀满困厄的补丁……

蜿蜒在落寞的原野
公路
如同一条没有头的死蛇
无力地横卧在那里
单身或是结伴的行人
紧缩了肩膀
两手交插在袖口里
永远也不交换一句最短促的寒暄
在北风里
蹒跚着
趑趄地前行

严寒使土地也冻裂了
在冰柱的晶花中
枣红色的泥土上
跳跃着波浪似的闪光
戴雪的远山微笑着
村庄是静静地
披着黎明的霜花……
再也没有一个讨厌的清晨
如同往日那样
充溢了
暴虐的夏季与悒郁的秋天的
迟迟不去的低雾

战斗使我们对季节有簇新的观感了
以热烈的爱拥抱这深冬的土地
我们是像严寒一样坚贞的呵
只有他们
那些可怜的动物
那些从属于他人荫庇下的爬虫们
是早早地就在
计算着冬眠的日子
早早地
——看不到冬天的
壮美的面影
就安睡在
他们那短促的
绝望的梦里了

可是你
不倦于飘滴
也不似春雨为滋润而来的
你助寒的冷雨呵
为什么呢
总是用每一下都相同的声音
打在地上
总像那些无家可归的避难者
在反复又反复着
那含冤的低诉
吞声地哭泣……
呵，冬天，
该温暖些了呵
此刻是
当着：黑与白
水与火
过去与未来
人类与禽兽
没落与上升的
斗争
达到最尖锐的时候
战火的星花
该把你烧热了呵
同中国的寒冬搏斗
看我们忍受着
多大的痛苦呵

我们惯于在风雪里
长途跋涉
大踏步前进
我们的手脚冻裂
麻痹了的双颊
盖满寒霜
唇因呼号而青紫
手因饥饿而瘦削
残忍地走着，走着
我们这破烂的一群
这充满着伤风、感冒
和断续不停的咳嗽的一群呵……

营　火

呵！五月的榴花般的灿烂呵！
照亮眼睛的火焰的欢乐的舞蹈，
青蓝的、橙黄的、闪金的、血红的……
雄壮的舞姿，美妙的舞姿，
跳跃在河岸上似的
水影般的摇晃，水影般的荡漾，
红的涟漪的波动，钻石的七棱色的交替，
青云，在无限好的夕阳下
变成明霞般的彩蝶了，
突然打开的金扇，扇出了
芬芳的火的香气
踊跃而出的
初升的太阳般的急步！

有兴奋的脸庞，
感激的笑，和孩子般
受到爱抚的娇气，
笑着，叫着，拥挤着的一群。

火焰的节日，
火焰的联欢，
火焰的庆典呵！
火焰喷涌，
火焰翻卷，火焰飞溅，
在大红月亮般的醉态里，
在振翅翱翔的赤燕的盘旋里，
未来含笑着迈步前来，
乐园的门
为我们开启了！

我们，褴褛的、卑贱的、
穷苦的一群，
是被火光照耀成金色的巨像，
而有叱咤风云的雄姿了。
虽然此刻，
我们冻僵的双手
捧的是水淋淋的破旧的单衣，
赤脚上的草鞋
也给烤得冒出水汽，
十几个人
共吸一支胡乱卷成的苦味的烟卷……

无私无畏的心永远向着光明，
虽然是，呵，虽然是
褴褛的、卑贱的、穷苦的一群，
却潇洒地吹着口哨，唱着豪迈的歌，
笑谈中鄙视一切的困难和畏怯……

让火焰用热情的手，
殷切地
衔着邀请的使命
——火焰，未来所派遣的使者呵
向我们不停地招手，
拉着我们的手，拉着我们的衣襟——
向前，向烈火的道路奔去呵！

村庄被朔风虐待着

满目凄凉的十一月呵
衰老的十一月
田野是一天比一天冷落了
村庄孤单地兀立着
以土拨鼠般暗淡的目光
惊慌地注视
那恣情虐待它的朔风

朔风，伸直喉咙怒号着
从野际滚动过来又向山凹呼啸而去
田野
与村庄相依为命的田野呵
如同一个生育过多的妇人般
颜容枯槁了
失色的草叶四处飘零
龟裂的畎亩
连一丝最后的绿意野匿迹了
朔风暴戾地尖叫着

绘声绘影地
代田野歌出了
万古以来的
诉说不尽的苦难
而漠漠的黄尘
旋卷成巨柱
如同涌起的暗云
拖曳着索索发抖的村庄
像是要拔脚奔逃的村庄呵
披头散发而苍白、失神

朔风虐待着村庄
凛冽的朔风
刺人肌骨的朔风呵
如此不留情地对村庄拳打脚踢
农人们紧闭了门窗
薄而破旧的门板后顶着石礅
没有窗棂的窗洞塞着破败的斗笠和蓑衣
想要抵拒那
卷土而来的风暴

丛树的最后一片绿叶
也被摘尽了
打谷场
像被削去皮的干果
裸露出皱缩的肉身
篱笆倾倒了
压盖在菜叶上

被严霜欺迫的菜叶
被虫类啮食得满身伤痕的菜叶呵
夹杂在篱边的乱草之中
已经很难分辨得出了
而那些枯草又都这样杂乱
有如失去修饰的兴致的老人们
绞结在一起的胡须
标志着他们的衰老和绝望
屋后的池沼——那泪水汪汪的
妇女们的求助的眼睛呵
从池边的老乌桕树
无叶的枝桠的交错里
向冥杳的远方的不测的风云窥探
而朔风咆哮着
从万里外的沙漠
挟带着
蔽天的沙砾
气势汹汹地
向村庄扑来

村庄显得更为凄凉了
如同奴仆忍受主人任性的毒打
连啼泣也不敢出声
抽抽噎噎地
从门缝、窗隙
送出断断续续的呜咽
让朔风揪住它的头发似的

掀开屋顶缝里的稻草
并像撕扯着衣裳般
把那用破木箱和火油筒钉成的屋檐
远远地拉了出去
孤单的村庄呵
无依无靠的村庄呵
四面都是荒凉的山野
四面都包围着盛怒的朔风
在寒冷中煎熬着的村庄呵
痉挛地颤抖着的村庄呵
像雪天里冻僵了双翅的鸟雀
栖止在单瘦的枝椏上
向着漫天的风雪
寻找失散的慈母
吱吱哑哑地，哀诉着
这严冬和饥饿，这朔风带来的不幸呵

萧条的十一月，肃杀的十一月呵
朔风虐待着村庄……

可是，宿营在这冷寂的孤村里
沉睡的我，却梦见了
十一月屹立着
在我们战斗的日程里
开辟了新的历程
而朔风也被我们驯服
成为我们的一支号角
那响彻天地的号音

片刻不停地
以粗犷的呐喊
呼唤着所有不幸的村庄
呼唤着战斗的暴风雨
那洪大的声音
由于加入了清脆的枪声和子弹的悠长叫啸
忽然间
变成了最悲壮的交响乐

春天——大地的诱惑

1

用反抗冷酷的意志
用降福人间的愿望
复活的日子里
大地解冻了
春天来了

春天来了
在那一天夜晚
不羁的东风里
繁响的风雨
轰闹的雷鸣
把她拥护前来
把她吹送前来
穿林渡水地
来了

雨落了，雨落着
大雨倒倾在地面

天上，雷鸣啸号过去
电光闪闪
水声在阶前，路上
每一条细小的沟渠喧哗
黑暗拥抱大地
——一个秘密的变化呵
第二天早上
继续昨夜的工程
重重的雾罩下来了
紫色的
年初的雾幕
掩藏了变化的秘密

于是
大地从容地
慢慢地生长了勇气
挥动臂膀
翻身了

春风吹着
和煦地吹着
带来了春的气息
带来了生的意志
也带来了炮火的呼唤
　　鸟鸣
　　蛙叫
　　亮丽的朝阳
　　与青青的气流

春醒了
应该快乐的都快乐了
不善唱歌的也歌唱了

人们似乎忘记了昨日的忧愁
眼睛里充满无穷的热望
从死亡的崖边
从寒冷的翅膀底下
在沉闷的化雪的日子里
在泥泞的道路上
放下了
压肩的重担
探首向
春天的郊野

郊野
冒着黑油
瘫软了身体
沉醉在春风里
似乎要溶解了……

那是先民的血汗膏润过的
贮满了我们吮吸的乳汁的
她曾经经过无数次的战乱
难以计数的苦难
一年一度的寒冷
荒烟与瓦砾的岁月
而今天她还健壮着

伸展得那么广袤
——到底是中国的土地呵
　　中国的土地是强韧的呵

现在，早发的
第一季的谷物已开始生长
年青娇小的禾苗
颤动着波浪
在妩媚的空气里
飘摇着涟漪
犹如大地从来没有冬天
永远是春天一样

绚烂的
充满希望的郊野
到处弥漫着
黑土的浓郁的香味
——多么悠久的土地的气味呵
　　多么熟稔的土地的气味呵
而那香味
使人热爱生活
热爱每一个日子……

2

而我自己
——一个爱梦的幼小者呵
一再地奔走在春天的郊野
我想象我成了春天的一部分了

我的心已被春天征服
在春天，奔走在江南的郊野
那举着勇敢的大旗的群队
有我在内
我们奔走着
——奔走的好像不是我们
　　而是春天自己

我看着
凭我的诚实
凭我的幼稚的智慧
赞赏大地的青春
歌颂大地的少壮
为了美好的理想
哪怕征途是怎样悠长
——我是必定要这样做的呵
　　我是看到了并且听到了春天的呵

无论什么地方
从这一边到那一边
一直到远方
春天的脚步所走过的地方
看出去——
　　绿色的……
　　茫茫的……
我不能不爱我们的土地
它是这样辽阔，一直到
远方——远远的……

春天是美丽的
她的行程经过
　　繁殖了生物
　　洒下了雨露
　　水上行着春水船
　　乡间唱遍阳春曲
　　蛰虫在地下蠕动
　　冰川向江海奔流
　　——祖国的大地
　　　　在晴热的旋风里燃烧了

大地的青春
已达到全盛
面向天空
袒露她那发育了的
饱满的胸脯
承受那
太阳的歌声的
尽情的爱抚

天空蓝而无云
平滑光亮
太阳
一天比一天靠近大地
带着春天的歌
以深沉的爱
凝视中国

什么地方飘来一阵歌声
那歌唱的就是春天自己

那歌声
在海上是舵手的幸福
在山中是旅人的愉悦
使年青的爱侣成熟了爱
使我——祖国的孩子
从芦笛里吹出牧歌
被吹在不断的胜利里
被吹在
从苦难里生长的希望里

在这战斗的郊野
阳光照着坚强的土地
比山间，比边地
比荒僻的孤村
沙漠和深林
都更殷勤

太阳照着
用光线代替声音
那歌声放逐了冬天
冬天到哪里去了呵
地上
已经找不到它的痕迹
最小的和最后的一丝痕迹

春天拥抱了大地

她的热情的嘴唇
吻着山峦
吻着田庄，河流
畜棚，果园和军营
并且说的那样任性
　　“看吧，由你们的眼睛
　　我的一切全在这里
　　这里——赤裸裸的”

她吻河流
河里的流水涨满了
春江的绿水就用善歌的喉咙
追逐春天
她吻小牛的眼睛
小牛在充满阳光的广场上哞叫
她吻农人的犁头
农人破开泥土
播下种子
和歌声一起
埋进土地

河里的流水静静地流
墙头的花朵含着朝露
青藤爬上乌黑的古树
从来不曾受人注意的
幽僻的角落
也开出了含笑的各种花朵
人们几乎不敢相信自己的眼睛了

春天给予我们的
是这样出人意外地丰富

不能再加进一朵花了
不能再加进一棵草了
春意浓到这样
呵，手伸出去
再也不愿缩回来了

3

只有我们
才能感到
在春天，祖国的大地
为了预告将来的日子里的
洋溢的幸福
她是怎样做梦也似的
打扮着自己
——声音、颜色、姿态
　　所有的力量、热和光
　　都在加强着
　　大地的容颜
使本来可爱的大地
更加可爱

而能够为可爱的大地
献出生命
献出火热的血液
能够为她受难

能够毫无保留地
效忠祖国
效忠战斗——为这些
愉快地殉道的
也只有我们呵

在这里
我们感动得这样深切
好像有巨大的力量在把我们吸引

我们
热衷于战斗
沉醉在战斗里
在这里
奔走着
——奔走的不止我们一群呵

从广阔郊野上走过的
都那样面善
那样相似
走在他们中间
在那些相识者和不相识者中间
我不会感到陌生，我是
他们中间的一个

大家都爱着春天
差不多和我一样
很满意这晴朗的日子
很满意这芬香的土地

人们互相祝福着
带着真诚的热情
　　和紧张的战斗
　　艰苦的任务
带着悲痛的记忆
　　受创的心灵
　　不会用完的潜力
一点也不犹豫
一点也不仓皇
匆匆地去了
奔向战地去了

我从营地里走出
用羡慕的眼睛看着他们
不由自主的微笑挂在嘴角
向着那有歌声的地方
我走去

一队年轻人
走过来了
他们都带着武器
微风吹动红色的旗帜
刺刀闪耀着光芒
他们是光荣的
春天活在他们心里
他们有多么高兴呵
——他们自己也忍不住要笑呢

在广场上
他们练习
瞄准
射击

许多人围着他们看
互相夸耀着
他们的儿孙
　　　兄弟
　　　爱人
　　　战友的
射击的准确
风度的英武

我爱看那
被春天的太阳照红的面孔
我爱听那
从人民手里射击出来的
枪声

穿过草地
走在瘦小、弯曲的路上
从散落在平野里的
许多零星的村落
人们
来了
在那个土地庙门口
集合了

出发了

他们走得那么庄重
带着锄头，畚箕，铁镐
中间还有花白了胡须的老大爷
　　　　睁大着眼睛的孩子
我知道他们要到哪里去
挖战壕呵，破坏桥梁、铁路呵
斗争需要他们
不，他们需要的也是斗争呵

“干得不错，干得好！
你们辛苦了！”
我向他们欢呼
他们回答我一连串听不清的笑声
我真想跑上前去
向老大爷恭恭敬敬地敬个礼
用我的激动的手指
拧一下孩子们鲜红的两颊

我沿着村落走去
很高兴
很有劲
挺着胸膛
很神气

天上
飘来一朵云彩
桃色的云彩

停在水中——明净的湖面

在洗衣砧旁边
站立着一个少女
穿着蓝布的军装
这样地美丽，纯朴，健康

站立着
站立着
在洗衣砧旁边
忘记了洗衣
在水里照着自己
那美好的青春
红宝石般的青春

自己对自己笑了
自己唱起歌来
——那青春的歌呵
手掠着帽沿的发鬓
胸前有一朵野花
而她不知道我正从池边走过
然后她害羞啦
忘情地害羞了
低下头……装作没有看见我

迎面
一支开拔的军队
向着前方
足音震动大地

他们移动着
像一个人
像一道活的堡垒

太阳热辣辣的
晒得他们汗淋淋的
一个战士走下渡头
双手捧起江水
那么贪馋地一饮而尽
然后跑着快步
又赶上队伍
听得到他身上
武器互相撞击的
清脆的声音

那边从江岸上传来了
十几个人
合唱的动人的歌声
我向江边走去

是那些纤夫们
那些扬子江的暴风雨
养育出来的子民们
在合唱一首悲愤的长歌

他们全身肌肉紧张着
背着纤绳像背着十字架
赤褐色的双腿
在与江岸平行的上身下

迈着有韵律的步伐
像要爬上高山一样
溯江逆流而上

一寸一寸地
沉重着
移动着
发出金属般的光芒
像一座座活了的铜像
江水叫号着
向他们背后流去

那边
像顿河的哥萨克似的
一个少年
在江边饮了自己的战马
吹着尖音的口笛
火热的，俏皮的口笛
跨上马背
一挥鞭——那么快
那么熟练地驰骋起来
从一个桑园门口经过

门开啦
柴门轻轻地，不出声地开啦
走出来一个少女
提着一篮桑叶
走出来，看见他

好英俊啊——她笑了

笑得那样深沉……

战马跑得更快了

蹄下溅起泥水

泥水溅到少女的衣襟上

少女又笑了

更加深沉……

我从江边的处女林走过

处女林葱郁着新绿

小鸟的羽毛丰盛了

水里，不断地有游鱼跳跃

在波光上闪耀着银鳞

我摘下一朵小花

闻一下——哦

花有沁人的香气

用手探一下江水

江水是暖烘烘的

我捡起一片小石块

向水面斜丢过去

水面就有许多小圆圈荡漾起来……

我向草地走去

野草已繁茂起来

燎火的痕迹

已被浅草淹没

从那烧焦了的土地的空隙里

生长出来的

那野花，小小的野花
向着仰卧在地上的我
从我的帽舌的旁边
看着我
用难以描画的骄傲
霎动着顽皮的眼睛
好像要趁着今天——这难得的机会
告诉我春天的消息

……你告诉谁呢
告诉你
谁也知道春天来了

4

当我望见
那茫然地兀立在郊野的那一边
那被强占了的城市
我想起
春天的恩惠这样博大
在那里
有没有春天的足迹?
帝国的占领军
把春天关在城外了
帝国的占领军
把自己关在没有春天的孤城里了

在那些地方
痛苦地怀念着三岛的樱花的

灰色的人群中间
春天
从来没有去理睬过他们

没有
完全没有呵！
春天
因为能爱
——爱我们
　　爱幼小的我
因此也能憎恨

春天
属于你
属于我
属于少男少女
属于战斗的心
属于蜜蜂
属于夜莺
属于中国——战斗的国家

但是
没有春天的
被她抛弃，拒绝
被她排斥的
那些拖着幽灵的影子
梦游者一般无力地彳亍在异国的街头的
那些呵

是另外一群人
不属于春天的人

对于他们
春天连一丝的温暖也不给予
地主那样悭吝
商人那样无情

那里是一片静寂
饿狗从街头走到巷角
空虚，恐怖的城市
停滞在无声的叹息里

可是，春天是不会忘记
叩击那些紧闭的窗户
告诉那些等待春天的人
有一天
你们会亲手打开城门
欢迎春天回来
你们盼望已久的讯息
将会这样地传来
或者是平原上的一阵枪声
或者是城楼上的一声爆炸
或者是起义者的街垒上
响起的
第一声嘹亮的冲锋号……

5

今天，我，我们享有这平原上的春天

我，我们享有这平原上血红的斗争

已经隔得多么辽远了呵
过去了的那些日子
为了不能忍受的耻辱
为了复仇的渴望
春天是隐约而模糊的
沉默着，没有声音
曾经那样的怅惘，我思念春天
花不曾为我开
云雀的歌声在遥远的天外

那时
我的心早已属于春天
春天却像是未知的朋友
像那冬天夜里的明月
炎夏的火花
悠游在天际的彩霞
那样可爱
却又那样难亲

我只能怀着羞涩的感情爱慕
我不敢用嘹亮的喉咙呼喊：
春天
我爱你！
春天的心太广大了
我再也探索不到
春天的心

是在海上依着朝阳呢
还是在山中逐着山洪……

现在，为这许许多多的
崭新的景象所惊奇
为这许许多多的
不曾经验过的感情所冲激
我感到了
十九年来
我等待的
就是今天
就是今天这样的一天

是的，从来
我不曾看到
也不曾听见
这样响亮的
第一次的雷鸣
没有一个春天
我看大地看得这样贪婪
没有一次
春天的歌声
能这样紧紧地擒住我

我相信
就在这里
——这烟花灿烂的江南呵
这样的春天

也是少有的

在今天
　有血
　有笑声
　有青春的梦
　有太阳
　有黑眼珠的少女
　有群队的歌
　有半夜烧起的火炬
　有大红花和锦旗
　有红星
　有爱
　有不眠的夜
　有捷报
　有大地的诱惑

而
没有
——等待与空虚

这一切
都好像在从前看过
却又和从前有多大的不同呵……
于是
在我心中
爆发出了
压抑不住的歌声

我发誓：我要战斗下去
我已到了这样的地步
我的胸中塞满了自己的誓言
那誓言，简单，决绝：
“离开了战斗，
我的生命就等于零！”

即使将来
这大地被泛滥的血液所淹没
即使野火再度把她烧焦
风暴再度吹去草野的芬芳
即使冬日的冰雪
再度麻痹了大地的生机
即使那样
——那只是暂时
即使那样
春天还是要回来的

6

只有今天
我们才这样亲近地感到大地
才能这样亲切地感到春天

这是我们的大地呵
我们的大地
是雄伟、壮阔
自然写就的一首诗篇
洗涤了屈辱和灾难

她和天国是那样相似

春天是我们的
春天是我们的
春天
　是我们的！
——你没有听到那战士所唱的歌吗？

那捍卫祖国大地的战士
他属于春天的队伍

在我的心里有着他
在每个人的心里都有着他
他和那个队伍里的每一个战士相像
那队伍里的每一个战士像他
有热烈的青春的火
有无比顽强的战斗的意志
他们的梦
用星星写在天上
温暖，璀璨，光明！
他们不曾为诅咒而退却
嘲骂也不曾使他们停止前进
他们不曾——也不愿这样
他们是纯洁的
他们只顾一心向前
“我只爱战斗！”
他们这样说——好像久已想好了一样

多大的骚动呵

多大的叫声呵
是有多少人拥抱他们呵
是有多少人害怕他们呵
一个奇怪的队伍呵
这样年轻又这样沉着
这样幼小又这样刚强
好心的人们看着他们
眼光充满忧虑
他们会胜利吗？
他们能生存吗？
——一个多大的奇迹呵！

战争
显示我们的力量
战争
决定我们的命运
铁和火
使我们壮大
鲜血和热泪
死，和坚固的信念
鄙夷
帝国精锐的炮弹
回答
存心不良的懦怯者的
无耻和顽固

千百次地击退了侵略军
在怒水汹涌的江边

在泥途泞滑的田间
在街巷
在堤岸
在僻静的渡口
在公路和铁路的交叉点
在河港湖泊密布的水乡
埋伏与穷追
包围和截击
战士
人民
天皇的叛逆
——一家人
日夜积累着
胜利的果实
向
所有受难的城市
　　　　　村庄
进军！
攻击！

我亲身体验了这些
我感到荣幸

我要对非难他们的那些人
皱起鼻子，咬着牙根
直截了当地说话：
——难道你们没有看见平原上的春天吗？
难道你们没有看见平原上血红的斗争吗？

我要用早晨的玫瑰
插到战马红色的鬣毛上
我要要求太阳
用她的光芒给战士做一身闪亮的战袍
让他们挥动真理的宝剑
奔跑在
向光明的路上
让所有遇见他们的人
都禁不住齐声高呼
——万岁呵！人民的战士！
一切光荣属于你
不朽的功绩属于你

春天的手抓住了一切
而你的手
抓住了春天的一切

7

为什么呵
我的心——这样沉重
有着少年人习惯的忧伤
烦恼和郁闷
我不轻易说到这些
我知道：什么
我的血将为它而流
其实我无须重申我的决心：
我要用我全部的血液

在我的被诱惑的青春的日子里
勇敢地
去爱——

爱春天
爱大地
爱被侮辱与损害的人们
爱这平原上的火红的斗争

并且——
去为爱而死！
我走了多少路程呵
我忍受过多少艰辛呵
我有多少春天的梦呵……

祖国呵
从来，我没有像今天这样地爱着你
有许多允诺
甘心为你受苦
要做你忠诚的卫士
不曾有半句话埋怨
也没有要求些微的慰劳
——一至于此
我是不会说谎的
我在这里是
走了又走呵
看了又看……

积留在我的脚指头里的

你江南的泥沙呵
在三月的
和暖而柔软的
泥泞的路上
那伙伴们走过后留下的
许许多多的足印中间
那瘦小的一个
就是我的
如今该也积满春水了……

我在路上唱着歌
这歌——
模仿春天所唱的
感染了大地的诱惑
叙述着我初恋的心
是怎样天真烂漫

我在路上想着这些
激动地挥舞两手
老实说
我是带跑带跳地走着
——一个难忘的日子呵
我想了许多
并为这一切所鼓舞
惊讶而又满意地
感到了
今天
我已经再也遏制不住

我的热情的泛滥
我是再也不能掩藏我的希望了

相信我的话吧，同志们
凭我的忠贞起誓
不要以为那是近于疯狂
我要去呵
不能这样长久地盼望着他们
我要
冲上去
不顾一切地
向着所有的受难的城市和村庄
我要跌倒在她们的怀里
在那里
去流尽我痛苦的眼泪

我将用颤抖的声音
去告诉每一个亲人
一个确实的消息
我将这样地去说焦我的嘴唇
“春天来了
胜利来了
我是来报信的！”

1939年春

1940—1945

风前大树

——闻雪峰被囚于上饶集中营

是的，这突然发生的风暴是残酷的
是的，这棵树是孤单的，而且过于高大了

炉火一样闷热的电闪要烤干它
而青绿的大的雨滴又把它淋湿得
像一个横泳过急流的人般地喘息着
凶恶的风成片成片地刷去它的叶子
甚至使它发出像被人揪住鲜嫩的双手的
受虐待的女孩般叫人心碎的尖叫

它那高大的躯干倾斜了
成队的乌云在电闪里疾驰而过
一阵阴凉的风预告着又一场风暴
在不停的狠毒的摇撼里，它是摇摇欲倒了

仁慈的大地为它张开了一个裂口
让它那半数以上的根须
那生命所系的血脉

得以舒畅地呼吸

而它那被拔起来的树干

则像一只野兽的巨蹄

以它的利爪

紧紧地抓住大地

正在用它的全部力量

牢牢地，牢牢地抓住了它呵

倾斜的原野

这是一片毗邻城市的倾斜的原野
展开在城市的皱缩的边沿
在那些污秽的阴暗的小街背后
从那里
从土地荒凉起来的地方
从小河流被淤塞的地方
开始了倾斜
开始了下坠性的倾斜

开始了疲乏的、但又不能终止的倾斜
在没有人关心
没有人重视的倾斜里
冷淡地
让城市用无数无表情的屋顶目送着它
用最后一座牌坊
和最后一道栅栏
把它隔开

使它和城市显得这样邻近的

是城市的所有的噪音
汽笛的撕裂神经的吼叫
货车的使肌肤颤栗的轰隆
和人群的无节制的营营嗡嗡
使原野如同听力衰退的老人
急于逃避刺耳的锣鼓似的
慌慌忙忙地下坠着

原野上的日子常常是暗淡的
城市的所有的灰尘
工厂的烟囱的不停地吐出的浓烟
千家万户的炊烟
以及人群的千百只脚
践踏路面播起的
黄色的尘埃
混合成城市特有的不散的雾
如同永不收拢的帷幕般
悬挂在原野上
黏附于高低起伏的斜度
就像羁轭套住驮马的颈脖
——这负重的土地呵

天气晴朗的日子
当白日的光华揭开了
帷幕的一角
于是暴露了原野上可怜的一切
太阳，无情地从上空
凝定烛火一般的光环

像是为了衬托这原野的荒凉
几条云带，乌黑的，长长的
在雾散后的空洞的天穹下
祭坛前的黑幡似的
被高高地升起来

于是原野，麻木地，不知羞耻地
赤裸着干瘪的身体
那衰老而松弛的肌肉
那些丘陵，在松弛里继续崩塌着
那些斜坡则被瓦砾和煤渣所淹没
它们那生硬的线条形成的层次
不可挽回地泯没于可悲的倾斜里

那边，在靠近最后一条街道的角落
好几座色彩斑驳的
发出恶劣气味的垃圾堆，小山一样
兀立着，破坏了原野单调的平衡
和枯燥的寂静
招引来成群的恶狗和贫苦儿童
为争夺一根骨头，一只空酒瓶或一双破皮鞋
发出阵阵凶狠的咒骂和叫喊

垃圾山近旁
淤塞的河沟里
一片浸在污水里的洼地
在扩大着
制革厂流出的赭色的硝水

屠宰场红色的血水
以及染坊流出的浓郁的靛汁
和千百条阴沟排出的
油腻的污水，吃力地
在那日益狭窄的渠道里汇合着
缓缓地，不情愿地淌过

原野当中，绿是预先安排好了似的
一座摇摇欲倒的茅屋使它显得更加荒凉了
在这座没有固定住户的空屋里
到处是凌乱的稻草和枯枝
搭灶用的烧黑的砖头
和不知谁遗弃的半床破席，半只破碗
到处是炭灰和溺渍
只在晌午边和傍晚前
有一个老人，在这里贩卖
草鞋、酸枣、毛栗、卷烟纸和贱价烟丝
可是晚上，谁知道呢
是哪一个从城里来的
逃捕的歹徒，或是瘸腿的乞丐
神经失常的疯妇……在这里过夜

几棵小树
谨慎地躲在原野的不显眼的侧面
凭着顽强的生之意志挣扎着活了下来
这些可怜的幸存者
有的免不了被过往行人砍去一半当柴烧了
才长出来的叶子也被摘去编成遮阳的草帽

光秃秃地，全都像
薙光了头的囚犯般
带着生命的不幸的标记站在那里
树枝上挂着死猫的尸体
地上，没有草茵
只有干燥的泥土用它那没有眼珠的眼白瞪着天空
其间还有两三座野冢
谁知道那里面栖息的是何方孤魂野鬼
没有莺鹂的啼啭
只有从城里觅食回来的乌鸦
粗俗地因满足或失望聒噪着
为这个失去绿色的世界唱着挽歌

扑向城市的风，遇到成排成阵楼宇的阻挡
不得不退回来，比赛失败的暴躁小伙子似的
发出不服气的号叫，这里那里地乱闯着
像野狗急于找一个收容它的人家
而那些不知何处孵化出来的
原野上的善飞的昆虫：蜻蜓
模拟鸟类的敏捷，成群成阵穿梭着
这一切，都使原野
在城市面前显得更加寒伧
而且，像是再也不能够
生长绿色似的
这贫瘠的原野只有让那些无用的废物
妨碍绿色滋生的废物
横冲直撞地泛滥着

显示它们病态的顽强
在烈风的吹啸里，刁钻地
庆幸着长久以来没有垦殖者来把它们清除
几条由赶路人踩出来的小路
在起伏里延伸，指向那些僻静的乡村
从早到晚，来往着蚂蚁般忙碌的村民
他们年复一年地向城市
供献他们的劳动果实，他们有许多话要说
而他们带回的却是无法解答的疑惑：这些城里人
拥挤在狭小阴暗的天地里，凭着他们的机灵
追逐财富、繁华和舒适
却忘记了供养生命的最主要泉源
不知道什么是真正的美，什么能带来真正的愉悦
他们奔波不息的脚步
像是在预告着，这原野
一定会有苏醒过来的一天
因为城市毕竟无法将它吞食，尽管它可怕地贪馋

是的，城市的贪馋是可怕的
只想一口吞下这一片可怜的土地
已经可以听到，步步进逼过来的
城市急促的呼吸
和从牙缝里漏出的黏糊糊的涎音了……
除非有一天，倾斜的原野
从下坠里直立起来
以大片大片清新的绿色
阻挡城市盲目的吞食，用绿色

洗涤所有的污垢

使城市健康起来

蛙　鼓

像荒莽丛林里的野人
青蛙是狂热的神的信徒
夜夜在水草深处举行隆重的祭礼
人类用断续的低语连缀起来的祷告
它们从着魔的阔嘴里喊出
声音因狂热而急促
因虔诚而不停地重复
迟缓时单调如拖长的平行线
高亢处于突然停顿后突然提升
如一根拉紧的弦顷刻间绷断
停顿之后的一声轰响
如火星疾行于点燃的导火线上
在竭力显示庄严神圣的叫声后面
仿佛伴着女性迫切诉求的悲怆
说不尽的苦恼和无法解脱的困惑
鼓手们呵

告诉我你们信奉的神在哪里

谁的法力支配了你们

使你们如此热衷地折磨自己……

阳　光

人们抓住她的小手
把她牵到墙脚下
让她把脸朝向阳光
可怜的小生命
不住地眨着眼睛
前额显现出好奇的皱纹
两手沿着背后的墙壁
微微颤动地摸索着
全身收缩在静默里
像在倾听来自天外的仙乐
不愿受一点最小的干扰
呵，是什么
使她从没有眸子的眼窝里
流出眼泪？
像一座阴暗的房子
突然把所有的窗户打开
饥渴，感激

和发自内心的喜悦
竟使一个盲女
在接触到光和热的时候
变得和仙女一样美丽

半裸的村庄

我重来把你造访了
你贫穷的，破烂的村庄呵

我还记得
不久以前
我曾怀着最大的悲痛，垂头
从你那最后的一道栅门走开
发誓不再重来

侏儒般出现在荒僻的原野旁
那栅门是朽坏了的
多年没有修理了
用瘦小的木棍支撑着
跟村里所有的房屋
一样东倒西歪
像刚刚给谁打过一记耳光般
站也站不稳……
倾斜的田塍的末端
扶着拐杖似的

守望着一株
单薄的皂角树
站立在狂风的呼啸声里
它的手臂
朝河那边给人们指着什么
它
是村庄的灾难的目击者呵

风
赫赫刺刺地刮着
吹得人汗毛直竖
把我的心呵拖拉到
倒悬的云块上
不停止地摇曳起来……

我不知道
命运
——一点也不体恤人的命运
为什么要科给你
以这样苛刻的刑罚
为什么要命令你
这样惊慌地
胶附在苦难的羁轭下

现在，是更为严重了
村口的断墙上
往日
曾经是贴满了

"出门见喜"的红纸的
如今却
赫然地出现了
催命符般的字句不通的"布告"

坏消息跟坏天气一样多
各式各样的"征收"
几乎没有一天间断
农人们什么都被搜刮光了
催粮，讨债，拉夫
收捐，派款……的行列
蝗虫般地蜂拥而来
在善良的人们之前
霹雳般地动着肝火
犯罪者
冰雹似的
被雷霆所追捕
到处
鞭击的声音
都可以听到……

衰弱的农人们
穿着跟稻草人一样破烂
像一只只饿鸟般狼狈
没有人可怜
也没有什么
可以逃生的地方

久违了农人们胼胝的摸触
新种下去的作物，不久就
夹杂在乱草堆里了
和零星地暴露在四处的兽骨混在一起
野麻之类的杂草
像乡姑们松乱的发辫一样地拖长着
菜畦旁边
那用破瓮
和鸡笼盖着的篱笆
也七零八落了

当早晨
那呆哑的
雾的团块
还没有被晨光撕碎
长舌的乌鸦
已开始向村庄蓝色的影子聒噪
穿过密集的早雾的小点子
从稀烂的路上
一个年纪衰老的农人
赶着他那枯槁的病牛去抵账
昏花的双眼
被成堆的眼屎所壅塞
困难地流出一两点泪水
哽咽的喉咙
已再不忍心
去叱骂这就要转换主人的畜牲了

滞留在这绝望的村庄里
农人们
是这样含悲饮恨呵
心都冻结在
固执的命运的冷酷的拒绝里了
他们这般地暴躁，常常
殴打自己的可怜的女人泄愤
那些苦命的女人们呵
早已陌生了青春与美好
毛茸茸的发髻
沉重地
压在头上
憔悴的
被操劳染黄的脸
锈满了雀斑
她们甚至
连铜打的耳环都没有
虽然还在用木瓜一样的乳房
喂养她们的小孩
自己的灰暗的双目
却失神了
完全失去了感触
甚至，连哭泣的本能
也忘却了
——谁还能哭泣得这样多……

染了重病的病人

辗转在床上
拖长的呻吟
就像干旱的日子
从河边上传过来的
水车的声音
一样枯涩而吃力
由于瘟疫和抢劫
牲口稀少了
但村里依旧是污秽的
连卧房里
也满地都是
兽粪和污水
一股难闻的气味
在酝酿着
病菌的
无法抗拒的猖獗

靠河
从繁茂的草里
村庄在偷偷地照着自己的影子
不管水沟在旁边多嘴地嘀咕着
他半闭着眼皮
向远方支肘出神
他只管装作假睡地沉思……
今日的村庄呵
已像一个被主人用钢针
刺得浑身是血的小奴婢一样

忘记了用衣襟去揩眼泪了

半裸的村庄呵
破烂的村庄呵
灾难在向着你露齿狞笑……

往年
我们还有元宵和庙会
如今却连祖祠里的香火
都冷落不堪了
女人们都索然于求签和许愿
孩子们也总是盼不到
热闹的节日了

孩子们拖着鼻涕
浑身赤裸着，沿村
做蛮野的
有害发育的游戏
很少有人去阻止
一任他们
任意地在泥沟里打滚
周身泡得黏糊糊地
尖叫的声音
把村里的灰尘
都搅翻了

在这儿连狗的影子都看不见
在这儿猫跟老鼠一样精瘦
在这儿连乞丐也很稀少

——乞丐也禁不住多次的失望呵

……不能永远这样下去呵
难道就没有一个人
敢冒一次险
难道他们真的是愚昧无知的
难道贫穷和极端的绝望
使人们倦于生活了吗

到处都是一样的
每一家矮小的
局促的茅屋里
都闻不到粮食的气味
和生活的温暖的气息
黑洞洞地
散乱着松了箍的提桶，跛脚的桌椅
壁角张满蛛网
梁间吊下成穗的灰尘
发霉的墙隙
渗出湿漉漉的汗水
青蒿和稻草都用光了
只有堆满院落的柴薪
发出唯一的，树脂的怪味
村庄后面
紧贴着荒野
是一座坟山
——村庄呵
振作振作吧！

我害怕那没有灯火的晚上
在晚上
那坟山上的
杂草丛生的坟堆
总是用轻幽幽的磷火
窥视你
而且
好像不耐烦地
等着吞食新的棺木般，向你
半裸的村落呵
眨动着
狡猾的鬼眼……

1945—1949

叫嚣的石块

青空可有鸽队的银翅
流动花环的漩涡?
瓷瓶里面
插的是鲜花鲜叶
还是荆棘?——
愤懑使我伏倒在桌子上
脸部有接触冰块般的阴凉
我哭泣了,但没有出声……

沉默
硬黑的果核里的果仁怎能够不是沉默的
沉默
在沉默里我倾听我自己
像野兽倾听猎人的脚步

知道通过苦难的岩隙
流出来的欢乐才是真正的欢乐

知道百合花剑锋一样的花瓣是直立在
乱箭似的蔓草之丛里的
知道需要纱布绷带的不只是我
还有那些挣扎在思维的袋形地带里
还在起劲地摇晃着纸扎的桂冠的吹鼓手们

我，沉默，好久以来就习惯于沉默
习惯于用痛苦祝福生命
习惯于把自己集中于一点——
集中于痛苦之上
我
知道声带是人体最高贵的一部分

曾经有过风声紧急的夜，天边响起乱枪
骚乱的夜，妇女们在罡风里哭泣
　　孩子们找不到母亲的乳头
风雅之士慌张地抱成一团倒向豪强
不停地嘀咕着“拿酒来，拿酒来”
媚态的鱼们从葫芦的圆嘴吐出废话的泡沫
　　“今夜岂可无诗，且拼他个一醉方休”
没有声波，没有频率，没有显色的光
恶棍们在尸骸的假山上
迷溺着丰盛的宴席
而失神的雅士们，则在豪强的无礼里
唱着虚幻的情操

嘿！去你的吧！
我沉默——

不是因为已经屈服于厌恶招致的疲倦
不是因为灵魂和肉体都已经不能负担
　　所有比这更重和更轻的负担
不是因为情绪已完全赤贫
只剩下以厌恶为动力的，不断地撞着胸壁的
有形的失望
和束在两手之间的灰白的虚无

知道我不必，也不应该惊讶
为什么我付出的代价竟会是这样庞大的
　　一堆辛酸的无奈
知道我应该明白这一切几乎是同时发生的事件
所具有的同样重大的意义：
它的欢乐将是无法估量的，而它的痛苦
　　也将是没有边际的

沉默。忍受着沉默的火辣辣的折腾
只因为重视语言就像重视我的双眼
只因为在现在这一秒钟的过程里
迫切地要用我的真实去理解真实，而且
请让我还是在碰得头破血流的固执里
　　继续注视这个花花世界吧——
在这些悲惨的日子里
醉汉们做的是些什么样的好梦呵，我的天！

悲喜剧没有演完，也不可能很快演完的
让雅士们把二部、三部、四部合唱唱下去吧
让他们照样轮流戴各种各样的高帽子吧

让他们伸够了懒腰，打够了饱嗝，讲够了
　　“今天天气哈哈哈”
意犹未尽，就来那么一点点感伤，那么一点点
　　慷慨激昂，甚至来那么一点点所谓的爱情
一切照常进行！
一切顺利！
守卫在大门口的
带枪或是带棍的守卫们
是知道得很清楚的

注视吧，继续用你的燃烧着的愤懑注视吧
不要以为
现实里有什么道德的浪漫，情操的慷慨
不要相信
那些大师、名流、明星
真的有什么专业特长，说穿了，不就是些处世技巧吗
注视这些，你就不能不相信
人，是信念的动物
而且每个人都用他自己的语言说话

知道末日来临时
在艺术的祭坛上献祭的
必须是一颗依然在突突跳动的赤裸的心
知道我们是在众生嘤嘤啼泣里
在染血而流的苦难的时间之河里
度过我们炼狱般的生涯的
度过我们几乎是一个世纪那么长久的瞬间的

这里，是话语的炼狱
在这里，我以诚挚期待灵魂的净化
我沉默，并非有丝毫懈怠
我沉默，因为我潜心于在话语的林莽里
寻觅最犀利最准确的语言，用来
加速对灵魂深处的持续掘进
我沉默，因为我专心致志于
拷问我自己

说天空永远只有阴霾
说纸花纸叶将和荆棘一起占领花园
谁能承认呢？不，永远不可能！
不能承认虚假的胜利，真实的失败，那太荒谬了
不能承认真实会把胜利送给败露了的虚假
不能承认应该空着两手，软弱地
　　站在五花八门的虚假的围攻里
不能承认我会是一个失去起码的自尊心
　　热衷于世俗的名利的帮闲、清客
我知道，从来
我没有像今天这样爱我的生命，为了
　　无比严肃地献出它！

我，沉默
让血液沉淀着更多的愤懑
我知道
正如饮料中有酒也有水，话语也有水和酒之分
我又何必多说！

我知道，我怎能不知道呢
幸福的果子能够亲切地感到露水和阳光
勇猛的野兽也能够亲切地感到四面射来的利箭
我为什么不能够！
本世纪大大小小的事变
我都在场，都是目击者
我是灾难深重的
中国人里面的一个
苦痛里千锤百炼过的人民中的一个
我，愿用全部带血的话语
替去
人群的一滴眼泪！

兄弟们，姐妹们，你们
和我一样，早已从冷静的注视
和冷静的思索里
走出来了，解脱出来了
是时候了，我
必须
到你们的呼吸里，脉搏里去重新发现自己
让自己陶醉到无法把自己从你们中间分别出来
必须
用蠢话，怪话，粗话，痞话，生硬不通和
　　颠三倒四的胡说八道
像只刺猬般打进雅士们文质彬彬的谈吐里
和他们神经衰弱，头痛，失眠，消化不良
　　反胃，呕吐……

让滔滔不绝的村言野语
像突然掉过头来的枪口对准他们的胸膛
要他们慌慌张张里
　　以为有谁对准他们的眼睛撒过来一把盐
　　以为天上的彩虹一下子变成一面黑旗
　　以为有谁抬一口棺材来给他们祝寿
　　以为这是把太太的裙子掀到先生头上的
　　　　最要不得的恶作剧
于是惊呼：话语的大海一夜之间布满了礁石
　　太不像话，太不像话呀！

看吧
沉默一旦爆炸
引起的骚乱就有这么巨大
让他们去惋惜这满地七零八落的碎片
　　去感慨这颠倒了的秩序，失去的安宁吧
正是在这个不可避免的骚乱里
有新的平衡、不平衡里的平衡，新的协调、不协调
　里的协调，新的和谐、不和谐里的和谐
当石块也叫嚣，也飞翔，也在飞翔中微笑
一切的不正常就会成为正常

因为血液

今天，我从一家制造假花的商店门口经过
我看到，他们正在加紧地制造大批纸花纸叶
我想，这很好
这块没有生机的土地，还是用各色彩纸来装饰吧

我是倔强的，我没有想到
可以用别人的眼睛看世界
我是牛，我的头永远昂着
角上扎着两把雪亮的尖刀

如所周知：这城市
使我和我的同伴们感到格格不入
我们尖声叫道：见鬼！而没有赞美
此地的某些名为“人”的生物，搬演着
类似的骗局，类似的微笑与辞令
此等集团大同小异，比喻吗，说是
鹅和鸭，驴子和骡子：他们一样愚蠢

街道是商业的圣殿，是的
满街的叫卖，招徕，自吹自擂

灵魂的买卖和肉体的买卖同时进行
男人眼里的苦闷
女人眼里的企求
——让他们自己去讨价还价吧

先生们，女士们
我在你们的蠢动里
经验着时刻加深的辛辣的厌恶，辛辣的愤怒
和辛辣的仇恨呢
不要做梦，连你们的梦我也不信任
盲者的梦里更不会出现形体和色彩
聋子的梦里没有风声的流动
我不信任你们的梦里的麻木的鞭击
笑脸常开和唯唯称是
这一切，完全不可能仅仅是梦
夜，还是灯火通明的呢

干涉军总部的灯火辉煌着
印刷钞票的工厂的灯火辉煌着
夜，荒谬地进行——
上流人挺胸凸肚，几乎是自觉地
使自己成为一个形象：一把保险柜的钥匙
女人们，流动的橱窗，走出橱窗的衣架
代表神圣的商业的天经地义：
——如蒙惠顾，无任欢迎
汇集在一个什么样的温暖的地方
等待着，像一堆赤裸的鱼等待在小菜场里
不要紧，夜——平静得很

每个人都到他自己应该到的位置上去了
瘪三在垃圾箱旁边，水兵在三轮车上，官吏在指挥着
　黑无常，白无常，勾魂使者
最大的财东宣布；“收支相抵，不过……”
精干的政治家仍旧热衷于他们的游戏：
——签订着又撕毁着什么

而且研究着：
这一注，该押什么好？
来呀，一齐来呀！新交旧好，各有在行
神经系一样紧张：能捞多少就捞多少
消化力一样强：剩余物资，外汇，金条……
以及我们穷人连想也想不到的一切
直到有一天
连发一份讣闻给亲亲热热的干爹都来不及
就寿终正寝了
于是，美其名曰：功圆德满！

这些歌声何其一律！
唱着“我好比”怎样和“到头来”怎样怎样
夜的醒者，触目惊心地
看到：尸首的行列
走近埋葬贪欲的深渊
时候不早了
在政治的胡调和经济的糟蹋之后
依依难舍地，他们取消了
自己的没有内容的存在

扬子江畔的一条大街
左边是帝国的旗舰，右边是大理石的
银行大楼下的眈眈而视的铜狮
一个小贩，正在人行道上兜卖一幅
面白唇红，数以百计挤在一起的“要人们”
汇集而成的“伟人像”
这是什么一回事呀，亲爱的大人先生们
我在抱着悲悼的心情注视着诸位呢
我知道，我哪里会是猫，你们
哪里会是老鼠
凭着你们的红光满面，衣冠楚楚
怎能够不恭恭敬敬地把胜利奉送给诸位
怎能够不乖乖地让你们骗进失败的危机里呢
不可饶恕的亵渎呀，居然把你们挂在
铜狮子的尾巴上面了
不可原谅，完全不可原谅呀
毫不留情地辜负了五色橡皮版的精工印刷
这，应该放到有司仪喊“立正”、“行三鞠躬礼”的
　礼堂里去的

夜，混沌。我睡不着
十里洋场是“白相人地界”，自然
于我是不协调的
谁敢提一桶稀巴烂的黄泥浆
到客厅里
破坏你橘红的灯光下
桃红的窗帘，金红的地毯，紫红的丝绒沙发之间的

　平稳的和谐呢
这太严重了，只有小丑鼻子上的白灰
才能使你们轻松的，我知道

这就是命运了，我不懂得“轻松”
我，结结巴巴的乡下佬
不会解释什么叫做轻松
没有重量的岩石？不会引起燃烧的火花？
我怕我的猜测非常不完全
花花世界里，孔雀是幸福的
有人从它的尸体上拔取羽毛做装饰
夜莺的滴血的舌头
却永远封闭在泥土里

这是
因为血液的缘故！
我不懂得插科打诨，而且
更重要的是，我不善于作预言
在这个城市里，我沉默地反刍着仇恨
我一直以我的固执的农人的血相信
云还没有拥抱着寒冷而沛然降落的时候
那还是云
同时，既然我们的任务是使世界成熟
那就不必要把开花的道理说给花听

人

人啊，人啊
桥梁一样荷负着重压的
铁砧一样经受着捶打的

人
用意志的帆驾驭风暴
以信念为形象制造发射利箭的弓

凭神圣的爱憎
人使自己发出光芒

凭勇敢和智慧
人使自己具有尊严

听说
受围猎的鹿在狩猎者面前，是要毁掉自己生命的精华——那叫作鹿茸的嫩角的
大象临死之前，是要找一个不容易被发现的山清水秀之处作为生命之旅的终端——为了保存象牙不让它落到市侩手里

有些昆虫在被对手追击无法脱身时，是要把自己吃
　掉的
为了不让干净的羽毛受到污染
海燕纵身撞向尖削的礁石

人，就是这样做的
人，做得比这更多
从人生的炼狱到理想的战场
人，时时刻刻
都不忘记捍卫人性的尊严
人追求的不是什么报偿
人只奉献，人不索取
因此，真正的人自然拥有
永恒的永恒，完美的完美

清洁的眼泪，不为一己的不幸流
由衷的笑，只为万人的喜悦而笑
人，可以是一座火山
愤怒的熔岩惊天动地
人的呼吸
有如巨鲸的吐纳，壮丽地
作喷泉的直立

人，有蜜蜂那样的
维护生命的庄严的一刺
人，有蚁蝼那样的
保持生命延续的勤奋的一群

冤魂，多么虚无缥缈

但人们常常谈论冤魂，因为冤魂是复仇的化身
灯蛾，多么软弱多么小
但人们爱灯蛾，因为它为热爱光明付出生命

能够在大灾大难里
一点一滴地把自己凝聚起来
使自己坚固如磐石的
是人
人，清醒地
知道自己站在什么位置上
知道自己走的是什么样的悲壮的道路
人，所以比非人，比人的类似物更高
人所以是人

人创造的神话
人子戴的是荆棘的冠冕
而救苦救难的佛
坐的是莲花宝座

人，地上的星，星球上的花朵
人就是有那么一种风采，那么一种气息，那么一种
　质地，
人的芳香，是大自然的骄傲
堂堂正正地活着，坦荡地笑着
人
只有这样一个铿锵的名字
人
处身于邪恶的张牙舞爪里

人

无千无万灾难深重的生灵里的一个

人

必须是这样的一个人!

只能是这样的一个人!

1947 年 8 月，桂林虞山庙狱中

爱

爱是人生理想的实体

——手记

爱是这样的，是比憎还要锐利的，
以锐利的剑锋，刀刀见血地镂刻着，
雕凿着，为了想要完成一个最完美的形象
爱者的利刃是残酷的。

激荡的漩流，不安宁的浪涛，
比呼救的信号灯还要焦急，深情的双眼闪烁着，
找寻那堤坝的缺口，急于进行一次爆炸式的溃决，
爱者，用洪水淹没我吧，我要尝尝没顶的极乐！

去，站到吹刮着狂飙的旷野上去，
站到倾泻而下的哗哗大雨里面去，
爱者，狠起心不顾一切地冲刷我，
更加，更加猛烈地摇撼我，让我感到幸福！

而且执拗地纠缠我，盘曲的蛇一样
紧紧地，狂野地抓牢我，

以冲击一只小船的滔天巨浪的威力，
　以那比大海还要粗暴的威力，震动我！

不是心灵休息的地方，不是的。
　爱者呵，从你这里，我所取得的不只是鼓舞和
　　抚慰；
这里，往往少一点平静，多一点骚乱，
　爱者，你的铁手的抚摸是使人颤栗的。

心灵撞击心灵，于是火花迸射，
　随着热泪而来的，是沉痛的倾诉。
爱是这样地在揪心的痛苦里进行的，
　在那里，在爱者的伴随着长叹的鞭挞里。

安宁吗？平静吗？不！池塘有一泓碧水
　澄清地照出一天灿烂的云霞。
但那只是云霞，云霞的绚丽，云霞的瑰奇。
　而澄清的池塘失去了它自己。

而沐着阳光的晶莹的心灵
　却以其结晶体的多棱角的闪动，
以千万道颤抖的光芒的跳跃，迎接着光和热，
　爱者心辉的交映就应该是这样的。

多么苛刻，多么严峻而且固执，
　只想成为彼此理想的体现，爱者和被爱者
是以如此迫不及待的心情
　奔向对方，去为自己的理想找寻见证的。

而他们也都终于看到了并且得到了

捧在彼此手上的那个血淋淋的生命，
那突突地跳着，暖烘烘的理想
赫然在目，这生和死都无法限量的爱的实体！

1948 年春，桂林红庙狱中

耕过胸部的犁

泥土，泥土
我的想象里充满泥土
我的气息融和在泥土里

泥土，泥土
我的胸部是泥土做成的　堆积满泥土
发着诱人的香气的　砂糖一样的泥土
密浸过的　熟透的黑枣一样的泥土
柔软的　黑绵羊暖烘烘的绒毛一样的
正在发酵的　酒曲一样的泥土

泥土　我用整整两排肋骨托起你
像托起承受奔驰中的重压的铁轨的枕木
泥土　我知道你喜爱着能够托起
大理石碑座一样沉的重量的
能够托起大屋顶的横梁一样的肋骨　因为
你愿意让它托起你而且和你融合在一起

泥土　泥土
我是泥土　是用隆重得不能用笑来表达的欢喜

迎接耕种的犁的　快乐的泥土
是用圣徒一样的虔诚　爱者一样的灵魂
用工作开始和工作结束时一样的不衰退的热情
迎接耕种的犁　迎接种子
决心为养育它而消耗自己　交出自己的　泥土
为了种子　为了它
而启动全部血液的流动　全部肌肉的颤动
全部肋骨的承受力的　泥土

我期望着　就要到来的那一天
那一天　犁的
雪亮的　冰凉的嘴唇
温存地接触我的皮肤　然后
那么快　那么有力　尖艇一样在我的胸部疾驶
耕过我敏感的肋骨　切开一道泥浆的河床
在农人亲密的吆喝里　跟在耕牛后面的
飞鸟的歌唱里　在我的胸部——这泥土的肉身
留下成串的脚印　冲出一道道黑色的
夹杂着斑驳的银灰的波纹　浓郁　深沉
千斤重的钢板才有的浓郁的黑
万尺以上的大海才有的深沉的黑
暴风雨前层层堆积的乌云一样饱和的黑
浮荡着　充溢着　泥土
喷射起来　翻滚起来

耕种的季节来到了
犁　呼唤着　忙碌着　调动起全身的力量
切入　突进　突进　切入

风　吹刮着　犁　滚热的手拨开泥土
雾　直立着像一只灰色的野兽　犁　牵着它
太阳　蒸晒着　火红的金眼睛盯住犁
犁　和太阳一起　搜寻着　发现着
泥土里每一丝最小的绿
而我的胸部　响应着太阳　响应着犁
把我的无遮盖的躯干　敞开
让深藏的矿脉　舒展　破裂　绽放　像花
被雾裹得透湿　被风吹得鲜亮　被太阳烤得喷香
暴露着生命胎动的奥秘

雨　在泥土的等待里　在犁的邀请下
降落了　天上的河流到地上来了
泥土　年久的水槽一样长满茸茸的绿苔了
泥土　被火烟熏过一样　发热而且流出油了
泥土　浑身充血　细胞加快分裂
绿色越来越多地在泥土的毛孔里闪动
泥土织出绿的花　暴着绿的火星
泥土撒出一把又一把黑珍珠一样的颗粒
新生的萌芽开始美妙生长起来了

泥土　占据了我的心的重要部位的我的主宰
我知道　世世代代　我拥有和泥土相关连的
小小的荣耀　在我的小小的内部世界里
我保存着和泥土密切关连的　小小的自豪
常常　我想象泥土
相信我是泥土做成的　泥土的一部分
永远永远　我不会被从泥土分开　被从犁分开

永远永远　我渴望
犁　再一次　又一次　温情地从我的渴望中犁过
用它那花瓣般的舌尖舔我胸部的泥浆
渴望着　从我的肋骨下的隧道里
从我的膨胀着繁殖气味的胸腔里　更多　更多
流出滋润根茎的酒泉
渴望着　更多更多的种子　睡在我的胸腔里
像蛹睡在茧里　酣甜地半闭着眼睛

我想象着　相信想象的不只有我　还有泥土
泥土　能够使我沉默的力量
泥土　我的所有好思想的主人
和我共享欢乐和痛苦的　泥土
你知道的　除了愉快的想象　我还有痛苦的想象
有一种可能　会导致我的胸部干瘪
有一种可能　会导致我的肌肉萎缩
有一种可能　会导致我的肋骨疏松　脆裂
正在威胁我　我必须警惕
我不能让你　堆积在我的胸部的泥土
成为一阵烟　一声叹息　一滴被吹干的水
泥土　你知道的　常常
我想念你　相念有关你的一切　愉快的和痛苦的
你知道的　为什么我的生活里有那么多压力
我需要的压力　悠长地绵亘着的
沉重地覆盖着的压力　使我警惕　使我振作

照射我的这一片明丽的好阳光
是更广阔地照着你的　泥土

风送来的这一片广阔的气息
让我尽情呼吸的　使我陶醉的气息
是这样有力地系住我的思念呵　泥土
不是今天才这样　很久　很久
我　早就盼望
更加无限地　更加亲密地　跟你融和在一起
以往　今天　明天　这都是那么迷人的呵　泥土

犁　我渴望　渴望你
耕过我这涌动着爱和献身的激情的胸部
我这支撑着全部生命信念的肋骨
我只能这样想　泥土
我就是你　我是泥土
我知道为什么　往往　我只有寂寞地微笑着
在人间幽僻的角落　小心翼翼地
保护我的卑微的愿望
在善良的期待里　忍受期待的折磨
而现在　当风、雨、春天的太阳都已经践约而来
当耕种的日子又一次开始
我祝福　泥土　在更加广阔的天空下展开
犁　在更加广阔的泥土上推进
祝福我自己　有一个更加广阔地敞开的
和这个生气勃勃的日子相称的　男子汉的胸脯

1948 年，桂林红庙狱中

1949—1978

惨　白

严实厚重的六堵墙外面
有没有一个世界已经并不重要
严实厚重的六堵墙以内
是不是一个世界，却好像很重要

严实厚重的六堵墙的神奇功能是
不用好久就能使灵长类动物的人还原为
原生性的最低级的浮游生物
浑浑噩噩，凭本能蠕动着

严实厚重无法穿透的六面墙里的
这个立方形世界好像有又好像没有体质
也不知道算不算有个稳定的体质朝什么方向
奇妙地存在于永远的颠倒、旋转里

永远的空虚，单调，无聊的无穷延续
甚至无法用浪费生命、虚度光阴来评价的

所有和理想、希望沾上一点边的一切
都没有丝毫关连的这六堵墙内的奇妙的存在

倒还有那么一点点空气
但也快要消耗完了
也还有那么一点点模糊的光线
却又正在加快暗淡下去

不知道是倒立是侧卧还是伏倒
只能凭超感觉感知的这无聊的存在
已经无所谓平衡。两脚从髋骨以下延伸
爬虫似的在直立的墙面踩空攀缘

肩胛被拉长了的两臂拉长
头部从颈脖飞出去又飞回来
散箍的躯体在六堵墙限定的空间里翻滚
空洞的眼睛从不同角度向空洞的存在凝视

这都是为什么呀，这厚重严实的
六堵墙之内也算是唯一的生物的我
已经沦落到这个地步，枯萎了，干瘪了
还算生物吗？有以枯萎的方式存在的生物吗？

停滞的空气，没有一丝音响让它波动
没有一丝光线让她们作出微弱的反射
不知道枯萎了的我怎样感知自己的枯萎
是不是还在呼吸？为什么还要呼吸？

昨天以前的早已消失，明天和明天的以后
还有没有？真空了的时间里的生存怎能不枯萎

这相同的一天又一天重复的枯萎
这没有葱翠、没有生气的生存
受支配于百分之百的生物本能的生存
无聊的生存，无聊的翻滚，攀援于虚无的生存
软木塞一般漫无目的的沉浮飘荡的生存
愈来愈惨白的这枯萎过程里的生存

完全的惨白，完全的枯萎里完全的偷生
完全的没有血色没有气息的生存
完全的没有饥饿没有干渴没有睡眠也不活动的生存
这苍白的，枯萎着的偷生

白　光

想不到夜会黑得这样深这样迫近
迫近可以让你看清楚走过来的那一个人
灰白的布袍随着敏捷的脚步飘动
走得这样急，为的什么？这瘦削的老人？

头上，冻土般的天，只有少许漏洞泄漏
点滴寒光，落在竖起的乱发，还有那
牙刷般的一字胡上，好像很满意
于这深的，迫近的黑夜，悠然坐下在

有纵横交叉裂缝的荒地上，全不管
土隙里钻出来的
盘腿定神，品味着这寂寥，孤单，幽深，
让从远处悄悄注视他的我

睁大好奇的眼睛，冒昧地
追踪他怎样从口袋里摸出一只小瓶，
怎样缓缓啜一口酒，沉思一会，然后又
抬头凝视冻土般的夜空，好久好久，

像在邀请漏洞泄漏出的感光共饮，
共赏酒香的辛辣。此刻，他在想些什么？
什么让他牵挂到如此无奈，深沉？
他，我们的鲁迅先生，他怎样了？
为什么忽然卧倒，把身躯紧贴荒原，
瘦削的双肩抽搐着，他哭了吗？
这个时刻，为大爱大憎所苦的老人，
整个深的黑的夜，整个深的黑的凉的

时空，都在用深的虔诚，深的静默，
祝福这孤单灵魂的孤单的挣扎，
而，忽然，一道白光，洋洋得意地
射向善良的老人，野蛮地无礼地上下摇晃。

老人闭眼，只当没事，泰然静坐，
而我，被激怒了："你们想干什么？让他安静！
凭什么打扰他？知道不知道
这不是炫耀权力，只能是炫耀无知！"

"不要照射了，不要，不要！"
我忍不住高声叫喊，于是立刻
招来强烈的照射和炸雷般的吆喝：
"你想干什么？你这家伙！"

立刻，我的眼睛被白光轰开，
眼前是两张机警的阴沉的脸孔，在搜索、追问，
"我做梦了"，我回答，用不合时宜的从容镇定。
"老老实实睡你的觉，还做梦呢，哼！"

我是睡在不是自己的地方，做着禁止的梦，
我明白，冷酷、蛮横的白光代表着什么，
人们常用红光代表温暖、福祉，
这时候用白光代表的却是生杀予夺的极权。

对　镜

已经破碎了的　我的镜子　映出
　我的破碎了的脸　对着
由于破碎的物理过程　由于
　玻璃的质地　镜子　成为
　大大小小 不规则的
　　三角形　菱形　多角形的　尖块
映出的　我的破碎了的脸上的
　眉　眼　鼻　口　耳　额　颊　颔
　　　　　　　　　对着　它们的
　分裂　折断　变形　错位　解体
我　辨认　揣摩　品味　回忆
　镜子　没有破碎以前的　已经
无法修补　弥合　接连的
　从前的　我的面貌
我　小心地　捧着
　破碎了的　镜子　破碎了的　镜子里的我
　　　　　　　　　端详　端详　又端详
可笑吗　被扭曲了吗
破碎　已经是事实　这　决不可笑　也
　　不是扭曲　只是　有了变化

镜子　破碎以前　和　破碎以后
　　　　　　　　有了很大的变化
我　变化了
我　不一样了
我　不会留恋　从前的我的　脸孔
我　只认得　破碎的　现在的　我的　脸孔
我　放下镜子　很想问你
　　　　　我是这样　你呢
你　认得的　是从前的　还是　现在的我?
　　　　　你　习惯不习惯
我的破碎　破碎了的　我的脸孔?

推

墙倒众人推
墙不是自己倒下去的
是许多人一起推倒的

为什么要许多人
因为墙还很结实吧

结实不结实
推一推就知道
不会一开始
就把许多人都喊来推

起先是一个人推
推来推去
感觉好像有些晃动

有些晃动算什么
既然开了头
就一定要彻底推倒

推倒的必要
推倒的意义，当然
许多人一下子
全都明白了

全都很积极
全都很卖力

可还是不那么容易
推呀，推呀，推来推去还在推

人多出智慧
聪明人发话了
其实不用推
把墙角挖掉
轰的一声，墙就自然全倒了

墙角比墙身更结实
挖起来很吃力
聪明人又发话了
像这样越挖越深
果真轰的一声倒下
岂不刚好压在咱们自己身上？
不挖了

于是只好
还是推，推，推
这里推掉一块大的
那里推掉一块小的
推，推
终于推出个结果，墙倒了
于是欢呼：该死的墙，去你的吧！

没有人再提墙脚
墙脚又深又牢固
不挖也罢

放心吧
反正，墙不是韭菜

割掉一茬
又会长出一茬
不会从墙脚上
再长出一堵墙

我的泼水节

一盆冷水泼向我，
在月亮想念太阳涨红了脸的夜晚。

一盆热水泼向我，
在树叶上的露珠忙着互道早安的清晨。

打水的，端水的，泼水的，
诸位，辛苦了，辛苦了，诸位，
给你们添麻烦了，诸位。

不想知道
是干净水呢，还是脏水
是冰凉冰凉的水呢，还是
滚热的能烫掉一层皮的水。

泼吧，泼吧，
泼向我这个没有一点挂牵的畸零人
泼向我这副光溜溜留不住一滴水珠的臭皮囊

水 洼

地上一片灰白
灰白上一阵阵尘土
跟企望一样遥远的
是很高很高的高处的蓝天

应该想到却没有想到
一阵暴雨突然降落
向地面倾泻翻腾的雨线
和活跃蹦跳的水珠

灰色的地面不再灰色
大大小小的急流拥挤流淌
奇迹在暴雨后闪亮出现
急流迅速汇合成明镜样的水洼

晶亮的水洼里有一个晶亮的蓝天
吸引人快步向它走近
走近水洼就是走近蓝天
手伸到水里就能触摸到蓝天

双手捧着雨后清凉又温暖的蓝天
蓝天在手掌上荡漾
一脚踩进蓝天

蓝天在脚丫里荡漾

蓝天不再遥远
小小水洼
注满多年绵长的渴望
今天还带点苦涩的喜悦

错　位

“伟大”行情看涨，连续翻番，一而二，二而四，前景看好，不久之后，就会达到“无限”。

伟大和渺小不同
伟大排斥所有的渺小
把大部分的渺小都排斥了以后
渺小不再存在而留下一块空白
伟大于是填补了渺小留下的这一块空白
这时候伟大吃惊了
我怎么伟大得成为这么渺小的渺小的代替

世间有太多的渺小
伟大于是有消灭一切渺小的使命感
伟大开始不断地吞噬渺小
到处吞噬渺小以扩张伟大缩小渺小
吞噬得太多太快了
幸好伟大的消化力很强很强
到处留下渺小的残骸
因为是伟大嘴里吐出来的
经过了伟大的一番咀嚼
渺小的残骸成了伟大的一部分
渺小的伟大于是到处充斥

这时伟大满意地宣布
所有的渺小都来自我的伟大
他们都是我的伟大的一部分
看呀，我已经拥有这么多渺小的伟大

被大吞噬过的渺小
因为成为伟大的一部分
欢呼了：
伟大多么关心我们渺小呵
伟大多么爱我们渺小呵
我们渺小得多么伟大呵

渺小是可爱的
没有忘记自己本来是渺小

伟大却在一旁冷笑
真烦！什么伟大呀渺小呀
纯粹多余，没一点意思

松　动

某一颗螺丝钉松动了
出现轻微的移位
就像一颗牙齿的松动
敏感的神经立刻作出反应
螺丝钉不是牙齿
平常谁也不注意它
现在它松动了
人们诧异，甚至气愤——
它不是固定在那里的吗
固定了，就应该安心在那里
固定，长期固定
忘记自己，也甘于让人忘记
应该没有知觉，没有任何
最轻微的类似移动的需要
它怎么可以有这种需要
看，它松动了，它有需要了
甚至有产生需要的什么企图
一颗螺丝钉怎么可以有企图
怎么会有企图，企图怎么来的
不是早已安排得很好了吗

应该老老实实在那个位置上
永远在那个位置上
像所有的螺丝钉一样
是经过最高明的设计
最周密的考虑作出的
安排，才把它拧紧
拧得不能再紧，为了它的安全
它还需要什么？还有什么意图？
而且想有让人知道它的存在的
表达能力？
现在居然还能引起人们的诧异！
人们惊呼：
这是灾难，不是灾难的信号，就是灾难！
消灭它呀，消灭这颗不安分的螺丝钉
拔掉它呀，拔掉它换上一颗新的
没有需要，没有企图的安分的螺丝钉
拧紧它，拧紧些，再紧些
让它在我们这台代代相传的真正老牌机器上
为了它的安全，我们的安全

收集眼泪

手帕不是用来收集眼泪的
手帕只抹去眼泪

滴在石头上的眼泪
也不会变成石头

眼泪滴到纸上
纸上的字迹开始模糊，以致和纸一起消失
哪怕再庄严的、再吓人的字

他，拆了一个大烂污
——谁记得亿万无辜者因此遭殃
他倒有个好办法
说两句风凉话为自己开脱
（饱学之士总是用“风趣”这个富于表情的词形容他）
然后笑了
又轻松又真诚
你看，还笑出几滴眼泪

眼泪就这样在
不自然地笑着的
痉挛的脸皮上
多亏他的风凉话

他的超凡脱俗的眼泪得以保存
——当然啰，是永久性的保存

亿万无辜者的眼泪
谁来收集？
谁来保存？

说谎者

噘得那么突出的嘴唇凑近我的耳朵
我的软弱的耳朵紧张得像只漏斗
一个字跟着一个字，没有停顿
连续灌进来一长串湿漉漉的话语
带着嘴巴里一阵阵温吞吞的腥气
我能怎样……我全忍受了，而当你那
鼓得大大的，凸得快要掉出眼眶的
眼珠，纠缠不清地盯住我
渴望从我脸上看到恍然大悟的表情：
“原来这样呀，真想不到！”
算是我向你表示了衷心感谢
你满足了——多么有分量呵，这篇谎话！

为了让你满足，我总是忍受、忍受
只是往往不能完全控制自己
生怕无意间眉毛会凑近来往下一压
有时眼光里还免不了流露出疑问
嘴角流露出一丝冒冒失失的微笑
——这种微笑只能表示讥讽
等于在说：“你又撒谎了，你这家伙！”
真遗憾，每次都叫你脸色突然阴沉起来

自讨没趣真不是一件好事情
我们都学会用克制来冲淡不愉快
但愿你不再纠缠我，我不必再装随和
到别处去讲你的悄悄话吧
饶过我这个懦怯者吧
命定做一个谎话的受主
满街的高音喇叭已经够我受了

致牺牲者

你也喜欢那些流云吗？
那长久地、缓慢地、庄严隆重地
在我们头上集合拢来的浓云
紧密罩住我们这个砂土的小丘
在一阵笨拙的翻滚中泼下这场急雨
砂土太贫瘠、太干燥了
我们这些永远长不大的杂草般的小树
立刻用全部的枝、叶和根
狂饮起来，和暴风一道叫喊
丢出我们早就想抛弃掉的伤疤上的痂皮
那些败叶、枯枝、那些无价值的记忆
让它们到暴风里去沉沦
高张所有的手臂，摇舞不息
跌进最大的欢喜里
全是狂热，骚动，醉昏昏地……
你也记得吗？那是为着
迎接那闪光，那神圣的一刻
于是闪电，那最富有吸引力的光
比我们想象的更快，突然落到我们面前
又突然逝去

在我们的盼望中，它消失
又显现在我们的绝望中
顷刻间，一切平静
我们这些杂草般的
可怜的小树，屏息静气地祈求着：
击中我吧，击中我！
把光给我，把火给我，我要燃烧！
你也记得那难忍受的时刻吗？
焦渴和枯萎的征兆，死的威胁
几乎没有什么指望的拖延
在四处伸开的祈求的手上
有数不清的期待的颤栗
在含着热泪的急切的注视里
期待已凝固成一个询问
而迫切的心情
使我们的躯干显得更加瘦小衰弱
啊，我们这些没有能长大的小树！

终于，在时间本身
也来不及计算的最短促的一刻
在极亮，极快的一闪里
在最响，也最暴躁的一声霹雳里
幸福的一击，击中了
我们中间那棵最挺拔、最俊美的小树
幸运者在幸福里燃烧了
向着雷雨深处，向着天旋地转
喷吐它那鲜红的乱发，作为答谢和告别
很快地，那神圣的一刻过去了
我们安静下来，我们这些善良的孩子
在哗哗雨水的急流里把身体倾倒得更贴近地面
用强烈的羡慕

围住幸运者
他还在燃烧，还在
迸发含笑的火花
正像平时，围在一起
谈论那个为着飞出沉重的土地
而倒在沉重的土地上的
先行者，我们是多么幸福啊
如今我们总算亲眼看到他了
以他的焦头烂额，活生生站在我们面前！

1976年春，“四五”后作

盲　文

盲人们总是生活在
人们的关心和爱护里，
他们保留着一份小小的幸福，
敏锐丰富的想象力。
书本是他们跨越智慧之门的
透射最厚重封闭的强大光源。

当他们的手接触到
那神奇地凸起在纸上的符号，
没有瞳仁的眼窝里
立刻闪动梦幻的波纹，
激发咀嚼智慧之果的
甘美的喜悦。
微笑着，不停地抚摸
对于他们是那么亲切的
和他们的心一起跳动的文字。

诗人，感谢你把崇高的思想
印在洁白的纸上，在我眼里
映出火光。多少次我凝视
那神圣的文字，沉醉于让电流
通过贪婪的目光冲激我的心。

可是，有时候，一页又一页
你写得那么多，那么详尽周到，
生怕我过于麻木。但是很快
所有这些你的好意和热心留下的
符号，立刻从光滑的纸上跑掉，
没有痕迹，没法追寻，
多么叫人难过！
当所有的字，连同那些标点，
全都跑光，丢下茫然的我……

我徒然羡慕盲人，
也想用手抚摸，不单用眼睛，
体味那火光的烧灼，电流的冲击，
新颖思想的神奇魅力。
可是，不知为什么，
眼睛接触不到，手指抚摸不着，
留下的只有一页又一页
空荡荡的纸！
我不需要这些白纸，
给我浮雕般的字吧，
让所有的字
屹立在纸上，永远，永远地！

有一天，我将会习惯
用手指代替眼睛。
我不是盲人，不懂盲文，
却羡慕盲人。

殒

——献给张志新烈士

为什么？为什么？为什么？
更多、更尖锐、更紧迫的疑问，形成漩涡。
是谁？为什么？应该怎样？
疑问，迅速堆积，刺心的苦恼，锋利如白刃。

疑问的迷雾里，有一座精致的迷宫，
精致的迷宫里，有许多精致的门，供你选择。
但是你要注意，每一道门背后
都埋伏着各种干扰，就看你能不能闯过去！
而你勇敢地闯过去了，不理睬什么危险不危险。
纸扎的门于是一扇一扇倒塌，
你排除了一个又一个精心安排的干扰

善良人的热血，因忠诚于真理而沸腾，
真理信徒的痴心，只知沉湎于严肃的思考，
为什么？是谁？应该怎样？……
更痛苦的剖析，更迫切地从血泊中求答案的热望
把纯洁生命的全部功能
燃烧到饱和！

宁静地，用只有纯洁生命才有的宁静，
从一个深度，到又一个深度，

循着历史的铁的轨道
向颤抖的地平线俯冲。
天上激动的星群，地上骚动的人群，
都在注视，都在倾听
那被夺去声音的滚滚而来的咆哮，
无声的，然而响彻中国大地的咆哮，
它的隆隆余音，使那些心术不端的丑类
大风袭击下的败叶般失魄丧魂，
在历史严格选择好的这一瞬间
正好是这一瞬间
谜底揭开了，居然是这样简单的残忍而荒谬！
你，黑狱里毒火锻炼出来的明珠，厉声高叫：
“真理的女儿要不是这样，
就不是真理的女儿了！”

以一个胜利者的自信而高傲的姿态
咬牙切齿的决绝神情，
你，一座以光为形体的丰碑
一声长啸
如恶浪中历劫归来的一叶扁舟
划过长空，
人们，敞开你们的心扉，
像敞开一个港口——
流星来了！

1979 年以后

画仙人掌

一只只紧握的拳
一块块平板的手掌
突然伸出的一根两根手指
那么多粗暴地
向四面八方射出去的箭

一味的绿……
没有深，没有浅
没有中间调子的柔和转换

光，和色彩
难道不就是绘画的语言？
首先是色彩——让光无限地丰富起来的色彩
想想吧，如果能够
把彩霞研成粉末，然后
用春天的雾的小点子来调制
稠呢，就让它稠得和蜜一样
轻呢，轻得就像烟的影子一样
呵，那样的创作的愉快！

花吗？从来都是这样画的
用游丝一样颤动的线来描
晕染它，让水分像风一样地流动……
画那花瓣上陷身在光里面的光
画那叶的透明里的不透明
和那花枝，站在晨光熹微里
在月色朦胧里的婷婷花枝
然而，怎样下笔呢
没有披离的叶
没有袅娜的枝
当然也没有沉醉在美里面
也使人沉醉的花

那些花
都有着我们这些欣赏者给予它的
美的自觉和美的自信
形成那么一种生动的风致
有着那么一颗惹人喜欢的袒裸的小小的心
婴孩般的单纯，少女般的安详
小伙子般的富于幻想而且有些顽皮
不止是逼真
而且要画出那真正的天国的愉快
多么难呀，这些花！

可是这里——线条吗？
罗丹不是说过：
不要相信有什么线条
确实，有的不过是些简单的
球形，扁平体，和凌乱的刺
捕捉那光，那在物体上千变万化的光
点染那色的层次……该多么愉快
可是这里……

塞尚不是说过吗
——物体，都是由块、面组成的
那么，仅仅是这样一些球形，一些扁平体
一些无规则的刺的……块和面吗？

这也是花？
这没有枝，没有叶
当然也没有花……的花！

我不能够画了
因为我总是想着那些花
而这里
这些带刺的简单的形体
它不需要描绘，不需要赞美
当你……心里想着那些花
还有那花盆
——它们怎么搞到花盆里来了？

旋　梯

因为它高出云表，刺入蓝天深处，
翘首仰望时，总有烟雾缠绕。
拔地而起是为了上升、再上升，
视野便越过烟雾而控制了全景。

多少尘埃卷成团团迷茫，多少次围来，
攀登者却早已将它们抛在脚下。

上升，上升，上升中延展的圆形。
　圆在伸展，流利的弧线在运动，
螺旋形追逐自己，永远追逐，分不出段落。
　起点是上升，中途是上升，终点也是上升。

从左侧面瞭望又从右侧面瞭望，
一次扫视之后又得到一次全息景观。

上升，螺旋形没有后，没有前，取消前后。
　上升，从六个角度抛弃前后。
上升，只有高和更高，取消低。
　螺旋形的规律是：终点也不是结束。

攀登者把过程留给脚下的梯级，
它们正殷勤地在转折中进行有节奏的退却。

无限远的远距离里，上升，上升，
　无限广阔里闪动着眩晕的微光。
团团烟雾不断缠绕、聚集、消散，
　旋梯，沉醉于上升，转折点紧接转折点。

每一个转折点，闪光。云层里的霞光，
雾海上的航标，在闪光。

上升，上升，已经看得清清楚楚了，
　那尖峰，那无限的碑碣，
那发着冷峻的光的
最亮点。

读《北荒草》

——寄聂老

我来到一座森林前面
森林黑沉沉地矗立在黑夜里
比地还黑，比天还黑
比整个黑夜还黑

海上的冰山也是这样的
矗立在一片光华明亮里
比海还亮，比天还亮
整个宇宙的亮，衬托不出
它那明亮的轮廓

花是这样开的

——读钟老惠寄近作

千朵万朵的灯
一下子全亮起来了
千朵万朵的花
一下子全开起来了

是谁把灯点亮的呢
是灯自己亮起来的
灯本来就是亮的
花本来就是开的

一串串的雨
一把把的雪呵……
针利针利的雨给你什么呢
沙子般的雪给你什么呢

一滴滴的寒冷
给你什么呢
在风雪里，在冻土下面
你就是这样开的

早已开在那里了

早已开得好好的

一天早上，突然一下子

全跑到地面上来了

脚　印

——赠人

冰凉的沙
是暖热的呢
脚踩下去就知道了

干燥的沙
是湿润的呢
脚伸进去就知道了

一个人走在沙滩上
多沉重的寂寞呵
前前后后
却有那么多的脚印

数数看，有多少人在这里走过……

飞鸟们

拖拉机莽莽撞撞地吼起来
整条田垄满是回声了
飞鸟们一听到就都跟上来了
在翻过来的田土里找着寻着了
马达响得有多欢，它们叫得就有多欢
马达声里它们叫得越来越热闹了

那是好久以前的事了：头一次
拖拉机在我们这里吼起来
飞鸟们轰的一下给吓跑了
躲到大树上喳喳地叫着
它们还不习惯，它们好怕呢

太阳照着

太阳照着，三月四月的太阳
从亮晶晶的云里照下来
从一绺绺亮晶晶的眉毛下
直瞪着亮晶晶的眼睛看住你
看得你浑身上下热烘烘的

三月四月的太阳照着
照得这大晴天四处亮晶晶地
照得这天天看惯的一片又一片田野
亮晶晶地新鲜又新鲜
亮晶晶的田野看了一遍又一遍
看得你浑身上下都是劲了

亮晶晶的锄头、犁头、耙头都在盯住你
亮晶晶的大水牯的眼睛也在盯住你
盯得你真想把浑身上下的劲都使出来
真想一脚踏进冬水田里去踩、去捅
真想捧一把黑泥下死劲闻个饱
真想挑个一担两百斤一天跑它一百里路
真想跟水沟里的流水说上半天、一天话

这亮晶晶的日子叫人闲不住了

浑身上下的劲要痛痛快快使出来了
想到了好多好多要做的事了
手忙脚乱到处翻翻寻寻了
盘盘算算，只怪自己少做了事了
真想做事，真想出汗
真想做个痛快，一口气把什么都做完了

插田上岸[1]

插田上岸，该走舍不得走
横看直看，越看越爱
横一看，成行了
直一看，成线了
今年的秧插得够好的了

横看直看，越看越爱
横一看，定根了
直一看，转青了
绣花针绣出来的手工
硬是喜人爱透的长活了

横看直看只是看
横看看，发蔸了
发起钵子大的一蔸蔸了
直看看，抽叶了
抽起篾片大的一皮皮了

看着看着长活了
看着看着长大了

① “上岸”，湘中方言，有工作完成、事情办好之意。

青是青绿是绿了
一飘起一舞起一蓬起了
越看越爱舍不得走了
横看看，扬花了
直看看，抽穗了

看着看着打苞了
看着看着灌浆了
禾穗子一绺一绺看得清清楚楚了
谷粒子一粒一粒数得清清楚楚了
横看直看看不赢了

看着看着禾穗子低头了
看着看着禾穗子散籽了
看着看着禾熟了
谷子七八九分黄了
横看直看看不清了
金烟沉沉看不穿了
看着看着扮禾了
收获急如火烧天了
扮桶①响如擂战鼓了

收成好如天雨谷
谷子多得没处装了……
越看越爱，越想越入神
痴痴迷迷地入了神了
哩哩啦啦地唱起歌来了
腰也不记得酸背也不晓得胀
痴痴迷迷地站着挪不开脚步了
忘记了早该回去歇一歇了

---

① “扮桶”，打谷桶。“扮禾” 即打谷。

画山九马

清清的江水旁，
矗立着巨大的画屏，
画幅是整整一座山崖，
九匹骏马在那上面永生。

大自然自己的作品，
在我们每一个人的想象里完成。
不需要有更多的描绘，
粗放的笔触里有细腻的传神。

曾经在某一处无际的郊原，
飞扬起它们剽悍的鬣毛，
奔放的四蹄以鼓点般的节拍，
伴随它们悲壮的嘶鸣。

异样单纯的眼睛什么也不看，
只专注地审视自己激动的内心，
引起它们关切的是自己的忠诚，
生和死对于它们已不存在界限。

旋风般地奔腾不息，
鏖战中它们那说不尽的浴血英姿
太美，太动人了！谁能数得清呢，

如今，我们说它们一共九匹。

只因为九是数的极限，
九代表着大多数。
谁知道它们为什么竟陷入绝境，
曾筋疲力尽地奋战到最后一息。

没有留下一抔黄土，
更没有谁写上一行简短的墓铭，
只在春天里，有几朵小花
羞涩地开放在乱草丛中。

没有一只小鸟，
停下来将一曲短小的哀歌低吟，
大自然可怜我们的健忘，
在这里为这些出生入死的神驹留影。

想象是一种高贵的享受，
何况是在这幽美的山水之间，
不必要为听不到的铿锵的蹄声
和那冲天的嘶鸣惆怅

云霄之上有无穷的空阔
任它们纵情驰骋
正是这些神奇的天马
把我们的想象引向无穷无尽……

飞来石

难道不能轻一些，要这点虚浮的重量做什么？我们这够笨重了的肉体！
如果能像一片树叶那么轻，飞个几尺几丈远也好。
你看，这几吨重的石头也会飞，还是从几千里外飞来的。

难道不能丰富些，老是这么单调，枯燥！只因为从小听惯了，才不觉得难听。
我们的发音器官构造并不简单，发出来的为什么老是这么几个元音，辅音？
你看，石头也会唱歌。你听说过石钟吧，一块石头，够笨重的，
却是千年万年唱不够，要多好听有多好听！

难道不能够快一些，有生气些，勇猛些，我们的成长速度？
这种刻板的程序，一个过程又一个过程的折腾，简直是一连串的停滞！
你看那些石笋，石菌子，石蛹，石蚕，石骨朵，石桃子，石葡萄……
都长得那么大，那么壮，那么生机勃勃，超过了最大胆的想象，让你一看到它们就不能不相信：它

　　们能在一夜之间生长一倍！

我的心，开始紧缩……
确实，我们的自我意识不如石头。
承认自己萎缩，僵化，满足于现状，然后
再去写你的诗。

独秀峰

相信自己美，就不会感到孤独吗？所有的美都不是孤独的，例外，不是美，而是怪异

和它一样美的山这样多，说只有它最美，这不符合
事实。
只有自己才美，这本身就是一种丑。

谁给它取的这个名字？为什么要这样称呼它？
难道就因为它是石头，因为它不懂得我们的语言？

其实，它不在乎什么名字，它并不需要名字
给它取这样一个名字，只是为了人的方便。

某种方便，各种方便。

钢琴演奏

大厅里突然寂静下来
接着，响起一阵掌声
掌声里他坐到钢琴面前
寂静继续了短促的片刻

突然，随声琴声起伏
我们清楚地感到
他的血已经流进那巨大的乐器
他的神经正在往那里面伸展
他的脉搏正在那里面跳动
他动情了，他沉入到回忆和向往里
那巨大的乐器成了他的感官、他的表情
和他的反应能力，
他已经不能不把激动在他内心的秘密
泄露给我们了，他的梦幻的眼睛
使他看来好像已经是另外一个人了

每当他举起手臂，一瞬间的迟疑
像个小孩子，又好奇又胆怯
正在动手去点燃一个大爆竹
轻轻地、柔软地，他的手指
触动那些琴键，像一只渡河的马

举起前蹄，用一瞬间的踟蹰试一试水的深浅

他的手臂一起一落
有多么优美的旋律，像天鹅的秀美的颈子般
带着孩子天真的吻的温情
连续触动那些琴键
那些神秘的心灵的门扉
在他的魔法的手指下
被敲开了
流出了被他召回的我们的绮思遐想

除了演奏，他已经不能做别的任何事情了
他已经控制不住他自己
他演奏，用力逗弄那些袒露在他面前的
绷紧了的神经般的，弹簧般的琴弦
沉着地，像斗牛士
用火红的布逗弄火红眼睛的发怒的牛
于是，成群结队的，摇动着满头乱发的
涨红了脸的、胸脯起伏的音符，喝醉了一般
互相追逐，互相碰撞
在他的手指的指挥下，汇成音乐

一边，他像绣花女一样细心地
照拂他那精美的绣品
轻轻地，几乎是在抚摸
那些被他唤醒的琴键，好像
害怕惊动它们，好像是在
试探着去碰动某种用晶片砌成的
易碎的珍品
那些蒲公英的羽毛一样轻灵的
活泼的琴声，开始到处飞翔
在他的身前，身后

在整个大厅的高大穹隆下面

他弹奏着，时而紧闭嘴唇
紧闭双目，头向后仰
似乎突然想起一件事，似乎听到有人呼唤他
突然又把头向键盘冲去，顾不得
乱发披离，发狠地敲击琴键
像是发现自己身体的某一个最敏感的部位
给以准确的、牵动全局的一击
于是，那些由于惯性和连锁反应
本能地联翩而至的琴音
一瞬间都找到了自己的位置
成行成队地走过我们面前
好像枝繁叶茂的
美丽的树上的叶子，厚的和薄的
透明的和半透明的叶子
变成金片，互相拍打着
而那些隐藏在浓荫里的软软的果实
以自己不发声的沉默的存在
这里，那里，形成节拍，形成停顿

他继续弹奏，弹奏，他是忘情了
微微睁开双眼，微微摇晃头上的乱发
看不见的震颤交替地从他的两肩经过
唇边总是带着压抑不住的微笑
十个手指在沉迷里摸索着
灵巧地捕捉到一个又一个闪烁的音符

整个大厅，大厅里所有的人
都屏息静气地，轻轻喘息着
跌进音乐的浓厚的星云里
追随着那些平常被我们称为

回忆和期待，信念和梦幻的
绮思遐想——类似花一般五颜六色的草
鸟一般飞翔翻腾的花
在一起遨游，而且陶醉了

然后，我们被卷进那巨大的波浪
那波浪，不是潮水所形成
而是光的漩涡所形成，那光
是明亮而不刺目，温暖而不灼热
那浪涛的冲击是强有力的
但使你喜爱，使你欢欣，使你感到亲切
使你依恋，而且想永远和它在一起

突然，寂静。他的手突然缩回
他安静地坐着，像小学生坐在课堂里
他的眼睛慢慢睁开，他几乎笑出来了
而我们却在徒然地寻找他的那些手指
那刚才还在紧张地
驾驭那巨大的乐器的
每一道指纹都蕴藏着无穷的触角
能够带动无穷的回响的手指
而当他站起来时，他好像是另外一个人了
澎湃的掌声，把他包围在现实世界里
正如我们在鼓掌的时候
突然回到现实世界一样
我们大家都像才醒来的孩子
用甜蜜的眼光注视这个亲切的世界
世界是变得更加可爱更加可留恋了
呵！活着，劳动着，战斗着
爱着而且被人所爱，是多么幸福呵

小泽征尔

多么虔诚，多么平静：他走出来
——“阿门”，他刚刚做完祷告
多么从容不迫，多么镇定，他走过来
走着，思索着，他踏上指挥台
那指挥台（高度不及半步）
像一座悬崖斜出于碧海之上
似乎，他长吁了一口气，他把自己交出去了
交给那即将到来的无尽的煎熬和纠缠

手举起来时，光就从他的腋下涌过来了
光开始缓缓地泛滥
光在上涨，上涨，已淹没到他的胸部了
他把音乐唤醒了时
音乐也把他唤醒了

现在，他的颜面似乎已经陷没
有的只是一个反映音乐的屏幕
没有肌体也没有感官了
音乐的最敏锐的反应已经囊括了他
追逐着，回旋着，终于溶化了他
有什么东西在他的脚下沉陷下去
同时有什么东西向他坍塌下来

他上升，又下降，颠倒
强和弱的交替不断冲击他，他着魔了

只剩下这一双
我们习惯称为手的“手”了
“手”成为无限长的了
——指挥棒使手可惊地延长
指向空中的某一点
追讨着、逼迫着立刻回答那感情的索取
“手”，时而散开，像热带植物
肥厚的若干片长叶子在赤道的风里摇晃
用粗线条的优雅邀请音乐
“手”的距离伸缩着，稍稍放宽又稍稍收拢
这把衡量感情的尺
在量着热情的距离，量着理智的距离了
时而，他那锐利的眼睛
那颜面上剩下的唯一的光源
瞄准着而且捉住了
一个我们看不到的悬空的球体
那异样长的手，在严密的计算之后
作出漂亮的一击，于是
球体爆炸，有水珠般的东西纷纷奔涌而出
落在动荡的礁石和动荡的波涛上
并卷入椭圆形的旋风，乐声大作了
太顽皮了，太活泼了
这些感官、情绪，这些连锁反应
像互相溅水为戏的孩子
夸耀他们悦耳的童声，尽情地叫
不断地把正在闪耀的
抛开，引出更新的闪耀
两只手是两只镳铲了

在急速地往上摇着，摇着，要挽起
那有许多冷酷的眼的网
终于，在用急促的一瞥估量丰硕的收获之后
全力地把沉甸甸的颤动着的网
甩到地上，网里
千百只有圆的头和三角旗尾巴的鱼
蹦蹦跳跳在我们脚下
——那些我们自己的悲哀和欢乐的实体
如今让我们用自己的耳朵“看”得清清楚楚了

音乐推进着，音乐高举大旗向前了
“手”有咬牙切齿的表情，“手”坚定地张开
有一条长锯现出一排尖齿
弦一般绷得紧紧
一来一去，在连续的颤动中运行
平行，垂直，或是曲线，锯齿，咀嚼
(每一根手指都冒烟了)
和谐吞没着一个又一个不和谐
更多的敏感的金色的鱼
带着清脆的共鸣
带着个性鲜明的轻和重
云集着，云集着并且酝酿着
一时间，倾盆如注地倒泻下来
唤醒我们，想让我们回到那些体味过的
不寻常的日子里

那只是片刻……音乐，猛醒了，安静下来了
“手”在不胜柔情地上下抚摸着
一座温馨的高大建筑物的
暖热的立面而微微陶醉了
激情通过建筑物融融的体温
滋润着那些手指，手指更加强壮了

而他的白罩衫，像一朵饱满的云
卷舒着，叆叇着
远涉重洋归来的帆影般
在静悄悄地从海天交线处冉冉上升
当音乐像一道道白光
在众目睽睽下轮回扫射时
我们的听觉已经像万顷波涛下的一只贝壳
饱和到极点，但又愈来愈贪馋
呵，时间！呵，大气！呵，人类奇思妙想的表达者！
在音乐世界里，将出现某种非人间的奇迹了
听，这呐喊，这呼唤！此刻，音乐却好像遭到阻拦
音乐亢奋起来了，“手”在阻碍里开辟道路
开始在某一个坚硬的坑道里掘进
向着局限，要夺回一分一秒地努力着
“手”挥汗如雨了
迎面似有火星乱迸，“手”在艰苦地
继续掘进，当发现略有偏高
——间或，一个逗乐开心的音符
带着过于流利的旋律，跳出来了
叫他皱了一下眉头
是想出乖露丑吗
很快地，他拨开什么，推倒什么
他喘息，喘息，难得有一个落脚点稍事休息
忽而，他发窘了，满脸歉疚
一面，他在和滔滔不绝的感受争辩
一面忙于反抗那张企图罩住他的薄膜
那薄膜可能是他自己过于热忱造成的
他必须以冷静换取时间
以便挑选一个姿态来作恰当的表述
他这样做了，出现了一个轻快的旋转

优美地，像舞蹈家，然而仅仅是“手”

他开始下潜，再下潜
音乐已经得到一条轨道，一个新的合适的起点
他向深水摆动那鱼的鳍（那只手）
在那以水为气体的空间里
回声像无情的折光一样，响得更悠远了
那里，光有自己的三棱镜，声音也有自己的三棱镜
叠叠绿波般的节奏
在鱼鳍的加快划动里反映出来
而当他在水面上浮现时
那魔法的小棍棒（那手指的延长）
竟然刺向我们每一个人的背脊
一道喷泉遂净化成纯白色的血
着火的树那样，在忧郁的平坦的
荒原上面（观众席上所有的只是沉默和颤栗）
溅射，溅射他那竖直的银发
这样久了，音乐啮他的每一个动作
他的身体，被他自己的那只“手”
绞着，绞着，成为双向的弯弓形
什么样的代价，又是什么样的突破呀
要从那个甲壳里蜕飞出来
要摆脱黏糊糊的成规给他造成的被动
要表达几乎表达不尽的多少世纪积存的遗憾
他已竭尽心力而且为之憔悴了
就这样，给绞着，绞着，绞得那么紧而细
滴下的涔涔汗水已减少到只有一滴两滴了……

呵，这是谁？每个人都在问
难道游离出来的“我”就是这样子
我们听着，一边我们给自己
挖下一个又一个洞穴

一边让我们心头的某一块肉
在某一个洞穴里得到栖身之处
然后我们把它填平
为了我们好就此飞升
到底，每一个人都终于看到“人”了
像我，像你
这具有最普通的“人”的特征的
人的勇气又一次得到肯定
这个守望在自己所发出的声音的旋风里的
这个和我们一样通红炽热的
永远在自己的理想里沸腾的人
提炼出来的一堆血肉，熔岩般地颤动着！

附记：每次，小泽在指挥时是要先作祷告的。小泽指挥时，往往不穿礼服，而穿白罩衫。

东山魁夷

你的画使我静默
在你的画前我进入沉思

我没有见过这样的画，从来没有
这样的调子，这样的形象，这样单纯和质朴
这是画吗？或是大自然无意中留下的痕迹

这寒冬的雪原上成行的树列写满了我的憧憬
洁净的白色蕴含无穷的思念
这夜的丛林这样温柔这样静
在深情地怀念着谁记挂着谁
这澄潭的倒影这样清澈这样幽邃
充满难以排遣的惆怅和企望
这微明的月色浅淡得这样均匀
纤细的光芒丝丝沁入我的肌肤
这高大的山岩有说不完的话
却又沉默着没有说出来……
每一幅画都是使人沉默的暗示
都好像是一扇才打开的窗户
引人沉思的世界从窗外向你凝视
怂恿你的想象从窗口飞出去
连片刻的疑迟都不给你——你真的飞出去了……

这一片树林好像一棵树
一棵树集中了一片树林
空间在你的画里有奇异的弹性
一片波浪就是大海，大海在一片波浪里
这突兀的危崖上仅有的一棵树
倾侧着用万壑松风应和大海的万顷波涛
万顷波涛的歌唱都落在这哑静的崖石上
也落在我沉思的心上，回声起伏……
这薄暮的昙天下一排排被雪光映亮的屋顶
雪花在悄悄地落，在静静地堆积
是那种不知道什么时候落起来，也不知道
什么时候停止的雪，给你带来无穷的向往
没有炊烟，没有窗户里透出来橘红的灯光
只有一排排雪中的屋顶连着屋顶
而我看到了，看到了灯前小儿女的喧哗
灯下酣睡的猫缩成一团，小狗在桌椅间穿行
主妇在忙碌，老人在吸烟……
看到万家灯火，看到一个个家，温暖的家

这披霜带雪的枝柯好像在丁当地响
这好像流动着的水在淙淙地流
无边的寂静里充满声音
谛听中天空和地面靠得更近
山岳和山岳靠得更紧
一切不动，所以静
动起来只会更静
这峰峦蓝得这样矜持，这样庄重
这湖水绿得浓黑却带着透明
你的画里有画以外的无涯天际
奇怪的是它和我却这样贴近
在我的静默里远的近了，近的更近了

好像有一种难以捉摸的东西被我把握住
并且在我的手掌里突突地跳动起来……

所有的物象都受过美的洗礼
每一个形体都经过诗的过滤
月亮像一盏虔敬的灯带来宁静
每一片树叶都认识自己都懂得和谐
在你的画前我静默因为我有太多的想象
我甚至不愿把山叫作山把树叫作树
甚至没有想到想象居然能够这样自由
而又这样严密、精确
以至我以为所有的线，所有的块和面
都应该叫作符号。是的，符号
只是符号，连象形文字都不是
所有的形象几乎都是无意识的
你只能用想象的眼睛去看它
但这已经够了，已经足以使壮丽更加壮丽

这空荡荡的笔直的道路上不见人影
脚印已模糊，车辙已泯没，只有一片浅赭
路畔的斜坡和小丘盖着一色的青草
连一朵野花都没有……而我却在沉思里呼唤自己
走上去吧，去听你自己的足音
野花吗，你自己拨开青草去找吧
这高挂的瀑布正从山间跌落
悬空的白练抖动着垂直的波纹
节拍紧凑，反而使它凝冻了
成为一片碧绿中一条静止的白线
在你的画里出现的好像只是一个雏形
一个最简单的轮廓。我知道
你要努力的是怎样让我在更好的明了之后
去更好地想象，想象那已知的和未知的

真有些太过于诚实了，你总是宁肯使用最有保留的
语言
用不着奇怪，画面和现实的接近之处
有这么多也就够了，够动人了，更亲切了

这山野和丛林好像就是我的家
好像我已经在这些画里生活了许久许久
所有美好的回忆都紧紧和它们联结在一起
它们使我回到那个多梦的少年时代
我已经不再为那些天真的梦感到羞涩了
如今，就连那些已经想不起来的梦，你也替我说出
来了
要知道，直到今天我还有那么多孩子气的幼稚的
疑问
那时连最雄辩的演说家都解答不了的
你却帮我说出来了，而且让我得到最称心的解答
虽然往往只是一个很浅显的暗示，一个眼色，或一
个微笑

在你的画前我静默，静默中我变得单纯
我学会了在接受印象时丢掉一些东西
一些我曾经十分珍惜的东西
正像你把许多东西省略了，我知道
这一切是你用多大的决心牺牲“美丽”得来的
你把这些山，这些树，这些雪和月亮
还原为最简单的形体，形体的要素
事物的关系里的要素的精髓
你找到了新的光源，你使色彩明快而丰满
紫色的夜，银色黄昏，湖蓝的日午……
魔杖般的画笔点化出来的神奇
露水初干时花瓣般鲜明的粉白
早霜收去后红叶般饱和的金红

雪晴后最后的雪片的影子般闪动的天蓝……
在一个最小的沉着而鲜明的色块里
你给人以比尽收眼底的万紫千红更多的喜悦
让妩媚从容不迫地从天然里产生
你的质朴使我重新获得心灵更新的最大自由
我陶醉了，其实我不必感到意外
我们本来就有这样富有
老天赐予我们的想象能力本来就取之不尽

我静默，沉思
落入纵横交错的思绪里
往日的美好回忆连续出现
有如从夜空深处跳出来的一颗又一颗流星
顷刻间召唤来这么多美好的想象
在美的纵容下我还想发现更多、更多的美
长久伫立在你的画前
静默中我总算懂得了
你的画里为什么有那么多琴键
这些琴键的造型为什么这样简洁
为什么都是这样单纯的长方形，单纯的黑和白
懂得了它们为什么要这样排列
这样地被分配在各自的位置上
奇妙的按钮呵
只要轻轻一碰，就会有一连串
东方诗人的吟哦，自然之子的率真流露
把你深深吸引……
我懂得了我为什么在你的画前静默
我不仅在看，而且在听
呵，你，朴素的诗人
你使我懂得诗的奥秘，心灵的奥秘，我感谢你！

听杨靖弹《霸王卸甲》

1985年11月，中国弹拨艺术团将赴香港参加亚洲艺术节，行前应欧美同学会之请，演出于政协礼堂，得聆杨靖弹琵琶名曲《霸王卸甲》。

音乐落入我怀中，音乐
是一只灵鸟，我用双手
捧住音乐，溶进音乐的体温
音乐的颤动。于是我
失去音乐，失去自己，一时间
没有乐曲，没有琵琶
没有弹琵琶的神奇的手
音乐和我，一起溶化，消失……
　　　　　　　　　　于是，跳出来了
跳出来两个影子
比暗亮些，比亮暗些
以其黑照亮白，以其白照亮黑
不确定的轮廓，但可以看出
是两个，不是一个，不是三个
闪跳着，猛烈地，着迷于一种
执拗的姿势
有形无形的亮和暗同样不确定
　　　　　　　　　　于是，跳出来了

两颗火爆的光点，疾走着
不确定的影子于是有近于确定的
轮廓。由于火爆的光点
显示了音符闪跳的，活泼的
含义。两个光点，在两个影子里
抢先发言，表述自己，阐明自己
激烈的争论，以其节奏，其旋律
交替反应于音乐感的高烧与冷颤
有时低声细语，像拉家常
有时狂热倾泻：关于生、死
停止、或是继续，悲伤和欢喜
期待、或是绝望，是和不是
不，都不是。早已超越
“是”和“不是”，争论的
也不是“要”和“不要”
有时窘迫，结结巴巴
有时把一大串话语硬往肚里吞
火爆的光点突然停下
在刚达到的某一个部位原地闪跳
听，无声，那也是一种音乐语言吗
从波涛里吐出的一朵泡沫
落在浪尖上，雪籽落到赤红的
铁板上，一双赤脚
奔跑在过去和现在，永久和刹那之间
光荣和耻辱有交叉点
交叉点延伸，意念的胚珠破裂
有限和无限互相抵消
永恒没有开始也没有结束
　　　　　　　　　　于是，跳回去了
音乐跳回到它来自的人类心灵的

某个深山深海的幽秘处，戛然而止

一片寂静……我茫然地
寻找自己，寻找琵琶
寻找那只神奇的手

陈爱莲

1

幕开处，你出现了，悄没声息地。
你带来了一个世界，一种气氛，一种颤动的生气。

我难以说你走了出来。
正如我难以说波纹走出来，
波纹是连续不断没有先后的。
我难以说你开始了，
正如我难以说微风已经开始，
微风的流荡是无始无终的。
我难以说你有了第一个优美的舞姿，
难道仅仅是一个舞姿吗？
而且，又是哪一个舞姿呢？

我难以说今晚的舞蹈是怎样开始的，
只能说早就已经开始，
只能说你把舞蹈带到舞台上来，
不是你到舞台上来舞蹈，
只能说我看到的，
是那叫作“生活”的平凡而又悠久的舞蹈的
最自然的继续。

而现在，它具有了这样一种气氛，这样一种生气，
这样一种由于深深意识到
自己的高贵、优雅和美产生的自信
形成的这种颤动的生机。而这一切，都是由于你。

在你的嘴角有一朵依稀的笑，
飞鸟般的，瞬息间飞去又飞来。
那不是一个优美的表情，
那是一个征兆，一个预示。
从你那最柔和而又灼灼迫人的目光，
最柔和而又射穿一切的目光，
我觉察到了：你在致力于约束自己。
你是那样地自如、轻快，那样地从容，
依靠那奔放不羁和严格的分寸感的奇妙结合，
你神奇地保持了持续很久的
你自己的殷切期待。

你控制了整个气氛，你驾驭了所有的人的情绪，
最小的障碍撤除了，距离消失了，
一切都被你所感染，一切都被你所征服。
你溶化了一切。你更加无拘无束，
你随心所欲了。
于是，舞台上下开始紧密的交流。

我，一直目不转睛地追随你，
一直想要接近你的深不可测的美。
注意力像一根绷得紧紧的
愈来愈细的弦，（太细了！真担心它随时绷断。）
有过好多次，极短促的片刻，
你的某一个神情的某一个微细的变化
被我记住了……而且，将要永远记住了。
在接连而来的每一个感动人的短促时刻，

我记住了那些至可珍贵的
你的一顾盼，一举手，一投足，
何等丰富的咀嚼不尽的内涵呵！
而且，总是像一个友好的询问般：
“为了让你喜悦，
我可以更美一些吗？”
——怎么说好呢？
比如说：“谢谢！……”
够多笨拙，多枯燥！还有些冷淡。
要知道：有些事情
用语言来表述就没有多大意思了。

2

轻轻地，像一滴雨点
向一片草叶的殷勤问候
像一根水藻
把细长的手指伸进波浪，，
随手拾起一片波浪，又随手放下。

像一朵云，怯生生地
飘进万道霞光
想找个地方来暂时偎依片刻……

你满月般的脸上有充满幻想的深沉的眼神，
像在紫暗的暮色中从小窗户向田野凝望的孩子，
深沉的眼珠在深沉的期待里缓缓闪动。
整个大厅，我们每一个人
被你的足尖点醒了一次又一次，
每个人都用若有所思的凝望回答你的凝望。
而你，从连续变化的每一个不同角度
像孩子般若有所思地凝望我们。

而，在你的凝望中，
我，原野里一棵无名的小草，
俨然地瞪着睁得大大的眼睛
紧紧地追踪你的每一个舞姿，
在天旋地转中忘乎所以。
不止一次，掉了魂似的，手掌
下死劲抓住座椅的扶手，
奇怪着自己竟然没有跌倒；
不止一次，湿润的眼睛
大梦初醒般闪过一阵寒颤，茫然于
自己竟然没有跳起来高声叫喊——
是的，我只不过轻轻地点了一下头，
同时如释重负地嘟哝着：
“也只有这样了，不能比这更美了……”

舞台是一口多么幽静的深潭，
暗绿澄清的潭水上
漂浮这片片莲叶，
而你，在片片莲叶之间
把自己当作一颗小水珠，敏捷地
抛过来，抛过去。轻盈，准确，飘逸，
随着莲叶的浮荡轻轻地浮荡……
彩虹的盛会，彩虹的竞技场！
舞台上，许多许多彩虹，比赛着
争相抛出最绚丽的光带，
形成许多不规则的交叉点。
在闪烁着的、不规则的交叉点中间，
在不断跳动的、忽隐忽现的空隙里，
你，多么像一个半透明的影子，
投来，投去，旋转，跳跃，
摆弄那些敏感的光带，却一点也没有惊动它们……

我有些着急了。(真叫人害臊!)
好像有些不够清醒，有些不自在，
真不明白你是怎样保持这种游戏般的
无忧无虑而又专心致志的；
真不明白你是怎么能够这样不顾一切地奔驰
然后又突然不顾一切地停止。
好笑的是，我总不免有些提心吊胆，
带着世俗的老式的警觉
往往不免长长地嘘一口气，再嘘一口气
——没有人注意到我，
我没有妨碍谁吧?
往往几乎有些难过地自言自语:
“太美了！太神奇了!
天保佑！眼看着，就要……了!”
而你，却舞兴正浓。
你那着了魔般的精致的手，精致的脚，
任何一个姑娘看到都会羡慕的嫉妒的精致的腰肢，
着了魔而无法控制，而漫不经心地翩翩起舞。
不必大惊小怪了，
除了美的意愿所产生的美的规律，
任何规律，特别是物理规律
在这里，是不适用的。

3

我是那样贪婪地盯住你——
像孩子想拆开心爱的玩具，看个究竟，
寻思着用自己的美的观念来解释你的美。
我发现，一个又一个的美的观念都陈旧了，
必须用新的、更强有力的观念来补充，
因为，你是这样地与众不同!

我太幸福了！
我总是想多看一点
又想少看一点——为了留下更多更好的回忆，
为了把你的每一个舞姿都记住，
为了在将来漫长的日子里反复咀嚼每一个美的
　蓓蕾。
我总是想一点不漏地看下去，
为了牢牢地记住每一个舞姿留下的不可取代的
　回忆。
这愿望是这样强烈又这样使人快意，
这样不可抗拒，以至我不可能有感到幸福以外的
　反应。

而我又不免时时自问自答：
所有这些美的舞姿
都是由于我们想看到它而出现的吗？
——正是这样！
都是由于我们预料到它会出现而出现的吗？
——正是这样！
而当一个更美的舞姿出现时，
好像为了回答我的愿望，有一个声音紧接着说：
——真是这样！

难道，这些都是想象？
或者径直就是直觉？
可这是什么样的想象呵……
人们说，想象，要有根据才好。
用生活作根据，这难道有什么奥妙？
你还能用什么代替它？
不，不要让它中断，
哪怕稍稍停顿一下，都不要。

想象，在迅速奔驰……
它已经得到比应该得到的更多的东西，
它是应该得到的！
从我们已经十分熟悉的
你那依稀的，而且是永久的笑，
从你那总是使人心驰神往的舞姿，
我们知道，完全可能，你正是这样相信的，
要不，你怎能让我们感受到这一切呢。
你已经完全知道我们能够这样感受了，
你完全知道了。已经分不清
是我们跟着你的舞姿想象，
还是你跟着我们的想象舞蹈。
你的目光和我们每一个人的目光，
不知相遇过多少次，
不知有多少默契。
无论你的目光射到哪里，
每个人都感到是正对着他的。
而你的每一个手势，每一个眼色，
——有时往往不那么明显的手势和眼色，
每个人都能很快地琢磨出它的含义，
它所表达的你的机智、你的内心的微小变化。
呵，谁能不乐意循着你指引的路径
——路上是多么的美不胜收！
去抓住这叫人陶醉的想象呢。

舞蹈，它给人的竟然是这样大的恩惠，
竟然让我们记起那不应忘记而曾经忘记了的，
竟然让我们此刻经历的
正是我们曾经经历过的最好时刻。
这一切究竟是怎样来的？
是你的精湛的舞艺吗？

或者，是美本身？
对于一个舞蹈家
一次演出不一定是终身难忘的。
作为你的信息，
我们是互相依赖的，
因为我们依赖的都是生活本身。
终于，我发现
“表演”“演技”“表情”“动作”……
这些词儿多少有些含义不清，甚至有些荒唐，
对这些词儿如今我有难以抑制的反感！
我拒绝它们，因为我不愿让自己的美好想象
遭到破坏、冒犯和亵渎！我发现：甚至
不能说美丽的服装穿在你的身上，
只能说它生长在你身上，
不能说雅致的发式、璀璨的饰物
增加你的文雅、秀美，而是你把文雅、秀美给予
　它们。
唉，“化妆”，多么粗鄙的一个词儿！

如果我知道结局会是这样，
我也不会把自己仅仅当作一个热心的观众了。
本来，我不是抱着这样大的期望来的，
我的欣赏能力是不是增长了？我抚心自问。
我知道，确实这有些过分，
你只是教我，还没有考过我。
或许，我能够成为一个合格的观众
——一个观众还能期望什么呢。

4

幕徐徐落下了，依依不舍地。
你离去了。

舞台上留下多么丰富的空虚，
我凝望着这空虚，还想长久地凝望下去。
而，垂下来的幕布，遮住了这金色的洞窟，
这美好想象的神圣宫殿的入口。
不，这个入口是遮不住的。
这不是结束——谁愿意向美告别呢？

一线天

巨人，在你安排河海山川时
你曾想到让我们有个广阔的视野
你勤奋地工作，被实现你的雄伟设计的紧迫感
所催促，沉醉于劳动，忘记了辛苦
当你用巨掌掰开这座石山，使它裂成两半
那充塞宇宙的一声巨响
碎石纷飞遮天蔽日的奇观
于你，只不过是唧唧虫鸣般的微音
折断一枝干柴般的不足道的小事
大惊小怪总归是凡庸之辈的恶习
你已撒手而去，去忙那些不知比这更重要多少倍
更吸引你的大事
如今，这里的天只有一线
而天绝不止一线
谁都知道天绝不止一线
但知道不过是知道，光知道没有用
巨人，当初你耗费宝贵精力来掰开它
你太忙了，你的日程安排得太紧
你一把它掰开，就匆匆忙忙走掉
你以为无须用力过猛，你要做的事也真多

既已掰开，它们就该朝两边倒下
让我们头上出现一个真正的无垠的蓝天
你忘记了，或许你来不及预料
被掰开的石山有它顽强的惯性
分开的两半，没有完全倒下去
踉跄了一下，摇摆了一下，渐渐地
又在互相靠近，靠近……几乎又要合拢
它们可没有安安静静地躺下
留给我们的
就只有这么窄窄的，一线的天
无垠的广阔的蓝天仍然在我们的想望之中

过洞庭

面对这闪闪的洋溢，我晕眩了。知觉，想赶上却总是赶不上，注视你，几乎不可能，迷醉了，我这双大睁着的眼。

无际的浩瀚，颤动的丰满，永远不减弱，永远增强，无休止的起伏，永不茫然，永远清醒，狂放中自有克制！

无数锐角，从企望的目光下，跳起来，滑过去，曲线，在起伏中绷断，顷刻间有神奇地接续。

明与暗，动与静的鲜明替换，回环，摇动，往复，雪亮的锋利的斜视的眼光，自信能把一切看透，

流露出你用矜持掩盖的急迫心情：你太关心了，你是要我竭力作出应接不暇的反应。你洋溢的精力带来的

启示，需要从多少个视点来接受，来体味，来琢磨。片片波浪，都如硝过的皮革般柔韧，紧凑的腱，

突起的肌肉，肌肉里爆出力量前所有关节的脆响，连续的运动，极度的专注，毫不分心，一心一意地推进。

哗哗的浪，簇簇的浪，劈——啪响的浪！

浪呵，是什么在鼓舞你？你奔突、撞击、跨越，有多少急转的锐角，急起急落的弧形，

随着你敏感的神经，收拢，放开，放开，收拢，附在你身上随你漂浮的，是永不衰颓的向往。

花团锦簇的变化，瞬息间回到原型，力的洋溢，洋溢的力，永不消失。爽朗

地笑，优游自在的浪花，一排排雪白的牙齿，
短促和永久的奇妙融合，传达你执着的向往。起伏，起伏，高雅得真像乐队指挥处理慢板时
柔情的手势，忽然像闪电从无涯际的平面上铺开。哗哗的浪，簇簇的浪，劈——啪响的浪！
恢廓的胸膛的突出部，隆起，凹下；堆叠，散落的连续组合。美以外的美，太动人也太恼人了，贯穿全体的这股蛮劲！
什么主导你？什么驱使你？什么控制你？这应声而起的爆发，憋了好久了，冲着我
粗豪地大笑，你要把这股冲击力用在哪里？

洋溢着，闪动着，惊人的气魄，惊人的耐性，出奇的认真，够吓人的这取之不尽的精力，该怎样才算尽情尽兴！
时时刻刻，连续释放出这么多的能量，真棒，真放肆，真大胆！用超凡的精力展示瑰丽的向往，
用急切的盼望加强激情，激情加强献身的热忱。永远忠于运动，忠于生命的更新，不存在丝毫犹豫。
这莽撞的迸发，简直是扎人的口气：哗哗的浪，簇簇的浪，劈——啪响的浪！
好主意！时间的巨大空白用你的运动来充实，你阔大的洋溢已经过压缩，再压缩，绝不铺张，
沁凉冰冷只是热情之火焚烧后的凝结，无边无际只是无数个小灰点的聚集，只管认为
这无穷之中的区区一波一浪的起伏算是什么，这响彻天地间的波涛声只是思考者的喃喃自语，
只是为苦思冥索所折磨的有志者的沉吟，他的所忧所虑已和盘托出，绝无保留，随你去想，去琢磨吧！
翻腾，翻腾，翻腾！激荡，激荡，激荡！哗哗的浪，簇簇的浪，劈——啪响的浪！
落下，升起，退后，超前；火花，光波，错综交织。忽然一字儿排开，行中有行，线中有线，
忽然打乱了，重新来过，驳杂的波浪之乱叶纷飞，不可收拾，向往的带动强

有力，向往的鼓舞太迷人，
豁出去了，这样迅速，紧张！节奏，给拧得严丝合缝，起，那么轻，又那么重；落，那么重，又那么轻，
没有内部的高度和谐，怎能达到这干净利落的最美韵律的起落，怎能协调得如此完美。
以水天交接处的地平线为坐标，无边的宽阔，无限的深邃的浑然一体的力的发挥。夹杂着，挟带着，紧跟着那么多
忽明忽灭的半下落、半上升，启动、急刹，急刹、启动，高涨和再高涨，惊心动魄的洋溢，分不出
谁是谁的一部分，这硕大无朋的整整一大块的力！
我也迎面撞上你魁梧的胸膛了，谁难道还会阻挡你？尘封的“过去”设下的那些有形无形的路障，
已次第倒塌，还得冲刷，冲刷干净。听，这警觉的呼喊：哗哗！簌簌！劈——啪！必须扫清通道！
源泉，来自古老大地苦难民族神圣的先天素质，来自无可更改、无可替代的美好向往。
浩瀚的湖，你最富吸引力最富表情的脸庞，溶化了宏大的背景，在酝酿，酝酿，再酝酿之后
用多重的口气，说多么有分量的话，有些用力过猛了，操纵着我这越升越高的激情，期待，探寻和恳求。
永远翻腾，永远激荡，永远闪光，永远洋溢，永远处于高峰，什么都不能使你分心，
不考虑安宁，不需要安宁，力的发挥不可能适应安宁，迁就安宁。远的和近的目标
在你急切的运动中，已被你派生，自然而然地附着于你。

力，存储得太久了，让它来一个尽情的倾泻，哗哗的浪，簌簌的浪，劈——啪响的浪，更高亢，更嘹亮，
冷森森的锋芒，凌厉的刀口，狂野的晃动，晃动，晃动，伟大的历史，是在张着大嘴喘息着前进了。
是积蓄多年的渴望的风，使你翻腾不息，激荡不息，使你洋溢闪闪的饱和的

力，脸红耳赤的力，大喊大叫的力，

使你意志集中再集中，使你暴躁。你将以一个惊天动地的行动证实你的振奋绝非盲目，绝非一时冲动，绝非鲁莽、轻率。

这巨大的行动，用无数次顽固的冲击，用对自己的最苛刻的要求，用最丰富的潜力，最耐久的意志，

使你和我，终于有了默契，有了交流，有了会心的笑，我们是同样的，同样没有想到过减速，没有考虑过放松。

强烈一点有什么不好？我们心里有数，我们拿得准。波浪，蓝色的火焰，比通红的炉火更炙人，更富于魅力。

盯住你看，一秒钟就够了，你会永远再三再四闪回到我的眼前。

罪　泪

羞耻多么美，
羞耻需要多大的勇气。
——题记

都笑了，都在连声哎哟哟地叫，
都在忙着用小手绢揩眼泪，
剧场里乱糟糟的，笑声鼎沸，
不笑的，只有他自己。

（别这么不要命地笑了，
好不好?）

脸上，冷冰冰的，简直莫测高深。
是久经磨炼的职业的冷淡，
老把式丰富的临场经验，
还是高超的表演技巧？谁知道！

（记住，要沉住气，要挺住，
可千万不能乱套，不能落下个荒腔走板！）

都以为好戏还在后头，他还想露一手，
都以为他少不了还要亮一亮他那点绝招，
叫最爱挑剔的行家也不能不打心眼里佩服，
他可没有心思讨好谁，反正凭这点老本也还能

　　对付。

　　　（别喝什么彩了，我可不要谁助阵，
　　　我只不过是为了不想让你们太扫兴！）

可今天是怎么搞的？真见鬼！
瞧这份德性——想哭鼻子，也得有个时候！
你呀，一个翻过多少跟斗的老江湖，眼角
却挂上了眼泪，真正的，一点不假的眼泪！

　　　（好险哪，我的天！会搞得一团糟的！
　　　这场戏，非唱砸不可！）

眼泪水冒冒失失挂在眼角——可不是笑出来的，
沉甸甸的，像烧熔的铅，比烧熔的铅还滚烫，
太可怕了，这场合！谁愿意到这里来
看你的哭相？人们津津乐道的是你那装疯卖傻的
　　“宝气”。

　　　（小丑是不准笑的，逗人笑
　　　才是小丑的本分。因此，小丑也不准哭。）

让花钱买票的爷们儿开心
人家这要求不算过分。幸好
谁都不相信小丑也会哭，
就像谁都明白小丑不应该哭。

　　　（你知道稳住想往下掉的眼泪是什么滋味？
　　　这门功夫可真比吞刀饮剑还要难上百倍！）

谢天谢地，只管哈哈大笑了，只管捧着肚子叫“哎
　哟哟”，
就没有谁发现这一滴作孽的眼泪水，手掌
颤巍巍擦过鼻梁，滚热的眼泪，已经
给塞进滚热的眼眶。

（就是牌子最响的大夫，最了不起的手术，
也没有这么利索！）

知道吗？塞进去的可不是一滴两滴，还有
一长串，一长串要跟着滚下来，
一滴比一滴沉，一滴比一滴滚烫。就这么
一长串，一长串地塞进去，痛起来可不是玩的！

（谁肯相信小丑也有自己的心事？但愿这会儿
没有人发现我这个老不死的神色有点不对。）

倒也好，没事儿。到底是老把式，丢出去的噱头
一个比一个精彩。“有意思”，戏迷们连连点头。
——一场戏下来总是这么汗涔涔的，
一辈子装鬼脸出洋相，也算是一番事业！

（别笑了，别再瞎嚷嚷了，
就不能让人清静一会儿吗？你们这些傻瓜！）

可依然笑声不绝，依然没有片刻清静，都在叫：
“哎哟哟，笑死我了！”可他，还得下死劲憋住
那一长串一长串想滚出来的眼泪，还得在笑声的
网里
再挣扎一阵。网已破得稀稀拉拉了，好吃力！

（“多谢赏光！多谢捧场！”这是怎么搞的？
忘记了谢幕，忘记了背熟几十年的台词。）

散场了，心满意足的观众纷纷离座，
稀稀拉拉的笑声的网留给了呆立台口的他，
破网的筋筋绊绊把他捆得这样紧，终于，嘣的一声
闸门打开，再也忍不住的眼泪一齐夺眶而出……

（戏才演到热闹处，
你们怎么就走光了！）

站稳脚跟

站稳脚跟，守住脚下这片鞋底地
本分点，切莫这山望见那山高
是好样的都能落地生根

本性难移的我却总是沉湎于幻想
总是想到那些鱼，从来没有站稳过的鱼
鱼是不需要站稳的
鱼从来没有站过，总是游来游去

游来游去而且不时吐着
一小串、一长串晶莹滚圆的水珠
那是它们的语言呢，还是它们的音乐？
它们是用音乐代表语言的

鱼类和我们人类不一样
鱼类的语言艺术家——诗人就是音乐家

一串水珠，一行诗，一个乐句
它们的诗人一边写诗一边谱曲
一颗水珠 do，两颗 re，三颗 mi，四颗 fa……
即兴地写在波纹的五线谱上

鱼类的兰波诗人给这些滚圆的音符上色
do 红，re 白，mi 蓝，fa 绿……

通明透亮的水于是出现被记录下来的
彩色的诗，它们的彩色的音乐

而我却必须站稳
老是站稳，站稳，直到脚板生根
站得越稳根长得越快越深
一寸，两寸……一尺，两尺，而且开始分叉
叉再分叉，一叉两叉无穷多的叉

叉越来越多身上长出来的枝叶越来越多
我清楚意识到叶子就是我的手掌
叶子多得数不清我的手掌也多得数不清

多得数不清的叶子整天劈劈啪啪鼓掌
烦不烦啰，我可没有那么多的热情
鼓掌是为了表示完全无保留的赞成
我可没有心思反对也说不上赞成
我要的只是让我安静
安静地沉湎于我的幻想

我是站得很稳的
而我的幻想总是跟着鱼类游来游去
游来游去只想读懂鱼类的诗

不能说已经全都读懂
至少读懂了一点，能够游来游去的鱼类
是不站的无所谓站稳了没有的
因此它们才有彩色的诗，让我沉湎于幻想

围观孔雀

“好美丽呀！好美丽呀！”
都在叫喊，都急切希望看到
它能够为了报答追星族的倾情追捧
回应一个微笑服务：来一次精彩表演
最富于魅力的无比富丽的
开屏

习惯是一种行为定势
　　　一种思维定势

习惯了
向用高价位演出服精心包装起来的
　　天王歌星，准天王歌星或未来歌星
摇晃手里的花束、荧光棒
习惯了
听到主持人又是请求又是命令的那一句
　　“来一阵掌声鼓励”
就拍红了手掌，喊嘶了喉咙
却不知道，它
　　不是为五位数、六位数……的出场费来的
　　不是为这个奖那个奖来的
开屏

　　不是它的保留节目

依然那么文静
犹如还栖息在出生地亚热带山林
只管优雅地踱来踱去，偶然间
　　转过苗条的颈脖
　　侧过秀美的头部，有意无意地
看一眼围住它喊叫的人群，如同
越过眼前摇曳的丛莽
眺望远天一抹淡淡的云彩
竟无一点反应，对着这闹哄哄的现场炒作

浮现在为怀乡病所苦的它的眼前的
该是那绿漪般荡漾连绵的南国的群山
　　如水般清冽的高原气流里竞放的繁花，以及
那失散了的沦落天涯的难友
　　和童年游伴的生动身影

开屏，对于它
是宣泄，是不出声的叹息，是没有泪水的哭泣
是凝固于妩媚舞姿里的痛苦挣扎

“好美丽呀！好美丽呀！”
什么样的美丽，什么样的心情
什么样的信息
能被它接受
欣然为满足人们的好奇心需求而
开屏

优雅地款款漫步
它在想
人类，这不长翅膀的奇怪物种
他们为什么这样闹闹嚷嚷
他们也知道思念故人，也有乡愁吗

难道就因为没有这些

　　他们快乐，或者因为

　　不快乐，急于找寻快乐

绝　叫

——题蒙克的《绝叫》

终于叫喊出来了，就这么突然叫喊起来
一切是这样出人意料的快，终于作出抉择
来不及下决心，决心已经下定
来不及想，已经想好，再想已经多余
终于叫喊了，满天乌云突然散尽
突然间一切已经确定，犹豫突然变成坚定

突然被激情完全控制，突然完全失去自制
突然被叫喊征服，突然陶醉叫喊，迷恋叫喊
叫喊囊括一切，除了叫喊，什么都不再存在
叫喊，只有叫喊，不叫喊会憋死人
叫喊了，一定要这样大声地叫喊，高声地叫喊
什么都不重要了，现实里只剩下叫喊
必须接受这个现实，叫喊，是不可替代的唯一

叫喊下去吧，叫喊主宰一切的局势已无法挽回
已经全部投入叫喊，不叫喊的我已经不存在
一切都已经确定，用不着改变也不可能改变
叫喊下去吧，叫喊吧，就是要宣泄，就是要释放
不叫喊会更加悲惨，会消失在没有声音的空虚里
想得到宣泄的力量有这么强吗

想得到释放的能量有这么大吗
叫喊的声浪在不断提升，不断扩张
突然形成超高音声浪漩涡
叫声乘飞轮从天上到地下拥挤奔驰
震撼天地的生死界上的霹雳
这样尖锐，这样凄厉
这样残酷地消耗着我的体能
超负荷消耗之下我突然瘦弱，皮包骨头
只有用颤抖的手抱着头掩着耳朵
怕听自己发出的这一阵阵充塞宇宙的叫喊

而我知道叫喊的是什么，知道为什么叫喊
突然明白我存在着，我没有消失
用完最后一点力气，痛快！值得！

冷 场

她在唱，我在听
是她唱我只不过在是在听
然而，听着，一边老关注歌声以外的
掌声，好像对于听众掌声也很重要
一开始我就相信会有热烈的掌声
好像她也一开始就相信会有热烈的掌声
我听着，期待着
她唱到第四句的时候我想这下一定会有掌声
我想她也相信会有掌声
唱到第七句的时候我更相信会有掌声
这时候我相信她和我都有强烈的愿望
终于到一支又一支歌都快唱完
我清楚知道她确实唱得非常卖力
我更加相信会有个感动所有人的场面
全场活跃，爆发雷鸣般的掌声……然而
没有掌声，全场静悄悄
简直叫人奇怪，叫人纳闷
就凭这一身精心设计的豪华演出服
就凭这表情，扫射全场的一往情深的表情
也应该报以热烈的掌声，然而

就是没有，没有！
我的天，你看她，已经在可怕的寂静里
朝观众席俯身告别，随即迈开沉重的脚步
从舞台正中转身向不足十步之远的边幕走去
多么漫长的十步，多么遥远的十步
需要多大的勇气走完的十步

飒飒寒风里乐池里乐队成了愁云下一丛枯树
灯光惨白，幕布暗淡
一股冷气从观众席下升起，我打了个哆嗦

音乐有时让人受罪

比萨斜塔

什么样的角度
什么样的视平线　认为它斜

而且　惊呼
斜下去了　越来越斜了

站的什么位置　焦点在哪里
垂直线　从哪里开始落到哪里

竟都忘记了　长久以来习惯于
站立在斜面上　习惯于
你的视平线　而
忘记了　可以有另外一个视平线
另外一个向度的视平线

所以　惶惑了　眩晕了
却不可能知道眩晕带来的
梦幻般的诗意　启迪

瞧那些星星吧
瞧那太阳和月亮吧
瞧那环绕它的鸟儿和云彩吧
它们　从来不认为它斜
只认为它很美

可以试试看
能不能　像它那样
屈起一只脚　舒舒服服地
站着　自在又优雅
而你却是经不起斜的　必须
有了依靠　保持了重心

认为　它没有依靠　就没有重心
所以斜了　所以预言它
再斜下去　一定会倒下

那么　什么叫倒呢
还可以试试看
你先倒下来　再看它的倒
这才发现
它没有倒

而你自己　站在斜面上
太久了　总以为是站在平面上

生生，多位一体

天地之大德曰生。
生生之谓易。
——《周易·系辞》
生生化化，品物成章。
——《素问·天元纪大论》
大块假我以文章。
——李白《春夜宴诸从弟桃李园序》

1· 氤氲

此刻，虚空中
生生的精气正在运行
四射的灵光正在向八极浸衍
倾情闪烁超温的燃烧
鸟已不再歌唱，云停于青霄，欲雨未雨

各种等级的气流在它的驾驭下
升高明和暗、正和侧的播扬
时序已颠倒，无寒无暑
停滞在大火后余烬余温的熏炙

围绕它来回吹拂的软风
在浩瀚里浮游，以无力的冲刺

多少淡化等待的焦虑
即使还说不清楚等待的是什么
固执，急切，烦躁，受困于
如被骄阳蒸晒吐沫海水释放的咸味水汽
灼热，潮湿中急于寻找清新，明亮和畅快
梦幻以奇异的敏捷，乘一只快艇
炫耀地急驶向大地的咽喉
幻象被浓缩，而后凝聚，结晶
成就有生的自明自知，如同可溶可塑的化石
多棱体滚珠般在大地的坩埚里跳动
随即发酵，膨胀，高烧中的汗腺被迫而
滴出一串串汗珠

山海边界，半岛伸出的两臂间
酒坛形港湾里的潮水已涨足
吞吐开坛之际喷出的浓郁绵长的辛辣
堤岸静穆，以若有所思的神气伫望
感触跌进生生精气暖热怀抱的生灵们
爆炸前拥有的生存奥秘，渴望重生的众生
正在忙着用生命内在的光洗一次痛快淋漓的浴

永恒的精气，太古以来的生命主宰
宇宙忠诚的守卫，不知疲倦的耕耘者
以其无始无终的绵亘表明现在与未来
难解难分的纠葛，别无所求
需要的只是执拗的向往，只是憧憬的坚持
繁殖的延续，延续的繁殖，就这样

生生的精气巡行，沉着如大海，镇定如艨艟巨舰
连续穿过忍住气不出，忍住泪不流的
劫后的旷野，深谷，来到这仇恨生命的
杀生天王肆虐后大地上的绵亘废墟

什么不问，什么不说，甚至什么不看
只以慧心留意蚂蚁般蠕动于地表的幸存者
瓦砾尸骨起伏处不停的挣扎不停的诅咒
以及诅咒里偶尔加入的嘶哑的叫喊

经历一场正常情况下无法想象的绝顶残酷的灭绝
生灵们的反应已被锻造得如此老练成熟
能冷眼看穿杀生天王鬼蜮伎俩用尽后的窘迫
谎言的破绽，诡计的颓败。能够识破
石头长出毛发，朽木生出绿叶的神话，都是骷髅
露齿而笑的笨拙魔术，视觉欺诈
虚弱迫出寿衣般的伪装，衰亡前的假笑
只能叫人恶心，粉饰是徒劳的
兀立如一片倾斜的危墙，根基动摇，却想用朽木支撑

巡行的生生精灵就这样浑身包裹在
幸存生灵们亿万生命元狂奔向反击愿望
激动内心爱与恨的频繁碰撞
陶醉于碰撞的连锁反应，生生精气意味深长的目光
融融自得的微笑传达他与幸存者们悠然的默契
除了追踪驰去或袭来的万千思绪
他已无暇顾及其它，他已满足，他微笑了
苍茫大地，无论极贴近极辽远
生灵们体内某处那个神圣之泉汩汩涌出的
带电的生生愿望正以极度敏感反应
生生精气的殷切召唤，蠢动着，全不顾
所有难逃浩劫所有飞来横祸的威吓
即使跌进深渊，落得个缺臂少腿半聋半瞎
也不会趴下来摸着冰冷锋利的乱石爬行
不会弯曲身体，嚼碎石头，撕开胸膛
把自己活埋，只是微笑，微笑着面对

什么样的征兆，什么样的启示，这大灾后的火场
废墟下有多少逃过一劫的幸存者在营造
前生存状态生活，培育着无限生机
无法估量的不可逆转的巨变将要发生
谁不明白，谁不兴奋，谁都有兴奋中的冷静思索
只除了还在装疯卖傻热衷于自欺欺人的杀生天王

2· 孵化

有一支歌不用声音唱
有一种言语用眼神和手势说
有一种温馨因为与冷酷对峙
而显得格外高贵，有一种规律
不可违反，不可改变
生生，庄严的永恒，杀生，绝对的邪恶

惨淡尘雾，颤抖着寻找退缩之处，可寻找之处
已经不多，退到哪里？是个疑问，或许
就地消没是最好的选择，晴朗，阳光更加灿烂
没有照不到的角落，大气更加清新
流水般潺湲回荡，以特有的方式报信：
生生精气的无私母爱正在为恢复万物生机
所需要的吸收、转化、充实、增长等条件的
丰富供应和储备，作出不懈的鼓舞，指点，提示
忙碌在地表，地层，直到地心

这是什么？这有小小尖角又圆又扁的球体
本该翠绿却已焦黑，一层薄薄外壳
本该坚硬，足够保护小小球体的安宁，为了
体内可爱的嫩黄，可爱的奶酪似的球肉
以及那一丝丝的淡淡幽香，怎么会有，为的什么？
　那不就是
我们习惯叫作种子的生命元，生命胚胎，它本应该

存活在宜人的温度，湿度，宜人的通风，照明里
这灾后幸存的少量种子，如今却不能不庆幸
尸骨瓦砾堆积给它留下这些隐蔽的孔隙
刀斧手们扬扬得意，大步跨过，多亏蛮横的铁蹄
没有把它踩碎碾破，虽然干燥，脏污，郁闷
微小的不被注意的偷生倒也有短暂的平静

以偶然形态出现的必然，无法排除的多种因素里
最重要的因素：生生不息。有一天
满足又一次杀生大动作的杀生天王
下令刀斧手们清扫现场，以便建造一座杀生神坛
最微小的生命现象也会叫他忐忑不安
“还有一粒种子吗？我说过的：一粒不留”
好像漫不经心，语气却很凶很重
“全烧光了，全碾碎了”刀斧手们以教徒的欢呼回答

烧光？碾光？杀生天王追求的灭绝几曾实现
吞吃棉花球里的钢针是他的绝技绝活
妄想对于他有棉花的温软，棉花的轻柔
全不顾肚子里早就装满锐利的钢针
残暴本性总是和愚蠢素质紧密相连
居然连最简单明白的道理都不懂：
种子本该存在于泥土，本是不可计数，也不会灭绝

初始的生生，本是幼小，本是稚嫩
那肉身，本是象牙色的水灵珠子
生生的自在肌体，存有的本初，本是洁白清纯
文静，缄默，谦卑，自处于生机涌动的
九天仙乐虔诚徐缓的节拍里，优美地
躬身拥抱自己，形成完整的浑圆，就像

母胎里的婴儿，内质有恰好那么多的水分
不需要更多滋润，呼吸那么平稳，不急不慢

不需要太多气体的补充轮换
自然丰满，自如生长，自在演进
自信必能在不太长不太短的生命史的这个时段
成就自己，成为使自己惊喜也使人惊喜的全新的存在

泥土的生物钟依照地层独特的时间感运行
黄昏和清晨一样鲜亮，清晨和黄昏一样柔情
薄暗的正午和清晨黄昏一样流连于明暗之间
梦幻，悠忽闪动于薄暗的深深浅浅
来自慈母祈盼平安快速成长的注视
是叮咛，是嘱咐，黑土如膏，如浆，如胶冻
因为输送乳汁的多寡而弹性变化密度，硬度
沙粒勤快，忙着缓和柔韧度，调节泥土胎盘，使它
拥有全部适宜于生长的理想的舒适
以其线条流利的棱角，加入黑土的无限可塑性
做成羊毛地毯般的床褥，生生的细心
生生的钟爱，生生的爱子们，泥土里的亿万种子
在大地永恒律动的微微摇晃里，幸福地生长

生长着，感受生生的喜悦，生长
提升感受，扩展感受，培养生命最初的好奇心
还没有破壳，没有张开眼睛，前生命状态的种子
本能地有爱和憎，本能地分别善和恶
锻炼敏感，思考，联想，朴素的推理能力
能听到地表上千万人的呼喊，感受烈焰
烤热的地表传来高温，钢铁轰隆，鼓膜应声震动
突然的热烈，突然的冷静，突然的万丈光芒，突然消失
都是为什么，要知道，这就是需要，需要生长
离不开生长，为了生长
又稚小又活泼的力原，渴望爆炸，渴望飞跃
渴望一个欢乐的节日，地壳欣然裂开的那一瞬间
纵身蹦到地面，大叫一声：“我来了！”

记得那份郑重的允诺，那份允诺里的深情
那份严肃的承担，小小球体里那个高贵素质
所拥有的能量，释放出的希望，失望，欢乐，痛苦
胜利和失败，构筑成有形可见的生命实体
血脉的舒张和收紧，气管喘息时的伸长和收缩，皮肤的冷觉，痛觉
以及随后来到的舒适感，都有乳白血球在歌唱

依依惜别，从地层到地面，这一瞬间
如同进入少年期回忆童年岁月，不再是种子的
种子后身，还是浑身泥土气息，血肉本是泥土做成
泥土，记忆和憧憬的温床
生产膏腴生命催化剂的工场
一粒沙子，一撮土壤，都储藏动人的记忆
温馨的怀抱，让种子吮吸过不知多少次
被种子纯洁的吻吻过不知多少次
甘甜的唾液溶解过不知多少次
亲昵地咀嚼过不知多少次，
泥土柔情的手，来回抚爱种子不知多少次
生命元在种子浑圆的饱满里波动
汹涌像春涨的江水充满进和退，快和慢的自我角力

如今，种子是一只刚学飞的雏鸟，翅膀还软
需要珍惜与气流周旋的每个瞬间，杀生天王
还在找寻，不耐烦地窥伺下手的时机
然而，这一刻已经不是那一刻，成长了的种子
已经成为新芽，最初的欢乐里有最初的警觉，最初的认知
轰隆滚过的恐怖，呼啸毕竟是短命的
种子沉默，在最雄辩的沉默里
在生命的嘹亮号角声里，坚定地催促新芽的生长

3 · 蠢动

那时候知道会看到没有看到过的什么
知道迎接第一次张开的眼睛的必定是新鲜新奇
那时候不知道遇到的是什么样的新鲜新奇
这时候才知道会有这么新鲜这么新奇
没有稻香、麦浪，飞鸟、游鱼
没有茵茵绿草，也还没有张开大伞盖的树阴
没有人来人往的城镇、村落
一眼望去，只见无边的荒凉，荒凉里的肃杀恐怖
宽敞的是废墟，明亮的是冷酷罗列的惨状加惨状
宽敞明亮是为了让你看得更多看得更清楚，看了更
　难过
不怕让你吃惊，吃惊得瞪着双眼说不出话

种子，莽撞的小东西，转瞬间
长成萌芽，鲜翠，苗条，承担荷负无限生机的重任
已经莽撞闯入广阔的天地
退缩吗？回到泥土里吗？是的，泥土
记忆是醉人的酒曲，泥土带盐味的碎屑
充塞回忆的每个片断每个空隙
泥土胎盘里的日子，诗意，美好，有限空间里轻微的
挪动，翻滚，蜷曲，舒展，还有随意延长和缩短的
　休息
前后都是泥土，浑身上下
都是泥土留下的亲热的印记
泥土在养育，泥土的呵护，泥土相随相伴
泥土，大自然千万年千万次啃啮过的
大地的肉糜，大地的骨髓，无数孔隙
松软透气，提供全部营养的芬香
肉体和精神形成、长大的可靠凭借
对于种子是这样，对于萌芽同样这样

萌芽，成长中的泥土之子，将怎样用善良、单纯
面对这场大破坏
遗留下来的谁都不忍心多看不忍心多想的
兽性取代人类理性造成的空前的大灾大难
刚刚从幼年进入童年，小小萌芽，必须经受
这无比严格的勇气和信心的考验

他挺住了，用生命的全部积累衍生的全部热能
用全部热能衍生的全部张力，他观察，思考
这人造荒原上的荒唐景象，他冷静观察
强忍厌恶和悲愤，以及眩晕，恶心
强迫自己看下去，想下去，强迫自己镇定、冷静，
　他看到
光秃秃荒原的正中部位，被铺上一块
灰白，僵硬，冰冷的石质地皮，大到可以
给数以万计的信徒从四面八方围住威严地
矗立在地皮正中的石造杀生神坛，不高不矮
合乎天命气数攸关的“风水”要求

神坛周边，蠕动着一群一群忙这忙那的信徒
慌张，忙乱，有如救火，有如给临死病人操办后事
抬重物的“嗨哟”，铁器的撞击，信徒们
急促的呼唤，谈论，总管、教长的指挥，布置，同
　时进行的
多种操作，同时迸发的声响形成集市般的
嘈杂喧闹，还带上少不了的宗教仪式的神秘气氛
一棵棵锃亮的铁树正在被七手八脚地插进地里
多少高度，多少枝丫，枝丫上多少叶子，树干多少粗细
叶片多少厚薄，形状，色泽，绝对一律，绝对严
　格，一律
依杀生天王精心设计的图纸分毫不差制作
这一棵和另一棵的距离，这一行和那一行的距离

绝对遵循严格的规定，壮观的神坛于是
具有圣殿和陵墓的气派，信徒啧啧称赞，齐声
歌颂杀生天王的伟大意旨，除了他
谁能有这样大的气派，这样的大想法，大手笔

嘈杂忙乱中可以听到断断续续的零星话语
“能再高一点就好”“这样正好，总不能比坐在坛上
　的天王高”
“叶子多一点就好”“不能多不能少，一棵树
多少片是规定死的，多了的这一片，你敢负责?”
“该浇点水吧，也算种树呢”“浇什么水，
你忘记了它是没有根的，大王说的：有根的
就有生命，都得消灭”……

没有见过的，第一次见到了，一次难得的激动
没有听过的，第一次听到了，一次难得的震撼
萌芽们，兀自在铁树和铁树间
突突成长，凭着那一点点胚珠里生命基因无穷的能
连自己也想不到有这么快，这么日日夜夜地生长
神坛四周，铁树行列间，这里那里
站起来一棵又一棵真正的，有根的树的
幼株，动人地青翠着，成为灰白巷道里朵朵绿灯

终于有一天，幼株们的长势引起骚动
信徒们偷偷猜测，这不吉利的迹象会带来
什么样的严重后果，神坛边怎么还有生命现象
怎样处理这些胆敢冒出来的怪物
怎样除掉它，不留一点痕迹，别让天王发现了烦心
幼株们只顾生长，不知道自为自足的生长
引起这么大的风浪，这么多的恶毒算计
信徒，准信徒，亲信，帮闲，刀斧手们，纷纷
议论，表演，看谁比谁更像天王的忠实信徒

众多信徒里那个最聪明伶俐的，抢先说
“用锯子锯，方便，又快”，有个更聪明的紧接着说
“锯了，还会长出来的”，另一个懂科学的主张
“用化学药水淋，让它连根烂”，另一个也算聪明的
接着说
“药水会淋到铁树干上，都会倒下来”，急于露一手
的刀斧手们
抗生高喊：“连根拔起不就行了”
还是那个自封为天王亲信的老帮闲说得好
“天王的《灭生咒》最灵验，念咒吧，一了百了”
说得这样玄，其余的只好不再说下去

于是一齐行动，用锯子的去拿锯子，用药水的去寻
药水
念咒的念起咒，用手拔的动手拔，哪知道
小小幼株，根长得这么深，盘得这么远
好久好久摇不动，突然，一群信徒慌忙跑来
“都来看呀，这里那里，到处都长出幼株，不知多
少幼株”
“那些该死的种子不是都烧焦碾碎了吗”
“那是地面上的，地底下还有不知多少”
信徒们，一下子全瘫在地上，下意识地举起双手
有喊“天”的，有喊“天王”的
——喊“天”的好像比喊“天王”的多一些

4· 喷薄

生长有一股强劲势头，谁也止不住，这股劲憋得太久
憋得贲张的血脉带动心跳，带动脸红，耳朵叫
憋得你要跳，要喊，伸出手去见什么一把抓住什么
生长是拗不过的犟，喝醉酒似的晕
只顾往前冲，从没想给自己设个限，更不管

谁在给你设限，设的什么限，正因为这样
荒原上的幼株转眼长得郁郁葱葱，长成一片幼林
劫后废墟有了个天上跌下来的绿洲

绿啊，绿啊，又看见绿了，叫眼睛亮堂的绿
传递喜讯的绿的火炬，点燃希望的绿的星光
绿宝石般坚强的生命意识的确实存在
绿啊，只有绿，绿是健全，是旺盛，是进展
绿开辟了过去到现在，现在到将来的通道

幼株长成小树，小树就快长成大树
幼林里洋溢着的喜庆气氛，绿祝贺小树
赞美小树，用祝贺赞美步入青年期的少年的热诚
小树林里正在举行树族独特仪式的隆重庆典
树族的独特舞姿，树族的独特歌声，树族的拥抱，
　树族的敬礼
小树们腼腆地笑着互相问好，都很快活
都俊都帅，都美得很有格调，很够品位

每一棵都有男性的挺拔，英俊
都有女性的婀娜，文静
男性勇士的剽悍，书生的温文尔雅
女性仙女般的身材，梦幻般的风姿
但又不能说就是男性的美，不能说就是女性的美
是全性的美，代表全部生命力的美的全性美

全性美，不是随意捡来的美，不是轻易得来的美，
一开始就是在美的秩序里一步接一步形成的，是按照
美的规律，美的典范一点一滴地形成
树干，威严的主体，撑起一座绿山的威力的美
由于内部充实的生命元的储备而美
树枝，一茬茬向四面伸出的手指
每个分叉都是为了输送树液的必要

长短，粗细，硬度，软度，决定于树液的多少
树液的多少决定了整棵树成长规模的需要
生长的规模用枝繁叶茂呈现
很难说是枝繁先于叶茂还是叶茂先于枝繁
它们同时出现，它们本是一体
干，枝，叶在同一个完整的设想里成长
可以很拥挤，但是谁也不会妨碍谁
可以有高下，有疏有密，不会形成任何程度的紊乱
树干和树枝，树枝和树叶，自然的间隔，自然的距离
自然形成的神态：树干，安详地站着
树枝，伸出无数做着各种手势的手臂
无数树叶，时刻在鼓掌欢迎所有的来访者，多么
　人性化
多么富有亲和力的美，生命美质多么完美的显示

灰白的铁树，在新生绿树的包围里
麻木地反射阳光，为自己毫无意义地浪费阳光羞愧
为被冷落难堪，滚圆的树干，不能感受风雨
按一定规格成批量生产的树叶，在规定的工艺流
　程里
安装，固定，离开真实的树那么远，离开
真正的生命那么远，是对生命的拙劣模仿
对生命意义的肆意亵渎，曲解，甚至嘲弄
不能吸收热的铁叶冷漠地反射阳光
不能在风的吹拂里摆动的僵硬的铁枝铁叶
十足是一堆等待清理的废铁，因为它
不需要运动，不可能运动，不知道在运动中生长
这些环绕神坛的铁废物行列，这些失败了的
抹煞生命的愚蠢尝试，破产了的
杀人天王灭绝生命诡计的尴尬标志，可悲地
成为历史笑料的天王神坛的浮夸摆设

正在不得不以它的丑恶，反衬新鲜树丛的生生的美

新生幼林的美，是人间的美，人文的美，人性的美
到处是生蹦活跳的运动中的生命的美
树枝搭着树枝的胳膊，树叶靠着树叶的脸庞
飞鸟们飞来飞去，选择最好栖息的树枝
蚂蚁选择最便捷的工作路线
小到不留神就看不见的小虫们
在树皮的小小凹隙，裂缝间寻找生息之地
露珠寻找温度适宜的叶面宁静地凝结
游丝选择光线充足的空间轻轻晃动
每一棵树都在显示全息的全性的美

但是杀生天王和他的信徒
看不见，不知道人世间有生命的全性的美
是看不见，还是不想看见
是不知道，还是知道装不知道
不想知道，不愿意知道，可心里明白
精神蛊惑失灵，肉体杀戮恐吓失灵，“照这样下去
香火会断的，香火断了，我们还有什么奔头”
严重，重中之重的严重，对于他们就有这么严重

5· 孳乳

不停地张开、收拢的发麻的手指
不停地抬眼仰望天又不停地低头沉思，摇晃的
半醒半睡的骚动着的身体
贴得更近，靠得更紧的脸庞
高涨中的宣泄释放的需求，更加急切地占有和被占有
比爆炸更紧张的爆炸前的紧张，失控了的控制，失
　效了的防范
警告遭遇蔑视，危机快速成熟，已经不只是一个
　信号

而是事实，必须用紧急行动应对的事实

青春期，生命开始向巅峰突进，随即进入巅峰期
肢体和感官连续做出下意识动作，连续的
说不清数不尽的幻想妄想奇思怪想的闪忽
感受和反感受的轮番交替
狂热与冷静的搏斗，正常的疯狂，不正常的正常
高烧，中邪，理智像薄膜，一吹就破，纸扎的栅栏
纷纷倒在狂奔的步伐下，激情统率一切
青春决堤了，青春在泛滥，新生幼林猛长了

枝繁叶茂很好，但是还不够，现在需要的是强壮，强壮，更强壮
更高涨的冲动，第一次阶段性胜利已经实现，现在是疯长
疯狂生长，最痛快地宣泄，无保留地释放，不顾一切地生长
展示青春全部的能，宣布不可避免的青春冒险开始
重要的是理解冒险，理解这个冒险是最无害的冒险
冒险不是危机，飞跃不是危机，一天早上，当你睁开眼睛
忽然发现满眼是吵吵闹闹蜂拥前来的满树繁星般的蓓蕾
不用惊奇，猛长告诉你：每棵树都长得够强壮了
开花的日子近了，千朵万朵
争着抢着开第一朵花的时刻近了

蓓蕾，这粉白中带点粉红的圆锥形爆炸物
装满远远从树根经过树干树丫树枝输送来的
乳白色树浆，生命的元初素质和永恒品质合成的黏液
因为饱含连续宣泄连续释放的无穷能量
而美，因为自信能给生命营养给生命快乐而美

谁不喜爱这精致的圆锥形，谁不膜拜这玲珑娇小的
圆锥形
谁都知道必须留心，用手触摸它是禁止的，只能在
膜拜中赞赏在赞赏中陶醉

绽开，谁都知道绽开意味着什么
不能不绽开的绽开意味着成熟，意味着强烈感觉
不绽开就错过最佳时机，意味着决心，大胆
在急于把自己交出去的急切愿望驱使下的
果断行动，于是非常自信，非常自如自在地
把严密保护的美，珍藏许久的美，无保留地
公开，最彻底最勇敢地暴露，极神圣极神秘的美
超出最最有想象力的想象的惊心动魄的美
最天然也最人工，最古老也最时尚的
绝世的美，超速满足精神需求感官需求又在满足中
超速提升永难满足的需求的美

绽放，意味着捂住脸蛋的蓓蕾刚刚放开手
意味着完成无保留赤裸的庄严意义
意味着就要有那不会再多再少不会有第二次的
一点点的，短促得不能再短促的，微微的甜蜜的痛
走向生生使命的完成的，走向生命意识成熟的痛
缤纷的鲜艳，只预示无比辉煌灿烂的小小一角
而那幽香，既是体香，也是口香，汗香，人气的香
磁铁的吸引力的香，只能顺从，无法抗拒，无法逃
避的香

绽放，生命跨出的自我完成的关键性一步，郑重，
认真
热烈，欢快，有像是经过精心策划的周到完备
有更为大胆放肆的展开，更充分的裸露
绽放，用超常丰富的色彩和语言传达的信息

生命已进入自我献出状态
拥挤而前的生命元们在自我舍弃的进程中焕发献身的豪情
都在呐喊：最美最能显示生命力的是自我献身
这婴孩嫩颊的红是希望
流连梦境的眼珠的紫是理想
融冰才化的春水的蓝是期待
烧透的赤炭的金是生命的炽热
春天田野上的薄雾的银灰弥漫生命的憧憬
远山悠忽的墨绿写满生命的执着
夕阳下山前天边晚霞的金黄
用对生命坚贞爱心的真挚作出的临别赠言
用绽放的缤纷色彩说出的是这一句话：为生命繁衍的献身是崇高的美
该发生的就要发生，该出现的就要出现
不能少的不会少，该来的不会不来
正好在这个时候，正在盼望他们来，他们来了
乌云来了，温暖的黑金棉花来了
不轻不重的低气压，不轻不重的阴沉，不轻不重的闷热
适宜于生命延续的大环境形成了
轻寒的风和煦了，淘气的雨不再淘气了，阳刚之气和阴柔之气聚会了
绽放等待风，绽放等待雨，绽放等待这一刻
枝繁叶茂为了这一刻，花团锦簇为了迎接这一刻

绽放着迎接风的广阔胸脯的冲压
绽放着迎接雨的爽利的抽击
绽放着在风的胳膊的收紧和放松的拥抱里
在雨点的湿润的手指的温柔又粗鲁的触摸里
风吻遍整棵树的所有毛细孔

雨殷勤地给全裸的树来一个痛快的淋浴
快活的欢笑和呻吟里，喘息平静之后
所有花树上的花朵，垂下头，享受甜蜜的疲倦
知趣的乌云已散去，风已停，雨已住
所有的花朵都受孕了

杀生天王，枯坐在洞穴般的宫殿里
已很少到那个被花树围困的神坛，那里
不再是显威风的理想去处，生命现象太可怕
这场风雨，多少引起他的幻想
他回来报信的亲信："那些该死的花都毁尽了吗？"
"他们玩得正欢呢"亲信回答
天王，脸上毫无表情，所有的大人物
都不把喜怒哀乐摆到脸上，为了保持尊严
只"嗯"了一声，示意亲随们散去
闭上眼睛，又在想什么了
谁知道他想的是些什么！他又有些什么样的恶毒心计

6· 嬗递

在和涨潮的海水一起涨红了脸的月亮升起来的夜晚
在大地的盐和糖提炼成的露珠压弯草叶的清晨
在激动的太阳熔化出液态殒石般的金雨洒下的白天
每日每时每一年春暖夏热秋凉冬冷的每时每刻
从地平线到海平线全空间都在进行着全时间的庆典
全时间不间断的亿万生灵互致祝福的全空间庆典

强劲势头猛烈生长的劫后重生树林
繁华花季过后转眼间已是一片果实累累的茂盛果园
走进果园就会在涌动的彩色，涌动的光焰，涌动的
　兴奋气息里
照见感染果树们的喜悦，于是你按捺不住喜悦立刻
　浸沉在喜悦里

立刻融入许多祝福许多拥抱许多亲吻的
热气腾腾的庆典

不用问谁是庆典的主角，谁是才出世的娃娃，谁是老寿星
不用问祝词献给谁，礼品送给谁，不讲礼仪，没有鼓乐，没有鞭炮
可以听到天际隐隐传来的生命悠长的回声
种子，萌芽，幼株，树干，枝，叶，花，果
都是主角，多位主角，多种生态的协调，互动，共存
爆炸了的种子是萌芽，蠢动着的萌芽是幼株
猛长的幼株成为树干，树干上洋溢着枝叶
枝叶丛中是竞放的花朵，开花是结果的先声
萌芽里有种子，幼株里有萌芽，树干里有幼株
枝叶从树干来，花开在枝头，果从花蒂结起
说不清谁先，谁跟在谁后面，有没有最后一个
有没有最后一轮，有没有终结者，种子就在果实里
找不到痕迹的往复循环，没有接口的链接
找不到谁主谁次谁轻谁重的浑然完整的一体，多位的一体

多位一体，生命庆典有多位主角，不同时刻
都有不同受祝福的主角，可以是你，我，可以是他
此刻，庆典献给果实，果实们沉醉于被爱者的幸福感
在果树林里向果实祝福是在分享幸福，走在果树下
来不及高喊“怎么这样快！这样快就长出这样多!”
来不及细看，来不及让心跳平静下来
丰饶之美，富足之美，昌盛之美早已把你征服
你发现你已经和果实们一起生活在果树林母性的大爱里

于是你但愿你也是果树林绿色襁褓里生长的婴儿

刚刚睁开眼最先看见的是母亲慈祥的微笑
你用你的第一声啼哭告诉母亲：我来了，永远不会
　离开你
果树母亲用她的绿色声音回答：你永远是我的一部分
我的所有的愿望都在你的呼吸里，你用注视
回答母亲的注视，告诉母亲：我知道
我是你的继续，我身上有你给我的嘱托，有你的期待
你知道我的身体有多轻多重，因为那是你给我的

果树林被爱充塞，被爱浸润，被爱激荡，更加迷人
一颗果实是一只明亮的眼睛，都在用爱子深情的注视
向果树母亲唱无字的歌，果树母亲用深情的注视
表示听懂爱子的歌，用无字的话语进行最有趣的对话
许多的话语归结起来也就是：我相信我能够
让你更加喜欢我，相信你是为了更加喜欢我而更加
　喜欢我，因为你是我的母亲
因为你最知道我就是生命，就是未来

每一颗果实都有呈示生命美质的闪亮造型
都是无愧大师称号的艺术家们的得意之作
扩散中的鲜艳色彩，流动着的清新的芳香
果皮用透明、半透明的眼色吸引你的好奇心，呼唤
　你的审美需求
告诉你：我们是传播生命最有活力的接力棒，我们
　优美的形体
可以是球形的椭圆形的也可以是扁圆形多角形
每一种造型都有实用和审美需求的完满结合
可以有排列成图案的突起，可以有流畅的条纹，可
　以有细的茸毛
也可以有坚硬的甲壳，甚至尖刺，都是为了更美，
　更能保护自己

果肉，果实的主体，茁壮生长的迷人憧憬驱动下
一再酝酿最后形成的最理想配方调制成的生长素
生命延续和进化可靠资源合理贮存和传输功能的承
　担者
谁都不能不虔诚地亲近它，不能不相信它的诚恳允诺
它那透亮胸口飞溅的话语火花：活下去，生命是你
　的全部存在
你会永远记得它动人的话语，动人的形态
动人的质地，液体波动和固体凝结之间的
迷人的品格，善于吸收善于保存的海绵体，糖霜的
　纯度
和蛋清黏度的奇妙结合，多次绞榨过滤成形的
高浓度蜜汁，比淀粉还细的粉末捏成的水晶球
用雪花，绿茶，鱼子，蟹黄，蜂蜜，薄荷炼成的香
　膏……所有这些
都有能够在心灵深处激起对生命的热爱的
血，汗，泪水和唾液酿成的甜味醇酒的醉人魅力

果核，隐藏在果肉深处的宝匣
像少女珍藏心爱的首饰，珍藏着果实存在的终极
　意义：
生命的延续与发展的根本，我们喊它“果仁”的种
　子原体
无穷潜能浓缩升华而成的最高绝对值载体
因为极小而精粹，因为极小而极敏锐，极坚强
极高的智商，早知道非常只是平常，“无”并不存
　在，正如中断只是短促
舍得一身烧成黑炭，坚持绝对值的完整
依然在向屠夫抛掷铿锵的回应：
看见了没有？我的热力依然在燃烧，活力依然生动
　活泼

生命不只是用生对抗死，不是简单地保护生
不是用简单的循环回应生，而是螺旋形地上升

最动人的节奏是生命的深度呼吸
最没有遗憾的和谐是真爱与真爱的和谐
最感动人的旋律在生生与杀生格斗的反复来回里
从山脉到山脉，从山脉带出的丘陵高原到丘陵高原
从大江长河的源头到大江流域长河两岸的原野
从海岸线到海岸线，从碧蓝的大洋到大洋里碧绿的
　群岛
生生精气无数次巡行是无数次叮咛嘱咐：
最有意义的事业是生命的完成，让我们把我们的微
　笑献给生命的完成
献给高山大野丰厚的植被，献给长满庄稼的田园
人烟稠密的城镇乡村，献给海洋和大地的所有生物
生生的完成是我们大家的，是你的，我的，不分彼
　此的完成
生生的满足是自我的，更是他人的，是全体的满足
巡行的生生精气，总是在那个选定的时刻，恰好是
　那个时刻的时刻
在深的关注里作出新的生命想象，生命设计，生命
　抒情
扩展着生命时空，让被激发的生命元
更加精神抖擞地翱翔，翱翔着在香雾祥云里起舞
洪荒以来相逢与告别之间无间隔融合的祝福之舞，
　吉庆之舞

并不奇怪，总还有那么一点可厌恶的不谐和音
瞪着火红眼睛老是在窥探，獠牙滴着唾液，手指
痉挛着计数：还有多少日子，也知道邪恶活动的期限
已经不多，已经进入倒计时，却还不甘心，还想
来一次超大面积灭绝生命的病毒气雾喷洒

已经焦急得肠子打结，已经错乱到五脏错位
却还有可笑的梦呓：快些，快些把他们全干掉
要更恐怖，更恐怖更能保证我们不会失败

杀人天王和你的徒众们听着：你们是不知道什么叫
　失败的
既然你们不配胜利，也就不配失败
你们的“胜利”也就连失败都够不上
从来没有胜利，你们的失败也够不上是失败
你们的所作所为既然是从失败开始到以失败终结
对于你们胜利和失败不是对应物，就像失败对于我
　们不是对应物
我们没有必要把胜利建筑在你们的失败上面
你们的失败不是由于我们的胜利，而是由于必然
由于不可逆转的生生的铁律。其实没有必要和你们
　谈这些
既然你们是反人类的，不必把人类的语言说给你们
　听，你们
能听懂人类的语言吗，你们这些人形的异类？

很明白：死，灭，寂，无，黑暗，仇恨，这些
是你们的嗜好，你们的依靠，你们的梦想
妖魔自有天性，你们只会茫然于谵妄的怪圈
茫然被约制于绝望与绝望的锁链
还以为他的杀生事业依靠亏你们说得出口的
豪言壮语、甜言蜜语，混下去，直到混不下去的那一天

由你们去吧，随你们再一次去张牙舞爪扑向一切生灵
生生的铁律不会放过你们每一次作奸犯科
生生精气只管怀抱神圣的生生伦理尽心尽力巡行
只管让他那朴素的心喷涌出
最本真清纯，最浅显明白的话语“活下去”

安慰勉励无涯际广袤的深海高天间，经历
一劫之后又是一劫，劫劫难逃的受灾大地上
生灵们时间一样悠长的元初的生生之庄严伟大

在你凝望明朗起来的希望的那一刻
在你结束徘徊犹豫果断地跨出第一步的那一刻
在你为自己的慷慨豪爽欣慰的那一刻
在你坠入浮想联翩中而出神的那一刻
在你挣脱乱麻般的思绪而大彻大悟的那一刻
在你终于能够说出“终于结束了，再开始吧”的那
  一刻
在你品味好事带来的喜悦坏事带来的辛酸的那一刻
你感觉到了没有，巡行的生生精气
不只是在炸裂，冲击，拉动，提举，推进，压榨
不只是在喷涌，发射，碰撞……这些生命力的强烈
  爆发中
让你感受到，还在和缓地吞吐，融合，修复，整理
以及愈合，吸纳，转化，茫然到恍然，蛹到彩蝶，
  酒曲到酒
等等的这些生命力的徐徐释放中感受到

你终于明白，巡行的生生精气
不是从你面前经过，而是有超常的一刻停留
停留中给你留下极重要的
一个明媚的笑，一个流动着深的关爱的眼神
一口永远不会枯竭的清泉，一道永远闪烁的灵光
一句清脆铿锵的话语：活下去，高大，亮堂，人应
  该是巨人

你终于明白，一颗种子的故事是一棵树的故事
一棵树的故事是一个人的故事，一株小草的故事
是一切生命的故事，一个生命是多个生命的一体

多个生命是一体，无量数生命是一体

生生精气在巡行，正在巡行
正在向你走来

2006年9月至10月，长沙

附记：十年前，写过一首长诗《生生：五位一体》，写得比较匆忙，发表后，总是为轻率拿出没有写好的东西感到内疚，感到惭愧，十年来，总想重新写过。十年了，反恐怖主义这个主题一直在激动我，几经思考，发现旧作的框架和主题是适合的，各个部分的配置由于各自对中心的把握力度不够有力，应该用心用力重写。这回，感谢朋友们的鼓励，终于动手再写。反恐这个极富历史感的主题太沉重了，叫人担心的首先是拿不拿得起它。但是，希特勒说的那句“恐怖是最有效的工具”，以及他追问手下的元帅“巴黎烧了没有?”和戈林说的“无论何时我听到‘文化’一词，我就会想要拔出我的左轮手枪”，成为我心中永远忘不了的刺。对于人性和道德合理性完全缺失的恐怖主义的憎恨使我鼓起勇气写起来，不管能不能写好也要努力再写，结果写成现在这个样子。我把题目里的“五位”改成“多位”，生命力的丰富和强度，是不能用简单的几个数字来显示的，这或许可以说是最大的改动。但也还不敢说就改对了，限于能力，也只能这样了。

诗，怎么就这样难写。

散文诗
1938—1948

村　里

（选　录）

雨　季

雨季快要过去的时候，我由远方回到家乡。

急躁的，暴跳的，豆粒那么大的雨珠，并不像江南的缠绵的梅雨，那么低切，那么温情。它扫过海波，扫过田原，狂舞着，纵情地和地上的一切接触。而且哗笑——那样放肆的大笑呵，扫过我的窗户。

窗外也无非是那些景色，从小就看厌了的，不曾给南归的游子带来一些些童年的美好的回忆。依旧是那些屋顶，树梢，古老的棕色瓦的连缀，和稀疏的叶片的排列。

我倒希望雨来新鲜一下我的遐思……

间或有雨丝飘进窗户，夹着点点阴凉。

而雨雾在窗外蔓延着，窗外是一片白茫茫的雨景。隐约地，原是十分耐想而幽美的吧；然而，刺耳的檐滴和瓦槽里的急流，把它变为焦躁、沉闷的了。

忽地，我猛抬起头，看到那座青山，在濛濛的雨雾里，朦胧地，如一个倦游者，休憩在昙天下。

我告诉母亲，发觉屋漏了，她端来一面木盆。

滴漏很爽朗地打着木盆，像在弹奏着吉他，声音是忧郁的，辽远的。

经久未回到家乡，我原爱择一个晴天，到四野去徜徉一下。我惦念着南国的棕榈，龙舌兰，南国的桂圆树，和海。

和榕树下的番莲花，和甘蔗亩旁边的风信子……

而雨缠绵着。就像会永远这样地延长下去似的，十年，百年，几万年……

我纳闷着，想起了一个青年朋友所说的“灰色调”。难道，它是雨织成的？或且，是像雨样无餍地以无数条细丝络绾住人们的心的吗……我伫望着新晴。

双腿渐渐酸软，我伏下来了，靠着窗口。

——说我是在向雨哀求吗？不是的！我是不哀求的。透过阴云的微光，正报告着阳光的不死，和远天外的丽晖。被骚扰在雨声的淅沥里，我仍旧听闻到阳光的呼唤……

我的衷心所向新晴呵，在此我虔敬地向你顶礼……

雨声扩大着，雨下得更大了……

我向云外的远天膜拜，我伏在窗下……

浪　子

人们非难那些浪子，因为他们不事正业，而专爱游荡。但我却爱和浪子亲近，我同情他们。

我很知道，别人会认为只有没出息的人才这样做，但我不管这些。

我常常和浪子一块玩。

其实呢，被另眼相看的我，在别人心目里，我，也不过是个浪子。

有星月的夜，我爱同他们一起到野地上的池塘里去捉鱼。我们村后的野地上有很多池塘，逢到秋天，捉不完的鱼肥美了，我们常常在半夜里出动，持着火把，把误食了我们特意放下去的饼饵而昏迷了的大鱼一尾一尾地装满了一大筐，然后，沿途唱着山歌回来。

没有袖手旁观的人，没有说风凉话的发号施令者，没有小气的争夺和偷窃，没有推诿和观望，尽管总是要弄得满身都是水草和泥浆……

因为我们都是酷爱天真和率直，都是酷爱一切义举和快事的。

我也常常和他们一起奏弄我们家乡的乡土音乐。谁说浪子是专做无聊事的、下流低级的庸夫呢？当他们好像具有魔法似的吹弹起乐器之时，他们有何等超脱而潇洒的风度呵！我记得，那个面目生的顶俗气的矮子，却是村中闻名的短笛圣手呢！当他神奇地吹起短笛，即使是平日最讨厌他的我，也会为他那高妙的抒唱所压服，甚至往往觉得有一种要拜倒在他脚下的冲动。

我们的月下和黄昏的合奏，是市镇上的居民们的最高尚的娱乐了。在我们的优雅的乐音的起伏里，全市镇的市民就同时受着艺术的崇高的洗礼。

真的，也只有我们才能弹奏得出这样美妙的乐曲。那些整日在算盘子上打滚的地主和商人，是不会玩这一手的。

我也常常和他们一起到邻村去看社戏。

人们会觉得我们是多么无事忙呵，被世俗观念捆束住的人们将会嘲弄我们，因为他们自己的脚是久久以来就习惯于麻木地被缚在名利的石柱上的。

但，追求着豪爽和不羁的我们，以玩世者的姿态出现于人群中的我们，是不管这些的。

和浪子生活在一块并不是毫无意义的。有时，我往往要震惊于他们的对我们这生长于海滨的小县里的乡土戏的高明的见解。关于一个动作，一支曲调，一个吹打手或且一个演员，一个脚本的见地，竟都那么贴切，中肯，这时多么难得的呵！

了解我们家乡的乡土戏是并不容易的，我觉得。浪子们是爱热闹的。也许，他们是为看女人、捧戏子而奔忙的吧，如那些正经人所议论的那样，可是，这其实是不公正的，是成见，让那些爱骂人的都见鬼去吧！据我所知，浪子们有一种市侩们所无法了解的，精神上的饥渴，他们是在竭力企图把自己的灵魂从平庸和苦闷里逃脱出来的。

于是他们在乡土戏的表演里找到了一个天地，在那诗与音乐的幻想天地里，他们的被道德所约制的灵魂得到了暂时的解放。

我，也是这样的。

人们都爱非难浪子，但，我却爱和浪子亲近。人们不明白浪子的心境，不明白他们为什么才这样放肆地游荡。

这个，我是知道的——

也和我一样，是为了厌倦这空虚苍白的生活，是为了企图从这窒息的平凡里解脱出来呵。

远 简

那一天恰巧我到街上去。

午后，本来并不热闹的街上显得更为冷寂了。

三个青年的朋友和我一起走，我们打算到小学里去打篮球。然而风刮得太大了。在海边，像这样的大风是常有的。逢到龙眼果成熟的季节，每年，农人们都要为落地的果子悲叹，为被吹倒在积水里的稻穗悲叹。现在却还好，作物已收成了，冬耕还正在开始。

是秋天了，风有些寒意，而又那么猛烈，交谈都被吹散了。

于是我们回到屋里，他们开始吸烟，我开始写封信给一个在远方的友人。……我无心于谈笑，心情焦灼着。

恍惚是，那永远笑着的年青人的面影，已经在我前面浮现了。分别以来，没有改变过。还是那么润红的脸孔，那么漆黑的眼珠。

写着，是有许多话要说，却不知从哪儿说起呵。

可敬爱的友人，你将会以明朗的微笑，来展读这些芜杂的字句吗？

在你太阳色的双颊上，会不会有责怪我的皱纹出现呢？

我将告诉你村里的新闻，这个被遗忘的小县，一切依旧是老样子。但我不愿告诉你以惨痛的故事，而我找不到什么可以告诉你的了。因为，除了惨痛的故事之外，这儿没有旁的什么。

我将告诉你，你的妈妈为你流的眼泪，你的爱人对你的盼望，和你家生计的艰难，和所受的欺凌，和一连串说不完的愁苦吗？不，我晓得这会刺痛你的心。虽然我相信这绝不会动摇你的意志。但，我写不下去……

我将告诉你，以我匆忙的流转吗？不，我不告诉你。谁知道我会写得多长！那太浪费了。好友，你不至于咒骂我的偷懒吧？你是深知我的。我愿意给你写几千、几万个“平安”，我愿意告诉你：“我很好!”，但我不会告诉你我的艰险的遭遇——是为了要求你把我忘掉，像从来不曾相识过似的在记忆里把我抹掉吗？不，我知道那是永远抹不掉的。

我将写一些最有力的字句来鼓舞你，使你更热衷于光明的追求。这样，你就无暇想到我了。

我所想做的，就是这样了。

但，我写不出。

我不知道：今天，在我们中间，工作之热情的标尺，该有多高，多深，多宽阔。我不知道：是否，我敢于用太多的，太热烈的赞美，来鼓舞你——我自知我是无用的人。

我不知道我应该怎样写，虚伪的客套和表面的敷衍，是我们所不会有，也不愿有的。不，让我慢慢地来写。

夕暮了。风依然狂暴地呼啸。

我们又回到街上去，不耐斗室里的烦闷，又出来了。那些从学校散学了的少男少女们，此刻，就将开始走在街上了。

我爱看那些少男少女们焕发着青春之光辉的前额，当作看到了久别的你，而且在心的深处虔诚地祝福着：你健斗的心力，永远像这南方的香草一般，长住地青葱！

对于我，这是比任何都更有力的鼓舞，我已久违了那些纯真的、明洁的灵魂了……当作看到你的天真无邪的笑靥，那不留余地的把整个良心都奉献给真理的人才会有的笑靥……我感到欣慰。

我们在黄土筑的街道上散步着，听风声从海那边播来，又掠去。

而，是多么庆幸呵，从那个好心的老邮差手里，我又接到一封你寄来的远简，那盖满着许多地名不同的邮戳的，卷了边折角了的远简，暖温温的远方来的信呵。

我的知心的好友呵！如果你看到了，接读着你的可珍贵的来信的时候，我的两手，是怎样地在颤抖着呵。

河岸上

河岸上，春风的抚拂，融和了水面和陆上的光辉。

和朋友们一起沿着河岸走，我们是有着轻快的心，和轻快的步伐的。

我们永远是乐观者——未来是属于我们的，春天是属于我们的。我们永远不愿向今日的苦难低头……

我应该感激他们，着许多曾经给我以纯真的祝福的年青人。

一起沿河岸走着。河岸上，野花已经放苞，萌茁的草芽，辉煌在代谢了的枯草之间，水田是明剌剌的眸子，向天空示意：牛犊，活泼地，稚气地，到处乱窜，水车的悠扬的声音，像乳莺，像芦笛，像竖琴，像新妇的低语，像轻雷行过雨巷，像孩子的学舌……永远是在交织着一曲最美好的牧歌。

一起沿着河岸走去，农人们都投给我们以爽朗的笑容，和亲切的寒暄。村庄静穆地，满怀着自信和希望，偎依着广袤的田野，指使着乡路，板桥，树列……俨然是一位田野的主人。

没有一天，我的心曾经这样充实地储蓄着生命。

没有一天，我的无穷尽的梦曾经这样吻合地在四处找到归宿。

在那鲜美的芳草做成的茵褥上，我们坐了下来了。在充满了友爱的光辉的四月的明丽的大气里呼吸着，少年的宽阔的憧憬，与祖国的深邃的青空里的白云并肩驰骋……

我们朗诵了一篇典籍里的箴言，和一首血气方刚的惠特曼的诗。

我唱了一曲《快乐的人们》，和一曲《青春之歌》。

朋友们用口琴给我伴奏。我们的欢乐的郊游，将使积郁多时的烦忧离去。

呵，吹过旷野的长风快浪！呵，经天的日轮！呵，点化了沉睡的大地的春光，我的欣欣向荣的心是永远和你们在一起的。

我要用最新的姿态，来拥抱你的最灼热的友情。

让我学习那些辛勤的蜂群，采啜你甜蜜的乳汁，来筑起我的新的美丽的梦！

春天呵，伸出你的宽大的手掌，抚摸抚摸我的急跳着的胸膛吧……

朋友和我都不住地笑着，我们都好笑着我们为什么这样欢欣。

呵，你洁白纯真的年青的朋友，我将永远感谢你们的热情的鼓舞，我将以血肉担保，决不敢拂逆你们的美意，因为——

你们的名字正是春天！

田园之秋

南国的秋，依然是湿暖的。而田园之秋，则依然充满着生意。

多彩的秋，田亩是错错落落地，各自赌赛着美好。有的田亩已经收获，裸露着紫色的土肌。鸡鸭们被放牧在那里，啄食着漏落在地上的谷粒，追逐着，争夺着，拍着双翼。赶路的乡人从那上面横穿而过，踏出了一条平平的，亮亮的小径；有的田亩已经翻耕了，农人用亲热的声音吆喝耕牛，挥动竹鞭；而鸦雀们是兴高采烈地，结队在他们背后，勤奋地觅食。也有已经种下作物的，新莳的小麦，淡雅地青翠着，在薰风里荡漾着闪绿的涟漪，番薯的地上茎四处蔓延着，而且开出了木槿一般淡紫的、牵牛似的喇叭形的花朵来。还有那些地豆花，紫红的，月白的，点缀着田园之秋，而且吐着浓郁的香气。

路旁的草仍是青青，风是那么长闲地吹。

看不到萧条和肃杀，南国的秋天，依然和煦如春。

农人们依旧那样忙碌地从事劳作，为了搜集肥料，他们划出许多只江船，用长长的竹竿挑起木畚箕，从河底挖出烂泥来，载到田头，预备充实土质。有的，把田土一块块地堆起来，用稻把来烧。从田间行过，我们可以听见那杵槌打在土块上的寂寞的声音，和成行的，很整齐地排列着的，馒头形的土墩。

仰天倾卧在草野上的牧牛童的安闲的姿态也可以看见了。

静静地伫立在田塍上，祝愿作物迅速生长的农人的背影也可以看见了。

妇女们在榕树的浓荫下捣衣，淘米，洗菜，或者挑水，唧唧喳喳地在交谈些什么。

少女们，大胆地在小河沟里捕鱼，裤管卷得老高，把那惹人注目的，成熟了的，浑圆的大腿裸露了出来。

孩子们自制的简陋的纸鸢，也间或有一两只被挂在路旁的树梢上了。

野台子戏的锣鼓咚咚的声音，也热闹地传遍了四乡。

在阡陌上经过的，打扮得很整齐的农家妇女们，都是很高兴地去赶赴一年一度的庙会的。

各色各样的果子都被露水吻红了双颊了，爬在树上打柿子的孩子们，时时发出一阵胜利的欢呼。

山积的收获物在禾场上娱乐着人们的眸子。老年人都用长长的旱烟管在场地上敲着烟灰。

小磨在妇女们的手里旋转着，她们将制出一批糕、粿，来准备过年。

秋天的劳动是惹人爱的，从容的，不慌不忙的。

秋天的劳动是愉快的，农人们都用山歌彼此唱和着。

阳光比春天的还要暖，天空比春天的还要净，云朵比春天的还要轻。

牝牛怀孕了好久了，在秋天，她产下可爱的小犊。

嫁娶的笙歌也每村都有。

亲戚间都互相馈送新鲜的土产和水果。

月色比白昼还清。

草原比山峰还静。

人们比星星还要欢乐，还要活泼。

南国的秋天，依旧温和，到处是四时不谢的鲜花，和八节长春的青草。

在北方，初雪已盖了整片的平原了吧……

我说：这儿是没有秋天的。秋天只存在在用日历记录下来的人们的习惯里——和我的怀念着远天的忧郁的心里。

秋天是我的季节。

海

翻过戴云山，在坝下村停留一夜。第二天，就经过石马和田头店，到枫亭来了。

终于看到海了，不觉长长地吁了一口气。

在旅途上，每天，所计算的，是如何看到海，和海亲近，在海滨看日出……这些，是作为艰险的旅途上的主要的鼓舞的。整日缅想着海的壮美和瑰丽，使我忘记了所有的辛酸和劳顿，而归心似箭了。

和朋友分别的时候，他所谆谆嘱咐的，也不外是海。是关于海的许多模拟和设想。

因此，就更加情急了，而现在，到达了之后，也就觉得更加宽慰……

久违了，我可爱的大海！

那边，离开了半岛与港湾的羁绊，浸没了沙屿与土坪，海，豪爽地、雄壮地向远天铺展开去，奔涌开去。那宽阔呵，除了顶上的天穹，还有什么可以比拟？

那边，伸出在大陆的意料之外，海，以使数字为难的阔度，眩惑了远与近，高与低。人们实在无法想象，在彼岸还有生物的踪迹。不可衡量的，一叠叠的波浪是使智慧的人类骤看起来也会瞠目咋舌的。

海，放浪的，华丽的海，那样恣情地，夸耀着她的美好。变幻着，推移着，宝蓝，槿色，鸢紫，淡青，橙黄，草绿，蟹灰，橘红，曙白……分辨得出的，分辨不出的，说得出名字的和说不出名字的，透明的，隐约的，固定的，倏忽的……变化无穷，何止千万色，耀眼夺目，夕暮，夜分，晨间，黎明……阴，晴，雨，雾，月夜，星夜，春，夏，秋，冬……随着时辰，她更换着最新奇的服装。静止的时候，比一个处女还要端庄，暴怒起来，又比一匹野兽还更凶猛。因为，她是海！

海！宽阔的海，无边的海！

海，深邃莫测的海！

我把双手伸进波浪，海呵，今天，我终于和久违了的你握手了。

我深爱你的不羁与豪爽，深爱你的野性的壮美，质朴和率真，我是吮吸了你的乳汁而长大的，我，是海的孩子，是在波浪的摇篮里长大的。海，我的好保姆。海呵，我的情歌是为你而唱，拜献给你的！

今天，当着我们重逢的时节，让我把我的汹涌的心怀抒唱给你。

我的歌，应该像你一样阔大，一样粗野，一样高朗！

我将不疲倦地唱下去，直唱到我休息了，死去了的时候——而，在你的倾听里，将不会缺少那强烈，荒暴的，海的气息。

我将一直唱到我死——那时，当我庆幸着我已经找到了最理想的坟场，而投入你的怀抱的时候——

你的起伏不息的巨浪，将为我奏起最动听的，澎湃的哀乐！海呵，你永远是我的好保姆，永远是！

雾

镇日沉沉地罩着雾。

弥漫过海堤，盐场，埔坂，薯园，和这儿的低冈，稻亩……雾，神秘地，含蓄地，掩蔽了远近，缩小了视力的限度，如泥醉的乡人，涎着脸向不相识的人纠缠，絮絮叨叨，迟延不去……

很早，我就起来了，没有想到今天会是罩雾的日子。雾粒像梅雨般筛在户外，并不冷，但有点黏性似的，留在衣上，而庭院，和庭院外的小径，也是半湿的。

坡上的荔枝树列，和岭沿的土地庙，在隐约缥缈的雾的掩盖下，显得格外可亲。还有那些探首在大地之上的小生命：草芽，幼虫，种子……都像含着笑般，不，简直是屏息地，忍住了笑的——一切都怎样酷肖一个待嫁的姑娘呵，满有把握地，自信着好日子就要来临。

还有那些村庄，把晨炊混和在雾里，静静地，含情地，在春之酝酿里，自得地微笑着。

常青的龙眼，脱了叶的乌桕，和从来没有褪过色的榕树，马缨，棕榈，相思树，和洋槐……树林，果园，排列起庄严的仪仗，迎迓春天。

雾，慈爱地，柔情地，拥抱了大地……

棕色的泥浆，也吐出浓烈的芳香……

桃花和李花都已开放，氤氲的香味，散播在通到市镇的石板道上，报喜着春之来临……

雾，耐想地，惹人思恋地，诱引着万物的生机，向上伸引。

从那边，从海和山的交界处，到看不到的远方，雾，孕妇般地慢步着……

她给春天的大地哺乳，圣洁的，崇高的，母性的雾呵。

春天已经开始了，我喜欢雾。

敲土者

秋天来了，晚稻已收获了。田亩被翻耕过来了。牛拖着犁把它耕过，接着，勤快的农人，持着杵槌，出现在大野上了。

地肤裸露着，呈着庄严的黑色，土肌绒软而有弹性，像黑种的美女。敲土者弓身向着她，“扑，扑，扑……”一杵槌，一杵槌地，钟表的滴答般，再现了时间本身的寂静。辽阔的原野，没有回音。那寂寞的声音，就像一朵朵小小的星花，闪动着，时生时灭。

听哪，那是秋天的足音呵。

像是发自大地的几千里下的奥底，叫人想念到秋天。这远方归来的游子般可怜爱的秋天，那么惹人引起乡愁的，淡淡的，微微的，沉着的足音呵……

“扑，扑，扑……”

农人们那认真地工作的憨厚姿态，叫人想起觅食的鸦雀，听哪，那纯朴的声音是想跟他们的灵魂一般镇静的。从那声音，过分的奢望，过多的要求，都是不可能的。

而他们的生命，也正像这洒迸在地上的土沫般，仅仅是微小的颗粒，仅只是大地的肉身的小部分。

在那单一的，纯朴的敲土声里，祈求和怨诉，都听不出。那没有变化的沉重的声调，是跟大地本身一样顽强，一样固执的呵。是跟他们的家畜一样，善于忍受鞭挞。在施鞭者之前，永远木讷不语的……

“扑，扑，扑……”

秋天在四处巡行着，农人们埋头向地，抡动着杵槌，像在为大地梳发修容，把沙粒和杂草除去。像要跟大地倾谈，那么急切地，纨绔弓身向着她。

带到红花草，苜蓿，和小麦，蚕豆长满田原时，农人们的寂寞的敲土声将再不为我们听见，他们的勤劳的姿影，也将和与他们相依为命的田野暂时分别了。

他们将退回到他们的贫陋的家屋里去，整饬他们的农具。从他们堆满稻垛的门口经过，我们所听见的，将是凄厉的，磨着犁铧和敲着锄头的声音了——他们在准备着把归来的阳春迎接……

乡 女

乡女们结队从村落里出来，走在通向市镇的路上。一群喜鹊般的笑声喧哗声，银足环和手镯的丁零声，吸引了在田间耕作的年青人。

走过有几株合抱大的高山树和途中树的小山冈，走过那洋人盖的教堂和学堂门口，走过一条清冷的，无多店铺的小街，她们到了这市镇的繁华的中心了。

她们都随带着一个小小的，染红的布袋。在街上畏缩地，忸怩地走，花花绿绿的街，嘈杂的街，叫她们害怕。

再也没有比乡女们的发辫更精巧的了。蓬松的，油亮的如云的乌发是那样精致地被编束成成熟的麦穗般丰满的一绺，在背上轻轻地摇舞着。再也没有比乡女们的发辫更富有东方的美了。怎能禁止那些镇上的浪子们不向她们指手画脚呢。

早晨，市集是热闹得很的。看她们怎样感到局促地在一些店铺间穿来穿去呵，看她们是多么急于要说出话呵，吵嚷着，真只有一群小鸟才比得上。那些叫你看得眼花缭乱的货物在招人中意。那些布庄，苏广店，打银铺。可是，她们老只能带来仅够剪一袭普通洋布的衣料的钱。名叫阴丹士林和纳富妥的洋布，对她们已经是够奢侈了。而她们又老把所有的雪花膏都叫做“雅霜”，把香水喊做“生发油”，让那些狡猾的伙计拿这做话柄来取笑她们。只有那个头上缠着一条精瘦的，花白了的辫子的，那个老戴着老花眼镜的打银匠的花样，是她们最熟悉的，一片最小的银片，都有它自己的好听的名目，而且都为她们所熟识，尽管在外边已经是过了时的，被算是旧式的了。

她们轻易不到镇上来的。来到了又要忍受多大的诱惑，又要感到多大的失望的痛苦啊。她们默默地计算着，估量着……金钱是像石头一样笨的。那些新鲜的，发光的，有洋派的香味的货物不能归她们所有，却那么可憎地在逗弄人……

乡女们走在市镇的街心，她们都低头向地。小心地，压抑着惧怕，从眼角偷窥那些吃着香烟的，把金牙齿露出来的镇上的浪子们，在心里低低地反复着咒骂。

土

说来伤心，我被人摆布在一片盐碱地上了。它的出奇的贫瘠与枯竭，竟使我无法指唤它，到底是沙地，还是荒滩？“这也算是土壤吗？”我嗒然若失，不禁自思自问。

地肤青灰，又近苍白，颜色平淡而冷酷。俯首细看，则见其中多是瓦砾，碎石……杂以沙粒，何曾有一点泥土在内。而这就是给我耕种的土地了。

一阵奇香扑鼻而来，我方才看到，十步之外，就是一片沃土，正盛开着各色花卉，送出了那一阵奇香。奇香之中，似乎夹杂有人血的腥气，使人不敢多闻。我被好奇心所驱使，想走过去看个究竟，却发现不远处有铁篱围护，但可以看到除了花卉之外，其余的大部分是长得肥壮可怕的一片荆棘。

我长叹一声，掷锄就地坐下，低头注视自己要耕种的这些土地。瞧它有多么荒凉呵！就是辽远的北荒，也有莽莽苍苍的黄土；地球的两极，也有冻土的壮丽奇观。而这里呢？我真不敢相信有谁会把它也算作一片土地。筚路蓝缕，斩草劈莱，原来计划得很好的，现在却真是没有用武之地了。

蜜蜂有它自己的蜂巢；蜘蛛结网，也选择那最适宜的地方；蚕决不肯把丝吐在秽物上面，想到这里，我的心情更焦急了。要是现在不开始耕种，秋天哪里会有收获？尽管我想日以继夜地耕作，然而我脚下的这一片土地，怕只有魔鬼才啃得动它！

捧着带来的种子，我只有深深地、长长地叹息了。梳土为畦，引水成渠，清晨的灌溉，中夜的守望，除虫，逐雀，我曾想象我会得到多大的劳作的喜悦；我将以怎样的细心去爱护那些新芽、初枝、蓓蕾和鲜果。然而徒然，我的希望落空了！

我再一次地张望邻近的花园，心中充满羡妒。可是没多久我又感到害怕。那些花卉全是畸形的，病态的。它们若会发音，我猜想此时它们一定是在那里叹息，呻吟，或许还有哭泣……

忽然，一阵笑声，起自前面的花卉丛中，“是主人来了”，我忖度。定神一看，果然有一个“人”，从他的神态风度，我断定他就是那块禁地的主人。我知道这种“人”是最最精明的，捧着带来的种子，我满怀希望向他跑去，忘记了自己这副样子有多么寒碜。

“当心点！”——真该感激他这一声吆喝，我太靠近铁篱了。我止住脚步，正想向他问好，却发觉他那眉宇之间，似乎有恼怒正待发作，我不知该怎样才好了。

“真对不起，我不应该……不过我这一包种子——”我嗫嚅着说，不管他是否听到，是否愿听，一边默察他表情的变化，幸好，这一回他似乎是在点头微笑了。

“你还带着锄头吧？那边放的……”

“是，还有种子。”

“那么，那块地是交给你种的了？”

“是的。因为我带着这些种子。”

“你打算怎样？”

“谢谢你的好意，我带有种子，我要耕种。”

他无言，慢慢地伸过手来，那意思是要我把种子交给他过目，我心中充满希望，欣然地双手捧过种子。

奇怪的是，那“人”的脸上，竟渐渐地涨起怒容。就要发作了，我想，等待一场呵斥，但又本能地伸出手去，想要收回那包种子。他盯了一眼我的手，显然是被我的莽撞触怒了。他暴跳，大喊大叫，把那包种子朝天一撒，掉头回到花卉丛中去了。

急乱之中，我真想找寻一下那些种子的下落，然而不能，我已无法找到它们了。昏眩中我的悲痛只有爱子被人抢去的母亲可以比拟。我又发现，“人”的花园所以阴暗，是因为上面安有重重铁盖，以遮挡阳光雨露。而遍地的脂膏污血的腥气，熏人欲呕。我相信我那些种子已失去生机了，无疑地，它们是完全不能适应这种环境的。

没好久，“人”又突然出现了，换了一副面孔，俨然温和的长者，双手捻着胡须，不紧不慢地说了一阵话。

我只能记得这些零星的句子了：

“……我给你耕作的机会，却没有要你自己带种子来……在我所有的土地上，花果之类，是不需要再种的了……此地我精心培植的这一些，难道不是最好的吗？……要种荆棘，这些土地是留着种它们的……多费些力吧，荆棘也不是很好种的……为什么呢？第一，需要更多的荆棘保护我的花园，第二……明白了吧，那么去吧，好好干……”

我无言，转身就走，双手捧着沉重的头，噙住了眼泪，脚步迟缓，一心只在痛惜那些种子。待到听见背后那一声枪响，凭着不知哪里来的力气，拔脚就跑，我还得走完我的路。

奔

好久以来，天际就在酝酿一场雷雨了。此时，电闪频繁，雷声断续，我正整好行装，准备上路了，最初几点零星雨滴，已开始降落。

我开门，一阵冷风夺户而入，使人不禁颤栗。于是我拔步就跑，穿过陋巷、泥街，涉过小滩，登上山坡，回首望去，寄居数月的房舍，已在雨雾中了。

迎面一片大黑云，摇摇欲坠地压住松林，松林墨黑，深远莫测，巨干粗枝，都在作势怒鸣。闪电来时，又立刻喑哑无声，那片大黑云，愈来愈黑，愈压愈低了。

我已辨不清南北东西诸向，引领遥望，只见一片蒙蒙雨雾，心里不免着急，脚步也有些蹒跚了。地上全是急水的湍流，冲刷路面，使之更滑，或就更黏。水洼增多，愈行所遇见的面积愈大，脚踩下去愈深，使人感到恐怖，真像踩在盲者满是眼泪的眼窝里一样。

这里已是荒野，了无人烟，避雨歇脚的所在，极难找到。我已全身湿透，背上的行囊还在加重。斗笠小薄，本来就不大禁得起风吹雨打。我走着，倒也不觉得十分难受，雨水和汗水流在一起，凉快舒适，只是衣服贴着发热的皮肤，黏糊糊的，绞了又绞，还是那么湿漉漉地。

其实，这些都是小事。最讨厌的是，雨下得愈起劲，灰蒙蒙的雨雾就愈浓，自己也不知道已经走了好多路，走了这么久了，还不知道离开我憎恶的那地方有多远，更不知道漫漫长途之中，是不是有今夜投宿的去处。愈走愈远，我已经有些累，有些饿了。

但我仍在走着，沿途所见，无非是积水的泥潭，泞滑的野路，水湿的草叶，间或有一些避雨的虫禽，见有人来就往草丛深处钻去。电光闪过，则见那片墨黑的松林，还在喘息，吼鸣。我顺路走去，发现松林又近在眼前了。原来，为了怕迷路，我不是有意要绕过它的吗？敢情我走来走去，只不过是在它旁边转悠了一阵？迷糊中，我踟蹰了一下，脚步放慢，雨势时大时小，风更阴凉，啸声尖长，我知道我已走到一座山崖下面。

“这也好。”我想。心中暗喜，又拔步向前。坡路陡直曲折，我打起精神，深一脚浅一脚地踉跄着，不久就听到溪涧的急流声，和雷鸣般的瀑布声。

荒榛野莽之中，乱石居然也形成一级级天然的石阶。峰峦之间，云雾如轻纱似的纷披、飘洒。“多么可爱呵。”我欣然。在这里，已经可以回顾走过来的道路，也可以瞻望还要再走下去的路了。

最使我高兴的，是我好像又看到了那座我所敬爱的山峰，那是我心灵的栖息之地。我相信它就在我身边矗立的许多座山峰中间，只因它太高了，云雾缭绕中一时还没法找到它。既然我还没有找到耕种的土地，我只有依靠它才能登高远望，找到那可耕种的土地，和通向这片土地的道路。路正长，奔走的日子也正长，着急什么呢，重要的是信心呵！

于是我又前行，入山愈深，寒气愈盛，离开我所厌恨的地方也已愈远，这又使我心喜。我全神贯注地寻找登峰的路，居然被我找到了。我迫不及待地不断攀藤引树，向上直登，居然登上了峰顶。“唉！”一声长叹，伴着连连的顿足，竟成为我获得最大喜悦的表示。

站立在峰顶上，远远望去，阵雨将过，我走过的路上，黑云已在变淡，涣散。而在我脚下的群山丛中，却仍旧浓云汹涌，狞恶得有如海上的狂涛，不知疲倦的雷电，仍在不断地尝试着摇撼众峰。

记不起什么时候、在什么地方，我曾写过：“酝酿愈久的行动，必然愈猛烈也愈快乐！”我想，这该是我再出发的时候了。

“向着雷电奔去吧”，我朝山下直冲，腋下似乎已长出两只翅膀，可以朝着那电闪烨亮的地方飞去，一声长长的呐喊，惹得四山忙起回应，与排炮似的雷号齐鸣。我知道，我心中的高峰，正在云雾里含笑目送我。

土地的魔力

使我风魔的，永远是土地的魔力。我敢说，即便在海洋上，我也能够闻到土地的芬芳。土地的魔力，永远主宰着我。土地使我笑，土地使我哭，土地高坐在我的梦的庄严的交椅上。如果说土地是磁，我便是一块生铁；如果说是骨骼，我便是生长在它上面的肌肉。

怎样神奇的力量呵。使我永远渴望着，要是可能，我便愿有一只怪大怪长的手，可以一下抚摸遍它的全身，从眼前一直到遥远遥远的，天涯的边极；并用我的发烧的手指，这里那里地按捺着它，揉搓着它，试探它的脉搏，而且拥抱，那样紧紧地，使彼此都脸孔发红，都喘不过气来。

就是我飞翔了，我知道，那我也是为了土地的魅惑，而不是想离开它，而为了要从高高的地方更完全更清楚地一眼看尽它的广袤，它的庄严的奇丽的那种魅惑。而且现在，就是因为我不能够真的自如飞翔于高空，从那上面尽情地去鸟瞰它，从尽情的欣赏得到满足的欢乐，我便这样地匍匐在地上，审视着每一朵土沫，素朴地闪着光华的紫黑的粉末，而且把耳朵像分开的贝壳一样地贴到地上，忘情地倾听着——企图聆听那地母的匀称的呼吸，地府之中温暖的处所传来的脚步的声音：播谷的春天的脚步，收获的秋天的脚步。

而使我永远地感到痛心的，是那些不肖的大地的逆子的罪恶行径。他们不停地游懒，用从地母的乳汁流过来的血液浪费于制造罪恶。而且看呵，他们是这样地喜欢常常吐痰在地，并且用力地，用力地用脚搓着它，情形好像践踏那些亲近土地的人，仿佛要把那有菌的痰块，当作送给地母的礼物……他们热衷于说谎和播弄是非，他们嘲笑，就必定嘲笑那些亲近土地的人；只是因为自私，他们分割了土地，而且画上了最丑恶的方格，要使宽阔的成为狭隘，众多的孤单起来……

歌颂土地的，从太古以来，从我们草昧时代的祖先开始就有的，人类纯真的赞美诗，现在快失传、消散了。来自土地的人，要忘却土地了。他们深深地坠入在迷宫里，他们追逐着私欲，不唱赞美土地的歌，却唱咒骂土地的歌，或者就嘲笑，有意的或者无意的，他们在犯罪呵！

土地的魔力，怎样有力地驱使我呵。它的鞭挞是甜蜜的，即使它要拒绝，我也不愿离去。不，它是不会的，好像到处，我都听到它的召唤，像妈妈呼唤我的乳名，使我欢欣鼓舞。棕色的土地，结实的筋肉像在要求我和它角力。黑色的土地，夜一样柔软，夜一样使人入梦；银灰色的土地，高贵的，骄傲的，仪态万千的，正是我的理想的恋人；黄色的土地，能干的，耐劳的，负重的，像我们忠实的伴侣，家畜之中的王者——牛。

土地的魔力，使我热衷歌唱，好像我的每一句歌，每一个最小的装饰音，都是为了它，都是献给它，都是想使我给他唱的情歌完美。不是土地的启示，我怎能愿意歌唱呢。土地它本身，是像没有开过的蓓蕾、没有唱出的歌那样，饱满而且新鲜，引导你到达一个祈祷里去，到达一个希望去，到达一个憧憬去……

为了土地的魔力，为了那苦恼人的爱和憎，我笨拙地歌唱了。哪怕它难听，哪怕刺耳，无腔调，不合拍……常常或者隔绝很久，我又唱着我的崇敬的千万分之一，或者我的爱的千万分之一，憎的千万分之一……零零碎碎的，断断续续的，咿咿呀呀的……

为了土地，为了那不可抗拒的大的力，大的妖邪样的侵入，我的心不能平静，不是想哭，就想笑，就想对任何一个人滔滔不绝地倾诉我的琐碎的日常的梦，卑小的梦……甚至对那些蠕动的苍生，拥挤的全生物，在土地之上的任何占有了空间的物体，甚至财东，收租者，放高利贷者，宣扬神灵者，捐蠹，腐儒，女巫，政客，野心家，或者干脆就是我所恋爱着的人，战斗者，机器守卫者，手持锄犁的人们，爱花者，善歌的鸟雀，发香的花……为了我想要爱，而且同时我也想憎，为了我想灌溉，或者格杀他们，或者或轻或重地爱抚他们……为了土地，为了它的至高无上的，无穷的魔力的缘故，我要歌唱，我要标明它们的类别来，而且称呼他们，给他们泪，或是笑，或者低语，或者大声的叱骂，或者接吻的、湿润润的唇……我要把他们带进我的歌里来……

1943 年 10 月，桂林

倔强的侵蚀

开始是那脏污的疥癣，丛生起来，而且随处密密圈圈地满布着了。

于是他开始抓弄，想要去掉这些丑的斑点；但那其实并不需抓弄，是自会剥落的。只是各自在原有的位置上，留下豆般的洞窟，而洞窟又不息地扩大。

这种迅速的扩大使他苦恼，至于气愤了，于是用一条素洁如泡沫的白布，包裹了他的全身。

然而不幸，在包裹的中途，四肢中间的有一条臂膀，忽地折断了，爆响，像干裂的焦木。一阵麻木之后，那臂膀落地有如一条正待吸水的瓜络，燥软，像海绵体，其中贯通着无数曲折的空洞。

他并不拾起干落的臂，因为那其实并不可贵。那仿佛是他的新的发现，他如今才觉出，那是比当初生附在他身上的，还要丑陋。

唉唉，他不需要这样的一条胳臂。而且，何况那又并不是因为跌倒的缘故，是自己落下的。早该这样了。

于是，“去吧!”他挥一挥他那仅有的一只手臂，做不关心状。

然而不幸，就正在当时，他又发觉了，右眼的眼窝忽然空虚起来，摸触之下，才知道那眼球是掉落了。羞愧和着急使他暴跳，接着是懊丧着，于是他开始无意识地寻找。

天地之间，有多少比眼球更明亮的物事呀！这种种：露珠，星星，花的球朵，浪花，太阳下的沙滩……无不使他苦恼。因为智慧又使他相信，既然从万物中间找寻过来了，那么必定的，失落在万物中间的他的死的眼球，是即使捡拾到他的手里也会立刻被他随手抛弃：那太暗淡了！

于是他安慰了自己。

直到以后，到他再失去手上的五指，护脑的发，嚼吃食物的上下列牙……直到他手触物体而无所触，独自瞥见电闪，却听不见雷鸣……他一直安慰着他自己。

侵蚀是倔强的，但他的幻想还要更倔强些。他于是这样地安于侵蚀了，直到他的完全消灭。

1946 年初，桂林

生　命

我病了，发着高烧，体温急速上升。

但，异样清醒地，我好像是走在一条火焰的道路上。以全部顽强的耐力，抵抗着袭来的炎热。

对于自己的躯体，我几乎有些厌倦了。在这没有水喝，没有风吹，没有药吃的地方，却如此迫切地需要解渴，需要呼吸流动的清新的空气，需要消除肌体失常的药品。

难道，我必须以这种方式来考验自己承受迫害的能力？我的这个血肉之躯真的就这样经不起风浪吗？

而我知道，并且相信这就是生命的光点，就是如此活跃地在疾病的煎熬里闪动的呼吸与脉搏的亮点。

清晰地我看到我生命的透明：在交错重叠的伤痕里有一颗清醒的心。我是清醒的，为了从躯体的半睡眠状态解脱出来，颤抖着以至痉挛着，我警觉地运用剩余的生命潜力，要在被打伤的但没有完全被打败的基础上，坚持自己的屹立。

生命呵，今天，依照历史的神圣意志，我已准备好随时把你交付出去，我不能让折磨和消耗损害我生命的完整。

既然奉献是不要求报偿的，奉献应该更加圆满。既然已经许诺把生命交付出去，许诺就不是慷慨激昂的喇叭，也不是什么“发出最后的闪光”的预告。

生命，这是和任何大话、梦话无关的，和任何奇迹无关的，简单的现象，朴素的现象，虽然在某些时候，也可以是丰富的，甚至是超自然的现象。

发光吗？只能是一点一滴的热的日常的转化形成的日常的放射。而亮点则只能是照射向心灵航程中生命之舟的自我引导。

这光和亮，毫不炫耀，毫不夸张，然而永远不会暗淡，不会熄灭。虽然现在疾病使它微有减弱，而且似乎多少有点感伤，但并不沮丧。

难友们，你们的关注，不也正在增进着这并不完全属于生理性质的从热到光的转化吗？

我们要的不是热闹一场的烟花爆竹，是燃烧，是引火烧身然后投身由自己点起的一片火海的痛快。

我们是清醒的，生命，绝不迷失于茫然，绝不冒失于无知。

苦难设下的陷阱，不就是针对善良人的轻信，引诱他们以生命为筹码，在生死关头下一次赌注的吗？这病，算不算是个陷阱？

然而，苦难于我们何所有？苦难能奈我们何？难道会有随自愿献出而来的失去什么的感觉？不，我们将永远无所失。

我们给自己留下的，永远只是这郑重，虔诚，强烈而又甜蜜的献身激情，和永远不会松懈的使命感的鞭策。

在我们这一片亲爱的大地上，作为历史的雄辩的见证的，是圣者们带血的脚印。

锋利的钉子是这样一分一寸地钉进基督的四肢的，苍鹰的锐喙是这样一口一口地毁坏释迦的肉身的，这不就是我们神往已久的人世的壮观，曾经苍白、空虚的历史的某一瞬间，就是以这些，以百管千弦、万音齐奏的生命的高歌来充实的，人的生命，是只能以万众的意志为起点，为终点而获得存在的前提的，最朴素，最自然的存在。

现在，由于病，由于这苛刻的生存考验的推动，我默默地培养着生命的每一个微小的搏动，默默地用比高烧更炽热的炽热，用比冰泉、比朔风更寒冷的寒冷，来保护我的生命的透明。

我没有轻率地希望，也不会轻率地失望，我要做的是把生命完全地安置在万众的信念里，在那里得到强壮。

生命呵，在这条火焰的道路上，悲哀和欢喜，困顿和休歇，都太短促了，坚定、镇静的生命却永远存在于永恒的信念里。

疾病引发的高烧里，我更清晰地看到生命，它的本性和它的素质。

1947 年，桂林虞山监狱中

1950—1979

流浪人

熊荣回来了，不早不晚，正赶上乡里热火朝天搞土改，乡亲们都说：“回得好，分田了嘛。”他就住在三片，是归土改队员甲管的地段，甲决定去做一次访贫问苦，甲的根子乙说：“我陪你去。”甲说：“不用，这一次我一个人先去，兴许好谈心些，那屋我去过。”熊荣的叔叔是有名的“厉害码子”，他就住在叔叔家院子西头牛栏边那间杂屋里。月亮大，他正半边身子靠在门上，独自一个人闹闷呢。月光照得他一脸雪白，看见甲来，连忙起身让座，甲一手按下他的肩膀，搬过小竹凳坐了下来，仔细端详，只觉得他脸上的白，还不只是月光给的，露水还给这白加上一层湿润，怪不得他那大眼睛里有那么多期待。“月是故乡明，到底是老家呀！”甲心里想。

头两天就听到一络络关于熊荣的谈论了：“老在外面跑不是事，分到田，安下心住下就好了。”普遍的，都这么说。只不过说到打他爹死后到他这些年只好到处跑，到底怎么个跑法，就都说不清楚了。“遭孽呀，什么没干过！”好心的乡亲们只有叹气。有一件事却是没有谁不知道的：他娘先一年死，他爹第二年死，他叔叔七算八算，说他们家借过他多少多少钱米，他还垫过多少多少办丧事的开销。祖上遗下来的半边屋子该归他了。“念在至亲，他让荣伢子住到杂屋里。”这些年熊荣可很少在老家落脚，杂屋里堆满柴禾烂盆烂桶，亏他还能清出个铺位来。从他叔叔嘴里是挖不出一粒米粒大的消息的，人若是蚂蚁，他早一手指给搓掉了。“盛爹，荣伢子回来了，你知道这些年他在外头受的什么罪?”你若是问他，他只摇头，搭上叹口气。这人，甲领教过，划阶级那阵子，正像贫下中农们说的，“一百张嘴也说不过他那一张嘴”，还有人说，按他的作为，搞得不好划个富农也不为过，结果还是划成富裕中农。那天晚上，三榜定案，鸡都叫过两遍了，他硬是眼睛睁得大大的死盯住那本他所谓的“生死簿”，看到他名下写上“富裕中农”四个字，才坐到角落里吸他的旱烟。

熊荣的眼睛少的是他叔父那份精明。雪白露水月光下，那眼睛里满盈盈都快喷出来的是孩子渴望爹娘给他爱抚，给他好吃好玩的东西却得不到的永恒的茫然。“这个被称为脚指头都在外面炼黑了的人，好像还很单纯呢。”这是甲得到的第一个印象。熊荣亲切地喊他“同志”，说明他有见识，有自信。凡是被划为或可能被划为地富的，都只能喊土改队员“干部”。也很开朗，到底是在外面跑惯了见过世面的。很愿意谈——自信没有什么不好谈的，初次见面就很相信甲，谈自己的事就跟谈亲兄弟好朋友的事一样，说话间有一股讲知心话的暖流汩汩流过，月光下一边听他说，一边听树上不知什么鸟睡梦中细碎的啼叫，可真是一种享受。

父亲死后，田无寸土，一身的力气没处使，叔父巴不得他走得远远的，他只好到二十里外曹家湾地主曹十一爹家当长工，一年后，“神差鬼使”地和地主的小女儿有了“死活不得”的恋情，给发现了，赶了出来。“她可真好，死心眼。”他低声赞美，痴痴望着月亮。眼神遥远遥远的，甲注意到月光里他那饱经风霜却依然眉清目秀的脸庞，当年他才十七八岁吧，女孩子哪能不爱他。丢了饭票子回到乡里，叔父连正眼也不愿看他一眼，日子不好混。那阵子打日本矮子，时兴“卖壮丁”，不想当兵拿得出几个钱的买个人冒名顶替，他一共卖过两次，两次都是没好久就逃了回来，“逃也不是很难，只要大胆，弟兄们肯帮忙”，说得好像小学生逃学。只是东躲西躲也够苦，说不定什么时候又给抓去，又得想法子逃。没饭吃总得找事做，当过挑脚的，甚至卖过香烟瓜子，干这些都得孝敬地头蛇，赚到的几个辛苦钱十有六七得拿来伺候他们。还当过纤夫，直到这回，船东贩私盐怕吃官司，干脆让船破了，他又丢了饭碗。麻烦的是，这当口又被“靖国军”抓夫。挑子弹军需磨破脚板磨肿肩胛，不让走，这回，“靖国军”被定为土匪，给剿了，后来收编了，“遣送”了，才得脱身。“你没有当他们的兵?”“没有。”“那倒好，要不，差点成了土匪了。”“他们不承认自己是土匪，是‘民军’，收编时，愿回家的还发了路费。”“后来你就回来了。”“正是的。”甲原来有些替他担心，他的坦率，让甲放心了。

但是甲还是免不了从这方面想：这人的情况可真特殊，复杂得远不是我们习惯上认为的那种“老实农民”，可又不能说他不是农民，更不能说他不老实。夜已深，月光下乡间小路上树影黑白分明。回到根子乙的家——扎根串连，甲在乙的家外间屋搭了个铺，当晚和乙谈到天亮。“穷人活在世上，真不容易呀。”乙的这句话，甲记得牢牢的。

知识分子参加土改，是来上阶级斗争课，改造思想，向贫下中农学习，更重要的是向老干部学习。土改队归上头派来的土改工作组领导，工作组长老潘，南下干部，在老区参加过好几次土改，经验丰富，作风严肃，说一没二，有个外号叫“正确”。关于熊荣，甲得向他汇报。

“没有土地，当然是贫农了，当过长工，雇农，贫、雇农。”开头很顺利，说到和地主女儿相爱，“怎么能这样？阶级立场哪里去了！”地主的女儿因此上吊死了，更叫“正确”同志警觉：“有一条人命！”“是自杀，是她父亲，不是熊荣逼死的。”“历史问题呵。”说到卖壮丁，当过兵，“那么是蒋匪军了，后来起义了没有？”“那是抗日战争期间，打日本鬼子。”说到熊荣还当过苦力，纤夫，“那是雇工。”还卖过香烟、瓜子，“那又是小商小贩了。”关键问题是在“靖国军”里混过。“土匪呀，这家伙！”说到没把他们当土匪收编了，他是遣散回来的，“那是宽大，胁从不问。”完了，甲心里想：熊荣入了另册了。

开了三次会，议来议去，“正确”同志拍板，给熊荣定了个游民成分。本来，他是坚持要划“坏分子”，那就入了“四类”了，还算好，贫下中农都替熊荣说好话，不过，“正确”同志还是补充了一句：“情况复杂，报上级批吧。”还没批下来，也不知什么时候，往哪里去的，熊荣又走了。土改在轰轰烈烈进行，没人提起他。

几年以后，在丙城一条僻静的小街上，甲遇到一个蓬头垢面的乞丐，支着一根拐杖，一瘸一瘸地往前挪着，仔细看去，依稀仿佛的还是那张眉清目秀的脸庞和那上面贮满盈盈期望的眼睛。是熊荣，不知他还认得我不？他已经失去劳动力了，这些年他是怎样熬过来的呀！甲想追上去，但终于没有去，因为不知说什么好。

以后，随便在哪里遇到随便什么样子的乞丐，甲都会想：这人，一定有一番不平凡的经历，同时还会想起根子乙的那句话："穷人活在世上，真不容易呀!"

空白

前后四天，我处于精神失常状态。审问时，哭笑无常，肃反人员为之吃惊："你这个人怎么搞的？又哭又笑。"后来听说，这叫做心原性精神病，心脏有毛病的人受强烈刺激即得此病，审问不得不暂停。

不知哪里来的一股喷射力使已经失去知觉的我爆发出这一连串没有任何内容的哭和笑。但在哭和笑的时候却还能感到残余的生命在蠕动，在不自禁地往外滴，滴，滴……滴出既不是悲哀又不是欢喜的情绪以外的不知什么东西，还能感觉到生命在蠕动之后没有重量的漂浮，下坠，下坠，漂浮，向着上下四方无穷尽的大空白。忽然，又把自己悬挂起来，搁浅起来，在无比深，无比宽之上，之下的大空白中，失控了的生命的残余由于得不到控制而彷徨，而茫然，而惊慌，而找寻不存在的，或虽然存在的一大部分、一小部分不像自己的自己，而在自以为找到那生命的侧影，生命的碎片时，庆幸自己竟已不认识自己，"那不是我"，而得到片刻的缓解；但立刻有翻悔，为这多余的蠕动、寻找和发现所激怒，所羞辱，于是又爆发一连串无内容的哭和笑，以及哭和笑的混和。

大空白还在抹掉时空，掏空时空，不能算是生命的生命变得松懈，疲软，用奇特的方式存在着，没有鼻息，没有脉搏，没有太阳穴，彳亍着，蹀躞在虚无里，不知道什么是刺、割、烫、抓、劈头盖脑的一记耳光或几口口水，没有碰撞感，没有任何反应。失语了，没有什么用话语表达的需要，自以为没有理由也无意于有任何知觉，因为剩下的唯一知觉就是无知觉，话语已经与知觉脱节，剩下的只有"无话可说"，没有内容的哭和笑以及哭和笑的混和已经说明：一切都无须说明。

大空白里，力是没有作用的，有作用的是力以上、以下、以外的非力，就是平常我们叫做“麻木”的那个东西。麻木轻易地把生命卷起来，抛来抛去，要弄这已经没有重量，没有温度，没有湿度，体积若有若无的生命。它已不再站立也不再倒下，不再靠、爬、攀，更不会向前，向后，进或退。只能以极端的不稳定的态势，彻底消失在大空白中，为了突然的再一次出现，企图以此证明其绝对的极端不稳定。

而却又有这无端的哭和笑以及哭和笑的混和的爆发和截止，不是来自快感也不是来自痛感。这空无的暂时还被称为生命的生命幻象、残象，已无所谓解散，分裂，已不需要修补、增益。大空白对它好像很适宜，说得远些可以是来生和今世间的空白，说得近些是存有和消失之间的，闪闪忽忽的空白。对于这若有若无的生命，适应与不适应其实都无所谓，此刻它需要的只有休息，完全无所作为的休息。只是瞌睡，只是睡中的梦，梦又延伸到梦中和醒时的梦，没有真也没有幻，没有现在也没有过去的梦中世界，被这没有内容的哭和笑以及哭和笑的混和填充着，而又并不充实，而又还是空虚。

这哭声、笑声，奇怪的混和声能证实什么？大空白里的我已不存在，我若存在，大空白也不是空白了。我也不是我了，我自己不会费心去寻找我对大空白的认识里有些什么破绽，别人也不必忙着给我蒙上眼睛，捆起我的手脚，及时卸下这不是我的我或更是我的我是明智的，机灵人必定知道这个“更是我”是什么，因此也就知道大空白是什么。大空白不是消耗的开始、终结，而是一个进程，成为进程的一部分，我才更是我。听得出了吧。这哭、笑，哭和笑的混声合唱是生命被消耗，被碾、压、绞、榨、轧发出的无奈和自慰，正在荒芜下去的生命培育出来的脆弱，心酸，无遮拦的迟钝，超知觉的无知觉。大空白还在扩大，跌进大消耗里的准生命已忘记来时的路，也忘记了应该有条去时的路，只是消耗，消耗，发出无内容的哭、笑和哭和笑的混声合唱……足以表明那永不省悟的一片痴心，人们叫它神经病。

天喜·天怒

某日，天降暴雨，囚室里一片黑暗，乃有此作。

天为什么那么高兴？很少人想这个，都以为天本来应该这么高高兴兴的，不是吗？光是我们从心底里唱出来的感恩歌，就该叫它永远永远这么高高兴兴了。天为什么发怒？为什么偏偏在它自己高高兴兴，我们大家也高高兴兴的时候，忽然就发怒了，为什么怒气来得这样迅猛？这，谁也说不清楚。

刚才，在这宜人的时刻里，被醇酒一样的融融春光陶醉的绣花女，正在用金线银线精心刺绣献给我们的恩主——天——的金匾，满地灿烂的阳光，满天鲜艳的云霞，被她那灵巧的手绣成朵朵丛丛的繁花，摇曳在万道金光里，聚集在一起围观她的人们唱着歌，跳着舞，绣花女的一针一线都牵动着我们的心，她绣的就是我们最最真诚的感恩，一时间，歌越唱越欢，舞越跳越热烈，大地上一片欢腾。

忽然，狂风起处，细如粉末的沙尘和大大小小的石块，激浪般冲刷过来，哀嗥着，呼啸着，淹没平原，山峦，树木挣扎着想要逃避，摇晃着笨拙的身躯被连根拔起，乱草一样的被抛得远远地而后倒下。倾泻的暴雨带来洪水，铁锈色枯叶色挟带沙岩土块的浊浪，摧毁吞没所有坚固和不坚固的建筑物。

已见不到四散逃避的人群，利箭似的暴雨，刀刃般的急风把人们赶到不知什么地方，很可能就在那穿透时间的灾难来临的一刻，使他们化为乌有，和牛羊鸡鸭一样全都消失在阴惨惨的泥泞里。

发怒的天用足了劲要让大地崩溃得更为彻底，这里是一大块田土塌陷了下去，那里是整整一个村庄被拖到荒野里成为一片废墟，那边又突然冒出来一条由一股洪水开辟出来的可怕的河道。天为什么要这样做呢？谁也不知道。

还记得绣花女和她的金匾吗？慌乱中，她已失踪，金匾已不知失落何方。起初，她还不敢用神圣的金匾挡风遮雨，那是献给我们大家衷心崇拜的恩主的珍贵礼物呀，风雨太大，蛮不讲理地瞬息间夺走了她紧抱在怀里的金匾，把她和她的惨叫一起刮走，不留一点痕迹。

忽然，风势减弱，晴空明净蔚蓝，阳光普照，大地上依然一派融融春光，人们陆陆续续从不知什么地方欢天喜地地走了出来，聚集在一起，互相道贺，齐声唱起感谢恩主把人们救出苦海的歌。歌声起处，舞影翩翩。绣花女在人们的簇拥下，双手高举找回的金匾，流着滂沱热泪，呜呜咽咽地喊道："我要把献给恩主的赤心也绣上去！"

可是，没有好久，狂风再起，暴雨再降，大地上的生灵又一次落入生死阵中，惊慌万状地又一次被灾难驱赶到不知什么地方。

幸好，过不好久，天的怒气又一次平息下来，大地又重新出现一派融融春光，人们又从不知什么地方走出来聚集在一起，唱感恩之歌，跳感恩之舞，绣花女重新绣起金匾，直到又一次天发怒时为止。

就这样，一次又一次的发怒，紧接着一次又一次的转怒为喜。天的气力好像也渐渐用完了。这一次，阴霾散尽，照样又是一片晴空，幸存的人们踉跄在浩劫后一片凄凉的大地上，唏嘘感慨，彼此用探询的目光望着对方，还以为遇见的不是人是鬼呢。一边思索，一边交谈：天到底为什么一次又一次发怒，一次又一次高兴起来，循环往复，耗尽了自己宝贵的精力？天是不死的，然而这忽死忽活的天又是什么？我们的恩主是不会这样反复无常的，那么真天之外，是不是还有一个假天呢？当初那满天黑云满天彩霞又是怎么回事？如今这头上的天是真的天吗？会不会还是个假天？

只见绣花女从不知什么地方跋涉归来，已成为一个泥人，历尽风霜的她，步态苍老，人们几乎不敢认她，她只是喃喃自语：我的金针在哪里？我的金线银线在哪里？没有它们，我怎么活下去呀！人们只能好言相慰："先不忙这个，还是让我们一起来想一想：是我们老一套的颂歌叫天不耐烦而发怒呢，还是我们逃难的狼狈相叫天觉得好笑而高兴起来？这来来回回的天喜天怒，总该有个缘故的。”

绣花女眼睛睁得大大的，一片茫然。

谁来破这一连串的哑谜？

真假论

——对话

时：现在

地：我们这里

人：时势英雄

背时鬼

时势英雄（以下简称“势”）：怎么，想就真假问题进行一番探讨吗？这问题可有点玄呢。

背时鬼（以下简称“背”）：正是的，所以才来请教你，如今你可算得是——

势：不，不要用这种口气说话。谈正题吧，你觉得这里面有什么不容易搞清楚的地方？

背：好像很不少呢，就说这个真和假能不能够同时存在？我是说好比在同一个物体里、同一个气温里、同一个……我说不好，大体上我的意思就是这样。

势：我明白你想说的是什么了。真和假势能够于同时、同态势下一起存在的，真如果是白，也可以是黑；假如果是黑，也可以是白。在黑中有白，白中有黑的态势下，可以取得极有规律性的存在。

背：那么，可不可以说真中有假、假中有真？

势：不能。也不能说真中有多少假，假中有多少真。真还是真，假还是假。

背：为什么黑中可以有白，白中可以有黑呢？这是不是……

势：问题就在这里。你说：存不存在纯粹的真？纯粹的假？

背：我想应该有的吧。不过——

势：不过很少，是不是。我来问你：什么叫纯粹，能用什么方法来测量？

背：不知道，总叫人觉得有点可怕！

势：真假难分，是不是？其实呀，用不着费神去分它们，那是没有办法分的，真真也就是假假，假假也就是真真，这才是规律。

背：通常说到真假，都有些吓人呢，说他自己真，吓人，说他自己假，更吓人。

势：难怪。真和假都有能耐叫你不能不相信它，都善于编织精密的网，都善于收集、拼拢好看的、闪闪发光而实际上没有一点用处的碎片，都善于吸引人。请注意：吸引人，我说的不是迷惑人。

背：总该有些不一样吧，好像都以为真的能量大些。

势：你好像对于真有特别不同的态度。其实嘛，真有向你炫耀一个又一个本领的魔法，假也有滚圆的珠子般从容不迫地演出一个又一个变化无穷的花样的魔法，都靠魔法存在。真明亮，假也不暗淡模糊，真和假是难分高下的，因而也没有优劣之分。

背：就是说用不着分开来看，一定要分开也真费事。你看这个：号声响亮，彩旗飘扬，他们一起上场了，真的假或是假的真——可以这样称呼他们吗——都在像天真无邪的孩子一样，笑着纯洁的笑，蹦蹦跳跳活泼可爱地聚集到“忠诚天平”下，滑溜溜的蛇一样钻到秤盘上，都想让主子称出他的“忠诚”斤两。

势：至于“积极”斤两，就用不着称了，第一个爬上秤盘的，不论从真的还是从假的方面来看，都是很有自信的，洁白、鲜嫩、纯洁、光滑得没有一点皱纹，可靠、温顺有如鸽子，机灵有如受过训练的猴子，更不用说历史里找不出一丁点可疑之处，简直十全十美。

背：不容易，真不容易，真到这个地步不容易，假到这个地步也不容易。这一下我好像渐渐地明白了。

势：还有许多够我们去渐渐明白的呢，真和假的转化就够我们研究的了。到底是由于它们先天具有什么素质，什么机能，才使它们能够从假得这样巧妙一下子转化成真得这样扎实。

背：可怕！可怕呀！我总觉得，假有传教士般的贼一样的品格，真有自然流畅地撒谎的算命先生一样的本领。我这样的笨人，最好装作什么也看不见。

势：那也不行，要知道，你我都在真真假假的包围里，不想让真一般的假淹没你，让假一般的真埋葬你，叫你吃尽苦头，连命都送掉，却又还不得不佩服他们。

背：我呢，像我这样的蠢人，就只有想不通，越是想越是想不通，越是迷迷糊糊。

势：那不行，真真假假面前，越明白越好。不能够老是那样，老是当温顺的鸽子、机灵的猴子忽然显现出其真的或假的那另一面，成为凶猛的兀鹰、贪婪的豺狼时，才去怪自己瞎了眼，太轻浮，这也太古板了，把假假当成真真，把真真当成假假，瞪着你那发怵的双眼，弓起你那寒颤的背，在张开野蛮的大嘴，龇着尖锐的牙齿就要把你一口吞下去的那一瞬间，才慌慌张张地想到该去解开真假的谜。

背：迟了，是吗？我这个人，什么事总是迟了一步。

势：也不用急。不必当心这狼藉满地的真假不分的乱绳把你绊倒。不必害怕这强迫你吞下的真假难辨的苦果把你噎死，老老实实闭起眼睛谛听这以真乱假、以假乱真的真假叫嚣尽情肆虐，让它的荒诞、颠倒、歪曲的利箭穿透你，芸芸众生无一幸免，何况你。

背：那么，我也算不落在别人后面了，我这个人向来就怕与众不同。

势：这就好。真假问题，来不得一点教条、机械、唯心。记住，要灵活，要有现实感，空谈没有意思。

背：难怪。你看那边，热热闹闹的，为的什么？

势：你还以为是辩论吗？这个，不时兴了，谁还有兴趣像我们俩，探讨是真是假一大串疑难。那是在表扬真正懂得而且积极推广真真假假的时势英雄。

背：成为一个时势英雄，原来就是这么一宗说容易也容易，说难也难的事，容易在真假，难也在真假，是不是？

势：你差不多可以说是已经够明白的了，接下来就是要有行动。记住，真的假，假的真，都有其合理性，都已取得合法地位，已成为一种风尚，已很流行。只要你说得入神，能让人们听得出神，你说真是假，人们相信，说假是真，人们也相信，你也快成功了。

背：成功？我不敢想，那会是个什么样子呢？

势：时势英雄呀，正要造就大批的时势英雄呢。

背：那么你呢？

势：这不，都认为我早就是个时势英雄了。

背：我也早就想到了，要不，你怎么能真得这样假呀。

势：不，是假得这样真。但也没有关系，反正差不多。

背：这一下我全明白了。

势：那么，行动吧，要大胆呀，大胆行动吧，真真假假，都在你手里。

铁　腕

他早已厌恶怀疑，很长一段时间里他到处找寻无可怀疑，但又习惯地同时找寻可怀疑。他更需要平衡，可又痛苦地认为平衡是对他的刚强的嘲弄。

他不是主张绝对的吗？闻名于世的铁腕，对他来说，捏死一只跳蚤和捏死亿万生灵是一回事。怀疑总是把他引向绝望，激起他的毁灭欲，使他渴望毁灭一切的愉快，得到大雪落满山谷一样丰硕的满足，雪是鲜红的。

现在，他的铁腕里抱着鲜嫩的婴孩，他的脸上浮现出男人的母性，慈祥的，像平静的海环抱着一个鲜绿的岛屿。所有的人仰望他的高大时都能感受到他的温柔，人世间已没有一丁点儿怀疑，平衡真实得像空气，像彩旗，像干燥的喉咙流过的一口唾液。

婴孩的大眼睛里有无保留的信任，并不觉得铁腕的冷和硬。可是不久，从那软绵绵的温暖里，不知为什么渐渐冒出来一支恐惧的刺，刺中了婴孩幼稚的想象，小东西的脸抽搐着，就要哭出来了。

这可是严重的，非常严重的事故，其后果不堪设想。侍从，具有作为一个侍从必不可少的不高不低恰如其分的智商，立刻作出反应，灵巧地从铁腕里掏出婴孩，用一个滑稽的表情逗乐了无知的小东西，制止了失礼的啼哭，引发了天真得毫无保留的开心的笑。

凭他的不多不少的聪明，侍从迅速作出判断：是时候了。于是虔诚地把婴孩放回到铁腕里，全场爆发出一阵闹哄哄的欢呼，使得铁腕有一个瞬间轻微地颤抖了一下。典礼于是更富有人情味，甚至崇高，甚至有宗教仪式的神秘。

婴孩是容易疲倦的，在铁腕里睡着了。

裸之痛——记梦

我们这支被命运赶到一起的稀稀拉拉的队伍，大约总有几十百把个人吧，也不知为什么，只是在这条像是路又不像是路的路上，像是赶路又不像赶路，有时快有时慢地走着，停下来的时候好像比走的时候多。有的人，不知为什么总是忽然独自走到一边，坐下来不动，休息是主要的，走倒是次要的，也不见得是因为老、病、伤，印象中他们里面还有年纪较轻的。有时，别人看我一眼，很认真，好奇心使我也看别人，看来这几十百把个人没有一个高兴这样走。有的驼着背，被什么沉重的负担压着；有的瞪着眼直直地往前面望去，又好像什么也不看；有的嘴唇不停地动，却不出声；有的摇摇晃晃，瘸子似的；有的一只手比另一只长，不停地摆动……不知为什么我不想再看别人了，只觉得这样走下去真的很单调，也不知道脚下的这条路有没有终点，多少有点叫人苦恼。过没好久，大家先先后后都坐下来了，说不上谁带头，谁下的命令，总之就这么都坐着，不走了。梦里是没有时间的，不知已走了好久，坐了多久也不知道，可是就这么坐着也难过。不一会，这些不想动的先先后后又在动了，虽然动的幅度不大，是因为不想过多消耗本来剩下不多的体力吧，更多的人只是在用心上下端详自己，从赤脚上早该丢掉的草鞋到磨成网状的裤子，到结上一层污垢疤皮的上衣，看来看去，要发现什么新鲜有趣的东西似的；有的人开始在自己身上摸索着，自己身上有什么，不是很清楚的吗？偏偏又这么用心地摸索，是相信必定会发现什么吧，然而好像没有。这引起我的兴趣，也跟着摸索起来，这种机械的动作，也算是抵消无聊的方法吧，周围没有山水树木这些所谓的风景，眼前更没有花呀草呀，虫鸣鸟叫什么的，空虚里人也会变得空虚，做什么好呢？于是有人开始咳嗽，不是那种病理的咳嗽，是干咳，可能是想用这来提醒自己，人还活着呢。但是这方法到底没有多大用处，而且吃力，没能得到推广，这时就有人做出一个新的动作，脱身上穿的衣服，很快，大家都跟着在脱了，这可不光只是抵消无聊，而且还是实际需要，不脱不知道，一脱，才知道真是穿得太多了。

人本来应该随时换衣服，我们这些人却是不换只加。一动手脱才知道，里里外外，我居然穿了五件！难怪走起来这么不方便，坐下来这么不自在，简直跟被捆绑一样。现在，我要跟自己解脱解脱了。有趣的是，这一下又发现以前我真蠢，浑身不自在的时候，不过把外面的穿到里面，里面的穿到外面，第一件到第五件，内外次序轮流调换，就没有想到该减少的减少，该增加时就把减少了的穿回来。

每一件衣服都有它自己的也是穿它的人的记忆。这最外面一层的在我动手脱时，竟引发如此多的回忆，平时可从来没有想到过。当初它是唯一的贴身的一件，经过多次轮换，不是应该很熟识的吗，想不到这回脱它会像割它一样，已经没法脱了，稍为用点力就跌下一片，片片碎布接连落下来，不像脱衣服，倒有点像批鱼鳞，没好久脚旁就堆起一大堆，快倒是很快，只是叫人厌恶：这不是宣告我已经开始腐朽了吗？活人身上会穿这种东西吗？或者，好好一件衣服穿在活人身上会变成碎片吗？纸扎铺做的纸人是用纸糊起来的，难道我是用这些碎布片扎起来的？好奇心使我下意识地抓起一把想看个究竟，不料手一触到就吓得禁不住叫了一声。碎布片暗淡而且冰冷，猥琐地缩成软疲疲的一堆。当初，这件衣可是闪闪有光，热气腾腾的，穿上它可真神气，正合青春年少豪情满怀的我穿着，我的多梦年华已经过去，我已不再狂热，不容易激动，我已冷却，只差没有僵硬，我必须面对这可悲的现实，破碎就破碎吧，我脱下的第一件衣服，只能由你了。

大家都在忙着一件又一件地脱，有的比我穿的多些，有的少些，不过谁都不在乎多和少，只是用心地，认真地脱着，动作都熟练都有点机械，谁也不愿意在脱的功夫上表现敏捷灵巧。我开始脱第二件了，当初它好像是在里面第二层，是跟着第一件来的。有第一件为什么还要第二件？说起来也简单，那一件之后自然就有这一件，这两件是相互依存的，它有鲜明的特色：五彩缤纷而且在不断变幻中丰富着，增加着它的可观赏性，曾经那样使我陶醉，陶醉又曾经那样使我更加狂热，当初，这些都是非常自然不值得多去想它的。动手脱它才发现它原来是不完整的，是许多彩色布片拼成的，如今手一碰上就散了，用不着脱也就一片一片跟着往下掉。缤纷色彩倒没有退去，只是暗淡了，没有先前的吸引力，这倒没有什么，恼人的是再也拼不成一件衣服了，要是拼得成，倒可以留做多梦日子的美好纪念，只是它本来就不那么完整，是一片一片先后凑起来的，没有牢固的接合点，没有合规律的次序和位置，再拼成一件衣服已不可能，好像也不是很必要。

脱到第三件了，这一件的特点是又像有又像没有。它薄，薄得像纸，半透明，给人以捉摸不到的感觉，天生这样，不是第一二件衣留下的影子或印象，是个真实的实体，早就存在的，由于难捉摸，看不清，好像很轻，可是穿在身上，又比另外那几件都沉重，这种反差，越是你感到沉重越是明显，它的若有若无是个高明的骗术，你以为轻时它更沉重。它好像是空虚的化身，空虚就空虚吧，可不那么简单，你穿上它，就知道这件薄纸衣服比别的衣服沉重得多，你会越来越清楚地感觉到沉重在增加。虽然日子久了，你习惯了，你每时每刻被这沉重消耗着，你无奈，你彷徨，不知如何是好，只是等待，也不知等待什么，脑袋里装满了空白，思维停摆了，你麻木，乃至有点痴呆，你什么也没有剩下，除了失落。现在，我在脱下它，不知道从哪里脱起，它是又具体又抽象，又存在又不存在。更奇怪的是这时候我还在想：以后，该换一件现实的衣服了，可那是什么样的现实呵。

第四件衣服，湿淋淋的，可能从来没有干过。或许当初它是干爽的，而这干爽是为以后的湿淋淋准备的，湿淋淋的日子很久很久了，不习惯也得习惯。现在，当我脱它，才发觉并不习惯而且很不习惯，手一触到这霜雪的湿淋淋，阵阵尖利的疼痛感直向心口钻来，其异常的穿透力迅速通过腹部、背部同时向四肢扩散，只觉得全身向黑色的深渊下坠，下坠，一只冰凉的手十分老练地握住我的手，坚定地拉我向下，向下，兴奋中我兴致勃勃地跟随这只手往前面走，并不流泪，也不呻吟，更不诉说，很满意于这种情感的崩决，很乐意让悲哀的激流把我冲到当年狂热、多梦、失落的记忆漩涡，悲哀终于使我成为漩涡的组成部分，我就是这件衣服。

已经脱到最后一件了，真怪，贴肉的这一件破烂成这个样子！有些地方，只剩下筋筋绊绊，也有破成大窟窿的，最怪的是，有些地方居然有两层，外面的那一件不知什么时候掉下来的碎片，巴到这一件上面，非常不协调，湿淋淋的和干燥的搅在一起，很不相称，而且巴得不牢固，不是干的把巴上来的湿的吸干，就是湿的把巴上去的那个干的渗湿，干里有湿，湿里有干，正如悲哀里有欢乐，欢乐里有悲哀，穿了这么久，贴身贴肉的，我怎么一点感觉都没有，够麻木的！其实这也没有什么，不就是一件破衣服吗。叫人担心的是，才把这层破烂除掉的那一会儿，浑身痒痒的，没有这些筋筋绊绊的捆绑，倒觉得不自在了。干也好，湿也好，欢乐也好，悲哀也好，不都是少不了的安慰吗？没有它们，最激动的时候谁能让我平静下来，镇定起来，多少清醒一时一刻。激动是很消耗精力的，必须找到一个缺口，让它化解，把它释放。五件衣里里外外颠三倒四换来换去，一件也少不了，一件也舍不得丢，顾不上更新换代，最后让破烂的干都保不住那一点干，让破烂的湿给掺和了，一个不干不湿，一个不湿不干，这结果，冥冥中难道有个定数？

好了，脱光了，到底都脱光了。说得好听点是可以轻装上阵了，说得难听点是伪装已经剥去。轻装固然好，我们这支稀稀拉拉的队伍说得上上阵吗？上什么阵，我们连往哪里去、有没有可去的地方都不知道呢。伪装已经剥去，说伪装可真冤枉，说剥吗，是自己动手脱的。我们穿的从来就是这些，就我来说吧，五件衣里外轮换穿，都是自己的，并没有临时弄一件罩在外面。穿了这么久的烂衣服，脱都得加倍小心，不能粗手粗脚地剥。脱，主动；剥，被动。我们是自动脱的，既然走上这条路，既然知道脱了走起来轻快些，没有别的，就是这样。这些当然是后来才想到的，那一刻没有功夫想这些，那一刻有心情想这些吗？也难说，反正梦里的事情颠颠倒倒。有脱得比我快的，有在脱最后一件的，看那神气都和我一样：到底脱光了，有大欢喜大发现了，笑容里带着沉思的严肃。不容易呵。

都在细心端详自己的身体，好像从来没有看见过，从来不知道自己是个什么形状，这一下可看得清清楚楚了：柔韧，紧凑，古铜色的皮肤下，凸起的青筋里血液在流动，瘪下去的肚皮里肠胃还有饥饿感，心脏还在肋骨下扑扑跳，没有问题，我们还是活人，还活着，需要把这个大欢喜告诉人，所有的人。然而我们怎样走到有人群的地方？这里那里，我听到同伴们的自言自语和议论：“难道就这么赤身露体地走过去？”“没有光屁股游街示众这一条呵。”等等，可见这大欢喜大发现里面包藏着不吉利，同时又听到几声零星笑声，吉利不吉利对我们这些人已经没有什么区别了。

“没有衣服，怎么办！”不知是谁，吆喝着，众人一怔，我本能地望一眼堆在脚旁的那堆稀巴烂的破衣，醒来了。

梦里的事，多少还记得一些，记得最清楚的，是衣服，最先想到的是：衣服到哪里去了？必须找到衣服，没有衣服不行。一边想，一边找，衣服找到了，于是又想：这是才脱下的第几件？但立刻又知道不对，什么第几件，那是在梦里，现在醒来了，却以为还在梦里，梦里醒时搅在一起，不很可笑吗？

1980年以后

德彪西《月光》语译

我需要、需要水的抚摸。我的嘴唇沾满了宇宙的冰凉，我在悠远的期待里成为记忆的面具和符号。

夜气清洌，像幽涧里的泉水，我已经在它的宽容里沐浴了好久，好久。滔滔不绝的光源，是从那在紧缩的心上穿梭往来的万千思绪来的，它们就像繁衍的胚胎，躁动不已。

我需要水的抚摸，需要在水抚摸我的时候抚摸水。在我抚摸水的时候，许多许多晶亮的水珠跳了出来。在迷人的嬉戏里，许多次许多次它们在我的轻轻拍打下互相撞击，在狂热里粉碎，化作闪闪银光。

淡薄的流云弯曲被银光染白的手臂，遮拦水珠的碎片，昆虫们半睁着梦幻的眼睛打盹，飞鸟入睡了，不再代表任何信息。银河是晶亮碎片聚集成的永恒的河流，怎能不永远闪亮，永远澄澈。

时间静止着，泪花给流盼的眼色以一个不固定的形状。都说心灵的干渴肉体的干渴不必看得那么重，倒也是的，只要有浩瀚的水，只要我能得到水的抚摸，又能抚摸水。

我是一片贝壳化石，是覆盖冥冥大地的汽化了的蓝色岩石上的小小斑点，我需要、需要聆听那天外传来的大海的回声。

我是听着波浪的絮语长大的，我用它雕凿青色血液的意中人，她的美好是如此离奇地天然生成，独一无二而无可代替。波浪的絮语不疲倦地把我摇晃，摇晃，一天又一天，我细心地在她身上铭刻海的音符。她身上的彩色花纹里收藏着海的恋情，胴体的隐秘处，沉郁的记忆的芳香，遐想的芳香，由淡而浓，由弱而强。

有谁能读懂它们记录的是什么？向往和期待是这么多，多得连我自己也数不清。就因为这样，我需要聆听大海的回声，大海的回声里有我需要的水的抚摸。

我寻找、寻找失落在广大世界上的另一半我。我是破船的碎片，我是失去桨叶的一把桨柄。

我寻找被拆散了的我的另一半，只有它听得懂我无穷的惆怅，只有它能忍受我绵延不断的诉说。

静静的、静静的深沉的夜随手撒出银针，化为成串成串的光环，构筑成深邃的穹隆，银光在这里被过滤，然后铺展成平整的光毯。银色海滩是一片银色海绵，滋滋地吸收清冽的夜气，发出轻烟和微光。

每一粒砂都在展露各自不同的形体，富饶的海滩伸向茫茫夜雾，这么多的脚印缩小在隐隐约约的模糊里。这么多次的徘徊，这么多次的踽踽独行，都消溶在从流云中洒落的清冽里。

那时候，正是从这里我们动身远航。如今，我这块破船的碎片，只有痴痴地凝望着远方，幻想那丢散在波涛中的另外一半，会向这一片沙滩，向着我缓缓漂来。

这静静的夜太清冽了，你好像也在等待什么，寻找什么。你不想离去，你也需要水的抚摸，需要在水抚摸你的时候抚摸水，是吗？

我呢，我还是从前的我，一百年、一千年以后的我。要是你按一下我的太阳穴，你就知道我冰凉的血里凝聚了多少喧嚣的波涛。

苦涩的时间乘着遗忘之翼往返。我不是被挂在、被钉在旋转的蓝天里的一只球，我是跌落在湛蓝海盆里的一口沉钟。

深海的漩流是最最温柔的，我并未喑哑，水的抚摸，使我发出最悠远动人的钟声。以你的心潮的起伏来敲响我吧，在我的钟声里你将听到最无保留的信任和最美的许诺。那就是你给我的抚摸，我给你的抚摸。

1987 年 5 月

漂　瓶

沧海和蓝天开拓连续纵向的浩瀚。浩瀚的边端想必有广袤大地上的无垠沙漠，沙漠上有旅人收集四散的驼骨；想必有荒岛上的原始森林，森林深处有三块巨石砌成的太古神庙；想必有海岸线上的繁华城市，灯火辉煌于浓重的蜃气中。

给远行者准备的美酒已经斟满，芳香的泡沫久久挂满杯沿，浩瀚的中心只有一片汪洋。

所有的航海家都不会叫嚷给我旅伴，给我目的地。不会的，探险者不爱别的只爱幻想。

旅程渺茫。连续重复开拓的浩瀚。寂寞与孤单。黄昏时分的抑郁。给我舵，给我桨，给我帆吧。我在空旷中看到乐园里的荒凉角落。我只知道漂流。

浪峰起伏，牧人的笛声被消溶。羊群四散，稚嫩的心教它们缄默，用缄默回报被涛声强化的惶惑。随和是明智的选择，这些善良的生物。

小小漂瓶，角质的花苞，在海天相接处的颠簸里旋回。延长着的航程一再延长，忙碌于顺从匆促起落的涡流和波谷，已无心计算无心回忆。把海行日记全都抛弃，大海的浩瀚有的只是狂热，任何粗鲁的摆布都已习惯。

不像别的，只像一个缄默的预言。

角质的花苞。晕迷者的暗淡目光。一只不知从哪一辆疾驰的车上滚落下来的孤单轮子。

波浪，闪闪烁烁的目语，出没无常的游鱼，来来去去的海岛，没有任何信息。神秘的飞毯在天半的气浪上滑行，冲刷小小漂瓶的，难道是它自已的可怕的信念？

飘浮的白昼之后，是低垂的夜，执拗的太阳之后是欲坠的星星。谁看见过这黏稠的波面上时隐时现，追逐渺茫机缘的游戏？有时轻快，像海鸟游鱼，有时像缺氧生物的垂危挣扎。没有罗盘，没有桅旗，风扑过来时，易碎的小小漂瓶，发不出一声呼叫，一小块无光的灰白，随时可能熄火但又不至于熄灭。没有棱角也没有阻力的圆筒体，柔滑如糖衣药片。预言的命运就是这样，需要人们接受，为的是需要人们相信。

已经没法找到另外一只和它相配的鞋，一只孤单的鞋。压缩到不能再小的空间，压缩到不能再压缩的最简短的说得太清楚反而不清楚的话语，挤得太紧，快要窒息的，几个突兀的单词组成的残缺句子。小小瓶体，极乐幽闭中的无边天地，接纳理性与非理性同时在此容身。

漂流，无休止的攀登，望不到尽头的，动荡、变幻的阶梯，汹涌浪尖的野性抚摸和温情拍击。

抽搐的浪发出澎湃涛声的密语：当心！

暗淡的灰白花苞，没有罪孽，只不愿随处开放，为了保持它的童贞。没有重量，没有累赘，过于超脱而不至于沉没。漫长征途中，掌握生灵万物命运的秘密先行者，总像对自己赌气，不屑对自己的命运作过多猜测，不愿琢磨种种甜美机遇的征候，反倒有简短到有如索性不说的近于沉默的奥妙暗示。

预言，有与无的媒体，但不是许诺。

海以波浪为脉管，海没有皮肤。浪峰起伏的远近错位，波谷消长的高低滑动，粼粼水光和点点影斑。皑皑雪原上一只迷路的小灰兔，绝对的不起眼，微不足道，孤立。浩瀚中无人理睬的一点，独自咀嚼乏味的慢性疲劳。

预言的火星，无从延烧。

却又被波浪牢牢咬住，漂流中，单调的动作已定型于不可知。慢慢地，慢慢好像随时都会停下来而愣在那里。难得有一次翻滚，一次使劲蹬脚让上身抬得高些，像从海盗袭击中脱险的突围者耸起于水面的颧骨。需要风浪的激发，需要借屋顶大一片的势不可挡的轰隆声的激发。安宁乃是最可怕的消磨。

却又凑巧遇到了安宁，难道是苍天的巧妙安排？

居然漂流到风平浪静的海湾，居然没有谁从酒瓶空罐头和各色垃圾中分辨出它。喜气冲冲到达港口的万吨巨轮，庞大的船体兴奋中几乎把它撞出百米以外。征途中，它从不曾因绝望而一头撞向礁石，多少次被饿鱼一口吞下又因寡味而随口唾弃。如今，贪馋的海鸟们的锐喙，有一次发现它并非大自然赐予的美餐而放过它。

不能应验的预言只不过是一张纸片，珍藏许久的纸片，不远万里携带，难道是为了等待奇迹出现？

迢迢行程就这样宣告终结？小小漂瓶，自在的预言，最一本正经、最大胆的假设，对此却全无知觉。

任何处境都满不在乎。并非麻木，是由于不甘心于默默无闻的强烈愿望发出的无穷能量，由于世路崎岖让它受到的最严格的精神磨炼。担心的只是：可能把它看成一个孩子气的古怪符号，一次鲁莽的对智慧的冒犯。

小小漂瓶，你能珍藏的该不是太尖的嗓门唱出的高调，你想吹嘘什么呢？我早就沉默无言。

却又遇到冰冻，遇到时间的不在意的恶作剧。海湾昏昏欲睡于暴风雨的催眠中，停止狂热、盲动和跋扈，停止连续纵向的浩瀚拓展。冰凌活跃，迅速由沿岸向海中蔓延。在众多尖锐的撞击下初次尝到拥挤。可曾担心：能不能躲过这场毫无防范的对阵？历尽磨难后再度遇到麻烦，浮沉摇晃于咽下最后一口气的威吓。梦魇呵，这凝团了的纯真幸得保持，而今会不会成为无代价的浪费？

岁月流逝一去不返多么令人惋惜！我的预言说的是人们打心坎里想要知道的事，是暂时还不想向众生宣示呢，还是永远吞咽下去，连我自己也不知道。

所有的沉思，所有的默契，所有的已知与未知合成的猜测，都已囚入这小小的冰窖，闪闪冰凌中无光灰白虚幻的晃动，虚幻的浮泛，如所有的预言一样是个等待猜测的谜。半透明的角质花苞，发不出光，一片粉白的闪烁中，倒又容易被发现。浪峰绵亘，时时突出又时时陷没，有幽灵在用手指拨弄绞索般的波纹。谁愿意费神去揭破去探究那隐秘的天启，太没有顾忌没有涵养的叫人害怕的爽直，利刃般尖锐的语言。

先生们，这不是和一加一等于二一样明白的吗？既然认可了它是预言，只不过是预言，既然知道谈论玄秘话题难免带几分诡谲，要把意兴克制得严密周详，又要让好奇心得到报偿，是多么的不容易，对于小小漂瓶就不必苛求了。

冰碴已发出沙哑的碎响，该安心了，它们已开始在粗糙的安抚中消耗着嶙峋。语言毕竟只是日用品，愿望得到满足后，就不需要预言。预言的魅力，不就在于它永远像刚刚制造出来的幻觉？当然是能够迅速使人回到童年时代的幻觉。

海以整个天空为光源，海太亮了。

海湾的气雾仍然暧昧，窒息的湿雾消退得时紧时松，皆大欢喜的时刻来得揪心地缓慢。冰凌如脱了钩的链条散开，随即融化，它们没有丝毫包孕。春光，迟到的福音终归来到海湾。

远处，悠悠海天正形成互致祝贺的新鲜情绪，海湾的灰蓝色加深了，长发光彩鲜明，慷慨地用千万支纤纤手指款款抚摸小小漂瓶。这角质的花苞，丰富世界濒临灭绝的稀世珍品，没有开放，也没有凋零，没有和冰凌一起消融。这就是人类语言存在的原初或终极状态？

充沛的蕴含，少量语言的着魔般的亢奋，在有限瓶体里显出的异常沉着。天哪，预言本不能降格成谶语，应该明白如话。随便哪一个巫师都懂得用符咒淡化灾难，而信徒们的祷告往往啰嗦、枯燥。

激情不是用来贮藏的，激情必须及时使用。

亿万偶然中的一次偶然。谁知道，会在什么时候，会被冲送到哪一片沙滩，怔怔地纹丝不动，肃穆中，背后每一股波浪都走了神似的，眼角挂着惜别的泪花。谁知道哪一位信步走过的游客，误以为稀奇的海螺，亟欲把玩而奔向它，这角质花苞，干干净净的瓶体，太清醒且太神经质，这远渡重洋而来的不速之客，不详的多余之物，战败者的盔甲的碎片，以不可知的因缘将落入谁的手中？

信号吗？它可是没有信号的。

浩瀚灰蓝中，希望和失望已久久对峙。该结束了，这叫人心烦的等待，无际广漠中的疲劳游弋，按捺不住的期待，终于爆发成一串闪烁。

谁来开启这密封的瓶盖，谁愿意用劲来把它旋开？当心狭小瓶颈的炸裂，一旦广大世界的空气突然进入，蜷缩于瓶腔的少量剩余语言，早已提炼成最纯的粉末状微晶体，能使睡者醒来发出长长哈欠，且在顷刻之间成为另外一个人，语言，可怕的危险易燃物，会不会冒出阵阵浓烟；或是因过时而失效，优异的素质竟也风化为真正的废物，忽然逸出消遁于无形？还能有比这更教人寒心的吗？

预言从来只有百分之九十应验，百分之十落空，这回，偏巧又被归入于那百分之十之中。

你曾立下无保留的誓约，你为践约而来。

这不算什么，大海本是一座最大的坟场，曾埋葬过多少希望？没有什么能有大海那么多的裂缝。

不可能把每一次希望的埋葬都告诉你。

烟　声

水干枯时水的精灵没有窒息。

大气凌驾一切，堵塞所有嗫嚅的嘴，眼眶浮肿，突兀地嵌上布满红丝的眼球。一阵骚动后，开始了涣散。

连续熬夜已挤干光的水分。光是流体，在逐渐变脆，变薄，在最后的灼灼迫人中落了气。

光化成烟。

烟的塑像于是到处矗立。生动的升腾，缥缈，远胜精心捣和的膏润细泥。烟的塑像，无拘无束的动势，波动的皱褶，纹路舒展，凸凹线流畅起伏，若有若无的肌体的喘息和膨胀，脉搏跳动，体态流转的多种韵律、表情，多种泄露内心的宣示，多种和我相遇的目光。

属于我的，我要寻找的目光又在哪里？

想用虔敬的双手捧起盈盈碧水，水已干枯。秀发芳香馥郁，使我想起水，如云的秀发本是烟，谁能遂心如意地捧起烟？

从沼泽的阴沉寂静里，从浓稠的夜里寻找躲藏在黑锅底的寂静，挖掘深埋于寂静底层的声音。

叫你掩耳不及的呐喊，或是寒颤的细语。

水化成声，声化成光，光化成烟。

声的强弱使烟的塑像更富形体美，典雅的大理石像是浩荡江流上升起来的烟塑成的，威严的青铜像是澎湃涛声化成的烟铸成。烟阵翻滚，塑像胸腔下陷处，骨架勾连处，有化成光的声音微微翕动，像小秋虫的振翅。

记忆呵，在这烟褥中真可以有一个浓浓的、深深的、稳稳的、甜甜的睡眠了。最轻，最细的声音是用最轻，最细的烟传导的。它不会落下来，你也截留不住它。

这最庄严也最孩子气的戏法。消散，消散之后凝聚，凝聚，消散。最后成为虚幻。

极细的声音是极度警觉、极度敏感的。烟不断变幻，烟无比轻灵。

从微弱的烟里，从微弱的光里，虚幻的声鱼贯而出：伴随乒乒乓乓的鼓点，刀剑沸沸扬扬的打闹；与扑面黄沙俱来的炸雷的咆哮；尖厉的哨声；吹落败叶的季风的嘿嘿冷笑；使劲压低嗓门的、电话筒里的喊喊喳喳……

从虚幻的烟，从虚幻的声里，微弱的光忽然燃起，忽然熄灭；和撇起的嘴一道眯起的眼睛淌出来的那一线目光；从毫不在意的顾盼里浮现出来的拿不定主意的游移目光；直瞪着你急于要从你身上搜索出表达他的意愿的热切目光……

而我必须寻找属于我的，亲切的声音，亲切的光。

从无形的突破口，从狭窄的闸门，烟忽然蜂拥而出，互相碰撞，践踏，碾轧，惨重的死亡。剩下的还是一线微茫的光，光中微茫的声音。

微茫的光变幻着，变幻之后是澄净，至纯至清的澄净。

释放出至轻，至微，隐约可辨的声音，带来记忆的寄语，记忆的信息。

遥远，遥远的喧哗，退潮的波浪，烟的链条绵延，互相咬啮，没有发出任何粗糙的音响。烟的碎屑，如纷纷细雨无从梳理，哑静地互相摩擦。

烟不占据空间，声不占据空间，光不占据空间。只穿透空间，只从空间经过，不作最短暂的逗留。

穿透。没有歧路，没有三岔口也没有十字路口，没有必要因遇到障碍而拐弯，回转，倒退。直线穿透，无须绕道，无须转圈子。没有目的地，到处都是目的地。这记忆之声，记忆之光，神奇地驱使着曾经弥漫四极的记忆之烟。

那已故的记忆的前身，那已逝的时光，突然回来。这个从阴司回到阳世的死者，看到这烟中的光，这和光一起颤动的声，如同被埋葬者冷眼观看自己的葬仪。

多少往事被勾起。恍惚记得，曾经在某个地方，某个危急的时刻，又一次的仓皇出走，又一次的吉凶未卜之际，曾经留下一缕隐没于缥缈轻烟中的，一缕溶于盈盈碧波中的目光，一只善歌的小鸟的短促的一声呻吟。

记忆的前身，遥远的时光，死过多少次了？还是一次也没有死过？在随便的什么时刻，在随便的什么地方，他停下来，凝视，谛听，寻找。寻找那最淡薄的光，最细微的声音。

寻求穿透。光的穿透。烈焰的揪心的呐喊，柔和烛光的款款细语，它们都是致命的。

而每一次，不偏不倚，直线穿透总是紧挨着他身边擦过。

每一次，他都感觉到，听到，看到，却没有被穿透，第二次死并未到来。不幸呵，他还须停下来，凝视，谛听，寻找，无论何时，何地。他能得到什么呢？

在不可捉摸的某个时刻，某个地方，他还会留下什么，然后又还要再寻找吗？

所有一切都如在身边，如在眼前，冰凉地氤氲着。

失而又得的，就是这些吗？

1987 年 5 月

无色透明的下午

是你在我身边走着吗？我知道是的，我的光。

我感觉到你在我身边，看到你纤细的手指优雅地持着一朵家乡的栀子花，栀子花朴素的花瓣上细微的轻轻划过的纹路，你头上的光环和你的如云的秀发的稚气的圣洁，都是从看不见的浅淡里显示的，我于是有了被爱者的悠远的亲切。

恬静的下午，不浓也不淡的湖水。踏着碎步的风，互相抱着肩的细挑身材的落叶树的行列，洁净的道路无忧无虑地向远方伸展。到处都有你，你的弥漫不是一阵阵渗透过来的，一点一滴泻过来的，你的反射的泛滥使这个世界没有一件多余的东西，都溶解在无色透明里，都要从无色透明里升华了。

我们在纯净的明亮中漂流，我的光，我们驾驶的羽毛小舟漂流在属于我们的宽阔里。没有脚印，没有身影，但我们知道，我们的故事已经深深地印刻在泥土和空气里了。而当我回望走过的道路时，每一片波浪都已消失得无影无踪，没有一只鸟，没有一队苗条的银鱼，它们只在微笑的平静里获得瞬间的存在，没有一片叶，它们是为了让我们有更深的记忆而隐蔽了，怀抱着风的湖水和腰里系着颤抖的丝带的风的问讯，穿透和煦的无色透明，这个不用眯起眼睛去躲避璀璨，也不用瞪大眼睛去注视晶莹的柔和的下午，正在悄没声息地催化着鲜嫩的情思。

我的光，我知道在我身边走着的是你，只能是你。太初的鸿蒙里就有你了，是你等待我不知多少个世纪了呢，还是我？在一场尽情的倾泻之后，万物只剩下你勾勒出来的轮廓了。你有纯白的情思，你的纯白的体态使家乡的栀子花得到祝福，你的祝福通过闪闪的脉搏传导给我。你的如此外在的内美太耀眼了，我的光。你的幽深的眸子里的不出声的笑，有如一朵火焰的凝结，你是被人打动了呢，还是想打动更多的人?

等不到家乡的栀子花开过，你心中的明亮已照溶你生命无愁天使般的成熟，你纯白的气息熏陶我的爱和妒嫉，我们的无声的交谈，这个自然得近于不存在的下午和这些易动感情的、闪电般敏感的话题，在你的眼波的一泓春水的利剑上被控制了，赠送给你的小小礼物上的这个月夜般的的下午，会在你的微笑的纯洁，无言的纯洁，你的缄默的纯洁里得到钟爱的保存，如歌如诉的往事中的先兆，不是已经向我们透露对前途的最准确的预测了吗?我的光，我深知你的无表情中的最高表情，在关键时刻你总是那样慷慨大方，更多的时候你总是那样完美、天然地端庄。

我的光，你的洁白的眼睑澄澈，你的洁白的牙齿流动将要融化的洁净，我大着胆注视走在身边的你，如同注视不可知的神秘中的可知，如同倾听春夜短促的小小的梦，如同这明亮的时刻在把这袭人春意里的轻寒一饮而尽，品尝感情和理智酿造的醇厚愿望。

我的光，你使湖水澄清之后没有沉淀，你使雾散之后没有留下一滴雨点，你没有把世界重新组合，是万物在你的照射下重新从这个敞开的世界里找到自已的位置，你使亮丽的光华在持续的昂奋里飞扬，所有的近距离、远距离全归消失，不论是看得清的飞扬、看不清的飞扬。我的光，我感到骄傲的是，在这个万物获得轻盈和潇洒的下午，我第一个获得了它们。我和万物一起感谢你的好意，这才是我们需要的新生的明亮。

我的光，刚才，酣睡的你被什么唤醒?你喘息后的动人鼾声有那么多的切分音，叫人难以加上句点，我不知道是什么在你心中激起如此悠长的波纹，迷乱已成为过去，生命深处的信息已经可以沟通，你已明亮得有如清脆的铃声，你还缺少什么呢?

你有无色透明的肌肤无色透明的冰凉，你有无色透明的泪水的潺湲，你有燃烧于玻璃眸子的最炽热的辉煌火焰，你，清脆之光，嘹亮之光，你已近于无形，无保留的无色透明的语言近于难以言传的无言，你的宁静回响着宁静，你的歌哭成为啜泣成为抽噎而近于无声。

无色中有最丰富的色彩，透明才能映现深沉，我的光，我的偶像，你早已降伏了我所有最雄辩的幻想，无论在你的奔跑或是慢步中你都把我举得这样高，我的思绪的烈马只能用加快奔驰来报答你，你点燃了整个下午的每一丝风，你教我从纯青的火焰中驰过，让我的思绪在你的身上成为灰烬，你的思绪在我身上使灰烬重新燃烧，终于使我有了暴风雨留在草地上的豪放气息。

我的受到激励的勇气，已快要迸发成壮丽的喷泉，这时，我才明白，我无须请求宽恕，我说了太多的悄悄话，过分地坦率而又过分地内向。其实我无须这样腼腆，无须这么局促地用眼角觑视你的心情的微妙变化，从中领会你给我的提醒。我并非在和幻影对话，惋惜比懊悔更为沉重，我能为你做些什么呢。而当命运透明的时候，这一切都不会存在。你的语言是用特殊质地的材料做成的，自然得就像婴儿的第一声叫唤。家乡的绵绵春雨把树叶丛上的薄霜都收集起来时，洁白的栀子花盛开了。我的光，在像这样的一个下午，你将为它洒上光中之光，擦上无色之色，你将使它永远在美中经受磨炼。

我的光，万物已因为你的透明而形体更加清晰。我知道你的强烈的聚焦、强烈的投射、强烈的反差从何而来。我知道时间曾努力使万物透明却没有做到。如今，在这个清朗的下午，世界平静得不再可能发生任何突发事故，如此恬静，悄悄默默，万物都处于透明之后的友爱的无差别之中。世界无尘，无烟，无最小的噪音。我的光，我知道这世界是你用多大的努力提炼出来的。

所有展开在我们面前的路都开阔、平直，没有任何障碍和阻挡，万物都清清楚楚，不隐约含糊而贬低生命的价值。在浓郁的明亮中没有遮蔽，没有阴暗角落。万物成为线，成为直线、曲线、分割线、交叉线。万物铺展，延伸，在浓郁的无光之光的照耀下，看不见的比看得见的还真实。我的光，你使我在另外一个层次，另外一个角度看到我自己正沿着望不到尽头的道路走向人生的神圣祭坛，你以朗读祷文的节拍伴随我的脚步。我的光，你的低语太温柔太急促了，但我能够清楚听到。回声在四面八方的透明中来回激荡，在回声的凝视里我的思绪获得理性，具有过去和未来的意义。我感到友爱的透明在轻轻碰我一下之后，用力握住了我的手。

我的光，我忘不了你就在我身边走。你的眼睛是不用点火就亮的灯，在我们偶尔四目相遇时，我们交换的眼色里尽是怀念的痕迹。我屏息静气，生怕我的生硬的呼吸吹动你沉静的向往。我已经能够把握住我自己了，惋惜是逃不过无声透明的，懊悔也逃不过无色透明，我不是在和梦对话，和再现的憧憬对话，和没有发生的事情的幻象对话。我，一个远渡重洋回来的游子，在惊涛骇浪中舍舟登岸，一踏上家乡的土地，我就发现，这个天地有情草木生香的下午，虽然孑然一身，两手空空，但我仍然富有，逝水年华带去的多梦季节又回来了，我的悄悄话说得够多、够孩子气的了。你就在我身边，你已把手中的家乡的栀子花给了我，我拥有了它的洁白和幽美，我再不怕谁来把我封闭在岩石里了，再不怕谁来把我沉没在咸海里了。我的光，我将永生永世偎依你，吮吸你芳香的乳头，咬紧你芳香的乳头，记忆的乳汁永不会枯竭。

我已经被净化了，在这个无色透明的下午。

仙人桥

仙人桥不是一般的桥，“仙人”这两个字不是随便安上去的。

桥的定义：连接被隔断的路，走上桥是为了继续走没有走完的路，对它是不适宜的。

是因为桥那边没有路，它才被叫作仙人桥？

因为人们走上桥不要经过它，只为在桥上站一会儿就转身返回，它才被叫作仙人桥？

因为完全没有非借助它就不能克服障碍，没有非依靠它就无法通过的功能，它才被叫作仙人桥？

仙人桥不是人工造的，因此而被认定是神仙造的，这也有可能。它是一个倒下来正好被邻近的一座山峰托住的山峰的残余，很像一只疲乏了的或是受了伤的巨大胳膊。专家们可能会说那是座被掏空的山的山顶，亿万年前地壳变动造山运动留下的小小奇迹，很可以引起人们想象那山奔海立天地低昂的宇宙壮观。

非实用的桥，观赏的桥，游乐的桥，就当之无愧地冠上了“仙人”这个名字？

几乎要长到桥上来的，吸尽了幽暗里的冷风，在老天注定没有日照的阴影里，一层又一层重重叠叠地丛生着的无名树，把游移变动着的绿色，梦幻般的微细动静，横斜直刺翻滚过来暗水般的光，在这孤零零地突出于山顶而又落到另一个山顶的，井筒般深沉的峡谷上的斜面，形成一种仙境般的情趣。

要是在这里遇上一两个神仙，也是很自然的事。

登上仙人桥给别人带来的快乐可能比给自己的还要多。远远望去，人的身影又小又清晰，好像偶然落到桥上的杂色树叶，随时都会被风吹走。偶然传来的人的语声笑声，鸟啼般动人。

然而没有神仙。

神仙也许正在驾着祥云在散漫地转悠（他们可不需要路，更不需要桥），完全不必要考虑哪一片天空是属于他的（整个天空都是他的），他们不会注意到这座以他们的称号命名的桥的吧？

很难说，桥是桥，神仙是神仙。

他们也不会注意到来桥上寻找得不到或者得到而又失去的心爱的珍物的，这些凡间世上的人。

登上桥就是神仙，这个推断是不是和这座不完整的桥一样不完整？

每个人都有想得到而又得不到的什么。

每个人都有一团云雾般达不到愿望的遗憾。

除了未卜先知，能知过去未来，做神仙的另外一个好处是不食人间烟火，吸取日月精华而长生不老。祸福无常，世上无如吃饭难，人们水淋淋的想象，是永远拧不干的。

人生在世，难得几回遇到这使如梦浮生带上永恒色彩的机遇。登上仙人桥，就算是神仙了，也就登上了短促生命的纪念碑塔座了。

桥那边没有路，从桥上折回来是很自然的选择。

奇怪的是，我们连自己是凭着这副血肉之躯活在世上的活人也忘记了，在刚刚沾上这么一点点仙气的这一刻。

1993 年 7 月 11 日

天　籁

——呈白婴兄

悠悠苍穹僻静的小小角落，积卷云簇拥下一块银灰色大理石中，有紫色波纹荡漾，气息淡淡漂流，像轻烟漫步。没有体积，没有位置，一阵阵悠忽，只是浮动，只是不想留下痕迹。像融化于洁白月光里的一片冰花，太纯，太清越，太遥远。这从宇宙边传来的，穿过多少星系的，远古留下的声音的琐碎，这些紫色波纹，在悠忽的化解里获得悠忽的振动。水底雾气的絮语，泡沫欢腾的号角如火花闪烁，上苍的神光和永不灭绝的生机化成的这远古余音，已回到尘寰，回到众生之中，正乘着紫色波纹在你头上徜徉。这神启般的预兆，无法用听觉追踪。这比彩虹的一现更短促的、晶莹的、悠忽的颤音，不可接触的声音的奇迹，有预兆般难以抗拒的吸引力。

雨点落在树叶上时水珠的绽开，也比这更像声音。短促的振动，短促的一次深邃中的显现和一次更快的消失，于这有意无意的消失中成为紫色波纹的荡漾。这声音的灵气，从簇拥的卷积云中显现，是否因为千万年过度的消耗、白热的燃烧，只剩下这不可重复的、追不回的一点点灵气，成为一阵无形的骚动，渗过细密的雾帘，想挣脱这银灰色里的凝固。造化来不及设想的神合心照的和谐里，慑服于至高的感应，木然的顽石于是也有这得之于无意中的绰约如影的声音。祈愿得到实现和证实后，大气的振动有微妙的平衡。摆脱痴迷和兴奋而得到的飘逸和超越所有局限的缓解，这些紫色波纹的悠忽，传来远比久久注目更有力的、眉梢的偶然的一瞥，饱和着全生命的热、力和光，却又如此潇洒，谁会知道它原是冻结顽石中保存下来的天火的遗孽，激情灾祸留下的可怕的余波，躲避魔障的出窍的幽魂？

这无声之声，比粉末还细腻，连微飔也吹不起的尘埃，在时间的细如针尖的巅峰上，如同雷霆进入避雷针时，电波的一次倏忽的竖立，火舌的一次闪闪的循环，这凝固的，用休止符谱写的乐章，这大理石中隐隐约约、半明半暗的波纹，摇曳又摇曳，转移又转移，这一缕轻烟似的声的光晕，难道就是灰烬的歌唱，灰烬的叹息，狮子吼却如秋虫吟的吐不出的呜咽！

极细微且极逼真，如同失重的羽毛，这失去记忆的心田的空旷，寂寞深处传来的太虚的无声之声，轻扫过雪泥的脚印，附着于不知何时才会消散的积卷云中的顽石，擦过气流的滑道，在混沌未凿的苍穹中的小小角落的银灰色里，过去和现在，无声和有声同在，这摔散在花瓣上的绒毛般的紫色波纹，只是隐约，只是悠忽。只有当思绪紊乱纷杂的细丝，经过整合而归于有序，经过淘洗而归于平淡，才有这种以呼吸代替说话的从容自在。上苍，你真的已不耐这永恒的孤独，要借这悠忽来显灵了吗？

众生呵，如今，你能同时听到两支旋律的节奏，溶化于这金汁般的绝响中，亿万年的憧憬和焦虑，在两个至高和谐的互相撞击里，从这一个孤独走向另一个孤独，从永远的追求走向永远的茫然，永恒在瞬间里得到实现，无声成为洪荒以来最悠远的回声、只有孤独者才听得到的孤独的回声。

壬申双春日稿，处暑后六日抄改

观景台，一种高度

天子山老虎口山腰有一小小悬崖，今辟为观景台。友人告诉我，某次，游伴中有一少女，闭起眼睛，说愿意就这样跳下去。友人问："是不是在初恋的第一个吻之后？"少女回答："那当然。"

登上观景台，就会知道，人经得起丑的冲击，却经不起美的冲击，天地让光芒四射的美景充塞了，眩晕的不仅是视觉功能。

想想看，天上出现十个月亮，先看哪一个？出现十条彩虹，选择哪一条？奇异瑰丽迎面扑来，叫人无法逃避，追寻美又在美前退缩，只有更深地坠入眩晕。你闭起眼睛，有点责备自己没有作好准备，在不恰当的时候，冒冒失失登上观景台。

闭起眼睛，站在观景台上却闭起眼睛。同时用几个音符演奏的乐曲，只能用闭起的耳朵听。是的，要保持镇定。眼睛，最忠实却又最原始的接受器官，不会录下影像，不能使流动的停止，让停止的流动，更不会分割影像，呆板、迟钝，老是蹒跚着在原地踏步。但又善于叫人眩晕。观景台，这用三块刻花玻璃搭成的窥镜，让落在里面的你连气也不敢出，身边的空气也像受惊吓一样地在颤抖。首先，你得镇定下来。

闭起眼睛，像纯情少女第一次接吻时那样，在急促呼吸传导的两个人的体温里陶醉，一头扎进顷刻之间发生的愿望化为现实的巨变中闭起眼睛，本能地用短促的轻轻摇头，咽下轻到听不出的少女特有的洗练语言："别这样"；闭起眼睛，表示有决心承担突然形成的、只有两个人知道的爱情的严重事态的一切后果；闭起眼睛，平息想痛痛快快哭一场可又一时哭不出来、和心潮起伏紧紧连在一起的永恒的激动。

幸福是如此纯粹，完全没有经验的纯情少女，来不及去理解这太纯粹的幸福里所包含的，从前没有、以后也不会再有的辉煌。闭起眼睛，不想看什么也听不到什么，连自己的喘息也听不到，因为已经看到、听到天地间不存在的什么，凭直觉知道在这预料不到、但又在意料之中的关键时刻还会有什么发生。知道这急促的呼吸里有着永恒，她闭起眼睛。

知道接下去将要失去什么，得到什么。可以肯定：已经从世俗和教条强加的窒息里逃脱了出来，既然已经逃出，许多未了的心愿就好像都已了却，既然有勇气背叛还在坚守的信条“我是绝不做这种事的”，而现在是做了，而且做得有些过头了，或许这就是人们常说的失去自制，管他呢，退路是没有了，已经顾不上这些，已经豁出去了，把珍惜了多少年的青春摆到爱情天平上的局面已经是明摆着的了。她闭起眼睛。

闭起眼睛，既然难以表达也无需表达。眼睛，作为接受器官是笨拙的，作为表达器官却太灵敏了，把表达交给眉毛和飘动的秀发吧。幸福决不是幻觉，痛失良缘的懊恼已永远和她无关，泄露一点点心满意足有什么不好？难道这不是很自然的吗？

亿万分秒过去了，亿万年过去了，她重新睁开眼睛，从中放射出深邃的成熟的光芒，她已经赋予视觉器官完整的功能，世界在她已不是幻影，而是全息图像，她已经把握了世界，已不是每天早晨窗下对镜梳妆的她，不是雨中倚门伫立不胜惆怅的她。她已经痛切地感到她正在向昨天告别，决绝的、舍弃的告别；正在向今天的世界投入，无可挽回的、毫无保留的投入。

非常自然地闭起眼睛，她跨过围栏，纵身跳下悬崖。因为只有闭起眼睛，才能更好地体味跃入幽谷时翱翔蓝天、沉潜深海般的最人性的诗意，生命的一曲高歌，就这样以分不清谁胜谁负的爱与死难解难分的搏斗为旋律被谱写出来了。

我呢？我闭起眼睛，是为了让面对美景如同面对烈日的自己镇定下来，是想在面对有如涨潮的大江忽然忘记流动，江面忽然涌出被巨浪撞开、又被巨浪推送前来的庞大画卷，用闪动浪花镶嵌的矗立的群山的兽皮般的威严和原始的粗鲁，以及有江湖女艺人扬起的眉毛般简洁而老练的俏丽远峰的轮廓前面，调整感觉功能，安排最理想的观景程序，这可真有些过于事务性了。

人们在让自己用视觉印象勾勒美的体积和分量，使之长留于记忆中，在发现看到的远远超过想象的，在美的吸引力触发的震颤里想要保持平衡，在他担心睁开眼睛美景反而会消失时，闭起眼睛是很自然的。我闭起眼睛。

闭起眼睛。纯情少女可以为珍惜炽热的感情，为她所认为的只有她一个人懂得的最美感情闭起眼睛，表示对生命终极意义的珍惜，可以为相信任何人都将赞美她的恋情，为从今以后再不用为寻找并回避可能有的、哪怕最微细的妨碍她的神圣恋情的征兆而苦恼，她闭上眼睛，以达到与美的绝对和谐。

我是没有可能成为传说里的角色的，我闭起眼睛，是急于清除世俗的恶劣印象培养的好奇心，清除那些古老优雅和时髦优雅给我带来的低级趣味，那些通过一本正经的途径灌输给我的无意义。“让开吧，你们，让我安静一会儿。”这就是我用闭起眼睛表示的。

要像纯情少女那样，和眼前这美景融合，获得至高的人性诗意，我还缺少什么呢？我能不能像她那样，先用心，然后再用脑去感受和思考？能不能像她那样善于调节自己，善于从众多的瓜葛里解脱出来？至少在现在，我不可能获得她跨过围栏的那一瞬间获得的最美妙的陶醉。

突出于深邃幽谷的悬崖，是用什么支撑的？它把我举得太高了。

1995 年 7 月 12 日

正常颠倒

黄道吉日（或任何一个好日子） 灌胀了怀旧之情的香肠塞满大嘴 吱吱吱流出的油膏 像惨白的泥浆 泰然以打嗝代替发言 满座馋香四溢（各位想必都有了猫的嗅觉了）

杯碟碰撞 细瓷花瓶（姿态优美只是没有腰身）一个灵爽的转身（这就不能说是给挤下来的） 跌下椭圆形会议桌

地板闪亮 亮得过分有些不好意思 镶花够精巧的 冒冒失失 有那么一个窟窿（是给谁准备的或谁给自己准备的）钻出来一只黏满鱼鳞的尖鼻子 不是老鼠的是狐狸的（太不应该真太不应该）

唾沫飞于奥林匹斯山顶（神山光秃秃高不可及） 谁在忍住喷嚏不让它打出来 谁忍不住笑了出来 风暴憋足了气 闷闷不乐的地雷眼睁睁地看着自己枯萎在一串马铃薯的围护里

姜太公放炸药捕鱼（老伯你好） 水面上漂起一层百元大钞其中有不少伪币 老头笑了："嘿嘿浮萍而已浮萍而已"

电脑病毒活动猖獗 来势凶猛有如得肥胖症儿童 视窗显示的全是荒诞的数据 以及阿Q求爱的名言"你跟我睡觉" 人工智能的发展无所谓终极（这不人脑差不多快让电脑给代替了） 无声的喧哗几乎淹没一切反喧哗非喧哗

蒲公英疯长 来势凶猛 长呀长呀（不能说没有任何目的） 终于长成直升飞机的螺旋桨（大限来时谁将腾空飞去?）

孙悟空已把身上的毫毛拔光（一贯毛手毛脚） 翻了不知多少个跟斗 总算

找到希特勒“借你那撮小胡子用一用” 杀人魔王（此辈往往很小气）回答“不行我的一根胡子能变一万只猴子” 他可没说大话 当然孙悟空也没有就这样完蛋

一次性注射器充当蜡烛 被精心插上撒满厚厚一层化肥的喜庆蛋糕（欢迎光临请品尝呀贵客们）

螳螂不知天高地厚 把手臂伸到豪华轿车轮子下 车开不动 因为灵敏度太高（请注意高科技就是这么个德性）

斯大林的烟斗喷出节日礼花（此公以悠然自得著称） 满天花团锦簇 不用说 夜愈深愈黑礼花的效果愈好

西施尖叫（她倒不想用什么亿万钱财包装自己天生丽质嘛） 叫声盖过压路机的轰隆 冲着满身沥青的筑路工人 “停给我停下来别浪费我的摩丝”

翁仲们在皇陵的柏树下玩扑克（这些石头人想活好久就能活好久） 小打小闹 输家在8位数的筹码后加个0 赢家在8位数的筹码后面加两个0

他们的“小蜜”骑在石头马石头象上 笑着天真少女骑旋转木马那样开心的笑 当然不至于干扰翁仲们的牌戏（可真是无忧无虑呵）

倒骑驴的张果老遇上用手走路的肖伯纳（两个过时的人物） 交换了一个浅浅的会心的微笑 什么高高低低低低高高前前后后后后前前各人心里有数又没有数 确实有什么事情要发生确实什么事情也没有发生 世界末日（老掉牙的神话）过去现在将来绝对绝对不会来到

老凯撒有些神经兮兮（也难怪） 老是唠叨他那句名言“先生们我不能作任何保证” 意思不就是说你们自己保证自己吧 那么“你们”包括些什么人呢 是你 还是他 我不知道是不是还有我

驯狮人

铁笼的门在驯狮人背后关上时，世界就只属于他和狮子了。

狮子的神气总是那么冷漠，使驯狮人苦恼的是：在狮子眼里，他是它的食物呢，还是将要以它为食物的比它更强有力的猛兽？或者都不是，只不过是一种不愉快，不自然的，人兽勉强相处的小小灾难。

狮子的优势不在于它的凶猛，而在于它的不可捉摸的意向、欲望，是它的也许连它自己也不知道什么时候会甩开冷漠而突然冒出的一场发作。

而，驯狮人由于他的神圣职责，必须和它相处于这个狭小的世界里。

铁笼不大也不小，正好让狮子在他四周转悠，它就喜欢这样一圈又一圈地转悠，让驯狮人随着它的转悠而不能不转身，再转身。很快地他就把自己训练得能够连续转几十个身，头也不晕，眼也不花，始终把注意力集中于观察狮子冷漠、懒散的目光上。他必须时刻留神从那暂时收敛的目光中发现一场生命力大爆炸的最初一星火花，最微小最容易被忽略的一星火花。

每次，当他以为有所发现时，他就立刻坚决、敏捷、及时地给可能发作的狮子一记很够分量的电鞭。于是，在一阵痛苦的痉挛之后，狮子瘫倒，像一堆烂泥。

然后他就敢于坦然地坐到狮子身边，抚摸它，耐心培养人兽之间奇特的友情。

就这样，在驯狮人使用电鞭的熟练程度不断提高的过程里，他和狮子的友谊加深了。狮子的目光冷漠里渐渐透出一点温情，甚至信任，而且有大胆的询问：你这个肉身上套了一片片大草叶大树皮一样的什么东西的动物，到底是干什么的？对你来说，铁笼子也算舒服吗？电鞭，是不是你的第五只脚？它和你那从不落地的两只前脚有什么关系？

狮子的这些疑问，驯狮人全知道，却不急于回答它。他相信，信任最重要，有了信任，沟通的方式可以有很多很多。

而且他发现，在狮子受他的感化而开始向脱离兽性转化的时候，他教给狮子的全套驯顺（近于痴呆的驯顺）的同时，他自己也渐渐成为标准的、不带有一点不符合驯顺要求的野性的模范好人了。如果说狮子的驯顺是因为已经把野性、也就是兽性消磨光了，模范好人是不是可以说已经把人的气息，或者干脆就是人性消磨光了呢？很明显的是，如果他自己不是驯顺、也就是痴呆得非常成功，他又怎么能够把狮子感化、熏陶成一只合格的、让人放心的狮子呢，发生在他自己身上的变化和发生在狮子身上的变化同样的合乎规律，同样的有其必然性。

他已经很少用电鞭了，语言不通，他全力以赴地进行身教，让狮子学他的样，整天闭目养神，整天的打瞌睡之后就躺下来呼呼大睡，除了给它送来一只血淋淋的羊腿、一只吓得乱跳乱叫的活鸡之外，绝对的没精打采，除非用电鞭威吓，连几个圈圈都懒得转。

为了测试它的痴呆程度，他尝试着故意向狮子大声吆喝，做出各种凶恶的动作，都是一点反应也没有，老是那么一副痴呆相。

“任务完成了”，他很满意，而且相信交给他这个任务的上级也一定会满意。但是他还必须留在笼子里，必须让上级来检查的时候看到狮子多么像他：完全是他调教出来的，他的成绩。

绝对的听话，绝对的服服帖帖，绝对的不会惹是生非。是没有危险的，安全、无害的陈列品，甚至可以不把它当作狮子，可以忘记它本来是狮子，本来是活的，现在可以说它活也可以说它不活，或是用一种我们不知道的另外一种方式活着。

这种迷迷糊糊像活又不像活的活法是他创造的训练方法才能达到的最佳效果，他想，他是有理由感到骄傲的，而更重要的是，他已经发现，这方法不仅适用于狮子，而且适用于正派人。没有野性的人太少了，他自己都还有一点点野性呢，幸好在驯狮过程中也驯了自己。别的人，例如交给他驯狮任务的他的上级，到现在还时时暴露出一点野性，不够稳重，甚至还有点不够正经。一出铁笼他就不免有些茫然：为什么正派人身上还有这么一些野性呢，铁笼外的世界倒显得陌生了，只有在铁笼里他才坦然，才放松，才亲切，因为这里才有他的真正的事业。每当和他的老朋友狮子偶然的，不期而遇的目光交流时，他还是习惯于努力发现一般人不会注意到的，那兽类的狡猾的，异己的，对人类的成见的残余，和它是不是还在搜寻着、研究着他的弱点，想要攫取一个最有利的时机，叫你猝不及防地把被压抑的生命之力爆发出来。然而没有，确实没有。

本来可以完全放心了。而他却还是不能不和自己的迷迷糊糊斗争，强迫自己警觉地从狮子的沉默和冷漠中，苦心捉摸它身上还有多少生命力骚动的残余，还有多少潜在的野性赖以重新奋起的智慧和活力，捉摸着一旦发现该怎样消灭得一点不留。驯狮人的神圣职责告诉他，不这样是不行的，最微小的残余都可能发展为泛滥成灾的可怕局面，野性造成的杀伤力是十分可怕的。然而幸好，最微小的野性残余，都还没有出现过。

难道就只有驯狮人和狮子，才知道这迷迷糊糊之中的紧张，这麻木、平静之中埋伏着的危机吗？他心里不免滋生起这不祥的疑问。

再没有哪一个正派人愿意看到一只以一声怒吼震动于千山万壑，百兽闻风逃窜的山中之王，那以迅速利落的张牙舞爪撕碎猎物的豪迈动作，狂风暴雨中鬣毛飞扬的雄姿，雷鸣电殛中闪过沙暴和浓雾的矫健身影，人们愿意看到的是只有一丝鼻息的、像狮子又不是狮子的标本，而我们的驯狮人已经真正把它训练出来了。

它已经百分之百地标准化了，它，我们的精明的驯狮人精心培育的好狮子，完全符合正派人的要求，绝不会向谁张开血盆大口，向谁露出狰狞的獠牙，不会把能够在有意无意之间撕下一条胳膊的利爪搭到谁的肩膀上，在它不能不勉强转几个圈子的时候，它的脚步是那样轻，几乎害怕无意中踩死一只小虫。

驯狮人心中的疑问增加了，他想，他应该说是出色地完成了上级交给他的任务了，但又有谁知道他的苦心经营有多么艰辛，连他的上司也好像以为调教狮子不过是一件简单的事务性工作，狮子的变好主要该归功于大形势的感召什么的。唉，这些太聪明的人！他们的感情变化无常，他们的心胸却永远那么狭隘。

他相信，只有他才是始终如一地恪尽职守的，笼外的世界渐渐地有些不那么亲切了。

他已经和狮子更加接近了，有时，还想问一问狮子："我的朋友，有件事我想问你，要是你的同类看见你，还能认得出你吗？你会把你看做他们认为的真正的狮子吗？能把迷迷糊糊的你当做兄弟吗？我知道你是不在乎这些的，就是魔鬼来了，你也懒得觑他们一眼，是这样的吧？"

在用问话的方式向狮子表白了这一番心事之后，驯狮人的表情更加严肃，也更烦恼了。他明白：去掉狮子的野性是重要的，但是同时还必须注意不能让它成为十足的白痴，还必须保留那么一点点不多也不少的动物的机灵，说不准哪一天，来的不是魔鬼而是天王老子，一只受过训练的狮子是必须学会像只哈巴狗那样地摇起尾巴的，去掉野性，还得教给它适量的灵性，这可不是一天两天的事呀，真是任重而道远呢。

他决定：必须继续留在铁笼子里，长期地、坚定地做一个"和狮子一起关在铁笼子里的人"，这个称呼和所代表的不好也不坏的评价，对他来说，都没有什么重要意义了，就算人们由此引申出"和狮子一起关在铁笼里的也是白痴"这样的结论，他也不在乎。铁笼子里，才有他的世界，他的事业，离开了狮子，会一事无成的。正在开始的对白痴狮子有限机灵的补课，不能半途而废。

就这样，驯狮人和他的学生，他的好朋友，他的至少从表面上看已经没有兽性的工作对象和睦地，但又不无警惕地生活在一只铁笼子里，当然，他绝对没有忘记他的电鞭，适量机灵的训练是细致、费时的，他有决心完成。看吧，狮子时不时把尾巴甩到他身上，在人类，这个动作就叫作抚摸。有时，它还会用前脚来做这种亲昵表示，他没有让它这样做，虽然脚上的利爪早已剥去，但这毕竟有些过分，而且戒备还是少不了的。他们就这样生活在一起，怡然自得，还真叫人羡慕呢。如果你走近铁笼子，就会看到在人看来不像一个人，在兽看来不像一只兽的两个气质上非常相似的特种动物。而我们人类不能不在似人动物身上看到的，是那种令人肃然起敬的殉道者的执着和真诚，说真的，在现今的世界上，人类这个物种里，像这样优秀的品类已经不多了：向驯狮人学习！驯狮人万岁！

靶　魂

当初人们叫他“活靶子”，那是在他被宣布为异端，实际上已失去生存资格，只剩下一具躯壳的时候。立刻有许多自认为很有本领的射手们蜂拥前来，都想一显身手。经过严格的筛选，留下来的种子选手也就只有那么五六个了。谁都知道，没有呼吸能力的僵硬了的“活靶子”并不“活”，用作靶子倒有其方便之处，可以随意摆布。于是很方便地被竖立在靶场的那一头，充分利用。只是，经过那一大群半桶水射手的一顿乱枪，已经血肉模糊，到处是弹孔，叫人看了眼花，瞄准起来很吃力。

聪明的总管（也是总教练）制作了一个人形靶。图案化了，省略了手和脚（笨蛋才瞄准手脚放枪），上半身以胸口为中心，画出几个由内到外，从小到大的圆圈，最中心，最小的那个圆圈被标以“1”，依次向外，连续是2、3、4、5等，表示各自不同的重要性等级。设计是相当完美的。为什么只是“相当”呢？因为，一般认为很重要的头部被划到圆圈以外，难道头部不重要？对这种可能有的质问，总管兼总教练的回答是：心脏更重要，难道没有血液供应，头脑还会思想？

选拔出来的优等射手不止技术过硬，更重要的是都非常忠诚，听话，而且都胸怀大志，都想轰轰烈烈干一番事业。在他们眯起一只眼睛，全神贯注地盯住那个被标以“1”的要害部位时，一些幻象就出现了：代表名誉、地位的奖章乃至勋章、汽车、洋房、美女……纷至沓来，如果以为这会妨碍射击技术的发挥，那就错了。射击开始前的这个序曲是少不了的。它可是叫做“士气”的那个能量的源泉呢。在它之后，优等射手们才能更加聚精会神地瞄准，命中率才能稳中有升。

人形靶，作为代用品，虽然能以类似于所谓“定性”的简洁图案取胜，但那质地却远不如当初那个血肉之躯，哪怕他已不能呼吸，不再是“活”的。谁都知道：硬纸板，超薄胶合板固然有便于子弹穿透的优点，无奈却不可能长久使用，每隔不久，弹孔累累之后就必须更新，换上一个新做的，就像做文章换个新题目一样，虽然要写的内容还是老一套。

一次又一次更换新靶，都成了习惯了，优等射手们的辉煌前程，也更具体可见，甚至可以说更接近那个辉煌的终点了。眯起一只眼睛开始瞄准时出现的幻象更加五彩缤纷，到了叫人陶醉的地步。而且这种陶醉不但身在靶场时能让优等射手们意气风发，甚至在进餐时，在躺到床上休息时，都心潮澎湃，有的射手竟情不自禁地脱口喊出“向靶子致敬”的口号。靶子和他们之间岂止存在有利害关系，简直是一种共存亡的生死之交的关系了：“没了靶子，我们这些人还有什么指望呵。”

于是有一天晚上，某位优等射手（就叫他“射手甲”吧）睡意朦胧中听到一阵敲响床头玻璃窗的声音。有谁在亲切地喊他：“月色这样好，不出来走走吗?”射手甲不知不觉中走出卧室，一看，树影下有个上半身图案化的人形在等着他，很快地朝他伸出薄嗖嗖的手把他拉住。“你不是没有手了吗?”射手甲下意识地问。“有的，你看，还有脚呢。不用说你也明白，都是为了射击的方便，用不着的时候，就省略了。”靶的友好态度感动了射手甲，本能地跟着那双薄嗖嗖的脚走到靶场上，跟靶并肩站在如水的月光下。好奇心使他免不了又问：“你要做什么?”却又觉得有点不礼貌。靶却好像毫不在意，立刻用细细然而清晰的声音回答：“请看，这里，还有这里，还有这里，这里……”一边用薄嗖嗖的手指抚摸一个又一个弹孔：“看到了吗？这是什么？再看看，看看吧。”射手甲顺从地低下头，月明如昼，清清楚楚，他看见，每一个弹孔，都还有血在慢慢渗出。“血。”他只能说出这短短的一个字，心里却在嘀咕：“难怪，有时候就是瞄不准……”

伸出薄嗖嗖的手和射手甲握别之后，靶隐没了，没有留下一点痕迹，倒让射手甲感到有点惆怅。“这是幻觉，幻觉……”一边走，一边自言自语，回到宿舍里，很快就睡着了，照样睡得很香甜。

接下来的那些日子，每当眯起一只眼睛瞄准，射手甲总好像看见有个重叠在靶上的靶，用那没有画出来的嘴向他微笑着，有趣的是，这个夜间来访者并没有影响他的射击能力，命中率倒反而更稳定，而且微有上升。

又过了一些时候，也是在一个月夜，靶再一次来访，和射手甲手拉手走过靶场，来到靶位旁，那张被图案化了的没有五官绿色扁平的脸上，又显现出射手甲熟识的神秘笑容，薄嗖嗖的手殷勤地牵住射手甲，转身来到靶位后。射手甲吃惊了，他看见，支撑着正在使用的那只靶的，居然还是那个早已废弃不用的活靶子，已经干枯而且变薄。“这才是我。是我一直背靠背站在他们后面，他们换了一茬又一茬，我可没有谁来替换。”溶溶月色中，射手甲定睛再看，当年的活靶子那副血肉模糊的惨状，年长月久，还是那么惊心动魄，几乎有些害怕了。“你看，像这样子，当然是要更换新靶的。可是，没有活靶子的支撑，还是不行的呵，嘿嘿……”细细的话语很清楚，细细的笑声同样清楚，靶的幻象却又立刻隐没了。

这一次，射手甲回到宿舍老是睡不着，本来已经被图案化了的活靶子，怎么会还在支撑象征性的人形靶，可真叫人想不通。

射手甲有了个新习惯：每场射击后必定一个人悄悄溜到靶位后，只想看看活靶子是不是还在支撑他的仿制品，象征性的人形靶。愈是看不到，愈是想看，愈是失望，愈是好奇，到后来甚至射击开始前也要去看一看，连休息日也要三番五次去看一看。

由于成绩优异，而且有无可挑剔的绝对忠诚，射手甲被提升为副总管兼副总教练，双喜临门，又娶了个苦苦追求他、用他的话来说是“盛情难却”不得不接纳的、比他小二十岁的舞蹈演员。不过，与此同时，和他的荣升和艳福极不相称，他不但没有更加意气风发，反而一天比一天“变怪了”。喜欢开奇怪的玩笑，比如说，跟人握手，总要带上一句“你的手应该是薄的，薄嗖嗖的”。说起话来，声音压得低低地，叫人听不清楚。最叫人受不了的是，他居然会要你让他瞧瞧身上有几个弹孔。而最可怕的还是他会时不时就那么自言自语起来：“还是活靶子好，还是活靶子好。”然后突然睁大眼睛，问一声：“谁愿意当活靶子？”他被解除职务，他的年轻太太听到这个消息，服毒自杀，他朝自己心口开了一枪，也自杀了。

老练的总管立刻宣布：保密，任何人不准泄露哪怕一点点线索，谁扩散谁负责。同时立刻向总管的总管汇报、请示，总管的总管又立刻向总管的总管的总管汇报、请示。最后决定：宣布副总管正常死亡，他的年轻太太，长期患精神病，暴死也属于正常。

现成的东西不利用就是浪费。果然，他的遗体被用做活靶子。活靶子总是会有的。不同的是，像射手甲这种场合，仅限内部使用。

蜕　皮

反正我已经变成这样一个人了：任何够吓人的遭遇我都能从所谓的“好的一面”去想，这个刚好把我装进去的皮袋子不大不小，对我很合适。

我也相信这不是恶作剧，七手八脚地把我“栽”（用他们很形象的语言来说）进皮袋子，然后七手八脚地把“装满”我的皮袋子“晾”到树丫上的这几位好心人，是真正想通过这场“严峻的考验”帮助我脱胎换骨，重新做人的。我的第一个感觉是，系住我躺着的这只小船的绳子有水波般的韵律，浮动得非常之好，但不是在水面上，而是在离地三米多点的空气里。

围困我的身体的，我知道不是墙，用指甲挖，是挖不出土屑的，只能挖出更多的骚臭。皮袋口设计精巧，有好几个小洞，可以让锁住袋口的粗麻绳穿过，收紧，留下那么一点点空隙，漏进那么一点点天光。我不以为顶端绳子交叉处就是窗棂，我实在没有可能仰起脖子让眼睛接触天光，那会刺痛眼睛的天光。我多么想冒险去看它，直挺挺没法转身我又怎么做得到呢。

就这样也蛮好，我真是习惯了，还感到相当舒服呢。唯一叫人难过的是风总是把一层层的冷加到皮袋子上面，幸好灌进袋口的风丝总是让我保持清醒：这就叫做“考验”。

不知道是日子长久了，还是树杈不愿再承受我这几十不上百斤的重量，忽然我觉得我落到地面上了，听到那迟钝的，喑哑的，散漫的响声，我为自己的身体发出这样难听的声音难过，在这不是恶作剧的严峻的考验的意外的结束带来的宽慰里，不免加进了一点苦涩。

应该可以从这可恶的皮袋子里脱身了，相当艰巨的过程于是开始：尽可能让身体弯曲，再尽可能让身体伸直，反复几次之后，尽可能让伸直的手弯曲起来，在手指摸得到皮袋子口上粗麻绳打结的地方，一次，两次……不知经过多少次，奇迹终于出现，绳结打开了，也不知道经过多久（我的存在早已和时间无关），也不知从哪里来的小心谨慎，总算从一个又一个小洞里把麻绳抽出来，皮袋口张开了。

下一步，我应该从皮袋子口出来了。然而，怎样出来呢？我不是躺在落地的皮袋子里的吗，躺着的意思就是还没有站起来，身体还套在皮袋子里，要知道皮袋子又厚又硬，不可能像脱掉一件衣服那样把它脱掉。自然也只有让身体一伸一缩蠕动着逐步脱离它，直到确实可以先坐起来，再用两手撑地，站起来。

终于，我站在地上了，而且，出于本能，寻找那些帮助我“脱胎换骨”的好心人。幸好，没有好久，他们就出现了。很可能他们就在看得见我而我却不可能看得见他们的，附近的什么地方。他们来的时候，正好我不知为什么，大概总是想活动活动吧（实在有好久没有活动了），正在独自一个人翻跟斗玩，翻了一个又一个，自己还相当得意，颇有点京戏舞台上大打五彩全武行把式的味道呢。

“恭喜你呵，”几个好心人齐声说，“轻装上阵了呀，脱胎换骨了，看，这不是你脱下的旧皮囊吗？”有的用手指，还有的用脚踩那个因为我已离开它而干瘪的皮袋子。这样我就不能不再仔细地端详一下那曾经把我“考验”了那么久的怪物了。

它确实难看：乌黑带赭，一种给人以不愉快感觉的肮脏颜色，缝制的工艺力求坚固因而毫无精致可言，此时则因其内容空虚而显得皱巴巴的。

不，这绝不是我蜕下来的皮。蛇的蜕皮美得像薄纱，洁白，透明，可以做女士们时装的花边；蝉的蜕皮只有真正的工艺大师才仿造得出，美得可以做女士们的胸饰。难道我就该有这样的蜕皮。我宁可不“脱胎换骨”，重新钻进去，让你们再把我“晾起来”。我心里想。

然而我没有作声，继续翻我的跟斗，翻一个，又一个。

听到他们中间有谁在说：“你们看，这种人，你给他自由，他们就会玩出不知什么样的花样来。”

我装作没有听见，继续玩我的翻跟斗。

"'晾'了这么久还会翻跟斗，再'晾'也不会有什么意义了。"

这倒让我明白，他们不会再把我装进皮袋子吊到树上了。会有新的考验办法，很可能会让我穿上潜水服，把我沉到水底下去吧。那么，会不会有一天，我又意外地浮出水面，可是要从精密的潜水服里出来，过程会是很复杂的吧，算了，不去想它了，还是玩我的翻跟斗吧，翻一次，又一次……

我想我是引起他们的兴趣了，我甚至发现，其中有些人甚至还用欣赏的目光在看呢，另外有一个人，那表情，似乎还有些悲天悯人。

"不正常！"我听到那一声吆喝了，我知道，发出吆喝的必定是他们的头头。

我也知道，吆喝之后，我的自慰自叹必须立刻停止。我再不能翻跟斗了。

我静静地等待新的考验的到来。就是不知道：这一回，他们会不会把我沉到水底下？那倒蛮有趣。

石膏固定

真是病来如山倒，山一样压在身上的病叫我几乎相信自己已不配活在这个世界上了。想走动吧，对于别人是平阳大道对我却好像布满荆棘，脚才跨出去就给扎得刺痛难忍。想伸手拿一样东西吧，可就是拿不动，手痛得就像给开水烫了似的。最苦的是颈脖不知怎地僵硬了，转动不得，一动就头晕脑胀，就像有谁从背后朝头顶敲了一槌，眼前金星乱碰，人就直挺挺地倒了下去。

可不是玩的，只好去请医生看病。

“哪里不舒服?”这时候的医生总是修女般慈祥，又像对待犯错的顽童的老师般耐心，我也真的是把他当作老师来尊敬的。

“脚，手，还有颈脖，都……”我有些不好意思，这么多的病。

“不要紧，一样一样的来。”他先让我镇定下来。

“手，你看，痛，还有些肿”我伸出双手，忍着痛，吞吞吐吐地说。

他把我的手抓住，相当用力地捏着，上下翻动，好像是两只很好的，不必要治疗的手。然后皱起眉头，问：“怎么搞成这样子的?”我那怕痛的样子似乎引起他的同情。

“那是，因为我好动手，总是想动手，动这动那……”我赶紧回答。

“为什么要动? 好动手，这不好，危险!”他有点生气了，“真是的!”一边摇头，一边嘟哝着。

“吃什么药好呢?”我用恳求的口气问。

“什么，吃药? 要用夹板，石膏固定，懂吗? 这是根治，矫正了，以后再不要好动手了，这不好，很不好。”还是那么慈祥，再加上那么一点威严。他大概知道“医生的话不能不听”这个道理，我应该是懂得的，所有的病人都应该懂得。

说罢，他随手给我一瓶药水，一点药棉，“先搽搽这个”。我开始蘸着赭色药水搽患处，“是止痛的吧?”不知为什么我突然问了一句。“止痛？痛怎么能止，是麻醉，除非根治。先麻醉一下。”所有的医生都相信自己是极高明的，所有的病人都愿意相信他遇到的医生是极高明的，而且又都有这样一个想法：这一下好了，安全了，以后再不用找医生，让他费神了。

“还有哪里不舒服?”他问，好像看准了我是个一身是病的病人。

“这里，这只脚。”我回答，惶恐地，仍旧有些难为情。

“脚又怎样了?”

“跳，有一条小沟，相当深，不太宽，我想跳过去。以前，是跳得过的，可这一回……”

“什么‘以前’，以前跳也不对，可以从这边慢慢往下爬，慢慢地蹚过去，再慢慢往那边爬嘛，不就没事了吗！来，让我看看。”我忍着痛，吃力地把裤管卷起来，大腿关节附近肿了，只好把裤子脱下了，也顾不上礼貌不礼貌，单穿条裤衩站着。

他用手指来回捏着伤腿，好像捏的是上好的健全的腿。痛得我急了，怯生生地：“还搽麻药吗?”

“正是，”简直觉得有些好笑似的，“要有个……”

他又给我药水、药棉，我又开始搽伤处。

“还有哪里不舒服?”他好像很为使用麻药得意，又递给我一瓶赭色药水。

“这里，颈根，动不得了，一动，就痛得不行。”毛病确实太多，我只好抱歉地回答。

医生用大手（大，而且冰冷），一只按住我的头顶，一只托住我的下巴，用力地左右旋转起来。

“哎呀!”痛得我忍不住叫了起来。他放了手，问：“这又是怎么搞的?”对于一身是病的我，似乎很感兴趣。

“我喜欢看，东张西望，看这看那，看得出神，一边看还一边想，东想西想，没完没了……”

“肯定有谁朝你脑壳捶了一记。”

“倒不是，有块金字招牌跌下来，正好……”

“没有什么不一样的，反正是打中了。问题是，你为什么喜欢看这看那?”

“那是因为我……怎么说呢，习惯了，喜欢的，我爱看；不喜欢的，我想我必须看。不但爱看，而且爱想，看过就喜欢想，可这回，受伤了，不可能想往哪里看就往哪里看。”

“只剩下幻觉了，可能还有幻听，是不是？因祸得福呀，根治了以后，会判若两人呢。”

“是的，是的。”我赶快表示同意和感激。

我的两只手，两只脚，还有颈根，全做了石膏固定。时候一到，拆掉夹板，果然，再不能乱动，乱跳，东张西望了。

“你看，这才叫根治呢。”疗效圆满，他更得意了，“从此，你就自然而然地，只在非动不可的时候才轻微地动一下，跳是绝对不再有的了，重要的是你将养成只朝正面看的习惯，以后不会遇到什么麻烦了。”

“请问，哪一面才是正面呢?”

“正面，就是你站的地方的正前方，朝那里看，绝对正确，绝对保险。”

“比如说，我朝这边站，朝那边站，或是朝后边站，全都一样吗?”

“别人怎样站你也怎样站，不会错。”

果然，我不再有爱动、爱跳，爱到处看的弱点 ，我安全了。现在我要做的，是告诉朋友们这个好消息，让他们分享我的喜悦。

而我发现，朋友们日子都过得比我好，他们的反应不能说冷淡，只能说并不热烈——“石膏固定吗？我早已做过了。”都这么说。

好奇心使我忍不住悄悄观察他们，开始，我发现他们都很僵硬，并为他们难过，不知怎的，没有好久我就觉得他们僵硬得很好，很有风度，很神气，还很有自信。

最后当然，我发现我也和他们一样僵硬，甚至不能不感到幸福。这可是幸福的僵硬呢。

原来这样。

归　宿

不是悲剧也不是喜剧，就算是正剧吧，这出戏就从这里开始：

俘虏身上的伤口还在滴血，胜利者还在吵吵嚷嚷。

忧郁里有一种干脆豁出去的自暴自弃，这不服输的猎获物，垂着他那苍白的秀美的头，从偶尔睁开一条缝的眼皮，露出依然不失为机灵的目光，探询地扫视这陌生的去处。周遭是多么沉闷、灰暗！于是，立刻失望地合上眼皮，那神气，甚至使胜利者感到难堪。呵，你，正当有为之年的长空的巡礼者，怎能习惯这斗室里的狭隘和停滞，这逼迫你把美丽的双翼收敛起来的幽囚和冷落。

胜利者是残酷的，他们喜欢看到能人们为无所为而苦恼，需要你忘记长天飞翔中光彩照人的日日夜夜。他们知道，以他们的目力，追踪你绸缎般的飘扬是多么费劲，只能在你不得不栖息的时候，咂嘴咋舌地观赏你那动人怜爱的美丽双翼，想象无羁的天风，还在花纹斑驳的羽毛间铮铮作响，好像那羽毛上落满的，不是凡间的尘土，而是宇宙的光尘。这些自以为世代相传的正宗彩凤，不能容忍任何类似他们的美丽炫耀。他们喜欢攀比，挑剔，他们的羡慕会很快转化成妒嫉，妒嫉会很快膨胀为仇恨。凡属有美丽羽毛的，都被认为是必须消灭的异类，多么可悲的观念，支配着多么可怕的冲动。现在，他们空虚的心，正从能够用暗箭使敌人落入罗网的快感里，得到某些补偿，不禁有些沾沾自喜，虽然也还不免带有一些侥幸得逞的感慨，而使他们始终耿耿于怀的是，他们自己知道，他们毕竟也只不过是野雉，压根儿不是彩凤。

据说，生存状态的刻板重复容易使人麻痹，伤口在逐渐愈合，不管意识到没有，他已习惯了，秀美的头，已不再因沮丧而下垂，常常于不知不觉中瞟一眼脚旁剩余的食料，那是当初他曾经因为不屑于领受胜利者的恩赐拒绝享用的 。囚室墙上那个小小孔洞（也算是窗!）映出的一小块蓝天，已不再刺痛他那时有机灵火星闪动的瞳仁。他开始耽于闭目养神，无休无止的瞌睡，代替了纵横万里炫耀豪情的愉悦，成为另一种享受，并且是更好不过的享受。有时，蒙眬的睡眼怔怔地圆睁，什么也不看，只成日凝视看不见的虚无，似乎在思考着要不要思考。风光一时的双翼暗淡了，每一根最小的羽毛，都曾经有活泼的血液在透明的血管里奔流，如今却冷却了，衰草般黏附于污泥上，濒于腐烂。天哪，谁能相信羽毛也会腐烂!

他已完全习惯了，而胜利者却被激怒了，谁能忍受疲塌得像一堆稀泥的胜利品呢，这种疲塌，难道不是对胜利的最辛辣的讽刺！他们是宁愿忘记他了，他们已不再理睬他，他被冷落到最难堪的地步，他的好胜心已不再为他提供偷生的精神基础。这噩兆叫他担心，他该怎么办？寂寞是可怕的，被冷落更是百倍的可怕。于是，他使出了一点劲头，装出一种神气，甚至还想搞出一点出人意料的名堂，表示他还有表现欲，还有上进心，还是个有血性的不可多得之才，还能建功立业。他沉入这种想法，起初只为了消磨需要用随便用什么东西来填充的无聊时光，而无数次的左思右想，却使他深信这些想法不但必要，并且完全可能实现，他终于获得一个新的自我定位，也就安心了。

可是，这又有什么用呢，他们几乎快要忘记他了，就像被拆穿了的魔术引不起观众的兴趣。难道，他真的只能苟活于遗忘中吗？不，他的机灵不允许他就这样沉沦下去，他甚至设计出一种可以证明他和胜利者有着牢固亲缘关系的科学论证，能明确证实胜利者不属于野雉族类而是比彩凤还要彩凤的真正独一无二的彩凤，而他自己，根据他的经验（他的经验!）虽然不是彩凤的嫡系，至少也是十足的旁支，他更加安心了，甚至在想象中享受到被胜利者认同并和他们一起飞翔的快乐。

胜利者却已经顾不到这些小事了，要忙的大事多着呢。最可怕的是，或许会有一天，他们突然心血来潮，想要处理他了，遵照废物利用的古训，把他搞到餐桌上去。那将是个什么滋味呢，这只剩一副骨架的过时的冷货，会叫人无法下箸的。然而，不用担心，自然会有人站起来，用通行的冠冕堂皇之辞，给加上一些提味的调料，诸如“永远感激……关怀……报答”之类的，以其含义的深远，遮掩这不堪烹调的菜肴的酸涩和骚腥。

谁知道呢！反正，命运是掌握在胜利者的喜怒无常里。此时，对于他，什么都一样，他仍然满足于幻觉中的自我定位，而且加倍有信心，有朝一日，他会被重用的，胜利者会突然换一副脸孔，笑眯眯地连声道歉：“误会了，误会了！”他不再是囚徒而一跃成宠将，步入效力于新主麾下的锦绣前程，可以自豪地宣布：东山再起之日已经来到，瞧瞧我这副一飞冲天的气概！

静静的夜，昏沉沉的灯光，从幽暗的角落摇摇晃晃地照着他，作为对异己者警戒的例行公事，铁栅栏外，看守已昏昏入睡，都知道这倒没有什么必要了。他再也不需要以无可奈何为借口而苟活，再也不听天由命而万念俱灰，孤灯独对，再也不心事重重而只有一门心事：东山再起之日何时到来？他是能够熬过这漫漫长夜的，总归，他已经找到一个新的自我定位，他是有了归宿了，这就够了。

彩凤呀野雉呀什么的，都只不过是粗浅的比喻，搞到餐桌上去啦，忽然成为新贵啦等等敷衍出来的俘虏的心事，也算不了什么动人的情节，这出戏到这里就算完了，结局也只好这么平平淡淡。

圆

形，不知按几何原理应该怎样说，或许，抽象的形，平面的形，只剩下轮廓的形，应该也可以说是一种非物质的、精神的存在吧。因此还可以说，作为一种精神状态，形的存在是会有变化的，说得堂皇点就是有所谓的发展过程。

这过程却是相当长，而且相当艰难的。甚至，某些怕艰难的形，就根本不会有这个过程，一辈子就是那么个老样子，只有被称为呆板，没有适应能力，不长进，没出息……什么的。

本来嘛，形在人们的印象里，不过是些简单线条的不同构成，但也正因为这样，容易引起各种各样的联想。比如，从质地上说，正方形是矿物质的，石块一样；长方形是木质的，木板一样；菱形极为坚硬，是结晶体；三角形尖锐，是金属；多边形不稳定，是液体；椭圆形柔韧，像橡皮……至于圆形，只能说是看得见的气体了，圆形给人的印象首先是它已经把自己掏空了，献出了一切了，它没有质地，没有体质，其实是连形也不必有的，圆，只不过是个象征，是个符号，既定形又不定形。有些形只能是平面的，有些形只能是立体的，有些只能是抽象的，有些只能是具体的。只有它，可以这样也可以那样，不能不承认它是一切形中最高品位、最多功能、最有认识和使用价值的一种。

难怪各种形都不怕艰难地想变圆。圆，我们这里说的当然不只是精神状态的，而首先是现实世界的。精神状态的圆，这是一种境界，不可能是生成的，或早或晚，改变本来的形使之终于成为圆，都得经过刻苦锻炼。比如说

（当然也只好“比如”了，那本来是又抽象又具体的），把正方形改成圆，必须先去掉四个直角；三角形要改成圆，必须先拉出三个弧形；菱形必须磨去多余部分，椭圆形必须切成薄薄的一片……没有足够的耐心和毅力，不能忍受悠长、悠长的反复加工带来的折腾，想达到真正的圆是不可能的。最难的是必须有那么一份耐心，要能忍受圆的过于活泼的性格对你的愚弄，你心情愈是急切，愈是搞不好，看来好像圆了，可又并不圆，总是那么个要圆不圆的德性。甚至更糟，看看就要圆了，忽然由于一时疏忽、一念之差，又变了回去：正方形还是正方形，三角形还是三角形，长方、多角、菱形、椭圆……无例外的都恢复原状。于是又得从头做起：拉、磨、切、捏、削……当你看见不够圆里的闪动的圆，圆里面闪动的不够圆时，你就有了无休止的结束里的开始，开始里的结束了。要有耐心呵。

终于有一天，你成功了，得到了一个稳定的圆，世界上多了一个够格的圆，受到了圆族（他们喜欢说自己是少数派）的热烈欢迎。你有了可爱的流畅、轻灵，无始无终的美妙曲线，介于有形有影和无形无影之间的圆上面，苦尽甘来的你，逍遥地溜溜滚动着，好不开心惬意！看到那些怕艰难，没有耐心毅力的平庸之辈，吃力地想追上你的笨样子只觉得好笑：长方形一蹦一蹦地原地踏步，长方形跷上跷下，简直是在折磨自己，三角形不停地翻跟斗，圆锥形只会陀螺一样地旋转个不停，椭圆形想一步一步往前挪，结果只有跌在地上起不来，多边形跌跌撞撞，一副可怜相……只有圆，要多畅快就有多畅快，要多顺利就有多顺利，凭着那份最充足的安全感，无论再高，再狭，再险，再崎岖不平，再多的障碍，只消轻轻一飘，就飘过去，只消轻轻一滑，就滑过去了，就算是撞上了，也跟撞上同样圆的东西一样，不会有撞击力，不会受到哪怕最轻微的伤害，反而很舒服。

圆了，成功了，多年的辛苦，多年的修炼没有白费。有红眼病的爱说坏话，什么“圆，在数字里，不就是个零吗?”什么“圆是一个洞，无底黑洞的入口。”唉，这些不懂得圆的好处的笨蛋，多可怜！

而圆，陶醉在成功的喜悦里，轻快地飘荡着，有意无意地向着我飞来，我只好举起双手向它表示祝贺，可能它以为我想捧起它（我可不敢！）用了那么优美的姿势，比舞蹈演员更娴熟的一个转身，飞去了，好像是为了表示它永远不会跌到地上，很快地在我的视线里消失了，除了羡慕，我还能有更多的奢望吗?

圆给我留下了什么呢?无形无影,无始无终的这条线,却有一股气味,有点馊,有点酸,还有点腥和骚的混合。难得的奇遇,不容易忘记的气味,谢谢你了,圆,除了形,我们又还得对你的气味感兴趣了。

两　难

一瓶是酒，一瓶是解药。

你们告诉我：那瓶酒不是酒，是用酒的模样哄人的毒药。

毒药喝不得，我错了，不听你们的教诲，喝下那瓶酒。忽然间，我好像一下子长大了好几倍，世界忽然变得金光灿烂，在这个可爱的世界我愿意活上一百几十岁，而且一定能活到一百几十岁，我是什么都敢干，什么都做得到了。

是我辜负了你们的一番好意。“你中毒了！”你们的惋惜、怜悯和深表遗憾，使我惭愧、着急，怎么可以不尊重你们的教诲呢，急急忙忙我喝下了那瓶解毒药。

立刻我醒了过来，明白我最大的错误是不该活在这个世界上，我一下子缩小了好几倍，慌慌张张找寻可以躲藏我这个小不点儿的小角落，我罪该万死，恨不得今天就死，然而仅仅一次的死是没有什么用的，还要欠下九千九百九十九个死呀，叫我到哪里去弄到这么多的死呀！

我喝错的到底是哪一瓶呢？空空的瓶子是不能够回答的。

先生们，你们太热心了，不是灌错了瓶子，就是贴错了标签。

1990 年秋，长沙

夜　路

传说人肩上有两盏灯，走夜路不能回头望，回望则灯灭，鬼就乘上来了。

对于旅人，走夜路是一种享受。

走进黑暗里，有脱光衣服走进水里的感觉，冰凉的愉快，丢掉遮蔽、不用遮蔽的轻松自如，这时候想唱歌是很自然的。

很深的黑。无边无际的黑里，路神奇地向脚步伸来，随脚步伸去，好像看见却又没有看见，也不知道它是不是就在脚步后消失。只知道确实是走在路上。

肩上的这两盏灯，可能很小，不是给我照路的，黑是那么深，那么宽阔，路总是那么神奇地出现在我的脚下。两盏小灯，该是用我的全部体能，全部人生积累点燃的生命之灯了，难怪是那么微小的光，这么脆弱，颈部的短促转动都能把它摇熄，它当然不会表示生的辉煌，只能表示生的恐惧，正好我的生活里总是有那么多的恐惧，潜在的或是明显的。

一边走，一边惦念着背后不远的什么地方有一个（不会更多，一个就够了）鬼在跟着我，盯住我的背，阴险地估量着我。黑渐渐沉重，大的小的黑尘成团地在我周围滚动，逗弄我，想到肩上的这两盏灯，意识到必须保护它们，走夜路的愉快渐渐化成强烈的愿望，只想看一看背后到底有没有鬼，而且相信一定有，而且相信就算黑很深，也能够看见、甚至可能只是感觉到那鬼的存在。

然而这是要以灯灭为代价的，我的愿望是这样强烈，以至不但准备牺牲灯，而且厌恶起灯了，开始怀疑灯存在的必要，甚至认为灯的存在是额外的负担。我要它做什么？证明我是一个人吗？证明我在一点不害怕地坦然走我的夜路吗？都很多余，很愚蠢。应该说，灯只不过暴露了我，告诉鬼“这里有个猎物”而已。

我需要想出个究竟。跟在我后面的这个鬼，为什么要和我保持十步的距离？是为了控制我？为了保持它的主动？它知不知道我肩上的这两盏灯是很容易灭的？只要我稍微失去一点自制力，匆忙的一次、两次回头，我就会失去生命之光，它就可以一箭步蹿过来，伏到吓得昏迷倒地的我的身上，痛痛快快地吸我的血，像鸭子喝水似的：“呷，呷，呷……”它尽可以施展一些小手法，比如让我有被野兽用湿乎乎的、有尖锐髭须的鼻子闻我的脚后跟的感觉，或发出类似疯女人自言自语的吱喳声，来煽起我的好奇心，使我不顾一切地回头望。却只是紧跟我，保持十步的距离，我快，它也快，我放慢，它也慢了下来。

我渐渐地习惯了它的紧跟，渐渐地还有些不那么讨厌它了。或许，鬼其实也并不是那么可怕的，只是想要和我做个旅伴罢了。它也怕孤独的，只不过怕被我拒绝而总是迟疑着，不敢凑上前来。我肩上的这两盏灯表明我是个活人，而曾经是活人的它现在已经是鬼，和我做伴有点不合适，我想它大概是这样想的。

到这时候，我是无论如何也要回头看个究竟了。就让灯光灭掉吧，没有灯，我会更自如，更轻松的。我回过头，一次，两次，极力想从黑里看到这个紧跟我的顽冥的旅伴。我看到了什么？比黑更黑的黑？还是比黑浅些的黑？单薄如纸片的体积，在聚聚散散的黑雾里，几乎说不上有清晰的轮廓。是在走着吗？不，只能说是以带几分缥缈模样向前挪着，在我回头望的那一瞬间，又变成竭力免于仆倒的摇晃，停下来了，随即挂在或贴在什么东西上面。我看定了它，急忙寻找它的眼睛，没有眼睛就不能证实它的存在。可就是没有。我有点后悔不该回头望了，我的愿望落空了。倒不是可惜肩上的灯灭了。

我继续走，决定不再理会什么鬼不鬼，跟踪不跟踪。可是不行，倒反比以前更清楚地感觉到它还在十步之隔的我的后面，还在跟踪我，我走，它也走，我停，它也停。我的灯不是已经灭了吗，它为什么不一箭步蹿上来，咬我，吸我的血？就这样，我们之间继续僵持着十步之隔的距离，这使我厌倦，烦躁，我决心打破这个僵持，干脆突然向后转，一箭步蹿向它。我当然不是要去吸它的血，我知道鬼是没有血的，我就是想要看个究竟，看清楚它到底有没有眼睛，用这来证明它是否存在。

可惜，正在这时候，远处传来荒鸡的啼叫，蒙蒙的灰从浓的黑里渗出，天就快亮了，我知道不论什么鬼这时都要退场。果然，我没法看到它了，天已大亮，我也要休息了。我还有很长的路要走。天黑以后，我还会遇到它的，不过，我的肩上已经没有灯了。没有怕，也就没有不怕了。

蛇　睛

直白地说，那一对眼睛已经不可能蛊惑我了，那已经陈旧了。没有镜子的化妆室，没有幕布的舞台，好像到处都有，当然也就有没有观众席的剧场。观众倒是有的，不过有耐心的人到底不多。上妆要花很长的时间，下妆花的时间更长。比较起来，演出的时间很短。在很短的看戏过程里，我把我的哲学（不包括美学，如果可以这样说的话）从腋窝下挪到肚脐眼里，再挪到脚底板心，我管这叫剧场效应。我以为上妆下妆都是多余的，都和那一对眼睛无关，都还只是那一对眼睛在演出：开场，剧情进展，接着收场。我记得的只有那一对眼睛，我只注意它们。人说那是蛇的眼睛，看不得的，没有那回事，我不是没有被蛇吞掉吗？

我承认曾经受蛊惑，不过确实已经不再受蛊惑了。据说她有十二出拿手戏，有的说是十六出，正当盛年，这两年可能又增加不少。那一对眼睛，还在打水的吊桶般在辘轳上一上一下，在简单的重复里实行蛊惑，衍化着离合悲欢，神奇地赚取观众的泪和笑。布景和道具有时多得烦琐，有时简陋到只有一只板凳，或一张铺在地上的草席。主要的还是那一对眼睛。

演出场地（可以叫舞台也可以不叫舞台）是由搭档和她一起选定的，往往是在某一个角落，为了不受干扰。水枯时在桥洞下，刮风的日子在吱嘎响的小木屋里。有一次是在一座小楼上，演出在很镇定的情绪下很熟练地进行，内行都知道，有时愈是没有激情演出进行得愈是顺利。夜太静了，小窗外的竹影透出快要凝结的月光。第二天早上，睡在楼下沙发上的房主人的亲戚用随便提到的口气说："昨天晚上，我都听见了。"她和她的搭档交换了短促的一瞥，淡淡地点了一下头。听见了又怎么样？没有看见那一对善于蛊惑而今渐渐失灵的眼睛，等于什么都不知道。

每次演出，那对眼睛都是很卖力的，躲在脚底板心的我的哲学却早已失去生气，没有知道也没有不知道，没有看也没有不看。

荧　光

白昼还没有完全离去，黄昏刚才到来。夜萤们都还暗淡，都还亮不起来。

但是很快，带着它们那没有热气的，不是因燃烧而发光的，黄蒙蒙的青绿的亮，在黄昏的深处，高高低低，不整齐地排列着，像是被遗弃的一些将要烧尽的烛。

它们是很满意的，安静地排列着，这一只比那一只高，那一只比这一只低，这一只在前，那一只在老远的后面，欣慰于都找到自己的位置。

安静地静止着，像一盏盏倒悬于古老天棚下的小灯。有时，也有微小的移动，盲目地，静静地，安于错位，安于垂挂的生存，似乎那里面真的有某种高雅和舒适。

黄蒙蒙的一点上，能够挣扎着挤出来的，只有这一小朵发着冷的光的青绿，似乎也多少值得自豪了。

却又互相嫉妒着，你紧盯我，我紧盯你，都处在欲望的失控，欲望的膨胀，欲望的泛滥里。都气喘吁吁地，抢先黏附到沼泽上快要破灭的泡沫上，都想在泡沫消失以前，捞到点什么。

暗淡却又往往多于明亮。这些小灯，灯盏太浅，油没有注满，虽然是微弱的燃烧，热能的消耗还是迅速的，油尽了，会连这一点暗淡都保持不了，因此它们一个个都被这揪心的尴尬牵挂着。暗淡，对照着往日曾经有过的那一点光彩，证实今天的不够华丽。

其实，黄蒙蒙里的这一点青绿，不是用来照破黑暗的，是为了照出钻进黑暗的通道。黑暗里很舒服，有冗长的梦兆，像联想力丰富的比喻般繁衍着，异常诱人。

出于同一族类固有的血缘关系，亲情叫夜萤们靠得更近了，互相袒露起青绿的心灵，沼泽上于是有了由魔幻镜子组成的奇观，两面对立的镜子生出无穷的纵深，青绿幽光不断制造欲望的幻影。感情的杀伤力是可怕的，但是你要知道，欲望的杀伤力可怕之外还加上可爱。

青绿的心灵最机敏，都知道欲望的布局是改变不了的，规律是无法更改的：出卖之上，还有出卖。占有之下，还有占有。娇小夜萤身上的可爱部位，那娇小的嘴唇里，没有碍事的门牙，接起吻来格外有趣。受主在哪里呢？该奉献给谁呢？这些，谁心里都有数。

别提什么灵魂的亮点了，所有的镜面都经过精心揩拭，都干干净净，再不会长霉斑。镜子里映现的这些放荡的青绿，不就是夜萤们最熟识的自我的投影吗？是自己，绝不是陌生人。好在大家都老练，都不会脸红，不会心跳，都安心守着这黄蒙蒙里释放的这点青绿。

夜已深，沼泽地里能听到的，只有蚊蚋们的歌唱形成的奇特噪音，这些无名信徒，等不到得救就升天了，跌跌撞撞地走在通向它们所认为的通向天堂的路上，半开玩笑半认真地宣告：我是个悲剧人物，演的却是喜剧角色。

帐幕撤去，星空露脸了，真正的主角登场了。夜萤们，突然间都像注满油的灯盏，从暗淡到辉煌，闪闪的青绿里，起伏着吱吱喳喳的吵嚷，请别误会，夜萤们不是笨蛋，赌博是不用学就回的。灵肉交易比赌博简单多了。我们的主角——癞蛤蟆登场了，颟顸的下巴上吊着个娇小的美人儿：青绿得格外耀眼的一只夜萤，突然从稀烂的泥泞里跌到癞蛤蟆的大肚皮上，下死劲巴住这座凸起三尺的爱情高地，不想、也没法掩饰满足的心情。

占了这么大的便宜，癞蛤蟆的阔嘴一开一合喘得更急了，娇小夜萤忙着给它搔痒，还要忙着给那先先后后挤过来的夜萤们让出位置。夏夜溽暑里，成堆的黄蒙蒙里的青绿抱在一起，想借高温气象燃烧出实实在在的光，而它们却是永远燃烧不起来的。

地狱的硫黄火熄灭后，接替它的，不可能是这一团黄蒙蒙的青绿。你说是吗？

群　猴

它们围过来时，我们还以为可以像对待一群小白兔那样对待它们呢。结果我们遇到的首先就是最不客气最锐利的观察。

锐利得简单粗暴，简直无礼已极！干嘛要那么认真地望着我们？不就是人吗？你们天天见到的人，要知道这样认真我们可有些受不了呀。

山林以外，我们都是些场面上的人，有身份的人，凭什么我们得忍受这伙无知之辈一本正经的围观，觊觎，还带上那么一点不加掩饰的嘲弄，这不就把刺插进了我们的眼珠了吗，就这样死盯着眼上下打量你，大概要等到好奇心得到满足才肯罢休了。

必须进行自卫！于是我们忙着检查身上什么地方有破绽，一边安慰自己：我们的弱点，它们未必就已经掌握。它们很自信，强盗都有这份自信。如果它们索取的只是糖果，那倒好些，这些贪心的家伙，好像还想要点什么：你的风格。

瞧它们那眼睛，澄明透澈，真是水清见底，叫人不能不羡慕，正在毫不含糊地告诉你：区区小事，何足挂齿，顶多不过是开玩笑有些过头吧，瞧你脸都急红了。

偏巧，你缺少的正是它们那种满不在乎，那种无所谓，只知道盘算用个什么样的最得体的方式脱身。可正就因为这么一瞬间的迟疑，你的心事全让它们给看透了。

动手动脚，它们可不怕唐突，那双特别长的手想要什么就伸到哪里，幼稚可笑的短尾巴居然用来表示骄傲。在它们简直有些下流的捉弄面前，你把绅士风度给忘记了，可也还是不好发作，也还是只好忍耐，别别扭扭地不知怎样才好。其实，不必责怪它们的过分放肆，它们要的还不就是我们并不在乎的那么一点点东西。

到这时候，我们才发现我们太习惯于斤斤计较了。这回，可真是露了馅了，让这么一丁点得失纠缠得上气不接下气地着急！天哪，多么荒唐，我们那保险柜般的口袋好像有至少一半是属于它们的，这些中了邪的怪物，就凭它们这份无意识的自信，竟敢冒犯我们神圣的私有！

真够受！谁叫我们到这地方来，这谁都免不了要挨一下的鬼地方，算什么风景区，能给人什么乐趣呀，要是能找个托词顺顺当当地离开就好了。

我们那一张薄纸似的尊严，这回可真是不打自招了，轻轻一戳就垮得不可收拾。这群可恶的顽童，动手动脚是它们的天性吧，叫做活泼天真吧，就算是撒野耍流氓，它们可不想去分别清楚。我们的窘迫让它们好笑，这就够了。发脾气可没用，教训它们，约束它们，它们的反应只是：“你们也喜欢开玩笑？唉，你们这些小气鬼，就不能大方一点吗？”

瞧，它们也真憨厚，一哄而散为的是给我们一个台阶，让我们体面地脱身。

简直有些不屑一顾的味道，在它们回过头来再瞧我们一眼时，那神气好像在说；“还说是我们的后代呢，怎么跟我们差得这么远！”

从猿到人，猴子是我们的童年。学会忍受吧，人们。

说文解字

午间休息，我们吃中饭。我一边吃，一边看报。端着饭碗，他一边吃，一边走过来，对我说："好，你个吃开口饭的（他知道我教过书），成天跟字打交道。我呢是个大老粗，小学才念一学期还差半截子，只不过我也知道，造字这件事，很有讲究。"

"怎么见得呢，倒要听你的了。"他在地上画了个"囚"字。"你看，这个'囚'字造得多好！四周围严丝密缝的，人关在里面，再有本领，也逃不出去的！"我知道，他给"嗨"（抓）进去好几回，什么"北囚（这个字他们这些人都读"确"）里"、"左囚里"、"平囚里"（指北区公安局拘留所、市公安局左家山预审科、平塘教养所）他都待过，他可以深有体会的。

想听他再发些议论，我指着报上的"国"字问他；"那么这个字呢？"他笑了："别逗我好吗？这我还不晓得，这是个'国'字呀。""这我知道，我是问你这个字造得好不好？""造得好，一样的好。""怎么个好法？""你个有学问的，还用我说，不就是这里面有个'王'吗，没有'王'，哪有国。""可这'王'旁边有个点呀。""这个点是要我们特别注意的意思：你们可要时刻记着有个王呀。""说得好，那么，这个王为什么也给围得严丝密缝呢？"他用筷子在地上画了个框框："边界呀，可不能没有边界呀，要知道，想往外跑可不行，抓到了会给'崩'掉的，那叫偷越国境，罪该万死呀！"

倒很正统呢，也很现实。

忍 经

忍是什么？请听："忍字高，忍字高，忍字头上一把刀。"一把刀，明晃晃，直对你的心窝，不忍又怎样？打几下抱着头挨，骂几声闭着眼受，打落门牙和血吞，不吞又怎样？吐出来，那不是忍。忍者的功夫，有个讲究，有个说法。忍气吞声，"气"这个东西最危险，危险在于不容易吞。压不下它，说明忍的功夫还不到家。忍得一时之气，免受百年之灾，"气"是惹祸的根苗。气头上忍不住叫起来，或忍不住哭出来，必定坏事。记住：要本分，虾子爬在犁辕上，何年何月得伸腰，犁辕弯曲，既然落到犁辕上，不好伸腰，不能伸腰，伸腰必然会跌下去。想"出气"，这就大大违背忍的规律，非但出不了气，而且还会惹上一些本来可以避免的闲气，气上加气，更需要忍的功夫。忍者绝非莽汉，"捡个石头打苍天，恨不到"，苍天那么高，那么大，能打得到吗？打到了又有什么意思？记住：反正只有得不到的便宜，没有吃不了的亏，你就认了吧，服了吧，在忍字上多下功夫要紧。那么，忍的结果就一定好吗？也难说。忍了也不见得就诸事顺遂，有时，你越是忍，越是叫人以为你是表面上不声不吭，心里却在骂娘。有心学忍，就别往这些地方想。忍者之忍，只是尽其在我。"卒然临之而不惊，无故加之而不怒"，留侯这种人，可怕！老天，我们这些默默无闻的忍者是什么人，敢和留侯比？人家留侯是"所挟持者甚大，而其志甚远"，我们这些人，首先一条，自知脑袋瓜和肚子一样空荡荡的，哪里有什么本钱，有什么打算？忍者必须是为忍而忍，忍惯了不忍过不得。不是还有个张公吗？忍者是不是都想学张公？张公百忍得金人，其忍的功夫，连皇上都听说了，居然有这样的人，这样的事，皇上的好奇心得到满足，一时高兴就赐给他一个金人。但不知张公拿那个金人怎么办？至少得有个安全的地方放它呀。不过，既然张公有那么好的忍的功夫，相信他会趁机活动，搞得有声有色的。我们这些一般的忍者，可不是什么出类拔萃之辈，没有那个禀性，更不想有那份机缘。唾面自干，干了一回又一回，已不知多少回。忍者已没有意外的惊和喜，没有难堪，没有尴尬，没有所谓的丢人现世，但也从不沮丧。如果可能，忍者不想得金人，倒想得个“全人”。当然不会妄想攀上那个什么“大写的人”。只不过是苟全生命于盛世的那个全人，到这里，忍者的忍之道，也就圆满了，是为忍经。

混沌初开

1

你已来到无涯际的空旷，界限已被超越，界限不再存在，悠长的叹息消失在悠长的忍受的终了。

无穷无尽，无涯际的空旷，从曾经那么厚重的界限的消溶里袒露出来。无涯无际，不能说有多大的空旷，只是一股劲地，无遮无拦地空旷。不能说大，因为没有小就没有大，只有发狂了的无穷无尽。

闪烁不定。透过不稳定的缝隙看到的空旷世界，不能提供任何见证，任何平衡，任何安慰。在无涯际的空旷里你得到的，首先是茫然。

在每秒钟亿万次的逆向运行之后，光速的运算结果是零。于是你反复琢磨正和负的互补。漫长思考的可能结论是绝对。无可改变的此时是：你已置身在混沌中，混沌主宰一切。混沌不是幻觉，混沌比幻觉更美。

你飘荡在零和绝对的无形深渊，飘荡是你得到的报偿，在无穷无尽与无穷无尽的浮游里，你感到你作为一个实体的存在。多半是你给自己发出信号，预见近在眼前，期待已成为过去。你还需要到记忆里去躲避，让向往庇护你吗？费解的兆头能不能为你召回失落的梦、那把握不定的可能性？岩石般厚重的虚妄成为你置身其中的无涯无际，你不相信你已经振作起来了吗？

混沌。由于没有任何对比色而只有一个颜色，混沌之色。混沌之色于是五彩斑斓。无休止翻滚的气流不是白色的，白色不是无色，无色最为耀眼夺目，无色超越美观，超越喜怒哀乐而气壮四极。

无休止的翻滚，时差的匆忙装卸，启运和到达绞结在一起。你将得到欢乐。欢乐必须是完整的，完整的无形，像你在梦中曾经有过的。你将得到。

无形之旗悠然飘扬，无形之帆悠然远去。无涯无际中没有山野，树木，屋顶和道路的世界。动身的时候你留下了什么？你带来了什么？你的头上从来没有过光晕。你什么也没有带，你不再感到沉重。你只是光身一个，你早已把口袋里的最后一个子儿甩掉了，一个子儿的婆婆妈妈的饶舌，够人受的！你感到轻快，终于摆脱了一个子儿纠缠不清的骚扰。

以无色为色的寂静，无色镶嵌于一切凸凹，无色充填于深邃。听不到呼吸，听不到喘息，听不到绝叫。所有的责备，所有的寒颤，所有的惶惑，都经过无色的过滤而于无声中稀释。够了，所有的争吵，所有的无可奈何地，耸一耸肩膀，所有的摊开两手，自我解嘲地吹一声口哨，所有的搔搔头皮和干瞪眼……频率逐级升高的诘难和反诘难，辩驳与反辩驳之后，论战的热潮低落、冷却了，听得见的只有太阳穴的轰鸣。你，属于人类，你却不了解“人”，却不了解你自己。

急雨倾注于赤裸的沙原，倏地收住。光秃秃的宁静，忙于吸收那粗野的一片喧哗，沸腾的思绪于是成为淡漠的痕迹。

身前身后，气流翻滚，齐腰深的云雾，春泥般肥沃，恬静宜人的柔软和沁人心脾的清凉，你的双脚已经有超过鸟的双翅的轻灵。

你啊，你在无穷无尽里，在没有章法没有主旨里，反刍你短短几十年的莽撞冒失。这里没有永久和无限可以追求，这里就是永久和无限，这里没有灵魂和肉体的欢乐，只有永远和无限无意中培育你永远和无限的淡泊。

还记得吗？厅堂里的天地君亲师之位，晚餐桌上的《圣经》，书堆里的《进化论》，都蔫黄了，都脆裂了没有？你该知道的。用无色、无形、无声的纯净来把一切进行比较吧。“这很好，只是东西太多了一些”，你不会这样说吧。

气流的波浪形体，波浪的大山小山堆叠的形体，不固定，无拘束，颠颠倒倒的形体，以无涯际为背景，可以俯视、可以仰望的空旷，是你的再生之地？但它可能不会成为你的栖身之地，你能不能适应这种不对称？

永远穿不过的空旷。你，小小的意愿，落在气流之波中，在平静与汹涌之间，遗忘与记忆交替出现。故乡的炊烟，童年时爱闹着玩的恶作剧，一块小卵石花纹里的和谐，一朵逞能的小花，一丛野草的迷乱，一只小青虫眯着的玄想的小眼，和那盛开的大百合花，带着有意无意的笑开了又谢了。你曾经相信，你的脚下总归有茂盛的水草，水草下总归有泉水汩汩流出的泉眼……然而那也已经是过去。

火红狐狸的皮毛换成纯白，黑天鹅入睡了，橙黄的长嘴藏到轻柔的茸毛下，气流用银光的舌头舔着它们。幻象，幸福的幻象，暂时还不属于你。

露花结成一长串一长串葡萄，凝聚在一个又一个贝壳里，你的憧憬，也汇集到那些涡状容器里，向你自己展示诱人的奥秘。你会在连续的强烈冲击里眩晕而陷入麻木。

巍峨的朗峰，让回复到平静的激情留下沉淀物，波谷充塞满感慨。或许就会成为结晶体，挣脱束缚而跳出胸腔的这颗心，曾经属于你，如今还有多少是你的？你没有遇到另外一个“人”，你孤独。

你也有一个并不璀璨的额头，可能有的那一点光辉都收敛在沉思里了，可能有的那么一点点的光辉正在凝聚。

无色的五彩斑斓里膨胀着暖热的芳香，直立起来的混沌有玉石般平滑的表面。气流发出隐约可闻的断续的颤音，那是一种导电的颤音，完全地非人间的，完全地不同于漏水的龙头叫人厌烦的滴沥，不同于擦过水泥地的铁皮的吵闹，不同于丧钟的故意的拖长。完全地非人间因而更使人想到人间。

所有的飞翔、开合、起落、旋转……都在无色的缤纷里。想要穿过气流的你，腼腆地猜度着路程有多么远，脸上有古怪的表情，你感到别扭了吧，你的不自在可能是由于肌体的某一部分失灵了。你不可能成为一个什么人，比如说，一个一心想要完善自己的白痴。认知自我的历程是穿透隧道，紧密，厚实，严加遮盖只留一个孔道，你能不能不停地剥落，蜕脱，挖掘，直到舍身？你将开始知道你之所失就是你之所得，你将在失去中获得。但你却不禁显出了那么一点狼狈相，混沌之中找不到藏身之处，不必白费力气去发现什么隐蔽的角落了，那是没有的。

无色纯净，因纯净而闪耀光彩的气流的运动，气流的高峰，气流的突然升起和下降，你必须用穿越配合你的奔跑式的、跳跃式的浮游，你忘记了你的骨肉必须得到热能的补充，但那却是不必要的，你毕竟已经不再单单是个灵长类生物了，这都是早该知道的事情，混沌中随便哪里也不会突然冒出个什么东西，没有谁会妨碍你，你却曾毛手毛脚地想找个什么掩体。连你自己也觉得好笑了吧。

一团热气，你加入这无涯际中的绝对的翻滚，你已经离不开这绝对的空旷里的明亮。你是想在这场无休止的翻滚中，忘却曾经约束过你的人性的尊严吗？苦恼只会在阴暗里滋生，一场火灾之后的阴暗。

这里是飘浮的海，气体的海。液体的海有黝黑的古老的荒凉，荒凉也可以有冰冷的明亮。

回答吧，混沌不能只有数学的、物理的定义。混沌发光同时吸收光反射光。在无穷无尽的空旷里，光的歌声荡漾，赞美和哀悼思考至情至圣的裸体。

气流之海的边际，有你所欲求的靠岸处，你要停泊了，降下无形的旗，落下无形的帆，但不是向你遇到的这第一个空旷，或许也是最后一个空旷告别，你依然有躁动的生命使命感。

你不习惯无色，你不习惯纯白，因为你是“人”。气流的平原，气流的丘陵、山谷，不会永远无色。“人”来了，长出苔藓，长出杂草了，长出大树，攀缘植物，形成空中森林了，无色之色充实了，真正地异彩纷呈了，无涯际中的色彩秩序建立起来了。混沌不是不毛之地。

你看到：气流的削壁映现最丰富的图像。那些高技术时代的文明景观，那些未来世纪的大胆预测，倒不那么吸引人。吸引你的是原人的文身，图腾，舞者和祭司的脸谱……它们所代表的难道仅仅是战胜洪水、山火、雷电的人的无穷的潜力？“人”是从人自身分离出来的人的神化，原初的人的本真难道不就是对信仰的渴求，因此远古纹样才最终成为人娱乐自己的装饰。这信仰的优美心象，多么叫人欣慰地重新折射到这个世界之外的世界。

于是你系上气流给你的披风，你继续在混沌中连续翻滚。没有什么四面八方，跑道在你头上也在你脚下，在你的双臂和两脚之间，在你的腋下、腹背。艰巨的发现和占有开始不用担心过度消耗和疲劳，空旷的洁净比冷冻更为有益。不会有毛虫来吃你的肌肉，也不会有细菌到你身上来繁殖，不必为你这副臭皮囊担心，翻滚吧，震荡比抚摸更能给你带来愉悦。

坐飞毯的世纪已经过去了，从历史的酷刑里漏网的幸存者能有几个？你呀，你如今免不了要抚心自问：你对自己所做的事知道多少？要做的事还有多少？你能有多少能量？你发现可怕的差距。你不是刚才还在心头七上八下，还在嘴唇焦干，不停地吞咽口水，左顾右盼而把身体扭成一段麻绳。你发现你太软弱了！难道真的就这么直不起腰来，这无穷无尽的混沌，本来就决不是到处荆棘丛生而不适宜遨游的。

你那颗受潮的心，人间烟火几时曾烤干它？从此，你将不再保留你那些习惯了的感觉，习惯了的语言。在这只有光影的斑驳，光影的明暗交织和浓淡相间的混沌里，你，一个孤身独处的水手有了个第一次的航行，你不会老是晕船的，你会成为一个合格的航海家。

你已经从一个梦走进另一个梦了。没有白天也没有黑夜。时间，你是睡着了呢，还是醒着？

2

空旷中你的瞳孔放大了，视域在无遮拦之中已没有宽窄之分。空旷里没有高山之顶，要知道高度也是一种局限。

空旷饱和、丰满，而且天然地是敞开的。当你跌进空旷，你却没有羽毛的感觉，雪片的感觉，而是一种介乎铁片与成熟的果实下落时的感觉，然而不是下坠，也没有失重感。这里当然不会有地心吸力。你就是你，精密的有机体。凌空而去，而来。旋转比直线行进自然，自如。无须任何解释，你仍是固体，含水分的固体，并没有汽化，但已开始现出透明的剖面。

你走，两脚交替向前。不是飞，你没有双翅，无从上下扑动。但在混沌中，你是在走呢还是在飞？奇特而又平凡。走加上飞，飞加上走，超验的动作，逆反的活力结构。不含畏怯，不含果断，只是自然，只是自如，谁还会记得细胞的死亡，淀粉质的转化，神经的承受能力。呵，这迷人的遨游！

插上双翅是多余的，脚踩两朵祥云，同样是多余的。全感觉的时空本体。你笑了，不是因为得到满足。忘记那些箴言、符咒吧，从现在开始。

混沌覆盖一切，混沌包容一切。无轻，无重。都是些假定性的对比，但也不必用新的假定代替它，最细微的对比也是多余的了。

没有了前，也没有了后。没有追赶，没有拖延，也没有倒退，有的只是永恒的运动。没有了正面，也没有背面，已经不需要赞美正像不需要责备，你是在全能的气流的翻滚里，空旷正以它的无色的虹彩，热烈地辉煌着运动。

什么是“零”？没有“零”，有的只是亿万光尘在和你一起浮游。

停下来，歇一口气，发一阵愣吗？不，不行，停不下来的。混沌里没有“站”，停住不动是不可能的。“停”下来也还是在动，来自肌体内部的共振不会中断。无涯际的空旷里没有轨道，没有偏正，用不着谁来认真地拉起汽笛。

也没有“坐”，想找个靠背轻松一下吧，不行。只有双倍的“站”或对半的“站”。没有匍匐，没有爬行，更没有五体投地，谁愿意在时空的高温里一根蜡烛般地融化呢！

去吧，你凌空的站，凌空的坐。凌空就是凌空，凌空的行动是绝对的。人的悠远的憧憬是凌空，所有美好的姿势都多多少少模仿凌空。如今，你不是轻如蝉翼而又来去自如吗？

没有倒立，没有倾斜，多么好啊，你终于有了你自己的重心。时间在你周围并列，相互契合，对应，揭示，参照。混沌里时空错位是正常的，重心移位也是正常的。

翻滚中的追寻是运动中的追寻。没有可悲的暧昧，也没有残破的痕迹，连最简单的斑点都没有，连最小的花纹都没有，但又是那么周正严实的，无从窥视的梦。

混沌是一片坦途，没有围墙、豁口、关卡、暗礁，没有灯塔的暗淡的警告，没有航标。混沌无所不在，拦截什么？赌赛什么？不用再为这些分心了，都是些可有可无的枝枝节节。

而你却还要有一回没一回地遇到些麻烦，虽然说不上是多大的压力。当你落在那个当当真真要为难你的邪恶的气潭里时，你只好承认你不能不陷在里面了，你知道这不是你的知觉出了什么毛病，你挣扎，直到一种类似干渴的本能醒来时，你不由自主地张开眼，吸了一大口微风，气流的低节奏环状振幅，你饮着振动。那也是行星们的饮料，他们已经成长，正在成长，你也将要这样。

你，不是吗，你也终于抛弃后脑勺上再长出一只眼睛的空想，总是需要提防突然袭击是叫人厌烦的。为什么一定要从眼角斜觑自己，瞟来瞟去地防备自己呢？对人的这种估计是从低调出发的，硬撑着凑合活下去究竟不是滋味。在这个失去坡度，失去地平线的空旷里，要是你还留恋这种厌恶，这种你已经尖锐地意识到的颠倒的知性被颠倒过来后再颠倒的愚蠢循环，只能说你依然热衷于想要有一个归属，一个根基，一个依靠。幸而你已经知道，在混沌中这些都不需要，也不存在。不会有谁想算计你，不会有个一心想干掉你的家伙一个箭步蹿上来，让你来个倒栽葱，只一个寒颤，转眼间就把命送掉……都只不过是些古老的幻象。

也还有另外一些幻象，幸福的幻象：动人的机遇，天晓得从哪里冒出来的千载一时的好运，无法解释的天缘凑巧，各种各样的意料之外的喜事……在这没有人与人之间的古老纠葛的无涯际里，你就只好把自己抽象化，让生命成为一个通俗的比喻，值得吗？

混沌拒绝回答神话给想象力出的一道道难题，无穷无尽的翻滚旋转中，你发现你已经不可能傻乎乎地在椭圆形的想象圈子里机械地作惯性的滑行，那简直像走钢索一样危险一样滑稽。

纷纷扰扰，却归于单一，顺从单一。我的朋友，即算是最最揪心的前尘往事，也值得带到这个变异中的多维平面世界里来吗？

你也不再数自己的脚步了，你本想从中求得肌体在新的条件下的节律。你曾经尝试过了：从第一步数起，两步，三步……可是没有好久就乱了套，于是你从头再来过，一步，两步……照样的没有好久又乱了套，反复几次之后你只好放弃这种尝试，你终于发现双脚在翻滚旋转中的悬空划动是数不清的，混沌中一切都趋向单一。

愿望趋向单一，理想趋向单一，沉迷、着魔趋向单一。什么都在单一里，勇敢顺从单一，紧张顺从单一。

愤怒和痛苦，都曾经那么顽强，带着剧毒的芒刺。不知需要多大的狡诈，才能得到多大的误解。你不也是曾经在热诚的熔点中，被浇铸进一个模子的吗？天上呢，还是人间？你离不开那些如影随形的幽灵，你必须承担永远也说不清的隐私，关系到某个人的清白无辜的秘密，闲言碎语有意无意的伤害，种种对人类异化力量传统的默默承担。

你曾经因害怕行为出格而古板拘谨，因为害怕失态而手忙脚乱，离不开的那个给你留下的小天地的种种不自在，那个叫人想起就难受的牢穴生圹般的地上乐园，仅可容身的挪不动手脚的方寸之地，那里，能容得下人的本真，人的真诚的伟大的疑问吗？

而你，你呀，你总甩不掉那伴随你的古老幻象，如今在混沌的无色中他们更加多姿多彩。你好像依然面对那个百美图体系，不知从什么时候起美人们在顶礼膜拜里自信心增大到了极顶，她们的偏执狂和阴鸷性格似乎使她们更美更动人了，你必须随着她们的情绪变化（谁知道为什么呢？）变化你的情绪。你学会了像个小无赖般一味“嘻嘻嘻”地向她们讨好，装个鬼脸，眨眨眼睛，在她们对你放心的时候捉摸她们的心思，不失时机地送上等级不同的有节律的阿谀奉承。你必须小心翼翼，只要她们哼一声鼻子，你就该警觉，可能她们又多心了，反倒认定你是要出她的丑、拆她的台呢。你就会感到难受，就吓得凉了半截，沮丧会叫你一下子变成个表情呆滞的笨蛋。你惶恐忧虑，担心再也摸索不到福祉安宁的线索。邪神作祟时，人命是贱如草芥的。关亡走阴是一场诱骗的活剧，噩运在善良人背后紧紧尾随跟踪。自我的消失绝不是超越的起点。

还记得吗？丑八怪卸妆时脸上残留的脂粉曾经叫你恶心呕吐，伪君子的假笑总免不了叫你想到受害者猝不及防中发出的尖叫，当针锋刺进指甲时，你还能把感应转化成理念吗？你早已晕厥过去了。

为了和不可能理解你的悖论和解，你曾冒着失去人的尊严之险去从事远不是你所愿意做的事，你的一片苦衷却只落得一场讪笑，你听到你那扭曲的心灵发出的绝望的嚎叫。

够了，你的这份痴情。时时作最坏的打算，而又时时期待喜出望外的奇迹出现。自卑、自大，都是精心设计的理性虐杀。

抛弃吧，老朽陈旧的感慨：“我的天！”你不就在天上吗？无须感叹也无须惊呼，大气层以外有生命最强有力的支撑点。

抛弃吧，抛弃可能得到识破愚昧的欢乐，也抛弃那清醒中分别悲哀和欢乐的冷静，你需要的是最高层次的激动。

记着：你，你是个从存在走向不存在的活的个体，你，一个生动的过程，你有产生无限反应的可能。那是罪过呵，对你自己的低估。

抛弃吧，那千万条有用无用的纽带，让它们都加入混沌，成为混沌，都加入这无穷无尽的翻滚旋转吧。

全部感觉器官高度警觉，交替作出快速反应。那么，人的本真也能够得到显现了。

混沌里没有消耗性的窒息，没有霉变，那么，成团成块的谬误和邪恶，也应该无法生存了。

没有忠顺得叫人腻烦的狗一般老挨着裤管紧跟你的尘土。没有火药味也没有香水味。翻滚旋转的气流里，喘息只能由于自身肌体失调。但是现在不了，你的肌体已成为适应性最强的力场，它没有两极，也没有终极。

你逐渐发现你不再那么可笑了，因为你认识到什么是可笑的。你庆幸终于丢掉那可恶的、自由双脚的精致牢笼：鞋子，你曾经被粘在地球表面多少年，你耗尽了活力。还有那美好头发的讽刺性附加物：帽子，除了方便某些人给你以某种称呼，它还有什么用处？

你庆幸你终于丢掉包裹你的一层又一层人造皮壳，庆幸你终于能够袒露你的肉体的崇高的本真，正如庆幸终于能够袒露心灵的悲壮的本真。就这样，你开始整个地加入混沌之中。

就这样，你在向气流扑过去的勇气里显示了远古以来亲代遗传给你的生命特质的坚固。这蛮荒的混沌之海富有供养你的无形食物，你可以随心所欲地从中找到最能激发生命特质形成的日月精华。有了这些真正能够保持生命存在的新鲜素质，你就敢于相信你也是一股气浪，苍老的时间如同一座座孤岛依次被抛到后面。你获得的食物已不再在体内分解，新陈代谢的过程和这些食物一样，也是无形的。你的喘息却是响亮的，是沉甸甸的钟槌撞击铜钟发出的呐喊。你已一步步深入混沌，就像一步步蹚进滔滔洪水，你有攀登无穷阶梯的决心，你在缥缈中骄然环顾四极而达到极乐。

你显现出你的自然本性的透明的永恒，你的平凡人的生物机体在混沌中有了新的原生质。你还记得在母胎里度过的那些难忘的日子吗？那是个放在又黑又暖的深井里的精致囚笼，为了镇定自己你本能地闭着眼睛。现在，你已经把眼睛睁开了。新的原生质和亲代遗传给你的生命特质在正和负的倒挂、两极的背离里繁衍无数支向外又同时向内的尖锐对立，带来的灼热的疼痛感。用雪白的剃刀边缘划开一道道口子，让一股股泉水流出清冽的能量，正是你摄取的食物经过反复分解产生的。你的呼吸记录下你被孕育的过程，旧的伤口长拢了，新的伤口立刻替代了它们。废物烟尘般被吐出体外，清冽的能量有神奇的功能。

就这样，你能够舒展、轻松、安适地活动于混沌之中。猛烈的冲击化作亲昵的依偎。你把自己树立起来了，有你自己来不及想象的高大、挺拔。谁还记得片刻以前你还是个肉眼看不见的小不点儿，一块琐碎的小黑炭。你的喜悦应该让你有个光鲜的彩釉般的仪表。

毕竟，你是愈来愈开朗了，混沌中的行动已给你合成了愈来愈丰富的能量。你是一片不寻常的气浪。到处都是三江口，到处都是汇流之地，都是行动的酵母触发的生命连锁反应。你不再孤独了，妨碍你笑的钳子已被你收缴，螺丝再也拧不紧了，约束已彻底放松，你发出结结实实的笑。混沌供给你呼吸的燃料，智慧的燃料，行动的光合作用正不断地供给你现实生命存续，生命发展所需要的氧。

抛弃那些精密天平和多功能计算尺吧。它们想说明什么？确定什么？量、方、度，都是不确定的，相对的，这些过了时的命题，在混沌中是一点用处也没有的。

而你的肌体，只有在混沌中才显示出不竭的潜能。你的眼睛，在翻滚旋转中视至大的风为无风，从你的额角飘坠的花瓣般的光尘，对你的双眼是愉悦的抚慰。你的瞳孔的扩大和收缩总算学会适应混沌中无数光尘，和它所形成的光束和光波作出的连续挑战，你的视神经元在这个大显身手的机会里能够有所作为吗?

在这无涯的空旷里，以往岁月中你贮存的习惯和技能消耗得真快！你急于补充新的贮存，来得到调节新的运动所必需的新的适应。

不知道是生命能量的连续释放，产生从躯体内部向外围扩展的火热冲动呢，还是新的适应引发的，不完成新的自我完善绝不罢休的火热冲动，导致生命能量的连续释放。没有出汗，却有发高烧后痛痛快快地出一身大汗的快感，生理的和心理的快感。

好像从来也不曾体验过，这醇酒般的生命能量的奇妙功能！置身于这无涯际的空旷，你才知道，尽管你的双眼是多么精巧的造物，尽管它极力适应，它所能获得的深度感和距离判断，在混沌中显得多么浅薄。幸亏生命能量的释放使它很快得到矫正。生于你的头部两侧的耳朵也不能胜任并非来自单向的声源，在艰难的努力之后，它总算能适应混沌中来自不知何方的无声的喧哗了。

你那丰富的触觉正经历着无情的淘汰。有一些衰退了，又有一些从迟钝变为敏锐。痛觉被无痛觉所代替，压觉隐退出现了超压觉。没有热觉、冷觉只有恒温觉、体位觉，而代谢觉则是全新的。

而混沌中你的肌觉、平衡觉却更加完善了，这种只有无涯际的空旷中才有的运动，不是单纯的肌肉收缩牵动骨骼的连续过程，是以你的努力实现新的适应的欲望为动力，进行不知疲倦的推动和控制的，元气淋漓的动人的过程。

于是，在无比新鲜的感觉中，你的智能中枢兴冲冲地忙于感知从前没有过的新的信息，忙于呼叫它们，整合它们。于是，这些不完全的知觉情况，被赋予生命的生动意义，给你以最高的欢乐：你真正感知了“人”，感知了生命，你开始拥有生命了！

而你也开始拥有时间，不是那种以本初子午线划分时区的时间，而是生命的节律，生命波动自身留下的刻度。时间从来都是建立在过去、现在和未来的划分上。如今，当你正努力于在所有的观念上都形成断裂之后的延续，对于混沌中没有分、秒、年、月、世纪……还会感到不自然吗？在这里，确实存在的只有一个假设性的“零时”，它是友善的，永远带着幽秘的微笑。

然而现在你却还在惶恐。自然中的不自然。很可能你并不以为你的一举一动能够对大自然有什么影响，对于宇宙大局你太渺小了。也已来不及在苦涩的自我解嘲里进行更多的反思。不想求得解脱，你害怕解脱里的虚无。

你灵活了，僵硬的日子消失了，生机已再次萌发，你的魂魄像刚才蜕化的蛾一样在混沌中拉飘，一片树叶般地爬升，俯冲。你得到的是一个实实在在的成功，你发现了一个无涯际之外的更无涯际的无涯际。

你在翻滚旋转中终于达到思维的茂盛，并在混沌中回归本真，在回归中完成圣歌的谱写。你有幸遇到了“第二我”。

3

天外的道路并非无尽地遥远。第二我不是天外的居民，也不是混沌的过客。在完成探访之后他还要重来，一次又一次地重来。他只是不停留得太久，也不离去太久。也许还有另外的一些混沌，他都得去。

第二我，他是能够用脉搏的几何级数增长，来和无涯际的空旷中的翻滚旋转相适应的，他不是被思维的旋风拖曳到混沌里来的，他是从自己走出来的道路上自己走上来的。他早已没有惊奇，却还有些感到奇迹不奇引起的迷惘。

不论在哪里都不要把自己当作他乡人，落到你脸上的每一滴光尘都是回归，无涯际的空旷是所有生灵的家。你从顽强地黏住你的地面上来，习惯于担心有意无意的冒犯，以及冷不防有谁给你来个非礼唐突，大大小小的偶然发生的必然伤害，能言善辩者的吐沫横飞，他们张扬的那些最乏味不过的特大消息特好消息，足够把你消灭于无烟的蒸发里，真是个大闷罐！你把它忘掉吧。

呵，你的童心！是几时你把它浸到快要冻结的冰水里？如今，你就把它放回到血糊糊的胸腔里去吧。当你发现云朵不软也不轻，星星不是一颗一颗散开的，而是一群群的星的鱼，星的树，星的宝塔和飞动的塔尖；苍白的圆盘不是月亮而是太阳。无涯际的空旷给你的首先是对自己存在的实感，而现在又加上自己不完全存在的实感。

你有一切生物的弱点，需要和生物以外的无生物接近，需要生物以外的无生物理睬你，再没有别的。至于生物之间的接触，那是不足道的。

而现在你遇到了第二我。

第二我不是巨人族，更不是无生物。但不是“我”。你相信吗？他的鼻息能叫你翻几十个跟斗，他的智慧能在光芒四射的愚昧中恬然入睡，在他的注视里尘埃化成石块。你当然会说：要这些陈腐的神话作什么？

当然这只不过是说着好玩而已，要真是那样就不是第二我了。请原谅，这里出现了一点点思维故障。

第二我不是魔鬼。但有魔鬼的美。第二我不是人妖，人妖也想有魔鬼的美，人妖装扮魔鬼，人妖是空想主义偏执狂，生活在怀旧情绪里。人妖是健忘的，需要你用一记响亮的耳光帮助他恢复清醒。魔鬼太老了，不可能在翻滚旋转中存身。第二我却能以气流为跳板，向无涯际以上的无涯际跳跃，向翻滚旋转翻滚旋转。

第二我的美，你第一次看到的美，你的眼睛映现的第一次惊奇。人类应该具有美的可能。混沌氤氲中，你看到，第二我的美倒不是刀凿斧削雕琢出来的，并没有尖锐或是柔和的棱角，也没有叫人感到高不可攀的寒光，并没有把嘴皮绷得铁紧，并不两颊白里透红，讨人喜欢，你别以为，高兴的时候，他还会扬起眉毛，他可没有这东西。

你曾经只能用人类创造的最美的幽灵、超人和白痴般的圣像的混血儿来衡量第二我。形象的巧合，正好最初你用“我”想象第二我。

既不粗犷也不柔弱，反而有点笨重。没有力士的体魄、闺秀的娇嫩，可又有些流浪者的潇洒，可又并不是什么豪侠气概或文雅风度。一种什么样的说不出的魅力！难道他是个异教思想的情敌，或是个看破红尘的隐士？都不是。

“可爱的朋友，我们总算相识了，有幸向你求教，才知道除了鞠躬，握手，拥抱，拍肩膀和碰鼻子之外，见面礼还可以有相互吐口水，兜胸一击，或干脆就是猛踢一脚，要不就冷不防脚底下使个绊子等等的这些真诚友谊的高贵表现。”他却不是为了让你的好奇心得到满足。

叫你纳闷的是：从那个应该是面孔的部位看不出一点表情。对不知道用什么合金、什么合成聚合物构造的躯体放射的微波，你只好吃力地去接受它，去作出反应。“看脸色”方法失效了，用惯了的人际交流方式失效了。当它的热能在你周身传导时，你得到的只有破碎的、分散的感觉，你必须迅速把它转化为思维，你必须从他那轻灵的骨架的滑动里捉摸某种超语意的意念，必须借助类似呼吸的翕动、眼睛的湿润等等的征象去感受他那既像你又很不像你的生物本性发出的生命精气、他的表达形式和我们有多大的不同！岂止更少一些世俗恶习肆虐的痕迹。“那么，你的语言呢？”你还想从他的面孔上读到表情——表意的符码，你不禁想要发问，抱着甘受嘲弄的决心。他的面孔上是不会有那种具象或抽象的符码的，你太习惯于依赖规范化的符码了，它们早已把内涵和外延牢牢地黏附在语音的上下限，只剩下一个音素空壳，它们像冲积层似的堆叠起来，简直可以一层一层地揭开，显出那一道道递加的晦涩和一道道递减的明晰，语义就这样被逐步吞噬，因此语义也就尽可能伶俐地逃遁了。正是为了防止所指和能指的可悲的枯竭，第二我抛弃了符码，幸而你很快就领会了他给你的所有的新奇的暗示，你“听”懂了他的“话”了，但你仍然认为这里有太多的幻觉。不，混沌里是没有幻觉的，混沌里你的大脑皮层不会受到压抑，不会造成功能紊乱，你非常清醒，你获得又一个新的适应。

用带点怜悯也带点疑问的目光，他反复打量你的耳朵，鼻子，还有眉毛，强忍住轻蔑只是淡淡一笑，咕咕哝哝地问："你不觉得这些都是多余的吗?"这使你备感不安。天风劲吹中你听见或自以为听见了他发出一声短短的叹息。真该感谢他以最大的耐心尊重你的生存形态和审美习惯。对这些没有多少意义的肉疙瘩、肉瘤和一撮撮小绒毛你不能不感到忸怩，他做了个简单的手势希望你能理解他的厌恶。然而你又怎么能做到呢，多少年来你就是依靠五官端正才得到起码的体面、生存最起码的条件。

在你痴痴地注意他的肚皮时，他暗自觉得可笑：他知道你是在寻找他的肚脐。肚脐，是你的骄傲，你的根。第二我怎么能没有根呢？说到头，你的不胜惊讶只证实了你的无知，在应该有肚脐的地方，却有一个按钮。一个按钮！无限生机、无限意志的小小闸门。他对你的肚脐的匆忙一瞥是冷嘲意味的（真是不屑一顾!），好像在说：你呵，仪表堂堂却又鼓鼓囊囊，一辈子也忘不了让自己树桩一样固定在"根"上面，真没出息!

于是他问："那么你是怎样维护生命的创造原则的？皮鞭的呼啸里不会有黄鹂的啼啭，总是被迫在挖空了的废矿井里采挖粉尘，只为了窒息你自己。多少年来你只有偷偷地问自己：是否我注定了要成为历史的祭品？还能有什么办法使自己的存在不至于成为无益的消耗？骏马已经失蹄，船已搁浅，生活的链条哗哗断散，你必须以最冷静的勇敢注视这些孤零零的生命碎片，你还在努力愚弄自己，磨钝身上残存的知性触角吗?""亲爱的第二我，虽然你并非全知全能，对于'我'你仍然只有茫然的感受。确实，好歹一样，只有在你成为'我'的时候，才知道做一个'我'是什么滋味!"你在心里这样回答他。

如今轮到你忍不住提问了："那么，你又是怎样繁衍生殖的呢？难道生命可以没有连续性？造物主有没有给你输入性的程序？你是雌性的呢还是雄性的，你经验过异性火热的口腔含住你冰冷的舌头，半真空状态下生殖基因在彼此深奥的器官里喷射、吸收，双方的眼神突然变得既像神仙也像死人，又像诅咒又像感谢的呻吟发泄着完成神圣生殖使命的欢乐？在你身上我看不见任何性征，你也有过性渴望吗？”第二我全身发出红光，他暴跳，使人惊慌，不过你知道这不是发怒，却是赞赏。

“你以为在气体里的我们，会和在液体或是半固体里的你们，可以有多大的差异呢？”和不知所措的你相比，第二我的表情丰富得多了。自然啰，他是不怕呵痒又不怕针刺的，是砍不出血的，不用说也是没有眼泪鼻涕的。

你不断得到提醒：“可以停止了，你这些水分太足的多愁善感和这些有声有色的抒情。”你总算知道要走的是多么漫长的路程。你可不愿意像个瘫子似的，让浑身上下是疑问的第二我驮着你走下去。

你也不想再为你的斯文样相害臊了，相形之下，你真是一脸病容，孱弱不堪。第二我就是有这么一股不可理喻的劲头，就是有些魂不附体。跟他说知心话是多余的，这个分裂出去的“我”，用“我”的模式翻造出来的“我”，他可是无忧无虑，整天里笑呵呵的，一时热乎得很，一时又成了个闷葫芦。他那带电的肌体里，是决不会存在坏死病蔓延的危险的。混沌里的漫长路程，总会碰到一些小蚊子般嗡嗡飞来的一支火箭，以及死蝴蝶般飘忽无定的某种庄严文件的一张纸片。你这个小小星球上来的古老生物的后代，毕竟和第二我不一样，还有些不能忘情于聪明的笨蛋们的各种创造发明。

可这究竟是为什么？你总是气憋，心烦、眩晕、胸口闷得像要爆炸。你又面临一次新的奇遇。第二我已离去，他也只不过是个幻象，他太像你自己了，因此你不觉得可惜。规律是有的，难道因为还没有发现它，就可以信口胡诌，说什么都是自然生成的吗？

我们那颗小小行星，我们的地球，会要被抛到一条新的轨道上去吗？我们会成为谁的胜利品？让思维的发动机回火，重新启动吧。事情很明白：你总归是生活在规律之中。老树的年轮上，是找不到只能在水成岩断面上找到的贝壳化石的。

4

充塞九霄云外的混沌，混沌中无涯际的空旷。这里，就是“来世”吗？

多么俗气的称呼。和这不动声色的无休止的翻滚旋转多么不相称。

气流奔腾，瞬息间成形、变形，汇合、离散，进入无拦阻的参与、循环，从无秩序到有秩序，竭尽全力企图到达升华，一片繁忙。幸好，混沌没有声音，要是有，除了声音就没有别的什么了。

无可避免的是你带来的动物——人的气息仍然刺鼻地强烈：辛辣的汗气，太清洁的无气味世界中挥发出来的奶腥气，毛发的热骚气，频繁地传递着不知多少喧嚣的信息：你将怎样处理这个富于活力的复杂的生命过程。

终于你又有了一次巧遇：你遇到曾经和某个星球相撞，而被某个银河系吞下去，又不得不把它吐出来的某个巨人的影子，因为它只是影子。它冒冒失失地踩痛了天体的某一条敏感的神经，难过得叫它连连打喷嚏，热泪盈眶，吐出了阵阵烟气，如注的泪珠倾泻而下，簌簌响个不停，那泪珠，撒豆般抛出来，于是满天都是点点发光体了，于是一条又一条叠加在一起的新的银河形成了，都塞满了发光体了，密不透风了，发光体你推我挤，谁也比谁更惹眼，谁也比谁更不在乎地自生自灭，霎时间出现在你眼皮下，霎时间又不见了，剩下的只有加入翻滚旋转的混沌里的新的混沌，连巨人的影子一时间也找不到了。

好像混沌中的九天之上的欢乐节日永不会结束，这些银河系的居民们嘻嘻哈哈加入翻滚旋转，噼噼啪啪地旋转，响亮地旋转，在混沌里滋生，在混沌里蓓蕾，开花，然后也就不见了。最富于表现力的最有感情的混沌啃啮一切，一切加入混沌，其中有巨人的影子。

滔滔不绝的混沌，于是心花怒放了，无休无止地忙于完成使往日的一切存留成为新的存留的劳作。不用水也不用火，翻滚旋转中没有冲刷也没有焚烧，光尘不是粉末也不是灰烬。现在，你知道巨人的影子为什么要加入混沌了吧。

熙熙攘攘的思绪，来来往往，那一条条长长的光带，构成了银河系，加入到混沌的，正是你的思绪的反射，巨人，为了这应该向你致敬。生命总体结构在这思维里被展现了，上一代和下一代之间，强盛文明和道德荒芜之间，被非历史观念压得透不过气的你，看见巨人的影子漫不经心地踢翻一道道栅栏，跨过一条条壕沟，真太够戏剧性的了，一辈子说不清的是是非非散了箍，教条规范破碎得不可收拾，也只好由它了。

九重天，天上还有天，更上一层吧，再发现一层天。

从你的眼睛里射出来的，已不是探询的目光，渴望的目光，而是介入，直率的介入，介入进程已不再和生命进程分开。因果链人为的中断应当中断了。

延续性，通向无限，这就是一切。到了这个时候了，你已经有了这直率介入的目光了，现在有，将来也有，因为，你看见了那影子。

非我，不是第二我的延伸，它是从第二我的消失中凸现的可触摸的幻影，就在那生命意识还原为欲望的瞬息之间，在忍受与放纵脱节的瞬息之间，非我陡然出现（身上还有几处若有若无的伤痕血迹），非我的出现是一场冒险的结果，连续多少回合搏斗的结果，有点像从灰烬中复活的火苗，影影绰绰。

多么可爱的单纯，这个非我，从来不想它会拥有什么无上的权威。在它的单纯里有难以达到的丰满，它好像是生命无意识的化身，在它的动作——闪现里有那么多的优美的大的跨度，壮丽的偏离规范的心理历程的起伏跌宕，用许多顿悟衔接起来的迷乱。多向度的单纯，多向度的丰满。

而你，你却是注定了要被钉在平淡无奇的日常琐事里被淹没，在层层关系网的清理和修补里费尽心机，虽然那已是过去的事了，但危机还在这里，在于你（就连第二我也是）还是忘记不了那个“我”。

平淡无奇里有那么多离奇古怪的不正常，就算你有能耐，把它们翻了个个儿，结果反而搞不清什么是正常什么是不正常了。事前事后，不都向你提供了个人经验的人文含义吗？那你想紧紧抓住而又抓不住的，那里面应该有人的普遍良心呵！你还能做些什么呢？可怕的可悲的自怜自保综合症，满是紊乱的脚印的泥潭般稀烂的本能。

“需要!”非我一个劲儿瞪着你。“需要就是一切，需要才是正常!”不，这不是你所等待的一声号令。你就站在它面前，这样贴近，很少有谁和你这样贴近过，几乎就要和你融合了。你还没有完全领会“需要”的含义，可你已经被牢牢吸引住了，你和它之间的这种心理关系够多别扭！你又不能跟个三岁小孩那样，咬着手指头，流着口水，朝它干瞪眼。

你的反应太差劲了。但愿能惹它生一场气，来一阵咆哮，来一阵劈头盖脑的毫不留情的责备。就让它叫你做没出息的低能儿吧，就让它叫你做一辈子只知道到处坏事的废物吧。然而不，它只是用低沉的，微微颤抖的声音缓缓地和你说着。

混沌的巨臂把你箍得铁紧，你身上的微型气流不断加速，力场在你的躯体形成，你好像有些走神，有些神思恍惚，你的失落感是正数的，你忽然想起有一次，你曾经急于要对林立的墓碑作新的解读，还想追究它们是怎样、和在什么时候被树立起来的。其实你不想，也认为不必对这些古老文字作什么批注，但你总有些放心不下，因此你总是想起它。

你已经不由自主地加入混沌，加入这狂热的自我搅拌，蒙在你身上的那一层膜，薄而透明巴得撕不开的膜，终归在搅拌中逐渐跌落了。混沌是神奇的，看不见的溶解，分离，提炼，看不见的沸腾，蒸发。只有无涯际的翻滚旋转，只有混沌的暴躁，撒野，放荡，忘乎所以的沉湎。混沌在裂变也在合成，互相排斥又互相接近，不断变化的距离和方向，混沌的壮烈的鏖战，这是个什么样的榜样呵!

非我不是第二我，它行踪无定。你想看见它的时候看不见，它总是意外地出现在你面前，你很少看见它。你在想：能够和它有个默契就好。你想念它那像你自己说出的话的回音一般的语言。那声调像你自己的心跳一样沉着、清脆。

非我，不是什么神在显灵。对于它，呼风唤雨是不算什么的。真不知该对它说什么好，赞美吗？它会以为这是对它的理解呢，还是对它的亵渎？神总是豪爽的，因为神自信它是公道的。非我却不是神，最好不要冒犯它。

而你却还有些想不透：这是真的吗？奇怪的是经过无数翻滚旋转以后你还有些不清醒。你好像让非我的严厉给难住了，你还有些冥顽，至少是有些迷迷糊糊。你也知道它并没有存心为难你，一切都十分自然，这股潮水还会要上涨。你已经抛弃了以地平线为视界的习惯，抛弃了截取生命的某一个片断作为生命设计的规模的习惯，并且习惯了已知的风暴在你的脊梁骨上呼啸，未知的波涛在你的心头汹涌澎湃，这不已经很好了吗？

你会有新的适应的，混沌初开。

5

混沌初开，一瞬间无涯际落入全光，翻滚旋转卷入全光。

宇宙的无限景深已不是一味的湛蓝，肥大的食人莲花瓣似的奇异的青绿，而是在全光中的金光灿烂的闪烁。清幽的气流成了澄澈的光带，无名的芳香在光风的吹拂下曲折迂回，混沌的无休止的解体和愈合过程，在全光里被有效地操纵着，全光带来宁静永恒里的愉悦的呼吸，光已代替空气，光比空气含有更多的生命元，而且比空气干净多了。

在全光中你经历着最严格的生命检验，一种全无保留的平面展示，一种全新的本体开发方式。全光中生命的投射获得的效应是前所未有的，生命的穿透在无影中一闪而过。

全光中，时空有了全新的性质。时间已无可逃遁，空间已无从确立，时空的消失里有一个实现，一个恢复，一个放弃。你，毕竟是一个生命，毕竟是在经历一个生物化学过程，你有理由从生命的契合迎接全光，你可以把全光看作生命现象。

全光中，孤独感的残余已不可能在自怜的暗流里骚动，无从衍生懊恼和忧伤。遥远的往日，你曾经疲惫，身心残损有如从顽童的虐待里逃生的昆虫，伤痛折磨你。可怕的是你发现那顽童竟是你自己，无意于伤害，而是无意识中想在对生命的感应里，把握生命的生动的，确切的完整，而是想在最简单的动作里，从生理上直接感受生命的最具体显示。这一切，在全光里已经完全不必要了。遥远的往日更遥远了。

全光是凝静的，不是无节制的喧嚣的光，但也不是停滞了的古潭古井的光。全光也不是高温的光，全光无温，有那样的一种柔和，一种亲切，但并非冰冷。

翻滚旋转中你付出了代价，你感到虚弱，从里到外给彻底挖空了，你急需补充，你搜求尚存的点滴元气，哪怕是一缕微温的气息，要把它变成可把握的实体，是要下一番功夫的。你的喜悦里不能不渗入一些茫然，在通明透亮的全光中你有奉献自己的热望，你害怕，在光波的干预下，你的无光的眼神会成为展览于无涯际中的羞耻。

你可以满意了。如果苦心经营多少世纪的强盛文明，也在这一片混沌中成为幻象，如今也在全光下作无形的闪动，而你接过来的，本是历史撞击迸发的碎片。

你穿越地壳断层般的厚薄光波，奔跑于喷泉般落下的光珠之间，得到光辉的洗礼。同样是那双顽童的手，恣意采摘你身上鲜亮的嫩叶，洒向光波，溶入光波，为了让你长出更鲜亮更有生机的嫩叶，你有充足的生命储备。

九天之外的混沌，有如绚丽的宇宙的反光。

休息一会把，光流，也可以是如茵的草地。

粼粼的光波也可以比微风更妩媚。

非我再次出现，还是那么闪闪的通亮的幻象。

它有着魔了，总是那样元气淋漓，着魔才是它存在的形式。它跳跃，像要追赶什么而又总是追不到，他蹦蹦跳跳，好像两只脚跑太慢，它用一只脚跳。

它跌跌撞撞，忘了形似的只管向前，向前，到处都有它的踪迹，全光急急忙忙于吞食它的踪迹。

你都看呆了。头上，是欢乐的光尘旋卷成的光罩，脚下，是亿万光尘敏感的震动，颠簸。

到处是光束的绷得紧紧的弦，颤音飕飕响过，急箭穿刺光浪的轰轰声震动耳鼓，全光中你必须有高度灵敏的听觉。你的感觉必须像牧马人的绳套，能在急速的甩动中套住急速奔驰的光浪。

一团又一团光浪在急速奔驰中不见了。全像是一声声无声的霹雳，莽莽撞撞，发酒疯似的一顿乱来，干什么都不留余地，都干脆做绝，而且是一声不吭的，突如其来。

而后又撒手不干了，谁知道为什么，谁敢相信这就真的不干了。还是那么目光炯炯的，叫你只好不停地揉眼睛，只当是自己眼花了，有错觉。

全是些顽童，全是些无意识的胡来，只不过为了好玩，只不过觉得这样很有趣。全是些毫无顾忌的荒唐行径，全是些恶作剧，鬼把戏！

你能承受得了吗？这混沌的全光，全光的混沌。

在这一片光彩夺目的乱七八糟面前，你不能不强迫自己去适应它了，真是要有好糟就有好糟！

而这所有的一切光尘呵，光束呵，光波呵，都像大大小小的水晶球一样各自拥有无数个聚焦点，反射出这种种的胆大妄为，无法无天，这些亡命之徒，拔下了庄严圣像的庄严胡子，扯下了神圣的杏黄旗，撕得个稀烂，还要把它倒挂起来，为了逗乐开心。种种的非分非礼，居然都闪闪发光，居然都是水晶球从无数个聚焦点发光，居然都美丽动人。

都在乐呵呵地发光，不知死活地发光，都以为这一片闪闪的汪洋是讨人喜欢的，都在乐呵呵地闪闪着。

简直不像个样子，没有一点秩序，可谁也顾不上谁是什么样子，只是一头栽进全光的混沌里，乐呵呵地，只管闪闪，只管发光。闪闪被闪闪挡住了，一头撞去撞得粉碎了，粉碎了还是乐呵呵地，早知道会有这一下的。

就这样，在全光里凝聚，形成，这都好像是早先没有预料到的，没有哪一个给预先安排的。

还是追逐，都在逞能，斗狠，谁也不服输，可谁也追不上谁。

现在你知道了吧，发光，这是和凡间世上穿衣吃饭一样平常的事，在爆炸性的闪闪中，水晶球是谁也不干扰谁的，像凡间世上那样嫉妒来代替竞争的事，这里是没有的。

你的躯体深处开始了不明显的轻微的骚动，烦躁，不安，频率逐渐增高，并向外部延伸，体温在上升，通身上下感到刺痛。躯体有冰层的灰白，灰白里透出星星火光的晃动。冰层下面，起伏流淌的波浪溅射起光点的水珠，炽热而尖锐，你的躯体成为一座喷水莲蓬，布满透光的小圆洞，光点的水珠一个劲儿向外冲去，你发光了，就像一只鸟想飞的时候展开翅膀一样自然地发光了。

辛辛苦苦培植的光萌芽了。起初，光是小心翼翼的，微小得像被微风轻轻吹送的铃声，柔和得像快要烧完的炉中的最后一块煤，送来贴着你的面颊的爱抚的温暖，闪动着像东一句西一句说不完说不清的体己话，隐隐约约，像别人看不出看不懂只有你才知道的情人的眼色和手势。

你对自己说（你只能对自己说）：小心些，不要惊动它，不要大声赞美它，要轻轻地说。

其实，这都没有什么必要了。用不着惊奇，光点早已在躯体里成长，增多。灼热是因为它在分裂，刺痛是因为它被掰成两个以上的小光点，骚动是由于不断分裂和光度不断增强。整个混沌在全光中闪闪着，光点更快地从你的躯体向外冲去。小圆洞喷出的光的水珠，使光雾蒸腾中的你通身上下光滴淋淋地，处处都是点点斑斑的光渍了。就像你的心也跳出了胸膛了，化成了这无数颗不停地跳着的小小的心。真有些叫人受不了，太紧张了，太狂热了，连耳朵也在轰轰地叫了。闪闪中全新的光照关系、光照结构充塞整个混沌，充塞你的通身上下了。

无数由于光的饥渴而枯萎的贪馋者都该欢乐了，都会恨不得一口气把光一饮而尽了。不知不觉地你都成了无数光点组合成的多光体了。闪闪中，光波互相淹没，互相吞噬，光点的队形更加复杂了，颤动得像一匹飞舞的锦缎，更加暖烘烘了。

记住：作为参与光，在全光中你会慢慢地适应的。光束就有这么顽皮，这么活泼。随随便便就把自己搅成一团，忽然又随随便便就抖开了一团光球，然后，又那么耐心地把发丝一般细的光芒梳呀，梳呀，梳理成亮晶晶的马尾巴那样的一长串，火星迎风飘散。

以火为主要成分的光点，熟练地通过热的基因，牢牢控制新生光点的生命特征，控制他们的形成和发育，光的信息涌来，你陶醉了。在全光中不陶醉是不可能的。

你成为全光中无数有形无形的光柱中的一个了。你也是一个光信号系统。你的躯体是许多互相绞合的螺旋形光链的组合。所有的光柱都像舞蹈者酣舞中突然转过身来的那一瞬似的，有着自信的、神秘的笑容。光柱森林的倒影照满林边的光湖，每一株都被映得水灵灵地，都把脚浸到柔软的光波里了。光链的排列顺序不断变更，光点接受的亮度指示也在不断变更，光的落叶纷纷落在光湖的滟滟波纹上，那是光点在忙着读解全光的指令，努力要达到在水中燃烧，每一根光柱都那么讨人喜欢，都在自夸：“你看，我是挺不错的嘛……”都射出挺招眼的长睫毛般的光芒，脸上都是那么红扑扑的。

你感到热，全光中，热是一点也不会浪费的，发光是不会使热能失去的。到处都布满光的灰尘，到处闻得到光的又凉沁沁的又火辣辣的，简直有点蜇人的气味。光珠到处迸射，像一只只追不到的飞弹，迸射中有那么多意想不到的姿势。光雾缭绕中最后一丝阴影在融化，光度由于不断加强的发光运作而得到保持，朵朵光花绽放，像精巧的工艺师刚刚从吹管吹出的通红的玻璃瓶，一只瓶就是一盏灯，所有的灯都点亮了，千盏万盏聚在一起，哆嗦着的光波，像千万双贮满莹莹泪水的眼睛在激动中向你传递意味深长的暗示。

水流没有它矫健，声波没有它的敏捷，它是暴烈的，这起伏绵亘的光波，比电波更善于传播，比磁场更善于吸引。积蓄着太多的光能就像憋着一身力气一下子使不出来，忍不住喘息着，忍不住呻吟着，急急忙忙，一边发出光，一边接受光。全光中出现了更多的垂直和倾斜，更多的强、弱，长、短。多种不同的强度混合在一起了，热热闹闹，前仰后合地笑着，丰富得叫人说不清楚的光谱向你直奔而来，密集的滔滔光波是决堤的沧海，把你卷进了光的横流。

你发觉，好像有一朵光紧跟住你，其实这朵光就是你自己。你发现你像一只浮标颤动在沧海上，在忘记了一切的激动里闪闪着，你禁不住想问自己：可不可以凭这朵光来预卜自己的未来？

光早已无阻拦地冲出你的躯体，你的躯体早已是斟满琼浆的杯，光液早已漫出杯沿，你的意愿在光液里浸泡得更加富有生气了，在闪闪的意愿的挑逗撩拨里你通身上下震颤得更加猛烈了。终于，你在全光中一点不剩地溶化了，你成了全光的一部分。

全光是个无涯际的光衾，你有了你的生态衾位，有了你的特定的生命环境，它是为你的新的生命形式的存在创造出来的。全光的创造者中有微小的你在内，全光中有你微小的位置。

于是你敢于相信你是在绝对清醒的梦里，你已经纯净，没有一丝多余的杂质，没有一抹皱褶。每一朵光都可以透过你望见另一朵光。你敢于相信自己也是光源，你赖以生存的光里有你自己发出的光。需要的自由，自由的需要，既与未来无关也与现在无关。你可以任意改换射线，从身边所有的反光体得到反射，它们会给你最亲切的问候，你能得到无限延长的回忆般的愉悦。所有的发光体都因愉悦而透明，而虚空，当你射向它们时你得到的回报是无限量的包容和放纵。欣喜使你不断改变光速，熠熠生辉的是你永远属于第一位的意愿：你没有一个回答，你只有无数个提问。现在，你可以放心向世界发问了，问你想要问的一切。你就尽情地问吧，什么都问。

你发现，从某个时候开始，你已经是一个活泼的存在，而不是某一个类目里的某个抽象的称呼，你已不只是一个躯壳，而是一个有血有肉的人，整整一个首先属于你自己的世界。

你将坚固起来，那是凝聚更多的热和力所必需的，是永恒的发光运作所必需的。

你相信光，你得到光，你发光了。

你呀，你总算加入了全光的混沌，通过闪光，你富有了，闪闪中没有衰老，反背双手踽踽独行的日子已过去很久。所有的手都已伸出来了，举起来了，所有的手都握成紧紧的拳头。你将更加坚固。

无论是从近处还是从远处看，你都一样高大。无论从哪一个角度看，你所展示的棱面都一样丰富，它们之间的组合都一样出奇地美妙。

你也应该是一个结晶体。

总算到了这个时候了，每一个结晶体都无比璀璨了，都尽情尽兴地放光了。多得数不清的射线互相交叉又互相穿透，千变万化的光速形成了纷纭的折射，开创了前所未有的宇宙景观。

幸福的清醒呵，没有什么能够扰乱它了，它在自我更新里甜蜜地溶化着。

不是非我，更不是第二我，和全光中的壮丽景观相比，你还觉得自己有些暗淡吧，因此，你已是新的你了。

混沌初开，你将再次超越你自己。

1986年夏，1988年春，1989年冬

评　论

再会吧，浪漫主义

下面这篇较长的谈论，是想在勾出世界现代诗发展的轮廓的同时，勾出中国现代诗发展的轮廓。这无疑是难度较大的工作。限于能力，只能谈成这个样子了。

19 世纪末以来世界诗歌的发展是现代主义逐步取代浪漫主义的过程，这是文学史上的既成事实。因此，我们从浪漫主义谈起。

谈论中很少用现代主义这个词，一般用现代意识。现代主义其实也不是什么异端教义，或某种艺术上的怪癖偏好，对事物的认识有时要有个曲折的认识过程。看来，重要的是不能形式主义地理解现代主义。

波德莱尔，我们谈论得较多。他是重要的，多认识他，就多认识现代诗。

从魏尔伦起，我们谈得较为简略，但力求保持现代诗发展历程这条主线。略去了里尔克，凡尔哈仑，聂鲁达，布莱希特，阿拉贡，艾吕雅，俄罗斯后白银时代诗人群，以及稍后的叶赛宁、马雅科夫斯基。如果要谈，这篇谈论就会更长了。他们是应该的谈的，像布莱希特，30 年代后期他和卢卡契的论争，对我们来说，就是意味深长的。但我想，暂时不去谈他也可以的。

苏联革命前夕和初期的诗人们，也仅仅只是提到而已，反正，我们大体上是比较熟悉的了，我们有过相近似的遭遇。

关于中国现代诗的发展过程，谈论得也比较简略。我的认识是，现代意识绝不是与现代生活中的重大问题无关的。我是从这里看中国现代诗的发展趋向的。我认为，“五四”以来各个流派和诗人们的得失，从这里看比较清楚，但我们没有一一细谈。

现代意识，现代诗，现代诗学，在谈论中都多少涉及了，但还不是正规的理论探讨，对于正在发展中的事物，进行科学概括和理论抽象是过于匆促了。对于现代诗学的系统论述，哪怕是个人的不成熟的理解的表达，也不能不慎重。像《野草》和《恶之花》的比较研究这样的课题，也是必须付出长时间艰苦的劳动的，这些都只好俟诸来日。

1・浪漫主义，文学的基本精神、素质，一种文学思潮，一个文学运动，还是一种创作方法？

文学发展的主要形态是不断产生丰富的新的文化现象。思维的勇气和想象的勇气是文学的两个主要素质。文学发展的速度受着社会的、经济的动因导致的人类思维和文化生活要求的变化以及前代文学成果积累的影响和制约。19 世纪，在人类生活开始空前规模的大变化的前夜，文学本身的变化更为明显，更加令人目眩神迷。

科学家们对丰富复杂的文学现象的研究，主要集中于文学素质的探求和文学创造规律的总结。在其出现时是活生生的，在其长期存在时还是活生生的文学现象，对它的观察必须是长线的、与时俱进的跟踪观察，只有这样才能得到时间给予的最佳观察结果，评论家们的论断往往难免是假设性的，某些术语和概念难免是为研究的方便采取的权宜之计的产物。这在科学研究中是正常的，但把它们绝对化就违反科学规律了。19 世纪以来流行的“浪漫主义”这个词就是这样。

浪漫主义，如果是一种创作方法，它和古典主义有什么不同？是对思考和想象的控制，对完美形式的追求吗？浪漫主义的为理想赴汤蹈火的勇气，不羁的瑰丽想象，一泻千里的奔放热情，艺术创造世界的大胆开拓，古典主义就没有吗？难道莱辛和高乃依热情的分量，会比拉马丁、缪塞的轻？拉马丁、缪塞，还可以下追到瓦雷里、马拉美，对美的形式的追求，用心少于古典主义，成就逊于古典主义吗？人物和形象的理想化，甚至从荷马到莎士比亚，一直到莫里哀（他被称为新古典主义），都是在发展着的，很难说只有斯塔尔夫人和乔治桑的人物才是理想化的。如果说阿达拉和勒内，曼依莱思戈和格里欧骑士是理想化的，那么，堂吉诃德和桑丘·潘沙就不属于理想化的？

和莎士比亚的四大悲剧相比，我们竟很难找出与之相当的一位浪漫主义诗人流露过像那样的如火如荼、惊心动魄的热情。力求旗帜鲜明的评论家总是没有忘记他所作的判断的严格性，除了把现实主义作为无保留的赞许之词，更慎重地将对他们来说本属贬义词的浪漫主义分为积极浪漫主义和消极浪漫主义两个级别。但是，由于被称为浪漫主义的诸种特色归根结底仍然是文学的基本元素，实际上也是现实主义创作方法的不可缺少的条件，评论家们在具体作家、具体作品面前只好闪烁其词或顾左右而言他。《红楼梦》有那么多“非现实”的成分，《水浒》也是这样，还有《聊斋志异》，他们确实下不了决心去判之为浪漫主义，只好以“独特的手法”之类的遁词，网开一面。拜伦，是积极的浪漫主义，但《曼弗雷德》《恰尔德哈罗德游记》，还有《唐璜》，怎么说好呢？就说是“愤世嫉俗”吧。消极和积极，又变得很有伸缩性了。至于写了《欧根奥涅金》的普希金，实在是应该加之以“现实主义诗人”的称号的，但似乎又有不妥当之处，因为诗，总该是浪漫主义多一些的。

评论家缩小了范围，浪漫主义用以专指文学现象中次要的、据认为是消极的一面。无病呻吟，脱离现实，内容空虚，形式华丽……这些古典主义文学衰落期的弊病，被对它迎头一击的浪漫主义顺势接了过来，改头换面，成为感情做作夸张到无法控制的地步，醉心非现实的虚幻世界，用离奇情节和荒诞的异国情调掩盖内容的空虚，非理性的联想，奇特的语汇和语法构成的怪异形式等等的古典主义变种，打倒了古典主义的浪漫主义原来只是改头换面的古典主义，这难道不是倒退或比倒退更坏的前进？文学可以像这样地发展吗？

片面地理解浪漫主义，夸大文学现象中的浪漫主义部分，其结果只能是贬低文学本身而抬高伪文学与准文学。我们是不是要把那些所谓的哀感顽艳，缠绵悱恻，一把眼泪一把鼻涕的鸳鸯蝴蝶派言情小说也算作高乘的文学作品？是不是要把情节离奇曲折，人物病态地具有离奇本领和宿命的归宿的武侠小说也算作高乘文学作品？虽然它们倒是确实具有那些“浪漫主义要素”的。

看来，不适当地使用这个没有明确定义、界说的术语，已经使人厌倦了。人们称加西亚·马尔克斯的《百年孤独》是魔幻现实主义的作品，得到同样称呼的还有好几位拉美作家。浪漫主义这个词被使用得比较少了。《红楼梦》的魔幻成分并不少于《百年孤独》，有称之为“现实主义与浪漫主义相结合”的，甚至有称之为“政治小说”（有没有这种东西？）的，这当然不说明《红楼梦》的高明或说这话的人的高明，只能说明它确实是人类文化瑰宝，任何人都想拿它来派用场。

同样这也说明，“浪漫主义”现在也还有市场，也还有人丢不了它。

2·波德莱尔的出现，开始了现代意识取代浪漫主义的过程

19 世纪法国文学的繁荣，一般习惯称之为浪漫主义运动，从夏多布里昂，斯塔尔夫人到戈蒂耶，持续了将近半个世纪，高峰是 1827 年雨果的《〈克伦威尔〉序》的发表和 1830 年《欧那尼》的上演，对没落期的古典主义取得了摧枯拉朽般的决定性的胜利，戈蒂耶的《莫班小姐》（1834 年）成为它的变了调的袅袅余音。戈蒂耶宣称“我对某些事物和人物是否喜爱，与它们对我是否有用恰恰相反”，“功利主义的原则和我格格不入”，“……我认为享乐才是生活的目的，才是世界上唯一有用的东西”，至于社会理想，戈蒂耶搬出傅立叶的一套（按照他的理解），我们看到，戈蒂耶的危言耸听和雨果的思想原则距离有多么远！而他的惊世骇俗之论却是当时文学发展的必然产物。戈蒂耶敏感地领悟到文学大变革的时代已经到来，他却只能用破坏性的姿态迎接它。被称为唯美主义者的戈蒂耶举着“为艺术而艺术”[它的含义的充分表达应是“为艺术（的发展）而艺术”]的旗帜，一心想要表达最新的对他来说是最理想的美，但他没有能做到。做到的是他的追随者波德莱尔。

1853年，在《恶之花》初版的扉页上，波德莱尔这样题献给戈蒂耶：“给纯真的诗人，法兰西文学的完善的魔术师，我最敬爱的导师和良友泰奥菲尔·戈蒂耶，以最真挚的，谦卑的心意，我献上，这些病态的花。”然而，《恶之花》和《莫班小姐》（以及戈蒂耶的其他作品）又有多少相似之处呢？用我们中国人的说法，佯狂玩世的戈蒂耶是想“隐于美”，想要隐遁到他所理想的那个“美”里面去（他的失望是必然的），波德莱尔却向新的生活狂热地突进，他受苦，挣扎，用他的方式向充满敌意的生活挑战，反抗，败北，绝望，这条悲壮的道路使他走到艺术的峰顶，他成为新、旧文学交界处的分水岭，现代文学，首先是现代诗的源头就在他脚下。

19世纪下半叶法国文学艺术的发展具有质的飞跃的性质，现代诗和现代艺术的腾飞产生了世界性的影响，其意义也许只有意大利文艺复兴可以比拟。势头来自以雨果为代表的浪漫主义运动。（相比之下，英国的浪漫主义运动显得多么拘谨而步伐缓慢！）现代诗的发展，不管人们愿意不愿意，结束了浪漫主义诗歌观念的统治地位，诗歌是最具有思考的美了，而且这种思考更加具有现实性，可以说，巴尔扎克在小说领域，波德莱尔在诗的领域，第一次把思考和现实结合到新的深的层次，这才是真正的现实主义。我们曾经从雨果的《惩罚》《穷苦的人们》，还有像维尼的《号角》等被称为浪漫主义的杰作里看到现代诗出现的先兆，正像我们从库尔贝、米勒等巴比松画派画家的作品里看到以印象派为肇始的现代绘画出现的先兆一样。文学艺术是按自身的运动规律发展的，这个规律或许可以总结为：时时刻刻，新的总是在取代旧的。因为这个规律同时也就是人类生活的不可更改的规律。学院主义的安格尔的不自然的室内光和赭色调子，适应于宫廷和贵族沙龙的安闲逸乐趣味的狭小天地，和大工业生产开始欣欣向荣地发展的整个现实生活脱节了，和人们的艺术欣赏要求，艺术创造方式脱节了，除了果断地抛弃其无益部分，不能有别的选择。闯进新的生活里的波德莱尔并没有被吓坏，他不想逃避，而他不能不用新的方式，从新的角度来进行创造。可是人们倒被他吓坏了，人们想逃避他却逃避不了（他的魅力偏偏有这么大!）人们感到用贬义的浪漫主义称呼他还不够，于是出现了“颓废主义”这个称呼，也不管是否符合实际，至今，稳健的学者们还习惯于沿用它，并从自己口中吐出的烟圈里，想象和找寻波德莱尔的颓废。

3·波德莱尔的开拓，人类心智的新景象：痛苦的思考

现代诗歌不同于浪漫主义及此前所有诗歌之处，是用思考代替了抒情的主体地位。19 世纪下半叶以后，随着人类生活进入机器生产，大工业生产引起的根本性变化，封建制度下的农业生产社会视为神圣圭臬的牧歌式抒情已经跟不上新时代的生活节拍。一往情深的抒情，在复杂多变的社会生活所引起的咄咄逼人，接二连三出现的新的思考命题前面，愈来愈像个恩断义绝的过去的恋人，彼此之间剩下的只有比泛泛之交更为冷淡的关系。似乎，人类热情的圣火如今已烧向理智，而让感情的余烬在新的生活面前逐渐冷却。严格意义上的诗，抒发的已经不是生活所激发的感情的火花而是思想的火花和痛苦的思索过程留下的一道道印迹，或一个个伤口，淤血和肿块。

波德莱尔以文学史上罕见的真诚和艺术追求勇气，第一个进入现代诗领域，翻开了文学史新的一页。他的不朽的功绩却没有能得到公认，往往被称为浪漫主义（肯定意义上的）的叛逆和所谓的颓废主义的始作俑者，这是多么的不公正。

他一直为痛苦的思考所困扰，在 1853 年 3 月 6 日写给他的母亲奥彼克夫人的那封著名的信里，他诉说：“有时我渴望无休止的睡眠，可是我睡不着，由于我总是在思考。”“我的精神是这样地负荷着繁重的思考，因此没法睡着，总是有叫人忍受不了的梦魇和激动。”他没有把自己当作先知，他写的也不是那种所谓的“哲理诗”，甚至连智者也不是，他抒发的只是思考的痛苦，在心

智世界的奔突、挣扎：

在你的岛上，啊，爱神，我找到一具

象征的绞刑架，绞杀的正是我自己的影像。

啊，上帝，请赐我力量，赐我勇气，

好忍住呕吐来观看自己的灵魂和肉体。

——《西提岛之游》

他审视的是他自己，诗人总是通过审视自己审视世界。我们必须感谢这个善良人，他没有给我们指引迷津的箴言，也没有苦心雕琢的让天真的中学生忍不住要抄进封皮上写有“请勿翻阅!”的小笔记本里的警句。他只是不害臊地呻吟着，嚎哭着：

一大群鬼怪聚集在我们脑中，

万头攒动像成团的蛔虫；

死亡那看不见的河流，

哀嚎着流进我们的肺腑。

——《恶之花》序诗

这就是他看见的人类心智世界的新的景象，多么像尼采！感谢天，幸亏他不是哲学家。他，这匹初生之犊在力所不能胜任的如此重大的思想课题前，只是不顾一切地拷问自己、挖掘自己，并且不断地发出绝叫：“我寻求的就是空虚、黑暗和裸露!”（《着魔》）“我憎恶热情，理智却使我变坏了!”（《秋天的十四行》）“啊！卑鄙的伟大，崇高的耻辱!”（《你要把整个宇宙……》）他从对丑恶的现实的审视得到出乎他意料之外的、使他惊奇但又不能不接受的价值观念，他的思考不能不进入一个更严峻的领域。在《深渊下的呼喊》里他写到道：世界上没有一种恐怖能超越过这冰霜般的太阳的冷漠残酷，跟洪荒时代的“混沌”一样的无穷黑夜。他是多么羡慕那些下等动物的命运，它们有本领沉溺于昏昏沉沉的睡眠，时间的线团以如此缓慢的速度解开！（大意，下同）在《墓地》里他写道：一年到头，你都能听到在你那受刑罚的，有群狼和挨饿的女巫凄凉的哀鸣，有猥亵的老色鬼的下流动作，以及卑污骗子的诡计！在他的诗里第一次展示的这些呈现于他的心底的可怕的人间相，让他赢得“颓废主义”的称号，在人们的牢固的传统观念前他不能不付出代价。他才是真正的殉葬者！或许由于我们的审美活动也逃不了这个规律：对新事物得有个习惯过程。毕竟，这个过程不算太长，今天我们都明白应该衷心感谢他的非凡胆识，一鼓作气把诗推到一个新的高度，不仅夜莺，玫瑰，湖水……成为陈迹，一片废墟，一轮残月，一个白袍垂地的梦游女……也成为了陈迹，慷慨激昂的呐喊、缠绵悱恻的哀吟、宛转曲折的倾诉……在他的严峻的思考面前也叫人觉得多少是浅薄的、有着为现代人所不容易接受的浮夸成分，我们总不能老是让古老观念支配。波德莱尔的精神世界是生气勃勃的，现实生活因他的勇敢剖析而显露前所未有的，具有新的质的美，这是人对可怕现实的征服，不是人被可怕现实征服：

我知道痛苦是最为高贵，
人间地狱并不能把我损伤，
得要用全部的光明，一切的领域，
才可能把我神秘的冠冕制成。

——《谢天恩》

艺术家都必须在历史使命感（社会的和艺术的）里面找到自己的安身立命之地，对它的意识越是清醒，艺术家就越是强有力，只有这时候他才能与历史同步，站在历史的高度上宏观地把握世界和艺术，达到心智的清明，感到那种超功能的无往不胜的创造力。在《飞翔》里，他写道，他将要把背负着浓雾般的人生重担的厌恶与无穷的忧郁丢到后面，他宣称：幸福的人能够用有力的翅膀向光明澄静的境界飞奔。在《灯塔》里，他从赞美上帝开始，赞美给人类以光明的艺术家们，宣称这实在是我们用自己的尊严提供的最好证明，而千年万代流荡的强烈的啼泣将会消失于上帝的永恒的岸边！只能说他在这首诗里所作的对卢本斯等八位画家的观照完全是现实主义精神的焕发。这不是浪漫主义，更不是颓废主义。他充满信心：

诗人正像这云中的王子，
驱策风暴，睥睨猎人，
一旦落到尘埃，便引起嘲笑，
垂天的巨翼妨碍它自由前行。

——《信天翁》

误解、揶揄、嘲弄以至污蔑，都是意料中事，他不会理睬这些，他早知道，他：

因为想变换位置，
总要被问罪受罚。

——《猫头鹰》

4·最初和最后的误解。“颓废”开一代诗风

他招来的恶名是“颓废”。既然是颓废，也就是宣扬无思想了。因为他的诗里总是出现诸如坟墓、蛆虫、香料、骷髅，还有荡妇和她们的头发、涎液等等被认为最能标志颓废而最远离崇高思想的事物。难道真的写什么和怎样写它们无关吗？谁不懂得这个简单的道理？

构成波德莱尔壮丽的精神世界的这一切，成为现代诗歌的黎明前那一顷刻的嘹亮号角的这一切，只有在波德莱尔笔下才能以如此浩浩荡荡的声势流涌出来。

他这样抒唱历史使命感：时间咬啮着生命，而隐形的敌人吞噬着我们的心灵，用我们丧失的鲜血使自己茁壮生长！（《敌人》）诗人清楚地看到生命的——历史和艺术的危机，他行动了，用诗人的，自己的方式行动。他宣称：对我来说虚无是一个叛逆！所有的一切，连死亡在内，都骗我们，而且永无休止。他叹息道：唉，或许我们应该在某一个陌生的国土里，耕耘沙碛的土地，而且用粗笨的铁铲在我们滴血的赤脚下往深处挖去？（《骸骨耕耘者》）在《恶运》里，他宣称：要举起这沉重的担子，像永远无法把巨石推到山顶的西绪弗斯那样，要有勇气，只管尽力工作，艺术千秋而光阴易逝！出现在我们面前的是米开朗基罗式的巨人，他所要从事的是前人所不敢想象的开拓，严重危机（对于他，正好是不可多得的大好时机）下的，在一个全新的陌生国度里相对来说是荒瘠的土地上的耕耘，诗人面对的是这样的“人”和“海”：

你俩是同样的幽暗而神迷，
人啊，没有谁测知过你的渊深；
呵，海，没有谁认识你内在的丰富，
你们多么自私地保有你们的秘密。
可是许多世纪以来，
你们就无情地矢志相争，
你们俩都酷好屠杀与死亡，
呵，永远的斗士，难以调解的弟兄！

——《人和海》

思考，必须思考，只有思考。正像恩格斯所指出的“古代作家的性格描绘在我们时代里是不够用的”，必须去发现，创造！诗的任务已经不只是宣泄，更重要的是思辨。已经不只是描摹心理过程，而是要描摹思维过程为主体的整个精神活动过程，于是诗人发现了新的美。

他宣称：其实，我们，颓废的种族，有着古代种族不熟识的美感：让内心的溃疡腐蚀了的脸庞，还有那世俗所谓的病态美。诗人是非常清醒的，这一切并不就是颓废，颓废只是个悲惨的起点。他继续写道：但是，我们迟熟的美神的这些小玩意，都不会影响到衰弱种族描摹对青春的衷心崇敬，那种神圣的青春……飞翔于万物之上，高高兴兴地散布香气，歌唱，和温柔的热情！（《我爱裸体时代》）当然，诗人发现的新的美不可能是一般意义上的，天下通行的，磨得光滑到不能再光滑的人人都可以接受的，依照美的平均数做出来的“标准美”，却是（只能是）棱角锋利的，用他的奇特个性体现文学史上第一次出现的，因而也是不可能为所有的人特别是那些固执传统审美观念的人（就是今天也还不少）所能愉快地接受的新的美。由于浪漫主义这个宽松的概念不足以形容波德莱尔的美学特点，人们使用了“颓废主义”，很可能使用它的人也不完全是望文生义，也不希望别人跟着望文生义，至少是撇开了浪漫主义了。也有人说是“恶魔主义”，这似乎较接近真实情况。如果这两种称呼都是对波德莱尔的最后评价，我们又该怎样理解他的开一代诗风的巨大影响呢？

到底什么是波德莱尔的美的特征？

5·新的美学观念的获得。新的美——内心搏斗的发现

文学用形象进行对现实的艺术概括，用形象的动静表达人的精神活动。难怪，人们从波德莱尔作品里频繁出现的尸体、墓地、深渊、老妇、盲人、乞丐、蛇、猫头鹰、幽灵、吸血鬼……以及与之紧相关联的病、死、惩罚、憎恨、忧郁、痛苦、哀伤、恐怖、虚无、自我折磨、孤独……先入为主地形成“颓废”的印象。然而，人们也可以很快发现，在波德莱尔这里，传统浪漫主义所曾经有过的，或不可能有的（那些和人们习惯了的“美”的观念距离多么远的或者正相反的）形象和精神状态，都已经被赋予了或者本来具有不容忽视的新的质。人们记起了他是一个现代诗人，与以往任何诗人不相同的，第一个现代诗人。

《通感》无疑是现代主义诗歌的第一篇宣言，这首诗在美学史上具有里程碑的意义：

大自然是一座神殿，活生生的柱子
时时从那里吐出噪杂的语言，
人们穿越过象征的森林打殿前走过，

柱子朝他们注视，殷勤又亲切。

仿佛是长长的回声从远方
溶合为神秘而深沉的一体，
浩瀚又黑暗又好像光明，
芳香、色彩、声音在互相感应。

有一些香气鲜嫩如婴儿的肌肤，
双簧管一样柔和，草原般青绿，
还有一些呢，腐朽，浓郁而神气。

具有着无限事物的扩展、伸张，
犹如琥珀、麝香、安息香和乳香，
歌唱着精神与感应的运行来往。

新的美学方法的获得，对于现代主义诗歌的发展有决定性的意义。在波德莱尔身上，我们看到，现代主义的出现和灿烂前景，是水到渠成，呼之欲出的了。我们也看到这种美学方法不是单纯的技巧，从波德莱尔开始，诗人们由抒发转向内省，不是现代主义的美学方法教会诗人们去思考，而是现代人——现代诗人的思考教会诗人创造新的美学方法。

认识波德莱尔是一个思考的诗人是不够的，理解波德莱尔，必须理解他的思考乃是一种多么痛苦的思考。《在折磨自己的人》里，他写道：没有愤怒也没有仇恨，我打击你，跟一个屠夫一样，像打击岩石的摩西，我要用从你的眼睑里喷射出来的痛苦的眼泪，来浇灌我的撒哈拉沙漠。我那被希望胀满的欲望在你咸味的泪之河流游泳。……我是伤口和匕首，我是耳光和双颊，我是四肢和车刑磔架，我是被害者的刽子手！我是自己内心的吸血鬼。——在被判处无期徒刑期间最后受到抛弃的一个，微笑不可能在脸上出现！文学史上，谁曾提供过如此残酷的思考的画面？惊世骇俗的卢梭，只能让已经叫他心力交瘁了的“遐想”来作不算完善的注脚。诗人几乎在痛苦的思考中得到那最高的欢乐，他认为：人类一刻也不能没有叫人烦恼的毒蛇来给他考验（《警报器》）。在《旅行》这首诗里，充分展示思考的艰苦历程（这首诗叫人想到它很可能就是艾略特的《荒原》的最初萌蘖），在诗歌史上是空前的：开始，应和着波浪的节拍，我们出发，在海面的无限上有我们的有限，那些旅行者，他们像新入伍的兵士梦着大炮，梦着无边的快乐，瞬息万变而无从测知的，人类的心灵从来没有知道它是什么！他们的入迷甚至是不可原谅的，不可解知的命运，它的目标随时变动，说不上在哪里，又可能哪里都是！那里，人类的希望永远对它热烈向往，像疯子一样总在追逐想得到安息！呵，向往虚无乡的可怜虫！这醉昏昏的水手，这把幻象搞成更加苦味的深渊的发现美洲的人，要不要给他套上脚镣手铐，丢下大海？接着，诗人问：不寻常的旅行家呀！……说吧，你们看见的是什么？我们看见星星和波浪，也看见沙漠，而欲望总在引逗我们！——享受使欲望的力量增长，欲望，用快乐做肥料的这棵大树，你那树皮更加厚更加硬的时候，你的枝叶就更渴望着从近处看看阳光！以下，还有什么？呵，不懂事的头脑！为了避免忘记至关重要的事情，我们到处观看，却不是有意寻找在从低到高的命运阶梯上，人类无法摆脱的罪孽的枯燥现象：下贱骄傲又愚蠢的奴隶，认真周到地媚悦自己，不倦地自怜自爱；男人，饕餮好色刻薄贪财的魔王，奴隶里的奴隶，沟洫里的浊水；得宠的刽子手，痛哭失声的烈士，以血为调味品的芳香馥郁的华筵；叫独裁者瘫痪的剧毒的权力和那喜欢粗鲁的鞭打的黎民……上面这些就是地球上永远不变的讯息。旅行者在旅程中得到的就是这些苦味的知识，这个世界单调乏味而渺小，今天，昨天，明天，老是让我们自己看到自己的影子：枯燥无味的沙漠里吓人的绿洲。最后是“死神”，老船长啊，时辰已到，启碇吧！……用你的剧毒向我们倾泻，让我们精神奋发！这炎炎烈火烧烤我们的脑袋，我们情愿投向深渊，不问那里是地狱还是天堂，只要在“未知”的底里寻找“新知”！这首分为八个章节，将近一百五十行的长诗，对理解波德莱尔十分重要，这是他最长的一首诗，它展示的戏剧性的精神探险过程，以其悲壮的执着的坚强信念的光辉震撼了我们。不能说波德莱尔的思考达到怎样的高度，回答了时代所提出的哪些尖锐的问题，也不是说思考本身从方法和结论上为思维领域带来什么新的东西，冷静地考察他的整个思想活动，只能说他并没有发现、发展和获得什么，他得到的或许只是负数。那些应该由思想家来完成的，我们没有理由要诗人来完成。我们说从波德莱尔起诗人都必须同时是思想家，说的是他们应该是思考着的人，他们应该是引导人们去思考的人而不一定是给人结论，甚至不适宜于教给人应该怎样地思考。波德莱尔以后的这一个多世纪以来的世界诗歌的发展正是这样地告诉我们的。思考的诗带给诗歌艺术的作用远比带给思维科学的作用巨大，这首先体现在诗人波德莱尔的自我完善上。

对于波德莱尔，思考是内心分裂后的无情搏斗，两种（有时是两种以上）判断取向血淋淋的短兵相接，他的思维有极端严厉的表情，永远没有带一丝笑容。思考给予的欢乐只能表现为更加残暴的追索，诗人把它称为“叫人烦恼的毒蛇”的考验。现代生活提供的思想素材已经不可能沿用《神曲》和《浮士德》的方式处理，但丁和歌德曾经运用自如的方式，拿到如此纷纭复杂而多变的现代生活里来会是无能为力的。想采取老方法重新发现一个美洲，醉昏昏的可怜虫，只叫人想让他们戴着镣铐沉入大海里去。而求知的欲望，在享受思维的灌溉之后却在不断生长成为枝叶，更加渴望亲近阳光的大树。现代生活提供的思想素材，地球上永远不变的讯息，人类永远无法摆脱罪孽的枯燥现象却能够为思考提供苦味的知识，我们是值得为“在‘未知’的底里找寻‘新知’”而投向思考的深渊，这样的心态是崇高的。诗人在《深渊》里写道：我为睡眠忧虑，就像人们忧虑深渊，充满着可怕的浪潮，引导人们向未知走去，我只看见每一扇窗户都显示无限，而我的内心总是为晕眩困扰，真羡慕那渺小的麻木不仁。呵，不要离开“数字”和“存在”。谁能不从这里感到孕育着雷暴的浓云般的阴沉格调？谁能不联想起陀思妥耶夫斯基，现代小说的祖师，谁能不联想起尼采，现代哲学的第一个殉教者。

但，诗人毕竟是诗人，诗人有自己的道路。

6. 地狱般的巴黎。和怒火一起喷发的思考者的热泪。

思考的意义必然体现于艺术创造。因此，波德莱尔只能是现代意识的，浪漫主义已从他背后消失，只剩下一团黑影（诚然是相当顽强的黑影），而根本不存在的所谓颓废主义，早晚也得化为一阵清风，回归到虚无。

可以从两个方面考察波德莱尔为自己、同时也为人类诗歌文化开拓了什么样的新的领域？与此同时，波德莱尔找到了什么样的新的诗的美？

圣佩韦曾经指出波德莱尔的世界和他人不同：

“从来一切诗人各自拥有自己的领地，

拉马丁拥有天国，雨果拥有大地，拉波哈德拥有森林，缪塞拥有热情与盛宴，别的诗人拥有了火炉、乡村生活等等。

戈蒂耶占有了西班牙和美丽色彩，他还留下什么呢？

这就是波德莱尔拥有的了。”

圣佩韦让别的诗人站在一边，让波德莱尔单独站在一边，波德莱尔可能拥有的是他自己的世界。这个世界远比浪漫主义诗人宽阔、深远。他这样歌唱那高照于巴黎上空的太阳：

仿佛是一位诗人，他漫步城乡，
对美和丑赋予的意义同样高尚；
所有的皇宫和病院他同样君临，
用不着山呼，也无须侍卫成群。

——《太阳》

巴黎是他的世界的主体。巴黎是梦、雾、雨、黄昏和黎明的沉沉雾霭中的遮盖各种丑事的百叶窗，“人烟稠密的城区装满了梦幻，鬼怪们大白天就勾引道路的人……”那里，有着穿丧服的女人，从处处是洞眼的破袜洞露出腿的、头发赭红的女乞丐，盲人们奇奇怪怪像一群梦游病者，曾经是女人的驼背弯腰的怪物——老太婆们，和那美好的夏天早晨横陈于郊外小路上的腐烂尸体。薄暮，“那些狠毒的恶魔昏昏沉沉地醒来，像忙碌的商人，飞跑去敲叩人家的屋檐和门窗”，娼妇们又活跃在街上，“她们在污秽的城中蠕动，像尸虫在人体上偷取食物把自己供奉，……厨房在咝咝地响，剧场在喧嚣，乐队在呼噜。赌兴方酣的客厅里，挤满了荡妇，还有骗子——她们的同谋。那些小偷，既不肯罢手也没有慈悲，他们也就要开始他们的勾当”，喝醉了的杀人犯希望运石料和沙子的卡车狂奔中刚好压碎自己有罪的脑袋……波德莱尔为我们展现诗歌王国从未有过的可以说是惊心动魄的全新画面。

当然，问题不是这些画面的客观的存在价值，真正“客观”的存在是没有的，问题是诗人怎样地感受它和为什么会表现它。“在那古老都城的转变角落里，连最恶心的事物都变成了妙景。”（《老妇们》）波德莱尔为什么在这样强烈的激动中把自己的全部热情投向这个奇特的世界，甘心受苦？

懊丧得像个醉汉，双眼模糊不清，
我回了家，把门窗紧紧关好，
受尽了神秘和荒诞的损害，
我心上发冷，心头却烦恼发烧。
我的理智枉然地设防，
风雪滚滚，夺去它全部力量，
没有桅杆，我灵魂的破船
兀自颠簸在怪异的无边的海上。

——《七个老头》

我们有理由相信“盲人”的感受就是诗人自己的感受，诗人也是“永恒寂静的兄弟”，也在“穿过无边的黑暗”，正当都市“在周围歌唱、欢呼和嬉笑，沉湎于欢乐，直到变得残暴”之时，我们看到，诗人也像盲人们一样步履艰难，“却比他们更迟钝”，我们也有理由相信，诗人提出的问题，“向天上寻求什么呀，这群盲人?”是向世界发问，向自己发问，诗人将代替那些盲人回答。

他是能够回答的。首先，他眼中的巴黎是但丁式的炼狱，他从污秽颓败里提炼沉沦生命的觉醒，这样，他使后来那些时髦的文学明星，例如20世纪30年代出现的第一批嬉皮士诗人，所谓新感觉派的“都市诗人”高克多之流连仰望他的力气（更不用说勇气）都没有。波德莱尔崇高的人道主义在同代诗人中或许只有雨果和他有关联，呈现出相似点。他看到的是人，而不只是五光十色的城市，从这些被城市咬啮着的人身上他好像看到了自己。在《赌博》里他写道，他自己在无底深渊的一个角落里，以手支颐，冷静，无言，羡慕着，羡慕他们不衰竭的热情，以及面前这一切愉快的买卖，而他的心，为羡慕这许多可怜的人吃惊，他们疯狂地向张了大嘴的深渊奔去，对自己的血感到厌倦。诗人发现，到底，他们情愿受苦也不愿死去，喜爱地狱远过喜爱虚空！波德莱尔的人道主义开始对痛苦的理解，对绝望的理解。文学史上还没有过像这样对“罪孽”深切同情的带泪的祈祷，这混和着愤怒的诅咒的祝愿！诗人的沉思有着他自己的新的方式，他必须用这种新的方式才能进入这个新的世界。在《薄暮》里诗人写道：“在这庄严的时刻，我的灵魂：‘你沉思吧，掩住耳朵，别听他们的喧哗’。”我们知道那混浊的喧哗是多么叫人难以忍受！我们也知道波德莱尔是能够忍受这种喧哗，甚至喜爱这种喧哗的，然而他现在必须掩起耳朵，因为他已经命令自己的灵魂：“你沉思吧!”他必须抓住这个对他来说最为合宜的喧哗中的片刻进行沉思。他得到的领悟又是多么平凡，这些被吞噬的生灵，“他们中间还有很多人，从来没有尝过家的甜蜜，从来就不曾生活过!”真是和怒火一起喷出的热泪，我们几时见过这样的奇观!

7.“你把未知的阴冷的光赐给艺术的天空，你创造出了新的颤栗。”

波德莱尔曾经有过的放荡生活经历和他的不同凡俗的艺术世界——阴暗污浊的巴黎使他的头上被并未真切理解他的人顺当地加上“颓废主义”这个

称号，从而造成这样的假象：似乎他是一个沉湎于酒绿灯红、纸醉金迷之中的征逐之徒。事实上，类似这样的生活状态只有极短暂的几年，从1842年获得十万金法郎遗产到1844年法院判决由司法监护人管理他的财产，荒唐的挥霍为期不过两年。我们不能由此断言波德莱尔颓废，正像我们不能因为他曾经在二月革命中参加过街垒战斗而断言他是革命者，他的政治狂热持续时间也不过三年多，但这些对于我们理解波德莱尔的痛苦挣扎当然都具有重要意义。大变革的动荡不安和他生活上、思想上狼奔豕突般的挣扎是他艺术创造的肥沃土壤。在《血泉》里，诗人写道，有时，他，觉得热血在奔流，像流水呜咽，带着节奏；诗人听见它流过时慢声细语，同时枉然去寻找流血的伤口。这股血泉穿过城区，在郊外一片果园，它流去，沿途把石板变成岛屿，它给每一个生灵解除焦渴，随处把大自然染成红色。它是什么？难道不就是从诗人艺术创造的"伤口"流出来的创造物？这创造物具有如此可怕的性质，因为生活的挣扎有近于与死亡较量的紧张性和紧迫感。诗人曾经尝试过到醇酒美人那里去找寻出路（像人们所说的那样），结果呢？"为了有朝能平息那伤害我的恐怖，我常常求助于骗人的酒浆。酒却使我耳朵更聪，眼睛更亮！我到情场中寻找忘我的睡眠，爱情对于我却是带刺的褥垫，为了让残忍的姑娘大口喝我的血浆！"想用世俗所谓的风流韵事来证实波德莱尔的颓废，不仅从诗人的有关作品上看是行不通的，从实际生活看，情况也远非如此，诗人不幸的三次爱情生活说明，在一个真正献身于艺术创造的人身上，女性憎恶的成分总是比女性崇拜的成分占上风，对于爱情他们不得不是苛刻的怀疑论者，或许正因为首先他们是天真的爱情至上论者。残酷现实引起他的严肃思考之后，对于爱情他就作出了与任何浪漫主义无关的全新理解，在《爱神和头颅》里他写道：爱神坐在人类的头颅上，这异教徒在宝座上无耻地笑，快乐地吹着飘向空中的圆圆的水泡。水泡-爱情，这比喻并不算新鲜，可怕的是，诗人听见头颅对每一只水泡祈祷并叹气：这种残酷荒唐的游戏，什么时候才收场，要知道从你那冷酷的嘴巴，吹到空中去的，杀人魔王呵，都是我的脑髓，我的血和肉！当然，我们知道，“我”决不是（像浪漫主义的老套）情场失意后怨天尤命的所谓“多情种子”，而包括所有逃到爱情这个避风港里，最后却发现防波堤是纸糊篾扎的骗人把戏的爱情的受难者。

理解波德莱尔感受的多层次性和情绪复杂性十分重要，这是我们进入波德莱尔的现代诗歌艺术殿堂的第一个入口处。这就是波德莱尔式的挣扎：

啊，贞女，妖魔，鬼怪，殉道者，
你们有睥睨人世的伟大胸怀，
无极的追求者，信徒，好色之人，
时而痛哭失声，时而抽泣哀哀。

我的灵魂随你们进入地狱，
可怜的姐妹，我爱你们又同情你们，
为你们的呻吟，为你们的焦渴，
为你们伟大的心胸——装满爱情的骨灰盒！

——《罪妇们》

诗人的这种精神状态（或精神境界）一般称之为颓废，是不准确的。应该用诗人自己习惯用的忧郁（诗人有四首以忧郁为题的诗，散文诗集书名就叫《巴黎的忧郁》）。忧郁 spleen 这个词，18 世纪才从英语引进到法语里，含义是没来由的而又无法排遣的不断的厌倦、烦恼、苦闷，和想要振作而振作不起来的失落感的混合的心理状态。它和由绝望引起的或由无力控制意志甚至丧失意志的毁灭感支配下的心理状态，在表现形式上有近似处，但实质上是不相同的。

而，正是从这里，产生波德莱尔的新的美。

1859 年 9 月，《七个老头》《老妇们》发表后，波德莱尔把它寄给逃亡于英吉利海峡卡奈奇岛上的雨果，雨果读后，压抑不住惊喜之情，随即于同年 10 月写信给波德莱尔：“在你写了这几首叫人激动的诗：《七个老头》和《老妇们》的时候，你知道你干了些什么？……你在前进，在向前突进，你把人们未知的阴冷的光赐给艺术的天空，你创造出了新的颤栗。”这封著名的信里的这几句著名的话，成了对波德莱尔诗的美的定评。雨果的评价是正确的。

8·开拓者的命运与光荣。他“所触发的效应，说明他心灵的美好”。

波德莱尔曾经在《穿上波浪式的……》里这样描绘他理想的美：她的美丽眼睛用魅人的矿石制成，在这奇异而象征的天性上，混和着完善的天使，古代的斯芬克斯。那里，全是黄金、钢铁、光和宝石，永远闪烁着，就是派不上用场的星星，不育的石女的冰冷的庄严。这首诗发表于1857年，并未特意寄给流亡海外的雨果，估计雨果没有可能在1859年写那封著名的信以前读到它。我们不能不惊奇于雨果艺术鉴赏力的高超，“未知的阴冷的光”，“新的颤栗”，是如此准确而富于表现力地道出了波德莱尔艺术追求和艺术个性的几乎全部特征，和诗人自己所说的“用魅人的矿石做成的美丽眼睛冷冰的庄严”又是那样的吻合。

我们或许不能不认为，由于波德莱尔的成功探索带来的震撼过于猛烈了，人们甚至一时无法认识它的积极意义。波德莱尔追求的完全不是什么“颓废的美”，而是强有力的，积极的美。在《酒之魂》里，他写道：我流给你的，是植物性的精良食物，永恒的播种者撒下的珍贵种子，为了让我们从爱情里产生诗歌，如同一朵奇花喷射给上帝！在这里，诗人直白地表明他的忧郁的酒是爱情的液体，将鼓舞人们产生喷射向上帝的一朵奇花般的诗歌，这当然不能说具有什么颓废性质。诗人所写的以《忧郁》为题的诗共有四首，收入初版《恶之花》的就有三首，在其中一首里，诗人写道：没有什么像跛足行走的时日一样悠长，当被压于长年积雪之下的阴郁无生趣的果实——厌烦，用那永恒的姿态显现的时候——以后，你这生机活泼之物，你就只能是被可怕的无边冷漠所围住的岩石，沉睡于浓雾的撒哈拉沙漠；为地图所遗漏的斯芬克斯，被漫不经心的人们忘记了，鄙视世俗的傲气，只能对着黄昏的霞光歌唱。在另一首同题的诗里，诗人写到忽然发狂般跳跃起来向天空像无家可归的游魂执拗地哭嚎般的可怖嘶叫的钟，而在诗人的灵魂里，没有鼓乐伴奏的送葬马车的长长行列在慢慢地排队：

……而希望
失败的哭泣的希望，和残酷的痛苦，
在我倾斜的膝头竖起它黑色的旌旗。

这种心灵景象是第一次在诗歌里出现的，引起人们的惊奇和不习惯是理所当然的。从来没有诗人歌唱过如此剧烈的心灵的痛苦挣扎。耽于声色犬马的颓废之徒，会有这样的痛苦挣扎吗？会如此有力地抒唱这样的痛苦挣扎吗？颓废是弱者的丑态，波德莱尔是强者，只有真正的强者才敢于正视灵魂的痛苦，展示灵魂的痛苦。不管诗人自己意识到与否，他已经给诗带来新的美的素质了。正像他在《浪漫主义的落日》这首诗里所写的，当诗人追逐落日，想抓住最后一道霞光，无法抗拒的夜已经建立了它的黑暗、阴沉、悲惨、充满战栗的王国。坟墓的气息飘荡在黑暗中，在沼地上诗人小心翼翼的脚，却踩伤了"突然出现的蛤蟆"和"冰冷的蜗牛"。不难看出，诗人有明确的，不同于浪漫主义的美学理想。诗人超越了浪漫主义，对人类的诗歌文化的发展作出了划时代的贡献。

从以下三个方面来观察波德莱尔的成就是比较接近实际的。

在波德莱尔的作品里出现了新的主题：现代人对古老世界的新的感受和新的思考。从波德莱尔开始，诗人更侧重于从对外部世界的感受里发现作为独立的存在物的生命的丰富性，发现那未被考察过的长期被隐蔽和各种各样方法歪曲了的生命的本来面目，生命的真实的存在形态和意义。发现是不可能轻易获得的，更多的只能是痛苦的挣扎和由此而来的精神异动，在他身上，主要表现为忧郁，这是他的作品的基调。

从他开始，现代诗人逐步摆脱浪漫主义，抛弃浪漫主义。首先他拒绝把生活简单化或"净化"，拒绝空洞的欢呼或哀叹，拒绝陈旧的以幻想代替向生活和精神领域底里和更深层次的挖掘，拒绝以麻木不仁的乐天主义的娱乐方式对待艺术创造所导致的浮夸虚饰。他拒绝了那种对生活的虚伪的、矫揉造作的态度而真诚、直率地展示出传统诗歌所不屑、不敢触及的所谓“丑”的世界，从而显现了他的高贵的人生和艺术殉道者气度，空前的真正的现实主义的勇气与力量！只有他，才能从“恶”中发现美，才认识心灵的搏击本身就是一种美。从他开始，现代诗人不断致力于为自己解除一切古老教条（包括艺术教条）加在自己身上的精神束缚，使思想能力和艺术感受能力最大限度地活跃起来，争取到人的内部世界和人所生存的客观世界的不断开拓和深入。

波德莱尔在语言-诗的形式上的勇敢探索具有积极的实验意义。他仍然主要以传统的亚历山大体写作，也有不少商籁体诗。但他的脍炙人口的名篇形式上都有突破（《七个老头》《小老太婆》《商人们》《腐尸》《信天翁》《旅行》等等），《巴黎的忧郁》开辟了散文体诗的道路。《阳台》《黄昏的和歌》《音乐》《天鹅》（题献给雨果，为雨果所激赏），以及为福楼拜激赏的《哀伤的月亮》，德彪西为之谱曲的《恋人之死》和《喷泉》，虽然沿袭旧诗体，但艺术感受和表现却是新的。最主要的是通常所谓的“通感”。在著名的《通感》（也有译作《交感》《冥合》《契合》的）这首诗里，诗人把大自然比作一座时时嘈杂的语言的神殿，它的活生生的柱子向穿越象征的森林从殿前走过的人们殷勤又亲切地注视，浩瀚如黑暗又好像光明，芳香、色彩、声音在互相感应，“具有着无限事物的扩展，伸张，……歌唱着精神与感觉的运行来往”。现代人感觉世界的复杂性要求人类官能以敏锐性和同步性作出反应。视觉，听觉，肤觉，味觉，同时接受外来刺激，而又互相影响，形成总的感应。诗人必须善于把握各种反应的不同强度，主从地位，先后次序，按照特定的心理过程作有序性的处理，即从形态上看好像是原始的，混乱的，却可以追寻出作者所构成的那个完整的感受网络形成的情绪发展线路。波德莱尔首先作为艺术感受主体掌握和运用的通感，第一次打破了单向的、直线式的，停留于表层，固定于一个角度的传统艺术感受方式，有力地冲击了古老的亚里士多德三大联想定律（相似，对比，接近），从而开辟了现代诗艺术创作的新领域，他的功绩是不朽的。

同样从波德莱尔开始，对于诗的新的观念逐步形成了，在文学史上这无疑地是极为重要的进展。人们渐渐明白：诗已经不可能永远是宣泄感情的方式，诗也不可能永远是人们思想的传声筒，霍斯曼所谓的“押了韵的演说词”，诗也已经不可能永远是人们表现自己才华和学识的工具，诗人在思考生活，思考生命的同时，开始思考诗的真实意义和真实存在。诗已经不可能永远是人们手中把玩的宠物或攻击和自卫的武器，诗有它自己的独立的存在方式，应该让诗成为离开诗人，离开文学风习的超强的精神实体。正如陀思妥耶夫斯基使小说成为这样的精神实体，波德莱尔在使诗成为这样的精神实体的严肃探索中所作的最初的尝试，在他的作品中留下的印迹，成为主要的艺术特征之一。

对一个诗人的评价来自对这个诗人的理解。波德莱尔——现代诗伟大的探索者和先行者，在《短章——题一本被禁的书》里，这样地要求我们：“假若你不愿受别人迷惑，宁愿把眼睛沉浸到它的深处，那就读吧，为的是学会将我爱护，陌生的灵魂，你满怀伤楚，正在把你的天国找寻，同情我吧，要不就让我诅咒!”诗人清醒地估计了自己在当时的文化环境中所处的位置，估计了读者的接受能力，像文学史上所有勇敢的开拓者那样，他把文学革新的希望放在开始只有较少数但必将迅速发展为绝大多数的知音身上，他们总是把和满怀伤楚的陌生的灵魂一起找寻天国（我相信，这里指的是新的、艺术的天国）看作自己无可推诿的天职，他知道他的从“恶”（病态、丑）里面发现美的艰巨性，主要是所有新事物出现时不可避免地会遭受到的诅咒，然而，诗人善良的心多么需要同情!

我以为，把诗人的《题杜米埃画像》移赠给他自己，是再恰当不过的了：

他是位讽刺诗人，嘲世家，
而他所描摹的恶和恶所产生的恶果

能触发的效应
说明了他心灵的美好。

9. 浪漫主义从波德莱尔背后隐没。
象征主义，现代诗的第一面旗帜。

文化现象有其持续性，传统不一定就是革新的动力，却应该是革新的起因。18至19世纪上半叶法兰西诗歌文化的繁荣，浪漫主义诗人灿烂星座中最大的一颗巨星雨果的辉煌影响无疑地为波德莱尔的出现准备了条件。很少人说波德莱尔是最后一个浪漫主义诗人，但也有人从侧面更为具体地说他把浪漫主义的所谓消极的一面发展为颓废主义，这样来坐实他是浪漫主义诗人。从文学的固有素质说，任何诗人也不应该缺少浪漫主义，但这里说的却是作为创作方法或文学主张的浪漫主义，关于这些，我们已经谈论过不少，看来还有必要重复一下：

波德莱尔和浪漫主义的主要不同从艺术视野上说是十分明显的，从传统观念的美转向“恶”，从老一套的“感情”的宣泄转向内心不可言传的隐秘的人性探测和发掘，从自然界的美的讴歌转向城市的“阴冷的美”的抒唱，简截地在波德莱尔和浪漫主义之间划下了一条界线。

表现方法上抛弃了平面的描写咏叹转向多元的、同步的通感，语言上着力于与此相适应的对语言的新的功能的发现和运用，抛弃对丽词秀句的人工雕琢，等等，同样明显地说明波德莱尔的非浪漫主义。瓦雷里在《波德莱尔的位置》中对此作过很好的概括：“在波德莱尔最好的诗句中，有一种灵和肉的配合，一种庄严，热烈和苦味，永恒和亲切的混合，一种意志和和谐的极罕有的联结，这些都使他的诗句和浪漫派的诗句判然有别，一如使它们和巴拿斯派的诗句判然有别一样。”（戴望舒译文）

关于颓废主义是不必要再说什么的了。随之出现的是象征主义这个称呼，而波德莱尔被说成是它的始祖。

诚然，最先由波德莱尔提出且成功地运用于创作实践的“通感”也为另外几个被称为象征主义者的诗人们所运用（尽管已各有不同），但是，官能的通感，心灵与肉体的交涉，客观世界与主观世界的渗透，是否就是人们所认为的象征主义文学主张或方法的全部内容抑或主要内容呢？

象征主义的特点，首先是作品为表达某一意念，情绪或激情等内容而创造出某一个象征物，由简单比喻发展起来。就文学的形象性而言，这种公认的象征物的积累已经为数十分可观。据认为象征主义者与前人不同之处在于，强调用一切他们所认为的最有力的手段来从各种可能性（语言的音乐感，语言所可能引起的心理反应即语感，由语言组合方式形成的造型感），使形象具有多方面艺术功能，以及各种新颖手法的大胆采用：奇特的联想、比喻，出人意料的夸张，强烈的对比，浓郁的渲染……而几乎全部排除了直抒胸臆，倾诉衷肠，慷慨陈词等直白的方式。

如果是这样，象征主义者仅仅是艺术创作方法上有某些偏好，他们的努力，所能达到的仅仅是形成作品的以象征为主的艺术风格。不用说，这种风格在任何时代、任何诗人手下都可以出现，例如我国唐代的李贺、李商隐、温庭筠就有不少这类作品。很少写这类作品的杜甫，却有着可以称为这种意义上的象征主义的《秋兴八首》，而且，还不能不说这是很优秀的象征主义作品。在维吉尔、但丁、歌德的作品里，也不难找出这样的例子。

然而我们说的却是波德莱尔以后的法兰西诗人们，说的是魏尔伦、兰波、马拉美、瓦雷里（也有阿波里奈尔，但由于他首先使用“超现实主义”这个词，往往被列入超现实主义那里），他们都被称为波德莱尔的追踪者，难道波德莱尔影响于他们的，就是这样一些很大程度上属于技术性的东西？而在波德莱尔自身，决不止只有这样一些技术上的东西。

也许就因为这样，人们又给象征主义加上题材方面的特征。我认为，象征主义作品的内容主要是生活的想象和内心感受，不是生活本身，而是生活造成的想象。我们知道，任何客观世界景象，不经过作者的想象不可能成为作品的题材，因此，这个内容是不可避免地会有的，除非人们不写，怀有任何文学观点和习惯于任何创造方法的诗人都离不开它。说兰波他们着重写内心感受是完全正确的。这正是波德莱尔的传统。

但我们仍然不能忽略波德莱尔以后的兰波等人的内心感受和过去诗人的巨大差异。严格地说，任何艺术作品的内容都可以归结为内心感受。我们发现，内心感受这个用语还很难准确表达现代诗人作品的基本内容，它比一般的感受更有意识，更富于思辨性，更精微细致也更冷酷，更具有抽象思维的沉静、严肃和追求未知世界的终极意义的坚忍精神。这样的思想境界是浪漫主义诗人所远远不能企及的，而且也应该是和技巧至上倾向没有可能并存的，被称为象征主义的诗人们所以追求并进入了现代诗的一系列新的表现方法的实验，完全不是为了象征，而是为了与他们所要表现的新的内容相适应并促进新内容的开拓。当初，莫雷亚斯在第一次使用“象征主义”这个称呼时似乎没有想到这些。

“象征主义”这个称呼是不准确的。但好像已经成为习惯，我们也不必太认真了。

10. 魏尔伦。诗人是“可诅咒的人”。“诗首先是音乐”，朦胧和明确相结合。

继波德莱尔之后第一个被称为象征主义诗人的可以说是魏尔伦，波德莱尔更多的让人们在追溯象征主义的起源时才想到，我们却要说魏尔伦是最初的现代主义诗人里重要的一个，尽管魏尔伦诗的内容更多地给人以浪漫主义的最后回响的印象。但其情感，则充满现代人的不安，渴望和焦虑。他第一个沉痛地喊出：诗人是“可诅咒的人”，预言了现代诗人被放逐者般的孤独感。

魏尔伦的开拓主要是在诗的形式的革新上，特别在音乐性的追求上，打破十二音节的亚历山大体，打破了十音节、八音节的规定，主张用单音节。在他的著名的《诗的艺术》里，他提出诗首先是音乐的主张。魏尔伦所说的音乐已不是音节、韵脚，甚至也不是一般意义上的节奏。现代生活的复杂多变使人的心理活动过程呈现出丰富的起伏更迭和明显与隐蔽的迅速转换，人的精神活动往往处于经常的不稳定状态，音乐的不确定性完全可以成为现代诗主要表现手段之一。魏尔伦的实验使人想起莫奈对于光的一系列实验，1888年以后，莫奈在吉维尔尼所作的十几幅不同瞬间光线变化下的草垛的连续性油画，以及随后在鲁昂教堂和吉维尔尼花园睡莲等一系列捕捉不同的光效果印象的组画成为印象派发展史上的里程碑。魏尔伦的实验不同于莫奈，由于绘画毕竟是技术性很强的一个艺术门类，而诗不能不以内容为主体，实验的目的只能是为了更好地表现内容。音乐效果不能不和形象和观念紧紧结合，并在相互作用中成为非技术性的构思方式。例如，诗里的音响已不是音乐里的单纯的音响，而是语音，语音是有含义的，为了造成诗的音乐效果就不是单纯地运用音响而更多地必须是运用语义，音响本身的色调变化必然伴随语义色彩的变化，为了表现现代人的感受和思考必须从到浪漫主义为止的所有古老的诗的音乐性观念的局限里解放出来，不再满足于诸如和谐，优美，婉转，嘹亮，流畅……之类的简单的表面效果，而追求富于暗示性的多层次、多声部的新的音乐效果，这是魏尔伦对现代诗的主要贡献。

魏尔伦艺术表现方法上的特点，即《诗的艺术》里提出的“朦胧和明确”相结合，同样是与要表达的现代人复杂的不稳定的内心状态相适应的。这影响了后来的诗人，并在他们手中得到发展。历史作了最好的安排，在波德莱尔之后紧接着魏尔伦，现代诗奠下了坚定的基石。

11.“通灵者”兰波。客观诗。“真实的生命还没有开始”，“爱必须重新发现”，从改造生活到改换生命。

波德莱尔曾经说过，现代艺术家的课题是“力求从时间中提取出它所不能包含的具有历史性的诗的因素”，现代性，“是指艺术之短暂的、迅即消逝的、偶然的那个方面，它与艺术的另一方面，即永恒、不变构成一个统一体”（《现代生活的画家》，王小箭译文）。从这个意义上说，与魏尔伦关系密切的兰波，在其短促的只有五年的创作生涯中，却为现代诗的发展作出和魏尔伦一样重大的贡献。

兰波把波德莱尔的痛苦的思考推向一个新的高度。著名的“通灵者”观念已成为迄今为止现代诗的路标。兰波认为，通过决定意义的考验最终达到洞察一切的人，是能够辉煌地感知万有的趋向，将要参与造物的意欲。诗，是“通灵者”的最高表达方式，只有通过诗，人才能够理解和表达最纯最本质的真理。诗人可以顷刻之间间接地窥见万物存在的真实形状。这种存在方式，不是一种形体，而是一种气概，势态，深层的现实乃是一团明亮的火。而诗人对人类承担的责任是让人们闻到，触到，听到他的发明创造，即他的“通灵”（洞察）的结果，这样，兰波把现代诗引向最终的目的，从“改造生活”到“改换生命”，为此而不停地深入欲望的底层，观察无形，倾听无声，达到客体（物）和主体（我）的和谐统一。兰波认为，诗，只要超越逻辑统治的表象，那没有名字的最高的存在就近在眼前。像所有对重大命题的思考一样，现代人的思考在起步阶段不能不充满纠结在一起的疑问而带有玄学味，但它是严肃的。兰波的作品往往表现他为努力复归到他认为的真实生命而遇到的惨痛。他说，“真实的生活还没有来临”，“爱必须重新发明”，他是真诚地说这些话的。

这样，兰波也把诗的地位提到前所未有的光荣的高度，诗已经不是留连光景、感慨万千的产物，诗就是生命本身，是生命存在的基本形式，是生命的最高完成，是物我一体的，回到真实的存在。兰波称它为“客观诗”，以区别于那种跳不出人之常情的局限的“主观诗”。

兰波把波德莱尔倡导的“通感”向前推进了。著名的“元音”，不但阐释了波德莱尔的“通感”，而且发展了它。《地狱季》里的《字的炼金术》这一章里，对此有精彩的发挥。他从波德莱尔的“幻觉”跨出一步，主张打破一切官能感觉，他认为，这是“为了重新得到没有变质的‘直觉’，只有‘直觉’才能让人把握到生命的最真实的原有的质”，因此必须有“长时间的，规模巨大的，有步骤的，全部感官的错轨”。这是兰波所作的克服人的局限性的努力的又一方面。比较起来，波德莱尔用“通感”来达到“幻觉”的努力，就显得和现代人痛苦的思考只有初步的结合了。当然，兰波也因此而为现代诗带来像内容的玄奥和艺术风格上的晦涩等极端主义的后果，这种副作用往往是不可避免的。

好像是命定了似的，新事物必然带有某些旧的母胎留下的印记，波德莱尔的形式是传统的，虽然他为现代诗的内容更新所作的创举是惊天动地的，他在形式革新上所作的努力相比之下却是微乎其微的。兰波同样纯熟地掌握了传统格律，但他在形式革新上表现出过人的胆识。他第一个提出“心灵的语言”的概念，语言“应该是从心灵到心灵的，有音响，有色彩，有香气，同时能引导人深入于思考”。心灵的语言必须否定理性语言（和魏尔伦主张的不要箴言、警句，不要机智、讽刺，“绞死雄辩”相似），因为理性的语言无视真实的存在，只能说明表象世界，为了“发明未知”，必须有新的形式。兰波是自由诗的创建者，他采用新词新字，使语言的功能、结构和性质都有了变化。波德莱尔的《巴黎的忧郁》只能是散文体诗的最初的尝试，《地狱一季》则是散文体诗的春天的第一只燕子，它提供了现代诗形式创新的许多范例。违反语法的语言结构，不重视句与句之间的因果性，大量使用省略句，使词变得自由、富于联想和暗示。他比波德莱尔更激进，他这样批评他崇敬的这位先行者：“波德莱尔是第一个通灵者，诗人之王，真正的上帝。尽管他曾经生活在一个过分艺术化的环境里；而且他的备受吹捧的形式是平庸的；发现未知需要新的形式。”（《致保罗·德梅尼》，程依荣译文）

兰波彗星般的出现使人们明确知道浪漫主义时代已经终结，被这位盖世奇才称为“无人驾驶的火车头”的浪漫主义已一头栽下历史的深渊，兰波以其短促的五年文学活动宣告现代诗时代确已到来。依靠缪斯赐予灵感的浪漫主义诗人喑哑了，但他们的残余还将在落后地区存在一个可能相当长的时期，当然往往是以名存实亡的形式存在。

12. 马拉美和瓦雷里。纯诗——绝对的诗。

兰波之后的马拉美和瓦雷里有不少和戈蒂耶相似之处，特别在对形式的重视上更多地像是从戈蒂耶那里接受影响。我们知道，波德莱尔从为他敬重的戈蒂耶那里受到的也是对形式（也就是旧的格律）的尊重，这构成波德莱尔弱的一面，但，传统的力量是如此强大，跨过兰波，又在马拉美和瓦雷里身上显示出来，尽管是最后一次显现。

戈蒂耶是从另外一个角度反对浪漫主义的，他鄙弃浪漫主义者出于对“我”的崇奉的热情奔放的尽情抒唱，认为只有外部世界才是确实存在的，必须以严肃认真、冷静精良的描绘刻画达到艺术形式的完美，正是完美的艺术形式具有艺术的全部价值。他的“为艺术而艺术”理论的核心正是美即道德。而他所说的美就是形式的美。

不能说马拉美和瓦雷里的艺术倾向和戈蒂耶相同。是的，他们都按照严谨的规定写格律诗，讲求传统的形式美，而且有很高的造诣。显然，他们对现代诗的贡献不是这些，他们主要努力于探究诗的真正意义，即：对于现代人，诗应该是什么？应该是怎样的？

在这一方面，他们都比兰波更往前进一步。马拉美把诗的理想提到最高点，认为诗是精神的最高表现，是存在的绝对方式，只有通过诗，人类才能得到完成。诗是从无中产生的，是一种超经济的存在，诗是魔术，诗用咒语创造不同于现实世界的绝对世界。诗的使命是用非凡的艺术力把深藏于普通事物后面的绝对世界暴露出来，这个绝对世界就是诗的最高理想。

在艺术表现上马拉美丰富和发展了现代诗的若干重要手法，他把直觉、幻觉、暗示、象征、音乐性推进到了绝对程度。特别强调暗示的重要，主张不要描写事物，而要描写事物所能产生的效果。由于音乐是暗示性的，他特别强调诗与音乐的密切关系，甚至认为诗里的语言应该和乐曲里的音符一样。

马拉美对形式革新的观点比兰波还要鲜明、还要激进，这和他对诗的观点紧相关联。在给于勒·雨芮的信（1891 年）里，他指出当时诗坛上已出现整个诗歌史真正不平凡的独一无二的景象，每个诗人都在自己的角落里用自己的笛子吹奏自己喜爱的调子，有史以来，诗人们第一次不按照正统的音律来唱歌。他批评雨果缺乏“永恒的本能”，对诗歌发展的长期性和不可避免性认识不足，特别缺乏这样一种无可置疑的观念，那就是：在一个不稳定的、不统一的社会里，不可能创造出固定的、统一的艺术。马拉美认为：文学运动是人们对个性发展的严酷要求的直接反映，而个性发展的要求则产生于社会组织的不健全使人们感到焦虑。产生这种革新的还有一个更直接的原因：人们理解到旧的诗歌形式不是绝对的、唯一的和不可变动的，它不过是写作好诗的一种方法而已。至于传统和革新的关系，他认为：后进者的创作意图，并不是要取消正统诗体；他们只要求在诗歌中放进较多的空气，在气势宏伟的诗句之间，创造一种流动的，变化的东西，而这是前一时期的诗歌所缺少的。应该说，这是发展的观点，是和我们非常接近的。当然，马拉美不免有他的局限，对于亚历山大诗体（十二音诗体）他还没有完全抛弃的决心，认为还可以作为未来的诗集的基调，而且“为它带动着无穷无尽的从个人听觉中汲取的主题”。他还多少有些摇摆，但又认为：我们这个十分完美的工具，也许被人们使用得太久，让它休息一下，倒也不是什么坏事。

马拉美对于诗的节奏，诗与散文，特别是语言的功能的见解，都非常之精辟，应该受到重视。他强调现代生活节奏和丰富的人类感情节奏必须在现代诗里得到充分的反映。他问道：打开任何一个诗集，人们在那里企图用变化多端的人类感情来引起我们的兴趣，而我们在那里发现的，却是老一套整齐划一、四平八稳的节奏，这难道不是十分反常的事情吗？他发现诗与散文界限消失的必然趋势。他说：凡有节奏的语言，那里就会有诗，有时还有表达各种节奏的绝妙的诗。严格地说，并没有所谓散文，只有字母表以及不同程度的简练的诗，和不同程度的冗长的诗，只要你追求风格，你就琢磨诗句。在这一点上，他和瓦雷里有明显的不同。但在关于诗的语言的见解上，他们又是非常接近的。

马拉美认为，为了达到使诗成为“存在的绝对方式”，只探求新的内容、新的形式是不够的，还要打破传统的语言观念。他认为：普通语言作为交换工具，不能不恪守“直线发展”的规律的限制。诗的语言，不是“诗意化”的语言，也不是语言的压缩，语言的经济，而完全是另外一种语言，一种打倒了直线发展的专制、引入了空间范畴的自由语言，所有的符号又还原为原生的独立的有机体。他甚至认为，诗的语言应该和乐曲里的音符一样，允许有不同的解释。在作为“存在的绝对方式”的纯诗里，诗人本人的声音必须停止，让文字进入，让它们在运动中互相撞击，发出火光。显然，把语言的功能强调到这种程度，是不符合创作实际的，连马拉美自己也无法做到。正像许多狂热的追求者，他们的设想往往走向极端，他们的实践又不能不依仗现实的条件。在创作实践中，他还没有胆略采用散文化语言或径直就用散文诗体写作，在这一点上他从兰波后退了，他的设想后来才由凡尔哈伦和圣-琼佩斯付诸实践。他自己写的只要是严谨的格律诗。

马拉美从未用过“象征派”这个词，并否认自己是象征主义运动的领袖。但他无疑是这种艺术表现方法的大师和倡导者。他特别强调暗示，他批评巴拿斯派抓住一件东西就将它和盘托出是“缺乏神秘感”。他认为，巴拿斯派这样做是“剥夺了人类智慧自信正在从事创作的精微快乐，直陈其事，这就等于取消了诗歌四分之三的趣味，这种趣味原是要一点一点儿去领会它的”（闻家驷译文）。他认为，暗示，一点一滴地去复活一件东西，从而展示出一种精神状态，或者选择一件东西，通过一连串疑难的解答去揭示其中的精神状态，这，“才是我们的理想”，“必须充分发挥构成象征的这种神秘作用”。他给象征手法的各种因素以诗学的解释，使之上升到理论高度。他当然应该被称为象征主义的大师。

13. 马拉美和瓦雷里。语言，艰巨和重要的探索。

瓦雷里继续马拉美对纯诗（绝对的诗）的探求。对“一种不可思议的典范的思想，是诗人的趋向，努力和希望的绝对边界的思想”的探求。不能说他们的探求在现代诗的理论建设上有过多少实质性的贡献（迄今为止，这种可能性仍然不是很大），但是，如果现代诗的存在，本身就是一个探索过程，理论探索就具有现代诗存在的生命现象的意义。

诗人主要以他们的作品发言。瓦雷里的题材是人的内心世界、精神活动，人的劳碌生活与冥思苦想，生与死，变化与永恒，感性与理性等等既矛盾又统一的哲学思考。他的《天鹅》叫人想到波德莱尔的《信天翁》，但已进入一个更深的层次，现实与理想的矛盾被更尖锐地表现出来，腾空飞去的愿望没能实现，只有掉进结冰的泥沼之中，得不到热切期望的归宿，只有对现实报以高傲的鄙视。

马拉美和瓦雷里都提出“纯诗”观点，瓦雷里更是直接地从语言角度阐述它。他说，“纯诗是从现实中得到的一种想法，它当然有助于我们弄清楚诗歌作品的一般原则，引导我们去进行非常艰巨和非常重要的研究，研究语言与它对人的感化作用之间的各种各样的和多方面的关系”。波德莱尔以来，这是又一位诗人把语言的意义推崇到这样的高度。瓦雷里的理论探索说明现代诗人对语言的意义已经有了更深入的认识，应该承认，这是现代诗的创作实践必然要提出的课题。瓦雷里认为“语言是一种日常的实践的自发现象，因而它不可避免地是一种粗糙的工具，因为每个人都使用它，使它适合自己的需要，力求照自己需要的样式改造它”。由于诗人必须在这种“纯粹供实践之用的工具”中找到某种手段，“去创造一种没有实践意义的现实”，去完成“创造与实际制度绝对无关的一个世界或者一种秩序、一种关系体系”的使命，会遇到他们自己并不能经常意识到的很大的困难。因为首先，摆在他们面前的是既不符合他的要求，也不是为他而创造的广泛的日常语言，而“语言乃是一种感觉的各种杂乱的刺激物和触动器的最不可思议的混合物，很难想象有什么东西，比我们在语言中所见到的各种特性的古怪大杂烩，更加五光十色和更加令人伤脑筋的了”。这里没有音阶的体系，诗人既没有音义，也没有节奏器，诗人唯一可依靠的帮手是词汇和语法这两样极不完备的工具。

而他的对象不是听觉，而是运用语言手段来达到分散的抽象的预感。诗人却又正是要从这里找到“艺术的物象——产生诗情的语言结构”。他应当使语言这实践的工具在诗的构思过程中变成一种独特心情的实体，它与构成我们日常内心感情生活的那种偶然的、变化不定的心情是明显不同的。瓦雷里认为，诗人的语言，是“个人努力的结果”，是“用最平常的材料创造出一种虚构的理想秩序”。

这样，瓦雷里已经明确地定下“纯诗”的界说，这是把诗的理想具体安放在语言的努力上的思想，这种“不可思议的典范”，应成为诗人趋向、努力和希望的“绝对境界”，在现代诗对语言的新的要求所产生的新观念里，瓦雷里比他以前几位现代诗人更往前进了。比较详细地回顾一下他的有关言论对于认识现代诗是有益的。现代诗和语言之间的纠葛开始于波德莱尔，主要由于使用了浪漫主义和古典主义诗人不可能（不屑或不敢，也没有这种需要）的、向来被视为非诗的语言，波德莱尔落得个“颓废”的称号。为了表现现代人的感受和思考，很快地导致了对于诗（现代的）是什么或应该是什么的艰苦的探索，追求一种足以称为现代的诗的素质成为诗人们这种探索的终极心理基础，随着来的很自然地就是语言的价值、意义和功能和现代诗的艺术创造的具体进程的全面适应的探索。以往世代的诗人们对于语言的依靠和崇奉开始动摇而且很快崩塌，已经只有村学究还在津津乐道着什么“诗的语言美”、“诗的音乐性”……之类的隔靴搔痒之谈。瓦雷里更多方面的对语言的怀疑，和运用语言的新的方法、方式和工作态度被他自己提高到诗的纯度上来。我们曾长期习惯于说诗是语言的艺术，诗是用语言这种材料来进行塑造的，对于语言的思考多少是无意识的、非理性的，实际上是长期忽视它，而到了现代诗的时代，已经不能再容忍忽视了。瓦雷里，他以前和以后的诗人们都被迫不能不对此从事艰苦的探索。他们首先发现阻力来自语言本身的局限，作为表情表意的媒介，它对表达自由有着一定的限制，作为定型的精神符号，这种预制好了的形式，诗人能不能和应该怎样去最充分地运用它，语言-材料所提供的能多到什么程度，必须从这中间寻找到最好的活动范围。为了创造出“独特的心情的实体”，诗人所能依仗的却只有词汇和语法这两种“极不完备的工具”，它们往往以其粗笨而使诗人在进行艺术创造的具体操作中受到伤害，而它们依仗的却是不可违背的古老法则。只能用语言达到“绝对境界”，必然是一件有很大困难的工作。事实上，从波德莱尔开始，现代诗人就致力于语言潜能的发掘，对语言的多义性，延伸性，语言组合方式可能带来的形象和情绪的变化和升华作过不断的实验，成就是显著的。问题是，尽管诗人们是为了表现新的感受，新的思考而进行这些试验，但他们仍然不免因为过于热衷表达工具和表达方式的实验而影响对于真正的诗的新的素质的探求。马拉美和瓦雷里把纯诗含义的要点归结为由语言这一“没有实践意义”的工具中找到的一种手段创造出来的“一种没有实践意义的现实”。瓦雷里甚至宣称散文好比走路，具有实用目的，而诗是舞蹈，可以为本身而存在。

这就不可避免地造成创造活动脆弱的一面，造成技术至上观念的支配地位，在很大程度上违背了他们将要着力于抒写精神活动过程，抒写严肃的诸如关于生与死，瞬间与永恒，行动与思考这些哲理性问题的初衷，而醉心于语言世界各种可能性的发现、强化和净化，使之接近“纯诗”要求，于是，出现了颠倒，诗不是精神活动的产物，而是精神化了的表达工具（“纯诗语言”）的产物。诗歌艺术创造被缩小为极端个人化、技术化的盲目性的实验。

瓦雷里曾经把形式和内容比喻为摇摆在两个对称点之间的钟摆，有生命的钟摆在其间连续摆动，出现了它们之间重复性、价值和能力方向完全相等的对称。他还认为，诗人的创作欲可能产生于一种意外事件，外在的或内在的一种表达的愿望，一种抒发切身感受的需要；有时相反，是由于一种形式因素，一种表达方式的雏形，它在诗人的脑际探求自己的实体，某种表达方式需要内容来充实、表现。这种观点的不确切性是显而易见的，由对形式的兴趣引起的创作活动，严格地说不是创作活动，或许可以说是一种技巧实验（从严格意义上说），或许径直就是一种文字游戏。这种观点和实践，成为现代诗发展过程中消极的一面。

14. 马拉美和瓦雷里。“一切真正的诗人都比人们通常所了解的更善于进行正确的推理和抽象的思考。”

诗人们关于创作的理解可以是多种多样的，但诗人们的具体创作活动（有成效的创作活动），不论他们是否意识到，都必须遵循文学创作的最基本原则：不存在没有内容的作品。不论他们曾经发表过什么样的新颖言论，他们的实际创作往往和这些言论自相矛盾。他们也往往发表前后不同的观点。由于创作探索和理论探索是现代诗人日常文学活动的不可规避的主要内容，观点的更迭，正确与错误的交替是经常出现的，当然不必要对此求全责备。他们的贡献总是在于他们的活动的积极一面，他们的最好的作品总是对文学发展产生积极的推动作用。

瓦雷里或许可以说是艾略特以前现代诗人中最耽于哲理思考的一个。他的《石榴》以石榴成熟时石榴子爆开表达智慧的力量和人的内心的隐秘的构造，呈现出一幅顿悟的图景。《年轻的命运女神》再现了微妙的、不可捉摸的心理过渡，描绘了人的精神活动。《海滨墓园》以自我独白的方式，描绘了人生的无常和自然的永存的对比，是一首对变动世界、相对世界、灵魂世界的颂歌。玄虚的思考，空灵的抒情，自我陶醉的风格，肯定现实，面对未来的积极主题，以及由节奏、音韵、文字构造所形成的意境，使它成为现代诗中的名篇，其影响只有艾略特的《荒原》可以相比。不能说这首诗的思想是深刻的，更不能说是新的，但由于表现的高度凝聚性和说服力而为人们所爱读。

在《关于〈海滨墓园〉》里，瓦雷里说诗中那个讲话人是“一个热衷于抽象思考的人”。他认为，“一切真正的诗人都比人们通常所了解的更善于进行正确的推理和抽象的思维”。“如果一个逻辑学家永远只是逻辑学家，那他就不会成为、也不可能成为一个逻辑学家；如果一个诗人永远只是诗人，没有丝毫进行抽象思维和逻辑推理的愿望，那么他就不会在自己身后留下任何诗的痕迹”。可以看到，这种观点和他的以精神化的表达工具（语言）去创造一种“没有实践意义的现实”的“纯诗”观有多大的矛盾。

当然，瓦雷里仍然有更多地从形式要求考虑内容的习惯。他说过：“一个深沉而有力的作品必然是有倾向的……一个有创造性的作家必然有他的爱憎……但另一方面，他们不认为倾向即足以代表这作品的力量，一部真正成功的作品必须具备内容的充实和形式完美。”这是正确的，在具体实践中，瓦雷里又是怎样做和怎样想的呢？在《关于〈海滨墓园〉》里他说：“出于造成一种对比和不同时刻的‘我’之间保持着某种平衡的要求，致使我在此引入了一点哲理性的东西。作用就在于以一种超感觉的色调来补偿前几节诗的肉感和浓厚的人情味，同时也更清楚地确定了那个讲话人——一个热衷于抽象思考的人。”在这里，思考（“哲理性的东西”）似乎又成为技术性的、仅仅出于技术上的需求而有的东西了。瓦雷里还把“抽象思维者”和“诗人”按“专业分工”而分成为两个相对的个体，他认为：诗的整体和各部分之间有很大区别，并非各部分的简单组合，它要求一种特殊的智力劳动，而这种智力劳动就含有逻辑推理、抽象思维的成分，它甚至可以在思想的一切对立品质之间实现一种协调，“经验告诉我，同一个我会显现出迥然不同的面貌，这个‘我’能通过相继的专业分工变成抽象思维者或诗人”。这种提法是不科学的，诗人并非不就是抽象思维者，这里不存在什么专业分工，这和瓦雷里自己的“诗人不能永远只是诗人”的提法也是矛盾的。

对于前人的探索，我们不应该苛求。重视思考，反对浪漫主义式的抒情是现代诗的主流，瓦雷里比较明确地提出重视思考，并以自己的出色的创作成果证实了这个趋向的不可逆转和正确，他的这一段话，已经为20世纪以来世界现代诗的创作实践所证实：“诗歌与艺术都以感觉作为起源和总结，但是在这两端之间，智力的各种思维才能，甚至是最抽象的，同各种技巧才能一样都能够、也应该得到施展。”

15. 阿波里奈尔。真实-惊奇-新思想。现代传播手段和容量更大的新艺术。

阿波里奈尔的文学活动更富于时代感，他所提出的“新思想”更彻底地与浪漫主义决绝。他用“惊奇”概括新思想的内涵，他说：“新的一切都在于惊奇。新思想的根源也在于惊奇。它是新思想中最活跃，最富生气的因素。惊奇是强大的新生力量。正是由于惊奇，并由于新思想赋予惊奇以重要作用，新思想才有别于先前的艺术和文学活动。”（王忠琪译文）他宣称“新思想已经与所有这些运动完全分离，而只属于我们的时代”，这里无疑地是指与浪漫主义的完全分离。他说：“在我们身上，再也没有瓦格纳风格了；年轻的诗人们已经将瓦格纳德国宏伟高昂的浪漫主义的光彩夺目、但华而不实的锦衣，远远地扔掉了，如同抛弃让-雅克·卢梭带给我们的浪漫主义的田园牧人的破衣裳一样。”如果说，戈蒂耶反对浪漫主义很大程度上是由于他认为浪漫主义诗人们还不够浪漫主义，他是从另一个角度来反对（实际上是加强）浪漫主义的，这个角度就是艺术的角度，于是戈蒂耶在艺术上就比浪漫主义诗人更浪漫主义。阿波里奈尔反对浪漫主义，是“遵循着大自然本身的金科玉律”，“避免一切夸张的用语”，大自然本身的金科玉律就是真实，“这种真实常常会引起惊奇，因为它违反通常的看法。许多真实还没有经过考察，只要把它揭示出来，就足以引起惊奇”。真实-惊奇-新思想，这就是阿波里奈尔的公式。首先用健全的理智和经验来鉴别某些现象和感情的真实程度，然后按照其真实的面貌来看待它，不赋予本来可笑的东西以崇高性，不让具有崇高性的东西变为可笑。这只能是现实主义的。读阿波里奈尔的诗，你会觉得，有许许多多主题，也有不少是魏尔伦（更不用说戈蒂耶了）、马拉美、瓦雷里认为是不能入诗的，他是从波德莱尔、兰波直接发展过来的。阿波里奈尔进一步开拓了诗的内容，使其更是现代的诗。

与此同时，阿波里奈尔不能不进行诗的艺术革新，进行了一连串的大胆的实验。他说：“新思想允许进行任何的，甚至是冒险的文学试验，虽然这些试验有时未必具有抒情性质。”他知道这些探索和观察将会引来那些记者和假绅士的嘲笑，但他相信这种探索一定会显出它的价值，必将为现代的现实主义奠定基础，而“这种现实主义可能并不比优美和精致的古希腊的现实主义逊色”。他第一个取消了标点符号，写象形诗，有名的《受伤的鸽子和喷泉》，上面是字母排成的鸽子图形，下面是字母排成的喷泉图形，鸽子是诗人在战场上思念的几位他爱过的女友，喷泉是他对几位友人的怀念，喷泉就是诗人的泪泉。他还写了“谈话诗”、“列举诗”，后来在马雅科夫斯基手里得到发展的楼梯式诗行排列也是他创立的。值得注意的是，阿波里奈尔在诗的形式上的标奇立异固然出于内容表达的需要，这些大胆的试验也来源于日常先进的现代传播手段的启发。在采用这些新的形式的时候，他想的不只是个别的改革，他认为：“自由诗的形式赋予抒情以自由的气魄，但这仅仅是形式方面可能要进行的试验的第一步。”他认为，印刷术的大胆、巧妙手段将导致音乐、绘画和文学等多种艺术种类的综合。他认为，“终有一天，当录音机和电影成为生活中唯一的再现手段的时候，诗人们将获得前所未有的自由”，“如果诗人们仅仅利用现有的一切手段，力图去创造一种比单纯的语言艺术容量更大的新艺术，那是一点也不奇怪的”。阿波里奈尔敏锐地感觉到信息时代的到来，设想了信息时代诗人艺术创造的新的方式，“从灵感的角度来说，诗人们享有的自由应该不少于报纸的自由”，“为什么在这电话、无线电和航空的时代，诗人应该比别人更在距离面前表示畏惧呢?”今天，我们是应该更能从诗人的这些远见里看到他的严肃的思考和非凡的艺术胆识对现代诗发展的积极作用了。

阿波里奈尔敏锐地看到世界性诗歌时代已经到来，但同时指出不会有什么“世界主义风格”的抒情诗。“不论什么样的变化，艺术与祖国的联系将不断加强”，“种族和民族的差别带来了文学表现形式上的多样性，而正是这种多样性应该得到尊重”。他强调说，新思想要求具有世界思想的色彩，但仍然要成为民族的独特的抒情表现，它首先是这个民族的崇高表现。这些见解也是非常之精辟、中肯，一点也不偏激的。

自波德莱尔迄今，法兰西为人类诗歌发展所作的贡献是辉煌的，无视这个事实不但可笑，而且是可悲的。我们已经介绍到阿波里奈尔，理应加上布勒东、克洛岱尔，或许还应该加上另外几位有显著成就的诗人，但我们现在只能转入对一个产生世界性影响的流派的介绍了。从波德莱尔到他们的出现，中间经历了四分之三世纪，法兰西诗人们经过漫长的、紧张而富于成效的艺术探索，创造了足够的条件，更重要的是，历史的、社会的基本因素的成熟，促进了文学进程中这一重要契机的产生。我们有必要按照现代诗发展的历史真实给予它应有的重视，我们说的是产生于 20 世纪 20 年代的超现实主义运动。

16. 布勒东。发现心灵世界极端重要的一部分。弗洛伊德学说进入诗的领域超现实主义，世界性的艺术革新运动。

发源于波德莱尔的现代诗沿着两条线推进，一条是往马拉美（或许还应该在旁边加上戈蒂耶这条支线）到瓦雷里，一条经兰波、阿波里奈尔，勒韦迪尔到超现实主义。瓦雷里曾经称颂波德莱尔，说他第一个使法国诗歌走出国境，从那以后，法国诗歌力量的集聚已经使他们有可能倡导一个世界性的诗歌运动，布勒东和他的伙伴们倡导的具有人类诗歌文化进程重要意义的超现实主义运动并不是偶然发生，而有其深远的渊源。

作为现代诗的主要特征的思考性——理性主义在波德莱尔以后同样沿着两条线发展，在马拉美、瓦雷里（还可以算上稍后的克洛岱尔）这里，思考更多地依靠思维的抽象和逻辑性，相应地在艺术上表现了更浓郁的唯美主义色彩。在兰波、阿波里奈尔这里，思考更多地接近精神生活的原型，无视抽象和逻辑。阿波里奈尔曾经被称为超现实主义的始祖，的确，他曾经宣称，把假想写出来，“也就表达出一个文学的真实，这种真实只有在文学的范围之外，才能认为是幻想”。这样，就把浪漫主义者的想象拉到地面上来，让它和胡思乱想平起平坐，并且很快地使想象相形见绌，显得陈旧，破烂不堪了。

同时，正因为这样，现代诗的理性主义具有非理性主义的形态。现代意识里的理性主义更多地是意志型的，而不是理智型的；更多地是动态而不是静态的。

布勒东在第一次超现实主义宣言（1924 年）里说，他在偶然间发现了“心灵世界的我认为是极端重要的一部分”，接着他又发现“思想的速度并没有超过语言的速度”，于是他开始了一种后来成为“自动写作法”（或“无意识写作法”）的试验，一天写了五十页作品，结构松散，但有着非常奇怪的印象，丰富的激情，用通常按部就班的方法一个也创造不出来的大量的形象，极为独特的生动性，有些地方还有某些滑稽的评语。布勒东认为：用这种不假做作的创作方法才能表现潜意识，而潜意识——过去人们一直对它抱着虚伪的冷漠的态度。他认为这是革命性的发现。

弗洛伊德学说进入诗的领域，正是从这个时候开始的，而且一直持续到今天，现代诗对人类心理现象的探索趋向深层，是从弗洛伊德得到启示的。布勒东认为：“应该对弗洛伊德的发现给予应有的评价了”，因为，弗洛伊德学说“使研究人的专家有可能深化自己的探索，因为他们现在能够考虑的不但是大家都认为重要的现实”，布勒东所说的比大家都认为重要的现实更重要的现实（超现实），是人的精神活动的真实情况，它真实，是因为没有经过任何加工，梦和谵语可以是最真实的。他说：“弗洛伊德完全正确，他正是将梦幻进行了分析。”他怀着极大的兴趣研究梦，并得出结论：“显然梦是不间断的，并且种种迹象表明，它是有条理的。”就是说，人的潜意识比理性真实，因此，他在第一次“宣言”里宣称：“超现实主义：阳性名词，一种纯粹的心理无意识化，人们有意识地利用它以口头、书面或其它任何方式，表达思维的真实过程。这是一种不受理智的任何控制，排除一切美学的或道德的利害考虑的思想的自动记录。”“超现实主义以相信某些联想形式的高度真实性为基础，这些形式在它以前是被忽视的，它相信梦幻的万能，相信思想活动的无私。超现实主义力图摧毁一切其它的心理机械论，并取而代之，来解决生活中的重要问题。”显然，布勒东的论点有其无法避免的弱点，像所有为新见解的激进性迷住的人那样，他已来不及考虑他的论点在实践中要经过多大的退让给才能收到功效。可以有个别或少数的极端的例子，但完全“自动”或“无意识”的写作方法毕竟不可能随时随地都能随心所欲地产生作品。不受任何限制，排除一切形式的道德的利害考虑，而又同时企图解决生活中的重要问题，也是不可能的。尽管极力强调文学是心灵的产物——无意识和梦的记录，强调诗人必须极力“使自己的心情处于被动的接纳的状态”，随时记录下潜意识活动，从而表现出“无意识世界”，但要使作者成为机械的或半机械的记录器，使作品成为无意义的原始记录，却又能够自我超越现实而走上“通往未来的道路”，而且最后能够完成那个十分具体的任务“体现那属于彼岸的永恒生命”，在理论表述的全过程中，几乎无法使人分出哪些提法是认真的，哪些提法是不那么认真，甚至只是附带地随便提到而已。

但超现实主义很快地成为世界规模的运动，而且从文学扩展到音乐、美术这些领域。实践表明，这个运动不能避开社会的、政治的因素，他们中有不少马克思主义者，曾主张运动要为革命服务，艺术家必须投身革命，导致了运动的分裂，布勒东在1930年发表的第二次宣言里重新强调了运动的现实的目的，对第一次宣言作了补充：“虽然参加超现实主义的先后成员每个人所走的路都不相同，到头来，人们将会承认超现实主义的总意向无非是要从思想和道德角度出发，为人类掀起一次具有广泛和严肃意义的‘心灵的危机’，人们评价超现实主义的成败，也一定要看这一点有没有做到。”（余丹译文，下同）布勒东这个愿望，在当时可能过于急切，但今天我们已经可以看到，超现实主义掀起的“心灵的危机”是让文学的表现对象名正言顺地增加了一个第二现实，即人的内心世界这个过去仅仅被现实主义和浪漫主义用心理描写或心理表达的方法从表层加以处理的，应该说是更重要的现实，在艺术世界里作为独立的表现对象取得了应有的重要地位。蒙在内心世界上的这层薄薄的然而牢固的膜终于被用弗洛伊德学说的锋利刀刃剖开，由此而引起美学上的连锁反应，不仅涉及艺术功能问题，而且涉及艺术本身的生命力问题，作家和艺术家在不得不抛弃陈旧的观点和方法的同时急切地再次从事新观点的假设和新的表现方法的实验。

持续四分之三世纪的顽强探索终于使法国诗歌成为全人类性的，法国诗歌对普通人心灵的支配，对世界诗歌文化的左右如今都已达到新的高峰。布勒东意识到超现实主义影响的巨大力量，文学史、艺术史正在进入一个新的时代，成为本世纪文学艺术主要特征的对人性和生命——精神活动形态，对生命意义的主题的热衷是从超现实主义运动开始盛行的，布勒东宣称："我们要努力使人们承认，心底的激动的确存在，这样做最低限度可以使人类稍为觉察到本身的各种能力，从而鼓励他作某种有效程度的尝试，去挣脱那些桎梏着全人类的枷锁。"他又宣称：超现实主义"宣布了它能够用自己的方法把思想从越来越严重的束缚中解放出来，让思想能重新建立全知之途，恢复它原来的纯洁性"。重新建立思想的全知之途，首先是要肯定人类脑海中的确有的某种境地，因此"超现实主义的活动，探究其动机，不外是希望肯定这一境地的位置而已"。他们做到了。

潜意识的开拓更进一步改变了文学的内容和形式。小说的意识流手法就像诗的象征-意象手法一样给文学带来新的气象。对人的内心的不倦的挖掘使文学语言处于不断的革新之中，同时也使文学体裁间的差别逐渐减少，诗与小说的差别的减少继诗与散文的差别的减少之后突出起来，大量内心独白的运用使小说更富于诗的素质，对人物精神活动的描绘已细致到描绘人物感受的形成过程，小说里更多地出现了诗的语言结构方式。诗更加精粹也更加率真了。超现实主义的影响一直持续到六十年后的今天。1946 年以后举行过多次国际超现实主义作品展览，参加的有欧洲和北美、拉美的十四个国家。晚年的阿拉贡说过："说我始终是一个超现实主义者，就是给我的作品的最好的定评。"埃利蒂斯曾说，他是读艾吕雅的诗开始对超现实主义产生强烈兴趣的，他发现超现实主义创作方法可以丰富希腊诗歌的民族传统。我们从当代美国的几个诗歌流派的艺术倾向中，也可以明显地看到超现实主义正在被发展着。

17. 意象派，英美现代诗的序幕。从“通感”到“复合”。“诗歌没有绝对的主题”。表现方法的局部革新。

在英美，现代诗的兴起比法国迟半个多世纪。叶芝在巴黎曾经和阿波里奈尔等人有过交往，后期诗作有现代意识色彩，但他一方面在行动上热情投入爱尔兰民族解放运动，一方面在观念上很快转入神秘主义，并未能为英美现代诗的兴起作出显著的贡献。

英国（还有美国）浪漫主义的寿命特别长，一直到本世纪初，强调表现以感伤主义为主的老套感情模式，和空洞、冗长，虚伪的布道者式的说教，华靡的文字，一味铺张的结构，使人对内容上的做作、放纵，对现实的庸俗的粉饰感到厌恶，对风格上的矫揉造作、沉闷和疲塌也感到难以忍受。人们向往着能反映工业生产时代的人的感受和现实生活的，从内容到形式都与末期浪漫主义截然不同的全新的诗。1912—1920 年的英国（稍后传到美国）的意象派诗歌，揭开了英美现代诗的序幕。意象派提出他们的新的诗学见解：建立在意象上面的诗的结构。他们认为：主观和客观，感性和理性能够在意象里凝成一个复合体。这样，现实就必须经过艺术的转换才能出现在诗里面，成为“艺术的真实”，事实上是用意象方式对现实的细节描写。

显然，意象派深受波德莱尔的影响，他们的“复合”，是从波德莱尔的“通感”来的。意象派的创始人庞德就认为合适的、完美的象征是自然物，但又反对象征主义对主观性和理念的强调，人们认为“联想”是一种暗示，象征几乎是寓言式的，最后会降低到成为一个单词。意象却有多种可变的含义，有无限的可能性，因而有更大得多的蕴涵。意象派和象征主义一样，致力于开拓诗的新的主题，庞德认为诗“要如实描写我们看到的生活”，正面提出要反对浪漫主义那种精选过的陈腐内容，尽管浪漫主义认为那才是适合于诗的优美主题。意象派“诗歌没有绝对的主题”的主张和波德莱尔是一致的，波德莱尔不以丑恶为丑恶，显示诗人强大的道德的美学的力量，意象派则仅仅从艺术上认为任何东西都可以描写，而且随即引申为：重要的不是被描写的东西，而是诗本身（这里说的是新的艺术表现方法）。

这样，意象派就完全失去象征主义的力度，不可能达到波德莱尔当年树起的气势和格局。由于不同的民族文化气质，不同的文艺性格，英美现代诗的第一个潮流只能以艺术表现方法的局部革新为动力，其功率远逊于象征主义（我们已经说过，象征主义这个偏重于技巧的用语不能完善地表达它所要概括的内容）。意象派的诗学观点吸收了波德莱尔以来法国诗人的许多探索成果，同时也不可能不是工业生产时代文化需求的产物，他们的观点虽不完善，毕竟是现代文化的表现形态之一，到现在也还是新的。

意象派的观点归纳起来主要有这三个方面：

首先是必须直接处理无论是主观的或客观的事物，必须凭直觉对事物进行更直接的 观察。不要用比喻，要显示，不要去描绘，不要说教，也不要传达什么经验，不要想去达到什么精神上的目标。诗要从意象里面放射出来。意象就是主观和客观的自然交融。

其次，绝对不用对表现没有作用的词，意象派的另一个创始人休姆认为诗不应该是诸如感情的工具，要有“干净，硬实，古典式的诗”。庞德认为诗应该具有优秀的散文那样的简练和硬度，要像军官发出的命令那样简短、有力。

再次，关于诗的节奏，庞德提出要有“绝对的节奏”，即与情绪精确对应的节奏，节奏应该根据情绪或诗所呈现的内容来调整。

意象派主张的重点是意象。意象是怎样产生的呢？首先，要从形象的感受入手，对之进行判断，推理，来得到将事物的本质的看法和对万物的具体形象的感受的结合，这个结合了的东西，就是意象，因此，创作过程既是一个理性的判断过程，也是一个情感表达过程。成为意象诗标本的庞德的《地铁车站》，很好地印证了庞德给“意象”下的界说：“一个意象是瞬间形成的思想和感情的复合体。”同样可以说明休姆的这一个论点：“意象可以通过其动作的汇聚而把意识引向某种直觉可以攫取的精确点。”庞德自己说这首诗“是一个叠加的形式，把一个概念叠加在另一个概念之上”，这里说的就是“复合”，复合的艺术在于使一首诗里出现的概念单位彼此之间形成有机的关系，而不应该是互不相关的排列，每一概念单位都受到另一概念单位的制约，它们是整体里的一部分，同时在一定程度上是整体。

意象派所以受到重视并产生影响，主要由于对于意象的探讨和实验恰恰和现代诗艺术趋向一致，现代诗在表现方式上正在寻求高度精粹，简洁，同时又多角度、多层次，同步，全方位的。从上世纪下半叶开始，法国的诗人们已经敏锐地把握到这一趋势，随着现代生活的日益富于变化而不断地进行实验，意象派诗人们显然是在他们的启发和引导下作出探索和创新的。并因此开创了英美现代诗的新局面。但是，意象派本身的弱点，正好表现在他们虽然使象征主义的“通感”在他们自己的角度上具体化了，却缩小了它的意义，使之成为局部的技巧问题，很难说他们发展了象征主义的哪些积极的特性。这样就使他们的创新不可能具有真正的新思潮的叛逆性，成为了对浪漫主义的小小的改良，这也是他们的作品的内容的缺乏现代生活激情的流连光景性质所决定的。他们对意象的阐释和艺术实践存在着的艺术表现和艺术生命的严重脱节一直没有被他们自己觉察：所谓意象的复合（融合）的美学意义应该从诗人的思想力产生，而不是从诗人的单纯技巧产生，各个意象的艺术魅力（感染力和说服力）在于诗人观察生活的能力。意象派诗人似乎用心于优美处较多，难怪他们对中国古诗和日本俳句那样倾心（从艺术的某一侧面），他们未能写出较有分量的，气魄浩大的作品，只能以一些精致的小诗流传，这是无怪其然的。

对语言的高度重视，对语言性质、功能和具体运用的不倦的探索，实验，是现代诗的重要特征之一。上世纪以来文学进程中的重要现象之一是诗的领域不断扩大，随着出现诗的职能被后起的文学体裁特别是散文和小说分担的现象，最初是散文诗的出现，接着是现代小说的迅速诗化，内心独白取代了情节，小说用几乎和诗相同的语言写作。诗人们从中发现现代生活对文学、对诗提出的新的要求。他们将怎样来维护诗的尊严呢？意象派诗人们认为，诗之存在于人类社会，既不是因为它的教诲作用，也不是因为愉悦目的，诗人的职责在于保护语言的有效性，诗的功能是和人类生活中最重要的工具——语言联系在一起的。诗的本质特征就是语言的浓缩，诗总是用最精炼的语言表达最丰富的思想，由此形成了以往重语言技巧为核心的创作方法。意象派诗人对精炼的强调（“古典式”的，“军官的严厉命令式”的）自然而然地导致形式主义。对于内容单薄（往往是单独一组意象）的意象派诗人来说，这种形式主义是很合适的，对于不想把范围局限于这一类小天地里的诗人来说，其消极性就更加明显了。

意象派诗人对于诗的节奏、韵律的观点是正确的。这一方面他们并未想要作出什么惊人的创新。意象派继承和发展自由诗体的韵律，比自由体更前进一步，不但主张打破传统诗律的束缚，而且反对以节拍为单位组织韵律，他们主张以诗节，甚至以一首诗为韵律的基础，按照情感表达的需要使节拍变换速度，强调韵律不仅是外在的形式而且是和诗的含义密切关联的，他们认为，韵律和意义结合，一首诗才成为一个意义单位。他们还提出为了达到准确、平易，诗必须和散文融合，要求像散文那样自然流畅，这也就是我们通常说的诗的散文美的观点。

意象派的艺术见解，包括对诗的语言的见解，在我们今天看起来，已经并没有什么独特之处了。如果我们回到本世纪初的英、美诗坛，回到那个以丁尼生等诗人所形成的浪漫主义文学气氛里，我们就能够深切感受到，正是这些冲破当年陈腐低沉文学风习的大胆见解和创作实践，为英美现代诗时代的到来尽了鸣锣开道的责任，这一点，对于长期处于中国式的浪漫主义诗歌气氛中的我们，应该是十分容易理解的。

但是，意象派和许多在它前后纷纷出现的流派一样，都只是新的日子到来时林中鸟雀的欢唱，真正展翅翱翔天际，引起万众瞩目的苍鹰即将起飞，现代诗的兴盛时刻来到了。

18. 艾略特，继往开来。《荒原》和《四个四重奏》，严肃的思考。“在我的开始里有我的结束，在我的结束里有我的开始。”

1922年，艾略特的《荒原》的出现，成为诗歌发展进程中继波德莱尔的《恶之花》的出现之后的又一次爆炸性事件。如果说在波德莱尔身上还残存着某些浪漫主义印迹（有人因此认为波德莱尔是“最后一个浪漫主义诗人”，也有人因此认为波德莱尔是“浪漫主义和现代诗之间的桥梁”），《荒原》则是对浪漫主义的决绝的告别，是一面突然高举起来的对传统诗学的反叛的大旗，是向现代诗更新的领域突进的尖利的号声。

《荒原》的世界和《恶之花》的世界是相通的，《恶之花》——巴黎是一座地狱，《荒原》——欧洲文明已变成一片荒原。同样是严峻的思考下的论断，同样是严肃的象征。

说艾略特的思考是来自17世纪英国的玄学派诗，有其一定的根据，艾略特自己说过玄学派诗人是“把思想和感情统一起来”，是“统一的感受性”的典范，我们从艾略特的作品里看到的还有对他更为可亲近的波德莱尔以来法国现代诗对思考的尊崇，对内在精神的抒写的努力，对使诗成为现代人心态的认识体的努力，对客观世界和主观世界重新作出定义、界说的努力，自我意识和宇宙——生命价值观的追求，集中在艾略特身上是现代诗发展到成熟阶段的必然现象。玄学派诗的影响对于艾略特同样是合乎规律的，如果他不是把法国现代诗的影响和英美文化传统给予他的教养结合起来，他也就不是艾略特了。第一次世界大战后西方世界充满绝望怀疑的思想气氛，对以浪漫主义末期做作的多情和狂热为代表的古老文化的反感，加上表现新的感受、创造新的艺术的要求的迫切性，明澈冷静的思考和富于震撼性的暗示力的形象的结合体——现代诗的出现就成为必然的了。20世纪的艾略特毕竟不可能是17世纪的多恩的再现，他们同样有方巾气，但艾略特的世界感是多恩所不可能有的。

艾略特接触法国象征主义诗在本世纪初，他的早期作品明显地有着拉弗格影响的痕迹，从那时候开始，他坚决地走上反叛维多利亚时代以来贵族式的优雅诗风的道路。所谓“客观对应物”，就是要求物象成为心象，或心象与物象的融合，情感不是直接表达出来的，而是“客观地”借一个场景，一系列事件来激发感情，感情在具体的人物经历里达到反映，这样，诗中出现的形象往往是具有多重含义和更大分量感的认识体，为了加强震撼力，两个形象可以同时出现，各自保持独立性而并存使之更富于暗示性，形象的出现往往带有突然性，意外性。不用说，艾略特的象征手法汲取了波德莱尔到意象派（他说过：“意象主义使我们充满了希望，即使它本身并不完善，但它为我们预示了一种可以写出好诗的形式。”）的艺术特点，从“复合”到“客观对应物”，象征主义手法被发展并越来越具体化。

大胆探索，实验性是现代诗的重要特色。艾略特的创作活动一开始就具有突出的实验性，《荒原》的出现所引起的震动，既由于它宣布了传统文化观念的没落，也由于它宣布了传统诗学的没落，《荒原》代表对一种新的美学理想的追求。它的构思方式曾经部分地出现于从波德莱尔到意象派诗人的许许多多作品里，但更集中，艾略特发展了它们，并使之体系化。《荒原》的结构（从形式上说），离开了传统的均衡、对称、和谐、对比、补充等法则，而形成了新的均衡、对称、和谐、对比、补充等法则。《荒原》发展了象征主义的通感和暗示手法，使用了不少典故以扩大读者的联想面。艾略特的原则是，诗人的职责不在于写什么思想，而是找到思想的情感上的“客观对应物”，他致力于形象性的思维里的形象如何有活力地在作品中发挥作用。他用这个原则组织他的诗，因为我们最初看到的是跳跃，变换，隐喻，放射，渗透和反渗透，各种偶然性所表现的必然性……然后我们发现，各个部分是按严格的要求被“剪接”在一起的，它们已形成不可被拆散的整体。

艾略特的另外一个主要贡献是诗的内容的进一步开拓，表现在艺术上的，我们刚才谈论过，不用说这是一件事，而不是两件事。象征主义，按照莫雷亚斯的提法，它的主要特征是努力表现飘忽的内心，即人的比情感活动更深一层的思维活动，人的思考。在波德莱尔，这种飘忽的活动的抒写曾引起那么大的震动，因为过去几乎所有诗人都无例外地认为只要感情的真实，思想却可以是高蹈的，诗人们很少想到应该公开自己的思维过程，应该把自己的不成形的思想披露出来。到了艾略特，诗人的思考进一步用内心独白的方式写进诗里，内心活动面扩大到意识和潜意识，艾略特把思想和说话看作一件事，就像古语说的“思想是无声的话语，说话是出声的思想”。用意识流手法创作的小说同样说明文学进程中这个主要现象的出现，对文学的向前发展具有的重要意义，现代文学所具有的这个特色是它的强大生命力的表现。

艾略特对现代诗的贡献已经是确定的事实。授予他诺贝尔文学奖的授奖词说他是“现代诗的一个披荆斩棘的先驱者”，这话说对了。从《荒原》发表到现在，半个多世纪了，艾略特的影响大体上左右着英、美现代诗的艺术倾向，并通过他们把影响扩大到全球（例如，二次世界大战后的日本，就出现了一个以“荒原”为名的流派），《荒原》《四个四重奏》《空心人》等，无疑地是现代诗的高峰。尽管他的影响50年代起已经在英美逐渐下降，但他的历史功绩是不可磨灭的。

谈一谈艾略特的思想是必要的。我们并不因为他的思想和我们属于不同体系而责怪他，对他作这种苛求是没有意义的。我们也不因为他的方巾气，或道德上的乡愿气而苛求他，他的贵族气和那种博学者的优越感也时有流露，但他的这些缺点从艺术上说倒毋宁是他的优点。看来，他的贡献首先是他进一步使诗具有思想，进一步使诗的创作过程中感性活动和理性活动的结合有了一个新的方式。至于他的思想所代表的观点，显然不是先进的，而只是比较清醒的。他的文学见解更往往和他的创作实践严重脱节。所有这些，在现代文学中甚至比过去更属普遍。例如，他曾公开宣称，“在政治上，我是保皇党；宗教上，我是英国教徒；文学上，我是古典主义者”。说他在文学上是古典主义者，如果就他对荷马以来的全部欧洲文学传统的尊崇而言，是可以的，如果把古典主义理解为创作方法的某些特点，就很难让人信服了，无论《荒原》或是《四个四重奏》，思想基调都是悲观主义的。他皈依宗教，宣称“不惜为基督教的存在而献身”，对于我们来说，不仅不可理解，而且有些可笑。宗教当然不可能使他的思想摆脱困境，他在精神上是不是终究只能做个普鲁弗洛克式的知识分子？

一个诗人应该是一个探索中的人，思想和艺术是不可分割的。“在我的开始里有我的结束，在我的结束里有我的开始”，艾略特在探索中度过他的一生。

而他的成就，分开来看，艺术探索远比思想探索成功。这也已经非常难得了。

19. 浪漫主义和现代意识，历史性的对比。

从波德莱尔到艾略特，现代诗日益显著地呈现出和以往各个时代诗歌鲜明的不同点。

现代诗的这些特点首先是在和浪漫主义的强烈对比中呈现出来的，有些特点首先出现在波德莱尔身上。

我们知道，浪漫主义作为文学的主要精神因素，文学的崇高的意向和感情，是永存的。它在各个不同的文学发展阶段有着不同的作用，所发挥的功能有差距甚大的量的升降。浪漫主义作为一股文学思潮，并具体地形成一场文学运动，从 18 世纪下半叶到 19 世纪上半叶，在欧美曾持续一个世纪，它是从反对新古典主义和洛可可风格开始的。当时，走向极端的对艺术形式美的崇尚，使无比丰富生动的现实被迫改变形态，偏处于严格按照诸如对称、均衡、和谐等等原则精心制作的优美形式和雅致的语言之中，艺术已成为“做作”的同义语，既失去现实，也失去艺术家自我。浪漫主义把自我解放出来，提倡崇拜自我，同时崇拜自然，他们狂热地颂扬个性，使艺术作品和作者在神圣的高度上融为一体，成为具有超自然风韵的美和崇高的创造物。宣称作品不是别的，就是作者的自我，作者的一切。

这样，浪漫主义就必然要反对新古典主义的创作方法。强调自我感受，强调想象在艺术创造过程中的作用，不回避夸大，甚至不怕夸大到变形的程度。用片断性、局部突出和膨胀代替古典主义的完整，用激情代替古典主义的理性主义，用内心感受的奔放无羁改变古典主义认为总是合逻辑地和谐的客观世界。

这是文学史上又一次人的发现，一次人文主义性质的美学突破，诗人的自我意识的新的解放。浪漫主义思潮和由它产生的浪漫主义文学运动和哲学上的浪漫主义运动一样，在文化史上的伟大功绩是永存的。浪漫主义就这样使诗的世界突然扩大了，诗人的自我，诗人的主观尽情地翱翔在热情的天地里，那些曾因避免出格而被排斥的极端发展的难以控制的感情，愤怒，悲痛，绝望，近于疯狂的爱和恨，和那些险峻的雪山，荒凉的墓地，深邃的原始森林，狂暴的海洋……一起进入到诗里，而诗人的天真的，往往幼稚可笑的幻想，给它们涂上浓郁的色彩。

在浪漫主义自身的发展中，在社会生活和文学的发展进程中，浪漫主义逐步暴露出它的弱点，它的热量逐渐消耗，在它的生命的末期，它显得疲乏、麻木、无力对生活和文学发展的新的要求作出反应，逐渐地从不被重视到被认为没有存在的意义，于是走完了自己的历程，成为历史遗留物。

在新的生活面前，浪漫主义的理想性，它对生活和艺术的理想化受到严重的挑战。浪漫主义害怕罪恶和丑，害怕真正的大的痛苦，特别害怕真正地深入到自我中去解剖自我，因此他们的自我是表层的，甚至是真正的自我的外衣。布莱克要把事物的形体想象得尽可能地完美，反对他所谓的“可笑的畸形”的东西，柯勒律治认为诗人“模仿的是自然中美的事物”，华兹华斯要求在诗里面“完全去掉日常生活中的庸俗和鄙陋”。拉马丁不爱读拉封丹的“寓言诗”，认为现实成分太强，生活被描写得过于丑恶，使人不快。而现实生活里面的旧的秩序正在崩溃，古来的传统正在被摧毁，文学艺术作为社会的敏锐的精神的触觉，不能不感知世界的内部变动，现存制度的不稳定性，新的生活准则，新的价值观念正在对旧的生活准则和价值观念的冲激中产生，不能不发现浪漫主义思潮和创作方法中某些曾经显示过独特性能的主要组成部分，由于不能适应新的要求，而变得异乎寻常地做作，甚至虚假，它的活力正在衰竭，并很快地失去积极意义而成为消极的多余的东西，只好把它抛弃了。

在法国，最先起来反对浪漫主义的是帕尔纳斯派。他们反对把表达个人感情作为诗的主要任务，把诗当作倾诉衷肠的场所，在读者面前“陈列”自己，要求诗的客观化，宣称他们更重视诗是客观世界。他们要求诗的科学化，提倡科学与诗结合，反对浪漫主义古为“我”用的借题发挥。对某些浪漫主义诗人轻视技巧和语言方面的疏忽极为反感，主张诗人应该是修辞学家，在语言和格律两方面都要做到尽美尽善。可以看到，帕尔纳斯派的诗人们已经强烈地感知现代诗时代的到来，感知浪漫主义的生命已经结束，但他们还未能清晰地感知现代诗时代为什么将要到来和它将具有哪些新的特性。他们的主张，甚至他们的作品的内容，也带有较多的匠气。浪漫主义生命力的消失不能归结为技术性的原因，而是因为它所具有的那些特征在社会生活和文学发展进程中所显示出来的质的不适应性。帕尔纳斯派在艺术上甚至只能以对古典主义的复归作为武器来反对浪漫主义，这是倒退，是和现代诗完全不相干的。难怪兰波、魏尔伦、马拉美都先后离开了帕尔纳斯派。

结束浪漫主义时代，宣告现代诗时代的到来，是产生现代诗的现代意识。

关于现代意识，我们还要继续谈论它，至少在以下这三个方面，现代意识（最先是从波德莱尔开始）使现代诗以强大的艺术力让浪漫主义相形之下显得迂腐、迟钝、暗淡，拉开了差距。

现代诗甩开了浪漫主义迷恋的大自然，以喧腾的现代生活和现代人苦恼的内心为抒写对象，现代生活的复杂多变成为感兴的来源。

现代意识来源于精神生活的深层次，现代诗通过深层次的精神活动来揭示现代人的痛苦，忧郁……的美学价值，“我不以为一种美的典型可以不是痛苦的”（波德莱尔），使浪漫主义诗人们至高无上的爱情，甜蜜的童年，神圣的自我黯然失色。

现代诗从波德莱尔的“通感”把生活看作向人传送无穷感应的“象征的森林”起，致力于难以捉摸的，丰富多变的现代人内心世界的探索，从客观世界和内心世界的可通，各种官能的交互作用等方面，作了许多实验，寻找艺术表现的新的可能性。现代诗是以现代意识严格、冷静地分析生活，以现代意识要求形象的准确和生动，与浪漫主义诗人的一吐为快、帕尔纳斯派诗人的醉心于雕琢相比，也非常容易看出属于两个不同时代。

就这样，现代意识使现代诗从内容到形式与浪漫主义形成历史性的对比，现代诗已经确立了与浪漫主义不同的相反的方向。

20. 现代意识，现代诗。已经达到的和将要达到的。

从波德莱尔到艾略特，从艾略特到现在，将近一个半世纪的现代诗历程，已经使它具有自己的新的特点。关于这些，多谈论一下或许是必要的。

诗从表达人的情感发展为表达人的意识，人的全部精神活动，诗的内涵的扩展、深化，是浪漫主义时代所无法想象的。人的情感已不再是单纯的欢乐，悲哀，愤怒，怨恨，人的情绪已不再是单纯的激昂或低沉。诗已经不再是情感的简单的传声筒，诗人们也不愿意满足于作为诗与现实之间的触媒。从波德莱尔开始的对客观世界的主观体验的重视已发展成为诗的“唯一的现实”，经过艰难的努力，诗人们发现人的真正的声音被掩盖在、压抑在历史的声音下面，甚至往往为历史的声音所吞没，人的感受，人的意识和人的内心活动的原貌、最真实的原始状态得到了重视。这就是莫雷亚斯当年最先使用“象征主义”这个词来称呼第一批现代诗人时所说的“努力表现飘忽的内心活动”。因为那是未经筛选，过滤，梳理的精神活动的实际情况，即潜意识。这是非理性主义的，这种表现原生状态的意识和现代诗人理性主义的思考的关系是怎样的呢？是不是矛盾的呢？表现上的非理性主义，和实质上的理性主义的关系里，有着现代诗的美学上的奥秘。对于现代诗人，一种感触，反应，情绪，意念，突然冲击我们时的状态是非常可贵的，当我们去把捉它时，我们总是不知不觉地按固有观念重新把它组合起来，进行了理性加工，它看快被纳入逻辑程序里面。以往的诗人认为这是艺术创造的必由之路，现代诗人则认为这是对诗、对人的尊严的亵渎，因为这样做必然阻碍发现和表达存在于精神活动的最深层次的潜意识，正是在那里，才存在着等待我们去破译的最珍贵的内心信息的密码。现代诗人比以往任何时代的诗人都耽于思考，更认真更艰苦地寻求诗的与现代生活相适应的思维方式。人类正处在一个严肃的再出发点，灿烂的过去终结了，更加灿烂的未来正在迫近，科学技术的高度发达给予人类的巨大压力，逐渐地已经使最顽固的人也认识到光荣的使命感和幻灭感正奇妙地结合成为这种压力的可怕现实，诗人们更不可能像浪漫主义时代那样以天真的自我歌颂来陶醉自己，廉价的乐观主义不可能回答太空时代向人类提出的挑战：做宇宙的主人呢？还是从此彻底毁灭？并不是所有的现代诗人都能进行重大的思考。他们有的潜心于“更重要的现实”：人的内心世界的监测，像心理学家一样地探寻人的行为的根源，有的神驰太空，思考着我们这颗小小星球上的生灵在无垠宇宙无限时间中的位置，他们的世界似乎从极小到无限地不相同，但总体倾向是相同的：必须重新认识客观世界，重新认识自我，历史积存的痛苦疑问是这样多，思考，不停顿地思考使诗人冷静起来，清醒起来。如果说他们对传统道德伦理，对传统价值观念的怀疑和否定，对生命意义的重新估定是思想解放，这种解放采取的已不是文艺复兴或启蒙时代的高歌猛进，充满英雄主义气息，适宜于浪漫主义的狂热情绪去歌唱的思想的庆典，而是苦涩的、冷清的、哲学家式的艰深课题了。

作为现代诗主要内容的人的内心活动被归结为苦闷、彷徨，不是没有根据的，需要信心却缺乏信心，对现实不满但找不到出路，对理想无法树立坚强的信念，看不到前途而感到迷惘、空虚、苦闷。现代诗就是在这样一个心理基础上成为潮流，成为绵亘如此长久时日的，我们不能不称之为强有力的潮流。我们该怎样认识这个现象呢？从上世纪下半叶起，人类历史发展的节奏变得更快了，加重了人类思考的负担，历史提出的新的问题更加频繁，回答这些问题既需要敏锐也需要镇定，敏锐是因为必须赶上提出问题的速度，镇定是因为必须争取有更长的思考过程，而历史提出的新的问题又往往是超逻辑型的。在人类文化史上，现代诗人是第一批接受这种思想任务的诗人(但丁和歌德更多的是总结一代人的思想成果)，这就不能不使现代诗人在其所表现的精神现实中呈现出诸如反逻辑、非理性等特征，甚至具有无思想特征，因为他所表现的是思想过程而不是结果（可能不会有结果），是思想原型，也可以说是脱离思想的，如果思想必须形成明确的观点并具有自己的体系。对于尝试着接受思想任务的现代诗人来说，这个要求是苛刻一些了。

在表现内心活动（精神现实）上，曾经出现过，以后还将不断出现的消极观点使人产生对现代诗的若干误解。任何时代的艺术都处在探索和更新过程中，实验往往多数归于失败，探索不排除对更新的误解或曲解。一个新的主张的提出往往伴随着由过分强调其正确一面而产生的过火的一面。但消极一面总是在艺术实践中被抛弃，不可能成为影响文学发展进程的重大因素。

现代诗对现实生活的表达，除了精神现实——人的内心世界的表达，就是社会现实的表达。但它们实际上是一体的，只是为了谈论的方便，我们才把它分开来。出现在诗里面的现实，是经过诗人改造过的、并不保有现实世界固有秩序和形态的“第二自然”，诗人的艺术创造使它具有自己的艺术逻辑和艺术生命，艺术现实的意义在于它是诗人内心的映像，是诗人在客观世界中发现的主观世界，正像内心世界这个更重要的现实为超现实主义所强调并进行实验，“第二自然”被意象主义所强调并进行实验，它们都已成为现代诗内容的主要特征。现代诗对客观世界的态度和浪漫主义诗人几乎是截然不同的，以自我为中心的浪漫主义诗人可以尽情地驱使自然，改变自然，现代诗人却以冷静得多的态度观察客观世界，在深切体验客观世界的同时思考现实和历史，已经和过去时代诗人那种书斋里的玄学味的思考有根本的不同。现代诗人思考的趋向是从对现实的体验去发现内心世界的深度和广度，诗人已经不是站在生活岸边的观赏者，而是生活的参与者。从波德莱尔起，愈来愈多的不被承认为“诗材”的生活琐事，微不足道的生活细节被引进诗里，平凡的人，地位卑贱的人代替了浪漫主义时代的英雄美人，丰富复杂的，具体的，平凡的现实，和诗人们曲折的心路历程代替了浪漫主义诗人笔下的风花雪月，神仙世界和异国情调。现代诗里的现实更不是古典主义的“模仿自然”，而是创造自然，是经过诗人的体验重新安排了的，有自己的组合的方式和精神色彩的现实。

现代诗的艺术革新的第一个特征是感受和表现现实的新的方式和新的形象塑造方式。从著名的“通感”到意象主义的“复合”，到艾略特的客观对应物，一直到当代诗人正在进行中的各种实验，已经积累了丰富的经验，极大限度地扩展了艺术把握和再现、传达现实的可能性，提高了人类诗歌文化水平，努力达到能够和现代生活对诗歌艺术的要求相适应的水平。从波德莱尔开始，现代诗逐步完善了多角度、多层次、全方位地把握现实，创造高于现实世界的精神世界的艺术表现方法。曾经被长期禁锢的人的感受能力得到全面发挥，被局限的诗的领域经过开拓而日益广阔，只要我们回想一下浪漫主义时代（更不用说那些比它还要古老的时代了）的诗就不难发现，用那些陈旧的方式和方法来感受和表现现代生活，是完全不可能的。同样，如果想象在过去的那些时代会产生现代诗的感受和表现生活的方式方法，也同样是不可思议的。这是基本事实，我们应该尊重这个基本事实。

现代诗艺术革新的另一个特征是语言方面不断的探索。语言革新和内容革新紧相关联，随着出现的是形式的革新。我们已经谈论过自波德莱尔迄今许多现代诗人对语言的重视，他们已经不是单纯从语言的角度去发现新的语言，去从重新安排语言的组合中发现语言的新的功能，不是以对语言的无比尊重的态度去研究语言和诗的根本联系，语言本身的潜在力量，使语言摆脱诗人感兴和意念的载体的被动地位，而发挥出相对独立的活力，造成诗的多层次结构和从文字引起的新的意义和解释。诗的语言在摆脱古老韵律的束缚后更加自由，产生了各种更接近生活的诗的形式。过去长期限制诗的内容表达的押韵、音节规定被打破，那些古老的格律快要完全被废除了。当代美国黑山派诗人提出节奏只能决定于呼吸，而换气、停顿应决定于诗的情绪的主张，旧金山复兴派的诗人用呼吸调节诗行的进行和停顿，更多的日常生活用语被引进到诗里面，加强了语言与思维的联系。诗的形式已经不再是封闭的了，现代诗语言方面的大胆革新同样有力地冲击着传统的诗学和美学观念，既是破坏，也是建设。

任何革新都必须付出代价，甚至必须以牺牲某些有价值的东西为代价，虽然这种牺牲可以是暂时的。那些有永存的美学价值的人类精神劳动创造物，只不过是暂时被人们忽略甚至遗忘罢了。而新的创造物，可以暂时不被人们认识，不被人们重视，都仍然在发展着。对于发展着的事物，重要的不是已经达到的，而是将要达到的。

21. 给现代诗以公正的评价吧！

对波德莱尔迄今的现代诗，必须作出严肃的、客观的、科学的评价。

对现代诗，有着各种不同的看法，它被赋予众多的、歧异的含义。从上世纪中叶到现在这一又四分之一世纪，现代诗的发展以历史上空前的规模、速度，空前的丰富内容，空前的勇敢的气势赢得空前的成就。世界诗歌发展进程的这个不同于历史上任何时期的重要阶段，正是由于它的这些前所未有的特点而引起长时间的众多的议论：在不倦的探索中创造出的优秀作品，产生的众多有世界影响的大诗人，创立了与浪漫主义坚决分离的新的诗学观念，以及和浪漫主义明显不同的创作方法，从创作实践和诗学探讨中提出现代生活中的新的问题，开拓与现代生活相称的新的精神世界，出现了空前的诗歌繁荣，充实了人类文明，标志着文学发展进程进入新的历史阶段。

形成整整一代诗歌艺术潮流的现代诗，引起如此众多的议论，仍然以不顾任何反对、怀疑的气概只管向前发展，说明现代诗（现代文学）作为思想现象更重要于文学现象，它的强大生命之所以是浪漫主义文学所望尘莫及的，就因为它首先从思想上划分了过去和现在，浪漫主义以前的所有时代和现代。

现代性是现代诗的基本特征，世界性或全人类性则应该是现代诗的主要内容。瓦雷里曾经称颂波德莱尔是“第一个使法国诗歌走出国界”的诗人，其实，波德莱尔以前的法国诗人的作品，走出国界的已经不少，瓦雷里说的应该是世界性的影响。人类终于走到了“世界性生产”的时代，“过去的那种地方的和民族的自给自足和闭关自守状态，被各民族的各方面的相互依靠所代替了。物质的生产是如此，精神的生产也是如此。各民族的精神产品成了公共的财产。民族的片面性和局限性日益成为不可能，于是由许多种民族和地方的文学形成了一种世界的文学”（《共产党宣言》）。世界感成为现代诗人的主要素质。科学技术的进步，近代工业生产，世界市场的出现，交通和传播工具的日益先进，使各个国家和地区的文化交流迅速发展。文化交流从个别的、偶然的成为普遍的和经常的。可以说，现代诗促进了文化交流，又是文化交流的产物。诗歌文化是最充分地代表一个民族的特点的精神成果的，因为它最充分地体现了一个民族的心理状态和精神面貌。各个民族文化的发展是它和各个地区各个民族文化的不断交流、融汇的结果，发展是在交流的过程中获得的。从波德莱尔开始的世界诗歌的全球性发展蔚为壮观。首先是俄国诗人，以其丰厚的文学传统和优异的艺术禀赋作出反应，当时的俄国几乎就要以后来居上的声势成为世界诗歌的中心而取代法国，遗憾的是后来由于远非艺术发展规律所能解释的原因而停滞。如今在苏联-俄罗斯，有些人，有些时候仍在以反刍现在人们渐渐知道了的像别雷依、曼德斯切姆、帕斯捷尔纳克，阿赫玛托娃，茨维塔那娃等诗人的作品来喂养对诗的饥渴——说句公道话，如果天假以年，诗人们的成就并不见得会逊色于兰波、阿波里奈尔、马拉美、瓦雷里，但就已有成就而言，俄、法这批同辈诗人也大可以比肩而立，相视而笑了。接着是英、美、欧洲大陆、东方的日本和我们中国、拉丁美洲。现代诗潮流泛滥于全世界，直到今天，评价现代诗，离开这最基本的特点，就会有不知从何说起之感。现代诗以现身说法的方式证实了的这一真理：世界（诗歌）文化的发展的激发和民族（诗歌）文化的发展民族（诗歌）文化的加入和世界（诗歌）文化的发展的相互促进，形成了一百三十年来现代诗发展进程对人类文化发展进程所作的重大贡献，它有理由得到崇高的评价。

考察现代诗的艺术成就不但不可能用沿袭的美学标准，也不可能沿袭旧的批评方法。丰富而多变化是现代诗强烈的实验性带来的特征，强烈的实验性则是高速度发展的现代生活在精神生活领域的反映。一批又一批风格独特、富有时代激情的诗人和他们的作品，各种尖锐、新颖主张和流派在互相追赶般的热烈气氛中相继出现，达到了令人目不暇接的程度。此起彼伏的文学主张和出奇制胜的艺术实验构成现代生活的多面性和多重性，一个标新立异的流派往往兼有某些流派的观点，一个诗人可以属于某一个流派但又兼有另一个流派的观点，一切是流动的，互相掺杂又互相排斥的，但又具有鲜明个性，一空依傍，特立独行。或许可以说，现代生活是诗歌史上从未有过的复杂现象。完全不像它以前的任何时期的文学现象（比如说浪漫主义诗歌）那样，可以比较方便地用一种固定的尺度来分别给予优劣正负之类的判断。这种尺度本身可能并不谬误，但拿它来评价现代诗就显得谬误了，因此我们必须要有新的尺度。例如，关于思想内涵的先进性和落后性，就很难用沿袭的态度来对待，现代诗人往往并不讳言他还没有找到生活对他提出的问题的答案，甚至不讳言他不想找到答案（既然如此难以找到）。对于现代诗人，现实生活已不如它的映像——人的内心世界那样具有吸引力了，那才是他们愿意倾全力去研究的新的艺术课题。思想史和艺术史都不曾有过像现代诗这样，有着这样众多的有争议的诗人和作品，对他们，人们可以有各自不同的评价，但有一个总的评价是谁也不能不赞同的，那就是：他们在艺术发展中的客观的思想价值和艺术价值是不可否认的。当然，作出这个评价的出发点是摒弃诸如“积极意义”“思想正确”之类的偏执观念，如果一味相信自己的“积极”

“正确”之类的标准具有神圣的权威，那就不可能用科学态度对待现代诗了。

现代诗作为诗学发展过程不可缺少的环节，在其对诗学发展所贡献的新的思想成果中，既有成熟的部分，也有不成熟的部分，更多的是那些有待于进一步提炼、凝聚、澄清、完善的未成形的、粗糙的但又富于活力的观点。这是任何思想活跃的时代的正常现象，在生活节奏愈来愈快速的现代更是这样。但我们仍然可以从中观察到它的主要特点。

现代诗发展过程为文学发展的最根本动力的作用提供了生动的例证。在这个过程里我们清楚地看到文学现象的各个方面用各种方式互相影响着，而所有这些影响过程贯串着文学发展根本动力的绝对影响，这个根本影响就是社会发展进程的影响。曾经有人指出现代科学的发展与现代艺术家的密切关系，例如光学与印象主义，电学和未来主义，原子物理学、设计与工业技术和“不拘形式的艺术”，信息传播技术和新先锋派等，如果不是单纯地对科学和艺术进行牵强的类比，从中是可以看到社会发展进程对文学发展进程的影响的，这种影响我们可以称之为辅助性的。更重要的原因是：现代大工业生产的兴起，和由此产生的人际关系的变化、生活方式和思维方式的变化，无法适应这种变化的所谓“世界末”的精神状态，第一次世界大战前后人类文明所遭受的严重挑战，文学发展过程在新时代给予的新的条件下新的规律性运动所发挥的能量的推动。现代诗在它所进行的一系列艺术实验中最富开拓性、改革性的因而也是最受重视的，是人的内心世界（直至潜意识）的顽强探索，不少诗人和评论家认为这是弗洛伊德学说的启发的结果。弗洛伊德认为，一个人的主观在历史上一切作用下，所说的所表现的与其说是个人的，不如说是历史的，从而发现“大我”的客体下面有被掩盖、被压抑乃至被抹煞的“小我”，应该说，弗洛伊德的学说也是对现代诗发展的促进。但它们都不是根本性的动力。现代科学技术的发达所导致的物质生活与精神生活的差距的不断扩大，人在自己创造的日益丰富的物质生活面前发现自己的精神生活的日益贫乏，才是现代文学发展进程的根本性的、决定的因素。起决定作用的只能是本质的东西，科学技术的、文学的现象都只是现象，不是产生现象的原因，现代诗只是现代生活给予的内容的结果，现代文学的活力和丰富性只能从现代生活产生，它不能没有表现对象地存在，正如生活不能没有艺术表现地存在。

现代生活强烈的革新性使它对诗学发展作出自己的贡献。尽管现代生活以其作品和言论所表达的诗学见解中没有把他们的艺术追求与思考和社会发展进程联系起来（这在作品里是不可强求的，在言论中却应该是必要的基础），未能把他们的主张作为时代的、历史的范畴提出来，但他们的以反对旧文学观念为主体 的见解和行动明显地具有时代的、历史的含义。这种新旧观念的对立所具有的丰富的内容和坚决的态度，足以说明它的来源（不管人们是否自觉到）并非专业爱好产生的狂热而是敏锐的历史洞察力。可以归结为旧的必将为新的所代替，新的必将战胜旧的这样一个简单公式的坚强信念，是符合历史发展规律的，因而得到合规律的结果。由此派生的现代生活的各种观点，一般都达到概括世界性诗学发展问题的高度，接触的问题的广度和深度是上代诗学所很难达到的，提出的见解、假设大体是科学的，有说服力的，这些也就证实了新旧对立和消长的历史必然性。

持续一个多世纪而且愈来愈热烈的艺术探索是现代诗的又一重大贡献，如此持久、狂热、紧张而且始终居于重要地位的探索活动，同样是过去时代无法想象的。由于日新月异的发展，由于新观念新方法的无节制的大胆，总结现代诗的经验和思想积累是困难的，但其成效已经如此显著，现代诗完全不顾古老习惯、古老规范的探索产生的冲击波是如此强大，它在取代浪漫主义的决战中的所向披靡的气概，是令人惊叹的。关于形象的选择和处理，关于主观世界和客观世界在诗的要求上的重新统一，关于语言的性能和它在诗里的地位，关于诗的形式的无限可延性……文学史上确实很少像百多年的诗歌革新运动这样，提出这么多的前所未闻的、急待解决的问题。诚然，这些问题往往不是以科学观点的方式提出的，没有科学理论形式，甚至缺少基本的科学概念、精确的定义界说和周密详尽的范畴，它们往往是诗人之论而不是学者之论。让批评家去完成可以进行科学分类的理论体系吧，重要的是：与现代诗创作活动相终始的美学和诗学探索连续不断地取得的成就是不容忽视的。特别是，这些新的问题的提出和解决，往往超越文学发展的正常阶段而预示性地出现。许多观点很难为我们惯用的术语所容纳。这是和现代诗歌发展，现代社会生活发展的飞跃性相一致的。

没有理由缩小现代诗的历史意义。现代诗的美学观念、艺术追求是以新的时代感、新的世界感为杠杆的。各个国家各个地区间日益频繁的有机接触和双向交流，促进了诗歌创作的繁荣和诗学探索的发展。优秀的诗歌作品被当作全人类共有的精神财富受到尊重，在全世界范围内流传。把现代诗看作某些国家某些地区仅有的（甚至是奇特的）现象，是不符合事实的。

不能说现代诗的所有探索都是成功的，在狂热和紧张的探索热潮中总会有异想天开的荒谬构想、耸人听闻的荒谬试验，重要的是找到那些具有特别本质意义的属性，公正地说，虽然其中有一些造成失误，但其意义还是积极的。不应该因此断言现代诗和全部现代文学都处于所谓“危机”之中，如果现代诗人的艺术创造和文学活动在文学史上没有起过任何算得上是作用的作用，仅仅是胡闹一场，或虽然有作用，但只局限在少数不正常趣味的人的极小范围之内，我们又怎样来解释一个多世纪以来诗歌文化的飞跃发展？如果说现代诗的道路完全错误了，是“堕落的”“颓废的”“反动的”，那么，人类世界是停滞了，倒退了，限于不可挽回的混乱之中了吗？能够有持续一个多世纪的“危机”吗？我们将怎样解释现代诗人创造的一系列有分量的，有历史意义和现实意义的作品的产生呢？丰富了人类诗歌宝库的，发展了艺术文明的现代诗歌，能够说是某种“危机”的产物吗？过去，我们确实沾染过一些粗暴习气，用“骂倒”的办法代替科学的文艺批评，日丹诺夫式的政治功利主义曾被某些模仿者发展为著名的“无限上纲”，现在应该是彻底否定这种有害无益的武断专横作风的时候了。

各种风格、各种观点的起伏更迭，也是现代诗的主要的特点。众多艺术流派的交替出现，它们的短促生命和急速的兴衰升沉，曾被用来证实现代诗的“混乱”。有的论者指责现代诗学未能以一个完整无缺、始终一贯的理论体系流传，认为同样是“混乱”的表现。当然，如果人们忘记了他们谈论的是现代诗，如果我们仍然像对待往日那些文学思潮一样，以至少半个世纪的寿命来要求现代诗的各个流派，如果这样，我们就是忘记了一般、特殊和个别之间的联系，忘记了我们时代的实质性的特征，我们就违反了历史规律，也违反了艺术规律。论者们忘记了或者没有注意到现代社会的总的特征是它的多元性、多层次和多变性，现代诗的相应特征正是它和现代社会同步发展的表现。如果从整体上失去这一特征就会失去生命力。用传统的一成不变的老观念来观察现代诗，必然要大惊失色，甚至视为“怪物”。

给现代诗以公正的评价吧！

22. **龚定庵，中国第一个感受到现代意识的诗人。《己亥杂诗》和《滨海墓园》。历史的局限是可怕的。**

我国文学的现代意识开始于 19 世纪下半叶，东西方文化交流恢复之后。

明末清初，我国曾有过一次流产了的文艺复兴。由于缺乏有力的社会经济基础（萌芽的资本主义经济十分微弱并随即枯萎）和先进文化激励的中断，半途而废的思想解放和文化发展在来不及显示蕴涵的力量时就退隐下去。虽然在文学领域里戏曲、小说、散文都有令人惊喜的成绩，却未能继续取得更大的进展。其中最为薄弱的是诗，在打倒了前后七子的复古主义的同时，从内容和形式上都只能用没有和新的社会生活取得血肉联系的“性灵”来掩盖空疏和浅薄，实际上是另一个极端的复古。

从乾隆二十二年（公元 1751 年）开始实行闭关政策，到同治元年（公元 1862 年）设立以翻译西学书籍为主要任务的同文馆，中国的自我封锁长达一个世纪，而且是正当先进国家文化科学、工业生产有很大发展的一个世纪。中国的大门是被帝国主义的炮舰轰开的，大梦初醒之际面临的是严峻的抉择：

是继续关起门来称孤道寡呢？还是老老实实承认落后，发愤图强，认真地向先进国家学习？清醒的认识是在遭受更大威胁的紧急情况下获得的。最初，“中国杂艺不逮泰西，而道德、学问、制度、文章则夐然出于万国之上”的观念占上风，以“中学为体、西学为用”的原则引进西方的声、光、电、化等“杂艺”，相信只要学到那些“奇技淫巧”就可以达到“师夷制夷”的目的。甲午战败，人们才认识到“西人能强者兵，所以强者不在兵”，首先必须学习的是先进的社会政治法律制度，最后，人们认识到哲学才是西学的“绝大关键”，逐渐地走到较全面的文化交流。对文学作品的翻译介绍，则开始于本世纪初。真正认识它的重大意义的，是认识到“……第一要着，是在改变他们（愚弱的国民）的精神，而善于改变精神的是，我以为当然要推文艺”的鲁迅。

传统的中国文化在西方文化的冲击下第一次经受一场全面的考验。在长期停滞的封建社会里形成的中华民族文化的心理素质和结构一下子暴露在西方文化的强烈对比下，人们终于不能不看到民族文化结构的两重性，看到了我们传统文化的优点和缺点是相对的，我们的优点突然变成我们的弱点，这个发现来自现实给予的惊心动魄的教训。人们不能不严肃地思考诸如为什么中国丰厚的文化传统远未发挥其影响，具有丰厚传统的中国文化为什么还需要外来文化补充，许多方面显得贫弱的中国文化在引进外来文化的过程中会不会丧失主体地位等问题。而当人们企图用封建主义来抵挡现代文明时，他们省悟到这是徒劳的，因为，说到底，文化就是反愚昧，文明就是反野蛮。

我们从文化活动和政治活动、经济活动、军事活动这些人类社会活动共同的规律性里找到了文学发展的、诗歌发展的规律。所有人类活动发展的特点都具有社会发展的特点。现代意识就是现代工业社会意识。

龚定庵是中国第一个具有现代意识的诗人，即使那意识还是相当模糊的。

历史早就要求中国出现现代诗人了。但历史本身的发展遇到了曲折。中国的封建社会和落后的小农经济又拖延了两百年。早就应该结束的诗歌文化的停滞状态延长了几个世纪。唐诗达到的高峰成为一段辉煌的回忆，宋诗以温和的改良代替真正的艺术革新，在绕过盛唐的狭径上消耗了自己；宋词的出现应该带来诗歌艺术的全面突破，但保守的缺乏生气的社会生活无法提供必需的动力和养分，终于不免沦为精致的文学享乐工具。很难举出元以后在文学史上有真正贡献的诗人，中国古代诗歌只能在苟延残喘的困乏中勉力维持一个名存实亡的局面，等待着新时代的到来。明清两代，无论“文必秦汉，诗必盛唐”的前后七子，和标举性灵的公安、竟陵对他们的反动，以及编《唐贤三昧集》不收李杜，独尚王维，标举“神韵”的王士禛，和反对他的、主张“格调说”的沈德潜，以及再次标举“性灵说”的袁枚，尊崇北宋，“家白石而户玉田”的浙西词派，追求“意内言外”的常州词派，更明显地都是一次又一次的古代诗歌观念的重复。这是整个历史大停滞的必然反映，即使是非常健壮的文化实体，也经不起拉得这样长的大空白的侵蚀。

龚定庵的《己亥杂诗》无论从把握现实的力度，思考的深度和涉及的现实领域和精神领域的广度上来说，并不比西方同一时期优秀的现代诗人的名作逊色，如果拿它和那些得到全世界承认的名作——比如说瓦雷里的《海滨墓园》相比较，中国传统诗歌的优势在新的社会生活面前突然降落成为劣势的悲惨景象就不能不叫人震惊。

在那个陈腐的文化环境里，要冲破凝固在古老狭隘的美学趣味里的文学气氛，需要的不可能只是一股两股即使很强大的力量，而是能掀起天翻地覆的大改革浪潮的许多股力量的汇合。不管龚定庵自己是否意识到，他以诗人的敏感感知了这一点，并在自己的作品里表达出来了，这使他的作品具有中国诗歌里从未有过的叛逆性，产生了影响。但和同时代的西方诗人相比却是太微小了，而且几乎可以说只是具有更为微小的文学影响的性质。

保守的王国维们不会理解文学现象的历史意义，但他们发觉到这是异端，于是本能地从古老的观念给他加上“儇薄”“俗艳”一类的贬斥，后来的南社（严格地说并不是一个文学流派，他们是一个爱国的文学团体）诗人们也并不能理解龚定庵的出现带来的时代信息。南社诗人们甚至没有能力模仿《己亥杂诗》（模仿在一定情况下是文学潮流的表现形态之一）。他们只是热衷于进行那种十分没有出息的集句游戏，一时间“集己亥杂诗句”成为时髦，这当然又是诗歌还没有得到振兴的另一个可悲现象。

因袭的负担是如此沉重，吟诗作赋久已成为干禄仕进、世俗交际、怡情悦性的文化风俗，甚至为了扩展这种实用功能而产生了对联这种中国独有的体裁。连写出《己亥杂诗》的诗人龚定庵自己也没有意识到这是艺术创作活动，也只是把它当作“中年游戏之作”。长达千年的古老观念的统治给人的压力是如此沉重，各种有形无形的限制已经成为人们自己的习惯，叫你感觉不到它的严酷，人们甚至能够把阴沉的社会环境当作平稳宁静，把荒凉的文化现象当作成熟后的安详。一个有过灿烂的成就的民族在如此漫长的岁月里没有向世界奉献更多的大诗人，没有产生过更多的被写入人类文化史的名著，甚至没有出现过真正算得上是文学流派的文学流派，尽管保持了拥有世界人口三分之一、面积居世界第三位的大国，我们这个应该说有强大生命力的优秀民族，却长时期陷于贫穷、落后之中，长时期没有能对人类作出杰出贡献，这是不能不叫人感到痛心的。

历史形成的局限性是可怕的。

23. **一个封闭的民族孤立地发展文化是不可能的。长期停滞的文化环境里不可能有严格意义上的文学创作活动。**

有人认为中国是一个弱国，因而中国文化不受重视，无法为外人理解。如果文化、科学落后就是弱国，这就说对了，人们不会重视落后的东西。落后造成距离，很难为人们理解。

封闭使我们在窒息中濒于危亡。

我们民族曾有过鼎盛的发达时期，应该记得今天我们仅存的那些生存条件有许多是那时候留下来的。我们引为骄傲的中华民族文化是汉代各个民族交流、融合而成的，比以前的华夏文化前进了一大步。盛唐文化是大胆开放的结果，中华民族以恢宏的气魄和旺盛的转化力吸收外来文化，丰富和壮大了自己。明末清初短促的开放显示了文化交流在一个民族的发展上的巨大意义。晚清的被迫开放及其后果说明文化交流是大工业生产时代人类文化发展的必然趋势。

一个封闭的民族孤立地发展文化是不可能的，一个民族要长期封闭自己，孤立于人类社会之外也是不可能的。人类社会是按照国家、民族区分的，文化具有国家和民族的性质。文化的民族性质是在一定的自然条件和历史条件下形成的，具体物质生活状况不同，心理素质和结构不同，发展文化的具体方式不同，这就形成各民族文化的特点。但是，文化发展包括文化内容的丰富和提高，发展文化的方式各民族不能不有一个相同的方式，这就是民族文化的交流、融合。没有其他民族文化发展的激发，就不可能有本民族文化的发展。本民族范围内的提高是有限的，只有在外来文化的比较下，一个民族才知道怎样去取长补短。对人类文化已经达到的文化水平无知，对最新文化成就，最新思想，最新科学技术无知的民族，得不到参照，得不到支援，就不可能发展民族文化。民族文化发展过程是要在文化结构的二重性的分化和移动中得到的，顽强的传袭性受到外来文化的冲击时，它那已经定型的落后性开始动摇，挣扎，终于被抛弃，在文化结构内部分化的同时产生了新的内部结构的定型过程，不受冲击，不产生分化的文化不是活的文化。

龚定庵和他的同时代人由于长期的与世隔绝，由于对世界文学发展全然无知，由于远离世界文学中心，由于没有参加到世界文学的行列里，虽然痛感诗重“格调”、文求“义法”已经无济于事，但不能不以然用千多年来沿用的古老形式写作，依然遵循一千多年来沿袭的美学观点和表现方法，是他们不可能创作出具有世界意义的现代诗歌的根本原因。

《己亥杂诗》包含了从国家政治到个人感情生活的丰富内容，涉及历史、文化领域，但未能达到现实生活提出的思想要求和艺术要求。并不是说，一个诗人就必须像一个先知一样作出预言，对诗人的思想要求只是把他的宝贵意念整理成具有逻辑系统性的观点或问题，原始性的意念可以成为普通抒情诗的内容，但以之作为现代的思想抒情诗的内容就显得缺少应有的强度了。对诗人的艺术要求从感情内涵上说不能停留在最初的情绪反映上，即使在一首写萌动的、轻微的情绪状态的小诗里，情绪也应该经过提纯、得到凝聚，形成结晶体。把从极不显眼的、瞬息的情绪到狂热的激情等等具有各种不同强度的情感，组织到统一的心理过程里，最后形成壮丽无比的精神景观，应该是诗歌艺术创造的主体。无疑，龚定庵多少意识到单纯的主观表现（不论“言志”或“载道”）已经不能适应新的时代要求，需要发现那个可望而不可即的，远非“性灵”所能概括的新的诗的质了。但他无力达到。思想必须明确到具有历史的力度才能改变那些具体的艺术表现方法。在一个长期停滞的文化环境里，人们已经习惯于重复而对创造生疏。唐诗、宋词里那许多有无穷潜力的创新并未得到发展，因为赞叹、把玩、刻意模仿（即使是最聪明的刻意模仿）都是重复。艺术上的突破如果总是后继无人，得不到响应，那就是惊人的浪费了。李白、杜甫、白居易、温庭筠、辛弃疾……作品里那些发光的东西总是在那里寂寞地闪动着，情景是凄凉的，即使是在世界诗歌史上也难以找出与之相匹敌的作品如《长恨歌》《琵琶行》，也只有模仿，没有发展。吴梅村的《圆圆曲》已经叫人觉得模仿多么可悲，到樊樊山的前后《彩云曲》，则简直叫人感到封建文化死乞白赖地不肯咽下最后一口气的可恶。龚定庵和后来的南社诗人们都未能清醒地感到因为得不到发展反而成为羁绊的、我国古代优秀诗歌成果加在他们身上的沉重负担，没有能理解只有发展它们才是摆脱它们的唯一道路。黄遵宪徒劳地极力想把他认为的新内容塞进已经僵化的旧体裁里。他的实用主义的“诗界革命”实际上是有名无实的改良，难怪他未能产生值得注意的影响。

虽然人们往往用表面上的热闹哄骗自己（从“乾嘉诗坛点将录”到“光宣诗坛点将录”，凑足一百零八位诗坛上的天罡地煞似乎并不困难），但是，封建古国末期的中国实际上已经不存在我们所理解的诗坛——诗歌创作群体，没有严格意义上的创作活动，也没有严格意义上的文学活动，题咏唱酬，诗酒流连，很难说和艺术创造沾上多少边。我们似乎不应该苛求龚定庵。

波德莱尔的《恶之花》出现之后，首先在法国，随后在全世界，产生了爆炸性的、划时代的影响，有其深刻的历史、文化的原因。在中国，这个任务，是由鲁迅先生担当起来的。

24. **鲁迅，冲破一切传统思想和手法的闯将。《野草》和《恶之花》。**

鲁迅是中国第一个真正具有现代意识的作家，鲁迅是中国现代文学的开拓者。

鲁迅曾经第一个明确地认识到“没有冲破一切传统思想和手法的闯将，中国是不会有真的新文艺的”，这信念，贯串鲁迅一生。新是从冲破一切传统思想和手法来的。这和那些至今丢不掉“思想是先进的，手法是传统的”陈腐观念的人多么不同！鲁迅的作品是历久弥新的，直到今天我们读它还是有那种才脱笔砚的新鲜感，鲁迅以闯将要求新文学作家们，首先以闯将要求自己，《阿Q正传》《狂人日记》《野草》《故事新编》是全新的，在中国文学史上是新的，在世界文学史上也是新的。鲁迅不欣赏名噪一时的皇皇巨著而欣赏《八月的乡村》《生死场》（后来，它的作者以《呼兰河传》证实了她理解鲁迅的期望，没有辜负鲁迅的期望），就因为那是冲破了传统思想也冲破了传统手法的。

在一个长期封闭的落后国家，要冲破的传统——被奉为神圣的“国粹”，那冲破的过程，是新与旧的激烈斗争。落后国家的先进人物身上，外来的新知识新思想是占主体地位的，此时，新与旧的斗争表现为中、外之争。鲁迅极其坚定，在他决心从事用以改变国民精神的文艺工作之初，就致力于翻译介绍外国的思想先进、艺术表现手法先进的，包括当时的前卫作家安德烈夫、迦尔洵等人的作品。鲁迅强调学习外来文化的重要性，甚至主张“要少看——或者竟不——看中国书，多看外国书”，“我看中国书时，总觉得就沉静下去与实人生离开；读外国书——但除了印度——时，往往就与人生接触想做点事。中国书也有劝人入世的话，也多是僵尸的乐观；外国书即使颓唐和厌世的，但却是活人的颓唐和厌世”（《华盖集·青年必读书》）。梁启超、胡适正在大开“一个最低限度的国学书目”，提倡青年读古书，鲁迅一点不含糊地站出来反对，那心情是严肃沉重的，因而态度也是严厉的。“中国的文化，便是怎样的爱国者，恐怕也大概不能不承认是有些落后。新的事物，都是从外面侵入的。”（《三闲集·现今的新文学的概观》）“宋的文艺，现在似的国粹气味就熏人。然而辽金元陆续进来了，这消息很耐寻味。汉唐虽然也有边患，但魄力究竟雄大，人民具有不至于为异族奴隶的自信心，或者竟毫未想到，凡取用外来事物的时候，就如将彼俘来一样，自由驱使，绝不介怀。一到衰弊陵夷之际，神经可就衰弱过敏了，每遇外国东西，便觉得仿佛彼来俘我一样，推拒，惶恐，退缩，逃避，抖成一团，又必想一通道理来掩饰，而国粹遂成为孱主和孱奴的宝贝。”（《坟·看镜有感》）使我们感到沉痛的是，六十年后的今天重读它，就像是针对着当前某些人的心态而发的针砭，我们的进步就有这样的艰难！

开放，改革，大踏步走进世界文化行列，应该是现代意识的精髓，是现代文学的丰姿神态所由产生的根本。

《野草》和《恶之花》一样具有里程碑的意义，它不是一般的散文诗，它和《恶之花》一样是开一代诗风的，《巴黎的忧郁》只是《恶之花》的补充。公平地说，和《野草》相比，《巴黎的忧郁》就显得不够分量了。我们有理由认为兰波的《彩图集》和圣-琼·佩斯的《阿纳巴岛》更多地来自《恶之花》，而《巴黎的忧郁》只能说从语言上给予某些启示。遗憾的是，《野草》理应产生的巨大深远的影响被缩小了，这同样有其历史的文化的深刻原因。

鲁迅的早逝是中国文化的无可估量的损失，艰苦的战斗和险恶的环境使他在文学活动进入高峰时遽然中止了呼吸。30 年代新文学的兴旺景象只能作为我们最美好的回忆留在我们心中。那以后，多年的战争使我们无法进行更多的文化活动，中外文学交流稀少了，后来有更多年月我们习惯了那种本来是由于紧张的战斗和敌人的封锁造成的外界隔绝，同时也由于习惯了战争年代迫切的宣传工作需要的文学通俗化，不知不觉地退回到认为只有老百姓看得懂的“民族的”文学才算文学的狭小天地。鲁迅已经不是文学巨人而只是一个忠实的革命者，这当然并没有错，但人们忘记了忠实的革命者灵魂是存在于这个文学巨人身上的，这就不能不成为善意的可悲的误解了。

半个多世纪的新文学发展状况说明，离开鲁迅，新文学就萎缩，甚至沦为旧文学的新的变体。有由于极右离开鲁迅的，也有由于极“左”而离开鲁迅的。我们有极为惨痛的教训。

25. **中国新诗的现代意识。从“五四”到40年代初期，简短的回顾。**

现代的中国诗人应该是怎样的人，现代的中国的诗应该是怎样的诗，鲁迅在他的最早的论文《摩罗诗力说》里表达过这样的愿望：诗人应该是“精神界之战士”，他“作至诚之声”，“致吾人于善美刚健”，作“温煦之声”，“援吾人出于荒寒”，鲁迅惊呼“家国荒矣”，失望于没有出现“赋最末哀歌，以诉天下贻后人之耶米利”，或出现了耶米利而“贼于众”。鲁迅以沉重的心情宣告诗人——预言者的严酷命运，精神界战士必须走下去的悲壮的道路。《野草》写成于《摩罗诗力说》后二十年，值得注意的是，鲁迅从精神上推崇浪漫主义诗人，《野草》和他的所有其它作品却都不是浪漫主义的，在以后的有关文学创作的言论中，我们也没有发现他提倡过浪漫主义。对于精神界的战士，除了心灵上的要求，鲁迅从没有要求过他们穿一色的服装，使用一色的武器。很可能，浪漫主义的天真、夸张、英雄主义和过分的文学性与鲁迅的思想性格、艺术性格无法协调。但从《野草》看，他的敏锐的现代感不仅是与浪漫主义无关的而且是有力地反对浪漫主义的。在“五四”时代的文化活动家里，鲁迅对现代文学的热情极为突出，早年翻译过安德烈夫的小说，爱读尼采的《查拉图斯特拉如是说》，并译介过它的序言，称尼采是“近来偶像破坏的大人物”。鲁迅对现代诗的赞扬，见于他为勃洛克的《十二个》中译本写的后记，称之为“现代都会诗人的第一人”，并指出他的特色“是在用空想，即诗的幻想的眼，照见都会中的日常生活，将那朦胧的印象，加以象征化。将精气吹进所描写的事象里，使它苏生；也就是在庸俗的生活，尘嚣的市街中，发见诗底要素”，“所擅长者，是在取卑俗、热闹、杂沓的材料，造成一篇神秘底写实的诗歌”。鲁迅慨叹：“中国没有这样的都会诗人。我们有馆阁诗人，山林诗人，花月诗人……没有都会诗人。”这是我国最初的现代诗艺术特色的介绍和对现代诗人的呼唤。其后，鲁迅还第一个翻译了四首阿波里奈尔的《动物诗》。

鲁迅对于现代艺术的热情更是众所熟知的，《近代艺术史潮论》的翻译出版对现代艺术在中国的兴起起过有力的推动作用，他曾经准备翻译高更的《诺亚、诺亚》，出版蒙克版画集，在30年代和现代派的尖锐论争中，鲁迅很少涉及他们的表现方法，对他们介绍现代文学艺术更没有表示过异议，倒是指出过他们工作态度上不够认真。值得特别注意的还有鲁迅对现代文学的先行者陀思妥耶夫斯基的崇高评价。鲁迅从来没有附和过对陀思妥耶夫斯基的侮辱性攻讦（“有毒的天才”之类的），在那篇著名的《〈穷人〉小引》里，他写道：“在甚深的灵魂中，无所谓‘残酷’更无所谓慈悲；但将这灵魂显示于人的是‘在高的意义上的写实主义者’。”鲁迅从陀思妥耶夫斯基预见到现代文学的诗的素质，《野草》里响彻心灵深处发出的颤音就像黎明的号角。《野草》达到的世界水平宣告中国新文学已经走进世界文学行列，这似乎有些突然，因为它是超时代的，预示性的，曾引起长时期的惊奇和讨论。它所提供的那许多有关现代中国文学性质、方向的思考至今还具有现实的实践意义。

关于文学的世界性和民族性，有些热心人至今还片面地坚持“越是民族的越是世界的”的观点，而文学艺术毕竟不是民俗展览，不是民族风情的表演，这些“一国独有，他国所无的事物”，“换句话说，便是特别的东西。但特别未必一定是好”（《热风·随感录四十三》），真正是民族的而又是世界的，必须这“特别的东西”发展到世界水平，已经成为世界性的财富或具备成为世界性财富的条件。鲁迅以及他同时代的大多数作者，认识到这一点，因此才有新文学兴起期的富于活力的繁荣。

“五四”时期文学繁荣的主要原因当然还是有个从斗争中创建起来的讲科学、讲民主的文化环境，特别在兴起期，这是与盛衰存亡攸关的。没有科学和民主就没有新文学的现代性，就会拒绝丢掉“特别的东西”里面的落后部分，就会害怕用先进外来的“洋”的东西来发展那里面含有的有生命力的部分。回顾从鲁迅的《野草》到艾青的《北方》《旷野》，二十年短促的时间里，中国诗人为在世界诗歌发展中作出自己的贡献而进行的热烈紧张而又愉快的艺术探索是朝气蓬勃的。“五四”初期，被称为“白话诗”的新诗有明确的方向：从内容到形式和僵死的旧体诗彻底决裂。语言是活生生的口语，形式是无拘无束的自由诗，内容是朴素的真实感受，许多优秀作品有着即兴抒情的天然的新鲜气息，是新诗美好的童年期。“五四”后期和三十年代前期，诗人们意识到生活感受和艺术创造现代化的迫切性，从浪漫主义到现代主义，从波德莱尔到马雅科夫斯基，近代和现代诗的各个主要流派观点和方法先后被介绍进来，被吸收、采取，运用于中国新诗达到世界水平的努力中，诗人们热情的探索使诗坛呈现出繁荣气象，各种风格，各个流派都对诗的发展作出自己的贡献。后期新月派诗人和现代派诗人在对现代意识的追求上更为积极。30 年代初，戴望舒在介绍国外现代诗和提倡现代诗创作上作过不少工作，虽然他自己的作品，特别是后期作品很难说是现代意识的。就在这时候，出现了艾青和田间。艾青的《大堰河》给我们带来新的希望，人们从这本诗集里看到的是古老的浪漫主义诗歌观念以外的新型的诗，看到它预示的新诗的广阔前景。它立刻受到胡风的注意，胡风第一个站出来肯定“明显地……受了凡尔哈伦、波德莱尔、李金发等诗人的影响”而又能将这影响“溶在他的心神的健旺里”的艾青，和“在独创的风格里表现着感觉的新鲜和印象的泛滥”的田间（艾青回忆，在胡风关于他的评论发表不久，他被告知，雪峰读了他的诗集，同样给以肯定的评价）。这个时期是新诗发展的成长期。

30年代后期，抗日战争前期，新诗发展进入成熟期，艾青的《北方》《旷野》已经是世界水平的优秀之作，田间的《街头诗》，可与阿拉贡的抵抗运动诗媲美，是中国新诗的异彩，可惜，他的开创性实验虽然是成功的，却中断了。1943年，从上饶集中营出来的雪峰在重庆出版了他在狱中写的《真实之歌》，这是一个从事文学活动同时从事实际革命活动的成熟的老诗人思想上和艺术上达到高峰的重要作品，标志着中国现代诗的新的飞跃，由于种种原因，这部诗集未能产生更广泛的影响，但却深深激励了从现实斗争获得现代意识的诗人们，主要是先后集结在胡风主编的《七月》《希望》两本杂志的年青的诗人们。他们的文学活动，曾持续到50年代初期。

文学发展和科学发展有相似之处，它是不能中断的。走回头路是历史能作出的最可怕的惩罚。但完全中断毕竟不可能，这同样是历史规律。

26. 对现状的估计。创造力，思维方式，心理方式与现代诗。脱节现象及其原因。乐观者的忧虑。

1976年“四人帮”的垮台终于使中国恢复了生机，尽管它已被摧残得奄奄一息，这微弱的生机的表现之一就是人们渴望重新有正常的文化生活。新文学在短促的时间里迅速恢复并达到空前的繁荣。小说的发展和提高更为令人欣喜。相形之下，新诗的停滞、徘徊，就不能不叫人焦虑。虽然，我们的估计还是乐观的。

为什么小说能够以神奇的快步回到世界文学行列，而且赶上了当代小说艺术水平，无论在题材开拓和艺术创新上都得到读者的承认和支持，而新诗却依旧只能靠“聊备一格”存在，安于这种委曲求全方式的存在，无所作为，甚至给人以不想有所作为的印象？那些拨乱反正中兴起的一群青年诗人，满腔热情地想大有作为，历时十年后的今天，仍然偏处于一个较小的读者层（一部分大、中学生）中，有的人且已感到难以为继了？

几年来，大多数诗人都在努力于写出与新的现实生活相称的作品，努力于抒唱为现代化斗争的人们和现代化斗争带来的新的现实。我们这个觉醒了的奋起自强的民族发挥出来的潜能是如此强大，在我们这片古老的大地上产生的变化是如此剧烈而迅速，致使我们的有些诗人在新的现实前面感到力不从心。如果我们只能用习惯了的义务感歌颂生活，只能习惯地为了表示赞同而写诗，只能习惯于描述而不习惯于思考，或只能用习惯了的方式感受和思考生活，我们就不能不受困于表层的，浮光掠影的，堆砌现象的“题材决定”，和浮夸的，空洞的，现成的“主题先行”观念，我们写出来的诗就不能不是缺乏思想力度和艺术个性的泛泛之作，不能不给人以“过去时代的人歌唱现代生活”的感觉。可见，我们自己首先有个观念更新的问题亟需解决。

应该冷静地，严肃地，客观地思考产生这些现象的原因。一些有心人曾经沉痛地回忆新诗受挫的过程，感叹“新诗是文学界的重灾区”。但必须看到，虽然有过不利于新诗的言论，把原因归结于某些破坏性的话语是不全面的，导致我们民族大悲剧（文化灾难是它的主要内容）的发生，是长期积累下来的许多因素交互作用的结果，就像病毒逐步侵蚀机体似的波及每一个具体事物，新诗是其中之一，仅仅由于各个时期情况略有差别，受侵蚀的情况略有轻重之分，但当侵蚀已经达到严重程度时，灾难就具有可怕的爆炸性了。想到灾难今天总算已经成为过去，我们就有理由对新诗的现状和发展作出乐观的估计。

说那些使人痛心的日子里长期的“左”的封闭、约束，贻误了一代有才华的作家和诗人，使他们至少在其文学活动的某一个时期限于无所作为的困境，或许不能说不符合实际。使人高兴的是，在新时期，诗人们已经走出困境，迈开新的步伐。首先，诗人们正在或已经摆脱当年那种文艺作品成为政治功利的折射而失去独立性，诗失去特具的艺术素质和欣赏过程的复杂性，诗人，诗，读者在固定的政治要求里成为功利的支撑点，诗人被剥夺掉艺术思维这样的最基本的权利，读者被剥夺掉审美需要而成为宣传的关系项，等等荒谬可怕的、今天想起来简直难以置信的怪现象的羁绊。诗人们正在努力以自己的创作活动参加医治当年的悲惨事变造成的民族精神的大倾斜、大颠倒，极少数野心家的道德崩溃、人格解体和政治堕落给文化艺术带来的怵目惊心的毒害。诗人们痛定思痛的认识和行动，对我们的新诗的发展具有决定性的意义。

诗学理论探讨趋向活跃也使人受到鼓舞。我们对诗的认识一直被限制在那种类似浪漫主义的范围里。这是一种奇怪的混合的浪漫主义，可以称为浪漫主义变体。它有古代的来源，也有当代的来源。多年以来，以“左”的伪马克思主义思想为主体，实用主义地搀和了各种被认为有用的观念形成的这种观点，和“艺术手段就是艺术目的”相反相成的“艺术目的就是艺术手段”一样荒诞。据认为：诗是可以强加于人的，不存在诗的素质，诗的艺术魅力。不是人的精神需要，而是形势需要，任务需要。人的精神需要被彻底简单化了，诗也被彻底简单化了。新的艺术实践要求从理论上探讨现代诗歌发展动向，研究中国新诗在世界现代诗歌中的地位和作用，研究现代诗在现代文化结构中的地位，现代诗素质内部结构的变化，所有这些，都关联到中国新诗如何真正“新”（“现代化”），真正走进世界现代诗行列的问题。新的理论探索有时不免囿于某一特定视界，不免有偏颇之处，但都是理论研究活跃的表现，都使人受到鼓舞。

中外文化交流的恢复和日益活跃，是新时期最使人高兴的重要进展。中国新诗发展史的主要内容是中外诗歌交流史，新诗是中国近代引进西方文化的主要成果之一。在现代的世界上，一个民族特别是落后民族，孤立于世界而要发展文化是不可能的。遗憾的是，就在那名为“文化大革命”的十年以前，我们的文化交流已逐步缩小到以苏联、东欧为主的小范围里，我们所能接触到的主要是处于低潮的苏联的往往是冗长，沉闷，缺乏想象力、机智和美感的平庸之作，和并不出色的另外几个国家的当代诗歌。也曾为配合世界和平运动这类政治性活动，有选择地介绍过聂鲁达、阿拉贡、艾吕雅、布莱希特的部分作品，但数量很少，很难得到较完整的认识。其后，介绍了一些亚、非、拉地区水平并不高的作品，除了借此了解到一些情况，几乎说不上有多少现实的文化效益。苏联的情况，是耐人寻味的，他们奉行的封闭政策，使灿烂辉煌的 19 世纪俄罗斯文学光荣传统至今一蹶不振，他们的诗，与 20 世纪初的兴旺相比，简直叫人有直线下降之叹。值得庆幸的是，我们终究抛弃了“左”的文化孤立主义，改革开放以来，诗歌领域在这方面同样是欣欣向荣的，我们更有信心进入现代世界诗歌的前列了。

最重要的是，越来越多的诗人从历史的反思中发现，回到以鲁迅为代表的现代中国新文学道路是唯一正确的选择。往者已矣，来者可追，我们迫切需要造出大群的新的战士，大群的冲破一切传统思想和手法的闯将。

《野草》，这是“从搏斗发出的哀歌，从哀歌发出的搏斗”（胡风），是思想化为自己的机体的鲁迅的旷野呐喊者的声音，它应该被崇奉为中国现代诗的进军的号角。不能说，现在提“五四”道路是历史循环论。是的，已经过去了六十年了，但“五四”的任务完成了没有呢？现代文学是要有现代观念的人去创造的，现代生活是怎样要求现代诗人的呢？

一个现代诗人必须有创造力。他的创作活动是不可以没有创新，甚至害怕、反对创新的。我们曾经习惯于多年来强调的“学传统”，习惯于从被认为是典范的作品里寻找艺术创造的模式，艺术理想建立在别人规定下的规范上。追求和自己、和时代相去遥远的“样板”作品的相似。艺术观念上习惯于紧紧追随权威的见解，认为只要忠实地遵循它们就能取得成功。

重复他人的感受、构思、表现手法，甚至重复他人的想象，被视为正常现象，重复代替了创新。思维依然习惯于固定模式，由于长期处于不活跃的状态，思维能力萎缩了，思维领域一再地缩小，思维的意义和作用几乎被否定，既然有权威作出的结论，而且有了对权威的结论的权威的阐释，思维就成为多余的。总是用重复去延长已有的东西的寿命，就不必要创新，创新反而是多余的了，这就造成对诗人来说最可怕的迟钝和粗糙。

呆滞的思维方式必然产生呆滞的心理状态，这种心理状态反映在我们的创作活动中，首先表现为随和，不是由于自己有了感受去写什么，而是看到别人写什么去跟着写什么。有时为了避免雷同，也略加改动，但小心谨慎，生怕“离谱”。艺术探索似乎是不必要的冒险，于是我们就不免总是遇到那些似曾相识的作品。就像科学研究不能依赖已有成果必须进行独立思考，文学艺术创造也不是大家一起来维持现状而必须一起来进行连续的突破。没有勇敢的跳跃，转变，翻新，没有叫人惊奇的前所未有的想法、做法，没有拿出叫人耳目一新的前所未有的新事物，从文学艺术发展规律看，不但是停顿，而且是倒退。可悲的是，多年以来，我们都习惯于拘谨，习惯于安分守己，至于现实生活的迅速发展已经怎样毫不留情地批驳了这些观念，我们却装作完全不知道。观念更新并非十分艰巨，而我们就是缺少一点敏感，一点灵活，一点机智。因而也只有在老路上一直走到底。今天，在庆幸我们终究脱离困境而赶上现代世界诗歌发展的步伐时，我们是乐观的，然而我们也有忧虑。我们必须一边清除障碍，一边开拓前进。

随着形势的发展，有些问题，将在前进路上，得到创作实践的解决，也得到理论探索的解决。例如，我们习惯于歌颂，赞美，而这又总是与我们长期保有的那种思维方式、心理状态、艺术观念联结在一起，它与现代意识的关系将是怎样的呢？又如，写爱情和大自然的明显地增多了，在过去，它们是禁区，在新时期，这类作品由于往往缺乏时代感，反而使人觉得没有艺术意义、艺术价值，因为即使是冲出禁区的题材，也并不一定就具有现代意识，这就不但是老问题，也是新问题了。我们也不能不看到诗歌创作活动中已经开始出现的新的因素，出于对诗的热爱的，有共同艺术追求的群体正以各种形态出现。可以预见，不久将有不止一个新的诗歌流派产生。这就需要有一个与之相适应的文学生态环境。我们是乐观的，但也有忧虑，因为我们必须在更新观念的同时更新方法，而这并非轻而易举。

27.“朦胧诗”。它和现代意识的接触点以及它和浪漫主义的接触点。在严肃的思考任务前。艺术追求是历史追求的具象化。

“四人帮”被摧垮以后，中国人民文化生活里首先出现的问题是：怎样最迅速地重建我们的文化生活，和建设什么样的新的文化生活。既然灭绝文化的“四人帮”是要使中国回到封建的愚昧和法西斯的野蛮里去，那么，我们要重建的新的文化生活，就是以真正现代文明为内容的文化生活。我们发现，重归到“文化大革命”前的老模式里已经不可能，因为经过这一场几乎使我们民族灭绝的大灾难，谁也都明白，那个老模式“无意中”充当了这场大灾难的温床。这，在文学领域，有着更为鲜明、生动的反映。

“十七年”时期的老一辈作家和诗人，在反思着怎样“自己解放自己”，要从那个贻误了文学也贻误了自己的老模式里摆脱出来。他们中间的大多数人发现自己的笔拿起来十分沉重，需要一个重新适应的过程。新的现实生活是如此令人眼花缭乱地丰富、复杂、多变，几乎没有留下老式思维方法和心理反应的用武之地，缺少现代感的作品简直叫人伤心地只能显示自己与读者的可怕差距，产生了自有新诗以来没有出现过的大脱节。

这时，在北京，一批当年正在中学里读书，佩带过“红卫兵”袖章，被下放过，后来当过各种各样临时工的文学青年，以打印诗集和打印刊物（不久就停刊了）的方式发表与“十七年”和“文革”十年老模式有很大不同的诗，很快地流传全国，受到青年文学爱好者的广泛欢迎，并由于艺术表现方式的迥异而被称为“朦胧诗”，同样由于尖锐地违反了人们还习惯地奉为准则的“诗应该叫人看得懂”的观念而受到攻讦，而与此同时“朦胧诗”的影响达到了高峰。

将近十年的时间过去了，经历了国家政治生活的一系列重大变化，国家经济生活的迅速发展，人民文化生活恍如隔世的除旧更新，经历了新文学领域某些方面特别是小说的可喜发展，经历了文学观念的裂变和拓展，如今，我们回顾新诗经历的十年进程，应该能够认真地对“朦胧诗”作出较全面的考察。

“朦胧诗”以强调现代感和文学性引起注意。十七年不断地向“左”，“文革”期间八个“样板戏”，还有“反击右倾翻案风”中那些诗的类似物，终于导致了文学领域的沙漠化。但是，人类生存的基本要求依然存在，人是要过审美生活的，人需要真正的文学作品。就像饥渴者遇到食物和饮料，正处在生长期的年青人的需要更加强烈，他们扑向“朦胧诗”，应该说，另外的一些更有创作经验的诗人们的作品未必完全缺乏文学素质，但多半由于还不能“解放自己”，由于多年来养成的（责任应该说不在他们）不接触新思想、新知识或接触太少，作品的思想内容和艺术内容都不免缺乏现代感，有的甚至就像不是现代人写的。不同于小说领域的“伤痕文学”，“朦胧诗”是从感伤、苦闷、彷徨，乃至虚无这类心理状态的表露来对那些罪恶岁月进行控诉的，很自然地引起了一代因纯洁感情受到粗暴践踏而感到追悔、失望、空虚的年青人的共鸣。

“朦胧诗”初兴起时，确实有那么一股气势，有那么一种开拓精神，在多年的高压之后，非常之可贵，非常之叫人兴奋，人们对他们抱着振兴中国新诗的期望，期望读到他们写出的更多更好的诗，这是人们对文学现状不满足的自然反应。“朦胧诗”的作者们更加直率地表示了这种不满足，而且更加直率地表示他们对新文学发展的看法：所有旧时代的（意即在他们以前的）作家和诗人，以前作出过贡献，但从现在起，他们都已经过时了，新文学的发展，只能由新一代的作者来承担。真是够大胆的想法，当然只有这一代年青人才会有这种想法，另外，他们还以自己的作品表示：中国新文学、新诗的艺术要求，应该是能不能拿到外国去，能不能得到国外同行的称许，就这样急于一下子把中国新诗的艺术水平提到世界诗歌已达到的水平上去，这自然也是只有年青人才敢有的设想。只要回想一下十七年中不断加码的“为政治服务”要求下的诗，和“文革”中的“假、大、空”，就能明白我们的年青诗人们初次出现时为什么能够受到这样大的注意。当时，我们已经几乎没有文学了，没有什么艺术水平，更没有谁想到世界水平了。

现代诗发展进程的特点是贯穿全过程的狂热的、紧张的艺术追求，层出不穷的主张、试验，此起彼伏的流派的消长交替。“朦胧诗”作者继续了 30

年代我国部分诗人对现代性的追求（这是他们自己并未清楚知道的，因为他们并未接触过这些作品，他们对 30 年代中国新文学状态几乎全不了解），在他们的作品里出现的从未见过的新奇手法使同样没有可能接触 30 年代的作品的读者大为吃惊，看惯了“一览无余”的原原本本写来的诗，如今突然发现世间还有这种散发出强烈新鲜气息的诗，久已厌倦了平庸、粗陋、极为缺少诗的素质的诗的年轻读者们立刻拥向“朦胧诗”，而久已习惯于传统观念的诗的中、老年读者（他们中间大部分是更有发言机会的有身份、地位的人）却像被蜇了一下似的跳起来，惊呼“看不懂”！也难怪，多年来频繁的政治运动已经使人们养成只顾“紧跟”的习惯。但是，就算是难免掺杂一些私心杂念吧，多一点思考总应该更有利些，何况是对文学艺术，是在“四人帮”以后的八十年代！我们不能不为“朦胧诗”作者们的坚定精神所感动，大小风雨都未能把他们“清”掉，他们依然走自己的路，勇敢地保持了作品内容和艺术表现的特色，我们有理由相信，正是对现代诗不倦的探索、追求这一基本特点的明确认识，给了他们信念和勇气。

现代诗人不讳言他们在进行艺术实验，当然是他们认为有重大意义的实验。现代诗的艺术表现是五光十色的，很难说谁的艺术观念是主流。但经过长时期的发展，目前大部分诗人大体上有这样的趋向：具象世界被认为是戕害创造力的，会局限心理经验的开展与深入，诗人可以借潜意识中的通灵的慧眼来使具象成为幻象，这样，在使外在的具象成为内在的幻象的同时，进入不断的变化、运动而成长为一个更真实的但也更玄虚的幻象，可以说，诗人的创作过程就是打破具象使它成为幻象之后，再打破这个幻象，创造出一个新的“真实”。它不能表达，只能凭直觉感知，显示它的语言可以是抽象的，精神活动这时候也更抽象。看得出，这里如果有象征、暗示、联想，也都是虚幻的，而不是实体的了。

当然，不可能所有诗人都这样写，当代大诗人都有各自的风格，也有的诗人很少或完全不这样写，这种趋向也在发展和变化着。要说难懂，这比

“朦胧诗”更难懂。“朦胧诗”的读者中，感到难懂的一般是习惯于顺顺当当地找出“主题”和“主题的积极意义”，而现在居然很难找到，找到了也不知其意义何在，是否积极。性急的甚至以为既然不让人找到，找到了也不让你知道底里，可见必定是消极的，很快就走完了从否定艺术表现到否定作品内容的全过程。我所读到的“朦胧诗”用的是联想、暗示、象征等手法，还是从波德莱尔的通感，意象派的复合，艾略特的客观对应物那里来的。这些诗可以说基本上是用浪漫主义感情逻辑推演出来的比喻、夸张、形象化等手法顺着“起、承、转、合”次序完成的设问和解答、悬念和解念的构思方式写成的，人们习惯了的那些诗和这样的诗明显不同，一时不能接受是可以理解的。“朦胧诗”跨度大，跳跃性强，浓缩，没有格律，所显示出的新的艺术探索精神十分珍贵，不能因为有些人“不懂”而否定它（懂不懂是一个很复杂的现象，不是标准），中国新诗要有大胆的探索才能前进，这是不用多说的。

现代诗越过浪漫主义依靠激情认识世界、反映世界、改变世界的抒情至上主义，从转向对隐藏在现实世界背后的“真实”的探究、思考，到隐藏在“大我”背后的“小我”的实现，对“更重要的现实”——人的内心世界的挖掘。目前，已显示出现代诗内容发展的新的趋向：发现内在的精神世界中更真实地展示着的自我，在这个远比现实世界纯粹的精神世界里，通过对现实世界更深入的感受和认识，使自我得到超越自己的精神飞跃，成为另一个有力量凭感性直觉而非凭理性观念进行宇宙心灵的神秘幽玄的探测，从而在人与宇宙、人与历史的新的交涉里发现人的本质，人的价值。以上的表述不可能完善，只能是一个粗略的轮廓，但从这里我们还是可以看到，“朦胧诗”的内容主要是超现实主义的那个更重要的第二现实的展示，我们的年青的诗人们确实已经把力量集中到人的内心世界的发现上，并努力于在作品里展示它。他们的诗里确实传来了一代被贻误的年青人的感伤，苦闷，彷徨，乃至虚无，而且具有艺术所要求的真实性。

现代意识应该是具体的，在一个具体人身上经过时间、环境、经验形成的不同个性而性格化地取得存在。远比现实世界纯粹的精神世界只能从粗糙的现实里提炼，比理念更有力的直觉必然由理念培育，人与宇宙、人与历史的新的交涉不能不呈现为日常的现实生活交涉，对神秘幽玄的宇宙心灵的探测其实就是人的价值的探测。现代中国人的内心世界、最隐秘的自我是形成于现代中国的现实的。“朦胧诗”展示的现代中国人内心创伤某些方面和层次曾经引起一部分人较为强烈的共鸣，但由于几乎总是局限于某一方面，停留于某一层次而逐渐失去吸引力，使人深感惋惜。这不仅由于艺术表现上的满足于狭隘的新奇，更主要的是由于内容上的满足于单纯的展示而产生的没有理念土壤的直觉的轻飘，和没有兴趣或没有能力从现实世界提炼出精神素材的内心世界的物质化，简单化。我们的喝“文革”苦汁长大的年青诗人们似乎并未很好地体认自己的精神气质并充分地把握它，因此也不能很好地把握这个气质并充分地表现它。诗人有诗人的道路，我们说的只是从他们自己的艺术个性去各自体认、把握和表现。

“文化大革命”给我们民族、给人类的深刻教训，应该作出科学的总结，理应引起更严肃的思考，中国人的精神世界，理应有个思考后的大的突进、大的飞跃。如果说，现实生活总是为作品的出现作出牺牲，在付出如此重大的代价之后，我们为什么不可以期望新的《恶之花》、新的《野草》的诞生，甚至新的《神曲》、新的《浮士德》的产生呢？我们为什么不可以对我们的诗人，特别是我们的才情焕发的年青的诗人们寄以更大的期望呢？

不论诗人是否自觉到，艺术追求总是历史追求的具象化。单纯的艺术追求，没有历史内容的艺术追求，不论诗人是否自觉到，都是艺术追求上的退步。诗，不能不考虑人的审美需要，也不能不考虑思想需要。不能忘记现代意识就是历史感，对现实的冷淡并不是从现代诗的根本特点中产生的，思想的空泛和艺术上的容易满足也不是现代感，在离开内容的表现手段的狭小范围内，创造不出大艺术。我们不应该要求诗人们每一提笔都要想到赤子苍生，家国兴亡，都要表达民胞物与，先忧后乐之类的怀抱，诗人的使命感和道义感可以在无数种方式中流露。我们的诗人应该能够从审视内心世界进而审视外部世界，它们不是同样布满这场大灾祸留下的伤痕吗？感受，不可能是“技术性”的。诗人对内心的审视应该就是对历史真实的审视，对包括自己在内的大灾祸中的人们的思想过程、心理反应的审视，在审视中深化理解，产生揭示它的要求。有时候，真实的揭示是有困难的，我们相信诗人的勇气，相信不利的环境和气候是正在消退中的，不足畏的。

浪漫主义的自我扩张和现代诗的自我探测有着质的差异，但又容易在表层上混同。由于浪漫主义是以激情、想象、理想化等文学艺术本性的因素为基础形成的，即使在它已经失去作为文学潮流的活力之后一个多世纪的今天，在文学主张和它完全不同或有很大不同的人里面，也会时时出现向它回归的现象。不可能全部重复，更多的是以不显眼的方式再度出现，带有时代的新的标记，甚至让人以为那是和浪漫主义不同的新的东西。我们曾经为“朦胧诗”的作者展示了当代人的苦闷、彷徨等心态而为中国新诗重新有了现代感而高兴，我们期望这些心态在我们的现代诗里从低层次的（旧式的）简单展示走向高层次的历史的追问，从而达到真正的、今天的中国的现代意识的获得，成为真正的现代诗。“朦胧诗”大多数作品的心态展示具有向高层次升跃的意向，而且有些作者也曾经作过“挖掘自己的内心”的努力。我们看到，挖掘仍限于表层，只能作心态的展示，挖掘进入深层，才能找到心态的根，自我才能具有摆脱表层心态后获得探究历史的、社会的心态的力量，获得真正的现代意识。我们谁也不愿意写自己不想写的诗，但我们不能不用现代意识写诗，这几乎没有自由可言，除非你安于写类似现代诗的浪漫主义的或其它性质的诗。今天的中国人的苦闷、彷徨……只能因为它与挣扎、奋起、搏斗联结在一起而成为诗的，成为现代的，而具有现代意识，这就是现代诗的历史分量感，展示这些心态难道是为了观赏它，把玩它？绝叫只有在处身于历史的严峻考验中并感到考验的严峻时才能发出，消极地接受现实，可以有呻吟，但发不出心界的颤抖不已的呐喊，梦魇只有为自己的苦恼熬煎到无法排遣的人才有，浑浑噩噩的心灵不会有苦恼，不会有梦魇，没有梦魇而要写梦魇那样的有分量的心态，那是对自己的折磨。有一位当代美国诗人说，由于痛苦的经验太多，它们因此反而愤怒不起来，因此成为了“垮掉的一代”诗人。这说法很难叫人相信，如果真正“垮掉”，还写诗吗？这是说着玩儿的，不想骗自己，也知道骗不了谁，多少是装模作样吧，自己“垮掉”了些什么，自己明白，不是以为这种“垮掉”很好，还现身说法宣传“垮掉”做什么？在今天的世界和中国，真诚依然是诗的生命，醒悟和奋起应该是诗人的心态和起点。纯粹的苦闷是没有的，颓废、懦怯、虚无，或许可以在浪漫主义末期的感情美化里得到掩盖，在以自我探测为趋向的现代诗里却只能更叫人感到其复旧的性质，这或许是我们有些热心人没有想到过的。不敢去碰人民内心最敏感的痛处，对人民火辣辣的大悲痛采取冷漠的规避，疲乏的情绪，微温的热情，软弱的忧郁，廉价的多愁善感，令人难以忍受的“为赋新词强说愁”的虚假，时髦的一阵风的互相模仿……如果我们不警觉，是可以不费什么力气，不消多少时间，就把我们的现代诗搞得晕头转向的。现实确实这样：艺术风格上的尖锐对比，缺乏思想内容为基础的尖锐对比，正在使艺术风格上的新很快地消失着：不是以丰富复杂的生活激发的内心生活为触媒的创作要求，也因为失去艺术土壤而只能从对“文学性”“现代性”的向往里找出路，很可能就这样失去创造力，而停滞于幼稚的、盲目的模仿。我们相信年青诗人们的勇敢探索将克服各种障碍取得新的突破。目前，有些诗人正努力于从民族文化里“寻根”，我们认为这不能说是“逃避现实”，任何对题材和主题的规定都是无益的，现代意识不是模式也不是规范。探索的道路上允许彷徨。关键之点在于树立艺术的大目标：从我们民族的大悲痛、大觉醒、大搏斗里获取现代意识，以现代意识拥抱我们民族的大悲痛、大觉醒、大搏斗，在这个基础上建立这个现代诗的坚强信念。可以相信，那种以浪漫主义式的自我美化为目标的路子已经走不下去了，将使更多年青诗人痛切地感到缺乏使命感、历史感，或没有真正理解使命感、历史感与艺术生命的决定性关系，对自己文学活动有多么重要的意义。他们是能够做好的。

28. **文学发展的延续性。历史内容是现代意识的基本内容。现实的文学价值的丧失就是历史的文学价值的丧失。**

有一种说法：诗是不知道怎么写出来的，写出来了，也不知道写的是什么，到底是些什么，让读者自己去说吧，说什么就是什么。

引申下去，诗，没有目的，因此，没有意义，没有功能。

现代诗处于狂热的探索过程，各种各样的设想和试验接踵而来，有众多的流派。性急的人把自己归入某个流派，相信这个流派是当今世界上的最重要的流派。

诗可以有各种各样的写法，不知道怎么写出来，写的也不知是什么的诗，是会有的吧，或许还是很有趣的诗，但不是全部。

流派众多是文学繁荣的必然现象，没有不同流派的竞争，文学不可能发展。文学流派作为文学发展要求的产物，必然具有完成现实的文学发展赋予的艺术任务的迫切愿望，和对文学发展提出的新的问题作出及时反应的敏感。因而，它也必然是先天地具有决定这个发展趋向的民族的文化积累和民族心理素质、社会审美经验等基因，显示出与其他民族的即使倾向相近的流派也无法混同的性格。流派不应该是从其他民族来的分支。从“五四”到 30 年代，不少诗人运用过浪漫主义、象征主义、现代主义各流派的手法写诗，但他们仍然是中国的诗人，谁也没有当真地认定他属于其他民族的某一流派，他们总得用中国的语言写中国人的感受和思考。中国可不可以有不知怎么写出来的也不知写的是什么的达达主义呢？在法国，短命的达达主义不久就被超现实主义所取代，后者把前者想要表达的意向作了更接近完善的表达，达达的无所谓毕竟难以成为艺术行动纲领，既然无所谓，不就连自己的主张（如果也不能不算作一种主张的话）也可有可无了吗？现代诗发展过程中出现过不只一次像这一类以耸人听闻的方式闹着玩的“主义”，因而为人诟病，其实这倒不是现代诗的弱点，反而是富有生机的表现。达达主义已成陈迹，再捡起这些过了时的说法，在我国，有必要吗？

文学发展是有延续性的。文化史没有冰河期，不可能有人类文明荡然无存之后，从大气圈里滋生出新的文明的奇迹。文学发展的基本形态是新的代替旧的，但不是新的消灭旧的，发展不是中断。我们有些过于性急的人对新诗发展的历史过程不想有生动的具体了解，曾经对他们以前的新诗作出抽象的否定，而当他们觉得需要有一个足以证实他们有自己的历史背景时，又性急地对某些就是按照他们的需要来说也不是很合适的并不出色的东西作出轻率的肯定。如果我们对体现我们的新文学的现实基础的新文学战斗历程不想了解，对体现我们的新文学的现代意识的真正有价值的作品有厌弃情绪，却偏爱某些没有生命的玩艺儿，文学的延续性就不可能在我们身上体现出来。说“五四”过时了，鲁迅过时了，最后干脆说我的诗不是写给中国人看的，“五四”，鲁迅，中国的事和我不相干，我是外国水平，不是中国水平，严肃的，真正有抱负的诗人，能够容忍人们以原谅小孩子说大话的心情来原谅这类豪言壮语吗？

直到现在我们谈的却还只能说是一种印象，但这印象是从作品中得来的。我们曾经期望有大批或至少有一小批能够代表年青诗人们的艺术探索成果的作品，为我们提供理解和评价他们的努力的依据。但往往有些作品互相重复，互相肖似几乎使我们无法找到最有代表性的作品，这么多的难分彼此的作品使我们反而无法证实它们是出自同一个美学母胎，倒好像是从同一个模式里倒出来的。现代意识不就是最个性化的意识吗？一些“朦胧诗”作者们格调上的过分接近，他们的艺术个性的不明显，是和他们的创作要求与周围的社会生活主要因素缺乏必要联系的结果，或者只有表面的、脆弱的联系，历史运动和个人活动之间的纽带，对我们有些年青的有才华的作者，很可惜，几乎是不存在的。

历史内容是现代意识的主要内容，现代就是历史的现在，现代意识是特定历史条件下的意识，而且是具有特定历史条件下的有具体针对性的意识。这些，当然都是地道的老生常谈了，多说几句想也不会太叫人腻烦，因为我们还得继续探讨下去。我们所以缺少传诵一时的震撼人心之作，应该是由于我们对生活反应的迟钝，对生活及其发展的理解错误和冷漠，艺术意识没有民族文化根源，没有社会生活根源，就失去内容，失去力量，因此也就不可能表现中国人的大悲痛、大醒悟、大搏斗的心态。没有与捂住盖子闷在地窖里一旦释放出来的民族振奋精神相称的，敢于表现像丧失理性和信仰，丧失道德伦理理想，丧失人的尊严之后一旦醒悟过来备感惨痛的悲壮的精神境界的力作，就没有资格成为带着严肃的危机感，努力为扭转悲惨情势、找寻新途径的中国当代思想活动里的一员，更不可能成为这场大搏斗中称职的一翼。如果我们只是流连于自以为是华丽新奇的审美趣味里，在新式的吟风弄月中寻找安慰，那不但是艺术上的短见，而且会在不知不觉中妨碍了现代诗的发展。丧失现实的文学价值也就丧失了历史的文学价值，我们正是从这个认识上来要求中国新诗的现代意识的，我们要有这样的健康的文化心理。

人们曾经希望，以“朦胧诗”为起点，年青的诗人们将以他们的生气勃勃的文学活动掀起一股潮流，形成一个或一个以上的流派，为我们沉闷的诗坛带来新的局面。这个新的潮流应该表现为不断出现的作品里鲜明可见的艺术认识现实的独特能力的不断进展；表现方法上有艺术远见的创新，标志着达到的新的艺术水平；对文学发展趋向的认识表现对当代思想活动的较为透彻的理解，作品从思想生活的角度说具有思想活动的特点，成为它不容忽视的一面，而作为新的流派，它的成员应该有共同的艺术追求和能胜任这一追求的信念，意志和能力，能不断以自己的作品在与不同艺术见解的尖锐对立和竞争中得到承认，得到发展。“朦胧诗”已出现将近十年。但流行有时会成为一种与严肃意义上的艺术思想无关的时尚，容易在某一部分人中得到短暂的并不具有思想共鸣性质的存在。文学生活如果失去社会生活色彩，没有了思想活动性质，就会成为一种文化娱乐活动，这是对文学的降低。真正的共同的艺术追求不是互相模仿，真正的共同的艺术见解不是赶热闹式的叫好，而是分担痛苦的思考和艰辛的探索。文学活动终究是艺术创作活动，一种潮流，一个流派，或一个阵营，都必须以代表性作品为旗帜，只有作品最有发言权，他们是凭着作品翻开文学史的新的一页的。作品和作者都不能以量取胜，有过不少曾经引人注意的有趣的文学现象很快地被人遗忘，就因为没有留下既具有现实价值也具有历史价值的作品，有时候，热闹并不代表艺术影响的扩大，反而缩小了艺术意义，局限了发展，甚至导致庸俗化。积极因素不加以保护和哺育，是可以很快地变成消极因素的。文学事业的成败，有些时候，有些方面，可以归之于客观条件，但决定它的还是我们自己的优点和弱点。有人说，我们的年青的诗人们的最大优点是没有任何负担。很难说指的是哪一类负担，是我们常说的条条框框这类负担，以没有为好；是历史负担，就要包括文化的综合素质，完全没有就不好；使命感、道义感、任务感也是负担，对于诗人，没有就不好。今天的中国诗人是不可能那么轻快地走向诗的。没有旧负担也没有新负担，可能就是体质弱而又不加锻炼了。我们的新文学已经成年，当初那种既勇于吸收外来新事物又往往易于失去与历史的合理联系的弱点，已经在不断付出代价的过程中逐渐克服了。绝对化的观念总是使人执着一个方面而忘记另一个方面，不受重视可能有被压的原因，值得深思的是为什么能压得下去？读起来内容平淡，修辞学游戏似的形式上的创新，既不为传统观念所接受也不为革新所欢迎，到底是因为什么？

但“朦胧诗”确实是作为我们文学革新的征兆出现的，我们不会忘记它。

29. 现实生活的发展向文学提出新的要求，提供新的条件。现代诗人最主要的素质：思考和创造力。

现实生活的发展一定要向文学提出新的要求。现实生活发展到决定性的阶段，文学的发展，也就具有突破性的，飞跃的性质，其迅猛的程度，可以超越触发它发展的现实生活，走到前头。

当代人类生活的特点是高速度，快节奏，多变化。世界性的新技术革命使人类文化具有强烈的任务感，在不断出现的新的任务的催迫下，紧张地进行着自我更新。文化是不能仅仅作出适应性的反应的，它必须使人类能够更加主动地驾驭历史火车头。因此，新技术革命还使我们在经济的、物质生产的领域之外，看到政治领域、社会生活领域的急速变化。同样急速变化的，实质上最重要的是人自身的知识构成、思维方式、精神世界、文化需求的深刻的急速的变化。当代人不能不感到调整自己的必要，不能不感到经济生活的现代化必然要求人的观念的现代化，感到必须获得现代意识，必须更新自己，使自己适应提供给每一个人发挥才能的条件，同时也对每个人提出相应的能力要求和对生存环境的自觉。当代人心灵的敏感，思想感情的多变，由于现实生活中新旧事物不断的更迭，渗透交错而更加丰富复杂了。人将怎样完善自己，构成人类的个体在当代生活条件下应如何发展，并从而构成合格的现代人群体，已经成为人类思考的主要内容。各种信息穿梭交织成的文化网络历史上还是第一次出现，人类能不能从这个多变的迷宫中对未来作出正确的选择，取决于智力的发展，也取决于新技术革命和社会变革的协调。

人的自我更新，自我完善将以智力进展为依归。人们发现，一切资源中最丰富、最有活力的是人的智力。这是真正的人类公有财产，任何权力无法独霸，独占，因为根本不存在这种权力。曾经有过的使人类蒙受灾祸的对人的智力的限制、禁锢、浪费、糟蹋的权力，在新技术革命时代已经失效或正在失效。这类权力造成的迷信，麻木，僵化，单一，都在逐渐被抛弃。人的智力在挣脱古老枷锁后正在为人类进步尽情地作出贡献，同时尽情地发展着。这是人能够对未来作出正确选择的保证。

新技术革命的深远影响首先使与它有直接关联的经济和社会的一些方面发生相应的变化和发展。它不可能是单纯技术性的，正在影响着我们的社会结构和文化结构以及人的精神结构。作为人类征服自然，改善生活条件取得的技术进步的发展，技术力的进步，不伴随人的意识、人的社会生活方式的进步，是不可能顺利地实现的，技术革命必然具有社会变革的性质。

这些就是现代生活对现代文化-现代文学提出的新的要求的原因和提供的条件。

现代文学必须为造就更多的具有现代意识的现代人作出努力。现代作家、现代诗人必须自己首先是一个具有现代意识的人。

现代意识是人的新的素质，新的精神境界，新的生活观念。将会有更多的有新的智慧的、新的能力的人出现。人们具有在强烈的竞争中夺取胜利的紧迫感，不能得到胜利就要被淘汰的危机感，在竞争中发现新目标的敏感性，放弃不利于竞争的想法、做法而迅速转向的灵活性，从旧轨道转移到新轨道的机动性，吸收新知识接受新观念的能力，更明晰的思维目的，更科学的思维方法。每一个现代人都不得不在不同程度上感觉到现代生活正在改变他，培育他，催促他，使他成为一个真正适应现代生活的人。生活在精神活动前沿的现代诗人，必然比一般人更敏锐，更亲切，更全面地感觉到它，他的创作心理、创作过程和创作成果，应该更生动、更深刻地反映现代意识和它在现代生活的意义和作用。

现代生活对诗人的创造力提出更高的要求。文学、艺术、诗，是创造的同义语，现代诗更应该是创造的。人类物质生活和精神生活的飞跃正是这样地要求现代诗。现代诗人必然具有这样的创造力：能够产生从来没有过的构想，产生从来没有过的作品，从而产生从来没有过的影响。这种前所未有的作品，必须是能够回答现代生活提出的最新要求，能够达到并激发现代文化所提出的新的和更新的水平，能够创造出新的艺术价值以体现人的新的价值。诗人的创造物不是用炼金术士的配方制成的，它是以现代人的意志、品质、理想为材料构成的，是以诗人人格为内容的。创造力总是首先表现在与传统观念、权威、高峰、楷模、标准的勇敢较量上面，表现在一连串的成规、习惯、既成秩序，神圣观念所加予的压力、限制、阻挠、破坏的考验上的。鲁迅所提倡的韧性是创造力的基本素质。诗人的文学活动本来就是创造性活动，创造力的有无、强弱，决定他的创作活动是否真正具有和具有多大的创造性。

现代生活不但对诗人的创造力提出高水平要求，也为他们提供高水平的培养创造力的条件。高水平创造力不能仅仅从发掘人的创造潜能获得，这种生物学的观点是无济于事的。创造力是人的创造性这一本质特征在现代生活条件下的新的发展，而获得发展的第一步是人自己有了发展要求，这种要求曾经被陈腐的思维方式所压抑，以致人们失去了完善自身和完善周围环境的自觉而让自己的创造力沉睡，无从施展，也得不到培育。现代生活已经在下面这些方面为高水平创造力提供条件：传播工具和交通的高速发展，加快了猛增中的信息对人的知识给予的更直接更广泛的补充，促进了知识的更新，生活在多种由信息作为媒介的关系网络中的个体的人获得了大群体的力量。它使人更加富于掌握客观世界的能力，人在经济生活和文化生活中逐步摆脱单一的环节性地位而成为掌握全局的主人。人的创造性思维的重大作用和意义在电脑发明以后更加受到注意，改造客观世界和人本身的自然人遗留的过程加快了，创造力的发展有更有利的条件，客观世界力量的主体化使人的注意力从过去、现在转向未来，把现在放到未来里面去思考，因而更能适应客观世界的变化。文学、艺术、诗与创造性是同义语，在科学技术迅速发展的今天，这已经不是指向性的观念，而是现实性的指向了。

现代诗人将逐渐脱离浪漫主义式的天真型。将不再以在纷纷扰扰的生活中保持赤子之心为满足，不再是一个把自己封闭在艺术小天地里的诗痴诗迷，除诗以外无所闻，无所见，而变成站在汹涌澎湃的时代潮头浪峰上的弄潮儿。现代生活正在使我们的知识结构发生变化，网状结构，立体结构将是现代人知识结构的主要形态。知识更新的速度愈来愈快，专才和通才将结合成为全才，要做一个人类智慧的敏锐触觉的诗人必须努力使自己成为全才。现代人正在摆脱传统思维模式，那种缺乏活力的拘谨小心、平均化、规范化的单一、相似、含含糊糊、模棱两可、附和、折中，以及稳重、自足、无为不争等等坑害了我们多少年代的老一套思维模式、思维心理状态，本来就是败坏诗，败坏艺术创造力的可怕的霉菌，在现代生活条件下可以也应该更快更干净利落地让它消亡。

现代诗人的文学活动应该从传承型、守成型变为开拓型、进攻型、竞争型，只有自己不断鼓舞自己才能鼓舞众人。他们不会再为表态写诗，再为尽义务、尽人事、完成别人交给的任务写诗。在社会、文化结构中诗人不再是一个被决定项。现代诗人面对的已是新的读者群，读者对诗的理解、感受、反应和评价已经从迟缓、间接、被动、固定，转向迅速、主动、多变化、放射性、无穷的连锁反应。现代诗人必须使自己的作品在产生审美感受，形成审美经验上与现代人的积极的、参与型的、非观照型的审美要求、审美习惯取得一致，并走在前头。现代诗人必须把活动范围放在全世界规模上。我们已经谈论过，我们的新文学一开始就是以世界现代文学的一个部分而具有新的质，而我们却曾经错误地把自己局限起来。今天，每一个人都有了比过去更多的接触、了解、吸收世界各国最新文化成果的可能，现代诗人更应该是一个融世界文明为一体，萃世界文化精华于一身的一代新人，能够以自己的劳动，创造民族文化的优秀成果，丰富和促进世界文明向更高阶段发展。

现代社会由于构成它的个体有着过去时代不可能具有的种种新的素质，作为一个群体也有着过去时代不可能具有的复杂和多变化，文学艺术的整体审美效应有着多样、即时的特征，每个社会成员的审美需求在总的趋向的一致之外，更多地显出各不相同的特殊需求。现代科学技术的发达在满足人的物质需求（自然需求）的时候，激发了人的文化需求（精神需求），由于人类文明的不断发展，人的需求总是从基本需求迅速扩展、提升到高层次的特殊需求，整体需求和特殊需求形成一个巨大的需求系统。文学艺术作为精神产品，要做到尽可能满足无限多的审美需求，因此有着极为广泛的社会功能和多方面的社会价值。

现代诗人必须对诗的审美效应和审美价值有与现代生活一致的新观念，在生活方式发生巨大变化和随之而产生的精神状态的巨大变化下，没有相应的观念变化就意味着落后，诗的审美效应必然是和生活的丰富多样相一致的，诗的审美价值必然是和把现在放在未来里加以考察的趋向性价值观念相一致。诗人的生活意识、艺术感受、具体创作过程、艺术追求、文学活动，都将具有新的性质和形态，从而形成新的诗学。但我已经不可能在这里较多地谈论它了，主要的是我自己还需要学习，而且也不能只是简单地提到它而不作充分的探讨。

30. **停滞期？准备期？徘徊不前和变形的浪漫主义。希望和信心。再会吧，浪漫主义！**

我们已经对中国新诗的现状作了一些分析和估计，我们注意到了被人为地中断了的新诗发展进程，在荒废之后重新起步时面对的新的情势。我们和当代世界诗歌艺术所达到的水平之间的距离拉长了，我们的文学力量内部结构出现了缺少中坚力量的无中心状态，文学发展正负因素比例失调，长时间里受注意并得到广泛流传的作品太少。我们不能埋怨在政治运动频繁的悠长岁月里熬过来的老一辈诗人，他们似乎更难于摆脱陈旧观念，创作活动与现代审美需求不免有脱节之处。我们也不能责怪年青一代的作者们未能把被中断的新文学传统接续起来，在他们成长的年代里甚至不可能获得有关我国新文学的必要知识，以至于和自己国家的历史脱节反而以为这才是新生时代的绝大好事。失去生机会枯萎，无源无本难以旺盛、成长，两种脱节说明被贻误的不是一代人而是两代。困扰着我们的，主要是陈旧的观念。我们的新诗在很大程度上依然是浪漫主义的，不是现代意识的。

当前，我们是不是处于停滞期？这种估计过于悲观，夸大了消极面。在整个国家奋力向前的时代，在文学艺术得到空前发展的时代，新诗不可能老是原地踏步，新诗有其繁荣的一面。那么，我们是处在新的突破前夕的准备期了？作者、作品、出版物的量的增加，为什么不能转化为质的飞跃？连期待中的传诵一时的名篇也极少出现？当然不可以。如果说这是历史的惩罚，新诗这个重灾区由于元气大伤而有这样一个长达十年的徘徊，也够发人深省了。

为什么说新诗很大程度上是浪漫主义的而不是现代意识的？关于这，我们已经多少谈论过一阵了。在世界文学史上，20世纪末已经气数将尽，21世纪初已经开始失去活力的浪漫主义，为什么能在我国延续到今天？这正是我们要探讨的。首先，我们所说的浪漫主义，更多地具有我们封建文化长期统治下产生的若干特点，它和“五四”以后传来的西方的浪漫主义在某些有利于它的存在和延续的方面结合起来，成为一种只有中国才有的浪漫主义变体。在古代中国，这种浪漫主义变体在严格意义上说没有文学创造的文人学士（他们的社会身份是官僚士绅）中不过是一种装饰品。它表现为两个形态：可以是绮罗香泽之态，绸缪宛转之度，也可以是登高望远，举首高歌，逸怀浩气，超乎尘垢。隐逸体或香奁体和台阁体是它们发展到顶端的形式。这是从士大夫们的“达则兼济天下，穷则独善其身”的人生哲学来的，做官的时候善于做官，就算是兼济天下，不做官的时候善于过日子，又是山人又是风流才子。在朝在野都是风雅之士，但都不是诗人，不论有过多么辉煌成就的文学体裁，到他们手里都可以变为做官的敲门砖，文学礼仪的道具，表示与凡夫俗子不同的精神享乐的丝竹铅华。浪漫主义的神圣的自我，崇高的激情，已经连一点影子都不见了。当代的浪漫主义变体是循着这条路走来的，它的表现形态，我们也已经多少谈论到了，从正面要求来说，或许能说得更清楚一些：它不是至诚之声，不能致吾人于善美刚健，不是温煦之声，不能援吾人出于荒寒，是和这完全不相干的另一回事。当然，或许不会完全像古代士大夫们那样，仅仅是关乎干禄仕进的正经事，或仅仅是闹着玩儿的消闲解闷，所谓“不为无益之事，何以遣有涯之生”的无益之事，只是多多少少还带有那种性质，说明它与真正的艺术创造无关。

说我们的新诗还是浪漫主义的，就是说还是旧的，还不是现代意识的。我们已经说过，我们还保存着旧观念，还处在它的支配下，原因之一是我们长期封闭疏远了人类最新的文化成就，失去了发展人类传统文化成就的自觉和能力，习惯于抱残守缺。害怕新事物的人总是指摘：你们把人家已经过时的东西当宝贝。新的探索之后总是继有更新的探索，所以“容易过时”，但像浪漫主义这样重要的文学现象却好像永远不会过时，实际上也只是好像如此。现代诗的自我发掘、自我探索是从浪漫主义的尊崇自我发展过来的，但不是扩张自我，而是深挖自我去寻找自我的价值和生命的终极意义。发展了这根本的一点，现代意识和浪漫主义就有一连串的不同点。不发展，就显现不出这些不同点。旧观念还在支配，就不可能有发展。不获得新观念，旧观念的支配就无法摆脱。没有获得新观念的龚定庵感到孤独，他和鲁迅一样感到先行者的命运将是在孤独中牺牲。鲁迅认为：“非彼不生，即生而贼于众，居其一而兼其二，则中国遂以萧条。”龚定庵说：“当彼之世也而才士与才民出，则百不才督之缚之，以至僇之，僇之非刀非锯，非水火。文亦僇之，民亦僇之，声音笑貌亦僇之。”龚定庵没有获得现代意识的自觉，他只能从陈旧的思想武库里去寻找奥援，用浪漫主义解释自己的维新要求和行动，把李白奉为祖师，他说：“庄、屈实二，不可以并，并之以为心，自白始。儒、仙、侠实三，不可以合，合之以为气，又自白始。”举起龚定庵这面旗帜以反对复古主义的陈散原、郑孝胥和南社诗人，也没有认识到缺乏科学知识、科学思想是龚定庵和他们自己悲剧的根源，他们在龚定庵的诗里发现的思想构成的外来成分只有“参之以竺经之旨”，而他们对龚定庵诗的评论也只能用“博衍妄诞，不可方物……行神如空，行气如虹，而自成宇宙”这类古代文人论诗只能敷陈一些欣赏心理和审美经验的老套语，因此，龚定庵是孤独的。鲁迅，由于不断地以新的科学思想丰富自己，始终拥有现代意识，发现且实践“革命的爱在大众”的真理，鲁迅是不孤独的。

那么，现实主义呢？现实主义，这是文学艺术的本性，文学艺术的精神实体。当人们在创作活动中强调其现实性的一面时，就有了写实主义，当人们强调其理想性的一面时，就有浪漫主义。现代意识、现实主义和现代诗，我们怎样看它们之间的关系？《野草》和《恶之花》，仅仅从某些表现手法看就说是浪漫主义的，好像很难这样立论。由于诗更其是激情的和想象的，浪漫主义的成分更多些。现代意识的诗，努力于发现事物底里的事物本身意义，和从人的意识底里的潜意识探究人的价值，无疑地是现实主义的深化，不论它以什么题材，什么形式，什么格调出现（多样性和自由探索是现代诗发展的基本方式），现代意识总是现实主义在现在这一发展阶段的发展形态。曾经有过不止一种对现实主义的新的界说，给它加过不止一种限定性状词。它和浪漫主义一样，作为一种思潮，一个文学运动，一种创作方法，毕竟是过去了的现象。现代意识就是高技术时代的意识，是传统发展的产物，不是传统本身。

事情已经十分清楚，如今妨碍着我们的，说是历史的局限性，倒不如说是历史的惰性。

被中断了的文化交流已经得到恢复，并有了可喜的新的发展，中国新文学已经重新回到世界文学行列，我们不可能带着历史的惰性对世界文学作出贡献。在某种程度上说，回到“五四”传统，回到鲁迅的传统，具有决定性的意义。“五四”传统不绝如缕的状态，鲁迅影响朝着大限度缩小，浪漫主义变体依然占据上风，应该引起我们的警觉。

高技术时代已经引起并将继续引起人自身的变化，高技术时代历史运动和人类发展之间的纽带，个体的和群体的人之间的纽带，都将日益加强。现实生活，文化艺术活动的内容和方式已经是浪漫主义时代所无法想象的，在浪漫主义衰微已经一百多年后的今天，我们还在以急切的心情向着浪漫主义告别，无宁太迟！但我们是充满自信的。那些超稳定状态的陈旧见解正受着全球性文学观念裂变的冲击，理性和感情的错位正在被矫正，我们正处在一个有机的发展过程中，我们这个觉醒了的民族正在喷发压抑多年的聪明才智，那惊天动地的力量将给我们带来壮丽的诗篇，我们将后来居上。

再会吧，浪漫主义！

两世纪之交，变风变雅：语言苦恼

中国古典诗学的灵魂是儒家哲学，很政治性的。说风人之旨是温柔敦厚，只是掩饰，让严厉的政治性不那么直接，不那么吓人。说的毕竟是诗，政治是现实的集中表现，现实不停地在变，既“匡而革之”又“追而复之”，政治现实产物的诗——文学也不能不变，不能不“执彼旧章，绳此新失”，变，就是“更改正道”。标准的正道是雅，“雅者，正也”。要求“宏达雅正”，然而，又要变，又要做到“夷俗邪音，不敢乱雅”，而诗的内涵和外延又有六义之多，风、雅、颂、赋、比、兴。“赋、比、兴是诗之所用，风、雅、颂是诗之成形”，所用说的是功能，成形说的是合乎达到感染受众的手段要求的具体作品，这里面最重要的是雅，其含义超出成形而达到诗美要求。有两种标准，根据“气体轻重，魄力厚薄，词意浅深，音色丰杀”分别为大雅、小雅。儒家哲学的实质是讲究现实的政治利益，“穷则变，变则通”，不断随着不同的需要而变，为了保持那个永远不变的既得利益，很坚定的政治现实主义应用到诗学里就成为政治现实主义诗学。

不断地变的结果是儒家哲学“万世一系”的迷梦不能不破碎，渐渐从历史中淡出。儒家的政治现实主义诗学变到今天已经没有多少“匡”、“复”的力量，早已“绳不住”新失，只好瞪着眼看“更改正道”的变不断地在“乱雅”，历史发展的规律是严格地存在的。世界文学史和中国文学发展史都生动地反映从古典主义、现实主义、浪漫主义到现代主义的变（发展）的全过程里面出现的，许许多多丰富复杂的交叉纠缠、连绵起伏现象。引发变，又引发再变。注视它、思考它，应该能让我们更清晰地看到诗的现状、走向和未来。有三个最引起注意的问题：语言问题，浪漫主义问题，抒情或思考问题。现在先谈两个问题。

语言问题：语言怎样变？已经变了多少？还会怎样变？变的结果会不会让诗的语言失去纯粹，让不纯粹的非诗的语言最后败坏了诗？关于诗的语言的议论是由这类忧虑派生的。有没有“纯粹诗的”语言？要不要、能不能使语言按诗的要求纯粹起来？纯粹了，就是诗的语言吗？纯粹了，就美，就能显示诗的本性和素质，就真正从不完善变到完善了吗？

两世纪之交的诗，变的幅度太大了，“俗”突然闯入“雅”的圣殿，横冲直撞打碎了历代奉为至宝的坛坛罐罐，辞藻被丢弃，野语村言登上大雅之堂。变的广度深度都这样大，而变的过程不可能是短促的，我们现在还处在这个过程的初始阶段，好些课题被提出来，迫使我们认真面对它们，首先就是这个语言问题。

不用古体诗（旧体诗）即格律诗的辞藻写诗而用现代汉语，翻天覆地的变，震撼力大到写新诗的也有些不够自信，出现了各种想法，这无疑是好事，说明开拓还未终止，还在新的和更新的课题前展现变的旺盛活力，应对变的思考和行动就不能不更冷静更理性。“纯粹诗的”语言，或完全适宜于写诗的语言，够格的、百分之百的诗的语言不存在，不存在的话怎样使它成为现实？必须好好思考。

纯粹的语言可能有。语言可能获得视觉上的透明，然而，因为它是多侧面的，它从许多角度接纳并反射光。纯化，这是从具象到抽象的努力，结果成功了（极少可能），将失去其固有的丰富性。词语都有一个以上的义项，词语是以万花筒的方式组合的，所呈现的或是使它（它们）的指向更多地突现，或是对非现实（观念、印象等等）作出各种暗示，并为思维（或联想、愿望等等）提供各种选择的可能性。

由语言合成诗，事实上是偶然的偶然，纯化——人工的抽象粗暴地破坏了偶然而使之近于、甚至成为必然，这是从模式复制的纯化。诗，尤其是现代诗，不可能由它合成。

不能不用语言表达、表现观念、形象及其对应物。同时又不表达什么而只是表达。表达本身是对语言模糊性的肯定，语言只有在非逻辑空间里才能达到唯一的美学的精确和生动，那不是诗人费尽心力去寻找的，寻找是徒劳的。

诗的语言通过诗化进入“非语言”领域，日常语言被改造成为从总体上说是一种具有普遍的反常规特质的语言。它是“纯粹”的吗？不。

现代生活给予诗以十足的美文学特征，诗作为语言创造物使语言的艺术功能更加凸现。诗作为对现代生活的价值判断思考和情感反应，需要具有对诗人精选的课题——某些特殊现象（观念的或情感的）进行美学涵义陈述功能的精选语言。仅仅是精选，因为语言作为诗这个创造物的因素之一，由于它所占的分量是显而易见的，人们习惯于说它是诗的要素。诗用语言构成，而语言是从前人承袭的，不是诗人自己创造的，诗人只是用它作材料，作为艺术品的诗的出现取决于诗人处理这些材料的特殊方式，任何方式都不能不受制于材料本身的特性，它的组织、结构、质地、性能、可塑性等等。雕塑家使用木材、金属、泥土、大理石，作品给予受众的感觉和产生的效果是不同的。不可能把不同材料搅拌成纯粹的“新材料”，最笨的艺术家也不会去做这样的蠢事。追求纯粹的语言是一句空话。

那么，这是优势呢，还是局限？语言只是以其特殊的性质和功能吸引诗人呢，还是使诗人畏怯？能不能为诗找到更好的载体（或栖所）？现代生活是否能提供必要的条件？至少现在还没有可能。

于是想象一种纯粹的语言，离开现有语言的物理性质，形、声、色调、硬度延展力、多功能性的纯粹。当然找到这种纯粹而使诗的可见的外在的形式美随着这种纯粹的语言而获得新的特征（如果能独立存在的话），是很吸引人的好事。那么，我们将抛弃现有的语言吗？当然不能忘记语言有它的“变”的过程，我们怎样对待古代语言？后代将怎样对待现代语言？古代诗人和现代诗人把握语言性能的角度可以是不同的，而语言的基本特征不会变。各个时代的真正的诗人都不免由于先天的秉赋而具有对语言特殊魅力的迷恋，一种专业爱好，一种实际活动、创作操作形成的癖好。沉迷于语言的准确和延伸，明朗和模糊的旋涡，丰富内涵和外在造型感，符号性，若即若离的波浪起伏的微妙关系之中，像一个游泳爱好者，忍不住要跳进语言大海里。

精神活动可以是翻江倒海的，也可以是蚕抽丝式的，而语言任何情况下都是它的终极的物质基础，而且往往是不牢固的基础。

可见，语言先天地是和情绪、情感、知觉、思维自然地相适应而又不相适应的。

过去，甚至语言艺术家也无意识或多少是非理性地对待语言，语言的物质基础意义和相对的适应性长期被忽视。是语言艺术家，就有对语言的执着的爱，诗人命定地迷恋语言，有对语言最苛刻的选择。选定了，也就迷上了，也就认为自己的选择是最准确的。正如认为自己最适宜于作为一个诗人。诗对于他最神圣，诗的语言对他最神圣，很可爱的敬业精神。所有的诗人都最自信，很自然，自信导致排他性，相信自己的选择最好，别人的选择可疑，不足取。比如迷恋口语的，就不喜欢不用或很少用口语写作的，给取个名字叫“知识分子写作”或“学院派”，标明他们很少或没有全部用口语写作。但问题却几乎并不存在，五四新文学运动就开始不用“文言”而用“白话”写作，一场惊天动地的革命。原先那些不用文言而用白话或半文半白的，现在习惯称为四大名著的那几部小说，到那时候才被承认为文学作品。白话，现在叫口语，口语里面，有全国性普通话，有地域性方言，很长一段时期，使用方言的比使用普通话的多得多，农业社会，小农经济，生产不发达，人们各自生活在固定的狭小圈子里，鸡犬相闻，老死不相往来，不需要两个乡通行的方言。一种方言也可以大同小异，城里人讲的和乡里人讲的就有出入，乡里人说的是土话，方言里的方言。文学创作需要面对最广大读者，只能用普通话。有些诗人爱用的口语，可能是普通话，不是方言。

这里有个比较，普通话是经过整理了的口语，丢掉很多方言里地域色彩太重的东西。普通话被用来写作时，已经文字化了，不文字化就无法更广泛地使用、流传。文字化的结果必然使那些不适合文字记录的词语被排除，它不但无法用文字记录，结构也不符合文字书写的规范，口语终于不能不逐步脱离方言，多少已经成为文字的伴随物、类似物。成为普通话的非方言的口语，用作文学语言已经不是那么理想了。

语言艺术家里面的许多人，诗人中的许多人为什么迷恋口语是很明白不过的事。最能体现口语优势的方言极富文学性，情绪、情感的生动丰富，普通话无法比拟。然而写作时却不得不牺牲它，为什么？用方言交流时的那个语境很难单靠语言进入作品，说话时的表情，语音，手势神态形成的那个语境可以全在一个单词或一个词组里，而一个单词的所指和能指之间的反差往往惊人地大，不是因为词汇贫乏而是因为不需要太多词汇，动态的方言成为普通话成为书面文字，几乎注定了要呆板些，失去一些生气。语言的苦恼是语言艺术家最大的苦恼，不是难为无米之炊，米是有的，一粒一粒地挑选米，显然不轻松，但没有别的办法。

于是不能不变，思索怎样变、探索变、实验变，因为文学创作是在历史的召唤下进行的，历史在不断地向前发展，向前变，历史召唤下的文学史也在向前寻找道路，向前变，于是，两世纪之交就有“诗界革命”，就有“五四”时期出现的新诗（那时就叫白话诗），就有大众语，就有民歌体，就有现在的口语诗和“学院派诗”。

很遗憾，黄遵宪的《人境庐诗集》是失败的，他的革命属于改良范畴，口语和部分的方言本来应该和民歌体很适应，然而民歌体到底很难装进维新思想和海禁大开后的新的生活现象。胡适的白话诗只是“尝试”，很中性的，仍然是改良主义。“浅尝辄止”，他的白话同样不彻底。左翼的大众诗歌和以后的民歌体主要致力于为政治服务，与艺术探索、诗语言的变，几乎没有多大关联。极“左”造成的十年动乱后，经过拨乱反正，中断的新文学运动出现延续“五四”的精神征兆。多年压抑后的反弹带来的失落、怀旧、茫然甚至累累反映在少数作者的急躁、彷徨、颓废、自我逃避上。有各种形态的唯美主义。少数口语诗写作多少带有唯美语言和语言唯美主义倾向，甚至无意识写作、“玩语言”倾向，很叫人担心。

“知识分子写作”受指摘的是：一、有意识或太过于有意识写作，这里说的“有意识”里的“意识”好像并不是或不完全是“意识形态”即通常说的思想意识、思想倾向、思想性，而是“有意”（刻意，很在意）写诗，据认为这样写出来的诗就不算诗，诗应该是不知怎么就写下来，更不为什么而写，也不想为什么，就是为写而写，写着觉得好玩。知识分子、学院派不懂得这个，不好。二、写得太认真、太讲究，明显是“做”出来的，太人工，不自然。据认为诗应该随手写下，随意写下，有话则长，无话则短，诗写作没有走进误区，没有这类缺失就好。因此，用口语能写出好诗，不用口语用知识分子语言（指非口语或不完全用口语）做诗做不出诗。理所当然，口语是“纯粹诗的”语言。

作用与反作用的长期抗争，一方面，语言似乎具有先决地制定精神活动的所有表达形式的能力，语言运用者在某些领域，某种精神状态下受到局限。语言作为媒体是不驯服的，它的“自作主张”的本性和人作没完没了的纠缠，一种惹麻烦的讨厌的阻力。

语言艺术家自己定下的课题必然是：尽可能地运用物化了的精神方式塑造物化了的精神，使之成为自在之物。语言在物化过程中提供的是原始材料，初级加工的粗料或再加工的精料。语言的性能于是有大幅度的升降，语言艺术家于是有很大的实现其抱负的余地。语言成了精神创造活动的终点、起点。人似乎有一种天然的情绪适应力，适应形而下和形而上，而语言介乎这两者之间。浪漫主义时代终结以前，诗和语言之间的关系多少是无意识的，非理性的。那时，诗人们只是顺从，只是茫然，抒情所依赖于语言的是如此之全面，“一吐为快”的结果只能是让现成的语言模式牵着走。语言的无意识、盲从、任意、随和，语言的非理性、呼喊、呻吟，甚至哭泣式的，热情的泛滥淹没一切，语言更新、发现、造意实质上是长期被忽视的。

唯美主义不自觉地成为浪漫主义和现代主义的中介。他们努力“发掘”所谓的“宝石般的语言”，以适应对诗的表现的新的设计，却不明白这种设计其实是对诗的本性和素质的新的认知。思考的诗开始代替抒情的诗，必须有新的真正的“宝石”，硬质合金，无数次精密计算下的反复冶炼。语言有它的与生俱来的使命：预先决定一切精神现象（现在最主要的是思维现象）的符号表达形式。矛盾就在这里：符号看起来是万能的，而又往往是无能的。现代诗人在使用它时，更多的情况时不可能得心应手，表达的自由受到极大的限制。符号（语言）作为媒介必然要伴随一种阻力。这时，语言的物质性就显示无遗了。

形式等于成型了的物质，这个公式并不完善，因为在这里物质（语言）在到达成型以前总是顽强地维护它们各自的特质，语言的有机化学作用过程充满着实验上的风险。诗人怎样最充分地运用成型了的物质（形式），物质（语言）本身最多能提供什么样的基础或全部创造工程所需要的素质，或完全无能为力，三者之间有很大的空隙。

在浪漫主义时代，诗人一旦违背表达媒介习惯了的固有法则，人们就会惊讶得不知怎样才好，诗人们不是不知道有必须遵循的语言法则的存在，并不想冒犯它，只是偶然地、情不自禁地冒犯这么一两次而已。现代诗人却必须与此相反，作有意识的反抗，不服从。作为媒介的语言，它的机制或许可以从两个层面理解：一、它的潜在内容，我们的现实经验和心理经验的直觉记录；二、某种语言（理论语言、生活用语、传统用语，儿童、成年人、男人或女人、老年人、行业用语等等）的特殊构造，特殊的记录经验方式。二当然必须包括一，但我们要探讨的却是更为特殊的一种语言，文学语言中的诗的语言。而我们又必须从浪漫主义和现实主义这两个不同的断面来考察它。

很明显，文学语言、诗的语言不同于理论语言，科学表达是以逻辑性语言为媒介的，而且越有逻辑性越好。有人说这是符号的代数学，那么，文学语言，诗的语言，可不可以说是符号的几何学？诗人的精神活动很大程度、很多情况下是在非语言的状态里进行的，不可能在一般语言的层面上进行。因为他当然会发现很难循着习惯的思维方式进行创作的第一个工序：构思。关于语言的 思考结果只能是：纠缠于最好用某“种”语言（现成的、人工的、通俗的、高深的等等）写诗最好的想法是多余的。无论哪一种语言都在“变”，但不是“变”成“纯粹”的或越“变”越“纯粹”，加入新的词汇，出现新的语法结构只有破坏“纯粹”，而这个破坏恰恰带来一种新的纯粹。不存在某一种“特定的纯粹”，只有各种纯粹：多姿多彩的不同方式的纯粹。

两世纪之交，变风变雅：浪漫主义困惑

郭沫若是中国新文学运动第一个也是唯一的一个浪漫主义诗人。

郭沫若和胡适都是“五四”前期影响最大的新诗作者，胡适的创作活动十分短促，作品远不及郭沫若丰富。《尝试集》的影响也远不及《女神》。

郭沫若的诗歌观念是浪漫主义的，创作方法也是浪漫主义的。他用“创造”这个词概括的他的文学观点和创作方法（但创造社成员并非个个如此）。创造是万能的：“你们要望新生的太阳出现吗？还是请去自行创造来！”在《创造者》这首诗里，诗人对创造作了全面的阐释：“吹，吹，秋风！/挥，挥，我的笔锋！/我知道神会到了，/我要努力创造！”创造之源的“神会”是上接万古千秋的人类文化巨人的，它“唤起”了周、楚、唐、元的“雅伯、骚豪、诗宗、词曹，“作吠陀的印度诗人，但丁，弥尔顿，歌德”，诗人“知道”创造者的孤高，苦恼，狂欢，光耀。创造的神境是“如醉梦，如醉陶，/神在太极之先飘摇”，创造使诗人联想到“为首出的人神”盘古，诗人赞颂道：“本体就是他，上帝就是他，/他在无极之先，/他在感官之外，/他从他的自身，创造了个光明的世界。”“我要歌赞这最初的婴儿，/我要歌赞这开辟鸿蒙的大我。”这里的大我不是与小我相对而言的大众或群体的别称，而是伟大至极的盘古式的开天辟地的英雄。因之，这个英雄随着“神会”而进行的任何创造都具有不可估量的意义，我们必须认识这一点，才能认识《真蚕》

这首诗里所说的“蚕儿呀，我想你的诗/终怕是出于无心，/终怕是出于自然流泻。/你在创造你的‘艺术之宫’，/终怕是为的你自己”。不这样，诗就不能达到那样的“纤细，明媚，柔腻，纯粹！那样的……哎，我已形容不出你”的完美。几乎和“在无极之先”的人神相等的创造者是有理由骄傲的，所有的浪漫主义者都不免要从这种自负找到自己的精神支柱。“朋友，/我读你的诗，/我是多么荣幸哟！/你读我的诗，/我又多么荣幸哟！/宇宙中好像只有我和你，/宇宙万汇都有死，/我与你是永远不死。”这首题为《赠友》的诗千万不要以为是中学生的戏言，浪漫主义者就有这么天真！因此，在我们读到《司春女神歌》里的这几行诗时，也不会感到奇怪了：“花儿也为诗人开，/我们也为诗人来，/如今的诗人，/可惜还在吃奶。”

浪漫主义者豪迈不羁的话吸引着我们去以浓烈的兴趣欣赏他们的创造物，古代神话，历史传说，异国情调，奇幻的梦境和触目惊心的世相，是他们喜爱的题材。郭沫若以爱写古代神话、历史传说著称。他的《女神之再生》是讴歌创造精神的，他的《湘累》，具体地提出这种创造精神的内容，首先是感情的泛滥：屈原在这里被当作浪漫主义的模范，进行着言传身教：“他们见了圣人要说是疯子，他把他们莫可奈何。他们既不是疯子，我又不是圣人，我也只好疯了，疯了，哈哈哈哈哈，疯了！疯了！”跟在感情的泛滥之后的是幻灭感：“破灭！破灭！我欢迎你！我如今是什么希望也没有，我立在破灭的门前只待着死神来开门。”不论是“疯了”还是“破灭”，都应该是美好的，因为这都是“人神”——创造者或诗人特有的精神状态，这种人当然不能与凡人相比。“我不是上天的宠儿，我不是生下地时特受了一种天惠？我不是生在寅年寅月寅日的人？”“我萃之虽仅限于我之一身，放之则可泛滥乎宇宙。”萃之主要的是他的感情，是这种感情使他的诗不同于凡响，“能够流泪的人，总是好人，能够使人流泪的诗，总是好诗。诗之感人有这么直切，我如今才知道这诗歌的真价了。”喜爱古代神话、历史传说题材，也一定就只为了在那里面可以发现或放进去更多的浪漫情调。《棠棣之花》把聂政和聂荌分别安排在

“月轮已升，群鸦已静，茫茫大地，何等清寥呀!”的背景里，让聂荧说出这样一段极富感情的话：“去吧，二弟呀！/我望你鲜红的血液，/迸发成自由之花，/开遍中华！/二弟呀，去吧!”更重要的是浪漫主义者总想痛快淋漓地宣泄他们的思古之幽情。在“想到了上古时代的洪水，/想到了一个浪漫的奇观，/使我的心中如醉”时，诗人不忘记以古喻今，“他（禹）那刚毅的精神/好像是近代的劳工”。近代的劳工的精神，是古代就有了的。浪漫主义者因此总是起劲地要回到越远越好的古代去。在《伯夷这样歌唱》里，就有这样的诗句：“我回想唐虞以前的人类，那是何等自由，圣洁，高迈！/他们是没有物我的区分，没有国族的境界。”这种对古代社会的向往，有时会十分真切地流露出来。在《南风》这首诗里，诗人写道：“三五白帕蒙头的青衣女人，/殷勤地在焚扫针骸……令我回想到人类的幼年，那恬淡无为的太古。”诗人对非人间世界的倾慕在《广寒宫》里表现得更为突出，来自人间的桂树，因为“颠转在这明净的地方，生出许多阴影来”，而受到嫦娥们乃至管教她们的张果老的嫌恶，非要把它砍去不可。

自我陶醉是后期浪漫主义的主要征象，是由积极的强调自我滑下来的一种可悲的退化。在郭沫若的诗里，由于没有对“五四”反封建斗争的艰巨性和对中国封建文化顽固性的充分认识，由于对新时代的到来只有粗浅的期待，不能不走向感情至上，从而也不能不用自我陶醉来对抗“污浊的世界”。在《星空》里有不少这样的诗，在《梅树下醉歌》里诗人这样歌唱：“梅花呀！梅花呀！/我赞美你，/我赞美我自己！/我赞美这自我表现的全宇宙的本体!”诗为自我表现找到了最广阔的基础：全宇宙的本体！在《黄海中的哀歌》里，诗人哀叹“我本是一滴清泉呀！/……我要几时后，/才能恢复我的清明哟!”在《密桑索罗普之夜歌》里，诗人唱道：“我独自披着件白孔雀的羽衣，/遥遥地，遥遥地，/在一只象牙舟上翘首。……宁在这缥缈的银辉之中，/就好像那个堕落了的星辰，曳着带幻灭的美光，向着无穷长陨。”而在《拘留在检疫所中》，诗人竟因为例行的海关检疫被拘留而自比为圣艾伦娜岛上的拿破仑和因盗火而被囚的普罗米修斯，只要我们记得这是浪漫主义者的习惯的一次重复，也就不会觉得奇怪了。

勇于反抗曾是早期浪漫主义诗人光辉的性格起点。在郭沫若的诗里有不少反抗意向的表现，愤世嫉俗常常是定型了的孤芳姿态，其结果也就往往不能不变成特殊形式的自我陶醉。著名的《凤凰涅槃》写道："茫茫的宇宙""冷酷如铁"，"黑暗如漆"，"腥秽如血"，以至于使凤（诗人）有"你为什么存在"的疑问，绝望之余，又有"我们生在这样个世界之中，只好学着海洋哀哭"的慨叹。凰（同样是诗人）则更是直白地表露着绝望："去了！去了！去了！/一切都去了，/一切都要去了，/我们也要去了，/你们也要去了。/悲哀呀！烦恼呀！寂寞呀！衰败呀！"但凤凰毕竟是凤凰，在那些平庸的、世俗的凡鸟的嘲笑和幸灾乐祸中，在香木的香烟和火光中，"一切的一"，"一的一切"，更生了，芬芳了，和谐了，光明，新鲜，华美，热诚，挚爱，欢乐，生动，自由，雄浑，悠久了，"火便是你，火便是我，火便是'他'，火便是'火'"了，于是"一切的一"和"一的一切"都"只有欢唱！只有欢唱！欢唱！欢唱！欢唱！"了。很难想象诗人的自信和乐观与灾难深重的东方古国的艰苦斗争的接触点在哪里，这真不能不叫人联想到这首诗里的鹤所自夸的"高蹈派的徜徉"了。《天狗》同样把艰苦的斗争化为简单"痛快"，"我把全宇宙来吞了。/我便是我了！/……我飞奔，我狂叫，我燃烧。……/我飞跑，我飞跑，我飞跑，/我剥我的皮，/我食我的肉，/我嚼我的血，/我啮我的心肝，/我在我神经上飞跑，/我在我脊髓上飞跑，/我在我的脑筋上飞跑。"最后是"我便是我呀！我的我快要爆了！"和这相似的还有《我是个偶像崇拜者："我崇拜偶像破坏者，崇拜我！/我又是个偶像破坏者哟！"诗人似乎认为，清醒的战斗意识和现实的战斗要求都是不必要的，至少是不重要的，只要有感情就够了，感情万能，理性是可笑的甚至是有害的。于是诗人的追求就可以突然从一个极端走到另一个极端，从歌唱生突然走到歌唱死，"我心爱的死，我到底要几时才能见你！"（《死》）"你快来入我的怀儿，我好替你除却许多烦恼。”（《死的诱惑》）从积极的再生突然走到什么也不感兴趣的厌世：“我们日日朝朝新尝着诞生的苦闷。/人为什么不得不生？/天为什么不得不明？/苦味之杯哟，/我为什么不得不尽量倾饮？”（《苦味之杯》）从歌唱光明突然走到歌唱黑夜：“夜，黑暗的夜！/要你才是‘得摩克拉西’……你是贫富贵贱美恶贤愚一切乱根苦蒂的大熔炉。/你是解放，自由，平等，安息，一切和胎乐蕊的大工师。”“我再也不敢离开你。/我恨的是那些外来的光明；/他在这无差别的世界中/硬要生出一些差别起。”诗人是在说反语，作背面文章吗？不，浪漫主义创作方法的核心就是感情至上，是不用考虑任何真实性，不论主观的还是客观的真实性，冲动就是一切。

感情上的浮夸和多愁善感总是形影相随，浪漫主义者在这一点上往往不知不觉地舍弃了他们所追求的伟大，他们是能够为了表现自己的感情丰富而暴露自己的渺小的一面的。“啊，可怜我桡儿断了，翅儿折了！/只蹭蹬在一只破了的船里。”（《夕阳时分》）“娇小的儿呀，这正是我们的征象，/我们是失掉了巢穴，漂泊在这异乡，/这冷酷的人寰，终不是我们的住所，/为逃避人们的弓弹，该往哪里去躲？”（《失巢的瓦雀》）你能相信，这是写了那么多高歌猛进，一往无前的诗句的郭沫若的作品吗？你或许会产生疑问：到底哪一个郭沫若是真正的，哪一个是假的。那是因为我们不懂得浪漫主义，浪漫主义（或至少是郭沫若式的浪漫主义）就是要这样随心所欲地写，人的感情不是随时变化的吗？在1920年写的《晨安》里，诗人尽情地“来享受这千载一时的晨安”，诗人向“年青的祖国，新生的同胞”以至全世界高呼“晨安”，那情绪是何等乐观，在1921年写的《归国之什》的第一首诗《新生》里，诗人写道：“火车/高笑/……向着金黄的太阳/……飞跑。/好！好！……”也是极力表现乐观的，然而不久之后的《吴淞堤上》却又有“这是世界末日的光景，/大陆，沉了吗？”即使说是怀着满腔热情回来却发现所期望的完全落空，不免有这样的突然变化，但我们却不能不怀疑：难道诗人对祖国的认识也可以凭一时的感情冲动？冲动可以在短促的时间里出现又消失，但写成诗就不可能随时消失，这一点诗人是应该清楚明白的。

感情至上也往往使真实的感受未能深化而停留于表面，著名的《炉中煤》就使人感到有这种缺憾。“我想我的前身，/原来是有用的栋梁，/我活埋在地底多年，/到今天才重见天光。”“我自从重见天光，/我常常思念我的故乡，/我为我心爱的人儿，/燃到了这般模样。”这里，感受已经从独特的构思得到升华而获得艺术概括意义。但浪漫主义创作方法总是满足于“说出来就算”，反而使形象失去发展的逻辑内容，失去说服力，甚至显出破绽，使读者无法循着诗的艺术构思所提供的想象和思考的线索去获得更多、更高的思维和审美享受的乐趣。这一时期郭沫若的诗作里有不少写得相当潦草，显出感受的浮浅和构思的粗率的失败之作。《白鸥》《哀歌》《新生》《雷峰塔之一》《立在地球边上放歌》《浴海》《巨炮的教训》《匪徒颂》《胜利的死》等等都这样。感情至上必然产生对艺术创造的忽视，创作态度的轻薄随时表现于语言芜杂，表现粗糙，结构的简陋、松散和不完整。其中有些诗（《巨炮的教训》《匪徒颂》等）被称为《口号标语诗》的泛滥，为后来个别追随者所袭用，对新诗的发展产生了消极的影响。

一个现代诗人不可能完全没有现代意识，问题是诗人对现代意识的态度。郭沫若“五四”时期也有《演奏会上》《夜步十里松原》《月下的故乡》这样的接近现代意识的诗作，但也仅仅是接近而已，浪漫主义观念和创作方法使他无法进行深层思考，不可能理解思考是只会增强感情的分量而不会有损于感情的纯粹的。

当然，另一方面，更重要的是诗人还保留着对封建文化的眷恋，看得出他对古代神话历史传说的爱好和西欧早期浪漫主义诗人有共同点也有不同之处，他对古代神话历史传说几乎没有作什么新的解释或改造，反而往往强调了旧观念中最落后的部分，例如他对屈原的歌颂。至于他的《瓶》里面所流露的封建文人“本事诗”式的情调则更其是一种和五四运动精神极不和谐的旧思想意识的重复了。

应当怎样看待胡适和郭沫若在中国新诗创始期的作用?《尝试集》《和女神》引起的轰动对旧文学曾经产生过那样大的冲击力，但对于新诗发展本身却几乎未能留下多少痕迹，这又是为什么?

在中国新文学运动史上，胡适和郭沫若是两个有较多近似点的特殊人物。初期，他们都十分活跃，后来又先后放弃文学活动，胡适更多地是以一个学者兼社会政治活动家的身份，郭沫若也是以诗人、学者兼社会政治活动家的身份成为近半世纪来的著名人物。即使在“五四”时期，胡适写作和出版《尝试集》也并不是那么认真地把它当作文学创作活动，而多少带些“业余”的意味，他宁可把自己看作是一个新文化运动的主要人物而不是诗人。郭沫若的事业是以新诗创作为起点的，出世即以诗鸣，一时间影响甚大。值得注意的是，他们两个都先后退出了文学创作和文学活动。胡适仅仅是不再“尝试”，郭沫若则可以说以自己的创作历程很快地宣告自己停止了艺术追求。从《女神》到《瓶》，这个过程可以说十分急促。《瓶》以后的诗作似乎不但数量不多，影响也远不如前期作品。但郭沫若却一直被认为是中国的第一个新诗人，绝大多数现代中国文学史作者几乎无例外地以为中国新诗的道路是他开创的，中国新诗是在他的影响下，沿着他走过的道路发展的。

中国新文学、中国新诗迄今只有半个多世纪历史，是正在成长中的年青的文学。事实证明，当它处于热烈的探索中，它就生气勃勃地获得进展，当它被某种固定的观念所拘束时，它就停滞、倒退。它的探索，无论怎样地自由，都必须沿着历史所规定的方向进行。偏离或背离历史规定的方向的探索，是不可能成功不可能有持久影响的。

文学史家对文学现象的观察必须在正确的历史观的照射下进行。轰动一时的文学现象在文学史上并不少见，但轰动一时并不一定代表文学发展方向，更不是它的发展方向的全部内容，而仅仅只能是文学发展必要过程中的一种短暂现象，这更并不少见。真正的文学形象必然要以共同艺术追求的作品的陆续出现，文学流派和新的文学观念的形成，以及它对整个文学运动、文化运动的积极作用为内容。《尝试集》的作者曾以“但开风气不为师”来为它没有产生实质性影响解嘲，应该说还有自知之明。《女神》的若明若暗的影响却一直持续到今天。但这两部诗集却已经很少人读它，甚至已经不为人所知。郭沫若的诗作近三十多年来未曾选印，似乎也未能引起读者更多注意。现在重新来谈论他的“五四”时期的这些诗作，目的仅仅为了从中探明它所代表的文学观念以及它和历史运动结合的程度和方式，和它们在中国新诗发展中所曾经起过的作用。

我们的认识是：郭沫若的诗是在浪漫主义观念指导下，用浪漫主义创作方法创作的，他的浪漫主义态度决定了他只能用“热情”来对待艰巨的、灾难深重的东方古国的觉醒和抗争。中国的新文学运动发生于西方浪漫主义已被现代主义取代了的20世纪20年代，它不能不是现代主义的。郭沫若的浪漫主义不能不后继无人。文学研究会的诗人们（可以包括“五四”初期康白情、沈尹默、刘复、周作人、何植三和后期的湖畔诗人）不是浪漫主义的，后来的新月派不是浪漫主义的，现代派也不是浪漫主义的，甚至以郭沫若本人为主将的创造社的诗人们，除了十分浅薄的王独清，也没有一个是浪漫主义的，相反的则是努力于获得现代意识的穆木天热心地介绍兰波（他用的是“栾豹”这两个字），冯乃超则热心于追求魏尔伦式的音乐美，努力于语言的音乐性能代表现代人的微妙复杂感受。应该说，这不是个人的选择，而是历史的选择。

我们不想拿《野草》来和《女神》相比较，那是无从比较的、属于完全不同性质的两种文学现象。鲁迅是“于狂热浩歌之际中寒”的，是“于无所希望中得救”的，只有鲁迅才叫老谋深算、有恃无恐的旧文化势力胆寒。改良主义的《尝试集》和浪漫主义的《女神》在他们眼里是无害的游戏，至多是有点叫人看不惯的游戏。但历史又毕竟是严峻的，在中国新文学发展过程里，就没有产生过浪漫主义流派，鲁迅的有力的深刻的影响，一直在让旧文化势力不得安宁。

历史选择了鲁迅，历史的选择是冷静的，因而是非常严肃的。

历史选择鲁迅，是给他一个上台表演的机会，或是给他引一条轻松便利的途径，直通“青春作赋，皓首穷经”的隐遁乐土？不是的，历史要他做一个开拓者，一个孤独的战士，一个最不容于既定观念，既定习俗，既受少数同道者敬重，更受无数敌对者的嫉恨、围剿的畸零人。鲁迅作品，爱之者也往往仅仅只是爱，恶之者也明白那是再用力气也推不倒的，只好歪曲，或视而不见，装懵。鲁迅很少写自由体诗，很少的那几首都很不浪漫而很现代。鲁迅是很理解现代主义的，勃洛克的《十二个》，可以说是被介绍到中国的第一部现代诗，鲁迅在译本《后记》里写道：“从一九〇四年发表了最初的象征诗集《美的女人歌》起，勃洛克便被称为现代都会诗的第一人了。他之为都会诗人的特色，是在用空想，即诗底幻想的眼，照见都会中的日常生活，将那朦胧的印象，加以象征化。将精气吹入所描写的事象里，使它苏生，也就是在庸俗的生活，尘嚣的市街中，发见诗歌底要素。所以勃洛克所擅长者，是在取卑俗，热闹，杂沓的材料造成一篇神迷底写实的诗歌。”关于什么是现代主义，什么是现代诗，已经让他说得够清楚了。接着，鲁迅写道：“中国没有这样的都会诗人。我们有馆阁诗人，山林诗人，花月诗人……没有都会诗人。”鲁迅这些话里的“诗底幻想的眼”“将精气吹入”“发见诗歌底要素”“神秘底写实的诗歌”，以及“都会诗人”，不是理论，没有专用术语，然而有丰富的理论内涵，丰富了文学史内涵，诗学内涵。70年代末80年代初我们有过的那一次以青年诗人惊天登场开始的文学回归，在关于所谓“朦胧诗”的论争中，叫人感到很奇怪的是论者们竟忘记了鲁迅，或许因为多年来鲁迅一直被实用主义地装扮成正统“左”派，甚至极“左”派，鲁迅一次又一次被歪曲，被误解。鲁迅革命，但不“左”。革命，“……大风暴，怒吼着，震荡着，枯朽的都拉杂崩坏。”于是“连乐师画家都茫然失措，诗人也就沉默了”，但是也有例外，鲁迅指出：“象征派诗人中，收获最多的，就只有勃洛克。”为什么呢，因为“能在杂沓的都会里看见诗者，也将在动摇的革命中看见诗”，还不只这样，“乃是，如托罗慈基所言，因为他‘向着我们这边推进了，突进而且受伤了’”，应该格外注意这里说的这个“受伤”，鲁迅接着写道：“呼唤血的火的，咏叹酒和女人的，赏味幽林和秋月的，都要真的神往的心，否则一样是空洞，人多是‘生命之川’中的一切，承着过去，向着未来，倘不是真的特出到异乎寻常的，便都不免并含着向前和反顾。”勃洛克，“他向前，所以向革命突进了，然而反顾，于是受伤”。注意这里的“并含”和“反顾”，可不可以这样体会：这里就有浪漫的和“神秘底写实的”现代的之间的根本区别，都会诗人（现代诗人）和浪漫诗人的根本区别。

中国的现代化努力鸦片战争前夕就开始了，五四运动已经是八十多年前的事了，我们有了可以自豪的《野草》，20 世纪 20 年代朱自清写了第一首现代新诗《小舱中的现代》，30 年代初出现了第一批向现代主义突进的诗人徐迟，鸥外鸥，番草，和后来产生很大影响的艾青。40 年代初期徐迟的《抒情的放逐》、艾青的《诗的散文美》是两篇具有现代诗宣言性质的重要文献，为新诗的现代性大声疾呼，然而似乎迄今没有取得发聩振聋的效果，我们依然摆脱不了浪漫主义的困扰，诗学理念、美学追求、欣赏趣味依然停留在一个世纪以前，“杂沓的都会”（高技术工业化的现代生活）还在使一些人却步，不敢、不愿正视，当然也就不能“看见诗”。诗人们的“神会”、如醉如痴的创作心态还是浪漫主义的，不是为真理、正义而慷慨激昂，就是为醇酒妇人一往情深，在春秋佳日山光水色中流连忘返。纳兰性德的《饮水词》《侧帽词》和龚定庵的《己亥杂诗》，更吸引人的是前者而不是后者。诗人“幻想的眼”还落在传统的诗材上，吹进去的“精气”往往是叫喊式的呻吟，自怜自爱装扮成的愤慨，微湿的惆怅，不着边际的是非判断……甚至只能是半拉儿浪漫主义。至于能让“庸俗的日常生活事象”“苏生”的“精气”，很遗憾，很少有，或几乎缺乏。那应该是现代人的感受，现代人的思考，那是“神秘”的，复杂，深邃，茫阔，有血有肉，那是需要拿起解剖刀，比解剖别人更加无情底解剖自己的。

确实，浪漫主义很长时间很大程度上给我们的影响很顽固，今天还困扰我们，挥之不去。布莱克的《虎》和里尔克的《豹》，谁让你更亲近？相信更多人不喜欢《豹》，不懂。为什么不懂？现代人的豹。你是现代人吗？浪漫主义大师雨果很有些现实题材作品，例如《穷苦的人们》等等，如果拿来和凡尔哈伦的《原野》等放在一起，相信会有更多人喜欢雨果，而看不惯凡尔哈伦，因为凡尔哈伦是“神秘的写实主义”。比喻，托物咏怀，我们是习惯的，”“加以象征化”，就不习惯。代言，象征，人的物化，物的人化，波德莱尔的信天翁不是海鸟，是“诗人恰似天云之间的王君，/它出入风波间又笑傲弓弩手，/一旦堕落在人世，笑骂任由人，/它巨人般的翼翅妨碍它行走”。人与物已融为一体，物“苏生”了，因为诗人已经“将精气吹入所描写的事象里”，这“精气”是什么，从哪里来，怎样形成的？咏花，红花也要绿叶扶持，写怎样映衬，又怎样相得益彰，这样就好，如果写成红花与绿叶打架，破坏了心理平衡，那就没有多少人能原谅你。咏大树参天，木秀于林，风必摧之，赞叹，惋惜，这样就好，如果大树奋起反抗，不但没有被摧，还迫使狂风扭转风向，节节败退，那就只会让人觉得怪，因为从来没有这样的写法。

难道没有敢于突进的，有的，不但有，而且近二十多年来勇敢者人数连续上升，郭沫若那个席勒式独唱似乎已经终结，然而为什么《野草》以后，鲁迅影响总是若隐若现，勇敢者中有些人似乎总是有勇无谋，甚至还有些由于性急，忙于找捷径，追风，赶时尚，走极端，你写小便，我来写个大便，你写下半身，我来个垃圾派。误会了，现代诗不是技术革新，更不是魔术，杂沓里面发见诗，杂沓不就是诗，单讲技术，很方便，可以把浪漫主义的东西加以“现代主义”技术处理，好像也很现代，连古典主义的也可以这样加工，但那仍然没有现代性。这样加工是模仿的方式之一，不是创新，倒成为反顾。李金发模仿波德莱尔写作传统中国式文人雅士情怀，成为翻版古诗，求新得到的是似新实旧，模仿奥登写抗战，写得就像外国人同情中国，中国人反而成为旁观者。

为什么我们的诗人老是摆脱不了浪漫主义困扰？是什么阻碍我们大步跨进现代性？我们的“神往的心”神往的什么？对于“卑俗，热闹，杂沓的材料”能不能、愿不愿“神往”，关系作者的文学价值观念，文学生活方式，人生理想和文学理想。

“将精气吹入所描写的事象里”，这“精气”是什么？从哪里来的？应该就是作者的这颗心，才能“突进”，才不怕“受伤”，才能“发见”现代的诗，才能告别浪漫主义，才不会老停留在十四行诗，格律化，才不会把粗犷看成粗俗，反讽看成讥笑，文雅看成高雅，华丽、艳丽看成美，才不会只读狄金生不读普拉斯……重温鲁迅先生这一篇《后记》，对于摆脱浪漫主义困扰，告别浪漫主义，应该得到很多启示。

论感动

——关于诗、诗人的随想录

艺术是始于感动的，但，艺术并不终止于感动。
感动——那只是一个开始。

香味是一种奇异的存在，但发香的目的，却是实际的。
发香常在成熟的时候，香味是成熟的标志。

在人群里，有那品格高下的区分，还有那甚至没有品格的人。
在诗里，有那品格高、下的诗。
而，应该说没有没有品格的诗。

常常高傲地出发，又沮丧地返回的，是诗人。
常常因为对自己失望而在街上躲避熟人的，是诗人。
但即使常常这样，也未必就是诗人们错认了自己的能力了。

真的战士，不把历史当作木偶崇拜。
而是和历史完全结合的——历史的赤子。

不止赫拉克里特、老子这样，哲学家的话，常常是诗的。
实在的，他们总是想得很多，而说得很少。

没有什么可以瞒得过诗人的。

诗人，他简直是用着先知者那样的直觉，烛见了、洞察了人类内心活动的那一种人。

诗人是醉得极其自然的酒徒。

诗人是不会轻易地发誓的，他不像一个愚蠢的妇人那样轻易地发誓。

因为诗人是必须凭着美发誓的。

我想，没有乖巧的神灵。

神灵，大概都是那种粗手笨脚的、庄稼汉一般的模样吧。

寻求一个神吗？那也好。

但我遇到的都是为自己寻求神的，却很少遇到为众人寻求神的。

诗人是应该有他自己的宗教的。

应该有他自己跪着说出来的信念的。

信仰，那不但是对世界的最酷刻的要求。

同时，那还应该是对诗人自身的最酷刻的要求。

正直的发光。

邪恶的却不自然地炫耀着。

诗人的福音书告诉人们：

不止说出了痛苦的必然，而且说出了痛苦的必要。

诗人深知美总是和痛苦在一起的。

诗人是设帐幕于天体下的游牧者，

不是守栏的牧猪奴。

诗人，不是那忍受不了喧哗而掩起耳朵的人，

是忍受不了寂寞而把耳朵掩起的人。

寂寞有更可怕的喧哗。

离散只能缓和冲突，但不能消除冲突。

诗人但愿人群结合。所以诗人歌颂冲突，诅咒离散。

诗人，不但对于他分内的事，对于爱爱憎憎，是必须深知，必须精通的。

对于一切，都面对着。

爱不能是推想的爱，憎不能是预拟的憎。

爱吗？在这世界上，你能爱的并不多。

也许，我们能够爱得更多些，在一个好的世界里。

爱，那是明天的事。

我想，我们是在挥霍着我们的爱。

我们，把我们的爱，都耗费在琐屑之点上了。

只有真正的爱才能给人智慧。

你真正爱了，你就有力量了，于是，你唱出了最美的歌。你做的最蠢的事也最美了。

相反，你认为最美的事也最蠢。

不明晰的爱——那正是在爱着……

那是需要增长强度而明晰的，要不，就将消隐，归于无有。

但两者都是诗的，只要不掺入丝毫虚假。

诗人寻求的不只是那种说出来了的，看得见的爱。

诗人是暴戾的，他要使人屈从他。

不同于其他暴戾者的是：诗人不是要使人卑屈，却想要提高每一个人。

不问是什么样的则律，

都必将在爱憎之下被破坏！

不是永久保持着爱的，不能是诗人。

胸中不是汹涌着憎的，也不能是诗人。

在诗人心中，冷淡和热烈，总是在来回往复地冲激着的。

宽恕是不洁的爱。

宽恕是爱的犯罪。而爱，是从来也不应当犯罪的。

对于丑恶，诗人是有权威的。

但他却以这个权威来拯救它。

有时，诗人也会说出恶毒的话来。

一般地说，诗人往往是因为怜悯人，才说出坏话来的。

天才和真理，都能够自己显现出来。

因为那是预先存在着的。

诗人的宽厚，很少成为表面的，看得见的那种道德的奢侈。诗人在道德上的羞涩，往往被误解为性格的软弱。

来到这个世界上，诗人所需要的，除了摇篮和坟墓，不过是一个迎战的盾牌而已。

诗人的成年，应该也是一个英雄的成年。

诗人的使人致命地心折之处，也是英雄的使人致命地心折之处。

他们都是战胜了魔鬼过来的。

这不是心理学、社会学的推论：对于一个诗人，生活的过程，其实就是一种对个人气质的颠扑、侵伐的过程。

诗人，都应该是清楚明白支配欲和权力感，不是一个真正的英雄所想拥有的那样的英雄主义者。

诗人，是那和虚伪的人相处时命定了要破坏周遭的安宁的人。

他曾经是这样的人，一直到现在还是这样的人。

诗人是不想显示自己的。

虽然，他是将自己的肉身，贡献在人所共见的祭坛上了。

诗人的可爱在于：

身受的失败和耻辱，在他，甚至也可以发为最美的歌。

诗人不懂世故，更不会是老于世故者，却往往是容易受引诱的纯良少年。

美的引诱是无法抗拒的，香的引诱则几乎是致命的。

诗人并不是可亲近的人。

因为人们总是习惯地认为，自由和主动，都是含有敌意的。

艺术家，是那种因为专心于自己的工作而终于不得不和群体疏远的爱群体的人。

诗人有时是说谎者，但他说的是有自信的谎。

而且有时，这谎话若是真的，对于人类，倒是不幸的了。

恐怕没有像一个艺术家凄厉的叫喊“让我自己吧！你们为什么老围在我身边转?”更能使人感动的了。

不要教训诗人。

世间最消极的，莫过于外来的教训。

诗人用来感化自己的歌，应该不少于他用来感化别人的歌。

向自己倾诉和向别人倾诉，应该是对等的，成正比例的。

每个诗人都应该警惕。

他所处的那种被认为是最佳的地位，其实也就是最容易受攻击的地位。

我不相信杀人者的勇敢。

妇女，男子，老人，孩童，都有爱抚生命的本性。

当诗人唱出对杀人者的勇敢的赞歌时，诗人吃力地用理智净化着感情。

在动乱的年代，遁世式的单一的兴趣的长期持续，必将引起心灵的解体。

在平静的年代，则将引起心灵的凝固。

疲倦是可怕的。

疲倦的时候，笑都笑不出来了。

散漫是力量的睡眠状态。

散漫是幼稚的叛乱。

对于献身战斗的人，骄傲是有意义的。

他的无私的心，正来自这自觉的骄傲。

枯干的灵魂喜欢怀疑，健旺的诗心，却富有自信。

关心是谨慎的征象。

在时代前面慑服了的诗人，为了谨慎，却表示了他的不关心了。

除了弱者，坚强的心灵也有神。

而那神，又不能不是这个强者自己。

在哪一个优秀的艺术作品里，我们遇不到这个神（这个艺术家自身）呢?

被希望抛弃在人生战斗的征途上，

那便是“死”，那便是“毁灭”。

对于一个辛勤的诗人，忍耐是必要的。

忍耐是对美的倾心的过程。诗人应该耐心地等待美的出现，好的诗人总是这样的，就像热恋中等待情人的到来一样。

人们往往以为，一棵树死了，比一颗种子死了更加可惜。

诗人却以为，一颗种子死了，并不比一棵树死了更不值得痛惜。

诗人有诗人的价值观念。

诗人，是不咽下从唇边溜出来的叹息的人，不擦去第一滴眼泪的人……

不要害怕忘却，但要提防空虚。

记着：不曾获得什么的，才不会忘却什么。

不要满足，满足是无知的兄弟。

满足，使一个人丑恶地拘谨起来。

像生母感到亲子对她的生疏那样悲痛地，创新感到诗人对她的生疏了。

惊奇是可笑的，惊奇总是不由自主地在找寻同情和同意。

诗人应该不是那种世俗认为可笑的人，因为，世俗以为可惊奇的美，对于他，却是一点也不觉得惊奇的。

而在世俗眼中，诗人反而总是有些大惊小怪，有些神经过敏，因为诗人总是为不值得惊奇的而惊奇。

诗人的发现，最初总是得不到承认的。

不要说这个诗人“进步”了，应该说他成长了。

这比较合理，比较自然。诗人不是为饥饿驱使而奔走的动物，诗人是自然而然地生长着枝干与叶子的植物。

屠夫用血洗手。

诗人用眼泪洗他自己的眼睛。

什么是诗人的敏感呢？

当呼救无门的受害者向着万人哀告时，在他听起来，会像对他一个人耳语一样。

当人们救起一个不幸的溺水者时，他会觉得好像自己才从水里被救出来。——这就是诗人的敏感。

要成为一个诗人，必须是一个好人。

请用你的诗证实你自己。

不保留思考余地的善感的心，

那应该是一切危险中最可怕的。

诗人是欲望最少的富人，
也是希望最多的穷汉。

没有世俗的欢乐，也觉得快乐。
这才是诗人的乐天主义。

从死者到生人，从神祇到鬼怪，诗人一样遭到他们的歧视。
是的，谁能不对诗人防备，谁能不担心他呢？
当心吧，诗人知道你们的一切……

诗人是不会为自己的穷苦感到羞耻的。
因为他知道，他的穷苦，其实是人类的耻辱。

真正的诗人，常是中庸的最坚决的敌人。
但不能就这样认为诗人是没有任何原则地走极端的人。

如今，已经不是一个诗人坐在白纸面前等待诗神的到来的时代了。
已经是一个世界的复杂变化等待着一个诗人全身心投入的时代了。

诗人，曾经是一个在贫穷和迫害里生活的、想坐到神的宝座上去的凡人。
如今我们却把诗人看做一个宁愿生活在贫穷和迫害里的、从神的宝座走到凡人当中来的一个凡人。

当你写诗的时候，你的眼睛也会因激情而发亮吗？那么，请让接触你的诗的眼睛也因激情而发亮吧。

我要提醒他们，那些把胜利醇化的人。
唱凯歌的时候，并不是最美好的时候。饮着胜利的酒而酩酊大醉的，并不理解胜利的意义。
胜利的美，在于他由极艰难来，通向更艰难。

诗人，不只是需要大声说出心中想要说的话的人。

而且诗敢于大声说出心中的话的人。

世俗往往指责诗人是不善等待的急躁的人。

是的，世俗生活里的等待过程，往往就是压抑自己，让自己忍受屈辱的过程。

罪魁祸首是罪人和闯祸者中的一个。

诗人，就其思想的大胆而言，即使不是罪魁祸首，也应当是罪人和闯祸者中的佼佼者。

人们只习惯于从外部的迹象找寻罪证。

诗人，往往是被忽略了的罪犯，诗人是用心犯罪的人。

写出了他的心迹的某一部分的诗人，并不想去防备人们从这一点心迹揣度他的可怕的心事，他甚至更想要人们这样做呢。

说诗人是时代的见证，也是可以的。

那么，见证人们，请参加进一切的事件，一切的难解难分的纠葛里去吧，请和这个不安的动荡的时代发生无休止的交涉吧。

不要站在岸上。

站在漩涡里的，才能更亲切地感受到激流的力量。

必须工作，必须受苦。

受苦的不一定不会犯错误，但受苦必定不会贻误工作。

诗人的寂寞，只有诗人自己的冷静，才能把它克制。

因为诗人正是那种在喧哗热闹中感到寂寞的人。

不应该相信那侥幸和偶然所引起的乐观。

应该清醒地意识到：毒菌存在于大气之中，它是无处不在的。

诗人们，来到这个世界上，你的使命绝不是制造迷药。

有一条通向艺术殿堂的最重要的道路，

它横在你的弱点前面。

血和肌体的更新，是一刻也不能间断的。

有人写了一世的诗，身上好像积了一世的灰尘。

实践是好的，实践可以引出合理的结论。

人生实践，使一个诗人永远敏感地清醒。

我们，不唱人生的哀歌。

我们没有干犯过情欲，也没有干犯过道德，我们干犯的是那君临于情欲和道德之上的命运。

我们超越于悲哀。

诗人，可以凭他的骄傲无视一切，但他也不能逃脱人生规律。

生活的提线人不是人的愿望，而是那由社会矛盾规定了的人生规律。

规律是冷酷的，但必须改变它，于是诗人歌唱了。

于是那歌声不能不是带血的了。

准备吗？诗人是一直都在准备着的。

怀着希望的都在准备，而诗人是一直都在希望着的。

紧张的心，金属板那样的心，才能和大自然交感，和大自然呼应。

松弛的心灵，不可能成为点化大地的魔杖。

任何恬淡的诗，都必然是诗人无比紧张的心灵活动的产物。

诗人的言语，好像是没有经过深思熟虑而发出来的，但又那么像是经过再三再四的深思熟虑才发出的，这首先是因为诗人对于他的言语，对于他的言语能表达的一切是作了最果断的、最精确的抉择的。

这种果断和精确的抉择，是激情冲击、鞭策的结果。而冲击和鞭策的持续、重复，便形成了诗人艺术创造力的主要组成部分。

不相信什么写作计划。

计划是一种冷漠的谨慎。

在诗人，计划往往是为被打乱而存在的。

大踏步有力地跨向前方吧，

泥泞是蹒跚的结果。

苟且，和一切的便宜事，都不是艺术家的世界里应该有的。

诗人应该有探矿者那样的耐性，采掘的耐性，筛选的耐性，提炼的耐性。

爱好，是一种娱乐自己的行为。

在诗人，不但要使自己的对艺术的爱好化作庄严的劳作，而且要使凡是接触他的艺术创作劳动的人，都从艺术的娱乐状态里脱出，成为各种程度上的艺术创造者。

爱好是开始，欣赏和创造一样，是庄严的劳作。

有时，你会遇到那最可怕的心的衰惫。

但这其实并不可怕。衰惫之后的转机，往往给你带来更多的联想，更透彻的顿悟，带来一个光华灿烂的精神世界。

诗人也是人，难免有张弛起落，精神劳动也是一种运动，难免有松紧间歇。

一个蒙受“舆论”的侮辱的诗人，往往比那受到“舆论”的溺爱的诗人，更其是真正的诗人。

从历史看，诗人的宝座，不能不建筑在旧时代的坟堆上。

那并不是什么舒舒服服的、柔软的座位。

不可能有什么隐遁在艺术里的超人。

只有那在人生战场上战败了的人，跌落在绝望的深崖下的、用“艺术”来为自己解嘲的可怜的人。

使人惊奇比使人厌倦好，

就像使人害怕的人比使人轻视好。

这里不是市场。

诗人并不想到这里来同别人交换什么，无论思想，无论美和永久。

诗人是来到这里服役的，他并不想索取报酬，因此他从来不想打听行情。

物质幸福更多的是肉体的需要。

幸福与人的尊严无关。诗人的尊严更不是幸福的尊严。

说诗人在这世界上流浪着，就像在自己家里一样……

不，所谓自己的家，对于我们现在的诗人，并不是一个太亲切的地方。

诗人，即使不是在演讲台上和茶桌边一样尊严的人，也应该是在演讲台上和茶桌边一样自然的人。

诗人应该是最富于生趣的，健康的人。

嫌厌是一种疾病。

何等愚蠢呵！

暴君以为，将诗人赶出书斋，并禁止他们携带纸笔，他的臣民就将永远适应他的愚蠢了。

暴风雨是大自然外表的骚乱。

诗人也是这样的，不问在什么样的气候变化下，也能够保有那心境的宁静——内在的清明爽朗。

明朗的心，不必因为怕被污物所玷污而远远地躲开污物。

即使秽物像暴风雨般泼来，也无法对之有丝毫玷污的，才是明朗的心。

诗人，为了和那折磨着全人间的人类的不幸命运搏斗，竟和那折磨着他自己的不幸命运和好相处下来了。

诗人以忍辱负重为支点求得平衡，诗人头上戴的是荆棘的冠冕。

诗人应该有最广阔的胸襟。

但诗人的大度，却是不能用在对哪怕是最微小的一点丑恶的容忍上。

诗人吸收美，但不是像海绵那样地吸收，
像森林吸收风暴，
像海洋吸收暴雨。

诗人可以不懂得节约金钱，
但应该最善于节约生命的最美的时刻。

诗人绝不可能是一个背信者。

首先，对于他自己，诗人应该是最忠实的人。诗人所有的生活信念，都必然和生命的最高追求相吻合。

需要镇定。

我们需要的不是那种旁观者的无动于衷的镇定，从高处向下俯视的暗自庆幸的镇定。诗人总是和最大多数人在一起的。

诗人的爱就是诗人的道德。
诗人的爱和诗人的道德一样美。

在大爱之前吓跑了的临阵逃脱者，在大憎之前，也必然是一个抱头鼠窜的败北者。

不是那种讲究明哲保身的人，诗人，是常常犯过失、深知自己的过失而怀着悲痛生活的人。

憎启发于诗人的，
比爱所启发的要多。
智者说过：愤怒造成诗人。

诗人不但应该有一双出血的手，
而且应该有一双出血的脚。

诗人，不能不从粗粝和荆棘中发现美。

诗人感到生命的悲哀是：生命进行得比生命所要完成的更快！

为了要在这个世界上促进那应该促进的，增长那应该增长的，培养那应该培养的，诗人在他的分内工作上，在他从事艺术创造的时候，必须非常严格地，分别出什么是应该促进的，什么是应该增长的，什么是应该培养的。

这个万花缭乱的世界！

诗人不能用瞌睡沉沉的、惺忪的双眼看世界，因为他的任务是使人在走路的时候有一双更明亮的眼睛。

诗人用张开双眼教人张开双眼走路。

保留那选择的快乐。

能够在许多牢狱之中，选择一个合适的牢狱，也是好的。

死人不能作见证，作见证的必须是活着的人。

诗人，就是那永远活着的人类历史的见证。

诗人有最笨重的肉体，他不是什么麻利灵活的角色。

然而他也不需要从这个世界上飞升。

所谓浪荡子，他所犯的过失，或许可以由环境来替罪。

但诗人犯的过失，却不能、也不必由别人来承担。

诗人，就是那用真、善、美从人世间把自己克服过来、夺取过来的人。

信徒用祈祷向上帝说话，

诗人用祈祷向人类说话。

诗人，不是那见到大地的丰饶想要盗取什么而去的人。

诗人是那愿意使大地更加丰饶而献出自己的一切的人。

让善和你的良知订下盟誓吧，

为了要使你对美真诚。

是的，不会有两颗相同的沙粒的。

诗人应该使每个人都能够在千万人的声音里听出他的声音。

对美的执着，使诗人在迫害之前不停地思考着艺术创造，就像那临刑前还在镇定地思考着他的崇高的使命的英雄一样。

为了美，敏感的心也能够像木头一样忍受痛苦。

奋勇，并不是容易的事。面对惨淡的人生而不能奋勇的，那是退出了生活的人。

不可能有退出生活的诗人，因为人一旦退出生活，便会发现奋勇和懦怯都失去意义。枯槁的心没有诗。

诗人不是常识家，他不善于下注解。

解释是多余的，说得很多，意义却少。

诗人不能凭借一个偶然的机缘来识别感情。

最轻微的动情，也应该是长期感知的突然的触发。

所谓艺术的高度识别能力，应该就是那在流行的气氛里屹立着的，清醒的警觉性。

在深深的吸气之后发出来的——

是饱和的声音。

真正的庄严是使人感到亲切的。

真正的庄严是没有距离的庄严。

不知道自己是谁，和为什么生活的，这就是原始。

不单女性，人类的肉体所感受到的羞耻，要比灵魂所能感受的更深切。

所谓热情燃烧的时刻，就是把自己分离出来，并与之搏斗的时刻，进而战胜自己的时刻。

气质，至终是要被溶化到意志里面去的。因为意志，也只有意志，才能支持生命。

而气质是生命的呼吸。

气质也是意志的属性。

幻想用什么支持？

那是意志力，我想。意志是幻想的羽翼。

人只知道理智是高傲的，却不知道热情应该更高傲。

热情，不是张挂在流沙和冰块上的帐幕。

热情，不应该是自己都在担忧着会被漂流到不知什么地方去的临时性建筑物。

诗人的眼睛，不是正午的猫的眼睛那样地眯缝着的，而应该是能看见别人不能看见的东西的、半夜时分的猫头鹰的眼睛。

叮咛嘱咐，谆谆告诫……那也是深情的关心吗？

诗人激荡着热爱的关心，对于他的所爱者，却是吐不出这种甜腻腻的话语的。

不会有轻快的热诚，

热诚都是沉重的。

热情应该生长在那从地下屈曲、纠结、盘旋生长不已的社会矛盾的根上面。

欲望是一个恶魔。

没有它，却是无益的。

倾诉也有个限度——

有些是不必说的，有些是不能说的。

对自己倾诉却是例外，而诗人是对自己倾诉的人。

避免那种精神状态的尖锐化，那种歇斯底里。

不论在怎样的情况下，心境-精神状态都必须有最大限度的宽阔。

在艺术创造过程中，发现那与心境相抵触，相龃龉的某物，并不是一件不幸的事。不必向它投降，也无须规避它。有胆识的诗人，倒是敢于把这种抵触、这种龃龉深刻化，有这样的魄力，才能获得和谐。

讽刺不是为了使人发笑，

讽刺是为了使人发抖。

叹息，有时候也可以是有力的。

叹息不止引人沉思，它还往往引人嚎叫。

冲动是没有经过过滤，没有经过澄清的感情。

冲动持续得越久，越是不能产生诗的类似物。

在诗里面，可以有一种无声的，然而有力的呼号。

这种呼号，发自诗人照彻一切，洞察一切的，冷然的看穿事物的一瞥。

愉悦来自健旺的心。

乐观是战斗的发酵状态。

微笑是心灵的宽阔的姿态。

即使是倏忽的、瞬间的、短促的、隐约可见的微笑，也给我们带来一片精神的蓝天。

生活是真实的。

生活是生命的宿处，智慧的肉身。

只有生活本身，才能引人走近生活的真实。

寒冷的日子呵!

寒冷甚至想把我们的舌头冻僵。

沉默往往不是善意的。

诗人也不是万能的,也有他做不到的事。诗人即使想表示恶意,也不能不发声,诗人永远学不会沉默。

幽灵是可怕的,

它的定义是,不能发声。

不必歌唱死,死,太陈旧了。

我们不是每时每刻都在和死亡搏斗吗?

说废话是一种邪恶的行为。

是一种自己把自己的弱点包裹起来的行为。

什么是浅薄?

无知加上恶毒。

快乐比悲哀更需要真诚。

听,这些假笑的声音!这些人!他们连快乐都是假的!

轻视吗?冷笑吗?都可以的。

但是请记着:这比尊重和同情更需要真诚。

共鸣往往不能遍及于全体。

不单因为领悟和心会是有限制的,更因为对事物的理解不容易取得一致。

诅咒,是一种痉挛性的袭击,那样的袭击并不能使对方受到损害,更不能使之致命。

诅咒是厌恶,多少带有盲目性,有时甚至使我们无法分别那到底是对敌人的厌恶呢,还是对自己的厌恶。

羡慕不能是希望,至多是希望的浅境罢了。

羡慕是精神的贪婪，是生理现象。

羡慕不能培养诗心。

不要把质朴误解为冷淡。

达到质朴是要经过努力的，它是热情猛烈波动下的平衡。

疑问常产生于心智的优越感。

只有纯真的心常常对世界发出疑问。

善良的人早已习惯于对这种疑问的尊重了。

亲切的一定是亲近的，亲近的却不完全是亲切的。

可爱的青空，是手所不能及的。

而青空于我们却是何等亲切。

忘我的最险恶的势态是——

兴奋而茫然。

我爱那沉默之后发出的声音。

我爱那沉默，那大的拥抱力，强的专注。

鱼族以无血的鳍游泳，鸟类以无温的翼飞翔，快乐不仅仅是感官的。

是强者，就不需要骄傲。

即使在最痛苦的时候，也不需要说大话。

懦怯用骄傲来进行防守。懦怯者用骄傲来自怜自爱。

智慧成熟的时候，出现预言。

假设是一种危险的游戏，它是不完善的，缺乏自信的。

不能对世界吹响预言的喇叭，却想用卖卜者的假设来代替的，绝不是诗人。

诗，不能表现单纯的失望。

失望是浮动的、无力的感情。

失望必须凝结成为痛苦，才能为诗所表现。

这悲苦的大时代！

诗人的道德，不能不建筑在“使人痛苦”上面了。

麻木是奴隶永远的标记。

如果是一个真正的批评家，请无情地责备诗人吧。

请使诗人听到你的责备，就像听到自己的忏悔一样。

幻想用诗来掩饰心灵的趋向的，不能成为诗人。

奇怪的是，居然有人发明了这么多的掩饰的方法，而且招来了赞美。

高贵，在丑恶的灵魂面前，招来的往往是欺骗。

在灵魂的圣洁的诗的国度，情形应该是相反的。

有时，愚笨比聪明更可爱，更有趣。

因为它平凡、质朴。

恳切是诗人对自己的鼓舞和勉励。

不与真结合的美，是善于引人堕落的。

对于一般人，不习惯的，就是可怕的。

因此，对于“新”，对于不符常规的“破例”的干涉，弹压，往往能得到“大多数”的默许以至叫好。

我们谈论的是美，而不是生物学。

我们重视人类的感情，但我们并不单单尊重感情，如果单单只不过是感情——感情本身，只不过是心理的、生理的现象，那是没有意义的。

美吗？

美就是那种善于约束自己的、自由的存在。

并没有从天上掉下来的崇高。

崇高也没有悬挂在天上。

只有那生活在地上的，实实在在的崇高。

美，必须在现实世界被证实，它不能永远只是诗人心中的影子。

它必须是真实存在的，不能是少年人为自己描摹的理想化的情人的影子。

有灵感吗？有的。

灵感就是那“必要”的突然发现。

创造力睡眠时，创造物是毫无意义也毫无作用的。

“必要”使天地有情，万物生辉。

向世界告别的歌，是悲凉的。

同人生告别的歌，更是悲凉。

对于某些人，越是诗的，越是可怕的。

诗，不是劝世文，不是修身歌诀，却有着这样一种蛊惑性调子，能够破坏例规、改变日常生活秩序的富于魅力的调子。

要是世界上没有诗，该多么安宁！

歌唱不是施舍，诗人不承担还愿的义务。

诗人销魂的舌簧，不能用来作零星的布施。诗人也不是沿门乞讨的托钵僧，他也不会来到谁家门口请求结什么善缘。

诗，永远不是货币。

诗，永远没有固定的经济价值。

出于职业上的习性，市侩们却总是在那里忙着要为诗人估价。对于他们，标价，是一种至高的乐趣。

他们绝不以为这里有什么难题。

艺术，是像女人那样有好记性的。

因为艺术是像女人那样有着永不衰惫的敏锐的直觉的。

如果说诗是引火物，是燃料，那么，让它更炽烈地燃烧吧。

但丁、歌德……都是用自己的舌头，火焰一样地舔着天堂的、火山一样的存在。

诗，是发自生命的奥底的声音。

必须是最深邃的生命，才可能有生命的最深邃处的最深邃的声音。

诗，不能用来做客套话，

不能用来做诽谤的工具，

不能用来做打官司的诉状，

也不能用来辩白，解释和说明什么。

诗，不是减轻伤口疼痛的麻药，也不是治伤的膏药。

即使是的，那目的也应该不是为了使人忘记创伤，而是要让人时时刻刻记着这个创伤！

据说，诗的声音，是一切声音里唯一的永远不会消失的声音。

因为它是将沉思投向无限去的声音。

诗的声音，是召唤的声音。

它把一个人唤回到痛苦里来了。

不是为了痛苦，痛苦只是必须付出的代价。

质朴使人自然。诗的质朴，是自然的事。

不可能有什么不自然的诗。

做作是诗的大敌。做作是艺术创造的克星。

诗，不会消失的，只要是真实的诗。

大自然的一切，不会在大自然里消失。生活里的一切，不会在生活里消失。

艺术的真，表现在艺术对一切的肯定上。

甚至它想要否定的一切，无论猥琐，无论疮疤，无论灰尘，它都给以肯定。

美是公正的。

没有什么行为，像粉饰那样充满贿赂的可恶的臭味。

迟钝是美的敌人。

对于缺乏美感的人，甚至施以刺激都是无用的。

必须先有共鸣，然后才有对诗的尊重。

尊重不能发自无感应的心。

完美就是艺术创造意图的透彻体现。

完美出现于艺术创造完成度的极限。

美是正常。

没有什么压扁了的诗。

艺术造诣，是艺术家冒险，历劫，闯关，失而复得，死而复生之后的幸存物。

诗的功利性可以表述为：

诗的感动过程，只能是形成一颗善良的心的过程。

诗，不是随时可以收回的独白。

诗不怕曲解，诗把要说的全都说清楚了——虽然诗的话语最少。

诗，有时也不免是些零零星星的，一点一滴的心灵的论断。

虽然这样，诗也是最雄辩地说着人生的真实的，像撞碎在礁石上的孤舟留下的一块块破片，像被猎者穷追的野兽留在乱山中的一滴滴鲜血。

真实，首先是对那未知的保持贞洁，

其次，守护那已知的，为它保持贞洁。

伟大的艺术品，是奇迹。

在使人类进步的意义上说，是向着平凡努力的奇迹。

凡艺术品，无不具有奇突的优异性。伟大的艺术品，赫然存在于人间，这平凡了的奇迹，而且凭着这被接受了的，奇迹的平凡性，它感动了人们了。

诗不能和历史竞争，诗也不必要和历史竞争。

因为诗是往往比历史还要真实的。

真实的诗，阐扬美。

诗的类似物，却至多不过透露一点美。即使这样，也够叫人感到满意了。

疲倦不宁的灵魂呵，无论怎样寻找，你都发现不了一个可供你躲避的安身之所。

诗，艺术，都不是安全的洞窟。

我还没有从诗里饮到那可以使我丧生的毒液。

我是想从诗里得到再生的。

每个人都应该到他应该去的地方去。

每句话都应该在它应该说出来的地方说出。

如果是在应该开始的地方开始了的，就应该在应该结束的地方结束。

不必要的拖长，延误，往往不是出于本心的，自愿的，谁能忍受这种屈辱呢。

在激情上面

自制便是自由。

熟练和敏捷未必能达到完美。

熟练是一种无形中阻碍诗人更新自我的惯性。任何熟练都有两面性，一是对过去积累的过分依赖，一是对新的探索的畏怯和懒惰。任何程度的成熟都应该是桥，是花大力气搭起来的壮丽的建筑物，但也是必须跨过去的遗留物。

敏捷是较低层次的，不可能决定艺术创造的成败。

矿山里采掘不到的宝石，

从人类的言语里可以采掘得到。

诗不是音乐，诗不想把一切都溶化在韵律里。

诗，是将不明显的、不稳定的都固定下来的，诗不必像音乐那样把一切都溶化在韵律里。

对于诗人，克服声音，是要花大力气的。

因为声音在诗里，是可以像酵母那样发酵起来的。

诗人必须控制声音，为了利用它形成声调，于是产生了像押韵那样的古老的方法，有时甚至不免以牺牲内容为代价。

要捉住那心智的光，要像猎狮者那样勇猛。

紧紧地捉住它，不能松手，哪怕它就快溜走了，哪怕它只是光的影子。

斑点，疙瘩，暗块，疤痕……

都是“完美”的残疾。

最流利的线条，应该不仅仅只是流利而已。就像智慧不能以“聪明伶俐”来显示一样。

要警惕那种所谓“语言的流利”！

不要倚重暗示。

暗示，有时会带有虚无的性质，它会像湿雾一样地弥漫开来，妨碍着内涵的发光。

节奏，是力。

如果停顿，也应该是奔马越过栅栏之前的那一停顿。

如果收缩，也应该是鹰隼展翅翱翔之前的那一收缩。

不单有语言的节奏，

而且有意象的节奏。

追随语言的节奏得到的快感是生理的，追随意象的节奏得到的快感是精神的。

所谓生动，应该是精神境界的闪光。

不会有无光的生动。

问题在于：是不是内心拥有的，

是不是不能随便抛弃的。

如果只有一撮盐，就让我们把它放到一碗水里去。

那样它才能够是重要的一撮盐。要是把它投进池塘里，它就会被一只看不见的手没收去了。

凌乱比空洞更可怕，至少

空洞不妨碍想象。

什么是无力？

不能向目的突进，就是无力。

有些诗使人觉得它的作者把全部的装饰品，把最好的衣裳鞋帽都穿戴上了……

可是，你写的是诗，你不是花花公子、贵妇人，你也需要费这么大力气打扮自己吗？

诚挚的话语常常是简短的。

敷衍的话语常常冗长而散漫。

我宁愿阅读数字，不愿阅读那些自称为“诗”的或诗的类似物。

简单的数字也能说出某一事物的奥秘，而且引人思索。

寒热病能够异常迅猛地损害肌体。

语言的寒热病——高烧引起的豪言壮语和发冷引起的吞吞吐吐，对诗的肌体的损害往往是毁灭性的。

心平气和据说是为人处世最得体的方法。

稳重却不是诗的格调。

对于某些人，语言之成为诗，是像从一个杯子里把水倒进另一个杯子里一样简便的事。

韵脚给人方便。

韵脚是某些人离不开的拐杖。

懒汉也喜欢韵脚，

韵脚催眠着他们，本来懒惰的他们更加懒惰了。

不要迷信形式。

迷信是无知的兄弟，无知来自懒惰。

勤奋地从事艺术创造的人，最懂得形式，因此他最不迷信形式。

死去的富豪，总想借大出丧的仪仗增高他的身价。

死去的诗，想借格律增高它的价值。

他们同样的都首先把自己估价得太高了，都首先把本身没有意义的事物估价得太高了。

确立需要多少个组织成员，确定要的是什么样的成员，挑选成员，并使每一个成员都成为重要的，不可缺少的一个，这就是组织能力。

这样的组织是一个有机体。诗，也应该是这样的有机体。

说头发是天生的服装，服装的意义就够狭窄了。

说语言是诗的天生的形式，诗的形式这个概念也够贫乏了。

在一个好的艺术家，形式不会是被动的。

形式的缜密，说明形式不是被动的。

组织能力是可贵的。

精致的不一定是小巧玲珑的，宏大也可以同样是精致的。《神曲》就很精致。

据说节俭是一种美德，然而这种道德修养与我们无关，我们是赤贫者。

但如果指的是语言文学上的事，我们就非遵循它不可了。

不必性急，不要结结巴巴，如果你是健康的。

没有牙齿的老人，无效地咬嚼的时候，嘴巴动得最快，然而那有什么用。

引人发笑，常常采取游戏的方式。

诗，无论如何不应该是游戏，诗无论如何不应该是可笑的。

必须在特定的情况下发声，必须有发声的特定条件。

水车的干燥的摩擦声，是不可想象地难以忍受的。

必须是从最大的强度上发出来的。

松弛的鼾声，发自松弛的肉体。

没有眼泪的干号，怎能是诗呢。

表白应该发自内心，表白应该是灵魂的赤裸。

有人却用它来掩饰自己。

有赞成自由诗的和反对自由诗的。

反对自由诗的，是不是真的以为自己比谁都不需要自由？

引起厌恶和怠倦的，

更多的是一味的轻快，然后才是沉闷。

和平是失败者的绷带。

对于艺术上的庸俗化的驱除和肃清，用暴力吧！

诗，应该迎风招展。

不干不湿的，萎靡皱缩的，挂在阴暗的屋角永远见不到阳光的抹布，总是叫人想起那种无病呻吟的诗的类似物。

如果视力是模糊的，听力是迟钝的，舌头是僵硬的，
不能注视，不能聆听，也就不会发声了。

艺术品的恶劣，虽然不是有计谋地制造出来的，也是犯罪行为。

艺术创造是神圣的工作，在工作上犯罪是不能宽恕的。

单纯就是那随心所欲地做出来的一切，是的。但必须强调一个前提：心，必须是纯洁的。

随不纯洁之心的所欲做出来的一切，就不单纯了。

丰富，不一定就是创造力的奔放。

却往往是感觉的任性。

单调很难弥合。

在单调里加进一些什么，往往更显单调。

单调来自作品的基调。

疲倦袭来的时候，中止创造活动是明智的。

创造活动必须在心智状态十分正常的情况下进行。你在疲倦的时候写下来的，在你清醒健旺的时候谈起来，会叫你自己也感到不可理解地愚蠢。很难设想你会这样放肆地去用多余和散漫亵渎完美。

巴雅科夫斯基说的：第一个把花朵比作女人的是天才，第二个把花朵比作女人的是傻子。

把花朵比作贵妇的是傻子，
把花朵比作圣女的也是傻子。

过于精致的诗，使人感到那里面有对读者的愚弄；过于粗糙的诗，使人感到那是对读者的不尊重。一切门类的艺术都有加工的分寸感问题。诗尤其是这样。

贫乏是悲惨的，贫乏使人有负罪感。

必须积累，所有的矿脉都是长期积累而成的。

单调也有其可怕的一面。

单调是没有诱惑力的诱惑、松弛的笑、不敢正视你的眼珠，用逃避诱惑你。

单调是孤零零的，

单调不知道对称，不要求平衡，不懂得和谐。

如果说诗是活人的血，

那么，杂质之侵入血液，那结果不止是冲淡了血液，而且会破坏血液，导致血中毒。

诗不能使市侩快乐，

只有虚伪才能使他们快乐。

妨碍和破坏诗的醇烈的，是“说明”。

一切艺术都不说明什么而只表现什么。但说明却总是要悄悄地溜进艺术里面来，它以为它可以帮助表现，甚至比表现更有用。它是找错了地方了。

性癖，是一种嗜好，精神生活的病态。

所谓“感伤癖”，对于一个写诗的人，大概是一种更其病态的嗜好。

忍耐总是执拗地要求回答。

忍耐是好的，那是“开始”的前奏。

艺术，开始于感动，完成于感动。

开始是向前发展，完成是向更高阶段开始。

向前发展的，都是优越的。

1944 年至 1945 年，荔浦至重庆

读《红楼梦》札记

很少在书本上写感想心得，这回读《红楼梦》却把空白地方几乎都写满。字写得小到只有芝麻那么大，墨水很淡，日子久了，有些模糊到没法看清楚。多谢谢长安兄不辞劳苦帮我从头过录一道，鼓励我把它整理出来。

重读半个世纪前随手写下来的这些零星感悟，又一次经历伟大作品巨大魅力给我的强烈冲击和悠远启迪，好像回到当年在作品神奇感染力推动下重新获得生存勇气和追求生命价值的信心，并且增添了审视严峻现实的那些难忘的日子，五十年后的今天，我更加相信曹雪芹和陀思妥耶夫斯基、鲁迅都是我人生征途上不可缺失的指路明灯。

古人读书，常作眉批，《红楼梦》有好几种眉批，一般是对人物心事行为的伦理观察道德批判，间或涉及手法风格之类的文学批评，对作者身世和创作心态多少有所了解的，涉及面就宽些，如“脂批”，主要由于学力有限，我在书上写下的这些，几乎全是对小说，特别是长篇小说艺术奥秘的叩问，我是把《红楼梦》当作教科书读的，很可能和当时的处理、心情有关。

随手写下的这些笔记式体会感悟，当然不是理论表述，最多只能算是理论思维素材，很难说有相应的逻辑结构。但是我想，如果勉强去加以归纳，让散见各处的三言两语连缀成有序的或完整的理论表述，可能反而失去精神活动的真实感。也没有把它们和故事情节联系起来，因为想到和记下的，已经都是对于规律性的探讨，当时手边没有参考书，引文可能有误，也不再查对，以存其真。

2005 年 11 月 12 日，灯下

作者个人体验，作品素材与作品的关系问题。正是这个问题，显示这部伟大作品的无穷魅力。

《红楼梦》是不是从文学现象上取材的？爱情，很久以前就是文学作品的传统题材，它的题材和主题也确实响应着古代文学这一传统。

但是，说它只能处在过去的文学发展的从属地位，只把它当作过去文学发展进程的一个自然结果，就会把伟大作品的出现简单地归结为文学影响的产物，它的独特成就、它的巨大创造性就无从理解。

已经发现的材料告诉我们，《红楼梦》是直接从生活中取材的，作者是从现实生活中得到启示和灵感的，它的题材是在真实生活中直接发生的，生活中许多大大小小事件，成了这一宏伟的艺术殿堂的基石栋梁乃至一瓦一木。在作品的开始部分，作者表明他是“曾历过一番梦幻之后”，作品里的“离合悲欢，兴衰际遇，俱是按迹循踪，不敢稍加穿凿”，研究作者如何观察生活，如何从深刻的个人体验精选和积累生活现象中对他的文学创作有意义的东西，研究作者创作过程的这个首要阶段，成为很有意义的事。不单为了理解作品本身，而且可以窥探美学问题的重要一面：情节、细节和现实生活的联系到底是怎样的。所以说“自传说”是错误的，因为，越是典型的概括，其意义也越广泛，和自我主义的界限也越明显。

应该根据已有的材料研究：生活素材怎样变成曹雪芹写作时的艺术构思的核心，而全部原始的生活素材又怎样成为完整的形象体系，所有这些生活素材，怎样有机地变成具有另外一种性质的，新的性质怎样使它具有在文学作品中取得地位的权利，使它们具有另外的意义和激情。

有些资料证实，本书的某些情节和原来的事实非常相像，这些原来的事实，生活中有过的波折和变故，成为艺术家曹雪芹的珍贵的艺术发现资源。原来的事实，经过这样的发现，正如矿石不再是石块而是矿石，由于规律性原因，它们在文学作品中和自然状态中已经有原则的不同。从原来的事件里，发生了一种全新的主题和情节。事情是那样的又不是那样的了，心理上有着大小不同的乃至完全的改变。人物的行为一样，动机却又不一样。人物的性格也变了，许多地方，已经是新的性格。故事发展的线索背后出现了新的线索，因为故事所表现的伦理的和社会的内容已经完全不同。这些，只能被理解为是由于艺术家曹雪芹的具有伟大的意义的构思所决定的，由于有这样一个构思，他决不拘泥于事实，原来的事实对于他，只不过是一个启发，一个暗示。这是文学作品，不是家庭文献，不是真人真事的档案材料。

《红楼梦》的人物——尤其是主要人物，是不是真正有过？同样的理由，是由作家构思决定的。模特儿的某一特征，作家可能对它不感兴趣，另一个特征却因为吻合他的构思，可以意义重大到成为他的构思的核心，使这个人物和原型更加不同，使他的性格特征具有更大的规模。作家紧紧抓住这一点，使之发挥到了极致，使之成为作品的基调。这样，模特儿因为复杂的创作过程，和原型有符合之处，也有分歧之处。

甚嚣尘上的所谓“贵族家庭的没落”这一个事件，哪些地方，哪一部分吸引作者？自然，未必作者注意的就是事件本身，全部事件未必就都能刺激作者的创造想象，尽管作者也好像是这样宣告的。作品告诉我们，其中确实有这样一点表面上的似乎是偶然的因素：宝黛的爱情故事使作者因而深入地了解时代，社会，这个因素在作者的心目中变得意义重大起来了，使作者作出艺术概括的结论，于是这个因素成为作品冲突的中心和起点。不这样，《红楼梦》就会成为胡适所说的“平淡无奇的自然主义作品”。难道他会像左拉写“卢贡家族的命运”那样写“贵族家庭的没落”？曹雪芹是现实主义的巨匠，但是还有一个“自传说”论者认为曹雪芹是“衔玉而生”的。

根据“脂评”等资料考索每一个情节的事实来源，这种烦琐哲学未必有什么意义，现实事件里没有过的，作品里可以有。首先，作者有权采取某些事实，但要强使之采取另一个姿态，更可以强使情节向另一个方向发展，可以赋予人物、事件以另一种思想内涵，更可以也必须使情节具有多方面的社会性。正因为作者进行了创造性的素材改造，和素材进行斗争，正由于这样，从素材中脱胎的题材才具有历史的规律性、时代的形象感，最终达到哲学的高峰。

为什么曹雪芹被公认为现实主义巨匠？可以从这方面看：目的不同，总是使作家从各自不同的方面和角度去选择和改造题材，从现实生活现象中选择典型事件，原来是一件复杂的事，生活本身是一个复杂的整体，包含各种不同的方面和各种不同的特点，把事实放到社会现象之外，放到规律之外去考察，是非现实主义的，因为这样不能看出事实的典型意义。反之，则是现实主义的。整部《红楼梦》证实了这一点。如果说，作品的来源问题应该包括能激发作者的创造热情的因素，那么，除了生活的直观和表象之外，还应该给予曹雪芹哲学观念的来源和形成史以应有的注意。

宝玉在本书的地位——整部作品向我们显示，作品的主人公是它的复杂多样而又完美的结构的基础和中心。宝玉的命运如何——是它的结构的基本出发点，是结构的最根本要素。一切都和它交织，和它渗透，和它配合，一切都在发挥它，阐明它，证实它。宝黛的爱情，是主线，环绕他们的贵族家庭生活是副线。

作者是坚决反对形式主义的。

一般地说，把艺术作品中的直接表述当作说教是不妥的。

宝黛的爱情悲剧，是《红楼梦》的主题，极有力量的主题。有人以为这样承认了，就降低了作品的意义。因此，论者们往往在这一点上含糊其词。

如果《红楼梦》写的不是这个爱情悲剧，又怎样能表现“贵族的没落”

之类的“主题”呢?

“俱是按迹循踪，不敢稍加穿凿”，绝不是说作者是用自然主义的态度和方法写作。作品本身处处使我们感到巨大的艺术概括力。我们看见的是作者加工过的艺术现实，如第六回所说的，现实本身是乱麻一般，没个头绪，照原样拿来当作纲领，当然就是自然主义作品，这样，真正的艺术构思也就是不可想象的了。

说它以“贵族家庭的没落”为主题，只能是庸俗社会学的为害的证据。证实爱情这个主题，并且在这爱情悲剧里，显示历史已经翻到新的一页，主题本身也就达到可以达到的极点，极丰富的地步。

我国古典作品善于用神话手法，使人物形象更有力度。白蛇头上有蛇形头饰，女鬼头上有纸钱串，使人物更真实可信。对人物作这样的强调，才更能显出提出的主题的历史迫切性。

不要害怕爱情主题，好像它太陈旧、太文雅，由此就不可能有更多的社会意义和历史意义。《红楼梦》以及许多以爱情为主题的伟大作品生动地告诉我们，这个主题在任何历史时期、任何社会发展阶段都有极深远的意义，而且永远鲜活、耐人深思。它不是只写给某一时代某一群人看的。自然，只有伟大的作品才是这样。

真不明白我们怎么可以勉强曹雪芹把他所掌握的生活现象，修改成适合我们的概念的东西，就算他自己想要这样做（也受了主观主义的影响），也是决不可能做好的。自然，他不会这样做。

在《红楼梦》中，现实主义和浪漫主义非常好地结合着，甚至可以说使先天地结合着的。水乳交融、贯穿全书。其实，在以爱情为主题的作品中都可以这样。正如在哲学主题的作品中一样。如果在《水浒》这样的作品中，这样做就不好了，但也要看不同作家的不同情况，例如陀思妥耶夫斯基、梅里美以及早期的高尔基身上，现实主义和浪漫主义是很难分开的。

《好了歌》是说教，或作者的心情的写照，或者两者都有？

在人物形象可以说还没有形成之前，我们就可以不依据这些说教来确定作品的主题思想，因为它是撇开人物形象而事先孤立存在的，至于说这里所接触到的贵族家庭的衰微，那是另外一回事了。现实主义作品免不了要接触到生活整体的各个方面。

既然艺术没有现成的公式，伟大作家尤其不会用公式设计作品。那么，在我们研究像《红楼梦》这样的作品时，让我们首先抛开“这里面有公式”的念头——如果我们还不至于以公式来套它。我们以不可企及的典范来看它，但即使这样看的时候，我们也不可不注意作者写作时，并不为要留下典范而安排好任何公式，为了像某些性急的读者所设想的那样“便利于我们学习它”。首先必须承认，艺术是创造，才能不害怕在作品里面遇到“例外”和意想不到的一切！也就是真正诗的、艺术的一切，创造性的、个性化的、独特的一切。

情节归根到底是作者构思的一部分。线索的展开和交织，某一线索如何形成一个绵延不断的链条，悬念的安排，纽扣的解开，过场、插曲、高潮、结尾……都不一定是常情的理当如此的复写（自然必须依循生活规律，但不是“平均数”式的规律）。所以，有时它会出人意料，因为它遵循生活的多样性。

吸引人的就只是情节吗？有时它似乎并不能吸引人，艺术作品是并不在于告诉人发生了什么事情，而在于告诉事情是怎样发生的。它以写出了人物的独特的生活哲学和生活环境形成的多方面性格而动人。

情节所担负的任务并非只是对人物性格的进一步表现、加深、拓展。情节本身就是在人物性格的冲突下产生的。它体现作家对生活、生活的进程、在其间活动的人、人与人之间的因此而有的关系的理解。

看起来是虚构的情节也是以生活中的事实作基础的。虚构就是由于：作家进行着艺术概括，改变了这些事件的外形，梳理了它们，提炼了它们，按照构思的要求（也就是按照客观规律）把它们引导到、归纳到一个既定的河床里，让它们不断地流向终点——主题最后阐扬，这样，现实事件不能不被改造。

现实事件和情节的关系是：现实生活规定情节的规模，而情节则从现实生活中经过物理学的化学的作用而超脱出来，有了那种既是现实生活又不同于现实生活的新的质地。

情节就是在一连串的大大小小的事实中反映生活矛盾、反映生活的决定一切人的命运的社会本质力量的。情节的哲学性质就在于它是对现实的艺术结论、艺术论证、艺术判决。

情节的创造规律是：从选择典型的事件开始，在体现人与人之间的关系的复杂丰富性上进行艺术概括。所以，某些关节性事件的意义特别重大，某些关键特别着重地被描写着，某些则被忽略，某些人一再出场，有些人很少出场。情节的曲折动人、高潮的丰满、场景的更迭、转折的灵活、线索的流利，都是为了艺术概括，并为艺术概括这一最高的唯一的目的所使用所保证。

情节最高意义上的作用是：随着情节的进展，人物形象逐渐丰满、成形，主题思想逐渐加深、形成。主题思想是在为情节所体现的题材中产生的，这是形象思维的规律。

从美学角度考察情节，离开各个伟大作家自己的叙述方式，叙述的个人特色，将是徒劳无功的，而且一定会归结到某些通行无阻的刻板公式，似乎不论这个或那个作者，沿用的都不过是这么一些公式，而这种现成的公式其实并不存在，仔细考察《红楼梦》情节的进展和完成，必然发现曹雪芹的独特的创造力有多么旺盛！

“淘气异常”“疯”“呆”，宝玉性格特殊，在文学作品中并不足为怪。《呼啸山庄》的主人公不也很怪吗？但都只有更突出地表现了主题。

不能简单地认为：宝玉的性格是由于他生活在“女性的包围中”才形成的。

应该肯定，宝玉是一个很不一般的人物，他的气质和才情都使他无法像一般贵族公子那样度过庸碌的一生，于是他“不安分”“自为异”。而在权力者，似乎总有一种嗜好，愈是美好的，糟蹋起来愈过瘾。诚然，在那样的时代，杰出人物总是不幸的，这一点，也许比起作者、论者对宝玉性格下的注脚，作者对人物感情设想的意义更是大得多。作者赋予他和黛玉、晴雯等等以这样的品格时，从作品本身看宝玉是并没有直接或间接接触过社会思潮的，他的反抗还是从这一方面来论证为好。

宝玉的作用，是不是只为了表明他是一个极有个性的、气质特殊的人物（用“衔玉而生”等强调）但也仍不是一个离奇古怪的荒诞现象（所谓的真假本来难分），不过不愿走一般人走的路而已。

贾雨村那一段解释，什么“邪气赋之于人也”，现在我们看来很不科学，但作者维护宝玉真实的苦心仍然很明显。他处处申明他所说的故事是真实的，是近人情的，虽然采用一些特殊手法。从这里可以体会到，作者对现实主义有很深的理解。

贾宝玉这个人物是作者陈述创作动机的一种方式。“太虚幻境”，秦可卿的一再托梦，是这种陈述的补充和延长，假如把秦钟和香菱的遭遇也算在内，这种陈述方式被使用之处相当多，而且都很巧妙，例如，“假作真时真亦假”等等。作者完全有权利采用这种方式，在叙事文学里，特别在长篇小说里，不致损害作品的形象结构。

王熙凤出场，很强烈的动作的节奏。写动作写得如此出神入化，堪称这一方面艺术手法典型。

王夫人告诉黛玉，对宝玉重要的是“别理会他”，可见还是较多知道宝玉的生活情形（自然还是不了解他），贾政则连这一点都没有，三十三回因听贾环诬陷他说“迫奸母婢”而毒打宝玉，有力地点明宝玉感情生活的高尚、纯洁。可证，事实上宝玉绝不会做此等楼市中物做的事。事例很多，如三十六回情悟梨香院等都是。

争取爱情自由的人物以前有过，然而宝玉的痴呆，黛玉的诗人气质和天才，远非张珙、柳梦梅、崔莺莺、杜丽娘辈所能具有。宝、黛的形象之所以是永生的，就因为作者在写他们的性格时写了唯他们所有、唯作者独知、唯作者能写出的新的性格。

宝、黛二人初次见面，对于写宝、黛二人有深刻意义，同样对整部《红楼梦》有深刻意义。

初次相见双方都觉得面熟，读者得到一个自然产生的结论——初步的结论。这个结论后来进一步由情节极富逻辑性地论证了，不单是高明的手法，可以说是一种很高明的艺术思维方式。

外形特征是性格典型化的方式，是作者对人物的感情状态的评价，读者的理解力则表现在怎样体会这种评价上。

人们常说《红楼梦》集中了古代文化（艺术）的精华，但什么是“文化”呢？在这里应该是通过所塑造的人物体现出来的、挖掘出来的美的精华，美的精髓，新的美感的形成和总结，也就是宝、黛在文学人物中所以成为新人的理由，是他们为什么充满诗意而万古长新的根本原因，他们永远是古代文化所能达到的高度的标志，美好人生理想的标志。

在本书中，宝玉随时都在现身说法阐释这部大书，我们几乎总是跟着他，用他的眼睛看书里的一切。

贾母对宝玉态度一开始就使我们看到：宝、黛都有极鲜明、深刻的性格，造成鲜明、深刻的历史的、社会的命运。贾母的重要性倒不在于她的身份是这个大家族公认的“老祖宗”，她是象征、是符号。

最富有诗意的人物，最理想的人物，往往在最凡俗的环境里生活，并不就生活在友好和理解他们的人中。在古典现实主义作品中，尤其如此。人物的本质、外形越美，环境越丑。人物的特殊性就这样更加鲜明地被强调。

袭人是一个非常有作用，非常必需的人物，宝玉的许多故事是通过她来写的，她身上集中了那么多的线索。第一个冲突之后，是第二、第三个……冲突，在她身上交叉着多方面关系——从这里，我们看到了一个（具体而明确地）宝玉命定地要在其中受熬煎的人际环境。

表现宝玉，袭人这个人物的重要性，是除黛玉之外的其他人物都不能比拟的。她几乎表现了超出她自己之外的几个人物，表现了主题的几个不同方面，在她身上反映出几种社会势力。

主角和次要角色不但是互相补充的，而且是互相渗透的。

人物在艺术构思中处于什么地位，在作品中也就处于什么地位。研究一下“次要人物”——袭人以外，还可以算上刘姥姥、小红——他们在本书中的作用，可以让我们得到重大启示。

初次见面就摔玉——悲剧是这样揭开的。这个场面，是暗示，还是情节发展逻辑必然的开端，或者两者都有？由于这部极富戏剧性的大作品充满动势，一开始就达到顶点，一下子就进入问题的症结，这个极大胆的构思绝不是打闹台、不是报幕、不是一点添头、不是例行旧套，而是极大胆的创新，一开始就直入主题，主题就立刻艺术性地辐射出来，再也找不到比这更好的开端，同样也找不到更大胆的开端！它这样有效地带我们进入规定情景，这样源远流长地渗入以后的每一个大大小小事件，整部作品因之又担负起多么繁难复杂的任务！但这是完全必要的，因为这个开始本身具有这样丰富的内涵，使作品具有这样强有力的基调和主线，而作者为自己准备的任务居然是——将要克服的是这样重大的主题！

这个开端还使我们看到：开始就是开展，从开始中可以见到开展的必然，开始中包括开展，开始本身就是继续，就是开展。我们不能不注意那块玉，侍者与仙草的神话，以后三次和尚找玉，终于失玉……这使我们有最丰富的感触和期望，有足够的精神准备。情节本身就这样得到最充分的根据，使情节从已经产生的情势中（玉的来历和命运）承继了好多财富。人与人之间的关系和力量对比已经是这样的了，这就是说，人物有了一个开端所提供的要在其中活动的已经形成的情势。

长篇小说：这意味着多方面地描绘生活，意味着必须展开好几个侧面好几条线索。这里有生活现象的无限的复杂性，性格冲突的多方面性。

人物是不是站起来，决定结构的成败。

松懈的结构还会因堆砌奇闻轶事，炫耀“才学”而更加破碎，因为都和表现人物命运脱离。

宝钗的出场迟于黛玉是极有分寸的安排，宝钗-黛玉，这是一条与宝玉-黛玉的路线交叉着的对立路线。

在“仙缘”和世俗的“金玉良缘”之间，宝玉的思想、性格、道路，不断发生复杂的冲突斗争，是作品的主线，作品发展的艺术逻辑。

宝钗的藏奸，黛玉的过分的悲剧感和自尊，而宝玉的温情和容易接近，使两条路线以不寻常的力量不断交接。家庭事件里的社会的因素不断促发着这些交接。

宝玉绝不强有力，他的能力所及的空间是太狭小了，而且在这个空间里，他的地位也是不稳定的，那是个幸福的“幻境”。

总是有几个主要的冲突在这主线周围同时冲击着。

总的线索的安排已经包含着展示人物性格的必要性——如果作家忽视了这一点，情节就会成为空架子，没有人物不可能对生活真实进行艺术概括。

把情节看作正在进行着的事件。在这里一切的纠缠交接都应该是同时进行的，某种因素被提出，于是既开展，又挖掘，既作用，又被作用，互相牵涉，又互相制约、影响继以反应，又继以反应的反应，所有人物都经受着折磨和考验，而且是道德的考验，在事件的长河里浮沉着，而这条表面平静的长河则在不时地激起浪涛，这里需要有多么精密的安排，多么需要多么的完整和秩序井然！

艺术组织无非就是思想组织。情节主要的是各种道德力量，精神力量的斗争。艺术组织就是配备这些力量，要知道，安排得不好，就是思想基础的丧失。后一个情节不能够补救前一个情节，这一个不能补救那一个，这里没有找补和善后的可能。

情节必须是叙事文学的情节，而不是其它——例如小品或速写那样的情节，既不是可以裁割开来自成一个单元的，也不是那种为了解决问题而提出的一系列思想公式的行列，人物不能是某种思想的影子，情节不能是某种思想所反映出的幻象。成为作品本身的情节，应该是那可以在长篇小说中表现出来的思想上和生活上的一切东西，情节，应该成为作品本身所赖以生长的土壤。

情节是现在这一刻发生的事情，对于人物性格的刻画来说，情况是这样的：不必要从头到尾叙述某个人的生活史，这个人这时候是这样的，同时也体现着过去曾是怎样的，正在向终于会怎样的地方发展。林黛玉处处都有悲剧感，都在殉道，史湘云这样重要的人物，妙玉这样一个有独特命运的人物，她们的身世，都很少交代。似乎有着某种生长素，某种可变体存在于人物身上，使这一切自然显现出来，明确而真实。因为既然有着现在这一刻，就体现着有过去，现在这一刻在返照过去，事件的长河里，有这样一种作用于人又为人所作用的力量。所以，情节的进行，就不是为了要从自身的这一刻脱身出来的努力。

情节的安排，归根结底是为了性格的揭示。性格有这样那样的各方面，性格正在或已不再生长，但也可以这样说，性格停滞，情节依然在进展。在一个以上的情节段落里，性格可能重复。例如，前一段落只是后一段落的预备，前者与后者互相依存，或者只是提到了一些事实，或且也还有某种曲折，个别精彩的但是显得突兀的地方。但读者对人物的性格，却毫无新发现。这样，情节仅仅成为“性格统计表”上的曲线，成为人物个人生活史上的几个路标。缺乏事件的诸种因素，尤其是性格揭示的因素，或者也有那么一点点，但是太少了，或者好像有，但不过是为了礼貌而作的简单介绍。必须以人的意向作为情节的动力，而且必须是具体人的，这一个而不是那一个的意向。这样，长篇小说的运动才有力学的逻辑，动力才是取之不竭的，动力才是永不使情节松弛的保证。常常可以看到这样的情况，作者感到情节松弛了，于是赶快引进一个新的人物来，但不久又照旧松弛，因为作者所引进的人物本身缺乏足够的能量，而且还要消耗能量，想要把断了的线接起来，才接起来，却发现它又要断了。

细节描写担负着重大任务，细节不但表现作者的艺术能力的高下，而且表现他的志趣的高下，这里同样有作者的社会观，有他对社会生活的批判力度，或竟完全无意于批判，“存在的就是合理的”。

三十六个主要女角，有太多相似的地方，她们的身份不外“奶奶”“小姐”“大丫头”，都生活在这个贵族家庭中，命运相同，都在“薄命司”里。但她们是如此相似又如此不同，谁也不能代替谁，我们想要研究她们的性格特征、天赋和趣味的差别时，会感到是在从事一个非常细致复杂的工作，但显然又是非常有益的工作。

艺术结构体现艺术作品接触现实生活的宽度和深度，体现主题的视野和路线，因此艺术结构归根到底是被作者对现实的把握程度和主题的能量所决定的，这应该是我们理解艺术结构的入门。这里有主体衬映，有干流，也有支流，有由此及彼，也有因一见三，因而宏伟复杂多彩，既多样而严密，既鲜活又牢固，使人想起南方的榕树，在很大胸围的树干周围，数丈之内，可以看到垂到地面上来的盘亘错杂的气根，而在浓厚如绿云的树盖下，无数的根须伸向地下，就这样土地和天空、泥土和阳光空气被连成一个整体，形成威慑人心的壮观景象，成为一个非常合理地体现着一种平凡的真理的奇迹。

人物一出场就必须展示性格的一部分或大部分，并在和其他的人的交涉中展示其他的人的性格，所有的人物在每一次交涉中都必然展示性格，不断展现性格中没有展现的那些部分。

过于繁杂的细节，平凡琐碎的细节，写得太拘谨的细节都是下乘的。事实上，一点不遗漏地写出特定范围内的一切，倒不必是什么大手笔才做得到的。

细节往往和动作交织在一起，互相推进，于是细节不再是静态的，动作也不再是机械的。

《红楼梦》里有很多的隐喻，作者深知隐喻具有激发联想的功能。薛宝钗以她的海外奇谈式的冷香丸很容易地骗了宝玉，这事情本身不有些滑稽吗？如果是在别的“正面人物”身上，这又可以是诗意的夸张了。

现实主义艺术，总是从广阔的现实画面上来体现主题，即使是以爱情故事为情节的作品也是如此。但是，有些人仿佛以为爱情不是现实题材，害怕这些作品中的“有关现实生活的部分”被染上粉红色（他们心目中的），为了抢救，他们急急忙忙地割下它们，以此代表整个作品，于是某一个别手法、个别片断，全被强指为全部作品，作品的中心内容却被抛开了。他们认为爱情总是消极的。

必须注意，《红楼梦》写的是爱情而且是爱情悲剧，因为这样，宝、黛之间的一切情节，他们的绝大多数生活细节都是抒情的。鲁迅说：感情冰结了的哲学家不能理解诗，因此，这样的哲学家也不能理解《红楼梦》。

主人公是作品的中心，作品环绕他展开。在《红楼梦》这样的史诗里有必要使主人公在一定的时期之后又和一个人物发生交涉，人物通常是由他“带”出来的，而作品的思想，也总是从主人公和其他人物的关系表现的。

《红楼梦》里的“次要”人物，数量大得惊人，但这些“配角”身上几乎都有那么大能量，刘姥姥和出场较晚的宝琴，作用极明显，但李奶妈、秦钟、小红、柳五儿，难道不也一样起着巨大作用？作品生动地告诉我们：如果次要人物被冷淡，主要人物也终将站不起来、站不稳。不能像历史人物传说那样，把“配角”当成“活动背景”。在叙事文学中，次要人物的被冷淡招致的是主要人物的孤单，他将要生活在非人间的空虚里，《红楼梦》的次要人物所起的作用明显到即使主角远不在场，从次要人物的活动里，也可以看到主角，而且不必因为他们正在谈论主角。在这里，每个次要人物本身首先就本来具有作为一个人物（哪怕“次要”）的诗的质素和艺术感染力，他们不是召之即来挥之即去的附庸。

情节的进行，从艺术创造的法则上说是艺术论证过程，论证的方式是揭示性格冲突，经过极曲折的道路——有时顺利有时不顺利，从中产生情节论证，最后是结局。当然，看来很容易明白，但怎样能使这个论证不流于松懈，应该决定于艺术处理，而艺术处理决定于作品的艺术和思想任务。《红楼梦》的论证过程用了多少时间开始，接着又怎样很快地转入结局，其中几乎没有多少大起大落，由于开始,、进行、结局溶成一体，同时进行，因而，恰好在这个伟大悲剧所要求的性格成长而且成熟了，哲学观念形成了，性格中的某种矛盾克服了，性格形象的运动到了一定的阶段，读者热烈地着迷的时候被迫和人物“分手”，跟不是要极力迷住我们而又真正迷住我们的主角“分手”的时候，情节论证完成了，我们已经不能不从对主人公的爱里学到许多东西。这样的开头和这样的结局都是为更好地达到目的。因为写的是爱情，被扼杀的不幸的爱情，因为作者有着这样的心情和格调。也许只有长篇小说才允许这样，这样地开始和这样地进入结局。自然，这也都不光只为了技术上需要这样，而是为了更崇高的目的。在艺术创造里，有时需要某种扩大和某种延长，正如有时需要删除和压缩。当然，并不是说在这里开始和结束的距离很近，太近了，就会妨碍艺术论证——美学的发掘和形象的塑造，对生活真实的艺术概括。

凤姐梦中听见秦氏说的那一番话，有何作用？为什么必定要在这里提出“盛筵必散”？不用说，这是因为作品将要表现封建贵族家庭的没落过程，但是却不是一般地、枯燥地排列出一般情况和没有经过艺术挑选和提炼的事实和情况，和不属于诗的发现的琐碎的贵族生活知识，而是通过人，人的生活道路和命运，这个普通的道理必须记住。

“万不可忘了那‘盛筵必散’的俗话”，作者在艺术构思上时刻不忘记这一点，以后每逢行酒令，做灯谜，乃至点戏，都隐隐约约联系到这一点。作者没有忘记他所写的是大悲剧，写的虽然是由盛至衰，但在写盛的时候，也没有如某些人所瞎猜的那样，写的是什么“轻松的快乐”。

宝玉也有某些世俗趣味和观念，作者没有把他简单化。有的人竟想用某种套子来套《红楼梦》。例如，为了把宝玉更好地套往“反抗性”这个套子里，竟把北静王也说成是个“为世俗所不取的”有“多少”“反抗性”的人。事实上宝玉是一个具体人，他有他的不足，他是生活在相当多方面的生活范围里的，他所处的环境总是从各方面来给他以各种影响，他自己在生活过程中经历着生长和变动，他的内心生活必然是丰富的，不会按教条生活。让我们尊重最起码的生活真实吧。

《红楼梦》确实有许多使人惊讶的神奇之处。例如大观园，看过了许多类似的“后花园”之后，我们很担心它会落入老套，如果写了一个人们到处遇到的“后花园”，那是不堪设想的，但大观园在这一方面却不但前无古人，而且后无来者，它不但作为中国园林艺术的美学总结令人敬服，同时也以只有这样具体鲜明的环境才适合这样的人物在其中行动的文学创举令人敬服。

任何场景，不论画面如何富丽，都不等于艺术上的挥霍，它仍是精选过的必要的描写对象，它必须时刻记住不能妨碍情节的发展，它包括情节而且为情节所规定。它必须受制于人物形象塑造这个基本内容。任何场景，从艺术手法看，其性质只不过是人物所看到的所感受到的事实和对它的反映，本质上也就是作者本人的感觉和反映。

有时候，细节可以为给予读者美感或生活知识的目的而存在，独立地看一个细节，有时甚至不会发现有什么“意义”，当然，这是狭义地说的。

细节不管是多么“事务主义”式的对事物的描写，也不等于介绍常识的教本，这里，一切从人出发，从艺术感受出发，一切必须是因人而有的，是抒情的，是艺术构思的体现。所以，即使完全运用所有的细节来造一个大观园，也不可能有一个“真正的大观园”，因为在这里，人的情感是占第一位的，没有人的情感作用，一切将不仅索然无味而且会是可笑的。

人物，在艺术作品中总是以他的内部形态、内在性质——精神的东西被揭示被强调而有生命，没有这，不可能有艺术形象。

场景的性质和作用，不能绝对化。有时候，读者认为很可以写成一个成功的场景的地方，作者并不着重写它，而仍然使读者感受深刻的印象。在莫泊桑的《温泉》里，昂台尔马为毕特郎要取得鲁苡斯的陪嫁和阿立沃父子黄昏时踏勘葡萄园的场面，温泉站正式开张那一天老克洛肥司的耍赖诈骗，莫泊桑都没有着力去写，只因为他是莫泊桑，不是巴尔扎克，也不是果戈理，他反倒费力去写其实只能算是神话的恋爱，只因为他是莫泊桑，他认为这样写也已经很好了。

正像普希金的《茨冈》起作用的可以完全是场景，场景包罗了一切，叙述、抒情、描写、讽喻、议论……场景的智能被无限地发挥的时候，一切因素就会奇妙地结合起来。

场景和情节不同。场景是横的，情节是纵的，场景多少是静的，情节是动的，向前发展的场景更多的是写背景，情节则从行动写人物性格，场景以其色彩缤纷的画面吸引读者，情节则以戏剧性的动态吸引读者。

许多人物的“前史”是用倒叙写出来的。袭人的身世到她坚决不同意让家里把她赎去时才提到，鸳鸯在贾赦讨她未遂时才提到，司棋、晴雯都是出了事才提到，平儿是兴儿在尤二姐那里说的那篇话才作了系统介绍，茗烟有个妈在怡红院，在物色管园子里花果的人时才提到。这才符合长篇小说的运动方式，接二连三，好像不完备似的，但都不断地自然而然地带出来，不妨碍情节的全局进展。

宝黛二人真正诗意的初恋，任何人都不能比拟。应该研究的是，在不同时期、不同场合、不同心情下，宝黛二人如何表达他们的爱情。有人说从“意绵绵静日玉生香”后，黛玉就不“公开”表示她对宝玉的爱，不论在他们二人相互间或在所谓“公开”的场合，事实却不是这样，只是方式不同，不总是“闻香”和“编故事”而已。

《红楼梦》作者再三强调他所描写的女孩子们的“混沌”“天真”，她们在这一方面的缺乏经验，不只为了写她们的纯洁，而且写她们的还是处于被支配的地位。只有这样，作品才不流于庸俗，而且从根本上避免了任何反历史主义的可能。

插话是情节的一部分，好的插话总是作品的有机构成之一。有时用夹叙、倒叙、衬托等方式，因而使人认为好像可有可无，只是一种装点。但好的插话，例如写的小红和贾芸，在表现“正经”的主题上，所起的作用就很大。

有时，插话里人物一闪即逝，如碧痕，只在三十一回晴雯口里出现过一次。但也不是可有可无的。插话不是多余的枝蔓。安娜和吉提在国外时一个遇到画家，一个遇到福音教徒式的少女，这两个插话里的人物也是这样。自然，《红楼梦》和《安娜·卡列尼娜》规模一样大。陀思妥耶夫斯基说过：我在这“笔记”里将这“新人物”牵上舞台的时候……先顺便简单地写出他们的无可轻重的履历来。我这样做，为了使读者容易明了些，又因为我没有预见到在这篇故事继续的行进中，我能把这篇履历安插到什么地方去（《少年》第一卷第四章第四节）。大师们在构筑他们的宏大建筑物时，是连一砖一瓦都经过严密考虑的。

有人以为宝玉是个唐璜式人物，所谓“艳福不浅”的人，其实，只要看他对鸳鸯、龄官、彩云、尤三姐、玉钏等人的态度和她们与他的关系，更不用说他和身边的那些女性的关系，足以说明作者无意于把他写成这类人，因为，那样就不真实了。

《红楼梦》有好几处迷信行为描写，除了作者的科学认识之外，还应该把它们看作一种为特殊的目的而采取的极端的“例外”的手法，这种手法自有它的功能，可以引起作者预期的效果。问题在于对象的性质和艺术任务所形成的具体场合。例如说：对象的丑恶性质的说明和艺术上的揭露目的。

插曲的地位，往往是由主线腾给它的，往往是次要人物性格得到描写的唯一机会，表面上它和主要人物似乎是没有关系，有时只是次要人物与更不重要的小人物之间的纠葛，但是它对主要人物性格的完成总是在起着不可缺少的作用。

细节绝不能是“自发的”，再好的细节写得稍为多一些，也就不好了。个别的特征，作为细节，细腻地写下来，目的也应该是为了塑造一个完整的性格。

史诗，总是以主角为中心展开众多的纠葛，然后结成一个艺术整体，它的基础是作者一以贯之地从头把握住的作品的思想本质。这从侧面插话看特别清楚。插话的地位是主题给定下来的，它是主题自己产生的，因此它才是作品的一个有机部分。

爱情，是永恒的、重大的题材，也是困难的题材，可是，在《红楼梦》里我们看到了，对于最难把握的，有时是潜流似的埋伏着的，以不知多少种方法表现的恋人的感情，作者是多么具体详尽地掌握着而且得心应手地“运用”着的。

心理描写是人物塑造的核心，应该使读者具体感触到人物精神世界的奥秘。不是艺术点缀，也不是善后式的找补。

心理描写的动人心魄处有时是：它通过平常我们容易忽略的人物某一刹那精神的微妙活动，自然地绝不过分而且生硬地结合着行动而构成情节，即把人物做了什么和做的时候是怎么想的呈现在我们面前，它能使人感觉亲切到这个程度：即使人物的想法有我们不同意之处，也使我们感到亲切。

理想化不足信。晴雯是作者极喜爱的一个人物，却倒不是纵容她，反而似乎笔下不留情。

在人物实在有话说而将说出对于了解她这个人是十分重要的话的时候，为什么不让她说呢？这样的语言是经过考虑而有意使之突出的，绝不是照抄（照抄对话自然也可以提供某些内容），晴雯往往以她说的话使争执有了道德意义。她以她对宝玉的确切印象和独特的观察体验，对宝玉有更高的要求，这样的对话才是深刻的，推动情节向前进的。

“撕扇”很有戏剧性，很动人的一场小小冲突。艺术作品中的冲突一般是表现性格的，也有直接表现社会冲突的，但在晴、宝、袭三人交锋里主要的是表现性格。不可以到每一次冲突中去强求社会性，那样往往会得出一些与作品不相干的结论。必须注意，这里的最高任务是塑造人物，在塑造晴雯这个人物上，可以看到作者有多么大的胆略，他不慌不忙地向读者显示了晴雯性格上的外壳，然后在整个作品中，不慌不忙地、有把握地、一步一步地帮她脱下这个外壳（也帮宝玉脱下），显露出她的极美的性格本质。

插话，服从主题思想。但应该从更宽处看它，有时它似乎没有意义，有时它似乎有悖于主题之所求，好像没有什么思想内涵和生活认识意义。甚至，书呆子们还会担心它“破坏”了人物性格的完整，但它是必需的，虽然没有直接给读者认识价值，但也帮助我们认识了真实的某一面。有时，为了美感、为了情节的丰富性，它也是必要的。如由晴雯口中说出的碧痕的故事。

宝玉人生观是不平凡的，但又完全是一个贵族公子所可能有的观点，要注意他的有些话应该和前面说的“只愿长聚不散”合起来看，孤立地看——还应该和宝玉的名利观和属于他自己的生活态度结合起来看——就会单单看作放纵一类的观念了。《红楼梦》写再小的一个部分，也必然有所“本”，有前后呼应。

《外史》等等，宝玉也看了，在这件事上，也可见黛玉警惕之高，但对“金玉”之说，她却知道宝玉也是不信邪说的。虽然生活在那个时代，黛玉却不像我们现代人，就以为金锁代表“宿命论”的魔力，因而对爱情“失去信心”。正因为她和宝玉都不认为这里面包含多么可怕的东西，才演成悲剧。不要把他们看得太老练了，他们都是天真无邪的少年人。

世界文学中的爱情很少有惊心动魄的人物，无论维特，阿道尔夫，曼侬·莱思戈，都不能和宝、黛相比，更不用说其他人物了。

切莫以为宝玉之被目为异端是因为他“好在内帏厮混”等等，玩弄妇女，这被标榜礼教的封建家族视为平常事的问题其实是他拒绝当封建统治者所期望的“禄蠹”。

有人把贾政和宝玉的冲突看作本书的中心，主题所在，事实并不如此。这多少有些庸俗社会学的影子，正如有人说卡列宁和安娜的冲突是《安娜·卡列尼娜》的中心，我们一定会笑起来的。在本书中，矛盾的一方是贾母、王夫人、贾政、凤姐乃至袭人、宝钗、李纨等人，贾政对宝玉的婚事，从未明显表态（只有一次和赵姨娘说已看中了一个人），对于宝钗作的谜语，倒是感到不愉快的。宝玉的婚事由贾母主持，掌握决定权的她最后表示不大愿意宝、黛结合。她对于宝玉的态度，也是复杂的，这里，贾母和王夫人也没有反对贾政对宝玉的管教。

从“不肖种种大承笞挞”这一回可以更清楚看到情节的作用。情节给人物性格提供了良好的行动场所，由于情节、人物和作品的基本思想，主要冲突才日益迫近，而在情节发展的过程中，人物日益成为事件的主持人（当然，只有在真正艺术品中才这样），而不是作者手下的玩偶，情节使他们更鲜活，他们是活生生的了，生活面更广了，甚至作者不能勉强他去做他不能做的事。这样，人物很可能反过来支配情节。情节必须按照人物性格发展这一完整而又复杂的轨道前进，高明的作者能灵活地调度它，于是，作品的多样统一的精密结构就有了可能，中心和主线就能显现出来，矛盾冲突被更彻底、更不容情地揭露出来。

有一种相当普遍的看法：宝玉对女性的态度不合“道德规范”，说他“玩弄女性”。其实就是王夫人也挑不出宝玉有什么“作怪”的具体事实，金钏的事，是她自己神经过敏，后来她也感到了，连袭人也这样，这一方面，她到底比别人了解宝玉。

黛玉性格尖锐，这显然是她的缺点，尽管作者在许多地方（整个说来是）把这个人物提到极高的地位，但他并不回避写这些缺点，这样写了，也并没有贬低人物，为了对人物作全面的刻画，作者没有权利“护短”，而在这样的时候——当作者似乎“冷静”地刻画人物的时候，读者往往仍然感到他对人物的热爱。作者无须向人物头上堆砌“优点”（或“缺点”），这样做的结果只有使人物让读者觉得“不过如此”而不能信服。

别林斯基关于毕巧林的话，对于我们理解贾宝玉有重要意义，虽然两个人物的情形如此不同，但也有如此相类似之处，“这个人为了大家都不爱他，也开始痛苦而忧伤——这些大家都‘是谁’呢？——都是些空虚的、卑微的人们，这些人不能宽恕他比他们优越”，“在许多地方，他的拙劣的今天正预约着美丽的将来。你们不是赞赏轮船的快速行驶，在轮船身上看到精神对大自然的伟大胜利吗？——可是以后，当轮船好像磨盘磨麦子似的，撞毁了碰在它的轮子底下的不小心的船只……你就要否定它的种种价值了，这不是自相矛盾吗？轮船的危险是它过快速度的结果：从而它的罪过就是从它的优点来的”。

玉钏尝莲叶羹这个插话，一方面是情节本身所不可少的一部分，它使情节要完成的对冲突的阐明更充分，同时又是另一个情节线索的合理归结，我们还可以在几百字的小插话中，光凭对话，可以清晰地读出两个人物来。

文学作品里的人物并不像现实生活中的人那样，非得做一番了不起的大事情才成为“大人物”，才成为我们渴望理解甚至亲近的人，不能因为宝玉把“光阴虚度岁月空添”就对这个十三岁的孩子苛责、苛求，问题是他身上是否体现了时代精神，应该知道他自有他的独特的体现方式。

晴雯的语言有独特的色调和内心造型，鲜明地表达她对于周围一切远比他人看得明白，不必别人来使她更明白。她之所以突出因为她独特，而所谓突出总是指突出本质。她比人明白也比人更敏锐，这是一个作者全力以赴地歌颂的人物，一个某种程度上的殉道者。

没有冲突就没有情节，情节建立在人物性格的对立上。细节属于描写范畴，却不一定要写冲突，它不同于情节（虽然属于情节的系统），情节属于叙述范畴。细节是对整体的充实，但是有时，例如在情节平面发展，多头并进的情况下，几个相配合的细节很可以表现情节，或者说变描写为叙述，至少能消除二者的分别。

《红楼梦》的对话是我国叙事文学的重要宝藏，几乎是独一无二的。在这部杰作里，对话是叙述、是描写，也是抒情。

长篇小说艺术表现上有最丰富的可能性，叙述、描写、场景、插话……

自然还有对话。艺术创造领域无限广阔。像世界文学宝库中的许多伟大作品一样，对话在这部杰作里受到足够的重视，而且作者显然特别重视它。我们看到，在总的构思里，在长篇小说这一叙事文学的特殊形式（最先进的形式）的艺术性格和职能规定的范围内，作者灵活地运用了对话，叙述者的叙事和人物的对话互相结合得这样好，互相辉映、互作衬托，显得同样重要，它的大部分，它的重要篇章，几乎全部用对话写。

长篇小说，就其主要性质说，是从情节产生性格，一切为了性格。情节的法则是：只有性格的行动——为人物自身独特的意志驱策的行动才能成为情节，情节才有坚实的质地，才有最生动的表现力。

现实主义大师曹雪芹，正是考虑到艺术创作的这一根本问题，给予性格塑造以最高度的重视。它的题材是有着编年史和风俗志性质的家庭生活、社会生活，充满日常琐碎，但大艺术家的诗的概括能力，形象思维能力和真正的敏感和接受能力使他看到了，即使这里虽然好像没有惊天动地的大事变，但人们如此参商的性格总是在表面平静的生活里进展着，无法避免地发生着矛盾斗争。他重视对话，对于他，对话不是为了方便叙述或补充叙述，而是拨动心弦，启开心扉的利器，“事务性”的对话对他来说是不存在的，任何对话，只要有必要，都可以使之成为内心独白——或者说，具有内心独白的性质，语言是出声的思想。

回味《红楼梦》的对话，我们会立即沉浸在音乐里，各种美好旋律的和音，像大风琴一样宏大地鸣奏着。

晴雯的音容笑貌是如此活生生地震撼着我们，她有她的独特语言。最初，我们听到并记得诸如研了墨等了宝玉一整天的埋怨，撕扇子那一次早上的斗嘴，晚上乘凉时的闲谈，补裘时的那几句知心话，虾须镯事发打坠儿时那几句气话，把王善宝家说得下不了台的那几句嘲讽，被王夫人找去时说的那一篇申辩，临终前宝玉去探望时对宝玉说的“有什么可说的……”等等，每一句话都永远难以排遣地在你耳边清脆流利地响着。宝钗的语言则又那样地永远令人嫌恶和恐惧，只要想起她如何赏识袭人，对宝玉在湘云处梳头说的那些话能够使两人就立刻成为知交，以及感动了黛玉的那一番说教，金钏儿投井后跟王夫人说的那些冷酷已极的鬼话就够了。你会想：这个人，和哭闹宁国府的凤姐有什么不同？

不过，这都是些重要人物，她们性格之所以能树立起来，无疑还有许多别的因素。惊人的是，还有一些人物，作者只使他在一番两番的对话里完成自己的性格，这在世界文学中是少有的。麝月只有两次教训人的机会让她展示性格，一次是对坠儿的妈，一次是对芳官的干娘。尤氏主要只有对璜大奶奶说秦可卿病情那一篇话，那是多好的一番对话，人物性格就已经有了清晰的轮廓，只不过是一段对话！简直不可想象，有些小说竟有那叫人看不下去的啰嗦乏味的“对话”，上面说的这些对话，才是少到不可再少，也不能有所补充的经典性对话，对话的经典。

就是那些微不足道的小角色，作者也没有放过用他们的语言特色进行神奇的性格展示，绝妙的是，这些小人物的对话不但表现了他们自己的性格，而且摊开了多少曲折错综的人事关系，闹书房时李贵的话，“撮土为香”时茗烟的话，完全不能说这样的对话只是为了作某种交代，只能是一些有趣的废话，只是为了场面的热闹。这是多棱的晶体，它表现着在场（和不在场的）人与人之间的形式上的关系和精神上的关系，在这部作品中的关系。

现实主义艺术家都从自己的创造中得出这样的结论：作者自己的思想，愈隐藏愈好——就像恩格斯所说的那样。毒打对于宝玉不生效力，作者不直说，也不（甚至于！）借叙事来说出，只是使玉钏来送莲叶羹，让宝玉和她在这难忘的一刻有可能作几句对话，而这几句对话起了何等深广的作用！这里作者告诉我们，对话，人与人之间各自的意向的交锋、交叉、分歧和接近，性格与性格之间的相互碰击，对话真正作为最本质的情节的体现和独白有很大不同，它使人的身份、气质，各自所处的情势，都被迫不得不外露。它是行动者的思想，是人与人之间的交锋，同时也是每个人自己的自白。那么，作者还需要说什么呢？人物在这里也绝不是被勉强来替作者的叙述代劳。人物这样说，那样说，都自有最充分的理由。

《红楼梦》很少作心理描写，除二十九回关于宝黛二人的内心活动的说明，和对黛玉的几处思想活动的说明之外，几乎再难找到。他总是提醒我们：让人物自己来说更好。例如“尴尬人难免尴尬事”之后，贾母的不满，仅仅是由训斥贾琏的那两段话来表述，已经把这个贵族家庭的内部矛盾表现得足够充分。我们也很难忘记宝黛二人的最后一次见面，作者同样出色地用他们两人不知如何是好而且是没有什么来由似的散乱的对话，和黛玉的“你懂得什么”来把这一对已经被人决定了命运而还不知道，在表面平静的日子里以为一切都很顺利的痴心男女的悲痛表现得多么惊心动魄，简直只有爱写对话的司汤达可以比拟！

《红楼梦》使人相信，有许多场合，甚至再华美细致，再有哲理意味的心理描写也不如几句简短的对话有表现力。诚然，作者不但在自己的心目中看到了还听到了他所写的这一切，但这还仅只是外在的，而且他还设身处地体验人物丰富的内在精神活动，以及一切生动的直观、表象，最后对各种表现的可能性作出抉择。

对话，不但可以表现人物的心理状态，也可以加强外在的表情。对话的口语美，不仅准确、流畅、响亮、有丰富内涵。它的生动的语感、敏锐的表现力、复杂微妙的表情，能把人物性格勾魂摄魄地刻画出来。“试才”那一次，贾政一连串的“无知的畜生”“轻薄的东西”“更是胡说”“岂有此理”，湘云和翠缕谈论阴阳等等，简直都可算作最出色的剧本对话，几乎具备戏剧要求的一切，只消用剧本形式排列起来就可以了，完全不用再加一个字。芦雪亭的争吟，凹晶馆的联诗也是以对话写场景，也是前无古人的。

显然，不一定每一句对话都“有意义”，但每一句话必须要起作用，艺术世界中无闲人、无闲话。“试莽玉”那一回，紫鹃在沁芳亭后头桃花下和宝玉说话，开始为什么扯那么些赵姨娘、人参之类？自然这是引子，但主要的是作者不把人物性格孤立地看，因此，也就不会写什么“直接”的情节，不顾什么人说什么话的成规，随时随地字字句句都“吻合”人物的性格，必然导致简单化。写的对象是活生生的人，活动于一个活人的环境里的活人。什么情况下说了些什么“不相干”的话，都可以是一个必要的补充。因此宝钗才会在“借扇”时说了那么一些好像完全不该是她说的话。

宝玉的语言，属于另一类型，抒情的、屠格涅夫式的。和袭人谈论“女儿死后”，晴雯死后对袭人说的“应验”，都证实他的精神生活的丰富，他是在不断地思考着人，人的地位，生命的意义。并且一直想要把人提高，证实他是重视生活状态，生命意义的。这些话集结成宝玉这个人的总的形象，而且这样的话作者也不忘记由宝玉自己来说。对话可以而且应该有诗的质素，对话可以是美文，由此可见。

曹雪芹没有把一种可能性绝对化。在利用对话时，也注意到动作。晴雯的在宝玉为麝月梳头时说了些话后又回过来质问，然后把帘子一摔出去了；“夜宴”后第二天跟平儿说了个“他”被平儿问住了而红了脸，赶着打；发现芳官与宝玉一起吃饭后让袭人数说了一篇，只是向地上啐了一口；被王夫人无理骂了一顿后是一出门就拿绢子捂着脸一头走一头哭直哭到园里等等，显然也极重要，她的性格因而才有那样不可逼视的光芒。

更重要的是他也没有片面地追求对话效果。任何人都不能不说话，但不一定每个人都会说，也有许多人的语言不大能够表现性格，在他的语言中不一定有性格，所以，像凤姐、平儿、尤三姐的语言，也极力加以刻画，但更多的人像薛蟠等，更多地让行动表现性格。当然，所有这些人物的语言至少也都符合身份并与出现的场合协调。

有些地方，对话处于次要地位，“大承笞挞”写得那样有声有色，从对话看，贾母到场之前却有些贫乏。

对话也可以担负叙述故事的任务，例如，碧痕这个人物形象，是在晴雯的几句话里完成的。许多地方通过对话说故事。例如冷子兴给贾雨村说的那一大篇关于贾家的话，还有兴儿跟尤二姐说凤姐的那一番话等等。

以为曹雪芹喜爱京白而大写对话的看法是有害的，反艺术的。难道《红楼梦》是《海上花列传》一流？对话，作为艺术表现手段之一，有极严肃的意义，运用它必须有较高的能力。对话艺术是必须认真学习的。

贾琏找鸳鸯偷贾母东西去抵押的那一番对话。平儿关于虾须镯的那一番话，甚至有那样充分的气氛，把整个情势都说尽了。

虽然作者似乎“驱使”人物对话，使情节发展，但人物却说着自己的话，仍然按着自己的性格特征——包括个人趣味和理解水平说他的话。所以，在说葬玉那一回，茜雪、紫鹃、王太医都扯到“题外”去了。

宝玉的女性崇拜，特别表现在对妙玉这个品格、身份特殊的人物身上，而“欲洁何曾洁”的妙玉这个人物所反映的生活真实也特别深远。

宝玉在妙玉前唯命是听，那是为了强调妙玉“欲洁何曾洁”。在妙玉面前，宝玉灵巧，不过在别的场合，又往往很憨直，是为了表现他性格的重要一面。

没有血肉的形象只能存在于公式至上的艺术处理里，只能在某种单单是这样、恰恰是这样的情景里干着纯粹是好或坏的事，正确或错误的事，如果用真正够得上现实主义的艺术处理来处理，形象被真实地有力地加以刻画时，那种情景或“只能如此”的行为就会出现破绽，公式主义的弱点就暴露出来。真实的形象用不着虚假的情节。

“变生不测”这一回的情节安排的艺术高度能让我们学到不少东西。开始是一点点琐事、闲事，发展下去，却何等执拗地抓紧了主题。

这个场面何等难写——不是第一流大手笔保管写得索然无味，而曹雪芹写得多么的跌宕有致，多么的富有戏剧性！

惊人的是在这里不避重就轻，敢在刀口上写性格，偏让凤姐活动到底！——性格这样要求啊！

而且又有欲擒故纵式的迂回，有画龙点睛式的找补反衬，真是不怕百尺竿头更进一步的大气魄。

把凤姐写得痛快淋漓，而用一个尤氏来映照，构思何等细密。

插话虽然体质小，但它同样可以留下一些“空白”，它要求表现上最大的节约，读者依靠生活经验和作者、人物的共同体验来推想，往往在这地方，作者和读者有了合作。

每一回重大情节，几乎都像收网似的牵制到许多方面，可卿之死，宝玉被打，探春理家，紫鹃试莽，玫瑰露事件，抄检大观园，贾赦的尴尬事，有那么多人被卷进去。宝玉被打，卷入薛蟠，涉及贾珍。在艺术上，什么是重大事件呢？看来，艺术家的活动天地虽然那么宽阔，但总不能写尽一切。只是，艺术在它所触到的世界内，却总是和整个世界一样宽阔丰富，在艺术家来说却是有意义的生活的某一侧面，某一条枝丫——能够使主题从中胚胎的现实，有意义，或值得给予意义的现实，这种性质的情节，就可以说是重大的。长篇小说，按其性格来说，要写的正是这样的一个接一个的高峰，大事件是不能让它躲在幕后的（有多少小事件留在幕后，自然是艺术上的小事件，例如良儿偷玉，碧痕的故事等），至于“真事隐去”了的——焦大嘴里骂出来的那些事，自然是另一回事。

柳湘莲和尤三姐是宝、黛以外的另两个被作者肯定的人物，使人想到如果宝玉能够具有像他那样的性格该多好，但因为出身和教养的关系，宝玉不可能这样，正如黛玉不可能像尤三姐。

平儿、麝月……她们都以自己独特的性格，独特地反映了那一时代的女性的命运，她们的性格因此而有光彩。

《红楼梦》里有很多小事情。作者正是在日常琐事中找到了所需要的情节，正是在这里，在这样好像无关紧要的时候，展示了人物性格的某一生长阶段，变化阶段和人与人关系的某一转折或人物性格的某一未经展示的侧面。《红楼梦》里有很多这样的用水墨淡彩画出来的素描、速写，浅淡的色彩和粗疏的线条中有着被强调的美，不重要之中见重要，即使平淡情节中也必然产生出一种作用于人物性格刻画的因素。

如果仅只是时间的推移，生活的循例进行，只是乌进孝的一篇账单，而没有人的性格、愿望、悲剧和喜剧，无穷无尽的冲突，也就不会有什么“社会性”，起码是不会有感动人的社会性的。

社会性或历史性，那是复杂的，严肃的，在文学作品，如果一般地表现它，就很容易堆砌事件，淹没在事件中，而作品的文学价值则消失了。

不要忘记必须从作品的主题去要求社会性。

文学作品，不但不能哲学家式地叙述，也不能社会学家式地叙述，如果描写缺乏抒情质素，也是会失败的，仔细地看乌进孝的这一篇账单出现的前后和它所处的具体地位所起的有机作用，就可以明白不少问题。在这里作者如果冒失地作什么社会学的结论就会显得肤浅浮夸而又勉强。曹雪芹是不会这样做的。这里只有诗学的逻辑，艺术的论证。在文学作品（即使是长篇小说）里追求“浮到上面来的”现成的东西，是不可取的。

两个“真假”宝玉，寓意似极浅，设计亦不新颖，但作者能化腐朽为新奇，并使人感觉真实、深刻，很不平凡。而和尚道士三次出现甚至也使人不觉得荒诞，在艺术表现上，非常值得研究。

《资本论》里说的，一个个骑兵的攻势力，决不等于一个团的骑兵的攻势力，一个个步兵的守势力，决不等于一个团的步兵的守势力。艺术作品应当当作一个整体看，孤立的部分是没有的，任何部分都在整体中，受整体的制约，有力与否被决定于整体——尽管不免有强或弱的部分，这“一个”离不了那个大“一个”。

在文学作品里，每一部分都起着这样那样的作用，但也不可过于拘泥。“试莽玉”这一回，宝玉是坐在沁芳园后面的桃花下呢，还是坐在别的什么地方，对于性格——现实主义的命根子——又会有什么不同呢，不会有什么不同的，一个舞台设计者所要考虑的只应是如何突出和不妨碍演员的动作，如果去考虑舞台上可能有的一草一木都应该有什么意义，那就可笑了。

紫鹃试莽玉，短短几句似乎无关紧要的对话既有外形，也有内心造型，本来外形即使刻画得再好，缺乏内心造型也仍只是个较不平淡的符号，要写出性格，是非有后者不可的，而后者又不是一一列举出来就可以算数的，必须艺术地表现出来，因而有所谓心理描写。《红楼梦》中最多见的心理描写手段是让人物自己出来说出那心灵深处的东西，肌理紧凑的语言，所谓通过聚光镜点得起火的语言。

缪塞（或拉马丁）说“苍白是恋爱的颜色”，这样说，恋爱似乎是缺乏生命力的了，但对于宝、黛来说，这样正是斗志旺盛的表现。

紫鹃关于终身大事的一番诉说，让黛玉“直哭了一夜”，黛玉形象之有力正在于：使人理解到在某些场合不幸使人美，使人崇高，在这种意义上说，不幸并非不幸。

有时，插曲一个接着一个地排列下去，像电影里的跳镜头似的，那么，在这种形势下谁是主线呢？

在史诗里，情节，也就是形成决定人物的命运的情势，“试莽玉”之后，像藕官烧纸，芳官和干娘拌嘴，这样的大事小事接连不断，直到误拾绣春囊，抄检大观园，一个又一个插曲带来的是山雨欲来，险恶情势在加紧形成。

很少作家敢于纠缠于理不清说不完的婆婆妈妈的琐事，而曹雪芹写得多么从容流畅，多么自然地导向一个可以说是真正重大的主题，那么，什么是琐事，什么是重大题材呢？文学理论（某一种蹩脚的理论）必须为此而进行修正！

性格、身份距离远的人物，语言色调质地各不相同，这还不足为奇，令人叹服的是写茜雪与翠缕、袭人与麝月、晴雯与芳官的语言，也毫不含糊的不同，各尽其态，这种细微的距离真不知道作者是怎么分别出来的！

黛玉缺少晴雯的爽朗无羁，宝钗不能像袭人那样露骨地无状下作，都属于社会本质特征，因而也就构成最有力的戏剧性因素。

谢德林说：唐璜这个人物说明了在那个社会里一个人无法从事什么正当的事业，只好把生命用于追求女性。但宝玉绝不是唐璜，以前不少人有这种误会，这种误会与作品所写的宝玉毫不相干。

寿怡红是宝玉欢乐日子的顶点，此后风波迭起，打击频繁，很快就要进入悲剧的结局。

宝玉探病，问黛玉："妹妹，这两天好些了？……只是为何又伤心了……"往往短短一句，写出了起伏波动的感情变化，特别是这些地方处处表现出封建礼教对宝黛二人的束缚，大观园环境不如普救寺远甚。

情节的丰富性、戏剧性往往能更充分地表现人物命运，把"闻秘事凤姐讯家童"和四十八回平儿等宝钗拿药遇香菱对照一看，道理就很明白了。

袭人和祝妈的"不相干"的话里写出来多少东西——人、环境，而且还巧妙地引到了一个多大的事件——尤二姐事件！

许多细节成为绝妙的过场，《红楼梦》中总有这种又精密又流畅的传送带般的过场，决不可以把它看作手工艺人箍桶之类的零活。

兴儿在账房说的一番话简直是小翠花（于连泉）道白的口吻，细节，所谓闲中着色，抑之欲其扬，"点了点头儿"开始筹划阴谋了，绘声绘影，有声有色，演员们照这样子演起来，必定精彩无比。

一切的因素都在影响的一个人性格的形成——好的和不好的。《红楼梦》所以是伟大的作品，就因为它真正把许多因素统一起来作用于主题周围，读二尤故事时，我们惦记的是宝、黛二人的态度，并十分自然地要将他们和宝、黛相比。

步步紧追，一点不放松，尤氏、贾蓉、凤姐这场三人戏直把丑类的皮剥得精光。

封建统治阶级内部的黑暗竟是如此沉重、深邃、严密，令人毛骨悚然！

“二奶奶”这名义对于尤二姐是毫不要紧的，然而“名分”——封建势力的一只爪子——紧紧地抓住了她和一切那个时代的妇女。

过场，并不只是一个必须填满的空白，也不只是作个事务性的交代，不是中断了的线索的勉强接合。有时，它可以是几个线索的交叉点，有时它自己是一个伏线。

王善保家的，这是一个果戈理爱写的人物，作者可能也像探春那样厌恶她——狗仗人势、擅长“挑唆”——成为这个贵族大家庭衰败的促成者等等。而我们从作者充分表现出来的这个人物身上却可以看到更多东西。

抄检大观园是一个真正不朽的画廊，很少有作家能像这样一口气写出一系列如此精彩的群像，这是使本书成为千古绝唱的重要部分之一。

这场富有戏剧性的冲突出色地把家族和社会融合起来，不只是性格的冲突，而是复杂的社会心理的合乎现象逻辑的冲突。在这里，不但王善保家的是可笑的，探春也是可笑的。

袭人与宝玉倒反疏远了，宝玉与晴雯又是“担了虚名”，宝玉绝不是皮肤滥淫之蠢物，甚至是一个柏拉图主义者，而他又是生活在锦绣丛中，繁华世界里的。

宝钗，这是一个贵族社会培养出来的冷漠之至的人，没有爱、没有恨，只有个人利害。

“竟无处可以发泄了”，所以《芙蓉女儿诔》写得这样地好，可以与《葬花词》比肩而立。但“万里黄河，泥沙俱下”，又有不及《葬花词》处！

这不只是为吊晴雯，是迭遭打击之后的一个总的控诉，这已经不是写《大观园四时即事诗》的贾宝玉了，他成长了。

“幽沉”“罔屈”，有宝玉自己的写照，也有黛玉的写照。

《芙蓉女儿诔》全是抒情，没有叙述，但却给人以事实的轮廓。细节在这里起着独特的作用，它是抒情，也是事实轮廓赖以显现的元素。这样看来，细节也可以属于叙述和描写，三者间可以相互作用，不一定可以截然分开。

在古代诗歌里，细节也起着类似作用，一组细节可以形成一个特定的意境，例子随处可见。

抽象的典型，没有个性的典型，是不可能的。更不可能的是把真正有生命的典型归结成为抽象的概念，像某些人徒然地在努力着的那样。

虽然谁也不能不承认，在文学作品里，社会的历史的规律性和特点，不是赤裸裸地表明着，而是形象地表现着的。但是对于如何表现，对于必须不只是形象地表现，而且应该通过精神的心理的因素表现，即个性化的表现，有些人却感到困惑，宁肯把人物形象当作社会历史现象抽象的本质的例证，宁肯把创作过程归结为把抽象的本质人格化的过程。创造一个符合时代精神的反抗性格并不困难，创造一个既符合时代精神而又真实的令人信服的典型性格才是困难的。

事实上，没有个性的形象是会歪曲社会的历史的现实的，如果贾宝玉没有个性——独特的个性，而与他的兄弟叔侄辈相似地体现着贵族公子的一般特征（仅仅是体现这一些），那将离开现实多远！社会的历史的命题必将被扼杀，我们就难以看到封建制重压下新兴力量要求自由解放这一历史真实的动人形象。让贾珍之流去表现一般的贵族公子的本质的主要方面（荒淫、残酷等等，并且自然也是通过他们的个性）吧，离开了贾宝玉的独特个性，《红楼梦》还有什么激情？还有什么崇高的思想来照亮它，使它高出于其它作品（例如《金瓶梅》）呢？

贾宝玉（和所有本书较重要人物）的形象告诉我们，对人物典型性的个性应该怎样地去理解，一般说，个性是由于个人生活经历、生活环境、所受教养和先天气质、天赋等因素形成的与别人不同的性格特点，但在文学现象里，个性化的过程不可以理解为个别现象的机械重复，文学作品里的个性的获得，是跟概括类似人物的特征（贾宝玉仍然是一个贵族公子）进行抽象思维（社会历史的动向是以怎样的折光反映在他身上的）、探究生活的本质方面（社会的历史的终极性质）和美感要求分不开的。

只有强劲的概括力和大胆突出本质的勇气，才能写出人物的个性特征，在创作过程中，艺术概括是和赋予人物的个性生命同时进行的。在选取贾宝玉性格的主要特征（爱真实爱自由）时，曹雪芹一定考虑到了性格的可能性和意义，即使这对于他来说不一定是很自觉并以逻辑思维固定下来，但研究生活的结果，必定使他相信这种性格具有最高的真实，是和社会的历史的发展相一致的，是发展过程中的必然会显示出来的社会关系的本质，因为很明显，贾宝玉的性格是社会大变动前夜的内核似的新的质，这个意义是极充分地被表现着的（通过一系列的冲突和悲剧的结局），因而，贾宝玉个性所概括的社会历史内涵也就愈大，他就愈有理由在这部作品中占主角地位。虽然他确实没有把贵族公子这一类型的特征包括得哪怕是再多一点点，而是从某些特征的侧面生发的，他的个人生活习惯和趣味诚然是贵族社会所固有的，但并不表现那一阶级的社会心理（整个说来是如此），曹雪芹大胆地删除了可能冲淡主要特征的一切，更充分地补充进个性所必需的某些重要特征。吸引他的创作愿望的首先是具有这些主要特征的具体形象，而不是概念。虽然他不可能明确地意识到必须用具体的历史观点来分析人，必须从性格的社会制约性来描绘人，贾宝玉性格的实质，萌芽中的新生力量，所以独特，他是充分地把握的。

典型，应该有一般与个别的最完美的结合，首先也因为文学作品是具体感性的，是不逃避复杂的社会现实的，实际上，在现实面前一般和特殊是不可分的。具体的东西之所以具体，就因为它是许多方面的配合，是各种各样的东西的统一。而在艺术概括过程里，一般这个概念，往往最具有普遍性，同时也具有最本质的意义。

体现时代精神，典型人物才是典型人物，但时代精神绝不等于典型人物。文学不从属于哲学，也不和哲学相类似而与它处在同等地位，把文学从属于哲学会取消文学。时代精神和典型人物的关系仅是：人物的性格，总是这样那样、或多或少地体现着时代精神，由于许多有机因素，体现的程度、方式不同，但性格在作品里总是根本地起作用的。“传声筒”之所以不好，席勒之所以不是现实主义，而莎翁才是，其原因就在这里。时代精神在这个那个人物身上找到它的体现者。找到为它生活和战斗的人，至于这个人物由于本身的条件做到了多少和怎样做，完全是另外一回事，二者绝不可以混为一谈，这里，记起别林斯基的这一段话是有益的：可以说作个性的东西，都在下面这点上受到限制，它在感情、意志、美感、美以及诸如此类的永恒的持久不变的观念之前，都是渺小的，可是要是缺少了它，缺少了这种暂时而偶然的现象，也就不会有感情、不会有智慧、不会有意志、不会有美德、不会有美，正像也不会有感觉、不会有愚笨、不会有性格、不会有罪恶、不会有丑一样。别林斯基就是这样透彻地看观念和个性的关系的。

典型总是尖锐地表现某一现象的本质，而不是全面表现它。它是通过某一个被作家认为是最能以本质的某一面来表现本质的（事物的、现象的），因而，对于典型人物作全面性的鉴定，苦心罗织其优缺点，甚至为了“全面”而对任何细节都加以牵强附会的归类，都是费力不讨好的。严格地说，任何文学作品的题材都不能不是表现着作家所认为的最尖锐的，有如刀口上的钢的那个最重要的现象，未必要连刀背和刀把都取作题材，正是这样，存在着艺术的抽象、艺术的概括、艺术的夸张。这样，性格才有可能存在，性格总是具有尖锐性的，没有性格还有什么典型？而“全面”云云的性格无论如何不可能存在，可以有复杂的性格，不会有“全面”的性格。“本质”这个词一般从哲学中借用过来，其含义就是具象而不是抽象的了。而任何具象的也终究是本身所固有的局限性。

文学可以也应该是现实的抽象。而这抽象是现实的抽象，完全与具象绝缘的抽象是没有的，文学是以具象表达这个抽象的，纯粹的抽象不可能存在于文学作品中。因而，车尔尼雪夫斯基的“做什么”也仍然有巨大的感染力，完全非人间的形象，甚至连非人间的印象也不能给我们，非人间只是人间的一种反映。

宝玉攻击八股文，“还提什么念书”。黛玉却说：“况且你要取功名，这个也清贵些。”伟大作品常常是这样跑到生活里去的，千万不要因为黛玉说了这样的话就以为“破坏了性格的完整”，黛玉到底是一个弱女子，生活里是这样的，作品里也就可以这样写。黛玉竟也说出宝玉觉得“不堪入耳”的话来，叫他在“鼻子眼里笑了一声”，这一处理极其大胆，这才真实！这表现了黛玉对他们二人命运的担忧，但不就是妥协。不过，也表现她对可怕的现实认识不足，仍然多少存在幻想——自然这也是从急切的心情产生的，表现了她内心的痛楚怎样不断地折磨她，她急需解脱，她渴望幸福。

黛玉劝宝玉以“清贵些的八股文”取功名，大出读者意料之外，甚至为之惋惜不已，就像宝钗的“借扇”和“咏蟹”一样。其实这又有什么，人原来是复杂的，生活原来也是复杂的，往往事与愿违，不得不然，何况性格不会是“简单”的。

怎样的行为才是合情合理的？只要出于人物本性，合乎规定情景。何必一定要使人物在作者所规定的圈子上转个不停？何必要人物服从说教的要求而束手束脚？不一定只有某一个（例如“正面的”）手法才最能够揭示人物的性格特征，可以用许多种手法，有时可以是出乎意料的手法。

贾母对钗黛之间的批评、比较，更已经一次比一次明白地提出来了，我们也就不由得愈加关切人物的命运，深深地陷入和人物一样的经历里去了。

人物性格、人物行为逻辑发展的必然结果，不是理性的“逻辑”，而是感性的使人感到亲切的生动的逻辑。成熟的艺术构思的逻辑。情节和整个主题相互作用所形成的逻辑。

写得好的插话，能表现极丰富的内容，可以似喜实悲，表面平静，内中包含险恶风波，从容写出宝黛间的纯洁感情、真挚的爱，为贾府这个环境所不容。巴尔扎克说，男女两人在一起说话，无论说的是什么，其内容都只是“你爱我吗?”“我爱你”。巴尔扎克好像还没有写过主人公“心烦意乱”情景下的示爱对话。

插话是情节本身自然地派生出来的，应该属于叙述范围，可以说是情节里的小情节，或场景中的小情节，有时发生于主角和配角之间，有时也可以是主角的行动，不一定要有头有尾，更不必承上启下地有线索，它好像是信手拈来并不“正经”要写什么，却有极好的艺术效果。但往往受情节发展的决定，在情节多方面展开人物性格冲突，人物已经站立起来可以从各个角度去掌握的时候，插话的背景就更鲜明，更可以着墨不多而写出生动有力的活生生的人。自然，在这里往往可以看出作者的笔力和全局意识。拙劣的作者往往会浪费地把应该大开大合的情节写成插话，或写了一些可有可无的插话。

无视艺术规律才会轻视插话。事实上插话往往能最集中地最无掩蔽地表现作者的个人风格。这里特别需要泼辣和熟练，而又不允许旁逸斜出地去达到它。在有机体中，手指的美只能在它所处的地位和它的生理条件和生活作用上去达到，不是头发也不是嘴唇。自然，它们往往比全体更能迷人，更先迷住人。

在插话里，可以用这样的笔调，也可以用那样的笔调，可以用这样的手法，也可以用那样的手法，可以不必求与场景和情节相一致，虽然紧紧地依存于它们。

许多细节都被当作极有作用的线索来利用。作者总是惨淡经营地将它们放在必要的地方加以强调。

法捷耶夫说，伟大的作者能把读者的头按进沸水里，叫他出不得气，除非作者放你出来，《红楼梦》的读者对这一点想来都有体会。

现实的发展中常常出现偶然，文学作品中的情节也不可能没有偶然。林黛玉“泄机关颦儿迷本性”时，不是偶然地碰到傻大姐，情节的发展就得受到阻扰。偶然性并不排斥必然性，也不是和规律性不相容的。在现实中，不是现象的基本的主要的内在联系起作用，附带的，次要的和外在的联系也起作用，必然性常以偶然性的形式体现。必然性远不是在任何时候都以直接的、本来的面目出现的，两个服从于同一规律的同类现象照例不是丝毫不差地按同一方式进行。在文学作品里，如果我们依细节来推断主题，总是会得到和实际上的思想观念毫不相干的结果。自然，在作家的艺术构思中，细节并非全无一点地位，它也在作者的惨淡经营之内，有时之所以显得偶然，就因为现象本身有着上面说的那种性质。

有人认为，为了强调黛玉惨死，“薛宝钗出闺成大礼”要写得“热热闹闹”，这样才有个“对照”，《红楼梦》作者却没有做这样的傻事，在这里，被骗的是宝玉，绝不能这样来追求悲壮与崇高，那样只有贬低人和艺术。

“也渐渐的……略移……”作者可以而且应该对自己所写的人物有强烈的爱憎，但绝对不可以在写作的时候把自己变成人物本身，站在人物的立场说话，那样，就要写出极不自然的形象，作品就不真实，就没有力量。人是一切现象中最复杂的现象，在这里不但不能不按人物的情绪、愿望行事，而且也不能凭作者的情绪愿望行事。

作者没有从人物的最主要的斗争场合躲开，作者的笔力也正是在这时候才显现出来，没有如椽之笔，谁敢写“魂归离恨天，泪洒相思地”这一回！

完全有理由说，贾宝玉和林黛玉这两个形象芳香的浪漫主义气息，完全是从极深邃的现实主义深度沸腾上来的。二者不可分，而且紧紧关联，有着密切的因果关系。因此这两个形象才有这样巨大的永恒的感染力。

“候芳魂”充分表现高鹗格调不高，把宝玉的悲哀降低到仅只是为了在女性占有上得不到满足，固然，高鹗的用意，是要安排宝钗主动笼络宝玉的契机，然而这一切搞得何其拙劣！

五儿和宝玉，距离多么远，此时宝玉已没有一个可谈的人了，满腹哀愁无法求得解脱，多么痛苦，后半部作品就是集中地写他如何地被这些不断压下来的哀愁压得喘不过气。当然，这些地方和前几十回比较，格调是低一些的。

这种哀愁是当时的思想水平所能达到的，对于这种哀愁的理解，却往往流于浮浅，甚至油滑，例如轻易地用厌世主义来处理它，在当时却算是费了很大力气了。

又“没前后”了，又“失言”了，贾宝玉是生活在怎样一个和他格格不入的天地里！谁能长久转在这样一个灰暗的泥沼中！“开窗吧！让我们呼吸英雄们的呼吸！”（罗曼·罗兰）

紫鹃送林黛玉的灵柩回来和五儿的一次对话，把紫鹃写小了，可见思想能力对于作家何等重要，何苦把紫鹃写得这样庸俗。这个插话完全不必要。究竟想说明什么？

对薛宝钗，过去的看法有问题，成见太大。推崇林、晴而把薛说得很不堪。常有理的是林黛玉，没不是的是薛宝钗。首先，薛宝钗在人物形象系统里，属于哪一系统，难道就可以说是贾宝玉一系吗？她及不上凤姐，这不用说，“孤臣孽子”吗？已有探春。自然不是宝、黛、晴一系。她的性格“安分随时，罕言寡语”乃至在王夫人面前把金钏儿之死说得没有事一样，可耻，但待人忠厚，难道就是“维护现状”吗？而革命就非像林黛玉那样尖刻不可吗？自然，不是那么回事。

但我们却的确这样要求，至于她与黛玉的友情，过去我甚至看作权术，其实严格的现实主义者曹雪芹没有忘记写出她这方面有内心要求，这个是明白地写在“风雨夕闷制风雨词”里的，只抓住她的《柳絮词》，却忘记了其实她也写出“于今沦落成何益”的“食蟹绝唱”，至于读花人所攻击的“形同忌器”“恩断故人”，只是作为妻子的伦理道德标准，难道林黛玉在成为宝玉妻子之后就不会有这种表现，有的，而且早已很紧张地从事这方面的活动了。诚然，在才华上，她不如林，甚至不如史，但作者对她也不是很吝啬，俞平伯说的“合一”，是对现实主义原则的冒冒失失、莽莽撞撞的冒渎，但薛与林在许多地方，实在有对峙并流之势，这并不可怪。赏元宵作灯谜，使贾政觉得非福寿之辈，有那么一个家庭，自己是那么一个结局，难道我们可以说“活该”吗？这问题值得好好考虑，总之，人物一定全面整个代表某一思想观念或社会力量本质的观点，过分的强调，就会不去作具体分析了。可怜的薛宝钗，她确实并未有意进行什么破坏人的勾当（甚至连“理家”那样的机会都放过了），后来自己还搬走了，而这么多年她却真是给人骂够了。

生活的教训如此无情，宝玉内心如今充满悔恨（他对现实的不满多少采取这一形式），但他十分慎重地计划着反抗的道路，似乎少了一些不顾一切的勇气似的，这里我们看到他的成长和他的品质的新的一面。

宝玉高大的形象被弄得越来越小了——主要为了安排“出家”，然而，出家是没有出路的出路，值得这样大书特书吗？把宝玉弄成个算命卜卦的算什么呢？

作为社会现象的文学艺术，无论如何不能摆脱当时的社会政治思想水平的影响，毋宁说是受制于这一影响的。《红楼梦》没有提出积极的正面的典型，而只发出这方面的心声，并不足怪。怎么能够对没落贵族的曹雪芹提出那么高的要求呢？

马克思以前的古代的思想家，一般都仅只能提出问题，对问题的解决却往往力不从心地失败了，但是，要知道想出问题也是思想的高度深度和广度的表现，何况《红楼梦》所提的是这样一个关于人的权利，人的发展的问题，多么沉重的人道主义的问题。

《红楼梦》是有悲哀调子的，这是它的艺术风格的基本因素之一，但有的人却避开它，怕提起便会削弱它，有的人则说这是“挽歌”，真不知道说到哪里去了。

米勒曾说：“我把我的基础建立在悲哀上”，他仍然是伟大的现实主义画家，自然主义的作品不但没有悲哀，也没有欢喜，浪漫主义（坏的）作品往往狂热却都不好，而悲哀的李清照和李后主，我们总是喜爱他们，为什么不允许《红楼梦》的艺术风格中有这个因素呢。

结尾——这里的情况是非常复杂的。任何一个作者都不能不大胆地面对这个艰巨任务。

人物的命运，我们关心的首先是这个。结尾必须早答复这个问题，同时，我们也关心人物自身对命运的态度，不但关心主角，次要的人物和没有“结局”的人物也同样使人关心。但这个回答不是突如其来的结尾，是聚光的焦点，从开始的那一个字起全部力量都应该集中到这里了。

同时，人物的命运又不是凭作者随手安排的，例如，人物一开始就写得生龙活虎，有鲜明性格，人物命运的发展就会有他自己的一条路线，到达的最后结局尽管作家的艺术构思有决定意义，但它却不能带有事先安排这一结局的意味。虽然结尾总是应该体现全部艺术构思的实现程度如何，体现着作者有无勇气把情节贯彻到底。

结尾是以整部作品表明的艺术目标和思想目标，表明这两者的结合程度，以及作者的思想水平，深入生活真实的限度。它是整部作品形成的内在的必然性（有时在一个历史范围内的具体情况会表现为它的结局是以偶然性、以特殊性来表现必然性、规律性）。形成的所谓水到渠成、许多线索殊途同归的壮观，一切在这里明显化（例如，某一个人物性格的隐秘之处此时显现出来），一切在这里确定下来（但不是科学的结论）。自然，它以其合理的可能性而可以有不少的不同方式。最初的构思所确定的至此可能改变。

结尾的艺术力量表现在它的启迪性，它是结尾同时又是开始，开始一种从作品沸腾出来的力量，以其理智的和哲学的能量给读者以无限的幻想和行动的可能。它应该在哲学上起一种豁然开朗的作用，应该使一直没有明白掌握作品的实质的读者也终于明白这里面蕴含的社会观、人生观。结尾应该是作品全部思想锋芒所向的鹄的。

结尾的艺术处理更需要功力和胆识，《红楼梦》的结尾，突破了整个艺术构思中所体现的作者观点的局限而一下子达到了作者自己企求已久的最高理想。拙劣的结尾没有诗的启迪力，那不是结尾，只能给人以似乎很可以照原样无限地重复，无限地循环下去的感觉，但现在我们看到的这个结尾基本上做到准确地体现着曹雪芹全部生活探索如何被一下唤醒，高鹗相当吃力地做到了（当然以他的方式）。

作品的哲学内涵以艺术的独特方式表现在结尾，在叙事诗里最后一两行诗往往不完全表明似乎应该在这里表明的，《长恨歌》的“天长地久有时尽，此恨绵绵无绝期”必须以“但愿心似金钿坚，天上人间会相见”来补充，《琵琶行》的“江州司马青衫湿”必须以“老大嫁做商人妇”来补充。诗是艺术中的水晶体，一切在这里表现得更清晰。可见，结尾不是孤立的，民间传说里有这样的大力士，人们给他一叠瓦片，他可以按照人们的要求一拳击到倒数第几片瓦，而绝不会多了或者少了，《红楼梦》的结尾如果由曹雪芹自己写就会有这样的奇观。

悲惨的结尾不一定是悲剧的，《西厢记》就是这样的，它使人感到爱情胜利，人被提高了。

对于《红楼梦》的结尾，一种颇为流行的意见是：很可惜，作者没有给主人公一个好的出路，而本来是可以安排一个那样的所谓好的出路的。这种惋惜和企望中，有一种呼之欲出的意图，很可以修正一下结尾而让主人公走上一条合乎现代人想法的道路。结尾诚然已经是一个飞跃了，但这种飞跃只是、只能是合乎艺术本性的合理的逻辑发展的必然，只能是整个作品机体运动和发展的必然，合乎人物性格本质的必然。可以说，结尾事实上是作者早已在开头时就在情节-性格的生长和发展中随时“安排”好了的，是从萌芽、发叶、生枝、蓓蕾达到的开花，不是在枝头缚上一朵摘自他处的另一品种的花，或是一朵纸花算数。

诚然，对于曹雪芹，给予这样的生活真实作出答复确实是一个太大胆的尝试，但他没有绕开它，没有折回去（高鹗的续作几乎可以说是想要完全遵循曹雪芹的），而达到这样大的明确性，应该说，这是现实主义的胜利。结尾——这就是说，作者所写的全在这里了。我们可以根据它和它的客观效果来评论它了。

爱情呼唤人性

——说《长恨歌》

一

《长恨歌》是这样开头的："汉皇重色思倾国，御宇多年求不得。"这个开头非常得体。接触文学作品，无论是什么形式的，甚至连最小的抒情诗，读者都不免要考虑：它的篇幅有多长，有没有多余的话。对于长篇叙事诗，有这种顾虑就更自然了。《长恨歌》的开头打消了这种顾虑，两句看来够平淡的诗以惊人的简洁介绍了长诗的主角之一（严格地说是主角又是配角）的"汉皇"——我们知道他就是唐明皇。关于一个皇帝，可介绍的太多了，而在这里，除了"重色"和"多年求"以外，所有与主题关系较少的都被舍弃了，甚至连皇帝的外形都没有涉笔，现有的两句诗已经可以概括他的一切，特别是这个"风流天子"性格（本性、素质）的主要一面。写内在总比单纯写外形强，写外形其实就是为了写内在。皇帝"受命于天"，代表"天"（人类普遍命运的主宰）行使在人间不受任何限制的权力，因而是超人性而有神性的，然而神性的权力化又必定成为魔性，于是君王成为魔王，"天纵之圣'，天上下来的混世魔王，他能有人性最高体现的爱情吗？我们的理解不能不从这里开始，并将回到这里以这里为终点。皇帝的行为，除了"多年求不得"之外，什么都省略了，然而又多么富于故事性：一个皇帝，以"求"得一个

“倾国”为大事，因而引起最充分地暴露他的作为一个皇帝的本质的许许多多事件，我们已经可以根据这些组织起一串情节，因而也已经在阅读这首长篇叙事诗的开头部分时得到少有的想象愉快了。这是因为，这个简单扼要的开始平淡地从容地不费力地吸引了我们，我们得到启示：这里要表现的将是一个唯一的，贯彻到底的主题：爱情与政治，人性与非人性，而爱情是始终在呼唤人性的，对于一个皇帝，一个混世魔王，这无疑是很难很难的难题。在表现它的时候，作者必将坚持以最集中最明确的服从主题的方式，精炼将是它最主要的艺术特色。

作品的开始必须能给人以强有力的印象，但强有力不一定是突兀、绚丽或奇警所造成的，不少成功的作品的开始是自然平易的。)①

以下四句诗是情节的“正式”开始：“杨家有女初长成，养在深闺人未识。天生丽质难自弃，一朝选在君王侧。”看来似乎有点奇怪，情节竟然可以采取这样“空泛”的方式开始。这是一种介绍性的叙述，一般叙事作品里往往不得不加入一些介绍性叙述，问题是，这里不单是情节进行的开始阶段，而且是至关重要的一个阶段，在这里，叙事诗的另一个主角（实际上是最重要的主角）出场了。杨玉环的初次出现不在静态的描写里②，而是在情节的开展里。“初长成”——她的年纪；“养在深闺”——她的单纯到不能再单纯的生活经历。这样的年纪和这样的经历决定了她应该很少为人所知道，然而知道她的人却似乎不少，我们有理由估计当时她已经是当地的一个著名的美人。也许，她在人群中有过偶然的一两次露面，而这一两次偶然的露面还可能并不在许多人面前而仅只在少数几个人的面前。然而“天生丽质”是“难自弃”的，这句富于哲学意味的警句产生了并非抽象的效果，这是所谓的“以

① 古代诗人和批评家都曾注意到这一点，例如：“白诗好处，在转折处省力”（王士禛）。“接榫合缝处，殆于无法不备”（翁方纲），“至长韵大篇，动数百千言，而顺适惬当，句句如一，无争张牵强之态”（王若虚）。他们都说得很好，只是没有从作品内在要求来说。

② 李义山的某些咏史诗就不免有这种瑕疵，例如《药转》等等，至于樊樊山的《彩云曲》之类就更卑下了。

虚带实”的“不写之写”，作为整个叙事诗的重要基础之一的杨玉环的美貌，人们已经有相当完整的想象了。文学作品里的抽象语言，人们都不会抽象地对待它们。在给人以女主角的外貌的同时，这四句诗还告诉我们一系列的故事关键情节，所有的爱情故事都不可能只是“浪漫”而甩开现实，杨玉环的美貌也不能不有社会性，美貌不可能保证获得爱情，获得爱情也不能保证获得幸福，只能是两者都不能获得，因为她首先只是个女人，而且是天生丽质的女人，她的存在不可能是自弃而只能是被取。皇帝掌握生杀予夺之大权，夺一个女人对他来说是太小的小事。势有必至，皇帝搜罗美女的官员们发现了她，并以暴力“征选”到皇宫里来。

这里，应当特别注意“人未识”这三个字放射出的那道曲折的反光，它映现出“深闺”蕴含的丰富色彩，一个少女的惊人的美和娴静的生活，她那单纯，开始的时候，宫廷里那些险恶的明争暗斗是她所不习惯和不能胜任的。这样，就保证了在这篇叙事诗里不多费笔墨在那些与权力斗争有关的以及最后整个单纯少女很快成为江青式人物被称为“祸水”的那些事件，这样处理，显然不完全是为了考虑作品主题的专一性，而主要是为了保持主题的积极性①。

很自然地，诗人的遣词用字也引起我们的注意。有人说，在语言应该最精炼的诗里面，诗人应该字斟句酌，用字要像法官写判决书那样考虑再三，准确无误。如果说，在外形的描写上，简短有力的几个字往往能够比连篇累牍的反复描写更为有力（它反而能够更为有效地勾出一个明确的轮廓，至于细节，可以让读者自己去补充），在对事物本质的揭示上，准确的一两个字，也能以数学的精确完成任务。“一朝选在君王侧”，注意这个“侧”字：不是选进京城，不少选进皇宫或选进后宫（虽然那样也没有什么不可以），而是“选在君王侧”，多么富于浮雕感的这个“侧”，正是它，精确又传神地点明

① 陈鸿的《长恨传》对《长恨歌》作了许多歪曲，当然陈鸿可以从他的观点评价皇帝和杨玉环的关系，但谁也没有必要按照陈鸿的说法来解释《长恨歌》，这一点我们在后面还要谈到。

杨玉环的处境的优越和作为皇帝宠物的实际社会地位的巨大反差，在情节发展的重要时刻恰如其分地把两个主角紧紧地连结在一起。对于杨玉环的美，这好像又一次证实，“一朝”之间，她已经牢靠地置身于“思倾国”的皇帝的身边，并且有可能永远地在他身边了。同时，皇帝的“多年求不得”的失望也已经得到补偿，“思倾国”的夙愿已经实现。然而，如果这样做不算是“深文周纳”地去寻找某种“微言大义”的话（我们的着眼点只是为了更好地进行分析），还必须看到这个“侧”字十分明确地指示李、杨之间可悲的人身隶属关系、掠夺者与被掠夺物的关系。玩弄者与玩物的关系。这种分析，诗人自己也应当会同意，我们往往误解白居易自己说的这句话：“一篇长恨有风情，十首秦吟近正声。”事实上，诗人自己认为《长恨歌》和《秦中吟》同样是“正声”，只不过《长恨歌》是以“风情”为题材的“正声”，在以后的分析里，我们将继续证实这个论点。

从开始到这里，是一个段落，这个段落只是全诗的一个小章节，以下出现的是一个短促的停顿［在新诗（自由诗）里，应该有一个空行］。情节进展到这里，出现一个小结是极为自然的，情节仍然在发展，时间仍然在推移，正在跨进下一节诗，向下一节诗延伸，而下一节诗代表着比上一节诗更高些的新阶段，再下去，同样这样向另一个更新、更高的阶段延伸，生长，所展示的内容也一个阶段比一个阶段更深、更广。时间尽管在不停地推移，新的场景，事件尽管在不停地出现，但从最初那一节诗开始的那根红线从未中断，整首长诗的结构是按照这个内在的要求构成的，因而显得极为流畅，浑圆。

下面这六句诗组成一节，表现手法愈来愈趋向具体，趋向诉诸感官的细节刻画：“回眸一笑百媚生，六宫粉黛无颜色。”“回眸一笑”的动作，非常鲜明地使我们从视觉上（我们看见她怎样回眸，怎样笑）和听觉上（我们可以设想她的笑声怎样动人和衣裙的窸窣，环佩的叮当声交错在一起，形成优美的合奏）把握到这个形象，这种手法在这首诗里占有重要的地位，形成它的又一特色。“六宫粉黛无颜色”，对比。皇帝搜罗来的六宫粉黛，数量多，拥挤，连续不断地增加，外观上是粉白黛绿，靓装艳服的，前四个字构成的灿烂画面，轻易地被后面“无颜色”这三个字勾销了，一下子退入阴影，成为各种程度不同的模糊、人间悲苦血泪凝成的悲苦影子，而在这一片阴影之前，升起了杨玉环“回眸一笑”的光彩夺目的形象。奇怪的是，这个形象总使人觉得不是胜利者的形象，这个对比是有极为丰富的内容。表面上，对比使杨玉环的美得到更进一步的证实，皇帝对她的宠幸趋于巩固也得到进一步的表现（独裁者对于所有的人，特别是对于妇女是反复无常的），她的“昭阳宫里第一人”（如杜甫所说的）的身份已经确立，这一切无非由于皇帝认为她有出众的美，已经拥有六宫粉黛的皇帝为什么让杨玉环宠擅专房，仅仅是由于她的独一无二的美，由于玩厌了太多女人的皇帝的精品意识，还是由于杨玉环的政治潜能开始觉醒而有动作？她已经发现必须经过努力才能保持优势了吗？凭女性的直觉她也能发现自己依然不免处于阴影之中，尽管这种阴影看来是光华灿烂的。对比在文学艺术并不罕见，难得的是诗人使这个对比具有新的质，运用它进入新的深的层次。杨玉环的胜利是建筑在竭力取宠皇上的“百媚”上的，她的命运和被她击败的对手们并无实际上的区别，她是否也曾意识到这种胜利是难以持久的呢？

“春寒赐浴华清池”以下四句，写杨玉环和皇帝关系进一步发展。正如在一些古代作品里那样，这里我们也不得不忍受“新承恩泽”这类封建性的措辞。整个作品在进展到这一部分时是不可能不遇到危机的。往往在这种地方，格调不高的作者暴露了自己，使作品带有可厌的庸俗恶劣成分。白居易以其强大的艺术力量处理了“赐浴”这一场景，天才地把注意力仍然集中在杨玉环的美上，“赐浴”这个表现皇帝淫乱生活的所具有的种种低俗趣味的细节都被排除了，巧妙地继续从动态中表现这个美人的美。她是肉体有如凝脂，甚至温泉接触到它也自然地变“滑”掉下，似乎晶莹的水珠无法片刻在她那凝冻了的皮肤上停留。杨本人却并没有想要炫耀自己的美，更多的是为自己美丽的肉体的裸露害羞。“侍儿扶起”不是由于她疲乏，“无力”是“娇”，不是体力的衰弱，“娇”在这里是并非做作的羞怯，诗人强调的是杨迄今为止还剩余的女性的纯洁，正如诗人在全诗里强调她的无辜：她是被那个畸形的人际关系，那个阴险的宫廷政治气氛，以由于得宠而日趋膨胀的权力欲望重新塑造着，这个过程非常值得注意。

当然，还应该注意到“始是新承恩泽时”所包含的时间概念，追溯到了一个不太长的，然而不可忽略的这个过程，从“选到君王侧”到“始是”之间的这段放慢了节拍的过程，是诗人为了着意表现杨和皇帝关系的较为必然的进展，使本来不单纯的关系具有更多单纯性，是为了适应主题要求而作的大胆处理，连“得于寿邸”这个事实也被舍弃了。如果以为这是美化和粉饰，那就 错了。应当看到，诗人的着眼点是表现宫廷生活的无可逃避的规律：女性在这里仅仅是而且彻头彻尾地是皇帝的玩物，博得皇帝的宠爱的无例外地仍然是、也只能是杨的肉体的美，在皇帝和她的关系里是一点精神成分也找不到的。这哪里还有什么对作为一个人的女性的尊重？而没有对一个人的尊重，还有什么爱情？所以说值得注意，就因为诗人在这里把主题（岂止是一般的所谓的男女爱情!）升高到了历史条件所能允许的最高的高度：作为混世魔王的皇帝在爱情前面能做些什么，作为宠物的杨能做些什么，都是历史严格规定了的。

杨玉环现在完全以新的姿态出现了，“云鬓花颜金步摇”，她开始浓妆艳抹，一副宫廷命妇的气派，一句诗里罗列三个细则，三个具体装束，全都是属于头部的，属于被观赏的女性的最主要的部位。“回眸一笑”，风情得意之时的眼睛的美，在这个璀璨的头部闪亮着一对熠熠的美丽眼睛，在显示出华贵的气派的同时显示着更多的新获得的威严，她已自觉到身份的变化，简直忘乎所以，出现人性扭曲的征兆。“芙蓉帐暖度春宵”，从一种实物（芙蓉帐）过渡到下面用时间表现形象。“春宵”，夜；“春宵苦短日高起，从此君王不早朝”，早晨。“承欢侍宴无闲暇”，忙于享乐的热闹所占满的时间：“春从春游夜专夜”，全部的所有的时间。（连诗句也显得那么节奏急促）。接着，转而表现空间。“后宫佳丽三千人”，后宫，静态的建筑群，“佳丽三千人”使它多少有了生气，可以想象沉闷空气里是怎样地充满着可怜虫们自相残杀的争斗，勾心斗角的、血泪斑斑的争斗。而杨是胜利者，“三千宠爱在一身”，抽象的空间概念（后宫）因“在一身”而具体，生动。一个皇帝的全部时间，本来应该用来治理国事，现在连“早朝”都被忘记了，反正有那么多忠心于皇帝老子相信我皇圣明的贤臣能臣在支撑，太平盛世当然少不了得宠的角色，而这个得宠的女人（她的幸运至少是以三千个女人的不幸为代价的），在时间和空间的交替里被完满地表现出来了。

从结构的建筑造型感说，这一部分自然形成一个段落，但事实上它的最后一句诗并不能算是终结。“金屋妆成娇侍夜，玉楼宴罢醉和春”是“云鬓花颜金步摇，芙蓉帐暖度春宵”的重复。同样是用严格地确定了其艺术价值的实体，从可以感触到的世界来表现杨的得宠。它之所以必要，是因为上面那些用时间这个抽象概念来表现的单元之后，接着的将是一般性的概括叙述。上下之间不插入这两句诗，整个结构就会在这里松散起来，出现像纺织工艺中的“跳线”毛病，由于突然地出现稀疏的部分而破坏了全部结构的牢固。

“姊妹弟兄皆列土，可怜光彩生门户。遂令天下父母心，不重生男重生女。”进入政治这个角度看到的李、杨关系，从这个角度来看是极其必要的。有没有爱情，爱情假象覆盖下的权欲交易开始裸露出来，两个主角开始进入角色，他们要演的是真爱，假爱？真中有假，假中有真，或真真假假无从分别？人性最高表现的爱情开始接受最严格的考验。从“汉皇重色思倾国”到“从此君王不早朝”到这里，再到后面的“六军不发无奈何”，这条线如果把它抽掉，全首诗就残破了。从爱情的角度看，首先是作为“一国之君”的皇帝，然后才是作为一个男人的皇帝，好像本来不必有什么矛盾，但事实上存在着矛盾，存在着颠倒，因为正常的应该首先是个男人，然后才是个皇帝，不写出这个矛盾、颠倒，即使不把《长恨歌》列入“讽喻”一类，人物也会沦为纸制篾扎的纸人，主题也就落空了。李、杨故事是因为它的历史性悲剧而有美学价值的，但也仍然不能不因为它的某些皇权专制主义属性而沾上污点，遮盖这些污点无疑是愚蠢的。但诗的主题到底不属于直接反对皇权统治制度，过于“正面”，过分强调严肃的政治性是不必要的，同样，过分强调那些污点，情节的基本线索就会陷于紊乱，人性有无的主题就会模糊。不记住主题构成的这个从属关系，作品感染力就会被削弱，甚至全部丧失。如果忘记李、杨关系的质的特殊性——既是爱侣，又是主奴：渴望皇帝的宠幸是真正的爱情，是杨作为单纯女人的一面，凭女人的直觉，发现没有多少爱情，更多的是只看作比较称心如意的玩物。因而很难把两者的关系提高到爱情的高度上去的皇帝，实质上连爱侣都够不上，这种主奴关系的情爱毕竟是脆弱的。但这也并未导致浮于面上的政治色彩的增强，相反我们只感到诗人十分坚定地维护着主题的一贯性。刚才提到的这些诗句：“政治气息”都被淡化了，特别是拿它和《秦中吟》《新乐府》比较更是这样。当然，这还应该考虑到某些客观因素（例如，写作这首长诗时，唐玄宗才死去四十年），但我们也还必须记得，有时候语言的含义需要从语言背后去寻求。

二

《长恨歌》以三个部分组成，我们已经谈论了第一部分，让我们再来谈论它的第二部分。

第二部分是这首长篇叙事诗的核心，是最富戏剧性的一部分。这里，连续发生对主人公命运有重大影响的重大事件。而这一部分的篇幅却是最短的，从“骊宫高处入青云”到“魂魄不曾来入梦”，共四十八句。从“骊宫高处入青云”到“惊破霓裳羽衣曲”，六句，写安禄山发动军事政变；从“九重宫阙烟尘生”到“西出都门百余里”，写皇帝和最高统治集团逃亡，四句；从“六军不发无奈何”到“回看血泪相和流”，写杨玉环之死和唐玄宗在这关键时刻的表现，六句；从“黄埃散漫风萧瑟”到“夜雨闻铃肠断声”，写逃亡途中唐明皇的内心活动，八句；从“天旋地转回龙驭”到“东望都门信马归”，写军事政变平息，继续写杨玉环之死给予唐玄宗的震动，六句；从“归来池苑皆依旧”到“椒房阿监青娥老”，写唐玄宗回宫以后的内心活动，从景物全非的角度侧写，十句；从“夕殿萤飞思悄然”到“魂魄不曾来入梦”，再写唐玄宗回宫后的内心活动，八句。无论从情节的丰富，背景的广阔，特别是从主人公内心活动的复杂来说，对于一个不懂得或不完全懂得诗的艺术而只会“作诗”的劣手来说，都应该是“放手作诗”的大好机会，写几百行也不算多。我们读到的却是如此惊人的精炼，如此严密的构思，如此准确的描述和如此深沉的感慨。整个第二部分以快速节拍的急管繁弦进行，但又毫不匆促、潦草、干涩，而是从容自在、刻画入微、丰润有致的一幅又一幅彩色斑斓的画面，这些画面是情节的客观叙述，还是人物内心活动的客观记录？都不是，然而好像很客观，这又是为什么？

第一部分的结束和第二部分的开始之间，有个较大的跳跃。开始是一个急转，从“风飘处处闻”的“仙乐”悠扬到“动地来”的惊心动魄的“渔阳鼙鼓”，这中间省略多少事变发生前夕的复杂过程。进展好像过于急速，几乎要破坏结构的连贯性，然而却没有引起任何最轻微的松动，反而使人觉得下一个单元不直接继续上一个单元没有写尽的东西是明智的，这时在我们的视像里已经组成一幅幅动人的画面，它是全新的，同时又是从前一个画面的最深层次透露出来的，随后它又很快地和前一个画面叠加在一起而形成一个更新的画面。从“后宫”到“骊宫”，场景和气氛都已经发生变化，这是两个色调完全不同的空间，是什么使它们不受妨碍地形成一个新的图像？当然，首先因为它们是发生在一个总的时间程序里，因而即使它们不可能同时并列出现，而是先后或交替出现，也不影响片断视像集结成为一个新的画面。叙事诗不是历史新闻记录，它可以既是纵向的，也是（更加地是）横向的。

对于骊宫的描写是《长恨歌》第一次出现的风景描写。“高处入青云”着眼点仅限于“高处”，“入青云”的“高处”带动我们去想象从低处到高处重重叠叠富丽的宫苑，这个想象使我们的情绪缓和下来，接着来的是疾风暴雨式的主旋律的交换才不致使我们感到突然。远景在这里起着中和的作用。

我们从巨大的空间看到上下起伏的众多宫殿随着山势连绵不绝，我们既然首先“看”到的那座“入青云”的楼阁，于是就不能不接着“看”到那一片富丽的建筑群①。“仙乐风飘处处闻”，我们已经走进这个宏大的建筑群，它不但以外形的壮观吸引我们，而且以其中所发出来的生活的喧嚷吸引我们，我们因而得以想象生活在其中的人们的种种活动，这种利用音响效果来展示生活气氛和建筑风格的手法在《红楼梦》同样被杰出地运用着②。描写建筑物是为了描写活动在其中的人形成的生活气氛。“缓歌慢舞凝丝竹”，用三个性质相近的因素使“仙乐”具象化。由于首先指明是“仙乐”（讽刺得不能再辛辣了！），我们对这三个因素已经有初步认识，大体上知道它的不祥性质。果然，“尽日君王看不足”，跟着来的这句呼应了“仙乐”，“尽日”这个时间概念使前面三句诗表现的空间活动起来。到这里为止，诗人似乎还不愿意进行什么评论，然而这也应该就是所谓的“史笔”了，“尽日……看不足”这就够了，难道非得用剑拔弩张的凌厉口气不可？

下面又是一个跳跃，更精确地说，这里不但有一个跨度，而且可以说有一连串神奇的掘进，转瞬之间凿穿了一座大山，从悠长的隧道直穿而过。事变发生前的风云变幻在“仙乐”和“缓歌慢舞”的浓重的时间黑影中一闪而过。“渔阳鼙鼓动地来，惊破霓裳羽衣曲”，事变突然发生，这场军事政变，对于“骊宫”里面的人来说，是两种不同声音（“鼙鼓”和“仙乐”）的强烈对比，前一种声音冲破了并立即压碎了后一种声音。在隧道的出口处，出现的已经是这个历史事件的新的一页了。“九重城阙烟尘生”，何等广阔又何等吸引人的场面，“城阙”我们好像正从高处鸟瞰它，“九重”宫殿的纵深处几乎无穷无尽。“烟尘生”，昨天还是威严无比的安乐窝如今已陷入无法控制的骚动，整个宫廷正在为逃亡手忙脚乱。“千乘万骑西南行”，最高统治集团浩浩荡荡地开始逃亡，“千乘万骑”一群遮天蔽日而来的蝗虫，最残酷的虎狼

① 这很容易使我们想起杜牧那句诗，“长安遥望绣成堆”。
② 例如稻香村，还有潇湘馆竹子的“龙吟细雨，凤尾森森”，等等。

最贪婪的寄生者用他们自己的方式逃亡——大难临头时刻也不会忘记维持摇摇欲坠的威风，不会停止他们的惊人消耗，我们的注意力不能不紧紧追随他们，“翠华摇摇行复止”，杨玉环以她自己的方式逃亡，这个皇帝的精致的玩物被用运送珍贵宝物的方式运送着。在这句诗里，形态和动态富于戏剧性地结合着。在“摇摇”和“行复止”里面蕴含着多少灾难的预感，摇晃的不单是“翠华”，“翠华”里面的人也在摇晃，“行复止”，不顺畅的旅程，前途莫测的旅程，“西出都门百余里”，紧急的形势和迟缓的时间，坐在翠华里的杨玉环惊慌焦急的面容。“六军不发无奈何”，御林军小规模的哗变，一个群众场面，这个场面因为紧接着的下一句诗“宛转蛾眉马前死”而生动，护送皇室的兵士们的鼓噪，争执，最高统治者出于政治利益的选择：与叛军和解，牺牲者的悲啼，愤懑的叛逆们的胜利的欢呼……“马前死”，不是点明出事的原因和地点，更重要的是这个运动着的场景和人物的动势的处理严重地关系到主题的处理，兵士们的愤怒，好像用望不到尽头的腾跃着的马蹄形成的一股迎面扑来的巨浪，杨必须以自己的死在这股巨浪前赎回皇帝和她自己的罪愆，诗人用“宛转”描摹她死前的恐惧，同时也表现她不能不被误解为罪魁祸首而陷入道德上的孤立，终于成为牺牲品。“花钿委地无人收，翠翘金雀玉搔头”，三个富于造型感组成散发着血腥气息的动乱场景，语言在诗人手里神奇地物质化。前面那两句诗是全景，后面这两句是特写：我们被吸引住了，不能不去注意那凌乱的泥土上面散落的金玉珠翠，从而不能不去想象它的主人的命运，不能不让这个悲惨的场景深深地印在我们的脑子里。写死刑以后的情景比写死刑的进行过程往往更富于感染力，普希金在《波尔塔瓦》里就是这样处理的①。那么，皇帝的反应呢？“君王掩面救不得，回看血泪相和流”。同样紧紧地压缩到一点：作为一个男人的皇帝，他的处境，他的应付事变的态度和心情，都在“掩面”这个简单的动作里表现出来了。在生死抉择

① “有一个人用手指着广场，/对他们说：‘已经太晚了’。/人们正在那里拆散致命断头台，穿法衣的牧师正在祈祷，/两个哥萨克正在把/橡木棺材抬上柩车。”

的严重时刻，事物的最内在的本质必定通过外在的反应表现出来。这个可耻的懦夫，这时候想到的只是极力掩藏起内心的激动以保持他那可怜的尊严，这确实是一个皇帝！这时候皇帝占了上风，情人隐退了。“血泪相和流”是在“回看”之后，我们不能不注意到动作的次序和行为逻辑，“回看”距离在延长，皇帝并未停留下来，但情人是在“血泪相和流”。皇帝就是皇帝，所有的独裁者都一样，除了皇帝，他什么都不是，不是男人，不是情人，江山和美人，他选择的当然是江山，抛弃的当然是美人，哪怕这个江山已经幻影化，就这样写已经足够了。

从下面这一节起，开始写皇帝的内心活动，恐惧最高权力的失落，失落必将导致混世的终结，对于魔王，混世活动就是一切。《长恨歌》实际上是从这里开始进入“正文”的，如要没有以下这些主要部分，“长恨”就失去内容，作品也没有艺术价值了。“黄埃散漫风萧瑟，云栈萦迂登剑阁。峨眉山下少人行，旌旗无光日色薄。”整个世界变了颜色，皇帝受到的打击如此严重。一幅以险峻的构图和明暗的调子画出来的风景画：沙尘飞扬，冷风吹着奇形怪状的高大树木，幽僻的山谷，难以通行的道路，仅存的一队稀疏的人马困难地跋涉着，威严华丽的仪仗在这个荒僻之处显得极不协调而有些滑稽，无情的灾难正对难混下去的魔王露齿而笑，丧失美人还将失去他的江山吗？回答是暗淡无光的。所有这些都由四句诗充分说出了。值得注意的是，这里的每一句诗（严格地说是每一组或每一单元形象组合），如果让它们孤立地存在，意义就不同了。可以作为单纯地表现寥廓心情的自然风景描写，可以作为寻幽探胜的旅人游兴的抒发，可以作为对名山佳处远离尘嚣意境的吟咏，可以用来表现另一种情况（例如战争）某一群人（军队）的沮丧溃散的场面，等等。但当它们由于内在的质的关系而组合在一个形象序列里时，它们就互相交错，互相渗透，互相影响，发挥出远比单独存在时更为巨大的联想潜能，甚至转化为原来没有的新的质而达到原来不可能达到的想象高度。当它们一个接着一个从我们面前闪过时，我们看到的已不是一幅幅互不相干的静止的画面，而是发展着的情节了。四句诗（四组或四个单元）按这个次序排列的结果，还奇妙地使我们体验到诗人在选择它们、组织它们时的心理过程，我们的欣赏心理过程就这样和诗人创作时的心理过程一致了。这并不奇怪，人们的审美活动本来有这种模式：经常不断地清理不连贯地纷至沓来的新印象和由它引起的旧印象，使之成为系统，得出新的意义。可以说在这里，存在着艺术欣赏的重要原理：诗人有力量使我们的想象按照他铺设的轨道前进，我们有力量沿着这条轨道前进去完成诗人启示我们去完成的想象，从中得到美的享受。

“蜀江水碧蜀山青，圣主朝朝暮暮情。行宫见月伤心色，夜雨闻铃肠断声”，正面接触到皇帝的内心状况。这个爱情的孱头，十足的懦夫，如今失去到他的“御宇”里再去“求”得一个新的“倾国”的可能，只好长吁短叹了。诗人在这里强调的仅仅只是皇帝的“伤心”，我们有充分的理由相信他的伤心更多的是政治上失利所带来的困境引起的，其中包括失去享乐生活不可缺少的宠物：他心爱的妃子杨玉环，物质的、肉体的成分占上风时，精神的成分就不单只是占下风，而且无地可以容身。诗人没有用回忆中的情人（如果是情人的话）的音容笑貌来描写皇帝的伤心，而是像一般所说的那样，寓情于景，见景生情。山青水碧，继续写景。这四句紧接着前四句，都以写景为主，从艺术上说很容易使人想到那句老话，“诗中有画”，同样很容易使我们领会到诗毕竟不是画，时间艺术的诗和空间艺术的画有着不同的性格。画是静止的，诗中的画却是动的：画面上的物体是通过构图确定下来的，它要求欣赏者进入这一幅画里面，诗里面的画却往往被不断地加进新的内容，画面由不断加入的新的内容不断地加以充实，它要求欣赏者看到比画面更多的东西，它可以具有一个以上的取景框和各种不同的视点，它要求欣赏者在自己的想象中把连续发展的画面组合成一个完整的用视觉世界体验的感情概念。诗人从感情角度处理素材，画家则更多地首先从技术角度处理素材。“蜀江水碧”如果不和上面几句诗里的“黄埃”“日色”等等，以及下面的“朝朝暮暮情”联系起来，就不可能成为诗中之画，虽然也可以是对大自然 的观察的忠实记录，但是，完全非人类的大自然终究是不存在的，诗和画就在这一点上有着交叉，同时出现分歧，山和水一直伴随着这个特殊的旅人，在山的阴影和水的波纹间，充满着的是内心的无限懊丧和怅惘。行宫见月，夜雨闻铃，后景缩小了，我们的眼前出现了一个寂寞的院落，被苍白的月色照射着。下一句是上一句的对偶，用丰富的音色反衬上一句暗淡的月光，既有连绵不断的雨声，又有断断续续零碎的铃声。两句诗加在一起（对偶是重复，重复就是强调），表明无论在月夜或是阴雨之夜，失败之感一样地咬啮着皇帝的心。所有的缺乏精神内容的情爱都不可能单独发挥精神作用，对于皇帝和他的宠妃，我们还能要求什么呢。

接着又是一次跳跃，军事叛乱的平息和皇帝返回首都，只用六句诗，同样有大胆的省略。运用六句诗作为全诗第二部分的末段，在结构上还起着引桥的作用，使第二部分顺利过渡到第三部分。而作为第二部分的不可缺少的有机组成部分，是把皇帝对杨玉环之死的反应重复强调了一次。马嵬坡是归途必经之路，皇帝不想绕过这个伤心之地，但也并不是为了再作一次沉痛的悼念，他没有那样强烈的感情要求。“天旋地转回龙驭”被用实际上是抽象的隐喻交代过去，就像戏剧演出上一场和下一场之间的时空距离被用过场来表示。在我们的视象中急速地闪过天地在旋转之后又复归于平静，时间过去了，恼人的旅程重新开始，宠妃暴尸道旁的触目惊心场面事隔不久，还记忆犹新，皇帝想控制自己的感情不让它过分暴露，以免失去尊严呢，还是让纷纭复杂有待于从头收拾的国家大事分心了，无暇顾及呢？诗人只告诉我们他曾经“踌躇不能去”，是有一个短暂的停顿，但并不长久。“马嵬坡下泥土中，不见玉颜空死处”，“马嵬坡下”点明“到此”的“此”，诗人时刻不忘记构思的严密，而“不见玉颜空死处”则完全是皇帝的感受，皇帝的所见、所想，多少有些神志不清，那场小小的兵变当然曾经引起骚乱，但杨玉环在什么地方（马嵬坡绝不是一片旷野）被勒死的，一般说大体上还是应该记得的，应该注意诗人是怎样写的，“君王掩面救不得”，这个悲惨的场面，作为一国之君的唐玄宗连看都不敢看。如今，天旋地转又归平静，他，踌躇了一下，停留下来，倒又想起要找到个宠妃的确切的死处了，这种心理状态耐人寻味。对于他，杨玉环是“玉颜”（美人），她在这场军事叛乱中成为牺牲品，如果……不牺牲……不也可以吗？这样的思维逻辑不是有些幼稚天真吗？作为一个皇帝，只这样地想是不可原谅的，然而作为一个情人，这样想就应该是更不可原谅的了。他想用这样的想法来保持自己心理上的平衡，“空死”，如果作为对杨玉环之死的评价，真应该算是“一字之褒，一字之贬”的史笔，诗人的心情是真正沉痛的。“马嵬坡下泥土中”，不堪回首的旧地曾经零落散布杨玉环“委地”的璀璨“花钿”，颤动的衰草中依然闪烁着昔日的宠幸带来的短暂欢乐，多么可悲！然而，这感触是属于诗人自己的，和诗中的皇帝不相干。“君臣相顾尽沾衣，东望都门信马归”，严峻的真实，沾衣的眼泪，是一滴一滴落下来的，侍奉在侧的头号大帮闲高力士的眼泪，却多少带有漫画气味，皇帝的性生活秘书，皇帝腐朽享乐的随身侍卫，现在只有他俩是这方面的知音了，“东望都门”，已经不再“回看”，也许，心情是无可奈何的落寞，“信马归”让坐骑习惯地沿着大路缓缓前行，既不催促，也不想勒住它。马蹄寂寞的嘚嘚声，映衬着皇帝内心的空虚和百无聊赖，笔墨是如此清淡，有如不着色的水墨写意画。是诗人恪守诗教，极力避免禁忌的哀而伤、怨而怒，还是敢于伤，敢于怒？只是不想形于色而流于浅露？看得出，白居易一点也不想给人以有意增加皇帝的感情分量的感觉，诗人有何等惊人的精微的艺术分寸感。

三

第三部分是全诗的最主要部分，也是最精彩的部分。回宫以后皇帝对杨玉环的思念只是引子，一切都从隐隐约约中极为自然地趋向清晰的展现，神奇地以诗意幻想显示我们期待的真实，同时显示不可抗拒的梦境般的诗美魅力！作为艺术的主要功能的虚拟性被痛快淋漓地运用着，这样地真而又这样地“假”，由于“假”而更真，“假”中显示的无可怀疑的真实，可怕的没有爱的长恨。可怕在于只能没有，不可能有，因为爱是人性的最高表现，混世魔王已经丧失人性，作为玩物的杨玉环处于人性被残酷压榨的悲惨过程，这真实诗人是以高超、强大的艺术力最充分地呈现给我们的，神奇的是呈现得这样自然，这样不露痕迹，可怕的真实是这样平淡无奇地就像一般的言情之作那样老套，而它的底蕴却又是如此重大的主题：爱情呼唤人性，无人性即无爱情！①

描写皇帝回宫后对杨玉环的思念的这一组诗句，是《长恨歌》精彩部分的开端，从这以后，一直到全诗结束，艺术表现越来越出色，使人有应接不暇之感，我们有理由相信这是出于诗人的精心安排，而且理解他必须这样安排。“归来池苑皆依旧，太液芙蓉未央柳。芙蓉如面柳如眉，对此如何不泪垂。”感染力在不断地加强，节奏是步步进迫式的，四句诗，第二句是第一句的具体化，而当你读到第三句时，才明白诗人为什么要写第二句，没有第四句，前三句就都笨拙不堪了。诗句之间的相互作用如此密切，甚至使人觉得一句句分开来讲它们不免冒昧。“春风桃李花开日，秋雨梧桐叶落时”，这是对“对此如何不泪垂”的扩展。下面四句诗继续写时间在恼人的回忆里推移：“西宫南内多秋草，落叶满阶红不扫。梨园子弟白发新，椒房阿监青娥老。”周围环境是荒凉的（“秋草”是“多”的，“落叶”是“满阶”的），到处都是荒凉，眼睛想躲开它们也不可能。周围的人群也是落寞的，老去的青娥，头发变白的梨园子弟，所有这些都表明皇帝还来不及重建他的享乐生活，也许永远也重建不起来了。所有这些都因为失去享乐生活的中心杨玉环而失去光彩。这个风流天子，平乱之后居然一点也不关心善后绥靖，平复国家所受的创伤，而一味沉湎享乐生活，朝思暮想，这时的皇帝可真像一个一往情深的情人，然而我总觉得割舍不了的杨玉环之外，应该还少不了张玉环、李玉

① 唐玄宗这时已六十五岁，杨玉环入宫才十八岁。白居易必然注意到这一点。

环等等。下面这一组，节奏仍然急促，调子却趋向阴沉。白居易敏锐的艺术感觉和对丰富的艺术表现可能性的娴熟运用在这里又一次得到证明：四句都用光和影表现情绪感受，今天读起来仍然叫人感到新颖，“夕殿萤飞思悄然”，黄昏，暗黄暮色中绿色的萤火；“孤灯挑尽不成眠”，摇晃的暗红色灯光和闪动的影子；“迟迟钟鼓初长夜”，逐渐加深的夜色，断续的钟鼓声的伴奏里增加阴暗色调和寂寞感；“耿耿星河欲曙天”，从灰色的子夜到苍白的清晨，皇帝的面容在这些色调不同的阴影里时隐时现，他的苦恼在加深着。光和影的“余波”还进入到下面这两行诗，“鸳鸯瓦冷霜华重，翡翠衾寒谁与共”，凝霜的屋瓦的迟钝的光，锦被发出微微的寒冷的反光，加深了寂寞的气氛。交替出现的给人带来深刻感受的画面都有我们已经知道的根源，它是“掩面”“回看”“踌躇”“信马”的发展，皇帝的无法排遣的苦恼在独处的时候更加强烈。“悠悠生死别经年，魂魄不曾来入梦”。“经年”是上面写到的这些苦恼场景的时间长度，精神惩罚简直有点过于冷酷无情。“悠悠生死”已经在直截了当地写皇帝的内疚。没有这种内疚，他的苦恼就失去内容，成为不可能的了。对“不曾来入梦”的原因他应当有许多猜度。这时，他对失去的“玉颜”的思念已开始从消极走向积极：他在寻求梦中相会。但甚至这一点安慰也难以得到，他不能不感到被冷落（他是不能不这样想的，此时他实际上已经成为明升暗降的太上皇，只有老实安分地颐养天年了。对于他政治上的被冷落是生死攸关的，独裁者手中没有了权，就什么也不是，只剩下一条命了）的悲哀，他不能不从这里面看到自己的渺小。在上面这一节诗里我们更亲切地感到诗人的内心活动和思想历程，任何诗人都不想掩藏自己的爱憎，问题是他们总是想用更潜在的方式表达他们的爱憎，因而，诗人的精神活动终究要表现在作品里，尽管它往往存在于极不惹眼的“字里行间”。

幻想是需要，幻想是唯一的可能，现在条件下可能具备的可能。下面这一节诗并不是情节的简单交代，已经是充分幻想性的了。“临邛道士鸿都客，能以精诚致魂魄。为感君王辗转思，遂教方士殷勤觅。”所有这些都带着不确定的、虚拟的性质。从来没有人去考证有没有这个“临邛道士鸿都客”，类似的巫师必定不少，然而这倒无关紧要。重要的是这个前提：精诚。这里说的却是道士具有这种施展法术的前提，皇帝倒不需要有这个前提（道士的精诚是对法术而言的，所谓“诚则灵”，皇帝，作为一个事主，本来也应该有对杨玉环的精诚才行，这里却并未点明或者无须点明），这里的主旋律是不确定。其次，被皇帝的辗转思念感动了的鸿都客如今亲自动手去从事这难度极大的侠义行为，然而似乎也没有多大把握，“殷勤觅”，成败在不可知之数，这是不确定，要知道太确定就不是幻想了。“排空驭气奔如电，升天入地求之遍。上穷碧落下黄泉，两处茫茫皆不见。”方士们没有这样大的本领，不必太认真，我们倒好像但愿他们真的有本领，至少那“升天入地”的热情劲头是值得肯定的，我们很高兴因为我们也被引入一个无限广阔的想象天地。“排空驭气”“升天入地”“碧落”“黄泉”“两茫茫”。虚无缥缈的行动在虚无缥缈间进行，排、驭、升、入、上、下，如此奔忙不息地去“穷”的是空、气、黄泉、碧落，给予我们的想象启发是如此纷至沓来，仙境还没有出现，但仙境的非人间气氛已扑面而来。

在这里，幻想既然是主题的进一步扩展，又是思想的进一步深化，如果把诗人幻想的权利剥夺掉，他就将无事可做了。有人说，仙山一段，是沿袭汉武帝、李夫人的故事，因此这一首诗一开始就称“汉皇”，这自然是考据家牵强附会的积习，他们这样说，并没有考虑到这是对艺术规律的无视①。白居易如果没有高超的幻想能力，怎么可能写出《长恨歌》？幻想在这里是作品内在逻辑发展的必然结果，没有幻想倒是不可想象的事。

仙境即将出现，《长恨歌》将在仙境中结束，天上与人间的对比，天上与人间的不可逾越的界限。想象中的天上，可怕的真实的人间。诗人在结束部

① “虽然，此节物语之增加，亦极自然容易，即从汉武、李夫人故事附益之耳。陈传所云‘如汉武、李夫人者，是其明证也。故人世上半段开宗明义之‘汉皇重色思倾国’一句，已暗启天上下半段之全部情事，文思贯彻钩结如此之精妙，特标出以供读者之参考”。（陈寅恪：《长恨歌笺证》）此说对幻想取肯定态度，但认为白居易是从陈鸿学来的，却难使人信服。

分强调想象不仅为了美而是为了告诉我们真实的美和爱只能存在于虚幻的天上，而在魔王用以作为尽情地胡混的人间是不存在的，“忽闻海上有仙山，山在虚无缥缈间。楼阁玲珑五云起，其中绰约多仙子。”连神通广大的方士也从来没有听说过的海上仙山，连告诉他有这么个仙山的比他法力更强的方士或某种更了不起的神仙也说不清它的具体所在。“忽闻”，偶然的，不确定的，幻影般的，在“虚无缥缈间”的。“楼阁玲珑五云起”，空茫无际的后景中突然出现具体可见的玲珑楼阁和五色祥云，是五色祥云簇拥着这些玲珑楼阁，还是这些楼阁就像五色祥云那样叆叇多姿呢？不清楚，也不必很清楚，仙境里的一切都恍惚迷离，隐约在茫茫雾气里，因而更加吸引人。“其中绰约多仙子”，杨玉环现在以仙子身份出现在我们面前了，她的第二次出现带着的仙子特征，和第一次在罪恶的人世间出现时何其不同！仙子的绰约丰姿是意浓态远的，具有那种非人间的美的威严和神秘，和当年的“回眸一笑百媚生”相比，真有天人之判，是人间的苦难经历使她从幼稚历练成老成呢，还是仙子的本性只有在仙山才能充分显示？她一出场就给我们带来这样一个耐想的问题。“中有一人字太真，雪肤花貌参差是。”又是一个不确定，一个多么重大的虚幻，连到底是不是杨玉环也没法确定，名字不同，从外表上看，一样美，只是说可能就是她。读者们，这时候你只能依靠你自己的想象力了。“金阙西厢叩玉扃，转教小玉报双成”，行动具体可见，连细节都那么具体，叩响门环，问讯，经过一个又一个仙女转达，然而又仍然是虚幻的，我们记得这是仙境，知道小玉和双成都是仙女，尽管是级别较低的仙女。现在，我们的仙境之游更加富于戏剧性了。“闻道汉家天子使，九华帐里梦魂惊”，天上宁静的生活受到了干扰，人间那段可悲的因缘带来的创伤似乎早已愈合，罪孽早已满了，她已经把那些恩爱缠绵和生离死别忘记了。“梦魂惊”，我们有理由相信这里所现的“梦”不一定就是在做梦，就算是做梦也与那个痛苦的回忆不相干，关于这，下面的诗句有明确的描述。“揽衣推枕起徘徊，珠箔银屏迤逦开。云鬓半垂新睡觉，花冠不整下堂来。”一连串的动态，仙气盎然的动态，所有的动作都那么迟缓，似乎带着点迟钝。徘徊，迤逦，半垂，不整。她的反应并不强烈，往事于她已经并无多少纠葛，更没有为汉家天子来使的到临感到惊喜，天上和人间的距离是如此地无法缩小。如此富丽的四句诗带给我们的却是如此清冷的感觉，仙子揽衣推枕的迷人动作，珠箔银屏的闪光，新睡觉的美人半垂云鬓的娇态，花冠不整却又仪态万千的徘徊，下堂，所有这些都使人感到意外，毕竟，仙人的感应该和我们凡人不同，他们是洞察一切的。“风吹仙袂飘飘举，犹似霓裳羽衣舞。玉容寂寞泪阑干，梨花一枝春带雨。”多么的富于动势。飘飘举何止是仙袂，是仙人在行走（或许不能叫行走而应该叫移动），在人间认为是最美的舞蹈，在仙山只不过是一般的动作。仙子们的啼哭和凡人的啼哭是不同的，纵使是泪阑干了，玉容依然寂寞，悲伤并未扭曲她的面容，啼哭只有使她更美，这种使物象脱离整体加以表现，使被表现的部分充分表现整体的方式是非常高明的。用花比美人是老套了，然而，春雨中的梨花这个形象却永远新鲜，它给我们铸造了一座有着深沉的内心活动的圆雕。“含情凝睇谢君王，一别音容两渺茫。昭阳殿里恩爱绝，蓬莱宫中日月长。”我们随着诗人的视角更换，在连续的上升、下降中移动，通过时刻更换的近距离角度看到这一切。如今，仙子杨玉环在接待汉家天子的使者，她的表情未免太严肃了，她的话语也简短得近于某种交际场合有礼貌的应酬，她只是“谢君王”而已吗？然而这却是客观规律造成的必然后果，昭阳殿里的恩爱是不能不绝的，蓬莱宫中的寂寞岁月将永远那么悠长而平静。而最使人感到悲痛的还应该是遗忘，可怕的遗忘，“一别音容两渺茫”，即便是天上的仙子也无法使曾经那样丰富的回忆再现！“回头下望人寰处，不见长安见尘雾。惟将旧物表深情，钿盒金钗寄将去。钿留一股合一扇，钗擘黄金盒分钿。但教心似金钿坚，天上人间会相见。”她的沉睡的回忆似乎已被来使唤醒。于是她重新思考自己的感情经历，然而，作为仙子（这是诗人的着意安排）的她已经能够，或者说由于她的感情经历和反省，加上她的超脱地位，她的精神世界已不同于我们想象中的人世间痴男怨女，当她“回头下望”时，所见到的茫茫人寰中已不可能有长安而只有混浊的（与天上比较起来更是如此）尘雾了。发生于这层尘雾之中的往事如今已不那么温情脉脉，然而她毕竟是一个女性，她不能不用女性的方式表示她对梦幻似的旧情的重视，她以她的最独特的方式赠送信物。人类的爱情生活史里似乎还没有这样的先例，女性最珍贵的贴身饰物被分成两半，一半留给自己，一半作为信物，送给昔日的曾经是情人的汉家天子，难道是某种神物，受礼的将会持这奇特的神物来和她重温旧梦？无疑是一个太大的悬疑。这不等于告诉他，钗已掰，盒已分，逝去的已无法追回。如果“心似金钿坚”，天上人间，我们都不会分离，我们的分离，就是因为没有一颗金石般坚固的心。

现在，我们可以更清楚地知道诗人为什么要把仙境写得这样既虚幻又真实了。诗人一直紧紧把握住虚幻这个中心，“日月长”“下望人寰”“见尘雾”，都是为了造就一个虚幻的空间，追随诗人的我们作为情节发展的目睹者，从各个角度一路看来，整个事件就这样地成为我们的亲身经历，我们在仙境里的亲身经历告诉我们，故事的结束已经临近。“临别殷勤重寄词，词中有誓两心知。七月七日长生殿，夜半无人私语时。在天愿做比翼鸟，在地愿为连理枝。天长地久有时尽，此恨绵绵无绝期。”皇帝和杨玉环的性格在这里都已得到完成，因为他们的关系的实质，他们对这种关系的态度现在已经完全表现出来。杨玉环的临别寄词对皇帝的薄倖无疑是一个严厉的谴责，海誓山盟有时可以是逢场作戏，因为时过境迁而成为可悲的嘲弄。被愚弄而成为牺牲品的杨玉环是有权这样做的，她采取的仍然是女性的温和的方式。杨玉环的憾恨有十分沉痛的性质，是绵绵无绝期的，这个结局十分准确地反映了历史真实。从艺术上说，这个结局的可信还由于两个主人公被刻画得十分真实，特别是皇帝，我们是从十来个侧面看清他的，就像看一座圆雕，我们绕着他走了一圈，看完一圈才得到一个完整的印象。皇帝和杨玉环的形象都有同样广阔的空间，两个人物都能够那么自由地行动，丝毫不受牵制地按照自身具有的条件行动，但诗人并没有因此使他们的性格简单化，而是使之合乎规律。《长恨歌》的结局是没有结局，我们乐于接受这个结局。诗人已经在这首诗的全部发展过程中不停地感染了我们，我们感受的点滴积累如今正好凝聚成这样一座高耸的冰山，它的多棱面的寒冷的闪光有无穷深广的启示。

四

我们的审美思考之旅已经走过一段不太短的行程，已经谈论得够多，应该结束我们的谈论了，在结束的时候稍稍集中一下我们的话题，多少再谈一下看来也还是有必要的：

第一，关于《长恨歌》的主题，如果不纠缠于它的政治意义或暴露性（“讽喻”），其实是很容易把握的。这里写的是爱情，不是别的，只是爱情“一篇长恨有风情，十首秦吟近正声”，诗人自己说得够明白了[①]。关键是爱情发生于皇帝（主人）和妃子（民间叫妾、小老婆、性奴隶）之间，它的存在就只能是若有若无的，不可能真实，不可能持久，经受不起考验。当然，作为奴隶的一方面期望它真实，持久，经得起考验，这种期望最后是落空了。“三千宠爱在一身”，是利益，“可怜光彩生门户”也是利益，但所有这些都只是利益，而且是非必然的，不牢靠的利益，而不是爱情，这里面极少可能有爱情，因而也没有爱情的幸福，由于深刻的社会的历史的根源，与人性无关的情爱的誓言只有成为让人从相反方面去认识的谶语，作“比翼鸟”和“连理枝”的愿望绝难实现，果然也没有实现，这就是长恨，绵绵无期的长恨。这恨，不能不是对人性的凄厉的呼唤！

第二，弄清主题我们就有可能从内部，从作品的内在要求来看它的艺术处理和所达到的艺术高度。我们曾经谈到白居易惊人的艺术分寸感，谈到诗人在处理“仙山”这一部分时怎样严格遵循着“虚无缥缈”不确定性处理原则的。对于现实的毫不容情的剖析和艺术上极力避免“火爆”的处理方式，

---

① 正，就是雅，《诗经》有“大雅、小雅”，“言王政之所由兴废也”（诗序），社会、政治诗。风情，风月之情，就是爱情。值得注意的是，白居易对风情，正声未加轩轾。

除了艺术规律本身的原因外，有着更深广的意义。应该说，这是“极高明而道中庸”的中国儒家哲学在美学上的“温柔敦厚”原则的具体运用和体现，中庸是运用中和的原则，“喜怒哀乐之未发谓之中，发而皆中节谓之和”，中节就是含蓄，含蓄就是“哀而不伤”“乐而不淫”“怨而不怒”等等。甚至像《哀江头》这样具有尖锐性的题材也被杜甫（他的风格明显比白居易凌厉得多）用高度的抒情性缓和起来，他只写到“细柳新蒲为谁绿”，只写到“一笑正望双飞翼”，全是那么舒缓，那么从容，那么适可而止。《长恨歌》婉而微的基调是遵循中国儒家哲学、有着鲜明的政治伦理哲学性质的儒家哲学所派生的中国美学原理的产物。不能单单说这是艺术的要求，还应该说这是伦理的、道德的要求。

第三，关于《长恨歌》的艺术特色我们已谈论得相当多了，有些时候似乎还稍稍多了一些，这里有必要集中起来说一说它的最显著的特点：单纯性。一首长篇叙事诗给人以如此和谐的感觉太难能可贵了。情节流水般自如地沿着设定的渠道汩汩向前流去，各个部分妥帖地按着规定好的比例自然结合。由于诗人对历史事件和历史人物作了符合主题要求的取舍（考据家曾经指责它有许多地方不尽符合史实，然而诗人为什么一定要使作品中的具体人和具体事件符合史实？诗人完全可以根据自己创造的生活环境和人物形象使素材符合它和他，而不是相反），像所有优秀的叙事诗一样，《长恨歌》也以情节发展过程的各种动力的揭示，和情节发展结果的多种可能性吸引了我们，不同的是它不是用层出不穷的悬念，勉强的巧合和轻率的偶然性等等来“丰富”情节，只是提炼，只是压缩，诗人首先排除了庞杂，排除了那种会叫作者什么都不得不去写而又什么都写不好的窘境，压缩就是排除浮面的东西，通过提炼达到深化。整部作品给人以透明感，诗里出现的一切既是有丰富蕴含的，又是一目了然的。这里没有什么耸人听闻的故意夸大，也没有从文字上把内容弄得复杂难解的雕琢堆砌，这些是真正的诗人所不愿做的。厌恶浓艳调子和艰深形式这类廉价装饰趣味是诗人最基本的美学性格，因为所有这些在他的诗里面都是不允许存在的。它来源于诗人对于主题的坚定不移的贯彻，来源于主题的不可动摇的专一，来源于主题对结构、形象、表现、情节发展的绝对权威。于是达到了高度的单纯性——艺术的难以达到的最高境界之一。

《散宜生诗》

绀弩去世，钟敬文送的挽联给我留下很深的印象：“晚年竟以旧诗称，自问恐非初意；老友渐同秋叶尽，竭忠敢惜余生。”六十年老友对绀弩晚年“竟以旧诗称”认为“恐非初意”，是深知绀弩的文学抱负的。他的志愿首先是写小说，其次是新诗，散文。中年以杂文倾动一时，晚年以旧体诗声震文坛，其成就且达到罕见的高度，以至胡乔木在《散宜生诗》的《序》中说：“它的特点也是过去，现在，将来的诗史上独一无二的。”还得到了施蛰存、程千帆、启功、虞愚……诸位的激赏，确实有些出人意料之外。

他是怎么做起旧诗来的呢？这是我常常想到，也常常想从他自己的话、诗里探索的事情。一九四四年，我只身辗转到了重庆。绀弩早几个月已经先离开桂林到那里了，相对凄然，他给我看新写的一首七律《题〈金石录后序〉》，这是我看到的他的第一首旧体诗：“几处娜嬛付劫灰，归来堂主未归来。但携鼎鼐逃胡虏，敢愿邦家少将才！三十卷书垂宇宙，八千里路走蒿莱。烹茶赌记情犹在，帘卷西风百事哀。”写的是李清照和赵明诚，“娜嬛”也使人想到当时被称为“文化城”的桂林，也已付劫灰。但诗写得实在说不上好，没有什么特色。“你也写起旧体诗来了？”我说。“好玩嘛！”他用他那特有的满不在乎神气回答。我以为他是在偷懒，要写，就该写新诗或散文。

一九三八年秋，在新四军第一次见到他时，看到一处墙上贴着绀弩写的鲁迅的《亥年残秋偶作》，我请他也给我写一张，还说："最好写你自己的诗。"他说："我不会写旧诗。"我却不大相信，他应该会写的，顶多是不想写吧，许多新文学家都这样。

确实没有见过他写的旧体诗。他在军司令部文化工作委员会，负责主持军机关刊物《抗敌》杂志，第二期上刊出了他的长诗《收获的季节》，我还背得出开头几句："收获的季节/秋风吹过稻田/稻田是赤裸裸的/……"这首诗我很喜欢，后来我才知道，他寄给胡风，胡风却不喜欢，说："不知道他为什么要写那么多。"他的诗，一般都较长。虽长，却不能说是有意拉长。他写小说，散文，都有点恣肆为文，不思节制的味道。这是他的风格。

有两件事记得较清楚，可以说明那时候他对旧体诗的态度。太平洋战争爆发后，茅盾脱险到了桂林。有个《诗创作》杂志，主持人胡危舟善于经营，请他写稿。茅公说他不会写新诗，但"谈谈可以"，胡危舟想了个办法，请茅公、绀弩和我三人座谈，然后发表座谈记录。谈的结果却不怎么好，茅公力主新诗必须向古代诗歌，以及民歌甚至民间曲艺学习，这自然正确，但茅公的主张，却偏重在形式的学习上。对茅公我们当然是非常尊敬的，这一回却真是不敢苟同。记得绀弩说过：那些形式多半已经死去了，要让它们起死回生很难，也没有必要，等等。记录终于没有发表。另一件事是胡风脱险到桂林时，拿出他的两三首旧体诗给绀弩看，也给宋文彬看了，他们都觉得还不够好。绀弩说："想不到他怎么也写旧诗？"意思是最好不写。

绀弩比较认真地写旧体诗，大约是从吊萧红墓、访东平故居诗开始的，那已是四九年秋，他到北平参加第一次文代会，逗留大约三个月，又南下回香港的时候了。那首吊萧红墓《浣溪沙》不过平正而已，并无特色，但已显出他的旧体诗的独特之处。"天下文章几儿女，一生争战与初终"，"光线无钱窥紫外，文章憎命到红中"，"才三十岁真雄鬼，无《第七连》也霸才"，"哀兵必胜古兵法，时日偕亡今日程"。这些叫读惯了到处可见的旧体诗的我们感到突兀、新奇，甚至有些凌厉之气的诗句，出现在其他一些不免使人感到有些面善的诗句中，今天读来好像听到了走向《三草》和赠胡吊胡诗的最初的脚步声。然而以后几年他却并没有再写旧体诗，而是在古典文学研究方面作出引人注目的成绩。

有将近四分之一世纪我入了“另册”，和师友们断绝了联系。一九七九年初恢复工作后，我读到《北荒草》。这本小小的油印旧体诗集给我带来的惊喜具有不小的冲击力，这是他写的，而且是旧体诗！竟使我不能不反复思考像传统和继承，形式和内容的关系这些问题。当然，它更使我不能不思考历史、时代、个人，思考绀弩这个人和这一代的中国知识分子。我写了一首小诗《读〈北荒草〉》，想记下我的感动和我的思考：“我来到一座森林前面/森林黑沉沉地矗立在黑夜里/比地还黑，比天还黑/比整个黑夜还黑/海上的冰山也是这样的/矗立在一片光华明亮里/比海还亮，比天还亮/整个宇宙的亮，衬托不出/它那明亮的轮廓。”我相信，他要写的决不止这一些，还有更多更使我惊喜的东西没有写出来。毕竟，旧体诗这种古老的体裁，所能够提供给一个现代人的精神活动空间太有限了。

接着我又读到《赠答草》《南山草》的原稿，他要我在长沙油印，通信中不免谈诗，有一封信里他写道：

我写了一些诗，只为无聊消遣。不计工拙是假，不知工拙是真。无人可问，更无人可面谈，只好胡写下去。不料有人在背后谈了，甚至有人找上门来要诗了。人们背后谈我别开生面，独辟蹊径，开七律未有之境。渐渐我也听说了。可怜我连熟面、正道、已有之境一概不知，哪能谈到这些。这回你说我的诗达夫作不出，但达夫的诗我也作不出，谁的诗我也作不出。你说用典而不为典所用，咱们老友，斤两悉知，我总共知道几个典？平生每笑鲁、郭、茅、达……一面反对文言，一面作旧诗，自诩平生未为如此矛盾。不料活到六十岁时，自己也作了，比他们更作得厉害了……

一九八一年以后，每年都要到北京一两次，见面的机会多，谈的也就多些。起初在谈他的旧体诗时，不免联系到为什么不写小说、散文、新诗，他的回答仍是那么满不在乎地干脆："我还能写吗?"面对被灾难岁月折磨得如此瘦弱多病的老人，谁还忍心去触动那心灵的最痛处呢？他写旧体诗，说是"无聊消遣"，无可奈何。中国的传统文化里，确有许多多功能的东西，旧体诗就很适宜于"遣兴"。既可以正正经经地用以"致君尧舜上"，也可以用以打发无可作为的时光。"不为无益之事，何以遣有涯之生"，人有壮志，既然已绝对难酬了，就得想办法把它消磨掉。

绀弩爱讲反话，听惯了的常能明白其真意，但"只为无聊消遣"却是真话。像他这样的人，写出这样的旧体诗，要说当初真有要开未有之境、振兴旧体诗的雄心，我以为是完全不可能的。他只不过认为必须这么写，应该这么写，就这么写起来。从北大荒回来后，和他谈诗最多的是钟敬文和陈迩冬，他们都是专家，且是真正懂得诗的。他常向他们请教，钟敬文很严格，陈迩冬循循善诱。晚年，他不是进医院一住几个月，就是回到家里的"家庭病床"上，除开古典小说研究，想得最多的还是写旧体诗。对古典诗歌，我虽然喜爱，但从未入门，更不会写，只不过是坐在病床旁陪他聊天罢了，谈不上真正地谈诗。不过"童言无忌"，我总爱强调他的旧体诗里的现代意识，坚持他的旧体诗确实开前人未有之境，我的理由是他确实写了前人没有写过、不想写也不屑写然而很应该写的东西。一天，他突然问我："什么叫意识流?"多半由于我是以教书为职业，"吃开口饭"的，何况是在他面前，从自己略知一二的查拉的"达达"、布勒东的超现实主义、"自动写作法"，还有"前语言"，人的潜意识、深层意识乃至无意识等等不免走极端的现代文学新观点谈了起来。据我看，文学既要写人，就少不了探索人的内心世界。《红楼梦》里贾宝玉神游太虚境，就是贾宝玉的胡思乱想，曹雪芹巧妙地处理了它，让它成为全书情节众多契机的总枢纽。接着我说："你的旧体诗，主要的也是意识流，如果不是想到什么就写什么，能写成这个样子吗？龚定庵早就意识到这一点了，《己亥杂诗》第一首开宗明义就说："著书何以观心贤，不奈卮言夜涌泉。"《庄子·寓言》里说："卮言日出"，注家们认为卮言就是支离其言，无心之言，这不也就是意识流吗?《已亥杂诗》要算是敢于什么都说的了，今天看起来却还很有保留，不过也够难能可贵了。自古诗人都自称或被称为性情中人，其实又有几个能真正做到?“缙绅大夫所不能道”的事多得很，不能道也就是不敢道，在心之志真正到要发言为诗时，须经仔细考虑，许多即使明知非常可珍贵的感受和思考，也得忍痛割爱。《北荒草》的开拓创新正在这里：本来不能作为诗料的却进了忌讳甚多的旧体诗。敢于不避俗，且大大方方地使俗成为无可置疑的雅的，他应该是第一个，这样，也就使旧体诗具有现代气息。这是我向他夸夸其谈的第一点。

我这样说是有根据的，翻开《北荒草》，一种新的雅俗标准就会清楚地摆到你面前。批评家好谈新的美学理想、美学追求，可能就是这些。常听说生活气息、生活情趣如何重要，难处似乎在于这种气息、情趣过与不及都会变成非文学，真诗与假诗、美与丑，也就是所谓的雅与俗之间，能真之外，还伴随着这样一个能辨的重要而又微妙的因素，兼具这二者的，正好不是别人，是他。细读《三草》就会发现诗人是以其真勇发现真诗的。生活气息浓郁不会降低反而提高诗的格调。非真诗人不可能信手拈来都是诗，非真诗人也无此胆识才具，形成绀弩诗魅力的奥秘或许主要就在这里，只可惜我还没有能力说透它。

不过我还想再强调一下“真”。五十年前，第一次向他请教怎样学写作，他只有一句话：“要有真感情。”他这一辈子就凭着这个“真”字活过来的。他，以及在北大荒和北大荒以外的朋友们，为什么要到北大荒那样的地方去干那种活，不言自明。就是把他烧成灰，他也写不出什么一步一回头舍不得离开……的“诗”。《三草》里的诗看似浅率，不动声色的闲闲笔墨中，却有那么多呼之欲出的感慨。有的朋友说他是在以旧体诗写杂文，嬉笑怒骂皆成文章，让你从谈言微中里得到消息，说他把辛辣，还有辛酸，糅合到幽默感里了。血气方刚的青年人则说他过于含蓄。但大家都能觉察到他眼角闪动的泪花，我们该记住他这两句话：“人或以为滑稽，自视则十分严肃。”（《散宜生诗》自序）他依然是积极的，决不颓废（包括以“歌颂”方式出现的颓废）。倒是他，使千百年来享有颓废特权的旧体诗进一步非颓废化了。

有些人以为，绀弩的旧体诗所以写成这个样子，是因为他至少还不太懂得做旧体诗的规矩。果真是这样的吗？他倒是很认真的。一九四二年，矛盾的长篇小说《霜叶红似二月花》，用杜牧诗句。绀弩说：茅公记错了吧，是“红于”，不是“红似”，而且这个“于”字，还该读作“窝”。《赠答草》里的《雪峰六十四首之一》有句“忽惊名列索维埃”，也是这个意思。只能用“索”，不能用“苏”。他就这么讲规矩。

然而这却不过是对旧体诗格律的最基本的尊重，要说他完全是那么规行矩步地写旧体诗，那却不是。他说自己“连熟面、正道、已有之境一概不知”，是自谦，也有自豪的成分。任何体裁、格律、尤其是格律，都对作者具有一种艺术思维导向的性能，他只好把千百年来形成的老套老章法都撇在一边，走自己的路。他不能不这样，因为他是现代人，他不愿自己拥有的认识力量、思维力量受到任何限制而无法发挥，为了向读者提供真实的作品，一场革命是无法避免的。这现象，是我们必须从诗人深刻的内心需要去理解的。

说绀弩旧体诗“开七律未有之境”，出人意表的新奇对仗要占很大比重。“丈夫白死花岗石，天下苍生风马牛”（《挽毕高士》），“老朋友喜今朝见，大跃进来何处存”（《萧军枉过》），“一丘田有几遗穗，五合米需千折腰”（《拾穗同吴晃二首》其一），这些看似随手写来的对句，多看两次，你就会发现，磨淬剪裁，作者还是煞费苦心的，说不工吧却又极工，说极工吧却又似拙。雅俗错位，美丑相生，叫人目瞪口呆，有的人以其左道旁门痛心疾首，有的人却从心底里倾倒赞叹，审美经验中最可贵也是最难得的美学发现，却在他的似乎无意得之的佳句中让你得到了。

旧体诗用字、炼字有很多讲究，甚至有在什么地方安个“诗眼”这类相当玄的做法。在绀弩的旧体诗里这些似乎都无关宏旨，重要的倒是它们是作者不怕被谑为打油诗而用俗语、习语、大白话这些名正言顺地属于不雅，俗得叫人吃惊的语言材料来写的。所用的材料既然不同，处理方法自然也就不同，在他所构建的语言环境里，传统的用字、炼字，以及神乎其神的“诗眼”什么的，都只好靠边站。“恨天无把地无环，提地搬天有啥难”（《排水赠姚法规二首》其二），“投柯四顾漫山雪，今夜家中烤火么”（《伐木赠景颇》）“旧诗难做做新诗，一行一句排列之”（《集体写诗七首》其二，“数来三十多三颗，一路欢呼满载归”（《拾野鸭蛋》），“开会百回批掉了，发言一句可听乎”（《怀〈第一书记上马记〉作者张惟》）……如此等等，和传统的辞藻相比，这自然是十足的打油，这些大白话，经他写进诗里，显示出的生命力是传统辞藻难以比拟的。要写出极平常极可珍贵的人类品质，倒非用这种质朴的语言不可。如果试着把这些语言“雅化”一下，就会发现：选用不同的语言材料，和处理这些材料的必然也要有与前不同的结果，最后必定会导致一种新的风格，很可能还是新的形式的出现，即使现在还说不清楚那将是个什么样子。

写旧体诗还要会用典。不懂这个就算不上是起码的诗家，绀弩说他“总共知道几个典，”其实是不屑于此。但他的旧体诗里是有典的，他的用典，常常表现为用事，且常用新事，也可以说是新典。化用典为无典，无意矜才，更无心搬弄、堆垛。在他的诗中，这种特点触目皆是，让我们就叫它新典吧，如“早抛小布方巾去，时有普罗灵感来”（《雪峰六十四首》其一），“轻睃华盖摹唐俟，傲岸南冠厕楚囚”（《代周婆答三首》其一），“精神奴役人谁有？战斗主观论未端”（《有赠》）等等，因为不见于经传，没有出处，不合规矩，新文学家写作旧体诗，也多不敢用，怕被目为打油。但他用了，不管正统不正统，够格不够格，同样因为他不能不这样。

自然，谈论中也不免涉及古典诗歌、现代旧体诗。以下所记，同样以我的夸夸其谈为多。旧体诗到明末清初，已显得更加衰竭，从那时起，王渔阳、袁子才，直至陈散原、陈石遗、郑海藏，都只有把才力浪费在越来越小的范围内兜圈子的份了。最重要的是旧体诗几乎完全彻底地变成技术性的，失去了文学作品激起读者思考，而且思考得比从作品本身领会到的更多更充分的功能。旧体诗人们习惯于以别出心裁为创造性，事实上那只不过是一种技术上的灵巧，而灵巧是可以训练出来的，肯下工夫浸淫其中的，差不多都能成家，甚至成“大家”，但却不过是空架子，谈不上对文学发展有什么实质性的贡献。旧体诗作为一种文化现象，则充分体现出我们这个东方古国的特点，品格最尊贵的诗，降低为最庸俗的交际工具，王公贵人军阀政客无不染指斯文，旧体诗就这样自然而然地滑到文学天地之外去了，可以说是大势所趋，无可挽回。也曾有人想过用改良主义的办法扭转这种局面，但文学的发展靠的是革命，不是改良，是突破，不是修补。这观点绀弩在《人境庐诗》里表达得很清楚。似乎有些偶然性，倒是那些无意于写旧体诗和有意于写旧体诗而不循“正轨”的人，让它延续了生命，甚至给了它新的生命，其中就有绀弩。

“公推郁、柳、苏、田上，自铸新奇瑰丽词”，这是荒芜悼绀弩诗中的两句。闲谈中除这四位外，也谈鲁迅，但旧体诗之于鲁迅，不过是泰山毫芒，可置别论，谈得甚少。至于郭、茅，好像没有什么可谈的，谈得最多的，还是这四位。柳亚子在近代旧体诗坛最引人注目。他走的是杜甫的路，以气格为尚，追摹少陵的气象万千深美闳约。毛泽东评他的诗：“慨当以慷，卑视陈亮、陆游”，并不过分。他追求的是悲壮刚烈，雄放劲健，喜欢用典以增其华瞻。他不是一般的民族主义者，一般的爱国主义者，他是深知亡国与亡天下之分的，其沉郁处非常人所能道，虽然很少能达到“真力弥满，万象在旁”的境界。亚老深信旧体诗终将被新诗所取代，能够站在文学发展的历史高度上看旧体诗的命运，近代旧体诗人中只有他。或许正因为这样，他在艺术上却少创新，如果拿他的经意之作《放歌》《丹青引》《浙江观潮》和龚定庵的《行路易》《西郊落花歌》相比，就会感到龚诗那种推倒扶起、生擒活捉的创新气概，是他（以及南社诗人们）所缺少的。当然主要的是，由于他的真性情，他的诗在“诗道”的积极一面沦丧殆尽的清末以来，始终是出类拔萃的。

特别是在江山已改的晚年，依然葆其纯真，光是这一点就已无愧为一代诗人了。迂儒囿于陈腐观念，说什么对他的评价是“诗以人重”，却有些舍本逐末了。

郁达夫诗常被认为是趋步黄仲则、龚定庵的，不过，如果说“其源盖出于某某”，却未免过于执。郁诗自然也如仲则、定庵，以才情胜。但其明媚婉转，风情秀逸处，却还是他的本色。他的感事诗够得上是蕴藉清新，雍容含不尽之意。他喜欢用典，“江东渭北萦怀久，王后卢前位置难”“佳话颇传王逸少，豪情不减李香君”，简直没有什么饾饤刻划的痕迹，但有时却也不免令人有喧宾夺主之感。他的风流自赏，导致了人们以为他真的就是个迷花殢酒、流连光景的人，其实，他的内心也是忧愤深广的。他决不是黄、龚的影子，也不是再世的小杜，《乱离杂诗》只有他写得出。尽管在艺术上有时显得纤巧了些，仍然是近代最优秀的诗人之一，虽然他同样无意为诗人。

田汉的旧体诗已与所写歌词并传，他的旧体诗和歌词都有浓郁的浪漫主义气息，旧体诗更有一种风尘任侠之气，情感的流露低回往复而又干净利落。行针布线、遣词用字，极为娴熟。“乡国只今沦巨浸，边疆次第坏长城”“肝脑几人涂战野，旌旗此日会名城”“鸡啼直似鹃啼苦，只为东方未肯明”，他以敏捷见称，有时难免和盘托出而没有顾及艺术的分寸感，或匆促间取譬现成而落俗套，或则纵横太过，挥洒无度，表现出一种文人积习。他的诗很少涂抹的痕迹，始终保持着最可贵的真性情，不失为诗人之诗。虽然就总体看参差不齐，但仍然是一位不可多得的优秀诗人。

苏诗在三十年代前是读者最多的。人们是从《断鸿零雁记》开始认识他的。清秀窈窕的格调加上他的传奇性的身世，更为吸引读者，他的优秀之作往往有行云流水般的翩翩风度，但一些下乘之作，如“袈裟点点疑樱瓣，半是脂痕半泪痕”等，都有些体轻意浅，可见即使是高手有时也难免失误。如果说他的小说开鸳鸯蝴蝶派的先河，诗亦如此。正统的旧体诗人对他的评价，总不外乎属于“情怀多触，遣语容易”一流。但他们能写出“秋风海上已黄昏”“九年面壁成空相”“春雨楼头尺八箫”这样的诗句吗?

以上所记，主要也仍是我的夸夸其谈，或者算作我读了他的诗以后，情不自禁地将他和上述几位诗人相比较而生的感触。绀弩对这些议论有时也加以补正，但我对诸家的评论，他却没有表示过反对。荒芜说他“公推郁、柳、田、苏上”，不是他一个人的看法，我也一样。这一点他却是反对的。他坚持“达夫的诗我作不出，我的诗达夫也作不出”。也许这种比较本来就是多余的，凡属真正的艺术创造物，都各有千秋。但我为什么还是保留这个看法呢？下面是我对于他的赠胡吊胡诗要说的一些话。赠胡诗多是从北大荒回来后开始写的，胡风被判刑后流徙四川，他甚至准备去四川看他，但他自己已疾病缠身，无力成行，只有不断地怀念故人，不断地写诗。

读赠胡吊胡诗，我们千万不要以为这些诗里有多少“忠愤”。北大荒归来，胡风判刑，接着是“文革”，他自己也被判无期徒刑，“留尔头颅为活鬼，亏他面目似灵官”“戚忧贫贱平生事，衰病流徙未死情”，凡此等事此等情，诗中都不过是照录现实，无意张扬。“无可奈何而付之苍天者，真也”。要知道，人到了那种处境，任何笨蛋也该大彻大悟了，荣辱得失，早已毫不相干。“赵孟之所贵，赵孟能贱之”，不超脱才怪呢。

然而，“最念风云龙虎会，不胜天地古今情”，在为辉煌的理想一起从艰难然而壮丽的战斗道路上走过来的战友之间，总不能不有那么一种感情，总不能不存在那么一种愿望。“英雄天下诗千首，花月春江酒一杯”，不能够不盼望，这盼望是痛苦的。“眉山望见燕山来，隔雾杯邀一酹偷”。痛苦，因为这盼望又是渺茫的，“驴背寻驴曾万里，梦中说梦已千场”“斯是海棠开日梦，至今重盼海棠开”。《北荒草》的冷隽如今让位给总是落空的期待引发的缠绵情怀。“昨梦君立海边山，苍苍者天茫茫水”，期待得到的回报只是残酷的失望，但除了期待，还能做什么？

赠诗和悼诗多处写到“三十万言书”，“无端狂笑无端哭，三十万言三十年”，真所谓“有时千载事，只在一联中”，十四字蕴含着多么丰富的人类经验。“三十万言书大笑，一行一句一天刑”“今日密云风习记，几人三十万言书”，多已成为传诵不衰的名句。但这也并不就是绀弩对“三十万言书”的评论，也还不过是就事论事罢了。这件事他并未参与，对此举多半还持怀疑态度。胡风的可敬可爱正在于此，当时，他的处境已非常窘迫，上书言事向来是危险的事，他的鲁莽说明一个人对自己的文学理想居然能够执着到这种程度，其智可及，其天真不可及，也许只能这样说了。

但有一件事，无论是作者还是我们读者都含糊不得，“尊酒有清还有浊，吾谋全是亦全非”（《赠答草》序诗），“岂真吾道似云浮”。“谋”见于《代周婆答》，“道”又见于悼诗。诗中的“谋”和这个“道”，无非就是以鲁迅为代表的“五四”新文学传统吧。“吾道”与“吾谋”的“是”与“非”，以及它难道真的“似云浮”了，是他时时都要想到的，从三十年代起，想了几十年了，如今更不能不联系自己的和胡风的遭际来想。这是一种沉重的回顾，照黑格尔的说法，这种回顾叫做“自我深化”，就是这些诗的基本素质，或者叫做诗心。

从《北荒草》到赠胡吊胡诗，展示了绀弩旧体诗艺术的新的开拓带来的广阔前景，然而，胡风去世前后，他的健康情况已下降到没有能力写作的程度了，他衰疲到了极点。吊胡诗是他让我们看到的最后的火花。赠诗和吊诗无疑是最美感情产生的最美的诗。“无此绝等伤心之事，亦无此绝等伤心之诗。就百年论，谁愿有此事？就千秋论，不可无此诗”。这是陈衍在《宋诗精华录》里评陆游《沈园二首》的话，他说的“百年”指婚姻、家庭，我们不妨联想为“百年之盛事”的“百年”。然而我们付出的代价却太大了。

作为读者，我还是不满足于他只写旧体诗，我宁愿看到旧体诗只是他的副产品。这种忧生念乱、俯仰身世、积郁磅礴的情怀，如果他用新诗、散文、小说这些新文学体裁来写，该会是何等样的精神景观？我相信，写旧体诗并不能给他多大的艺术创造的愉悦。当年那种买几包香烟、几根蜡烛，准备写它一个通宵的豪情已无法重现。困在病床上的他只有以吟哦度日了。旧体诗的局限使他没有能写出他自己和胡风精神形象的全部诗意，这种古代流传下来的体裁，对现代人来说可怕地具有使艺术意识受到人工催眠的魔力，它几乎是强制性地使你不能不把高涨的激情和奔腾的思想降温和淡化，创作过程很难说是朝向更高的艺术价值、更强的艺术效应的目的性的运动。它能够多多少少地使作者陷入可怜的平庸境地，现代人运用这种体裁就必须是在和它格斗。绀弩在摆脱它的局限和利用它的极为有限的可能性中是胜利了，但毕竟也不能不牺牲内心活动的部分自由，只能写出蹭蹬岁月中胸襟怀抱的某一侧面，未能尽展其才。耿庸称绀弩的一生为“一篇独特的人生大杂文”，绀弩的旧体诗也是现代中国独特的文化现象。晚年他只给我们留下这一丛奇葩，而他本应该为我们留下满天彩霞的伟观。“千古文章未尽才”，让我们说什么好呢！

一九九〇年十二月至一九九一年一月于三舍

编后记

为一位诗人编辑文集无疑是一次审美感动的过程，心灵净化的过程。而彭燕郊先生的诗歌，以其鲜明而强烈的历史纪实精神的书写，可令辑录者深深感受到抚读历史的激动，领悟到前人何以把“诗史”用作对诗人的最高赞誉。“五四”以来，现代中国的知识分子经历了好几个历史时期，每一时期有其代表人物各领风骚，而彭燕郊则是纵贯并且兼容汇聚了自“五四”至世纪末几代人思想的跨世纪的歌者。他以自己的诗歌忠实反映和认真回答了各个历史时期所提出的重大社会、思想问题，自觉继承鲁迅严峻的社会批判与思想文化批判精神，坚持现代诗的现实主义精神，深思高举，批判现实，解剖自身，始终立身于历史巨浪的潮头，因而论者以他的诗题“风前大树”美誉他坚贞特立的思想人格。他更在接近20世纪末的90年代，写出了超越性的代表作《混沌初开》，使他无愧于同时代诗人的思想先行者与艺术创新者。

诗友们给彭燕郊的挽联中有句云“泽畔吟哦，灯前俯仰，生命但求真善美”。以《混沌初开》为代表，使诗人的精神生命得以“生生”不竭的活力，就是从不放弃对人间“真”与“善”（文学现实主义，人文主义）的坚信和坚守，而真与善的诗意显现，就是宇宙大美，诗中的“全光”。这就是彭燕郊的诗美学，同时是他的生命哲学。

与此相应，彭燕郊在现代诗的形式创造方面也始终在不懈地努力而成就斐然。这就是他在诗歌语言上的锐意求新和戛戛独造。他关于诗语言的思想探索，可以参看文集中《再会吧，浪漫主义》《两世纪之交，变风变雅：语言苦恼》两文。而他在现代诗话语、艺术形式上的别开生面，则可以随处从集中那些新意迭出，美不胜收的诗篇里展现出来。

散文诗形式为诗人所极为看重并有丰美的创作成果，《混沌初开》即以散文诗写成。诗人认为，鲁迅的《野草》既是现代诗歌的典范，也是中国现代文学的典范，并且希望自己的写作能有资格成为《野草》的后继者。

以上也就是本文集诗集部分的编选原则。以较能凸显诗人的以上创作思想与写作成就的作品入选。彭燕郊同时也是一位优秀的艺术批评家。他的诗学思想，集中体现在《再会吧，浪漫主义》与《论感动》两文，本文集全文收录。

此外，彭燕郊还是一位藏书家和理想读者，撰有藏书、读书记《纸墨飘香》(岳麓书社)。另外，作为一代中国知识分子历程的见证人，他还撰写了一部回忆录《那代人》(花城出版社)。他与友人间有大量书信往来，其中两种已编辑出版:《梅志彭燕郊来往书信全编》（海燕出版社）《彭燕郊陈耀球往来书信集》(湘潭大学出版社)。彭燕郊同时也是一位出色的教育家，文学教授，民间文学工作者，他的讲稿中诗歌研究课程以《彭燕郊谈中外诗歌》为题被整理出版（湘潭大学出版社)。限于篇幅，以上这些文章著作，本文集都没有选录。

彭燕郊写作之余，热心于世界诗坛的译介与民间文学研究。曾主编大型外国诗翻译丛书《诗苑译林》《现代散文诗译丛》《外国诗辞典》，大型诗歌杂志《世界诗坛》，湖南民间文学杂志《楚风》等，在文学界、文化界产生了深远的影响。

编辑此文集时，听说彭燕郊曾任教的学校的图书馆，竟然找不到一套正版的《彭燕郊诗文集》，那么，本文集的出版，差可些微舒缓一下出版业的这一缺失，是为现代诗和彭燕郊爱好者之幸事。由于篇幅所限，还有不少好诗都未得入选，编余仍觉意犹未尽。用彭燕郊的一句诗作为结束：

这不是结束——谁愿意向美告别呢？

徐　炼

2024 年 6 月